Knaur

Von Haywood Smith ist außerdem erschienen:
Ränkespiel der Sinne

Über die Autorin:

Haywood Smiths Spezialgebiet ist das höfische Frankreich und England. Ihre romantischen Romane überzeugen durch detailliertes historisches Wissen, verbunden mit prickelnder Sinnlichkeit.

Haywood Smith

Sinnliche Intrige

Roman

Aus dem Amerikanischen von
Katharina Volk

Knaur

Die amerikanische Originalausgabe erschien 1997 unter dem Titel
»Secrets in Satin« bei St. Martin's Press Inc., New York

Besuchen Sie uns im Internet:
www.droemer-knaur.de

Deutsche Erstausgabe März 2000

Redaktion: Gerhild Gerlich
Umschlaggestaltung: Agentur Zero, München
Umschlagabbildung: © John Ennis/Agentur Thomas Schlück GmbH
Satz: Brigitte Apel, Hannover
Satz: Ventura Publisher im Verlag
Druck und Bindung: brodard & taupin, La Flèche
Printed in France
ISBN 3-426-69055-1

2 4 5 3 1

Dieses Buch ist den Heldinnen des wirklichen Lebens
gewidmet (besonders Betsy, Charlotte und Susan) –
Frauen, stark genug, den Schmerz zu überwinden,
weise genug, sich zu ändern,
und mutig genug, wieder zu lieben und zu lachen;
und den Helden des wirklichen Lebens
(wie Herschel, meinem Bruder Jim und Ron) –
Männern, die den Mut zur Hingabe besitzen.

Erstes Kapitel

Als einziger männlicher Nachkomme derer von Creighton wußte Edward Garrett, Viscount Creighton, mehr über Frauen als die meisten Männer. Doch war er sich, was das schöne Geschlecht betraf, nur einer Sache völlig sicher: Er mochte Frauen.

Er schwelgte in der verschwenderischen Umarmung der fülligen und verehrte die Biegsamkeit der schlanken. Er genoß, wie die kleinen zu ihm aufschauten, aber auch, wie die großen ihm geradewegs in die Augen blickten. Er schätzte die Eleganz der edlen und die Bodenständigkeit der gemeinen.

Bis auf seltene Ausnahmen fand er in fast jeder Frau, der er begegnete, etwas Liebenswertes. Die einzigen weiblichen Wesen, die weder seine Begierde noch seine Sympathie erwecken konnten, waren intrigante Hofdamen – kalte, unnatürliche Wesen, deren erbarmungsloser Hochmut jede Hoffnung auf ehrliche Gefühle zunichte machte. Diese mied er ebenso konsequent, wie er die übrigen umwarb.

Und er fand in der Tat Gefallen daran, diese übrigen Frauen zu umwerben – zumindest hatte er dies bis vor zwei Monaten getan, als er zum Leutnant in König Charles' Kavallerie ernannt wurde. Seitdem beschränkte sich seine weibliche Gesellschaft auf die Metzen, die im Gefolge der Truppe ihr uraltes Gewerbe in Zeltbordellen ausübten.

In dieser ungewöhnlich kalten Oktobernacht im Jahre des Herrn 1642 wurde der schon seit langem drohende Bürgerkrieg zur Realität. Morgen würde Garrett mit den königlichen Kavalieren gegen die eigenen Landsleute in den Krieg ziehen. Deshalb beschloß er, seine möglicherweise letzte Nacht unter den Lebenden in den Armen einer Hure zu verbringen, denn der Liebesakt war für ihn seit jeher Ausdruck von Lebendigkeit – und ganz besonders heute, im Angesicht des Todes.

Nach einer Stunde heftiger, einfallsreicher Paarung wurde Garrett von dem Lallen des betrunkenen Earl of Ravenwold unterbrochen, der vor Maeves Zelt stand. »Creighton, hier spricht Euer Kommandant! Ihr hattet Euer Vergnügen. Zieht Euch zurück und laßt uns andere auch noch ran!« Deftiges Murren bezeugte die Anwesenheit der Mitoffiziere.

Garrett seufzte. Seine Fingerspitze zeichnete eine der Brauen über Maeves verbrauchten, geröteten Zügen nach. »Du hast wundervolle Brauen, süße Maeve. Sie sind so zierlich geschwungen wie die Flügel einer Möwe.« Als er sie zum Abschied kurz an sich drückte, drang ihm eine Wolke billigen Parfums in die Nase, das die üblen Gerüche des Lagers beinahe überdeckte.

Er löste sich von ihr und erhob sich; Dampf umwaberte seinen erhitzten, nackten Körper. Garrett deckte Maeve mit dem schmuddeligen Laken zu. »Sosehr ich es auch genossen habe, ich muß gehen. Ich darf am Vorabend unserer ersten Schlacht meine Mit-Kavaliere nicht erzürnen.«

»Bleibt noch ein bißchen. Kostet auch nicht mehr.« Maeves Finger strichen über die goldbraunen Haare auf seiner Wade. »Die anderen können warten. Ihr seid mir lieber als die alle zusammen.«

»Dein großzügiges Angebot beschämt mich, mein Schatz, aber ich kann es nicht annehmen.« Garrett zog entschlossen seine Kniehosen an. Er hatte nicht die Absicht, bloßen Vergnügens wegen Ravenwold kurz vor ihrer ersten Schlacht gegen sich aufzubringen. Obwohl er unter seinem launischen Kommandanten von London bis Warwick immer seinem Vergnügen nachgegangen war, wußte Garrett, daß er nicht auf Ravenwolds Geduld zählen konnte. Der Mann hatte keine.

»Ziehe mich wie befohlen zurück, Eure Lordschaft«, rief Garrett durch die Zeltleinwand, was draußen einen weiteren Schwall derber Späße auslöste. Er setzte sich auf die Kante der Pritsche und griff nach seinen Stiefeln. Die Geheimtasche in dem einen enthielt zwei Schillinge und einen goldenen Sovereign – alles, was Fortuna ihm nach einem Abend beim Glücksspiel gelassen hatte. Die Schillinge waren zuwenig, die Goldmünze war zuviel.

Nach kurzem Zögern zuckte er mit den Schultern und drückte Maeve alle drei Münzen in die Hand.

Sie starrte ihn in ungläubigem Erstaunen an. »Ein Sovereign? Milord, Ihr wolltet doch sicher nicht ... ich meine, die Schillinge genügen.« Noch während sie das sagte, schloß sich ihre Faust fest um ihren Lohn.

Garrett zog sich das Hemd über den Kopf. »Behalte alles.« Er befreite sein kräftiges, welliges Haar aus dem Kragen. »Wenn ich den morgigen Tag überlebe, wird das Geld mir nicht ausgehen. Wenn ich es nicht schaffe, wird das Gold mir wenig nutzen.« Er zog seine weichen Lederstiefel über die Knie hinauf und erhob sich, um zu gehen. »Gib nicht alles auf einmal aus. Leb wohl, Maeve.« Mit einem letzten Blick sah er sie die Münzen mit einem Ausdruck der Verzückung an ihre nackten Brüste drücken.

Zehn Stunden später lag Maeve tot in den Trümmern ihres Zeltes, getötet von einer verirrten Kanonenkugel. Eine halbe Meile entfernt am Fuße von Edgehill kämpften Creighton und Ravenwold Rücken an Rücken, von Rebellen umzingelt, um ihr nacktes Leben.

Sechzig Meilen entfernt, in London, entschied Elizabeth, Countess of Ravenwold, daß sie nicht länger im Bett bleiben konnte. Sie stand auf, obwohl jede Bewegung schwindelerregende Schmerzen aufbranden ließ und ihr bei jedem Atemzug ein Messer zwischen die Rippen zu fahren schien.

Sie brauchte Hilfe. Und sie brauchte eine Freundin, bei der sie ihr schreckliches Geheimnis sicher bewahrt wußte. Sie mußte zu Anne Murray.

Unglücklicherweise konnte sie diesmal nicht behaupten, sie sei die Treppe heruntergefallen.

Während sie sich unter großen Schmerzen zu ihrer Frisierkommode schleppte, versuchte Elizabeth sich für den Anblick zu wappnen, der sie im Spiegel erwartete. Doch als sie sich endlich davor niederließ, erkannte sie kaum das übel zugerichtete, verquollene Gesicht, das ihr entgegenblickte. Ein stoßweises Keuchen drang zwischen ihren geschwollenen, aufgeplatzten Lippen hervor, als sie die Auswirkungen der Wut ihres Mannes in Augenschein nahm.

Sie hatte sich geschworen, dies nie wieder zuzulassen, doch all ihre Vorsichtsmaßnahmen waren nutzlos gewesen. Ravenwold hatte seinen Besuch nicht angekündigt. Vor drei Tagen war sie von Einkäufen zurückgekehrt und hatte ihn in ihrem Schlafzimmer vorgefunden – betrunken, wütend und fest davon überzeugt, daß die Saat, die er gewaltsam in ihr ausbrachte, diesmal aufgehen würde.

Elizabeths Versuche, ihm zu entkommen, hatten ihn nur noch mehr erregt, ebenso wie ihre sture Weigerung, ob seiner rohen Annäherung Vergnügen zu heucheln. Aber Ravenwold war so klug, wie er grausam war. Während er ihre Unfruchtbarkeit verfluchte, wußte er sie zu bestrafen, ohne die Chance einer Empfängnis zu schmälern.

Er hatte sie ins Gesicht geschlagen, ihr den Arm verdreht, bis sie dachte, er würde brechen, sie in die Rippen getreten, ihr die

Kleider vom Leib gerissen, sie niedergeworfen und so heftig in ihre Brüste gebissen, daß sie blutete, und sie dann halb bewußtlos geschlagen, so daß er ihre Beine spreizen und wieder und wieder in sie hineinstoßen konnte, bis sie völlig wund war. Aber er schlug sie niemals in den Unterleib oder warf sie so heftig zu Boden, daß ihr Schoß Schaden nehmen könnte.

Dann war er ohne ein Wort gegangen, um sich wieder der Armee des Königs in Warwick anzuschließen.

Die Schlacht. Elizabeth erlaubte sich nicht, daran zu denken, denn sie fürchtete, daß sie ihm dann tausend Tode wünschen würde.

Sie bekreuzigte sich und versuchte, sich auf die gesegnete Tatsache seiner Abwesenheit zu konzentrieren. Dann beugte sie den Kopf und murmelte: »Heilige Mutter Maria, Mutter Gottes, und gesegnete heilige Anna, erhört mein Flehen und bringt meine Bitte vor Gott, den Vater. Bitte. Laßt mich diesmal ein Kind empfangen haben.« Während sie betete, perlten unter ihren geschwollenen Lidern Tränen hervor, die sie nicht zurückhalten konnte. »Hab Erbarmen, lieber Gott. Ich weiß, wenn ich nicht bald ein Kind bekomme, wird er mich umbringen und niemandem dafür Rechenschaft ablegen müssen.«

Weshalb machte sie sich überhaupt die Mühe, um Gnade zu bitten? In ihrem ganzen Leben hatte sie herzlich wenig Gnade erfahren, außer von ihrer Schwester Charlotte. Und von Anne Murray. Nun, da Charlotte im Gefolge der Königin im Exil in Paris weilte, war Anne Elizabeths einzige Vertraute.

Vielleicht ist es besser, daß Charlotte nicht hier ist, dachte Elizabeth. Charlotte war nicht so stark wie Anne. Es würde ihr das Herz brechen zu sehen, was Ravenwold angerichtet hatte.

Elizabeth seufzte, und der Schmerz, der sie durchfuhr, ließ sie das Gesicht verziehen. Dann nahm sie all ihre Kraft zusammen und läutete nach ihrer Kammerzofe.

Gwynneth erschien im Handumdrehen. »Milady?«
Das unverhohlene Mitleid, das aus dem Gesicht ihrer Zofe sprach, ließ eine neue Woge der Scham in Elizabeth aufsteigen. Sie wandte sich ab und senkte den Kopf, um die Blutergüsse unter ihren Augen und ihre aufgeplatzten Lippen zu verbergen. »Schicke einen Boten zu Miss Murray. Laß sie bitten, mich an dem üblichen Ort zu treffen. Wenn sie zusagt, laß die Kutsche vorfahren.«
Gwynneth schnappte nach Luft. »Aber Milady sind zu schwach. Sicherlich –«
Elizabeth legte eine Bestimmtheit in ihre Stimme, die sie ganz und gar nicht fühlte. »Ich weiß, daß du es gut meinst, Gwynneth, aber ich habe nicht die Kraft, mit dir darüber zu diskutieren. Bitte. Wir werden es genauso handhaben wie beim letzten Mal. Ich wage es nicht, nach einem Arzt zu schicken. Du weißt, daß sie alle hier in London mit dem Klatsch, den sie weitertragen, gut verdienen. Der Graf wäre furchtbar wütend, wenn jemand davon erfahren sollte.« Schwach, wie sie war, sank sie in ihren Stuhl zurück. »Nun beeile dich, denn wenn du zurückkommst, mußt du mir beim Ankleiden helfen.«
Gwynneth war in einer Viertelstunde wieder da. »Der Bote ist den ganzen Weg zu Miss Murray und zurück gerannt. Miss Murray sagte, sie würde Euch am üblichen Ort in einer Stunde erwarten.«
»Dem Herrgott sei Dank«, murmelte Elizabeth. Zu ihrer Erleichterung verstand Anne offenbar, daß Diskretion nötig war. »Ich hoffe nur, daß ich bis dahin fertig bin.«
Selbst mit Gwynneths behutsamer Unterstützung brauchte Elizabeth über eine halbe Stunde, um sich anzukleiden. Jede Bewegung war eine Qual, und sie mußte sich immer wieder hinlegen, um nicht in Ohnmacht zu fallen.
Endlich war sie angemessen gekleidet und stand aufrecht. Gwynneth legte Elizabeth ihren Umhang um die Schultern und

zog ihr die Kapuze tief ins Gesicht, um ihre Herrin vor neugierigen Blicken zu schützen. Sie reichte Elizabeth ihren Arm. »Ich wünschte, Milady ließen mich Anne Murray bitten, hierher zu kommen. Ich bin sicher, daß sie das tun würde.«

»Nein. So ist es sicherer.« Elizabeth konzentrierte sich darauf, einen Fuß vor den anderen zu setzen. Schritt für Schritt konnte sie es schaffen, mit derselben Entschlossenheit, die es ihr möglich machte, einen Tag nach dem anderen zu überstehen. »Mein Mann könnte ihr Schwierigkeiten bereiten, wenn er herausfände, daß sie mir geholfen hat. Du weißt, wie die anderen Dienstboten tratschen.«

Gwynneth runzelte die Stirn. »Ja, Milady. Aber ich werde mich Miladys Vertrauen würdig erweisen.«

Elizabeth stützte sich schwer auf ihren Arm. »Ich weiß, daß ich dir vertrauen kann, Gwynneth, und ich danke Gott dafür.«

Zwanzig Minuten später brauchte Elizabeth ihre ganze Kraft, um aus der Kutsche zu steigen und in das Geschäft der Putzmacherin zu gehen, ohne zu hinken. Gwynneth geleitete sie hinein und wartete im Vorraum, wie ihre Herrin es angeordnet hatte. Als Elizabeth den Anprobensalon betrat, konnte sie kaum noch stehen; sie schwankte durch die Bogentür, mußte sich an der Laibung festhalten.

Im Salon saß Anne Murray mit dem Rücken zu Elizabeth. Ihr hübsches Gesicht lächelte aus einem großen Spiegel, während sie einen unmöglichen, breitkrempigen Hut mit weißen Straußenfedern anprobierte. In dem Augenblick, als sie Elizabeths gebeugte, schwankende Gestalt im Spiegel sah, wurde sie blaß. »Milady! Was ist geschehen?« Sie drückte einer Angestellten den Hut in die Hand und eilte zu ihrer Freundin, um sie zu stützen.

Elizabeth zuckte vor Schmerz zusammen, als Anne ihre Hände ergriff. Sie murmelte: »Es geht schon, wirklich. Ich muß mich nur einen Moment hinsetzen.«

Die Hutmacherin, die eher neugierig als mitfühlend wirkte, holte schnell einen massiven Stuhl für Elizabeth.
Anne nahm mehrere Münzen aus ihrer Börse und drückte sie der Putzmacherin in die Hand. »Ich nehme diesen Hut, und auch den anderen, den ich probiert habe. Nun sorg bitte dafür, daß wir nicht gestört werden. Ich wünsche allein mit dieser Dame zu sprechen.«
Die Putzmacherin nickte. Wortlos verriegelte sie die Tür ihres Geschäftes, schloß die Vorhänge ihres Schaufensters und zog sich in ihre Werkstatt zurück. Nun erst schlug Anne die Kapuze zurück, die Elizabeths verunstaltetes Gesicht verbarg.
»Nicht«, protestierte Elizabeth elend, zu schwach, sie davon abzuhalten.
»Gütiger Gott.« Annes Hand flog zu ihrem Mund, und Tränen schossen ihr in die Augen. Doch sogleich schlug ihr Entsetzen in Wut um. »Bei Gott, was würde ich nicht darum geben, einen einzigen Schuß auf Euren sogenannten Gatten abfeuern zu dürfen!«
»O Anne, nicht.« Elizabeth blickte besorgt nach der Tür zur Werkstatt. »Solch ein Gerede ist doch sinnlos.«
»Vielleicht nicht.« Annes dunkle Augen blitzten vor Entrüstung. »Aber versucht mir nicht zu erzählen, Ihr wäret die Treppe heruntergefallen. Das habe ich letztes Mal nicht geglaubt, und jetzt glaube ich es ganz gewiß nicht.« Behutsam wischte sie eine verstohlene Träne von Elizabeths geschwollener Wange. »Macht Euch keine Sorgen. Anne Murray wird sich um Euch kümmern.« Sie ergriff Elizabeths Hand und versuchte, ihr auf die Füße zu helfen. »Kommt. Ich nehme Euch mit nach Hause. Vater war Lehrer der königlichen Familie, bevor er Rektor in Eaton wurde, und Mutter ist immer noch die zweite Erzieherin von Prinz Henry und Prinzessin Elizabeth. Meine Eltern haben einige einflußreiche Freunde am Hof, die dafür sorgen können, daß Lord Ravenwold dies nicht noch einmal tut.«

»Nein! Ihr dürft es ihnen nicht erzählen. Er wird mich ganz sicher umbringen, wenn er herausbekommt, daß ich es jemandem gesagt habe.« Elizabeth zuckte in panischem Schrecken zurück; bei dieser Bewegung durchfuhr ihren Brustkorb ein brennender Schmerz, sie sah Sterne, dann wurde alles schwarz um sie.

Sie kam zu sich, würgend von dem stechenden Geruch von Ammoniak. »Pfui Teufel!« Sie schob das übelriechende Fläschchen von ihrem Gesicht fort. »Nehmt das weg!« Sie öffnete die Augen und erblickte Gwynneth, die ihr Handgelenk rieb, und Anne, die mit der Phiole Salmiakgeist in der Hand vor ihr kniete.

Elizabeth fächelte schwach gegen die den Raum durchziehenden Ammoniakdämpfe an. »Bitte verzeiht, aber von diesem Salmiakgeist muß ich husten, und das fühlt sich jedesmal an, als führe mir ein Messer zwischen die Rippen.«

Anne stöhnte. »Du lieber Himmel, er hat Euch die Rippen gebrochen.« Sie verschloß das Fläschchen mit dem Salmiakgeist und warf Gwynneth einen vielsagenden Blick zu. »Kein Wunder, daß sie ohnmächtig wurde, als ich ihr aufhelfen wollte.« Sie beugte sich über ihre Freundin. »Oh, Lady Elizabeth, es tut mir so leid. Ich wollte Euch nicht noch mehr Schmerzen zufügen.«

Elizabeth brachte ein wenig überzeugendes Lächeln zustande. »Es ist nicht Eure Schuld. Ich hätte nicht so erschreckt reagieren dürfen.«

Nun ganz geschäftig, winkte Anne Gwynneth heran. »Komm. Hilf mir! Deine Herrin muß von einem Arzt behandelt werden.« Die beiden Frauen ergriffen Elizabeth bei den Unterarmen und hoben sie vorsichtig aus dem Stuhl.

»Keinen Arzt«, protestierte Elizabeth. »Die Ärzte verteilen mehr Klatsch als Arzneien.«

»Diesem können wir vertrauen«, sagte Anne beruhigend. »Er

ist ein Freund und wohnt in der Gasse direkt hinter diesem Geschäft. Wir können die Hintertür nehmen, und niemand wird wissen, daß Ihr ihn aufgesucht habt.« Sie half Gwynneth, Elizabeth zum Hinterausgang zu führen. »Erinnert Ihr Euch an die Fruchtbarkeitstränke, die ich Euch gegeben habe? Nun, Doktor Low ist derjenige, der sie für mich bestellt hat. Er versorgt mich mit all meinen Kräutern und Arzneien, und er ist ein hervorragender Arzt.« Anne hielt inne, um Elizabeths Gesicht mit der weiten Kapuze zu verhüllen. »Ich möchte nur, daß er sich Euch ansieht.«
Die drei Frauen gingen langsam auf die belebte Gasse hinaus. Am Ende der Sackgasse stand ein gepflegtes Wohnhaus, an dem ein Schild verkündete: DR. LOW, ARZT.
»Kommt weiter«, sagte Anne ermunternd. »Es sind nur noch ein paar Schritte.«
Der Doktor selbst öffnete ihnen die Tür. Er war ein dünner, älterer Herr mit weißem Haar und freundlichen Augen. »Kommt herein, kommt herein. Legt sie auf die Liege im Untersuchungszimmer, aber seid vorsichtig.«
Während sie Elizabeth auf die Liege half, erklärte Anne dem Arzt: »Diese Dame wünscht anonym zu bleiben. Ich weiß, daß ich mich auf Eure Diskretion verlassen kann, Doktor Low.« Sie tauschte bedeutungsvolle Blicke mit dem Arzt. »Ich fürchte, daß sie neben ihren äußerlichen Verletzungen auch einige gebrochene Rippen haben könnte.«
Dr. Low wandte sich mit besorgter Miene an Elizabeth. »Fühlen Milady sich stark genug, um eine Untersuchung zu gestatten?«
Elizabeth hätte gar nicht aufstehen und gehen können, wenn sie gewollt hätte. Sie litt unter starken Schmerzen und war zu schwach. »Ich denke doch, ja.«
»Sehr gut.« Er schloß die schweren Vorhänge des Untersuchungszimmers und reichte Gwynneth ein säuberlich gefaltetes, frisch gestärktes leinenes Tuch. »Ich werde draußen war-

ten, während Ihr Eurer Herrin helft, sich zu entkleiden. Deckt sie hiermit gut zu, und ruft mich herein, wenn sie bereit ist.« Er geleitete Anne zurück ins Vorzimmer.
Das Ausziehen war genauso schmerzhaft, wie das Anziehen gewesen war, dauerte aber nicht so lange. Eine Viertelstunde später trug Elizabeth nur noch ihr dünnes, langes Unterhemd. Gwynneth half ihr behutsam wieder auf die gepolsterte, lederbezogene Untersuchungsliege und bedeckte sie vom Kinn bis zu den Zehen mit dem sauberen Linnen. Nachdem sie sich vergewissert hatte, daß die Würde ihrer Herrin gewahrt war, rief sie den Arzt herein und ließ sich dann mit abgewandtem Blick neben ihr nieder.
Elizabeth wappnete sich gegen die Beschämung, die ihr durch Hände und Augen eines fremden Arztes zuteil werden würde.
»Versucht, Euch zu entspannen, Milady. Ich werde die Untersuchung so kurz wie möglich halten.« Nachdem er mit Hilfe eines metallenen Trichters die Geräusche in ihrem Körper abgehört hatte, faltete er das Tuch bis zu ihren Hüften herunter und tastete durch den dünnen Stoff ihres Hemdes vorsichtig ihren Unterleib ab. Als sie zusammenzuckte, schaute er sie voller Mitgefühl an und deckte sie wieder zu. »Die Art Eurer Verletzungen zwingt mich, eine intimere Untersuchung vorzunehmen.«
»Wie Ihr meint«, gab Elizabeth dumpf ihr Einverständnis.
Dr. Low zog das untere Ende des Tuches hoch und entblößte ihre Beine. »Wenn Milady bitte ihre Knie anwinkeln möchten.«
Als er mit seiner Untersuchung begann, schloß sie die Augen und dachte an all die Ärzte und Scharlatane, die sie in den vergangenen vier Jahren aufgesucht hatte. Jedesmal hatte sie gehofft, daß endlich jemand in der Lage sein würde, ihrer Unfruchtbarkeit abzuhelfen. Die Heilmittel waren immer kostspielig, manchmal sogar absurd, aber sie hatte es mit allen versucht. Nichts hatte gefruchtet.

Das war der Grund für ihre Schwierigkeiten mit Ravenwold. Ihr Ehemann war nicht immer so brutal gewesen. Als sie vor sechs Jahren geheiratet hatten, hatte er sie durchaus anständig behandelt. Doch mit jedem weiteren Jahr, in dem ihre Ehe kinderlos blieb, war er immer mürrischer, ärgerlicher und gewalttätiger geworden. Nun wurde er in seinem Wunsch nach einem Erben verzweifelt und bösartig.

»Milady können ihre Beine wieder ausstrecken«, wies der Arzt an und deckte sie wieder zu. Er wusch sich in einer Schüssel die Hände und trocknete sie ab.

Elizabeth sah ihm zu. Dieser Arzt schien ihr anders. Etwas an seiner Art sagte ihr, daß er mehr in ihr sah als nur die Aussicht auf ein Honorar oder eine Ansammlung von Verletzungen und Symptomen.

Er kehrte zu ihr zurück. »Nun werden wir uns einmal die Rippen ansehen.« Mit sanften Händen tastete er durch das Tuch ihre Rippen ab, doch Elizabeth konnte einen Schmerzensschrei nicht unterdrücken.

»Verzeiht, daß ich Milady Schmerzen zufüge«, murmelte er. Der Arzt schloß die Augen, befühlte erneut die gebrochenen Knochen und schüttelte dann den Kopf. »Ich fürchte, Miss Murray hat recht. Milady haben mindestens zwei gebrochene Rippen, möglicherweise drei. Aber zum Glück scheint die Lunge nicht verletzt zu sein.« Dr. Low wandte sich an Gwynneth. »Helft Eurer Herrin, sich anzukleiden, während ich einen Trank gegen die Schmerzen bereite.«

Als er sich zum Gehen wandte, hielt Elizabeth ihn am Ärmel zurück. »Doktor, Ihr habt meinen … Schoß untersucht.« Sie errötete vor Scham ob der Nennung ihrer intimsten Region. »Habt Ihr einen Grund für meine Unfruchtbarkeit gefunden?« Sie ließ ihn los und senkte verlegen den Blick.

»Alles scheint vollkommen in Ordnung zu sein. Ist Euer Zyklus regelmäßig?«

Elizabeth bestätigte dies mit einem Nicken.

»Nun, dann wird unser Herrgott wohl den richtigen Zeitpunkt abwarten.«

Elizabeth versuchte ihre Enttäuschung zu verbergen. Sie wagte ihm nicht zu sagen, daß sie von der Hand ihres eigenen Mannes sterben würde, wenn Gott ihr nicht bald Kinder gewährte. »Anne sagte mir, daß Ihr mit Arzneien handelt, mit Fruchtbarkeitstränken. Vielleicht habt Ihr von etwas Neuem gehört ...«

»Ich habe tatsächlich gerade erst eine Schiffsladung aus dem Orient bekommen, die einige seltene Pulver und Kräuter enthält, die die Empfängnis fördern sollen. Wenn Milady wünschen –«

»Bitte. Ich kaufe alles, was Ihr habt.« Elizabeth zögerte. »Das heißt, falls Ihr mir einige Tage Kredit einräumen könnt.« Sie hatte nicht daran gedacht, das wenige Geld mitzubringen, das sie noch besaß.

»Macht Euch keine Gedanken, werte Dame«, beruhigte er sie. »Selbstverständlich könnt Ihr die Arzneien haben.«

Falls Ravenwold irgendwie erfahren sollte, daß sie diesen Arzt aufgesucht hatte, konnte sie ihm sagen, daß sie bei ihm um ein Mittel gegen ihre Unfruchtbarkeit nachgesucht habe.

Dr. Low verbeugte sich. »Meine Apotheke ist im oberen Stockwerk. Wenn Milady mich entschuldigen würden ...«

»Natürlich.«

Er eilte davon und schloß die Tür hinter sich.

Elizabeth richtete sich mühsam auf. »Wenn ich das Ankleiden überlebe, kann ich alles überleben«, brummelte sie.

»So ist es richtig, Milady«, sagte Gwynneth und holte ihre Kleidung.

Elizabeth war gerade fertig angezogen, als sie ein Klopfen an der Tür und dann Anne Murrays Stimme aus dem Vorzimmer vernahm. »Ist alles in Ordnung, Milady?«

»Laß Miss Murray herein«, wies sie Gwynneth an.

Als Gwynneth tat, wie ihr geheißen, rauschte Anne an ihr vorbei an Elizabeths Seite. »Es wurde so still hier drin, daß ich dachte, Ihr wäret gestorben.«
»Noch nicht ganz«, bemerkte Elizabeth. »Gwynneth, hilf mir auf die Chaiselongue.« Vielleicht fiel ihr das Atmen leichter, wenn sie aufrecht saß.
Als sie bequem saß, ließ Anne sich am Fußende der Chaiselongue nieder. »Es tut mir leid, daß ich vorhin die Fassung verloren und solche Dinge gesagt habe.« Ihre großen braunen Augen senkten sich in Elizabeths. »Aber ich konnte es nicht ertragen, zu sehen, was er Euch angetan hat. Es ist nicht recht.«
»Nein, es ist nicht recht, aber es *ist* erlaubt.« Elizabeth sprach mit flacher Stimme. Sie erkannte, daß es vergebens war, sich weiterhin zu verstellen, besonders Anne gegenüber. »Mein Gemahl glaubt, seine Gründe zu haben. Er ist der letzte seiner Linie, ohne andere Verwandte, und ich konnte ihm bisher den Erben, den er so dringend wünscht, nicht schenken. Falls er kinderlos stirbt, gehen Titel und Ländereien auf mich über.«
Annes Brauen schossen in die Höhe.
»Ja. Ich weiß, daß das ungewöhnlich ist, aber der Titel beinhaltet auch die weibliche Erbfolge.« Elizabeth berührte vorsichtig eine geschwollene Lippe. »Ich wußte nichts davon, bis Ravenwold es mir erzählte. Dann stellte er sich hin und beschuldigte mich, der Natur ins Handwerk zu pfuschen und eine Empfängnis zu verhüten, um nach seinem Tode lachen zu können.«
Annes entrüstete Miene sprach deutlicher, als Worte vermocht es hätten.
»Natürlich ist an seinen Verdächtigungen nichts Wahres«, murmelte Elizabeth, dankbar für die Loyalität ihrer Freundin. »Er war nicht so, als wir heirateten. Ich habe mir immer genauso sehnlich Kinder gewünscht wie mein Mann. Ich denke, zunächst glaubte er mir das auch. Doch im Laufe der Zeit wurde er immer feindseliger und mißtrauischer.«

Elizabeth blickte in Annes freundliches Gesicht, und ihr wurde klar, daß sie die schwere Last von Ravenwolds Anschuldigungen nicht länger allein tragen konnte. Sie gestand: »Nun ist er überzeugt, ... daß ich empfangen *habe*, aber dafür gesorgt hätte, daß ... was er denkt, ist zu schrecklich, als daß ich es wiederholen könnte.«

In Annes Augen standen Tränen. »Der Mann ist wahnsinnig, und Wahnsinnige sind gefährlich. Ihr dürft nicht dorthin zurückkehren, Lady Elizabeth. Wenn Ihr zurückgeht –«

Elizabeth beendete ihren Satz. »Wird er mich umbringen. Vielleicht nicht beim nächsten Mal, aber wenn ich nicht empfange, wird er es irgendwann tun – mich totschlagen, begraben und eine Frau heiraten, die ihm das geben kann, was er haben will.« Diese Aussicht schien ihr so wahrscheinlich, daß sie nicht daran denken mochte.

Anne ergriff ihre Hand. »Bitte kommt mit mir, nur für einige Tage, bis es Euch besser geht. Ravenwold braucht nichts davon zu erfahren.«

»Er würde irgendwie dahinterkommen. Das schafft er immer.« Elizabeth seufzte resigniert. »Er würde jeden zugrunde richten, der die Wahrheit kennt. Ich wage nicht, mir auszumalen, was Ravenwold tun würde, wenn er herausfinden sollte, daß Ihr mir Obdach gewährt habt. Er ist ein mächtiger Mann, und er könnte Euch und Eurer Familie schrecklichen Ärger bereiten.« Mit Annes Hilfe war sie in der Lage zu stehen und sagte: »Aber ich werde nicht in London bleiben. Als mein Gemahl fortging, befahl er den Dienern, zu packen und mich nach Cornwall zurückzubringen, sobald ich reisefähig wäre. Er meinte, daß der Bürgerkrieg täglich ausbrechen könnte.«

Annes finsterer Blick wurde noch grimmiger. »Gefährliche Zeiten für eine Edelfrau, um so weit zu reisen.«

»Noch gefährlicher wird es hier, denke ich, falls Mister Cromwell und seine elenden Puritaner regieren.« In den drei Jahren, seit Anne und sie im Geschäft der Putzmacherin Bekanntschaft geschlossen hatten, hatte Elizabeth ihre Freundin sehr liebgewonnen. »Ich bin besorgt um Eure Sicherheit.«

Dr. Lows Rückkehr beendete das Gespräch. »Ah, Milady sind aufgestanden.« Er blieb auf der Schwelle stehen und hielt ihr einen Korb mit zwei Flaschen und einem braunen Päckchen entgegen. »Alles, was Milady wünschten, ist hier drin, samt schriftlichen Anweisungen.«

»Ich nehme das, Sir«, erbot sich Gwynneth.

»Genau.« Dr. Low drehte sich um und reichte ihr den Korb. »Milady sollten eine Zeitlang nichts heben.«

Anne holte eine kleine Geldbörse aus ihrer Tasche. »Was schulden wir Euch, Doktor Low?«

»Drei Pfund zehn. Die Arznei mitsamt dem Korb.«

»Sagen wir vier?« bot Anne an. Sie schüttete ein Dutzend Gold- und Silbermünzen in ihre Handfläche und zählte ab, was sie schuldig waren.

»Anne, nicht doch«, protestierte Elizabeth. »Einer unserer Bevollmächtigten wird das bezahlen.«

»Unsinn.« Anne warf ihr einen scharfen Blick zu. »Warum die Leute Eures Gemahls mit einer Rechnung bemühen? Ihr wißt, daß das nur seine Lordschaft verärgern würde.«

»Oh«, sagte Elizabeth. »Ich verstehe, was Ihr meint.« Anne beschützte sie, sorgte dafür, daß Ravenwold nichts erfuhr.

»Milady können es mir zurückzahlen, wenn Ihr wieder nach London kommt.« Anne gab Dr. Low vier Silbermünzen, ließ den Rest wieder in ihre Börse gleiten und steckte sie ein. Behutsam umfaßte sie Elizabeths Ellbogen. »Kommt. Ich begleite Euch hinaus.«

Der Arzt folgte ihnen und gab Gwynneth Instruktionen, wie die verschiedenen Arzneien einzunehmen seien. Als sie am Ausgang anlangten, trat Dr. Low an den Frauen vorbei, um die Tür zu öffnen.

Der Arzt runzelte die Stirn ob Elizabeths unsicherem Gang. »Obwohl Miladys gebrochene Rippen ihre Lunge offenbar nicht verletzt haben, rate ich dringend zu wenigstens drei Wochen Bettruhe.« Sein Ausdruck wurde noch ernster. »Sind Milady wirklich kräftig genug, um zu reisen?«

Elizabeth hatte kaum eine Wahl. Sie wich der Frage aus und sagte: »Ich danke Euch für Eure Besorgnis, Doktor. Und für Eure Hilfe.« Sie schlug die Kapuze ihres Umhangs hoch und fügte hinzu: »Ich bete darum, daß die Kräuter wirken. Wenn nicht, könnte es sein, daß wir uns im Diesseits nicht wiedersehen.« Spontan drückte sie Anne in einer kurzen, unbeholfenen Umarmung an sich. »Ich denke, es ist sicherer, wenn Gwynneth und ich allein zur Kutsche zurückgehen. Lebt wohl, liebe Freundin. Schließt mich in Eure Gebete ein.«

Sie ging, wie sie gekommen war, einen mühsamen Schritt nach dem anderen.

Zweites Kapitel

Drei Jahre später – Cornwall

Garretts Roß erklomm einen weiteren öden, vom Regen matschigen Hügel Cornwalls und brachte ihn damit letztendlich in Sichtweite seines Ziels. Vor ihm ragten auf einer Felsnase der zum Meer steil abstürzenden Küste die nackten, abweisenden Mauern von Ravenwold Castle auf. Im vom Wind gepeitschten Regen hob er die Hand zum Befehl: »Abteilung, halt.«

Hinter ihm blieben zehn berittene königliche Soldaten und der Wagen, der den Sarg des Earl von Ravenwold trug, auf dem schlammigen Weg stehen. Eine unheimliche Ruhe trat ein, die nur durch das leise Trommeln des Regens und den durch die Entfernung gedämpften Wellenschlag der stürmischen See gestört wurde.

Er winkte den nächststehenden Kavalier heran. »Rogers, melde Countess Ravenwold, daß wir in einer Stunde eintreffen.« Er wollte sich bei diesem vermaledeiten Wetter nicht eine Minute länger als nötig draußen aufhalten, aber der Anstand verlangte, daß er der Witwe des Grafen sein Kommen rechtzeitig und gebührend ankündigte. »Alle anderen: Rührt euch! Und gönnt euren Pferden eine Rast.«

Der Regen hörte nicht auf, bis sie über die Zugbrücke von Ravenwold Castle ritten. Als sie durch das steinerne Torhaus kamen, schaute Garrett zu den Spitzen des Fallgitters hinauf und hoffte, daß die Ketten, die das uralte Gitter hielten, in besserem Zustand wären als der Rest der Anlage.

Er senkte den Blick und lenkte sein Streitroß über den Burghof auf die Wohngebäude zu. Garrett bemerkte die schwarzgekleideten Diener kaum, die unter den Arkaden in Reih und Glied standen. Statt dessen wurde seine Aufmerksamkeit auf eine einzelne, sehr aufrecht und allein stehende Gestalt vor der Fassade gelenkt.

Die Gräfin; sie mußte es sein.

Sie war groß für eine Frau, gekleidet in schmuckloses Schwarz, das Haar mit einer schwarzen Haube und Haarnetz bedeckt, doch ohne Schleier.

Garrett schauderte unwillkürlich. Die Herrin von Ravenwold Castle paßte zu diesem freudlosen Ort. Ihr Gesicht war so kalt und still wie der Wintermond, der sich in einem Brunnen spiegelt.

Er ritt auf sie zu, saß ab, trat ein paar Schritte vor und verbeugte sich dann in respektvollem Abstand vor seiner Gastgeberin. »Countess Ravenwold?«

Sie nickte.

»Erlaubt mir, mich vorzustellen, Milady: Viscount Creighton aus Chestwick. Ich habe unter Eurem verstorbenen Gemahl gedient. Und er war mein Freund.« Normalerweise selbst unter den widrigsten Umständen nicht um Worte verlegen, zögerte Garrett. Es war etwas ausgesprochen Beunruhigendes an der Intensität, mit der die blauen Augen der Gräfin sich in die seinen bohrten.

Sie konnte doch die Wahrheit nicht ahnen ... Nur er und die Kavaliere, mit denen er den Leichnam abgeholt hatte, wußten, daß Ravenwold in einem Bordell gestorben war – mit säuberlich durchtrennter Kehle wie die Hure unter ihm.

Eine kleine Bewegung der rechten Hand der Gräfin zog seinen Blick auf sich, das einzige Zeichen von Anspannung unter ihrer eisigen Fassade. Garrett sah, daß ihr Daumen wie unter Zwang die Kuppe ihres Zeigefingers rieb. Augenblicklich verschwand die Hand in den Falten ihres Rockes.
Er fuhr gewandt fort: »Wenn Milady ihre Diener anweisen könnten, meinen Männern den Ort zu zeigen, werden sie den Toten aufbahren.«
»Nein. Bringt ... den Leichnam des Earls geradewegs in die Kapelle.« Ihre Stimme wirkte so angespannt und gefroren wie die ganze Person. »Das Grab ist ausgeschachtet, und der Priester wartet.«
Garrett gab nicht unbedingt viel auf Zeremonien, doch dieser Bruch der Anstandsregeln überraschte ihn sehr. »Aber es gibt doch sicherlich Verwandte und Freunde, die ihm gern die letzte Ehre erweisen würden, und –«
Die Gräfin unterbrach ihn barsch. »Es gibt keine Verwandten. Und keine Freunde.« Sie beäugte ihn mißtrauisch. »Anwesende selbstverständlich ausgenommen.«
Eine kalte Frau, fürwahr! Ravenwold mochte seine Fehler gehabt haben, doch nicht mehr als die meisten Männer, die Garrett kannte. Der Earl war, was Geld anging, großzügig gewesen, hatte beim Karten- oder Würfelspiel niemals betrogen. Und als Soldat war er tapfer und treu gewesen wie kaum jemand, den Garrett kannte. Der Mann hatte mehr verdient als dies hier.
Dennoch verlangte die Etikette, daß Garrett den Willen der Witwe respektierte. »Wie Ihr wünscht, Milady.« Er gab seinen Männern, die dabei waren, den Sarg vom Wagen zu heben, ein Zeichen.
»Kommt.« Brüsk drehte die Gräfin sich um und führte sie hinein.
Während Garrett ihr folgte, wunderte er sich über ihre wenig

weiblichen Bewegungen. Mit kerzengeradem Rücken und hoch erhobenem Kopf schien sie vor ihm über den kalten Steinboden zu schweben.
In der Großen Halle hingen Banner zerrissen und traurig von der Decke, verschossene Silhouetten eines schwarzen Raben auf einem Untergrund, der einmal dunkelblau gewesen sein mochte. Die Halle war sauber, aber kahl und zugig, in schlimmerem Zustand als die bröckeligen äußeren Mauern.
Garrett ging schneller, um mit der Gräfin Schritt zu halten. Am anderen Ende der Großen Halle betrat sie einen Gang, der zu einer Kapelle führte. Gleich hinter deren Schwelle trat sie unvermittelt zur Seite, um einer Grube in der Mitte der Bodenfläche auszuweichen.
Ein katholischer Priester stand am Kopfende des offenen Grabes, den Rücken dem kunstvoll geschnitzten Altar zugewandt, wo ein lebensgroßer Christus, naturgetreu dargestellt, an seinem Kreuze bewegend litt. Garretts zutiefst protestantische Seele schauderte es beim Anblick des Kruzifixes. Er ließ den Blick über die Götzenbilder, die Buntglasfenster und die Bildnisse in den Nischen der kleinen Kapelle schweifen und wandte dann seine Aufmerksamkeit wieder dem Grab zu.
Auf der einen Seite der Grube befand sich ein hoher Haufen Erde. Auf der anderen lag quer über zwei Baumstämmen eine frisch behauene Grabplatte, deren Inschrift Garrett langsam las:

Hier ruhet
Robert William, XVIII. Earl of Ravenwold
Geb. Anno Domini 1610
Gest. Anno Domini 1645, als letzter seines Geschlechts
Der kaum Gnade gewährte in dieser Welt
Doch viel brauchen wird am Tage des Jüngsten Gerichts

Der Viscount sah erstaunt in das blasse, unbewegliche Gesicht der Gräfin. Er konnte sich die maßlose Gehässigkeit kaum vorstellen, die hinter einer derartigen Grabschrift steckte. Kein Wunder, daß Ravenwold seit Ausbruch des Bürgerkrieges nicht ein einziges Mal nach Hause gegangen war!

Trotz allem, es gab immer noch gewisse Formen zu beachten. Er fragte die erstarrte Gräfin: »Wünscht Ihr ihn zu sehen, bevor er zu seiner letzten Ruhe gebettet wird? Ich könnte meine Männer den Sarg öffnen –«

»Nein!« Ihre blauen Augen blitzten zornerfüllt auf und verengten sich dann zu einem Ausdruck, den er für Angst hielt. »Ihr habt ihn gesehen, nicht wahr?« fragte sie. »Es *war* Ravenwold? Ihr seid sicher?«

Garrett nickte. »Ja.«

Die Angst wich ausdrucksloser Reserviertheit. »Dann gibt es keinen Grund, den Sarg zu öffnen. Ich habe von meinem Gemahl mehr als genug gesehen.«

Der Priester verdrehte die Augen und bekreuzigte sich mit einem Stirnrunzeln auf dem wohlgenährten Gesicht.

Garrett beschloß in diesem Moment, noch vor dem nächsten Morgen nach Bristol aufzubrechen. Selbst die Rangeleien und Streitigkeiten des Hauptquartiers waren wohl diesem unfreundlichen Ort und seiner unheimlichen Herrin vorzuziehen. Ravenwold Castle war so gründlich mit Bitterkeit durchtränkt, daß Garrett sie fast schmecken konnte.

Hinter sich hörte er die schweren Schritte seiner Männer, die den mit Seilen verzurrten Sarg trugen. Garrett trat in die Große Halle und winkte die Soldaten in die Kapelle. Sie mühten sich durch die Tür, stellten den Sarg auf der Grabplatte ab, lösten die Seile und ließen die sterblichen Überreste des Earl in die Erde hinab. Als der Sarg an seinem Platz war, nahm die Ehrenwache Haltung an und wartete auf den Beginn der Zeremonie.

Doch bevor der Priester anfangen konnte, befahl die Gräfin

Garretts Männern herrisch: »Dies ist eine private Zeremonie. Ihr seid entlassen.«
Garrett schäumte. Hausherrin oder nicht, sie hatte kein Recht, seinen Männern Anweisungen zu erteilen. Mit gepreßter Stimme sagte er: »Milady, sie handeln wie befohlen. Rang und Persönlichkeit des Earl von Ravenwold verdienen allermindestens eine Ehrengarde.«
Sie sah Garrett mit der ganzen Eiseskälte ihrer blauen Augen an. »Dies ist mein Haus, mein Herr, und mein Ehemann. Das Begräbnis wird stattfinden, wie ich es wünsche.« Sie hielt inne und starrte die Männer zornig an, die verwirrt zwischen ihr und Garrett hin und her schauten. Dann fügte sie in einem Ton hinzu, als gewähre sie eine große Gunst: »Der Viscount können selbstverständlich bleiben.« Sie sah Garrett mit einer Spur von Verachtung an. »Aus Rücksicht auf die *Freundschaft*, die Euch mit dem Grafen verband.«
Garrett hatte noch nie in seinem Leben so heftig den Wunsch verspürt, eine Frau zu schlagen. Zum Donner, sie war eine herzlose, sarkastische Hexe! Er nickte seinen Männern knapp zu. »Wie die Gräfin wünschen. Ihr seid entlassen, aber macht euch eine Stunde vor Sonnenaufgang zum Abmarsch bereit.« Er verbeugte sich vor der Gräfin und sagte schneidend: »Wir wollen die Trauer der Gräfin nicht einen Augenblick länger als nötig stören.«
Falls sie das traf, ließ sie sich nichts anmerken. Statt dessen wandte Countess Ravenwold sich dem Priester zu, der hastig auf lateinisch die Totenlitanei herunterzubeten begann.
Am Ende der Zeremonie nahm die Countess eine Handvoll Erde auf und schleuderte sie auf den Sarg. Dann stand sie reglos da und sah hinab, als wolle sie sich das Grab ihres Mannes in allen Einzelheiten einprägen.
Garrett wartete lange, bis er die Stille unterbrach. »Wenn Milady so freundlich sind, werde ich anordnen, daß meine Männer

eine Mahlzeit und Proviant erhalten. Danach würde ich mich gern zurückziehen. Wir müssen morgen vor Tagesanbruch aufbrechen.«
Die Gräfin fuhr zusammen wie jemand, der aus einem Traum erwacht, und drehte sich dann zu Garrett um. In ihren Augen glänzten nicht vergossene Tränen. »Selbstverständlich.«
Garrett hatte selten zuvor solch stillen Schmerz gesehen. Er wollte gerade zu dem Schluß kommen, daß er sie zu hart beurteilt hatte, als sie sich von seinen forschenden Augen abwandte und mit harter Stimme sagte: »Danke, daß Ihr ihn nach Hause gebracht habt. Ich weiß, daß die Reise beschwerlich und gefahrvoll war.« Sie fuhr herum, und ihr Gesicht war wieder kalt und verschlossen. »Ich stehe in Eurer Schuld, Sir.«
Garrett verbeugte sich zum Abschied. »Ihr braucht mir nicht zu danken, Milady.«
Dies war eine Schuld, die er hoffentlich niemals eintreiben mußte.

Drittes Kapitel

Garrett wußte nicht, wie spät es war, doch mitten in der Nacht fuhr er hoch. Seine Nackenhaare sträubten sich. Einen Augenblick lang wußte er nicht, wo er war. Dann stieg ihm der modrige Geruch der Bettvorhänge in die Nase, und er erinnerte sich.

Ravenwold Castle.

Er konnte hören, wie der Sturm draußen heulte und durch die Ritzen und Spalten des uralten Gemäuers fuhr. Die schweren damastenen Bettvorhänge blähten sich rhythmisch, als atmete ein riesiges nächtliches Geschöpf unmittelbar dahinter. Garrett zog die Vorhänge zurück und sah nur die dunklen Mauern des Schlafgemachs.

Er lehnte sich in das muffige Federkissen zurück, zog sich die Decke bis unter das Kinn und fragte sich, was ihn wohl geweckt haben mochte.

Wahrscheinlich nur ein Alptraum. Er streckte sich wieder aus und wiederholte stumm seine Gebete. Normalerweise ließ ihn das rasch wieder einschlafen, doch diesmal blieb er unruhig und wachsam.

Es schien über eine Stunde vergangen zu sein, als er den Versuch aufgab, Schlaf zu finden, und sich erhob. Je früher er von hier verschwand, um so besser. Der Sturm würde ihren Abmarsch bestens tarnen, sollten Cromwells Spione sie beobachten. Dieser Ort verursachte ihm Gänsehaut, ebenso wie seine Herrin.

Seine Männer schliefen in der Küche, in der Wärme der riesigen Feuerstellen. Sie konnten in weniger als einer halben Stunde abmarschbereit sein. Garrett kleidete sich so rasch und so leise an, wie er konnte, schnallte sein Wehrgehänge um und schlug den Weg zur Haupttreppe ein.

In dem Augenblick, als er an der Treppe anlangte, sah er unten in der Großen Halle eine Erscheinung, die ihn abrupt innehalten ließ. Eine Frau mit prächtigem, offenem blondem Haar ging barfuß und mit unsicheren Schritten über den kalten Steinboden, in der Hand eine Laterne. Garrett konnte das Gesicht der Frau nicht sehen, aber ihr pelzbesetzter Umhang war verführerisch von einer Schulter gerutscht, enthüllte ihr Nachtgewand und eine Vorstellung von aufregender weiblicher Nacktheit. Dann stolperte die Frau, drehte sich etwas und zeigte damit Garrett genug von ihrem Gesicht, daß ihm der Atem stockte.

Zum Donner, es war Countess Ravenwold!

Er wich ins Dunkel zurück, weil er fürchtete, daß sie ihn entdecken könnte. Doch die Gräfin schien ihn nicht zu bemerken. Sie zog ihren Umhang ob der kalten Zugluft in der Halle fester um sich und ging weiter in die Richtung der Kapelle.

Garrett fühlte sich, als habe ihm jemand einen überraschenden Schlag gegen die Brust versetzt. Niemals hätte er vermutet, daß die Witwenhaube der Gräfin Ravenwold solch üppige goldene Flechten verbarg. Noch daß ihr steifes, schmuckloses Trauergewand solch großzügige Kurven bedeckte.

Es war lange her, daß eine Frau ihn derart überrascht hatte.

Von Neugier getrieben, ging er die Treppe hinunter und in Richtung Kapelle anstatt zur Küche. Er wußte, daß er das nicht tun sollte, doch er fühlte den seltsamen Drang, der Gräfin zu folgen. Garrett trat leise auf und hielt sich so weit hinter ihr, daß sie ihn nicht hören konnte. Als sie die Kapelle betrat, ließ er eine geraume Zeit verstreichen, bevor er zu der leicht geöffneten Tür schlich. Er schämte sich dafür, lugte aber dennoch durch den breiten Spalt bei den Angeln. Was er sah, beschämte ihn wirklich.

Ravenwolds Grab war bereits zugeschüttet und mit der Grabplatte bedeckt worden. Auf ihr kniete die Gräfin, auf die Hände gestützt, wobei ihr Körper sich stumm schüttelte. Die flakkernde Laterne warf in der kleinen Kapelle scharfe Schatten.

Garrett wandte sich ab und schloß die Augen in tiefer Reue darüber, sich in ihre Trauer hineingedrängt zu haben. Er hatte über diese Frau ein äußerst hartes Urteil gefällt, ohne das geringste zu wissen. Nun, da er mit ihrem offensichtlichen Schmerz konfrontiert wurde, wünschte er, er wäre in die Küche gegangen.

Quälend langsam drehte er sich um und ging den dunklen Gang zurück. Er hatte die Große Halle noch nicht erreicht, als er aus der Kapelle ein Geräusch hörte, das ihn frösteln ließ.

Eine lyrischer Sopran – klar und hell wie das Sonnenlicht auf einem plätschernden Bach – hallte von der dunklen steinernen Gewölbedecke wider. Die Worte waren ein wenig undeutlich, doch die fröhliche Melodie fehlerlos:

Mein Hochzeitstrank war bitt're Galle
Vertrieb die Liebesträume alle
Der Tod betrog mein grausam Los
Mein Herr ist Madenfutter bloß
Wie schmeckt die Einsamkeit so süß
Wie schmeckt die Einsamkeit so süß.

Garrett blieb der Mund offenstehen.

Als das Lied wiederholt wurde, machte er kehrt und ging zurück. Er blickte abermals durch den Spalt und sah Countess Ravenwold in ihrem verrutschten Umhang, den Rücken ihm zugewandt, mit leidenschaftlicher Hingabe auf dem Grab ihres Ehemannes singen und tanzen.

Nach einer besonders wackeligen Pirouette fiel sie in sich zusammen, ein wohlgeformtes, bis zum Oberschenkel entblößtes Bein lag ausgestreckt auf dem kalten Stein. Und dies war in der Tat ein sehr schöner Schenkel, mit Haut so hell und zart wie Elfenbein. Dann gab sie ein kehliges, trunkenes Kichern von sich. Betrunken!

Garrett kämpfte gegen einen unbändigen Drang, laut zu lachen.

Sie *hatte* also vorhin gar nicht geweint. Sie hatte gelacht!

Garrett war gleichermaßen erstaunt und fasziniert. Dieses wilde, blonde Geschöpf konnte unmöglich dasselbe steife, verbitterte und verkniffene Weibsbild sein, als das er die Gräfin kennengelernt hatte, doch sie war es.

Countess Ravenwold rollte sich auf den Bauch und streckte auf der Grabplatte alle viere von sich. Ihre langen, schlanken Finger strichen zärtlich über die in den Marmor gemeißelten Worte. »Nun, Robert, anscheinend hast du am Ende recht behalten. Ja, ich lache. Und der Titel, die Ländereien, was auch immer übrig ist, sind nun mein. Alles mein.« Ihre Stimme wurde schrill. »Mein. Mein.« Dann brach sie in Tränen aus, schluchzte, während sie mit den Fäusten auf den harten, kalten Stein schlug.

Garrett sah ihr wie gebannt zu. Seine Gefühle schwankten zwischen Entsetzen, Verwunderung und einem irritierenden Anflug von Begehren.

Trotz ihrer heimlichen Exzesse war diese Frau einfach unglaublich hart. Sie freute sich hämisch, ja *tanzte* auf dem Grab ihres Mannes! Garrett dachte an Ravenwold und schüttelte den Kopf. Dann drehte er sich um und ging direkt in die Küche.

Elizabeth beweinte alles, was sie erlitten hatte. Sie hatte während der vergangenen zwei Jahre mit der Todesangst gelebt, daß Ravenwold zurückkehren und sie wegen ihrer Unfruchtbarkeit umbringen würde. Doch nun war er tot, wirklich tot, und sie war frei und konnte den Zorn herauslassen, der in ihr tobte.

Endlich hatte sich ihre heimliche Hoffnung erfüllt – sie konnte ohne Angst ihre Wut abreagieren. Sie schlug auf den Stein, bis sie kein Gefühl mehr in ihren Fäusten hatte; sie weinte, bis ihr Körper so kalt war wie der Stein unter ihr. Doch gerade als ihre Tränen zu verebben begannen, hörte sie von fern Schritte.

Sie verstummte sofort, kämpfte sich hoch und stolperte in den Gang. Am anderen Ende der Großen Halle sah sie Colonel Creighton eilig der Küche zustreben; seine große Gestalt, seine schulterlangen blonden Locken waren selbst aus der Entfernung gut zu erkennen.

Elizabeth wich in die Dunkelheit zurück, und ihr Herzschlag setzte für eine Sekunde aus.

Hatte er sie gehört? Hatte er gesehen …?

Creighton blieb einen Moment lang vor der Küche stehen und warf einen finsteren Blick in Elizabeths Richtung. Obwohl sie wußte, daß er sie in dem Dunkel, das sie umgab, nicht sehen konnte, wurde ihr heiß vor Scham, so als ob sie nackt vor ihm stünde.

Er *hatte* sie gesehen und gehört, der Schurke! Spionierte ihr nach wie ein Voyeur!

Elizabeth zitterte vor Scham und Wut. Creighton konnte ihr nicht schnell genug verschwinden. Sie dankte der Heiligen Jungfrau dafür, daß sie ihn niemals wiedersehen würde.

Sie konnte nur hoffen, daß er Edelmann genug war, um das, was er gesehen hatte, für sich zu behalten. Doch wenn Creighton Männer wie Ravenwold seine Freunde nannte, war sie verloren. Jedermann bei Hofe würde erfahren, was sie getan hatte.

Ihre Tränen begannen erneut zu fließen, und Elizabeth zog sich in die Kapelle zurück. Dort kniete sie vor dem Altar nieder und schwor, Cornwall niemals mehr zu verlassen.

In der Küche fand Garrett seine Männer bereits angezogen vor. Sie hatten das Singen gehört und für das Heulen eines Geistes gehalten.
Froh über ihre Eile, klärte er sie nicht auf. Er wollte so schnell wie möglich und so weit wie möglich fort von der Countess Ravenwold.
Keine halbe Stunde später führte er den letzten seiner Männer an dem mißlaunigen Torwächter von Ravenwold Castle vorbei. Garrett blickte nicht zurück, bis sie ein gutes Stück Weges entfernt waren, und er tat es dann nur, um Gottes Hilfe für den nächsten ahnungslosen armen Teufel zu erflehen, den das Schicksal traf, mit der Gräfin Ravenwold verheiratet zu werden.

Viertes Kapitel

24. März 1648 (drei Jahre später)

Elizabeth überprüfte den Inhalt des schweren Korbes, den Gwynneth auf dem Schoß hielt, und stieg dann ohne Hilfe aus der Kutsche. Ihr letztes Paar guter Stiefel versank im Matsch, und sie war gezwungen, den Saum ihres schweren Trauergewandes unanständig hoch zu heben, bis sie sicheren Boden erreichte. Als sie es bis zu dem grasbewachsenen Seitenstreifen geschafft hatte, hielt sie die Hand gegen das grelle Sonnenlicht vor die Augen und rief dem Kutscher zu: »Fahr noch ein Stückchen vor, Terrell. Der Weg ist hier noch ein reiner Morast.«

Der alte Mann wurde rot. »Verzeihung, Milady.«

Als die Kutsche auf festerem Boden zum Stehen kam, stieg Gwynneth stirnrunzelnd aus und gesellte sich zu ihrer Herrin. »Ich weiß wirklich nicht, warum Ihr ihn behaltet, Milady. Er kann kaum seinen Weg aus dem Bett finden. Ich glaube, daß er halb blind ist.«

»Still, Gwynneth. Er könnte dich hören.« Elizabeth ging den grasbewachsenen Abhang hinunter, auf einen bescheidenen Kotten mit Blick auf das Meer zu. Als sie außer Hörweite der Kutsche waren, sagte sie: »Terrell hat den Ravenwolds zwei Generationen lang gut und treu gedient. Soll ich solche Loyalität mit Entlassung danken?« Sie schüttelte den Kopf. »Du weißt, daß er nirgends mehr eine Anstellung fände. Warum, denkst du, habe ich ihn behalten, als ich so viele andere entlassen mußte?«

»Es tut mir leid, Milady.« Gwynneth hatte soviel Anstand, ein beschämtes Gesicht zu machen. Sie stammelte: »Ich wollte nicht … Das heißt, ich … Was das Geld angeht … Ihr werdet *mich* doch nicht wegschicken, oder? Selbst wenn Milady mich nicht bezahlen könnten, würde ich gern bleiben.«

»Ich danke dir, Gwynneth, aber hoffentlich kommt es nicht soweit.« Elizabeth hatte schon auf so vieles verzichtet, um ihre Pächter vor dem Verhungern zu bewahren. »Der Bürgerkrieg macht alles noch schwerer. Ich bete darum, daß er bald vorüber sein möge, aber die Klugheit zwingt mich, anders zu denken.« Die Wahrheit war, daß sie nicht wußte, wie lange sie noch mit dem bißchen auskommen würde, das Ravenwold ihr hinterlassen hatte. Jeden Monat wollte die Krone mehr: mehr junge Männer für die Armee, mehr Steuern, um sie zu bezahlen, mehr Nahrungsmittel, um sie zu verpflegen. Bald würde es keine Bauern mehr geben, nur Frauen, Kinder und alte Männer, die fischten und die Felder bestellten. Und was würde sie dann tun? Was würden sie alle tun, die vielen hundert Familien, die von ihr Schutz und Führung erwarteten?

Diese Frage, so gewichtig und nicht zu beantworten, beherrschte ihre Gedanken. Trotz der Märzsonne und der ungewöhnlich milden Brise schauderte es sie, und sie bekreuzigte sich.

»Geht es Milady gut? Vielleicht sollten wir umkehren …«

Elizabeth marschierte weiter das steil abfallende, brachliegende Feld hinunter. »Nein. Mir ist nur ein Schauer den Rücken hinuntergelaufen.«

Der Wind fuhr in ihre schweren schwarzen Röcke und blähte sie, so daß sie kaum sehen konnte, wohin sie trat, doch Elizabeth störte sich nicht daran. Sie freute sich über den seltenen Sonnenschein und war dankbar für den warmen Wind, der den meisten Matsch und Dreck trocknen würde. Der frische Geruch der See reinigte die Luft und barg die Aussicht auf wärmere Tage.

Sie öffnete das Gatter in der Natursteinmauer, die den kleinen Hof umgab, und rief Gwynneth zu: »Denke daran, das Tor wieder gut zu schließen, sonst laufen die Schafe hinaus.« Dann ging sie auf das lange, niedrige Steingebäude zu, das schon Generationen von Edmunsons beherbergt hatte. Sie hatte noch mehrere Meter zu dem Bauernhaus zurückzulegen, als die Tür aufflog und eine wilde Horde Kinder daraus hervorquoll.

»Es ist Milady, Mama! Milady ist hier!«

Wie immer wurden Elizabeth und Gwynneth sofort umzingelt. Elizabeth ignorierte die kleine Ziege, die an ihrem Saum knabberte, und fuhr durch die wirren, schmutzigen Locken des dreijährigen William: »Hallo, William.« Wie seine Brüder und Schwestern hatte das Kind Läuse und mußte gründlich geschrubbt werden. Elizabeth wandte sich an die Älteste, Lona, ein scheues Mädchen von zehn Jahren, die ein Kleinkind mit blankem Hinterteil auf der Hüfte trug. »Wie geht es deiner Mutter heute, Lona?«

Lona wurde so rot, daß Elizabeth die Farbe selbst durch den Schmutz sehen konnte, der Lonas Gesicht bedeckte. Sie senkte die Augen und sagte: »Sie ist ein wenig kräftiger, Milady, dank dem Eintopf, den Ihr gebracht habt, aber sie kann noch nicht aufstehen.«

Die anderen Kinder starrten gespannt auf den Korb an Gwynneths Arm, waren aber zu schüchtern, um zu sprechen. Da Elizabeth wußte, wie hungrig sie sein mußten, griff sie hinein und holte ein paar Äpfel heraus. Sie gab den ersten dem achtjährigen Tannie. »Hier, für dich, Tannie.«

Entzückt über die süße Kostbarkeit machte der Junge eine ungeschickte Verbeugung. »Danke, Milady.«
Während sie die restlichen Äpfel verteilte, sagte Elizabeth: »Tannie, bitte lauf hinüber und sage dem Kutscher, daß ich länger bleiben werde als vorgesehen. Dann kommst du wieder herein. Ihr werdet alle ein Bad nehmen.«
Die Aussicht auf ein Bad verwandelte Tannies Ausdruck von tiefer Dankbarkeit in Grauen und schließlich Ergebenheit. »Ja, Milady. Ich sag's ihm.« Er ließ den Kopf hängen und machte sich im Schneckentempo auf den Weg über den Hof.
Fast hätte Elizabeth gelächelt. Sie rief ihm nach: »Laß dir nicht allzuviel Zeit, Tannie. Ich habe getrocknete Feigen und Käse für alle, die ohne Jammern baden.« Die Kinder hatten eine besondere Vorliebe für Feigen gezeigt, selbst für getrocknete. »Wenn du trödelst, sind vielleicht keine Feigen mehr übrig.«
Gwynneth runzelte mißbilligend die Stirn. »Die waren für Miladys Mittagessen. Was werden Milady –«
Elizabeth nahm Gwynneth den Korb ab und brachte die protestierende Zofe zum Schweigen, indem sie ruhig sagte: »Ich habe lieber einen leeren Magen und bade sieben *willige* Kinder, als einen vollen Magen, aber sieben *unwillige* Kinder zu baden.«
Gwynneths Stirnrunzeln wich einem wehmütigen Lächeln. »Da haben Milady wohl recht.« Sie wandte sich den Kindern zu. »Nun gut, ihr Kleinen, lauft und holt Wasser. Ich gehe hinein und schüre das Feuer für euer Badewasser.« Sie senkte die Stimme zu einem gutmütigen Brummeln. »Vorausgesetzt, es ist etwas da, *womit* ich Feuer machen kann.«
»Wenn nicht, können die Kinder sicher etwas getrockneten Dung holen«, meinte Elizabeth. Auf Gwynneths angewiderte Miene bei der übelriechenden Aussicht, Schafmist zu verbrennen, mahnte Elizabeth: »Du brauchst deine Nase gar nicht zu rümpfen. Wenn sich die Lage nicht bald ändert, könnten auch

wir gezwungen sein, mit Dung statt mit Steinkohle zu heizen.« Sie schob die schmierigen Schaffelle beiseite, die vor dem Eingang hingen. Am anderen Ende des einzigen, düsteren Raumes versuchte Ada Edmunson sich in ihrer durchhängenden Schlafstatt aufzusetzen. »Gott segne Euch, Milady. Ich hab's doch gewußt, daß Ihr kommen würdet, ehe uns das Essen ausgeht«, sagte sie schwach.

Elizabeth ging zu Adas Lager hinüber und drückte die fiebernde Frau sanft auf die Strohmatratze zurück. »Schont Eure Kräfte, Mistress Edmunson.« Als Ada wieder lag, zog Elizabeth sich einen dreibeinigen Schemel heran und setzte sich neben sie. »Gibt es Nachricht von Mister Edmunson? Ich habe mehrmals an sein Regiment geschrieben, aber keine Antwort erhalten.«

»Nein, Milady.« Ada schloß die Augen. Ihr fahles, ausgezehrtes Gesicht wirkte trostlos. »Ich hab furchtbare Angst, daß er umgekommen ist, aber Lona sagt, wir dürfen die Hoffnung nicht aufgeben.«

Wie so vielen anderen Familien, die ihren Lebensunterhalt den rauhen Hügeln und der noch rauheren See Cornwalls abrangen, war es den Edmunsons schlecht ergangen, seit der Bürgerkrieg ihre Männer gerufen hatte. Als Ada krank geworden war, hatte das verheerende Auswirkungen auf ihre Familie. Ohne Hilfe wären sie schon vor Monaten zugrunde gegangen.

»Lona hat recht, Mistress Edmunson.« Elizabeth tätschelte Adas trockene, schwielige Hand. »Wir müssen weiterhin für Mister Edmunsons sichere Rückkehr beten. Ich bete täglich für ihn, und ebenso für das Ende dieses schrecklichen Krieges.«

Einige der Kinder kamen mit ledernen Eimern voll Wasser vom Brunnen herein. Gwynneth folgte ihnen, beladen mit Treibholz, und begann die Glut in der Feuerstelle neben Adas Bett zu schüren.

Elizabeth ging zu einem angenehmeren Thema über. »Ich habe wegen Eurer Krankheit an Doktor Low in London geschrieben – über das Fieber, das Schwitzen und Zittern –, und er hat mir ein wunderbares neues Heilmittel geschickt, das aus Chinarinde gewonnen wird.« Sie holte eine verkorkte Flasche mit einer dunkelbraunen Flüssigkeit aus dem Korb und reichte sie Ada. »Ich habe ein Elixier davon zubereitet. Sorgt dafür, daß jedes der Kinder täglich einen Teelöffel davon nimmt. Ihr selbst sollt drei Teelöffel täglich einnehmen – einen nach dem Aufwachen, einen am Mittag und einen am Abend. Doktor Low schwört, daß es Euch im Nu kurieren und zudem verhindern wird, daß eines der Kinder erkrankt.«

Ada zog ein jämmerliches Gesicht, und eine Träne kullerte ihr über die Wange.

»Was ist denn, Mistress Edmunson?«

Ada bekam die Worte kaum heraus. »Wir haben keinen Teelöffel, Milady.«

Eine Woge des Mitleids und der Scham durchflutete Elizabeth. Sie kramte in dem Korb, bis sie ihr eigenes Silberbesteck fand. »Aber natürlich gehört der Teelöffel zu der Medizin dazu. Er muß aus Silber sein, und ich habe einen mitgebracht.«

Gwynneth tat mit einem lauten Räuspern ihr Mißfallen über dieses neuerliche Opfer ihrer Herrin kund.

Elizabeth warf ihr einen warnenden Blick zu und gab Ada den Löffel. »Nun werden Gwynneth und ich das Haus in Ordnung bringen, die Kinder baden und einen Kessel Suppe aufsetzen, bevor wir gehen.«

Ada umklammerte mit einer Hand den silbernen Löffel. Mit der anderen ergriff sie Elizabeths Rocksaum, führte ihn an ihre aufgesprungenen Lippen, küßte ihn und blickte dann zu ihrer Wohltäterin auf. »Ich kann Milady ihre Güte niemals vergelten, doch unser Herrgott wird Euch dafür belohnen, daß Ihr unsereins helft, und wo wir nicht einmal katholisch sind.«

Verlegen entzog Elizabeth Ada sanft ihren Rocksaum. »Davon will ich nichts hören. Hunger und Krankheit wissen nichts von katholisch oder protestantisch. Derselbe Gott befiehlt uns allen, einander zu helfen. Und wir sind alle treue Untertanen der Krone.« Sie rang sich um Adas Willen ein Lächeln ab. »Ruht Euch jetzt aus, damit Gwynneth und ich feststellen können, was getan werden muß.«

Die Sonne war längst untergegangen, als Elizabeths Kutsche auf Ravenwold Castle anlangte. Steif und erschöpft in ihren feuchten, beim Baden bespritzten Kleidern, schüttelte sie Gwynneth wach. »Wir sind zu Hause.« Elizabeth hatte kaum ihren Fuß auf das Trittbrett gesetzt, als sich von den Ställen her ein elegant gekleideter Kurier der Kutsche näherte.

Der kleine, rundliche Bote verbeugte sich, und seine Livree aus Satin schimmerte matt im Licht der Fackeln. »Milady, isch bringe ein eilige Nachrischt für *Madame la Comtesse* Ravenwold.«

Beim Klang seines starken französischen Akzents stockte Elizabeth der Atem. Charlotte mußte in Paris etwas zugestoßen sein!

»Ich bin Countess Ravenwold. Übergebt mir die Nachricht.«

Der Bote verbeugte sich wieder und zog einen gefalteten Brief aus seiner Kuriertasche.

Der Fackelschein fiel auf das unverkennbare Siegel der Königin, als Elizabeth das Schriftstück entgegennahm. Ihr Mund war auf einmal so trocken, daß sie kaum sprechen konnte. »Danke.« Nur die prekärsten Umstände rechtfertigten das Risiko und die Kosten, in diesen unsicheren Zeiten einen Kurier aus Frankreich zu schicken.

Bitte, gütiger Gott, laß Charlotte gesund sein.

Ohne die Mutter aufgewachsen, hatten die beiden Schwestern einander beigestanden, um unter der kalten, unerbittlichen Strenge und den Beschimpfungen ihres Vaters überleben zu können. Seit dem Tod ihres Vaters war Charlotte Elizabeths einzige Verwandte. Wenn ihr etwas zustieße, wäre Elizabeth ganz allein auf der Welt.

Sie versuchte, die Angst aus ihrer Stimme zu verbannen. »Gwynneth, sorge dafür, daß der Bote eine Mahlzeit und einen Platz zum Schlafen bekommt. Ich werde in meinen Gemächern essen.«
Eine Viertelstunde später, als Gwynneth ein Tablett mit Brot, Käse, getrockneten Feigen und Wein hinaufbrachte, starrte Elizabeth noch immer auf den ungeöffneten Brief in ihrer Hand.
»Schlechte Nachrichten, Milady?«
»Ich fürchte es. Der Brief trägt das Siegel der Königin.« Wie immer zwang sich schließlich Elizabeth, zu tun, was getan werden mußte. Sie öffnete den Brief und las:

Ihre Hoheit Königin Henrietta Maria entbietet Ihrer Vasallin, der Countess Ravenwold, Ihren Gruß.

Diese Nachricht wurde auf Bitten von Lady Markham gesandt, Unserer geschätzten, treu ergebenen Hofdame, welche die Gräfin mit größter Dringlichkeit ersucht, ihrer Schwester beizustehen, die schwer erkrankt ist. Der Kurier, der diese Nachricht überbringt, wird die Gräfin eskortieren. Mit Bedauern ob der unglücklichen Umstände, welche diese Mitteilung erfordern,

Henrietta Maria, Regina Brittanium.

Elizabeth stöhnte. Sie hatte den Tag damit zugebracht, sich um Ada Edmunson zu kümmern, eine Frau, die sie kaum kannte, während ihre eigene Schwester krank darniederlag – vielleicht sterbend. Und sie hatte alle Arzneien von Dr. Low weggegeben!
Vielleicht war es noch nicht zu spät, um ihrer Schwester zu helfen; noch konnte Charlotte am Leben sein. Aber wie lange noch? Wie lange hatte der Kurier gebraucht, um nach Raven-

wold zu kommen? Elizabeth stand auf. »Wo ist der Bote? Ich muß sofort mit ihm sprechen.«

»In der Küche, Milady. Ich hole ihn –«

»Nein.« Sie winkte Gwynneth zurück. »Ich gehe zu ihm. Du bleibst hier und richtest das Gepäck. Wir brechen noch heute abend nach Frankreich auf.«

»Heute abend! Aber Milady sind erschöpft. Und das Reisen ist so gefährlich in diesen Tagen. Sicher können Milady warten –«

»Wir können nicht warten.« Elizabeth überließ Gwynneth ihrem Protest und rief über die Schulter zurück: »Ich werde es später erklären. Fang einfach an zu packen.«

Sie fand den Boten an dem langen Küchentisch, wo er eine Schüssel Eintopf hinunterschlang. Er hörte sofort auf zu essen und erhob sich, als sie auf ihn zutrat. Elizabeth forderte ihn mit einer Geste auf, sich wieder zu setzen. »Bitte, fahrt mit Eurem Mahl fort.« Als er zögerte, dabei aber hungrig nach dem Eintopf schielte, fügte sie hinzu: »Ihr müßt essen, denn ich möchte so bald wie möglich aufbrechen.«

Der Mann nickte und setzte sich, aß aber nicht weiter, sondern wartete auf die Fragen, die kommen mußten.

Elizabeth wollte nur das Nötigste wissen. Für den Rest würde später genug Zeit sein. »Wie lange habt Ihr gebraucht, um mich zu erreichen?«

Mit starkem Akzent antwortete er: »Zehn Tage, *Madame la Comtesse.*«

So lange! Sie unterdrückte einen Seufzer. Charlotte konnte bereits tot sein. Oder genesen. »In dem Brief steht, daß Vorkehrungen für meine Reise getroffen wurden. Welche sind das?«

»Ein *Schief*, es wartet in *Gravzan.*« Er machte eine schaukelnde Bewegung mit den Händen.

»Oh, ein Schiff.« Elizabeth versuchte sich an die paar Worte Französisch zu erinnern, die Charlotte sie gelehrt hatte. »*Ah, je comprends.*« Gravesend war auf der anderen Seite Englands!

Er zuckte mit französischer Gleichmut die Achseln. »Die Blokkade.«
»Aber Gravesend ist mit der Kutsche nicht vor einer Woche zu erreichen. Selbst wenn wir reiten, werden wir mindestens fünf Tage dorthin brauchen.« Ganz abgesehen davon, daß Elizabeth zwar eine hervorragende Reiterin war, Gwynneth sich aber kaum im Sattel halten konnte. Sie wäre niemals den Anforderungen gewachsen. Und Elizabeth konnte wohl kaum ohne Anstandsdame in Begleitung eines fremden Mannes reisen.
Sie würde die Kutsche nehmen müssen. Sie tröstete sich damit, daß der Wagen zumindest Schutz vor dem Wetter und vor neugierigen Blicken bieten würde. »Also gut. Ich lasse den Stallburschen frische Pferde einspannen. Bitte beendet Euer Mahl.«
Als sie sich erhob, fiel Elizabeth ein, daß die Route nach Gravesend sie an London vorbeiführen würde. Ein Funken Hoffnung hob ihre Stimmung. Kurz vor London konnte sie zu Dr. Low vorausschicken und ihm mitteilen lassen, daß sie mehr von dem Chinarindenpulver brauchte, und auch etwas Weidenrindenpulver. Wenn Dr. Low diese Pulver hätte, und wenn er sie nach Gravesend schicken könnte, bevor sie ablegten …
So viele »Wenns«. Und was würde jegliche Medizin nutzen, wenn Charlotte nicht mehr zu helfen wäre?
Elizabeth schob diesen entsetzlichen Gedanken von sich und klammerte sich an die Überzeugung, daß Charlotte noch lebte. Sie würde es wissen, wenn ihre Schwester tot wäre. Sie hätte *irgend etwas* spüren müssen.
Sie wandte ihre Aufmerksamkeit naheliegenderen Dingen zu und schickte die Küchenmagd, um den Stallknecht über ihre Abreise zu unterrichten. Dann wandte sie sich an den Koch.
»Wie schnell könnt ihr Proviant für mich, Gwynneth und den Boten herrichten – für mindestens eine Woche?«
Der Koch überlegte kurz: »In zwei Stunden, wenn es Milady nichts ausmacht, hauptsächlich Dörrfleisch und Zwieback zu

essen. Wein und Käse haben wir reichlich, aber die Trokkenfrüchte sind fast aufgebraucht.«

»Tu, was du kannst, und laß alles aufladen. Ich weiß nicht, wann ich zurückkomme. Mister Goodshire wird mich bis zu meiner Rückkehr vertreten.« Ihr Gutsverwalter war ein ehrlicher und zuverlässiger Mann. »Oh, und Koch, vergiß nicht, den Edmunsons zu essen zu schicken, solange ich fort bin.«

»Sehr wohl, Milady.«

»Ich bin oben bei Gwynneth und packe, falls ihr mich braucht.«

Acht gefährliche, scheußliche Tage später erreichte die Kutsche Gravesend. Wie geplant hatte Elizabeth von Kingston-upon-Thames aus einen Kurier nach London geschickt. Als sie nun im Hafen von Gravesend aus der Kutsche stieg, hielt sie im Gedränge Ausschau nach jemandem, der sie vielleicht suchte. Sie wollte schon aufgeben, als eine vertraute Frauenstimme sie von hinten ansprach.

»Milady? Ihr seid es wirklich! Gott sei Dank.«

Elizabeth hätte diese Stimme überall erkannt. »Anne!« Sie wirbelte herum und blickte in Anne Murrays Gesicht, das fast völlig von der tief ins Gesicht gezogenen Kapuze ihres Umhangs verborgen war. »Was tut Ihr hier?«

Anne lächelte und brachte ein umfangreiches, in Wachstuch eingeschlagenes und sorgfältig verschnürtes Bündel zum Vorschein. »Doktor Low hat Eure Nachricht erhalten, konnte aber nicht selbst kommen, weil er sich um einen Patienten kümmern mußte. Er wollte die Heilmittel niemand anderem anvertrauen, also hat er nach mir geschickt, und hier bin ich.« Sie reichte Elizabeth das kostbare Bündel. »Hier sind das Chinarindenpulver und die Weidenrinde, um die Ihr gebeten habt. Er hat sogar noch einige Kräuter dazugepackt, die Eurer Schwester helfen könnten. Es ist ein Brief dabei, der Euch die Anwendungen erklärt.«

Obwohl sie von der Fahrt furchtbar durchgeschüttelt war, schöpfte Elizabeth frische Zuversicht. »Was würde ich nur ohne Euch und den guten Doktor Low tun? Ihr erscheint immer zu meiner Rettung.« Sie nahm das Paket und gab Anne voll Dankbarkeit soviel Geld, wie sie erübrigen konnte. »Ich lasse Euch den Rest von meinem Bevollmächtigten in London schicken.«

Anne schüttelte den Kopf und schob Elizabeths Hand im schwarzen Handschuh von sich. »Ich werde nichts aus Eurer Reisekasse annehmen. Ihr könnt es mir zurückzahlen, wenn Ihr wiederkommt.« Wie immer war ihr Elizabeths mißliche Lage bewußt.

»Seid Ihr sicher?«

Annes Mutter war im vergangenen August gestorben, und Elizabeth wußte nicht, wie die Murrays nur mit dem Gehalt ihres Vaters zurechtkamen. »Da Eure Mutter von uns gegangen ist, war ich nicht sicher …«

»Vater und mir geht es gut. Wir können es uns leisten, einer Freundin einen kleinen Kredit zu gewähren.«

»Gott segne Euch, Anne. Ich werde meiner Bank in London schreiben, bevor wir ablegen. Man wird dafür sorgen, daß Ihr Euer Geld bekommt.« Elizabeth schloß ihre Hand um das Geld und lächelte. »Meine Eskorte sieht gerade nach unserem Schiff. Habt Ihr ein wenig Zeit?«

Anne blickte ungewöhnlich nervös um sich. »Ja, aber laßt uns in der Kutsche reden. Es ist besser für Euch, nicht mit mir gesehen zu werden.«

Nach acht Tagen auf schlechten Straßen war Elizabeth der Kutsche wirklich überdrüssig, aber irgend etwas an Anne Murrays Verhalten ließ sie zustimmen. »Wie Ihr wünscht.« Sie schickte Gwynneth hinaus.

Wie üblich verlor Anne nicht viele Worte. »Woher habt Ihr gewußt, daß ich allein mit Euch sprechen wollte?«

»Ich habe es gespürt. Ihr seht aus, als beschäftige Euch etwas, und Ihr scheint vor etwas auf der Hut zu sein.«
Anne sah wieder aus dem Kutschfenster und nickte dann. »Das bin ich auch. Ich glaube nicht, daß mir jemand gefolgt ist, aber man ist nie sicher.«
»Euch gefolgt? Anne, was ist geschehen?«
»Ich bin erwachsen geworden, das ist alles.« Ihre Freundin schob die Kapuze ihres schweren Umhangs zurück und enthüllte ein spitzbübisches Lächeln. »Eine gute, gehorsame Tochter zu sein, hat mir nichts als Herzeleid gebracht, deshalb habe ich beschlossen, nicht mehr brav zu sein. Es ist herrlich befreiend, das kann ich Euch versichern.« Aus ihren Briefen wußte Elizabeth, daß Anne und Thomas Howard sich heftig ineinander verliebt hatten; er war aber wegen seiner Mittellosigkeit von ihrer Mutter abgelehnt worden. Mit gebrochenem Herzen hatte Anne die folgenden drei Jahre fügsam zugesehen, wie ihre Aussichten auf eine Heirat schwanden. Nun, da ihre Mutter tot war, hatte sie endlich aufbegehrt.
Annes Augen sprühten. »Ich habe einen außerordentlich faszinierenden Mann kennengelernt – einen gewissen Colonel Bampfield, einen Freund meines Bruders. Vater hält überhaupt nichts von ihm, aber in diesem Stadium meines Lebens ist mir das egal. Ich habe keinen Ehemann in Aussicht und werde zweifellos als alte Jungfer sterben.« Sie reckte sich trotzig. »Aber ich werde nicht an Langeweile sterben, dank Colonel Bampfield. Er ist ein sehr aufmerksamer Liebhaber.«
»Anne!« Elizabeth war schockiert, solche Worte von der frommen, ergebenen Anne zu hören.
»Wie ich schon sagte, ich bin erwachsen geworden.« Anne blickte aus dem Fenster und wandte sich dann mit ernster Miene wieder Elizabeth zu. »Ich habe Euch sehr gern Eure Arzneien gebracht, möchte Euch aber dafür um einen Gefallen bitten. Es geht um Leben und Tod.«

Elizabeth fragte vorsichtig: »Hat das etwas mit Colonel Bampfield zu tun?« So sehr sie ihrer Freundin auch verpflichtet war, sie schätzte Annes Vater und wollte ihn nicht hintergehen.
Anne zuckte mit den Schultern. »Nicht direkt. Er hat mich mit einer äußerst eiligen Nachricht für Seine Hoheit, den Prince of Wales, betraut. Ich habe versucht, eine Passage nach Frankreich zu bekommen, aber für kein Geld der Welt war eine Überfahrt zu haben. Dann erzählte mir Doktor Low von Eurer Reise. Das muß eine göttliche Vorsehung sein.« Sie holte den Brief unter ihrem Umhang hervor. »Würdet ihr dies Seiner Hoheit überbringen?«
Elizabeth fühlte, wie das Blut aus ihren Wangen wich. »Dem Fürsten von Wales?«
Immer auf dem neuesten Stand durch den Klatsch der Dienstboten, hatte Gwynneth Elizabeth von der Flucht des Kronprinzen auf den Kontinent erzählt. Viscount Creighton gehörte zu seinem Gefolge. Elizabeth war froh gewesen, erleichtert, daß Creighton das Land verlassen hatte. Soweit sie wußte, war dieser Schuft noch immer des Fürsten rechte Hand. Nun bat Anne sie darum, die Demütigung eines Wiedersehens mit diesem Galgenvogel zu riskieren. »Ich kann nicht … Ich meine, ich kann den Brief mitnehmen, aber jemand anderes müßte ihn übergeben.«
Anne schüttelte den Kopf. »Verzeiht, Milady, aber dies betrifft eine Angelegenheit von solcher Bedeutung, daß ich es nicht wage, den Brief jemand anderem anzuvertrauen. Nur Seine Hoheit darf ihn bekommen, Ihr müßt ihn persönlich übergeben. Es muß sein, sonst ist alles verloren.« Sie legte den Brief in Elizabeths Hände und schloß die ihren darum. »Ich würde Euch nicht bitten, wenn es einen anderen Weg gäbe.«
Elizabeth hatte Anne noch niemals so verzweifelt und ernst erlebt.
Wie konnte sie es ihr erklären? Sie konnte Anne nicht von

Creighton erzählen und nicht von jener Nacht vor drei Jahren in der Kapelle. Wenn sie nur daran dachte, fühlte sie eine heiße Woge der Scham in sich aufsteigen. Wenn sie ihn je wiedersehen mußte … Elizabeth wand sich, denn sie wußte, daß sie sich nicht auf Creightons Verschwiegenheit verlassen konnte. Jeder bei Hofe wußte, daß dieser Spitzbube kein Gentleman war; sein ausschweifender Lebensstil und seine amourösen Eskapaden waren der liebste Gesprächsstoff sowohl des Hofes als auch der Dienerschaft.

Sie konnte diesem durchtriebenen, herumschnüffelnden Schurken nicht wieder gegenübertreten. »Aber Ihr versteht nicht. Es gibt Dinge … Das heißt, ich …«

Anne zog zutiefst enttäuscht ihre Hände zurück. Offensichtlich ging es um eine wirklich sehr bedeutende Angelegenheit.

Elizabeth wurde klar, daß ihre Würde das einzige war, was sie hinderte, ihrer Freundin zu helfen. Oder war es ihr Stolz? »Oh, Anne. Ich möchte Euch helfen, aber da gibt es jemanden im Gefolge des Kronprinzen, jemanden, den wiederzusehen ich nicht ertragen kann.«

Annes Augen verengten sich. »Wer?« Sie sah Elizabeth erröten und riet: »Creighton? Ihr wollt doch nicht andeuten, *Ihr* –«

Elizabeth wurde blaß. Hatte dieser Schuft ganz England erzählt, daß sie auf dem Grabe ihres Mannes getanzt hatte?

»Es *ist* Creighton!« Anne betrachtete Elizabeth, als sehe sie sie zum ersten Mal. »Nicht in meinen wildesten Träumen hätte ich … Ich meine, Ihr scheint mir nicht sein Geschmack zu sein. Aber andererseits sagt er ja immer, daß ihm *jede* Frau gefalle.«

»Das ist absurd.« Sowohl erleichtert als auch empört ob Annes Andeutungen, schöpfte Elizabeth Hoffnung, daß Creighton vielleicht doch nicht herumgetratscht hatte, was damals geschehen war. Aber sie konnte Anne nicht in dem Glauben lassen, daß sie und Creighton … »Ich versichere Euch, da ist nichts zwischen dem Viscount und mir, das auch nur entfernt einer romantischen Verbindung ähnelt. Noch war da jemals etwas Derartiges.«

Anne lächelte spitzbübisch. »Gut. Denn für den Fall, daß Colonel Bampfield jemals etwas zustoßen sollte, könnte ich es mir einfallen lassen, eine Kostprobe von Creightons legendären Talenten zu nehmen, obwohl ich vermute, daß sein Ruf wie der der meisten legendären Liebhaber mehr auf Mythen denn auf Wahrheiten beruht.«

»Nun, ich bin *nicht* eine seiner Eroberungen. Der Mann ist ein Schuft.«

»Um so bedauerlicher«, bemerkte Anne unbeeindruckt.

Elizabeth mußte lächeln. »Anne, aus Euch ist wahrlich eine skandalöse Person geworden.«

Ihre Freundin kicherte. »Wir befinden uns jetzt in entgegengesetzten Lagern, Milady. Ihr befolgt alle Regeln, und ich befolge keine. Ihr gehorcht, ich rebelliere. Ihr seid gut, und ich bin so schlecht wie nur möglich.«

»Ihr seid nicht verderbt, Anne. Ihr seid die gütigste, mutigste, ehrlichste Frau auf der ganzen Welt.« Elizabeth sah auf den Brief in ihrer Hand hinab. Seit dem Tode ihrer Mutter hatte sie versucht, sich in Sicherheit zu bringen, indem sie möglichst unsichtbar blieb. Sie war keine Risiken eingegangen und hatte keine Regeln mißachtet, doch das hatte ihr nur Schmerz und Erniedrigung eingebracht. Vielleicht war es Zeit, wieder in Erscheinung zu treten.

Zum Kuckuck mit Viscount Creighton!

Sie steckte den Brief in ihren Beutel. »Ich werde Euren Brief persönlich dem Kronprinzen übergeben, wie Ihr es erbeten habt. Ihr habt mein Wort.«

Die Bewunderung in Annes Augen sprach beredter als Worte. »Ich wußte, daß ich auf Euch zählen kann.«

»Nur eine Frage habe ich. Was, wenn jemand versucht, ihn mir abzunehmen?«

Anne zuckte mit den Schultern. »Verbrennt ihn, oder eßt ihn auf – was immer Euch möglich ist.«
»Aufessen? Ihr macht Euch wohl lustig über mich.«
»Nein, Milady. Ich meine es todernst.« Anne setzte die Kapuze ihres Umhangs auf und rutschte auf dem Sitz nach vorn. »Aber falls Milady sich gezwungen sehen sollten, den Brief aufzuessen – er wird in kleinen Fetzen leichter zu schlucken sein. Glaubt mir, ich spreche aus Erfahrung.« Sie überprüfte die Straße, bevor sie ausstieg, und drückte dann heftig Elizabeths Hand. »Glückliche Reise, Lady Elizabeth. Gott schütze den König.« Dann schloß sie die Tür der Kutsche und ging.
Elizabeth erlebte ein Gefühl des Verlustes, als ihre Freundin im Gedränge von Seeleuten, fliegenden Händlern und Kaufleuten verschwand. Noch nie in den achtundzwanzig Jahren ihres Lebens hatte sie ihre Heimat England verlassen oder jemals einen Fuß auf ein Schiff gesetzt. Sie leierte ein Gebet um sichere Überfahrt herunter und wandte ihren Blick dem grauen, kabbeligen Wasser an der Stelle zu, wo die Themse in den Kanal mündete.
Obwohl sie nie eine Seereise gemacht hatte, wußte sie sie doch einzuschätzen, und was sie sah, verhieß nichts Gutes. Ein kalter Wind war aufgekommen und brachte tiefhängende Wolken, die nun die Sonne verdeckten.

Fünftes Kapitel

Garrett saß schweigend an Lady Charlottes Bett im Louvre und fragte sich, ob es ein Fehler gewesen sei, hierher zu kommen. Er wußte, wie der Tod aussah, und er erkannte ihn nun in Charlottes eingesunkenen Wangen und in ihrer grauen Haut. Sie war so dünn, wog wohl kaum noch siebzig Pfund, und wurde von der bösartigen Krankheit verzehrt, die in ihr wütete.

Welch ein Kontrast zu den reizenden Rundungen, die sie noch vor Monaten besessen hatte.

Lady Charlottes Lider flatterten. Ihre Pupillen waren riesig, was ihren Augen einen gespenstischen Ausdruck verlieh. »Viscount.« Sie befeuchtete ihre aufgesprungenen Lippen. »Wie lieb von Euch, daß Ihr den weiten Weg von St. Germain hierher gemacht habt.«

»Ihr braucht nicht zu sprechen, Lady Charlotte. Schont Eure Kräfte.« Garrett ergriff ihre Hand und küßte sie. Sie fühlte sich so leicht an wie die einer Zehnjährigen, doch Lady Wyndhams Züge glichen denen einer sehr alten Frau. Mit ihren zwanzig Jahren schien sie in einigen kurzen Wochen des Leidens um Jahrzehnte gealtert zu sein. Der Tod wäre nun eine Erlösung, das wußte Garrett, doch der Gedanke machte ihn traurig. Ihre Wege hatten sich in der engmaschigen Welt der Exilanten oft gekreuzt, und er hatte die schüchterne, sanfte junge Wit-

we wirklich liebgewonnen, die der Königin so treu ergeben war.
»Danke, daß Ihr gekommen seid, alter Mann«, murmelte sie, neckte ihn wie früher mit ihrem Altersunterschied von zehn Jahren.
»Nennt Ihr mich etwa alt?« antwortete er, wie er es immer tat.
»Ihr seid alt. Älter, als ich jemals sein werde.« Sie drückte kurz seine Hand. »Ihr seid nun achtundzwanzig und immer noch unverheiratet. Schämt Euch, Sir. Ich wurde mit zwölf Jahren verheiratet, meine Schwester mit achtzehn. Wie seid Ihr dem bisher entronnen?«
Garrett zuckte lächelnd mit den Schultern. »Schätze, ich hatte Glück.«
»Ihr besucht mich.« Ihre Augen fielen zu. »Die meisten anderen kommen mich nicht mehr besuchen, ich glaube, es macht sie traurig, mich so zu sehen. Aber Euch nicht.« Sie sah zu ihm auf, und ihr trostloser Ausdruck wurde weich vor Zuneigung. »Ihr seid ein wahrer Freund, mein Lieber, daß Ihr über meine Krankheit hinwegseht.« Ein röchelndes Husten gurgelte in ihrer Kehle.
Garrett sah hilflos zu, während ihr Gesicht sich kurz vor Schmerzen verzerrte. »Kann ich Euch etwas bringen? Haben Eure Ärzte –«
Sie bemühte sich um Fassung und keuchte dann: »Sie haben mir etwas gegeben. Es macht die Schmerzen erträglich, aber ich schlafe zuviel. Verschlafe meine Zeit.« Sie versuchte, sich bequemer zu legen.
»Wartet. Laßt mich Euch helfen.« Garrett stand auf, hob vorsichtig ihre zerbrechlichen Schultern an und richtete die Kissen in ihrem Rücken. Er erkannte den allzu vertrauten, ekelerregend süßlichen Geruch brandigen Gewebes in ihrem Atem. Genau wie bei seinem Vater. Es würde nicht mehr lange dauern. Garrett küßte sie auf den Scheitel, dachte dabei an seine Schwe-

stern und bat Gott darum, ihnen ein solches Leiden zu ersparen. Er sagte: »Schlaft gut, mein Schatz, und träumt vom Paradies.«

Vier Tage später, nach einer aufreibenden Reise, wurde Elizabeth in den abweisenden mittelalterlichen Bau eingelassen, der Englands Königin samt Gefolge während ihres Exils beherbergte. Ihr Bündel mit der kostbaren Medizin fest umkrallend, wandte sie sich an den prunkvoll gekleideten Diener im Innern. »Bitte meldet Ihrer Majestät, daß Countess Ravenwold eingetroffen ist. Ich möchte augenblicklich meine Schwester, Lady Markham, besuchen.«

Das Gesicht des Dieners drückte Mitgefühl aus. »Bitte mir zu folgen, *Madame la Comtesse*. Ich soll Euch geleiten.«

Während sie seiner Aufforderung nachkam, wurde ihr klar, daß ihr die Nachricht von ihrer Ankunft durch die alten Gänge des Louvre vorauseilte. Vom niedrigsten Lakai bis zum höchststehenden Höfling sah sie fast jeder, an dem sie vorbeikam, mitfühlend an, um dann rasch den Blick abzuwenden. Obwohl jedes Anzeichen von Mitleid die nagende Furcht in ihrem Herzen nährte, hoffte sie doch, daß Charlotte noch lebte. Sie folgte dem Diener durch einen Raum voller Bittgänger und wurde zu ihrer Überraschung nicht in die Räume ihrer Schwester, sondern in das Schlafgemach der Königin geführt.

»*Comtesse* Ravenwold.« Die bettlägerige Henrietta Maria beantwortete Elizabeths Hofknicks mit dem Reichen ihrer beider Hände. »Kommt näher, meine Liebe.« Ihre Hände fielen matt auf die Überdecke. »Verzeiht, daß ich Euch nicht angemessen empfangen kann, aber das Rheuma, das mich seit der Geburt meiner geliebten kleinen Henriette Anne plagt, ist erneut aufgetreten.«

Elizabeth stand neben dem Bett. Sie erkannte in dieser ausgezehrten Frau die lebhafte, schöne Königin, die Englands Hof in glücklicheren Zeiten vorgestanden hatte, kaum wieder. Nun war die in Frankreich geborene Königin nur noch ein Schatten ihrer selbst, das Leben war aus ihr gewichen, außer aus ihren Augen – Augen, die eine Botschaft enthielten, der Elizabeth sich nicht stellen wollte.

Sanft sagte die Königin: »Bitte setzt Euch. Ich wünsche allein mit Euch zu sprechen.« Ein Lakai erschien mit einem Stuhl und stellte ihn hinter Elizabeth. Die Königin nickte ihren Damen zu. »Laßt uns allein. Alle.« Auf ihren Befehl zogen sich die Diener und die Damen zurück.

Elizabeth sank wie betäubt in den Stuhl, dankbar für den festen Halt. Obwohl sie um eine andere Auskunft betete, wußte sie, was die Königin ihr zu sagen hatte.

»*Chère Comtesse*, ich fürchte, ich muß Euch eine traurige Mitteilung machen. Eure Schwester, die mir so lieb war wie meine eigene, hat die vergangene Nacht nicht überlebt.«

Charlotte war tot. Der einzige Mensch, den Elizabeth wirklich liebte. Der einzige Mensch, der *sie* geliebt hatte, seit ihre Mutter tot war. Charlotte, die den Schmerz ihrer Kindheit geteilt hatte und der es dennoch gelungen war, eine stille Freude zu finden, die sich Elizabeth entzog.

Tot. Tot.

Elizabeth saß sehr aufrecht und starrte vor sich hin, während sie auf den Schmerz wartete. Doch er kam nicht. Statt dessen kroch Taubheit ihre Glieder hinauf und raubte ihr sogar die erleichternden Tränen. Sie hörte sich selbst fragen: »Darf ich sie sehen?«

Die Königin nickte. »Aber selbstverständlich. Sie ist für die Bestattung hergerichtet und wurde in ihrem Gemach aufgebahrt.« Sie zögerte und fügte dann hinzu: »Wenn Ihr Euch ausgeruht habt, werden wir unsere Unterhaltung fortsetzen. Es sind gewisse Angelegenheiten zu besprechen. Für den Moment mögt Ihr zu Eurer Schwester gehen.«

Elizabeth nickte und erhob sich, ohne etwas zu sehen.
Tränen rannen aus den Augen der Königin. »Lady Charlottes stille Heiterkeit war ein Segen für alle, die sie kannten, besonders für Ihre Königin. Solche Hingabe. Sie war eine große Stütze, als Wir aus England fliehen mußten.« Sie seufzte und schenkte Elizabeth einen unendlich mitfühlenden Blick. »Eure Schwester war wie eine Kerze, die die Dunkelheit erhellt, *Madame la Comtesse*. Die Welt wird ohne sie nie mehr so strahlend sein.« Die Königin läutete nach einem Diener, und Elizabeth hörte jemanden hereinkommen und leise den Stuhl entfernen. Henrietta Maria, noch immer in Tränen, wies den Mann an: »Hol einen Pagen, der *Madame la Comtesse* zu Lady Markhams Gemach geleitet.«
Elizabeth stand einfach da, und das einzige, was sie fühlte, war vage Scham darüber, daß sie nicht mit der Königin weinen konnte. Sie stellte sich die abstrakte Frage, ob ihre letzten Gefühle mit Charlotte endgültig gestorben waren. Wenn es so war, würde sie um den Verlust ihrer Schwester niemals richtig trauern können.
Der Page erschien und sagte: »Wenn *Madame* mir bitte folgen wollen.«
Elizabeth machte einen Hofknicks vor der Königin. »Ich danke, Eure Majestät.« Dann zog sie sich zurück und folgte dem Pagen in das Vorgemach. Alle Gespräche erstarben, als sie den Salon betrat. Die sich herumdrückenden Höflinge starrten sie an, manche mitleidig, manche mit unverhohlener Neugier. Elizabeth hielt sich kerzengerade. Sie fühlte sich wie eine Gestalt in ihren eigenen Träumen, als sie zwischen ihnen hindurchging, ohne nach links oder rechts zu schauen. Sie hielt ihren Blick auf den livrierten Jungen gerichtet, der sie durch diesen fremden Ort führte.
Vielleicht konnte sie trauern, wenn sie mit Charlotte allein war.
Der Page führte sie eine Treppe hinauf und einen langen Korri-

dor hinunter, an dessen Wänden in hohen Kandelabern Kerzen brannten, die so dick waren wie Elizabeths Arm, und blieb schließlich vor einer der vielen Türen stehen.
In angemessenem Ton schlug der Knabe vor: »Vielleicht möchten *Madame la Comtesse* etwas essen und sich ein wenig ausruhen, bevor –«
»Nein.« Elizabeth fürchtete sich entsetzlich davor, ihre Schwester zu sehen, doch zugleich hoffte sie, daß sie dann endlich Trauer empfinden würde. »Ich möchte mit Lady Markham allein sein. Und ich wünsche nicht gestört zu werden.« Ihre Stimme nahm einen eigenartigen scharfen Ton an. »Hast du verstanden?«
»Wie *Madame la Comtesse* wünschen.« Der Page öffnete ihr die Tür und entfernte sich dann.

Garrett Viscount Creighton war auf dem Wege, Lady Markham die letzte Ehre zu erweisen, als er um die Ecke bog und Gräfin Ravenwold vor der offenen Tür am anderen Ende des Gangs stehen sah. Er hielt abrupt inne, da er sie nicht in ihrer Trauer stören wollte. Wenn sie hineingegangen war, würde er unbemerkt fortgehen. Doch sie ging nicht hinein. Lange Sekunden verstrichen, doch sie blieb reglos, den Rücken stocksteif, im Korridor stehen.
Was tat sie da? Garrett betrachtete die verschleierte Gestalt. Sie wirkte wie in Trance, schien nur geradeaus zu starren, die Finger in die schwarze Robe gekrallt, das Haar unter einer Trauerhaube verborgen.
Dieses wundervolle Haar, verdeckt! Bei der Erinnerung an die langen blonden Flechten der Gräfin befiel ihn dieselbe eigenartige Mischung von Gefühlen wie in jener Nacht vor drei Jahren auf Ravenwold.
Er sollte gehen. Er machte kehrt, spürte aber einen Zwang, sich umzusehen.

Sie hatte ihn nicht bemerkt. Sie stand immer noch wie erstarrt vor dem Schlafgemach ihrer einzigen Schwester. Garrett konnte keinerlei Anzeichen einer Gefühlsregung an ihr erkennen.

Wie konnte sie so kalt sein?

Lady Markham hatte ihre Schwester von ganzem Herzen geliebt und so oft mit solch warmen Worten von ihr gesprochen, daß Garrett sich zu fragen begonnen hatte, ob er die Gräfin vor drei Jahren nicht doch falsch beurteilt hatte. Doch als er sie nun sah, so ungerührt angesichts des Todes ihrer einzigen Schwester, kam er auf seine ursprüngliche Einschätzung zurück. Das Herz dieser Frau mußte so hart und schwarz sein wie Steinkohle. Er schüttelte den Kopf und ging.

Elizabeth starrte in den dämmrigen Raum, unfähig, ihren Blick auf die reglose Gestalt zu lenken, die in der Mitte des Zimmers aufgebahrt lag, gewahrte auch nicht die schwarzen Tücher, mit denen Fenster und Spiegel sowie das Wappen der Familie Markham verhängt waren. Sie brauchte all ihre Kraft, um einen Fuß vor den anderen zu setzen und unter dem Wappen ihres Vaters, das über der Tür hing, hindurchzugehen.

Als sie in dem von Kerzen erleuchteten Gemach stand, senkte sie den Blick, um den Leichnam ihrer Schwester zu betrachten. Charlotte war kaum wiederzuerkennen, so eingesunken, ihre fahlbleiche Haut straff über ihrem Schädel gespannt. Doch es war Charlotte ... mit vier zur Halbwaise geworden, mit zwölf an einen alten Mann verheiratet, mit dreizehn verwitwet und verarmt, mit zwanzig verstorben. Elizabeth stand am Sarg und blickte auf die Züge hinab, die von Krankheit und Tod stark verändert waren. »Oh, Charlotte.«

Gestern hatte ihre Schwester noch gelebt. Gestern noch. Elizabeth dachte an jede Verzögerung während ihrer Reise und wünschte von ganzem Herzen, die Reise noch einmal antreten,

sie härter vorantreiben, schneller mit der Medizin hier eintreffen zu können. Es war ohne Belang, daß die Mittel vielleicht nicht geholfen hätten. Sie hätte es wenigstens versuchen können. Und Lebewohl sagen.
Nun war es zu spät. *Zu spät … Zu spät … Zu spät.* Immer wieder hallten diese Worte in ihr nach.
Elizabeth legte ihre Hand auf die ihrer Schwester und zog sie dann rasch zurück. Charlottes Körper war fast so kalt und steif wie das silberne Kruzifix, das sie in ihren Händen hielt. Doch noch immer konnte Elizabeth nicht weinen, konnte sie nichts als Schuld fühlen. Ihr Herz war so tot wie Charlottes kalter, erstarrter Leib. Elizabeth hörte, wie die Tür sich schloß, sank auf die Gebetbank vor der Bahre und begann für das Seelenheil ihrer Schwester zu beten.

Elizabeth wußte nicht, ob es Tag oder Nacht war, als sie ihre Zofe klopfen und rufen hörte.
»Milady, ich bin es, Gwynneth. Bitte kommt heraus. Ihr müßt etwas essen und trinken. Ihr seid schon über einen Tag dort drin. Und die Königin wünscht Milady zu sehen … wegen der Beerdigung und anderen Dingen.«
Elizabeth hob den Kopf von der samtumhängten Totenbahre. Sie konnte doch nicht schon so lange hier sein. Sie war einige Male eingenickt, während sie vor Charlottes Leichnam betete, aber …
Ihre wirren Gedanken wurden von einem lauten Magenknurren unterbrochen. Vielleicht war doch schon mehr als ein Tag vergangen. Sie kämpfte sich auf die Füße. Ihre Gelenke waren so steif wie die einer alten Frau. Sie durchquerte den Raum und öffnete die Tür.
Bei ihrem Anblick brach Gwynneth in Tränen aus. »Oh, meine arme Herrin! Wie Ihr nur ausseht.« Ihr draller Arm legte sich um Elizabeths Taille, wärmte und stützte sie.

Elizabeth hatte nicht bemerkt, wie schwach sie war, bis sie sich an jemanden anlehnen konnte. »Weine nicht, Gwynneth. Es geht mir gut.«
Gwynneth war nicht überzeugt. Sie schniefte vernehmlich und sprach dann wie zu einem kranken Kind: »Kommt mit mir. Wir werden Euch etwas schönes Warmes zu Essen besorgen und ein bißchen Glühwein. Und dann, wenn Milady ein wenig geschlafen haben, werde ich Euch beim Ankleiden helfen, denn die Königin wünscht Euch zu sehen.«
Die Königin. »Gewisse Angelegenheiten«, hatte Ihre Majestät gesagt. Die Beerdigung. Elizabeth mußte dafür sorgen, daß Charlotte ein angemessenes Begräbnis erhielt. Sie richtete sich auf. »Nach Hause. Ich will Charlotte mit nach England nehmen.«
Gwynneth führte sie zu ihrem Schlafgemach. »Sehr wohl, Milady. Wir bringen sie nach Hause.«
Doch die Königin hatte andere Pläne.
Ihre Majestät zeigte sich sehr verständnisvoll, als sie mit Elizabeth sprach, doch ihr entschiedenes Auftreten ließ keinen Zweifel aufkommen. »Gerne würden Wir *Madames* Wunsch entsprechen, doch das können Wir nicht. Wegen der Blockade sind Unsere Möglichkeiten äußerst begrenzt. Wir können schon den Transport der Lebenden von und nach England kaum arrangieren; keinesfalls ist es möglich, die Toten zu überführen. Lady Wyndham wird hier zur letzten Ruhe gebettet werden … in aller gebotenen Form, selbstverständlich, an einem Ehrenplatz, der ihrem Stand angemessen ist.«
Elizabeth hörte, was die Königin sagte, doch sie wollte es nicht akzeptieren. »Aber es muß doch irgendeinen Weg geben …« Warum fiel es ihr plötzlich so schwer, zu denken und ihre Gedanken in Worte zu fassen? Elizabeth fühlte sich wie betäubt. Angesichts dieser unerwarteten Schwierigkeiten konnte sie kaum einen zusammenhängenden Satz herausbringen. Auf

einmal sehr erschöpft, nahm sie hin, was unabänderlich schien. »Sehr wohl. Ich beuge mich dem Wunsch Ihrer Majestät.«

»Ich wußte, daß Madame Einsicht zeigen würden. Da Wir Lady Wyndham sehr schätzen, haben Wir ein angemessenes marmornes Grabmal in Auftrag gegeben.« Sie warf einen zufriedenen Blick auf Elizabeths schwarzes Damastkleid, das einzige gepflegte Trauerkleid, das sie noch besaß. »Wie ich sehe, tragen *Madame* bereits die angemessene Kleidung.«

»Ja, Majestät. Seit mein Gemahl vor drei Jahren verstarb.«

»Und nun dies. *Chère Comtesse,* wie tapfer Ihr seid.« Durch ihre Krankheit sichtlich angestrengt, bemühte sich Henrietta Maria, die Angelegenheit zu Ende zu bringen: »Wäre Euch morgen, zwei Uhr, für die Feierlichkeiten angenehm? Auf Unsere Bitte hin hat Kardinal Retz sich bereit gefunden, die Totenmesse zu lesen.«

Ein Kardinal!

Offenbar eine Geste der Königin, um die Tatsache zu mildern, daß Charlotte in fremdem Boden beerdigt wurde.

»Morgen.« Wenn Charlotte erst zur letzten Ruhe gebettet war, konnte sie heimkehren. Elizabeth war nichts geblieben außer ihrem Rang als Gräfin von Ravenwold. Zumindest hatte sie in Cornwall eine Aufgabe und konnte dort allein leben. Doch der Gedanke an ihre Rückkehr rief die Erinnerung an Anne Murrays Gesicht und ihr unbesonnenes Versprechen wach. »*... persönlich übergeben ...*«

Der Brief! Der Kronprinz! Sie hatte ihn fast vergessen. Sie blickte auf und sah, daß die Königin sie verwundert betrachtete.

»Macht *Madame* etwas Sorgen?«

»Ich ...« Wieviel durfte sie sagen? Sollte sie die Königin bitten, ihr eine Audienz bei Prinz Charles zu verschaffen? Unsicher zögerte Elizabeth.

Jeder bei Hofe wußte um die Spannungen zwischen der Königin und ihrem ältesten Sohn. Wenn die Königin ihn bat, Eliza-

beth zu empfangen, könnte er ablehnen, nur um seine Mutter zu treffen.
Nein. Die Unterstützung der Königin wäre fataler als überhaupt keine Unterstützung.
Henrietta Marias Geduld schwand offensichtlich mit ihren geringen Kräften. Sie fragte: »*Madame?*«
Elizabeth stammelte: »Ich ... ich habe mich gefragt, ob ich die Gastfreundschaft Eurer Majestät noch ein wenig länger erbitten könnte ... eine geschäftliche Angelegenheit. Ich weiß nicht, wie lange es dauern wird ... vielleicht einige Wochen.«
Die Miene der Königin erhellte sich. »Aber selbstverständlich. *Madame* sind Uns willkommen, solange es nötig ist. Und nun, wenn *Madame* Uns entschuldigen wollen, Wir bedürfen der Ruhe.«
»Vergebt mir. Ich habe Majestät zu lange behelligt.« Elizabeth machte einen Hofknicks vor der Königin und entfernte sich.

Am nächsten Nachmittag stieg Garrett Creighton aus seiner Kutsche und unter dem Totengeläut die Stufen von Notre Dame hinauf. Er zögerte nur einen Augenblick, bevor er die Kathedrale betrat.
Für ihn als Mann – und als Protestant obendrein – entsprach es kaum der Sitte, die Totenmesse für eine Dame zu besuchen. Dennoch sah er sich dazu veranlaßt, hatte sich eingeredet, daß er es aus Zuneigung, die er für Lady Charlotte empfunden hatte, tat.
Das Innere der Kathedrale erfüllten die wundervollen Gesänge des Chores. Trotz seiner protestantischen Vorbehalte schaute Garrett auf und bewunderte die mächtige Höhe der steinernen Gewölbe und die herrlichen Buntglasfenster.
Garrett folgte der Prozession von schwarz gekleideten Edelfrauen und ihren Zofen zu einigen Stühlen, die man im vorderen Teil der Kathedrale in Reihen aufgestellt hatte.

Der Sarg stand auf einer Totenbahre, die unmittelbar hinter der Kommunionbank vor dem Altar plaziert war, flankiert von Opferkerzen auf Konsolen. Die Damen machten nacheinander einen Kniefall, gingen dann zur Kommunionbank, zündeten eine Kerze an, knieten nieder und beteten einige Minuten, bevor sie sich setzten.
Garrett zog sich ins Dunkel eines Seitenschiffes zurück und stellte sich so in die hinterste Reihe der Trauergemeinde. Mit Rücksicht auf die schwache Gesundheit der Königin war der Besuch der Trauerfeier auf Mitglieder des Hofes beschränkt, während das gemeine Volk draußen bleiben mußte.
Dann trat eine der Edeldamen beiseite und gab ihm damit den Blick auf den Rücken der Gräfin Ravenwold frei. Garrett hätte diesen Rücken überall erkannt. Wie immer hielt die Gräfin sich kerzengerade. Ihr Gesicht konnte er nicht sehen, sagte sich aber, daß er das auch nicht wollte. Er war hier, um Lady Charlotte seinen Respekt zu erweisen.
Vom Umgang über ihm kündigten Trompeten die Ankunft der Königin an. Die kleine Trauergemeinde erhob sich wie ein Mann. Doch anstatt sich mit den anderen umzudrehen, um der hereinkommenden Königin und ihren Damen entgegenzusehen, wurde Garretts Blick von der großen, eleganten Gräfin angezogen, die hier war, um ihre einzige Schwester zur letzten Ruhe zu betten.
Einen flüchtigen Augenblick lang verzog sie schmerzlich das Gesicht, und ihre Züge wurden von Trauer verzerrt. Dann schloß sie die Augen. Als sie sie wieder öffnete, erschien ihr Gesicht so leblos wie die steinernen Bildwerke über dem Altar.

Drei Tage später war Elizabeth ihrem Ziel, den Kronprinzen zu treffen, nicht einen Schritt näher gekommen. Sie wußte nichts über die Mechanismen, die solche Angelegenheiten regelten – wen sie bestechen, wem sie drohen, wem sie schmeicheln soll-

te. Alles wurde noch dadurch erschwert, daß der englische Hof im Exil offenbar die komplizierte Undurchschaubarkeit seines französischen Gegenstückes angenommen hatte.
Viscount Creighton war die einzige Person aus dem Gefolge des Kronprinzen, die sie kannte, und er war der letzte, den sie um einen Gefallen bitten würde.
Elizabeth verlor die Hoffnung, Annes Brief jemals übergeben zu können.
Dann hatte sie einen höchst wagemutigen Einfall. Es *gab* eine Möglichkeit, mit dem Prinzen zu sprechen.
Nein, sagte sie sich. Dazu hättest du nie den Mut.
Doch verzweifelte Situationen erforderten verzweifelte Maßnahmen. Elizabeth fürchtete, den Verstand zu verlieren, wenn sie nicht bald nach Hause fuhr. Sie hatte fast kein Geld mehr, und sie schämte sich, die Gastfreundschaft der angegriffenen Königin noch länger in Anspruch zu nehmen. Und wenn sie versuchte, sich an ihr bißchen Französisch zu erinnern, reagierten die Einheimischen, als rede sie griechisch. Nie zuvor hatte sie sich so einsam und fehl am Platze gefühlt.
Sie *mußte* nach Hause.
Elizabeth faßte einen Entschluß. Sie würde Prinz Charles ansprechen und ihm von dem Brief erzählen, selbst wenn sie dafür sämtliche Regeln der Etikette brechen mußte.

Sechstes Kapitel

9. April – St. Germain

Elizabeth ignorierte die vorwurfsvollen Blicke der Umstehenden und sah sich gründlich unter den Höflingen um, die sich anläßlich des Morgenempfangs des Kronprinzen an den Wänden herumdrückten. Allein ihre Anwesenheit bei einem gesellschaftlichen Ereignis so bald nach dem Tode ihrer Schwester trat die einfachsten Regeln des Anstands mit Füßen, doch dies war ihre einzige Chance, mit Prinz Charles zu sprechen. Obwohl sie nicht wagte, ihm den Brief in aller Öffentlichkeit zu überreichen, war sie entschlossen, den Fürsten davon zu unterrichten, trotz der Tatsache, daß das Protokoll ihm allein gestattete, das Thema der Konversation zu bestimmen.

Irgendwie würde sie den Mut aufbringen. In den Falten ihrer Röcke verborgen rieb ihr rechter Daumen in nervösen kleinen Kreisen die Kuppe ihres Zeigefingers.

Die rundliche kleine Matrone neben Elizabeth stupste ihre Begleiterin an und sagte: »Seht. Das ist der Weiße James. Das Gefolge des Prinzen ist eingetroffen.«

Elizabeth drehte sich nach dem Marquis de Ormonde um – den Spitznamen verdankte er seinem blassem Teint und dem weißblonden Haar –, der darauf wartete, angekündigt zu werden. Wenn Ormonde hier war, konnte die restliche Entourage des

Prinzen nicht weit sein. Sie kreuzte zwei Finger als Glücksbringer und wünschte mit aller Macht, daß Viscount Creighton nicht unter den Männern sein möge, die sich um Ormonde scharten. Dann erblickte sie einen ihr bekannten goldbraunen Schopf, der das übrige Gefolge des Prinzen um einen halben Kopf überragte.

Die Gefährten und Berater des Prinzen betraten nacheinander den Saal und stellten sich zu beiden Seiten des Eingangs auf. Dann ertönte das Trompetesignal, und aller Augen wandten sich dem Eingang zu. Der Herold verkündete: »Seine Königliche Hoheit, der Prince of Wales.«

Jeder verbeugte sich oder machte einen Hofknicks, als Prinz Charles mit seinen Gefolgsmännern durch den Raum schritt. Beim letzten Mal, als Elizabeth den Prinzen gesehen hatte, war er ein schlaksiger, gewinnender Zehnjähriger gewesen. Nun war er fast achtzehn, größer als die meisten erwachsenen Männer, und trug die Bürde der Thronfolge mit der Reife eines älteren Mannes. Wie üblich sprach er zu Beginn des Levers den höchststehenden Gast an und machte die Runde, vom höchsten bis zum niedrigsten Rang.

Elizabeth hatte bis zum letzten Moment gewartet und war dann unter die niedrigeren Ränge geschlüpft. Nun konnte sie nichts tun als abzuwarten, bis sie an die Reihe kam, und darum beten, daß niemand ihre nicht vorhandene Einladung zu sehen verlangte. Sie sah zu, wie der Prinz, den seine Gefolgsmänner mit Namen und Informationen versorgten, jede Verbeugung und jeden Hofknicks der Gäste mit einem Nicken und einer gemurmelten Floskel erwiderte.

Sie bemühte sich sehr, Garrett Creighton nicht anzusehen, aber wie die meisten anderen Damen im Raum konnte sie nicht verhindern, daß ihr Blick von dem großen, gebräunten Soldaten angezogen wurde. Sein hoher Wuchs, sein goldbraunes Haar und sein kräftiger Körper bezeugten seine angelsächsische

Herkunft. Sein ansteckendes Lächeln war das eines Lebemannes, nicht eines Kriegers. Sein schurkischer Charakter war unübersehbar.

Es war unwichtig, was Creighton über sie dachte oder sagte, schalt sie sich. Sie würde tun, was sie tun mußte, und dann für immer nach Cornwall zurückkehren. Sie zwang sich, ihn nicht anzusehen, starrte geradeaus und übte innerlich, was sie sagen würde, wenn der Fürst von Wales schließlich bei ihr anlangte.

Dann stand der Kronprinz vor ihr. Sein leicht olivfarbener Teint wirkte aus der Nähe noch dunkler, und seine Augen unter den schweren Lidern blickten äußerst gelangweilt. Elizabeth machte einen tiefen Hofknicks und murmelte: »Vergebt, daß ich einfach das Wort an Euch richte, Königliche Hoheit, doch meine Freundin Anne Murray hat mir eine dringende Nachricht für Eure Hoheit anvertraut.« Mit klopfendem Herzen richtete sie sich auf und sah die Augen des Prinzen in seinem ansonsten unbewegten Gesicht interessiert aufleuchten. Er tat so, als habe sie kein Wort gesagt.

Creighton zog überrascht die Brauen in die Höhe, und sein freches Lächeln war so beleidigend wie ein Schlag ins Gesicht. Der Earl von Berkshire und Lord Culpeper tauschten finstere Blikke, und der Marquis von Ormonde wurde noch blasser – sofern das möglich war. Prinz Charles murmelte nur: »*Madame* haben durch den Tod ihrer Schwester einen schrecklichen Verlust erlitten. Unsere aufrichtige Anteilnahme.«

Elizabeth wünschte, der Boden möge sich auftun und sie verschlingen. Sie hatte sich unmöglich gemacht, und das für nichts. Schlimmer noch, dank ihrer Anmaßung würde Prinz Charles ihr womöglich nie mehr eine Privataudienz gewähren.

Während die Gruppe weiterging, warf Creighton ihr einen amüsierten Blick zu. Er konnte es wahrscheinlich gar nicht erwarten, jedermann zu erzählen, wie sie sich zum Narren gemacht hatte – nicht nur heute, sondern in jener Nacht vor drei

Jahren auf Ravenwold Castle. Elizabeth wußte, daß sie das kümmern sollte, doch es war ihr gleichgültig. Ihr war nur wichtig, daß sie nach Cornwall zurückkehren konnte.

Nachdem der Prinz den Empfang beendet und den Saal verlassen hatte, ging Elizabeth wie betäubt durch die tratschende Schar der Höflinge, Blicke und geflüsterte Bemerkungen auf sich ziehend. Im Korridor vor dem Saal trat ein Page auf sie zu, verbeugte sich und hielt ihr einen gefalteten Brief entgegen.

Elizabeth nahm ihn ihm ab. Das Siegel trug das Zeichen des Fürsten von Wales. Mit zitternder Hand steckte sie ihn ein und ging festen Schrittes zum Ausgang. »Lakai, ich bin Gräfin Ravenwold. Holt meine Zofe und laßt die Kutsche vorfahren.«

Wenige Augenblicke darauf erschien Gwynneth mit ihrem Umhang, und die gemietete Kutsche fuhr vor. Die Zofe runzelte besorgt die Stirn. »Ist alles in Ordnung? Milady sind bleich wie Haferbrei.«

»Mir geht es gut, Gwynneth«, schnappte Elizabeth. »Ich möchte nur so rasch wie möglich zum Louvre zurück.«

Als sie in der Kutsche saßen und ihrem Ziel entgegenfuhren, öffnete sie die Nachricht des Prinzen und las:

> *Seine Königliche Hoheit der Prince of Wales wünschen das Erscheinen der Countess Ravenwold zu einer Privataudienz um zehn Uhr morgens am 10. April, Anno Domini 1648 in St. Germain.*

Eine Privataudienz. Morgen! Sie würde endlich Annes Brief übergeben können. »Gott sei es gedankt.« Sie faltete die Nachricht wieder zusammen und drückte sie an ihre Brust.

»Gwynneth, der Kronprinz hat mir für morgen eine Audienz gewährt. Danach können wir heimkehren.« Heim, wo sie den Tod ihrer Schwester gebührend betrauern konnte, in Sicherheit vor neugierigen Augen und Ohren.

Am nächsten Morgen kam sie in einer gemieteten Kutsche Schlag zehn Uhr in St. Germain an. Während ein Lakai sie durch den Palast zu dem langen, schmalen Saal führte, der Prinz Charles als Vorzimmer diente, meinte sie die Augen aller auf der Tasche zu spüren, in der sie Annes Brief umklammerte.
Elizabeth folgte dem Diener durch den Saal zu einem schweren geschlossenen Vorhang. Der Lakai zog ihn zurück, und ein möblierter Alkoven tat sich auf, aus dessen offenem Fenster man einen zauberhaften Blick auf die Gärten darunter hatte. »Wenn *Madame la Comtesse* hier warten möchten.« Nachdem sie an ihm vorbeigeschlüpft war, schloß er den Vorhang und entzog sie damit neugierigen Blicken.
Sie setzte sich auf die Ecke der gepolsterten Sitzbank und wartete darauf, daß man sie holte.
Und wartete. Und wartete. Und wartete.
War der Prinz mit allen seinen Terminen so säumig?
Eingelullt von den murmelnden Stimmen hinter dem Vorhang, lehnte sie sich auf der Polsterbank zurück und gähnte. Sie hatte vergangene Nacht kaum geschlafen. Nun, da die Sonne die liebliche Frühlingsbrise wärmte, die durch das offene Fenster wehte, konnte sie kaum die Augen offenhalten. Und dann wachte sie plötzlich auf, im schrecklichen Bewußtsein, daß sie geschnarcht hatte. Sie hatte sich doch wohl nicht gestattet einzuschlafen – viel schlimmer, von ihrem eigenen Schnarchen aufzuwachen ... Doch ihr Mund *war* trocken, und das rasselnde Geräusch hallte noch in ihren Ohren wider.
Sie setzte sich auf und sah durch das Fenster, daß die Sonne nun völlig andere Schatten warf. Die langen, dunklen Finger erstreckten sich aus dem Westen. Der Tag war fast vorüber. Ihr Magen knurrte vernehmlich; sie hatte seit dem frühen Morgen nichts gegessen.
Elizabeth stand auf und lugte durch die Vorhänge in den Saal. Nur wenige Bittgänger waren noch da, unter ihnen ein hänge-

backiger, korpulenter Gentleman, der auf einem Stuhl saß und schnarchte.

Er muß das gewesen sein, dachte Elizabeth erleichtert. Dann sah sie den Marquis de Ormonde aus dem Kabinett kommen.

Der blasse Diplomat erklärte den verbliebenen Besuchern: »Meine Damen und Herren, ich bitte um Verständnis. Seine Königliche Hoheit beenden die Audienz für heute. Bitte bemüht Euch morgen wieder hierher.«

Elizabeth wich zurück und war bitter enttäuscht. Sie benötigte doch nur wenige Sekunden für die Aushändigung des Briefes, wagte es aber nicht in der Gegenwart anderer. Wer konnte sagen, in welche Schwierigkeiten Anne oder der Prinz dadurch geraten mochten?

Oder sie selbst?

Nein, sie mußte den Brief unter vier Augen übergeben. Und sie mußte es heute tun. Sie würde wahnsinnig, wenn sie Paris nicht bald verlassen konnte.

Sie lugte wieder durch die Vorhänge. Lord Jermyn, einer der Erzieher des Prinzen, scheuchte die letzten verstimmten Bittgänger hinaus. Dann durchquerte er den Saal und öffnete die Flügeltüren des Kabinetts. »Es ist niemand mehr da, Königliche Hoheit.«

Hatten sie sie vergessen?

Elizabeths Gedanken rasten. Warum sollte sie nicht vorgeben, eben erst aufgewacht zu sein, und herauskommen, wenn der Kronprinz ging? Sie konnte ihm den Brief geben und gehen.

Sie hörte Prinz Charles bellen: »Ormonde! Culpeper! Jermyn! Laßt uns allein! Ich wünsche mit Creighton unter vier Augen zu sprechen. Und nehmt die Gardisten mit! Ich will nicht, daß über diese Angelegenheit, oder über die Dame, heute abend in der Küche geredet wird!«

Die Dame? Elizabeth war beunruhigt. Sie hatten doch sicher nicht von *ihr* gesprochen?

Nein. Natürlich nicht. Außer, wenn Creighton es gewagt hätte, dem Prince of Wales von jener Nacht vor drei Jahren zu erzählen …

Elizabeths Gedanken wurden durch den Lärm unterbrochen, den Jermyn, Culpeper, Ormonde und die Wachen machten, als sie den Saal verließen. Nachdem sie weg waren, hielt sie Ausschau und sah, daß das Vorzimmer leer war. Wenn sie vorsichtig war, konnte sie ungesehen hinter der Tür warten und Prinz Charles abfangen, wenn er aus seinem Kabinett kam. Leise trat Elizabeth hinter dem schweren Stoff hervor. Fünf vorsichtige Schritte brachten sie an einen sicheren Platz hinter der offenstehenden Tür des Audienzgemachs, wo sie auf den Kronprinzen wartete.

Gleich darauf bereute sie die Entscheidung, den Nischenraum verlassen zu haben. Der Prinz und Creighton konnten sie nicht sehen, doch sie konnte die beiden hören, und ihr wurde sofort klar, daß sie das nicht wollte.

Charles' Stimme bebte vor Wut. »Ist dies Euer Dank dafür, Creighton, daß ich Euch zu meinem Freund und Vertrauten erwählt habe? Verrat, und ein besonders niederträchtiger obendrein!«

»Niemals habe ich Eure Königliche Hoheit verraten!« Creighton war zornig »Wer behauptet dies? Bringt den Feigling her, damit er mir seine haltlosen Anschuldigungen ins Angesicht sagen kann!«

Charles' Stimme senkte sich zu einem gefährlichen Knurren. »Er *ist* hier.« Der Kronprinz selbst beschuldigte Creighton!

Elizabeth erkannte, daß sie zur absolut falschen Zeit am völlig falschen Ort war. So sehr sie Creighton verabscheute, sie wollte doch nicht in dies hier verwickelt werden. Sie machte einen Schritt zurück zum Alkoven, blieb aber stehen, als der Dielenboden unter ihr knarrte.

»Spielt hier nicht den Unschuldigen, Creighton!« tobte Charles.

»Ich habe gesehen, wie Ihr mit den Frauen spielt. Ich kann der Dame keinen Vorwurf machen. Die Duchesse de Chataillon ist schließlich nur ein schwaches Weib, leicht zu täuschen. Doch Ihr solltet es besser wissen, als hinter meinem Rücken herumzupoussieren!«

Die Duchesse de Chataillon.

Elizabeth kannte die Herzogin von Chataillon, und die Dame war alles andere als schwach. Hart, skrupellos und ohne jede Scham – aber nicht schwach oder leichtgläubig. Dennoch wäre die Frau eine Närrin, wenn sie ihre Position als Favoritin des Kronprinzen aufs Spiel setzte, indem sie mit einem seiner Gefolgsmänner anbandelte.

»Nicht doch, Sire!« protestierte Creighton. »Die Dame ist für mich wie eine Schwester! Meine Konversation mit ihr sowie mein Verhalten ihr gegenüber waren immer vollkommen tugendhaft!«

Charles brüllte vor Lachen. »Tugendhaft? In Euch ist kein Gramm Tugendhaftigkeit, Creighton, und das wißt Ihr sehr gut!«

Prinz Charles' Argwohn war wahrscheinlich wohlbegründet, wenn man dem Klatsch glauben durfte, den sie über Creighton gehört hatte. Elizabeth wagte auf Zehenspitzen einen weiteren Schritt, nur um den Boden erneut knarren zu hören. Sie verzog das Gesicht, blieb stehen und traute sich nicht weiter. Sie kam auf die Idee, ihre Füße über die polierten Dielen gleiten zu lassen. Sie versuchte es, und ihre weichen Lederschuhe trugen sie geräuschlos zum Alkoven zurück. Sie war fast in Sicherheit, als sie hinter sich Schritte näherkommen hörte.

»Wer da?« rief Creighton sie an. »Halt!«

Sie erstarrte. Wie hatte er sie durch den schmalen Spalt entdekken können?

Der Kronprinz stürmte an Creighton vorbei und fragte barsch: »Was habt Ihr hier zu suchen? Wie seid Ihr hereingekommen?«

Fast zu verängstigt, um sich zu bewegen, drehte sie sich langsam um und stammelte: »Königliche Hoheit haben nach mir geschickt.« Sie sank in einen tiefen Hofknicks. »Ich war um zehn Uhr hier, wie befohlen.« Sie richtete sich auf und deutete auf den Nischeraum. »Ein Lakai sagte, ich solle mich hier hineinsetzen, und ich habe den ganzen Tag gewartet. Als mich niemand holte, bin ich eingeschlafen –«

Creighton, dessen Gesicht vor Wut gerötet war, ging auf sie zu und fragte fordernd: »Wie lange habt Ihr gelauscht? Was habt Ihr gehört?«

Charles schlug auf Creightons Arm. »Ich stelle hier die Fragen!« Er wandte sich wieder an Elizabeth. »Habt Ihr uns belauscht? Was habt Ihr gehört?«

Sechs Jahre der Mißhandlung durch Ravenwold hatten Elizabeth gelehrt, überzeugend zu lügen, wenn es um ihre Sicherheit ging. Sie blickte dem Prinzen direkt in die Augen und erklärte: »Ich hörte nichts, Sire, nur ein Murmeln.« Sie hob das Kinn. »Als ich herauskam und sah, daß niemand mehr im Vorgemach war, war ich nicht sicher, ob ich in den Alkoven zurückkehren oder gehen sollte.«

Charles schien ihre Erklärung zu akzeptieren, doch Creighton war nicht so leicht zu täuschen. Er starrte sie finster an und erntete dafür einen schuldbewußten Blick aus den Augenwinkeln, der ihre Lüge verriet. Doch bevor sie sie weiter befragen konnten, erinnerte Elizabeth sich an den Grund ihrer Anwesenheit. Sie sank vor dem Prinzen auf die Knie und zog den Brief aus ihrer Tasche. »Königliche Hoheit, hier ist der Brief, von dem ich sprach. Bitte nehmt ihn. Ich habe geschworen, ihn nur Euch persönlich zu übergeben.«

Charles' Verhalten änderte sich auf der Stelle. Er nahm den Brief entgegen und befahl knapp: »Creighton, helft der Dame auf.«

Creightons Hand schloß sich fest um ihren Oberarm und zog

sie nicht eben sanft auf die Füße. Plötzlich wurden ihr seine Größe und Kraft bewußt. Riesig und blond wie ein Wikingerkrieger ragte er über ihr auf. Elizabeth versuchte vergeblich, ihm ihren Arm zu entziehen. »Ihr braucht mir nicht den Arm zu brechen. Ich gehe nirgendwo hin.«

Blaue Augen, so kalt wie der Winterhimmel, bohrten sich in ihre. »Seine Hoheit befahl, Euch festzuhalten, und das werde ich tun.«

Charles fragte sie: »Seit wann seid Ihr im Besitz dieses Briefes?«

»Seit dem ersten April.« Elizabeth richtete sich auf. »Als unsere gemeinsame Freundin erfuhr, daß ich nach Paris unterwegs war, bat sie mich, Euch diese Nachricht zu überbringen, Euch persönlich. Ich habe tagelang versucht, von Euch empfangen zu werden, aber –«

Der Prinz fiel ihr ins Wort und deutete auf den Brief. »Habt Ihr ihn gelesen?«

Elizabeth war aufrichtig schockiert. »Nein, Sire!« Sie warf einen Blick auf das sorgfältig geschriebene Kauderwelsch. »Außerdem ist er ganz offensichtlich verschlüsselt.«

Charles machte ein finsteres Gesicht.

Elizabeth wagte zu sagen: »Ich bitte um Vergebung für mein Eindringen, doch ich konnte nicht von hier fort, bevor ich Euch den Brief übergeben hatte, und ich wollte so schnell wie möglich nach Hause.« Ihre Stimme war nur noch ein Flüstern.

»Seid dankbar dafür, daß Ihr das noch könnt, *Madame*«, schnappte der Prinz. »Manch einer von uns kann das nicht mehr.« Er nickte Creighton zu. »Holt Culpeper und Ormonde, aber unauffällig.«

Creighton gab Elizabeths Arm frei, verbeugte sich, drehte sich um und ging.

»Ihr« – Prinz Charles winkte Elizabeth – »folgt mir.« Er führte sie in sein Kabinett. »Schließt die Türen.« Als sie gehorchte, setzte er sich an einen überladenen Schreibtisch. Charles zog

ein winziges Buch, das an einer goldenen Kette um seinen Hals hing, unter seinem Schoßwams hervor und begann mit seiner Hilfe die Nachricht zu entschlüsseln.
Elizabeth stand volle zehn Minuten wartend vor Prinz Charles, bis ihr knurrender Magen seine Aufmerksamkeit auf sie lenkte. Er blickte hoch und sah sie leicht schwanken. »Seid Ihr krank?«
»Nein, Sire.« Sie fühlte sich mehr als ein wenig schwindlig und wagte sich vor: »Ich bitte um Vergebung, doch ich habe den ganzen Tag nichts gegessen oder getrunken. Wenn ich mich nicht bald setze, so fürchte ich, werde ich ohnmächtig.«
»Dann setzt Euch also.« Der Prinz deutete auf einen Stuhl und wandte sich wieder seiner Dechiffrierung zu.
Es verging eine weitere halbe Stunde, bis Creighton für Ormonde und Culpeper die Flügeltür aufstieß. Die Gefolgsmänner des Prinzen traten ein, verbeugten sich und erwarteten die Befehle seiner Hoheit.
»Nun, meine Herren.« Der Prince of Wales blickte auf, und seine Züge entspannten sich. »Ihr kommt genau zur rechten Zeit. Ich bin gerade mit dem Dechiffrieren dieser Nachricht fertig. Anscheinend ist unser verrufener Freund in London bereit, die kleine Sendung zu liefern, die wir bestellt hatten.«
Ormonde warf einen bedeutungsvollen Blick in Elizabeths Richtung. »Sire, vielleicht wäre es das beste, diese Angelegenheit unter uns zu besprechen.«
Der Prinz zuckte mit den Schultern. »Sie hat mir den Brief überbracht, und ich konnte keinerlei Hinweise darauf entdecken, daß sich irgend jemand daran zu schaffen gemacht hätte. Aber vielleicht habt Ihr recht.«
»Es wäre wohl klug, wenn einer von uns sie im Auge behielte«, schlug der Marquis vor. Er zog mit Blick auf Creighton eine Augenbraue hoch. »Ich denke, der Viscount wäre der Richtige dafür.«

Der Prinz und Ormonde tauschten einen wissenden Blick. »Eine gute Idee.« Wales nickte Creighton zu. »Bringt sie hinaus und sorgt dafür, daß sie mit niemandem spricht. Wir entscheiden später, was mit ihr zu geschehen hat.«
Creighton runzelte die Stirn, offensichtlich nicht glücklich damit, hinausgeschickt zu werden. Er drehte sich um und verbeugte sich beleidigend knapp vor Elizabeth. »Wenn die Gräfin mich bitte begleiten wollen.«
Elizabeth erhob sich und ging ihm voran hinaus.

Ormonde nickte in Richtung auf die Tür. »Was hat sie mit all dem zu schaffen?«
»Ravenwolds Witwe?« Der Prinz zuckte mit den Schultern. »Sie sagt, sie kennt Miss Murray, unsere Kontaktperson zu Bampfield in London.«
Culpeper gluckste. »Bampfields Mätresse und die Gräfin? Welch eigenartiges Gespann.«
Charles fand das nicht erheiternd. »Eigenartig, aber vielleicht ein Glück für uns. Wir wissen, daß unsere üblichen Übermittlungswege aufgedeckt wurden. Es besteht die Chance, daß diese Nachricht niemand sonst gesehen hat.«
Der Erklärung der Gräfin, was ihre Rolle in dieser Sache betraf, stand Ormonde mit einiger Skepsis gegenüber. Wenn Ravenwolds Witwe nur nicht so eine unbekannte Größe wäre. In all den Jahren ihrer Bekanntschaft hatte Ravenwold seine Frau nicht einmal erwähnt. »Ravenwolds Loyalität stand außer Frage, doch was wissen wir über die Gräfin?«
Culpeper machte eine hilflose Geste. »Ich kannte ihren Vater, Lord Compton. Ein etwas grober Klotz, dieser Compton, aber ein recht anständiger Mann. Strenggläubiger Katholik. Die Linie geht bis auf die Normannen zurück. Seine Frau gebar zwei Töchter und starb dann bei der Entbindung eines totgeborenen Sohnes. Der Lord hat die ältere Tochter mit einer sehr groß-

zügigen Mitgift an Ravenwold verheiratet. Und die jüngere vor acht Jahren mit Sir Thomas Markham.«

Ormonde blickte überrascht auf. »Markham muß damals neunzig gewesen sein. Wie alt war die Schwester der Gräfin?«

»Zwölf!« Culpeper stand die Mißbilligung ins Gesicht geschrieben. »Lord Markham hat ihren ersten Hochzeitstag nicht mehr erlebt, und der Vater der Jungfer ist kurz darauf gestorben.« Nachdenklich fuhr er fort: »Aus irgendeinem Grunde hat die Gräfin ihre Schwester nicht bei sich aufgenommen, deshalb bot die Königin Lady Markham eine Position in ihrem Gefolge an. Ihre Majestät hat sie recht liebgewonnen.«

Charles heuchelte keine Geduld für Culpepers Ausholen. »Und was, bitte sehr, hat all das mit der Gräfin zu tun?«

Wie üblich fiel es Ormonde zu, die Dinge für den Prinzen zusammenzufassen. »Erstens gibt es einen guten Grund für die Anwesenheit der Gräfin. Zweitens ist sie der Königin verpflichtet, weil die ihre Schwester aufgenommen hat. Drittens ist die Gräfin Katholikin, möglicherweise eine strenggläubige. Was *das* bedeutet, muß nicht erst diskutiert werden. Schließlich – und vor allem – verfügt die Gräfin als Ravenwolds Witwe über riesige Besitztümer in Cornwall, die Ländereien in Devon gar nicht zu erwähnen, die sie von ihrem Vater geerbt hat.«

Culpeper zog die Brauen zusammen. »Ravenwold ist vor Jahren gestorben. Warum hat der König seine Witwe nicht mit jemandem verheiratet, dem wir trauen können?« Er sah den Prinzen an. »Potzdonner! Das Weib ist so gefährlich wie der Hinterhuf eines Maulesels!«

Prinz Charles starrte ihn finster an. »Ich kann wohl mit Recht sagen, Sire, daß mein Vater mit dringenderen Angelegenheiten beschäftigt ist.«

»Das ist wahr, Euer Hoheit«, warf Ormonde ein, »doch Lord Culpeper hat recht. Wie können wir uns der Loyalität der Gräfin sicher sein?«

Der Fürst von Wales runzelte die Stirn. »Eine beunruhigende Frage.«
Während Ormonde darüber nachdachte, nahm eine herrlich ironische Idee in ihm Gestalt an. Er wußte seit geraumer Zeit, daß Wales auf Creightons Erfolge bei Frauen eifersüchtig war. Obwohl Creighton die wachsende Feindseligkeit des Prinzen einfach abtat, war Ormonde um seinen Freund, den Viscount, besorgt. Durch diesen Einfall konnte der Viscount die Gunst des Prinzen zurückgewinnen und das Problem mit der Gräfin gelöst werden.
Ormonde ließ seinen Blick auf dem Prinzen ruhen. Der junge Wales war ebenso stur wie impulsiv. Irgendwie mußte er den Jungen glauben machen, daß dies seine ureigenste Idee war. Er streckte die Hand aus. »Dürfte ich Bampfields Nachricht lesen, Euer Königliche Hoheit?«

Garrett steckte lässig seine langen Beine aus, während er und die Gräfin auf den entgegengesetzten Enden der Bank saßen. Er sah zu den beiden bewaffneten Wächtern hinüber, die stramm zu beiden Seiten der geschlossenen Tür zum Kabinett standen. Sie hätten ein Auge auf die Gräfin haben können. Warum hatte Ormonde Garrett für die Bewachung vorgeschlagen? Er hatte ein ungutes Gefühl dabei, doch er wollte verdammt sein, wenn er die Gräfin seine Besorgnis merken ließe.
Er betrachtete sie neugierig von oben bis unten. Die Frau schien aus Eis gemacht zu sein. Sie hatte kaum mit der Wimper gezuckt, als man sie erwischt hatte, wie sie herumschnüffelte wie eine klatschsüchtige Kammerzofe. Nun saß sie hier so steif und tugendhaft wie die Ehefrau eines protestantischen Bischofs. Nun, das war sie nicht. Garrett wußte, daß diese Züchtigkeit nur ein schöner Schein war. Vor drei Jahren hatte er gesehen, was hinter diesem Putz lag. Die Frau war eine vollkommene Heuchlerin.

Eine neue Woge des Zorns stieg in ihm hoch. Sie konnte es wahrscheinlich gar nicht erwarten, ihren Freundinnen zu erzählen, daß Charles ihn wie einen Grünschnabel gescholten hatte, und das ohne Grund.

Als habe sie Garretts Gefühle aufwallen gespürt, wandte die Gräfin ihm ihr blasses Gesicht zu.

Garrett fragte sich, wie er diese kalten, starren Züge jemals hatte anziehend finden können. Dann erinnerte er sich an ihren Anblick, als sie durch die dunkle Halle wankte, ihr herrliches goldblondes Haar ungebändigt. Vielleicht war es ihr Haar gewesen.

Er zwang seine Lippen zu einem anmaßenden Lächeln und wurde durch ihren ärgerlich-funkelnden Blick belohnt. Sie hatte Glück, kein Mann zu sein, sonst hätte er sie zum Duell gefordert für das, was sie mit angehört hatte. So konnte er nur hoffen, daß sich der Prinz eine angemessen unangenehme Strafe für ihr Lauschen einfallen ließ.

In des Fürsten Kabinett las Ormonde die hastig hingekritzelte Entschlüsselung von Bampfields Nachricht. »Wundervoll. Ich wünschte nur, ich könnte dabeisein.«

Colonel Bampfield war ein skurriler Charakter, ein ehrgeiziger professioneller Spion, der einen raffinierten Plan entwickelt hatte, um Prinz Charles' jüngeren Bruder James, den Duke of York, aus England herausholen zu können. Erst wenn Prinz James sich auf dem Kontinent befand, war die Thronfolge gesichert. Ormonde lächelte. »Wenn alles gutgeht, wird unser Paket in zwei Wochen sicher aus England heraus sein.« Er wurde ernst. Es war Zeit, seinen Plan vorzutragen. Er hoffte nur, daß Creighton soviel Verstand haben würde, ihm dankbar zu sein, wenn alles vorüber war. »Mir wäre wesentlich wohler, wenn einer unserer eigenen Leute dort wäre.«

»Ganz richtig«, stimmte Culpeper zu.

Ormonde kam zum nächsten Punkt. »Und was die Gräfin be-

trifft … Hat Seine Majestät nicht Eurer Hoheit erlaubt, eine Heirat für Viscount Creighton zu arrangieren?« Der König hatte sich zunächst geweigert, doch dank Creightons Reichtum und unzweifelhafter Ergebenheit war es Ormonde schließlich gelungen, den König zur Ausstellung eines unausgefüllten Ehevertrages zu überreden, so daß Prinz Charles seinen Gefolgsmann verheiraten konnte. »Vielleicht haben Königliche Hoheit einen Einfall, der alle unsere Probleme auf einen Schlag lösen könnte?«
Zunächst schien der Themenwechsel den Kronprinzen zu verwirren, doch dann glitt ein Strahlen über sein Gesicht. »Der Ehekontrakt!« Wales grinste vor boshaftem Vergnügen. »Den hatte ich ganz vergessen.«
Er öffnete die Schreibtischschublade und kramte darin, bis er das Dokument fand. Er rollte es auf. »Creighton und die Gräfin … aber natürlich! Es ist so einfach.« Er grinste seine beiden Ratgeber an. »Wenn Creighton die Gräfin heiratet, hat er eine perfekte Ausrede für seine Rückkehr nach England. Dann könnte er die Verschiffung unseres kleinen Paketes selbst überwachen.«
Ormonde hatte gehofft, daß der Prinz anbeißen würde. Er tat, als denke er laut: »Interessant. Und wenn die Trauung unverzüglich stattfände, könnten unsere Frischvermählten gleich aufbrechen. Das würde natürlich bedeuten, daß die Gräfin keine Gelegenheit bekommt, der Königin Lebewohl – oder sonst irgend etwas – zu sagen.«
Der Prinz begriff sofort, was er meinte. »Ja. Sie könnten heute abend abreisen.«
Culpeper gluckste. »Schön. Sehr schön.«
»Aber ich weiß nicht recht«, sagte der Kronprinz nachdenklich. »Creighton ist unermeßlich reich, doch seine Urgroßeltern waren Gemeine. Machten ihr Geld mit der Seefahrt. Die Abstammung der Gräfin hingegen ist ebenso beeindruckend wie ihre

Besitzungen. Mein Vater könnte es vorziehen, die Dame anderweitig zu verehelichen.«

»Möglich«, gab Ormonde zu. »Doch laut Mister Hydes Steuerliste ist die Countess Ravenwold verarmt. Sie behauptet, daß ihr verstorbener Gemahl sein eigenes und das meiste von ihrem Vermögen durchgebracht habe.« Sie alle kannten Ravenwolds Spielleidenschaft aus unmittelbarer Anschauung. »Creighton besitzt jedoch so viel Vermögen, daß er in der Lage wäre, die Besitztümer der Gräfin zu unterhalten. Sein Reichtum sollte seinen niedrigeren Rang mehr als wettmachen. Diese Verbindung ergibt einen Sinn.«

»Wir können Seine Majestät immer noch ersuchen, Creighton zum Earl of Ravenwold zu ernennen«, sprang Culpeper ihm bei. »Das würde alles ins rechte Lot bringen.«

Prinz Charles kniff sich in die volle Unterlippe und erwog das Gesagte.

»Was ist mit der Gräfin?« sorgte sich Culpeper. »Rechtlich gesehen kann sie die Verehelichung ablehnen.«

»Rechtlich gesehen, ja«, stimmte Ormonde ihm zu. »Doch sie hat nicht genug Geld, um das notwendige Strafgeld zu zahlen. Wenn man ihre finanziellen Schwierigkeiten bedenkt, sollte man meinen, daß die Dame für eine solche Heirat sehr dankbar sein müßte.«

»So, meint Ihr, ja?« Der Prinz überdachte die Angelegenheit ausführlich. Dann holte er tief Luft, tauchte einen Federkiel in die Tinte und schrieb den Namen der Gräfin in die für die Ehefrau vorgesehene Zeile. Während er die Schrift trocknete, sagte er: »Nach allem, was ich von Frauen weiß, wage ich zu bezweifeln, daß die Dame unsere Einmischung schätzen wird.« Mit ernster Miene blickte er auf. »Doch sie wird gehorchen, und Creighton ebenfalls, oder sie werden des Hochverrats angeklagt.«

Ormonde zog es das Herz zusammen. Er mochte Creighton

wirklich und wollte ihm nicht schaden. »Hochverrat, Sire? Solch ein hartes Wort.«

Charles' olivfarbener Teint wurde noch dunkler, was die gefährliche Schärfe seiner Worte unterstrich. »Dies sind harte Zeiten, Sir, und die Verweigerung eines unmittelbaren Befehls des Herrschers ist Hochverrat, so einfach ist das.« Ein unerwartetes Grinsen erhellte sein Gesicht. »Dies hier wird meine Mutter rasend machen.« Die Aussicht schien ihm sehr zu gefallen.

Er wandte sich an Culpeper. »Die Eheschließung muß noch heute abend stattfinden, so rasch wie möglich. Ansonsten wird die Königin sich einmischen und alles verderben.«

»Da ist nur noch eine Sache …«, fügte Ormonde hinzu.

Der Kronprinz und Culpeper sahen ihn erwartungsvoll an. Ormonde setzte auf die Tatsache, daß Wales sich durch keinerlei Hindernis aufhalten ließ, wenn er einmal einen Entschluß gefaßt hatte. »Die Gräfin ist Katholikin, aber Creighton ist mit ganzer Seele Anglikaner. Er wird einer katholischen Trauung niemals zustimmen.«

»Verflucht. Das kompliziert die Sache«, knurrte Wales. Doch nach einigen Augenblicken nachdenklichen Schweigens erklärte er: »Also kein katholischer Priester. Wir werden eine protestantische Trauung vollziehen.«

»Aber, Euer Hoheit«, protestierte Culpeper, »die Gräfin ist eine streng gläubige Katholikin. Sie wird niemals mit so etwas einverstanden sein. Rom wird die Ehe nicht anerkennen. Sie wäre –«

Wales schnitt diesen Einspruch barsch ab. »Sie wird tun, was ihr befohlen wird!« Als er sich wieder beruhigt hatte, fügte er hinzu: »Meine Mutter hat großen Einfluß in Rom. Vielleicht hat sie Mitleid mit der Gräfin und sorgt dafür, daß die Ehe legitimiert wird. Schließlich gibt es so etwas wie mildernde Umstände.«

Er erhob sich und ging auf und ab. »Ich wünsche, daß diese Sache vor dem Dinner beendet wird. Mein Magen knurrt.« Ihm kam ein weiterer Gedanke: »Wir brauchen jemanden, der sie vom Aufgebot entbindet. Einer von diesen anglikanischen Geistlichen, die wir von Jersey mitgebracht haben – es ist nicht zufällig ein Bischof unter ihnen?«

Culpeper schüttelte den Kopf. »Nein, Sire, aber einer unserer Bischöfe ist gestern mit einer Eilbotschaft von Eurem Vater angekommen. Er könnte das Aufgebot erlassen und die Trauung vornehmen. Soll ich ihn holen?«

»Ja.«

Culpeper zögerte. »Da gibt es ein kleines Problem ...«

»Was denn nun noch?« fragte der Prinz.

»Der Bischof ist recht alt«, sagte Culpeper, »und ich fürchte, er ist fast taub. Wir werden schreien müssen.«

»Dann werden wir eben schreien«, erklärte der Prinz gereizt. »Nun geht und holt ihn.« Als Culpeper davoneilte, sah Charles auf die Uhr und sagte zu Ormonde: »Viertel nach sechs. Wir werden die Feier um sieben Uhr hier abhalten. Laßt sofort jemanden Creightons Sachen bringen ... und das Gepäck und die Diener der Gräfin. Unsere frisch Vermählten werden unmittelbar nach der Trauung aufbrechen.« Der Prinz tippte an seine geschwungene Oberlippe. »Sie werden selbstverständlich eine bewaffnete Eskorte brauchen. Das soll mein Hochzeitsgeschenk sein. Kümmert Euch darum.«

Der Prince of Wales rieb sich die Hände. »Postiert einige zusätzliche Wachen vor dem Vorzimmer und an den Ausgängen. Gebt Befehl, niemanden passieren zu lassen außer Euch, Culpeper und den Bischof.« Der Prinz strahlte und wirkte für einen Augenblick wie der Siebzehnjährige, der er war. »Ich liebe Überraschungen.«

Ormonde verbeugte sich und trat zurück.

»Wenn Ihr hinausgeht«, fügte der Prinz hinzu, »schickt Creighton und die Gräfin herein.«

Ormonde wurde klar, daß er sich glücklich schätzen konnte, wenn Creighton ihn für das, was er angezettelt hatte, nicht zum Duell forderte. Er öffnete die Tür und sah Creighton und die Gräfin sich von den entgegengesetzten Enden einer hölzernen Bank in der Mitte des Saales böse anstarren.

Nachdem er den Gardisten die Befehle des Prinzen zugeflüstert hatte, wandte er sich um, hob den Blick gen Himmel, betete stumm um Vergebung und verkündete dann: »Seine Hoheit wünschen Euch beide zu sehen.«

Siebtes Kapitel

Garrett lauschte den Ausführungen des Prinzen mit ungläubigem Staunen.

Neben ihm stieß die Gräfin ein atemloses »Was?« hervor. Einen Augenblick lang sah sie aus, als wolle sie schreien, doch sie tat es nicht.

Prinz Charles legte den Ehevertrag zwischen sie auf den Schreibtisch. »Wie Ihr seht, hat der Vertrag seine Richtigkeit. Und er ist bindend.«

Garrett schnappte sich das Dokument und betete darum, daß etwas – irgend etwas – daran nicht in Ordnung sei, so daß er diesem Irrsinn Einhalt gebieten konnte. Als er es las, bemerkte er, daß der Prinz nicht übertrieben hatte. Der Vertrag war wasserdicht, und die Unterschrift des Königs schien echt zu sein, ebenso das Siegel. Auf dem Schriftstück fehlten nur noch die Unterschriften der zukünftigen Eheleute – eine bloße Formsache. König Charles hatte diese Ehe genehmigt und sie damit zu einem königlichen Befehl gemacht. Aber weshalb? *Wann?*

Die Countess Ravenwold krächzte: »Gewiß belieben Eure Hoheit zu scherzen. Diese ... *Blitzheirat* ... das kann nicht Euer Ernst sein.«

Sichtlich verärgert blickte der Prince of Wales zu ihr auf und sagte: »Wir pflegen in derartigen Angelegenheiten nicht zu scherzen, Madam.« Seine Augen unter den schweren Lidern verengten sich. »Doch um Euretwillen werde ich mich wiederholen: Zum Besten der Krone sowie zu Eurem Besten haben Wir beschlossen, daß Ihr auf der Stelle mit Viscount Creighton verheiratet werdet und noch heute abend nach England aufbrecht.« Er warf ihr einen herausfordernden Blick zu. »Ihr sagtet selbst, daß Ihr nach Hause fahren möchtet. Nun, ich habe Eurem Wunsch entsprochen.« Er wandte sich an Garrett. »Creighton, Ihr seid ab sofort von Eurer Verpflichtung in meinem Gefolge entbunden. Ich beordere Euch mit einem besonderen Auftrag zurück nach England.«

Garrett kam es vor, als wollten die Wände ihn erdrücken. Jeder Muskel in seinem Körper war angespannt, doch er zwang sich zu einer legeren Pose und fragte wie beiläufig: »Und was für ein Auftrag wäre das, Eure Hoheit?«

Der Prince of Wales lehnte sich auf seinem Stuhl zurück. »Ich wünsche, daß Ihr persönlich die Verschiffung jenes Paketes überwacht, das wir aus London erwarten. Wenn die Sendung sich sicher auf See befindet, werdet Ihr drei Monate Urlaub nehmen.« Charles lächelte gönnerhaft. »Das sollte Euch genug Zeit geben, Euren Geschäften nachzugehen und den Besitz der Gräfin mit dem Euren zu vereinen. Sobald das erledigt ist, meldet Ihr Euch beim Hauptquartier West. Ihr braucht nicht so grimmig dreinzublicken, Sir. Dies ist keine Degradierung. Ganz im Gegenteil, ich habe auf Lord Culpepers Vorschlag hin zu meinem Vater geschickt und darum ersucht, daß er Euch zum Neunzehnten Earl of Ravenwold ernennen möge. Sofern Ihr die Gräfin heiratet, versteht sich.«

Die Countess Ravenwold schnappte nach Luft. »Was!« Verächtlich maß sie Garrett von oben bis unten. »Ich habe gehört, was für ein Mann Ihr seid, Sir – nichts als ein Schurke!« Sie fuhr herum und wandte sich an den Prinzen. »Die Barone von Ravenwold waren seit Jahrhunderten Lehnsherren der Krone – seit

Wilhelm dem Eroberer – und haben Hervorragendes in ihren Diensten geleistet, ebenso wie meine Vorfahren aus dem Geschlecht der Compton! Dieser Mann ist eines solch edlen Erbes nicht würdig. Er ist ein Emporkömmling, ein Spitzbube! Er verdient nicht den Titel, den er *hat*, geschweige denn den Namen Ravenwold!«

Als sei der letzte Earl of Ravenwold die fleischgewordene Tugend gewesen! »Das reicht!« schnappte Garrett. Zornesrot grollte er: »Wenn Ihr ein Mann wäret, Madam, hättet Ihr soeben Eure letzten Worte gesprochen. Da Ihr das nicht seid, warne ich Euch, mich nicht noch einmal zu beleidigen.«

Garrett wäre es auch gleichgültig gewesen, wenn man ihn zum Großherzog hätte machen wollen; er hatte nicht die Absicht, dieses gefühlskalte, dünkelhafte Zerrbild einer Frau zu heiraten, und er bat den Prinzen: »Ich habe es gewiß nicht verdient, für den Rest meines Lebens an *das da* gefesselt zu sein!« Er schenkte der Gräfin einen verächtlichen Blick und bekam zur Antwort ihre Handfläche mit überraschender Wucht auf seiner Wange zu spüren. Garrett packte ihr Handgelenk und drückte es ihr auf den Rücken. »Ich habe noch nie die Hand gegen eine Frau erhoben, doch Ihr führt mich in Versuchung, eine Ausnahme zu machen.« Er blickte wieder hinüber zum Prinzen, ein hämisches Lächeln spielte um seinen Mund. »Wollen Eure Hoheit mich wirklich dazu verdammen, eine so übellaunige Hexe zu heiraten?«

»Lieber heirate ich einen Aussätzigen«, spuckte die Gräfin und wand sich in seinem Griff. Als ihr klar wurde, daß sie sich nicht befreien konnte, weiteten sich ihre blauen Augen vor Angst. »Laßt mich los, Ihr Grobian!«

»Wozu? Damit Ihr mich wieder schlagen könnt?« Garrett grinste und spürte noch immer mit jedem Herzschlag die Spuren ihrer Hand auf seiner Wange. »Ich glaube nicht.«

»Schuft!« Sie versuchte vergeblich, ihm auf die Zehen zu treten.

»Ihr werdet mir nicht weh tun, Sir! Ich werde es nicht zulassen!« Ihre Stimme war rauh vor Panik.
»Hört auf damit.« Närrin. Glaubte sie wirklich, er würde ihr weh tun? Garrett lockerte seinen Griff ein wenig. Dennoch konnte er nicht widerstehen, sie ein bißchen zu necken. Er grinste boshaft. »Ts, ts. Welch ein Gebaren. Kaum des edlen Namens derer von Ravenwold würdig.«
»Oh, Ihr, Ihr ...« Zu wütend, um Worte zu finden, stotterte sie und schrie dann: »Aaaarg!«
Garrett bemerkte im Plauderton an den Prinzen gewandt: »War Eurer Hoheit bekannt, daß sie solche Anfälle erleidet? Ich denke doch, daß das für meine Zukunft berücksichtigt werden sollte.«
»Anfälle?« schrie Countess Ravenwold entrüstet. »Ich hatte noch nie zuvor einen Anfall! Es ist lediglich die Aussicht, *Euch* heiraten zu müssen, die mich in den Wahnsinn treibt!«
Prinz Charles ging dazwischen. »So ungern ich Euch unterbreche, aber ich fürchte, wir müssen uns mit der Sache selbst befassen.« Er war nicht länger der erheiterte Beobachter, sondern wurde ernst, jeder Zoll der zukünftige Souverän. »Nehmt dies zur Kenntnis, alle beide: Was die Krone angeht, so ist diese Heirat ein unmittelbarer Befehl meines Vaters. Jede Weigerung wird als Hochverrat angesehen.«
Hochverrat!
Dieses Wort zerschmetterte Garretts nonchalante Fassade wie ein Blitzschlag. Er ließ die Gräfin los und wandte sich entsetzt dem Prinzen zu. Wales mußte bluffen! Doch ein Blick bestätigte, daß dies keine leere Drohung war.
Brüsk fuhr Wales fort: »Ich brauche Euch wohl nicht daran zu erinnern, wie bedeutend Euer neuer Auftrag ist, Creighton.« Er warf einen vielsagenden Blick in die Richtung der Gräfin. »Absolute Diskretion ist unabdingbar.«
Garrett nickte. »Ich verstehe, Eure Hoheit.« Offensichtlich

wollte der Prinz verhindern, daß das lose Mundwerk der Gräfin die Flucht des Herzog von York gefährdete.
»Ich wußte, daß Ihr das tut.« Der Prinz zog eine Braue in die Höhe. »Sollte Euch jemand fragen, warum Ihr nach England zurückgekehrt seid, erklärt Ihr einfach, daß Ihr freigestellt seid, um Eure Hochzeit zu feiern und Eure geschäftlichen Angelegenheiten zu regeln.«
Garretts Brust fühlte sich wie zugeschnürt an, und er konnte kaum atmen. »Ich stehe wie immer Eurer Hoheit zu Diensten, aber ich bitte darum zu erfahren, wie diese Heirat ... das heißt, *warum* Eure Hoheit –«
Wales unterbrach ihn und tat seine Frage mit einer Handbewegung ab. »Ich weiß, daß Euch das plötzlich erscheint, doch ich bin sicher, daß Ihr beide die Weisheit Unseres Entschlusses erkennen werdet, wenn Ihr ihn recht bedenkt.« Er runzelte die Stirn. »Die Sache steht nicht zur Debatte.« Der Prinz schob den Vertrag in Garretts Richtung. »Dies ist ein rechtswirksames Dokument, das den unmittelbaren Willen Eures Souveräns zum Ausdruck bringt. Im Namen Seiner Majestät befehle ich Euch beiden, es zu unterschreiben.«
Die Gräfin griff mit fliegenden Händen nach dem Schriftstück und las es rasch durch.
Äußerlich wahrte Garrett seine Beherrschung, aber unter der Oberfläche tobte er wie ein Bär in einer pikenbewehrten Fallgrube. Er konzentrierte sich darauf, langsam und gleichmäßig zu atmen. Sie durften nicht merken, wie erschüttert er war.
Es mußte doch irgendeinen Ausweg geben!
Die Stille im Raum wurde nur durch das Ticken der Uhr und den fliegenden Atem der Gräfin gestört, während sie den Vertrag wieder und wieder las.
Hochverrat!
Trotz des charmanten Auftretens des Prinzen wußte Garrett nur zu gut, daß der junge Wales wesentlich skrupelloser war

als sein Vater. Nun, da die Rebellen König Charles in Hampton Court und die drei ältesten Geschwister des Prinzen im St. James Palace gefangenhielten, war Prinz Charles noch weniger geneigt, Ungehorsam zu dulden – tatsächlichen oder eingebildeten. Garrett wurde schwindelig in dem Bewußtsein, daß, sollten er und die Gräfin sich nicht auf diese Heirat einlassen, der Prinz sie beide des Hochverrats anklagen würde.

Und man würde sie verurteilen. Die Gräfin war beim Spionieren ertappt worden.

Seine Unterschrift zu verweigern, würde Garrett wahrscheinlich den Kopf kosten.

Der Prinz war bereits eifersüchtig auf ihn, wenn auch ohne jeden Grund. Zweifellos tat Wales dies aus Eifersucht, befahl ihm, diese unerträgliche, scheinheilige Männerhasserin zu heiraten und schickte ihn weg nach England. Pure Eifersucht steckte dahinter!

Dann erhellte ein Strahl der Hoffnung Garretts verzweifelte Überlegungen: Ormonde! Er und Garrett kannten und respektierten einander seit Jahren. Der Prinz schätzte Ormondes Rat. Vielleicht konnte der Marquis ihm helfen, sich hier herauszuwinden.

Der Prinz blickte zur Countess Ravenwold auf und sagte: »Creighton, bringt der Gräfin einen Stuhl. Sie hat meine Erlaubnis, sich zu setzen. Sie sieht gar nicht gut aus.«

Garrett zog schwungvoll einen massiven Holzstuhl von der Seite des Schreibtisches heran und schob ihn ihr unter. Als die Stuhlkante gegen ihre Schenkel stieß, sank die Gräfin steif wie eine Porzellanpuppe darauf nieder. Als sie saß, fand sie endlich ihre Stimme wieder. »Eure Hoheit, niemand ist der Krone treuer ergeben als ich, doch diese Eile ... Es wurde kein Aufgebot bestellt, und ich bin in Trauer. Meine Schwester ist noch nicht eine Woche tot. Sicherlich ist es nicht zuviel verlangt, die Heirat zu verschieben.«

»Madam«, schnappte Charles, »ich habe bereits erklärt, daß andere Erwägungen den Zeitpunkt dieser Eheschließung bestimmen. Der Bischof wird auf das Aufgebot verzichten und die Trauung vornehmen.«

»Eure Hoheit«, mußte Creighton noch einmal fragen, »dieser Vertrag überrascht mich sehr. Bitte sagt mir, wie sind Eure Hoheit –«

Charles antwortete, bevor die Frage ausgesprochen war. »Angesichts Seiner Majestät vieler Verpflichtungen und meiner Zuneigung zu Euch hat der König mir die Verantwortung übertragen, Euch zu verheiraten. Er hat den Namen der Braut offengelassen, damit ich nach meinem bestem Ermessen einen eintragen kann. Ich habe das Dokument erhalten, bevor wir Bristol verließen, hatte aber bis heute keinen Anlaß, davon Gebrauch zu machen.«

Bristol! Also war es nicht nur die Eifersucht auf seine Beziehung zur Duchesse de Chataillon, sondern auch Neid auf seine Freundschaft mit Lady Wyndham. Und in beiden Fällen hatte Garrett sich nichts vorzuwerfen!

Doch egal aus welchem Grunde, Wales hatte ihn in die Ecke getrieben.

Wäre es wirklich so schrecklich, die Gräfin zu heiraten und der 19. Earl of Ravenwold zu werden? Garrett hatte immer die Absicht gehabt, häuslich zu werden und eines Tages zu heiraten …

Aber nicht jetzt, und nicht *sie!*

Vor seinem geistigen Auge tauchte das Bild der Gräfin von vor drei Jahren auf, wie sie in trunkener Ausgelassenheit auf dem Grabe ihres Gatten tanzte. Potzdonner, wenn die Frau zu dieser Ehe gezwungen wurde, würde sie wahrscheinlich seine Suppe vergiften, um dann auf *seinem* Grab zu tanzen! Garrett mußte etwas unternehmen, und zwar rasch.

Die Gräfin heiraten oder sich wegen Hochverrats zu verantworten haben. Was für eine Wahl! Jede Alternative konnte tödlich sein.

Garrett entschied sich dafür, seine letzte Karte auszuspielen. »Hat der Marquis de Ormonde sich zu dieser Heirat geäußert, Eure Hoheit?«

»Es war tatsächlich ursprünglich sein Einfall«, antwortete der Prinz selbstgefällig. »Ormonde ist ein Fuchs. Er wollte mich glauben machen, daß die Idee von mir stamme, aber ich war nicht so dumm.«

»Verdammt will ich sein.« Garrett hatte Ormonde für seinen Freund gehalten! Sein letztes Quentchen Hoffnung verließ ihn wie der letzte Atemzug eines Sterbenden.

Die Gräfin ließ den Vertrag auf den Tisch fallen. Mit schwimmenden Augen sagte sie: »Eure Hoheit, ich flehe Euch an, zwingt mich nicht dazu.«

Charles sagte kalt: »Madam, ich sagte bereits, daß diese Sache nicht zur Diskussion steht.«

Garrett erkannte, daß weder er noch die Gräfin eine Wahl hatten. Er grinste sie herausfordernd an. »Nun, meine liebste Gräfin, es scheint, als würden wir heiraten.«

Dann beugte er sich vor, tauchte die Feder ein und unterschrieb ein lebenslanges Wohnrecht in der Hölle.

Achtes Kapitel

Elizabeth beobachtete mutlos, wie der Viscount den Ehevertrag unterschrieb. Solange sie beide sich gegen diese Verbindung gewehrt hatten, hatte sie noch ein wenig Hoffnung gehabt, aber nun ...

Gefangen!

Elizabeth starrte verständnislos auf die Feder. Sie überlegte, ob sie davonlaufen sollte, doch sie würden sie zweifellos einfangen und zurückschleppen. Gütiger Himmel, was sollte sie nur tun?

Wenn sie nur nicht eingewilligt hätte, Annes Brief abzuliefern. Wenn sie nur nicht hiergeblieben wäre, um den Prinzen zu treffen ...

»Wenn nur« sagen alle Schwächlinge! hallte die barsche Stimme ihres Vaters aus der Vergangenheit wider. *Stell dich den Tatsachen und tu deine Pflicht, ohne zu jammern. Privilegien und Verpflichtungen gehen Hand in Hand. Vergiß das nie.*

Sie starrte Creighton haßerfüllt an. Verdammt sollte er sein, daß er so leicht nachgab! Er war offensichtlich ebenso sehr dagegen wie sie, doch er hatte kaum protestiert, bevor er unterzeichnet hatte. Nun hatte sie keine Chance; sie allein konnte keinen Widerstand leisten, und das wußten sie alle. Mit zitternder Hand nahm sie die Feder und tauchte sie in das Tintenfaß. Doch kurz bevor sie schrieb, kam ihr ein schrecklicher

Gedanke: Was würde Creighton tun, wenn er erfuhr, daß sie unfruchtbar war?
Sie hob die Feder vom Papier. »Bevor ich unterschreibe, muß ich mit Eurer Hoheit etwas besprechen.« Sie warf Creighton einen feindseligen Blick zu. »Allein.«
Der Prince of Wales seufzte gereizt. »Also schön.« Er sagte zu Creighton: »Laßt uns allein.«
»Wie immer bin ich Euch zu Diensten.« Creighton verbeugte sich knapp vor dem Prinzen und dann beleidigend theatralisch vor ihr.
Nachdem er gegangen war, blickte Elizabeth den Prinzen an. Trotz seiner Jugend besaß er die imposante Ausstrahlung eines erfahrenen Staatsmannes, doch sie wollte sich nicht einschüchtern lassen.
Bitte, lieber Gott, laß meine Unfruchtbarkeit endlich einmal vorteilhaft für mich sein. Bitte, laß sie diese Heirat verhindern.
Sie errötete vor Scham darüber, eine solch intime Sache anzusprechen. »Eure Hoheit, diese Heirat ist nicht nur mir, sondern auch Viscount Creighton gegenüber ungerecht. Ihr müßt wissen, ich bin unfruchtbar.«
Ihr Geständnis hatte keinerlei Einfluß auf den ungeduldigen Ausdruck des Prinzen. Er zog eine Braue in die Höhe und sagte brüsk: »Ihr habt mein Mitleid, Madam, doch ich versichere Euch, das hat in diesem Fall keine Bedeutung.«
»Keine Bedeutung?« fragte Elizabeth ungläubig. »Selbstverständlich ist das von Bedeutung. Viscount Creighton wird einen Erben wollen.«
»Dann kann er einen seiner Bastarde anerkennen. Soweit ich weiß, hat er mehrere.«
»Bastarde?« Elizabeth fuhr zurück. »Ihr erwartet doch wohl nicht, daß ich –«
Ihr Widerspruch war zuviel für die bekanntermaßen geringe Geduld des Prinzen. »Kein Wort mehr, Gräfin.« Er stand auf

und lehnte sich über den Tisch. Sein langer, knochiger Zeigefinger deutete auf die leere Stelle unter dem Ehevertrag. »Ich erwarte, Madam, daß Ihr diesen Vertrag unterzeichnet, Creighton heiratet und noch heute abend nach England aufbrecht. Wenn ihr Euch weigert, lasse ich Euch ins Verlies werfen. Ein paar Stunden bei den Ratten sollten Euch zur Besinnung bringen.«
Elizabeth vergaß ihre gute Erziehung und sank auf den Stuhl zurück, in der entsetzlichen Gewißheit, daß sie keine Wahl hatte. Früher oder später würde sie Creighton heiraten müssen. Prinz Charles wollte, daß es früher geschah, und er würde vor nichts zurückschrecken, um ihre Zustimmung zu erlangen.
Elizabeth nahm hastig die Feder zur Hand, tauchte sie in die Tinte ein und kritzelte ihren Namen neben Creightons. Grob stieß sie das Dokument dem Prinzen hin. »Hier!«
Plötzlich fühlte sie sich völlig ernüchtert, als habe sie soeben ihr eigenes Todesurteil unterschrieben.
Augenblicklich war der Prinz besänftigt. »Sehr gut. Ich wußte, daß Ihr es einsehen würdet.« Er rollte das Schriftstück zusammen und schloß es in der Schreibtischschublade ein. »Nun geht und holt Creighton. Wir müssen uns um die Hochzeit kümmern.«

Bis Ormonde und Culpeper mit einem beleibten, weißhäuptigen Geistlichen in anglikanischem Gewand zurückkehrten, waren Elizabeth und Creighton in entgegengesetzte Ecken des Raumes verbannt worden. Ormonde schlenderte zu Creighton und schüttelte energisch dessen Hand. »Gratuliere, alter Junge! Ich habe mich immer gefragt, wann man Euch aus dem Verkehr ziehen würde.« Creighton wirkte nicht erheitert.
Noch immer am Schreibtisch sitzend begrüßte der Prinz den Bischof. »Danke, daß Ihr gekommen seid, Eure Exzellenz.«

Der hängebackige Geistliche starrte den Prinzen forschend an. »Verzeihung, Eure Hoheit?«
»Ich sagte, danke, daß Ihr gekommen seid, Eure Exzellenz!« schrie der Prinz.
Der Bischof nickte. »Nichts zu danken. Ist mir ein Vergnügen.«
Prinz Charles griff nach dem Ehevertrag und reichte ihn dem Geistlichen. Alle im Raum zuckten zusammen, als er dabei brüllte: »Ich wünsche, daß die Trauung auf der Stelle vorgenommen wird. Werdet Ihr auf das Aufgebot verzichten?«
Der Bischof überflog kurz das Dokument. »Es scheint alles seine Ordnung zu haben. Hiermit ist das Aufgebot erlassen.«
Das Schlagen der Uhr ließ den Prinzen laut fragen: »Werdet Ihr die Messe erlassen?«
»Angesichts der späten Stunde erlasse ich hiermit die Brautmesse. Die Ehe wird ohne Messe gültig sein.«
Elizabeth hatte all dies mit wahrem Entsetzen verfolgt. Keine Messe? Und dieser ... *Ketzer* sollte sie trauen? Es war ihr gar nicht in den Sinn gekommen, daß Prinz Charles keinen katholischen Priester heranziehen könnte! Sie vergaß den Befehl des Prinzen, sich in ihrer Ecke still zu verhalten, und rauschte an Ormonde und den anderen vorbei. »Königliche Hoheit, ich bin Katholikin! Eure Hoheit werden doch wohl nicht zulassen, daß dieser –« Sie unterbrach sich, bevor sie das Wort Ketzer sagen konnte. »– dieser ... *anglikanische* Bischof die Trauung vornimmt. Ich würde exkommuniziert!«
Charles' Mund wurde schmal. »Beruhigt Euch, Madam. Es gibt keinen katholischen Geistlichen in meinem Hofstaat. Da die Zeit drängt und Creighton Anglikaner ist, haben Wir Uns für eine anglikanische Zeremonie entschieden. Doch habt keine Angst. Ich versichere Euch, daß Ihr nicht exkommuniziert werdet. Die Königin wird dafür sorgen.«
»Die Königin?« Elizabeth wußte nicht, was sie davon halten sollte. Henrietta Maria hatte tatsächlich großen Einfluß in Rom,

doch es war allgemein bekannt, daß sie und ihr Sohn einander spinnefeind waren. Weshalb sollte Ihre Majestät ihren Einfluß geltend machen, wenn es um jemand so Unbedeutenden wie Elizabeth ging?

Der Prinz winkte den Bräutigam heran. »Kommt, Creighton. Bringen wir es hinter uns, damit wir alle zum Essen kommen.«

Creighton trat neben den Tisch, ein arrogantes Lächeln auf den fein geschwungenen Lippen. Er schien an dieser Farce Gefallen zu finden.

»Hier?« Panik schwang in Elizabeths Stimme. »Es muß doch eine Kapelle geben!« Frankreich war immer noch ein katholisches Land, und die Kapelle von St. Germain mußte geweiht sein, wie es sich gehörte. Sie wandte sich an den Bischof der Ketzer. »Ich flehe Euch an, Sir, im Namen unseres gütigen Erlösers, bitte laßt mich im Hause Gottes getraut werden.«

»Eh?«

Sie wiederholte ihre Bitte, so laut sie konnte.

Der Bischof sah den Prinzen schief an. »Ihr Wunsch ist nicht unangemessen. Ich meine, auf dem Weg hierher an einer Kapelle vorbeigekommen zu sein.«

Charles seufzte tief. »Oh, also gut, wir werden uns in die Kapelle begeben. Aber nur unter einer Bedingung.« Er deutete auf Elizabeth. »Ihr müßt schwören, daß die Trauung ohne weitere Verzögerungen stattfindet.«

Elizabeth nickte. Zumindest würde sie ihr Gelöbnis in einem ordentlichen Gotteshaus ablegen.

In der Kapelle angekommen, entdeckte Elizabeth zu ihrer Erleichterung ein vergoldetes Kruzifix über dem Altar und ein wunderschönes Bildnis der Mutter Gottes in einer Nische. Sie sprach ein stummes Dankgebet und bat dann die Jungfrau Maria um ihren Beistand, betete für ein Entkommen. Unglücklicherweise machte jedoch kein Blitz Anstalten, in einen der versammelten Männer zu fahren.

Der anglikanische Bischof blickte grimmig auf die Bildwerke und die kunstvoll bemalten Glasfenster, sagte aber nichts, sondern nahm seinen Platz vor dem Altar ein.
Prinz Charles schrie ihm zu: »Wir können auf die langatmigen Gebete verzichten, Eure Exzellenz. Ich wünsche die kürzeste Version.«
Verstimmt über diese Freimütigkeit des Prinzen blätterte der dicke Bischof in seinem anglikanischen Gebetbuch, bis er das Ehesakrament fand. Er sah die kleine Gruppe an. »Wenn die Braut zu meiner Rechten stehen möge, und der Bräutigam zu meiner Linken.«
Creighton ging an seinen Platz, doch Elizabeths Füße wollten ihr nicht gehorchen. Sie schienen am Boden festzukleben.
Sie fühlte, wie eine Hand sich sanft um ihren Oberarm schloß. »Hierhin bitte, Milady.« Der Marquis de Ormonde drängte sie vorwärts, bis sie neben Creighton stand.
Wie in einem Alptraum gefangen stand sie vor dem anglikanischen Kirchenmann und hörte ihn sagen: »Im Namen des Vaters und des Sohnes und des Heiligen Geistes.« Die Männer bekreuzigten sich, während der Bischof deklamierte: »Verehrte Anwesende, wir sind hier vor Gott und dieser Gemeinde zusammengekommen, um diesen Mann und diese Frau in den heiligen Stand der Ehe zu versetzen, der ein ehrenhafter Stand –«
Der Kronprinz brachte den Bischof mitten im Satz zum Schweigen, indem er ihn am Ärmel zog. Als der Geistliche verblüfft innehielt, machte Prinz Charles eine Geste, die ausdrücken sollte: Beeil dich.
Der Bischof errötete, sprang jedoch zum wichtigsten Teil der Zeremonie vor. Er wandte sich an Creighton. »Euer Name, Sir?«
»Edward Garrett, Viscount Creighton.«
»Edward Garrett, bist du gewillt, mit dieser deiner Braut die

Ehe einzugehen, um mit ihr nach Gottes Willen im heiligen Stande der Ehe zu leben? Willst du sie lieben, ehren und in Gesundheit und Krankheit zu ihr stehen und jeder anderen entsagen und ihr die Treue halten, bis –« Elizabeth schnaubte verächtlich, doch der Bischof hörte es nicht oder beschloß, es nicht zur Kenntnis zu nehmen. Er setzte keinen Herzschlag lang aus. »– bis der Tod euch scheidet?«

Creighton grinste sie unverschämt an und erklärte laut: »Ja.«

Der Bischof wandte sich an Elizabeth. »Euer Name, bitte?«

Bittere Hilflosigkeit schnürte ihr die Kehle zu, doch sie brachte stammelnd hervor: »Virginia Elizabeth Catherine.«

»Wie bitte?« Der Geistliche legte seine freie Hand an sein Ohr. »Es tut mir schrecklich leid, meine Liebe, das habe ich nicht verstanden.«

»Virginia Elizabeth Catherine, Countess Ravenwold!« rief sie ärgerlich.

»Ah.« Er fand die richtige Stelle in seinem Gebetbuch und fuhr fort. »Virginia Elizabeth Catherine, bist du gewillt, mit diesem deinem Bräutigam die Ehe einzugehen, um mit ihm nach Gottes Willen im heiligen Stande der Ehe zu leben? Willst du ihm gehorchen und dienen, ihn lieben, ehren und in Gesundheit und Krankheit zu ihm stehen und jedem anderen entsagen und ihm die Treue halten, bis der Tod euch scheidet?«

Gehorchen und dienen, weiß Gott! Elizabeths ganze Seele schrie »Nein!«, doch sie hatte vor Gott geschworen, diese Farce mitzumachen. Aber wie konnte sie die Worte sagen, die sie den Launen dieses Schurken auslieferten?

Die Stille war gespannt wie die Sehne eines Bogens, bis sie spürte, daß Creighton ihr in den Arm kniff. »Autsch! Laßt das!« Sie schlug auf seine Hand. Als sie den schockierten Blick des Bischofs bemerkte, verbesserte sie sich: »Ich meine, ja.« Als er das nicht verstand, schrie sie. »Ja!« Hierfür wünschte sie dem Prinzen die Pest an den Hals, und Creighton ebenso!

Sichtlich erleichtert fragte der Bischof: »Wer übergibt diese Braut diesem Bräutigam?«
Eine unbehagliche Pause entstand, bis Prinz Charles vortrat. »Ich.« Er nahm Elizabeths kalte, schlaffe rechte Hand und legte sie in Creightons große, warme.
Der Geistliche wandte sich an den Bräutigam. »Sprecht mir nach: Ich, Edward Garrett –«
Creightons überheblicher Ausdruck verlor an Überzeugung. »Ich, Edward Garrett.«
»– nehme dich, Virginia Elizabeth Catherine, zu meiner rechtmäßigen Ehefrau –«
»Nehme dich, Virginia Elizabeth Catherine, zu meiner rechtmäßigen Ehefrau –«
»– um dich zu beschützen und dir beizustehen in alle Ewigkeit –«
»Um dich zu beschützen und dir beizustehen in alle Ewigkeit.«
»– in guten und schlechten Zeiten, in Reichtum und Armut –«
»In guten und schlechten Zeiten, in Reichtum und Armut.«
»– in Gesundheit und Krankheit, dich zu lieben und zu ehren –«
Creighton wiederholte steif: »In Gesundheit und Krankheit, dich zu lieben und zu ehren.«
»– bis der Tod uns scheidet.«
»Bis der Tod uns scheidet.«
Welch ein Possenspiel! dachte Elizabeth. Zumindest hatte Creighton den Anstand besessen, unangenehm berührt zu wirken, während er solch abscheuliche Lügen von sich gab.
Der Bischof wandte sich an Elizabeth. »Sprecht mir nach: Ich, Virginia Elizabeth Catherine –«
Plötzlich aufsteigende Wut verlieh ihr neue Energie. Sie reckte sich kerzengerade auf, hob das Kinn und erklärte bestimmt: »Ich, Virginia Elizabeth Catherine.«

»– nehme dich, Edward Garrett, zu meinem rechtmäßigen Ehemann –«

»Nehme dich, Edward Garrett, zu meinem rechtmäßigen Ehemann!«

»– um dich zu beschützen und dir beizustehen in alle Ewigkeit –«

»Um dich zu beschützen und dir beizustehen in alle Ewigkeit!« Sie fühlte sich irgendwie wohler, wenn sie die Worte herausschrie.

»– in guten und schlechten Zeiten, in Reichtum und Armut –«

»In guten und schlechten Zeiten, in Reichtum und Armut.«

»– in Gesundheit und Krankheit –«

»In Gesundheit und Krankheit!«

»– dich zu lieben und zu ehren und dir zu gehorchen, bis der Tod uns scheidet –«

Sie fixierte Creighton mit einem trotzigen Blick und sagte weniger durchdringend: »Dich zu lieben und zu ehren, bis der Tod uns scheidet.«

Ihre Auslassung beantwortete Creighton, indem er belustigt eine Augenbraue hochzog. Der Bischof runzelte die Stirn, offenbar unsicher, ob er sie »gehorchen« hatte sagen hören. Elizabeth schoß ihm einen drohenden Blick zu, der ihm riet, sich nicht mit ihr anzulegen.

Der Bischof holte ein Taschentuch hervor, trocknete sich die Stirn und beschloß offenbar, die Sache auf sich beruhen zu lassen. Er fuhr fort: »Gibt es einen Ring?«

Elizabeth sah, wie Creighton seine linke Hand in einer Tasche verschwinden ließ, um seinen goldenen Siegelring zu verbergen. Er schüttelte den Kopf: »Ich habe keinen Ring für die Dame.«

Der Schuft wollte ihr nicht einmal dieses kleine Opfer bringen!

Wie zuvor rettete der Prinz die Situation. »Hier.« Er zog einen wundervollen, goldgefaßten Saphir von seinem kleinen Finger

und legte ihn ins aufgeschlagene Meßbuch. Prinz Charles grinste Creighton an. »Betrachtet ihn als mein Geschenk.«
»Eure Hoheit sind zu großzügig«, antwortete Creighton spitzbübisch.
Der Bischof reichte ihm den Ring. »Steckt ihn an den Ringfinger ihrer linken Hand und sprecht mir nach.«
Creighton steckte ihr den Ring an. »Ah. Er paßt perfekt.«
Der Bischof sprach die Formel vor: »Mit diesem Ring nehme ich dich zur Frau, und mit meinem Leib werde ich dir dienen –«
Mit spottblitzenden Augen sprach Creighton nach: »Mit diesem Ring nehme ich dich zur Frau, und mit meinem Leib werde ich dir dienen.«
Wirklich! Elizabeths Mund wurde zu einem schmalen Strich.
»– und all meine weltlichen Güter dir schenken.«
»Und all meine weltlichen Güter dir schenken.«
»– im Namen des Vaters, des Sohnes und des Heiligen Geistes. Amen.«
»Im Namen des Vaters und des Sohnes und des Heiligen Geistes. Amen.«
Elizabeth entriß Creighton ihre Hand.
Der Bischof blickte von seinem Gebetbuch auf und verkündete strahlend: »Was Gott zusammengefügt hat, das soll der Mensch nicht trennen.« Als er anhob, den Rest der Zeremonie vorzutragen, gebot Prinz Charles ihm Einhalt, indem er ihm die Hand schüttelte.
»Ich danke Euch, Eure Exzellenz. Eine wunderbare Trauung.«
»Aber Königliche Hoheit«, protestierte der überrumpelte Bischof, »ich bin noch nicht fertig. Da fehlen noch einige Gebete sowie der Segen und ...«
»Sie sind verheiratet, oder nicht?« fragte der Prinz.
»O ja, das sind sie«, bestätigte der Bischof, »aber da sind noch –«
Culpeper rief dem Bischof zu: »Wie ich höre, wartet ein schönes

Fest nach der Hochzeit.« Er nahm den Geistlichen beim Arm und führte ihn zur Tür. »Seine Hoheit hat die besten Weine und Köstlichkeiten zu Ehren dieses Anlasses auftragen lassen. Wir wollen doch nicht, daß das Essen kalt wird, nicht wahr?«

Durch die Aussicht auf ein Festessen abgelenkt, drehte sich der Bischof nur kurz zu den Frischvermählten um, machte das Kreuzzeichen und beeilte sich zu sagen: »Im Namen des Vaters, des Sohnes und des Heiligen Geistes erkläre ich Euch hiermit zu Mann und Frau. Gott segne Euch.« Als Culpeper ihn aus der Kapelle drängte, rief er zu Garrett zurück: »Oh, das hätte ich beinahe vergessen ... Ihr dürft die Braut jetzt küssen.«

Nicht, wenn Elizabeth das verhindern konnte! Sie starrte böse zu dem großen Recken hinauf, der nun ihr Ehemann war, forderte ihn mit ihrem Blick heraus, es zu versuchen. Sie mochte seine Ehefrau sein, doch sie hatte nicht die Absicht, in Anwesenheit von Ormonde und dem Prinzen derartige Intimitäten zu dulden.

»Die Braut küssen?« Creighton warf einen Blick auf ihre mordlüsterne Miene und lachte schallend. »Lieber nicht.« Ernst wandte er sich an Ormonde. »Und was Euch betrifft, Sir, so weiß ich kaum, was ich sagen soll. Ich dachte, wir seien Freunde.«

Elizabeth hatte nicht gewollt, daß er sie küßte, doch das gab ihm nicht das Recht, sie erst zu beleidigen und dann zu ignorieren.

Ormonde streckte dem Viscount die Hand entgegen. »Ich *bin* Euer Freund, Sir, wenn Euch dies hier auch anders erscheinen mag.«

Ein bitteres Lächeln verzog Creightons Mund. Er schüttelte die dargebotene Hand. »Hierfür steht Ihr in meiner Schuld, Sir.«

»Ja, so ist es.« Ormonde gluckste. »Doch nicht so tief, wie Ihr vielleicht denkt, Milord. Ihr mußtet doch irgendwann heiraten, und Ihr hättet es gewiß schlechter treffen können.« Er geleitete

Garrett zur Tür. Elizabeth wurde allein vor dem Altar stehengelassen.
Sie hatte genug von diesen Grobheiten über sich ergehen lassen. »Sprecht Ihr *immer* in Anwesenheit von Damen, als wären diese taub oder einfältig?«
Ormonde blickte alles andere als entschuldigend drein, als er sich in ihre Richtung verbeugte. »Bitte tausend Mal um Vergebung, Milady.« Creighton brachte überhaupt keine Entschuldigung hervor.
Der Prinz ging auf die beiden Männer zu. »Kommt, Ormonde. Das Festmahl wartet.« Als Creighton ihm ebenfalls folgen wollte, hielt Prinz Charles ihn auf: »Ich fürchte, unser glückliches Pärchen wird nicht mit uns feiern können. Die Kutsche für die Fahrt zum Hafen steht bereit.«
»Jetzt?« Creighton zeigte sich offen überrascht. »Ich hatte gehofft, uns bliebe wenigstens eine Nacht, um –« er blickte kurz zu Elizabeth, bevor er weitersprach: »– uns *auszuruhen*, ehe wir abreisen.«
Der Prinz lachte. »Ich fürchte, der Vollzug Eurer Ehe wird ein wenig warten müssen. Außer, Ihr bringt es in einer dahinrasenden Kutsche fertig. Lebt wohl.« Der Prinz und Ormonde fanden die Vorstellung, wie Creighton in einer rüttelnden, schwankenden Kutsche mit seiner unwilligen Ehefrau rang, so erheiternd, daß sie noch im Korridor lachten.
Elizabeths Atem flog vor Ärger. Welch eine Grobheit! Diese Männer sprachen, als sei sie eine gewöhnliche Mätresse. Oh, am liebsten hätte sie –
»Kommt, Bess.« Creightons Stimme füllte die kleine Kapelle. »Keine Zeit für Wutanfälle. Wir müssen abreisen.«
»Bess?« Elizabeth wandte sich ungläubig dem Mann zu, der nun ihr Ehemann war. »Mein Name ist *Elizabeth*, Sir, und ich werde auf keinen anderen hören.«
»Elizabeth ist viel zu steif. Ich werde Euch Bess nennen.« Er

kam ihr gefährlich nahe, mit diesem verhaßten frechen Lächeln auf dem Gesicht. »Ob es Euch gefällt oder nicht, Ihr seid meine Ehefrau – vor Gott und dem Gesetz.« Als Elizabeth verächtlich den Blick abwandte, schlossen sich kräftige Finger um ihr Kinn und hoben ihr Gesicht vor seines. »Oh, ich weiß, Ihr habt nicht geschworen, mir zu gehorchen, doch gehorchen werdet Ihr. Das Gesetz verlangt es ebenso wie die Kirche.«

»Die Kirche?« fauchte sie. »Meint Ihr wirklich, die Worte dieses *Ketzers* wären für mich von Bedeutung? O nein, Sir. Vom Standpunkt des wahren Glaubens habt Ihr keinerlei Anspruch auf mich.«

Creightons starke Hände umschlossen ihre Schultern, und seine Stimme war weich wie Samt. »Aber Bess, da täuscht Ihr Euch. Ich habe jedes Recht auf Euch. Und Ihr werdet mir nicht nur gehorchen, sondern es wird Euch auch gefallen. Schreibt Euch das hinter die Ohren.«

»Lieber schreibe ich es in Euer unverschämtes Gesicht.« Als sie diesmal ausholte, um ihn zu schlagen, war er gewappnet.

Er wehrte den Schlag ab und hob sie so mühelos auf seine Arme, als sei sie ein Kind. »Nun laßt uns mal sehen, was wir in der dahinrasenden Kutsche des Prinzen zuwege bringen können.«

Neuntes Kapitel

Laßt mich herunter!« Elizabeth versuchte sich zu befreien, während Creighton sie durch die Gänge des Palastes trug, doch er drückte sie nur um so fester an seine breite, muskulöse Brust. Sie schnappte: »Ich kann sehr gut auf meinen eigenen Füßen stehen.«

»Das weiß ich, Bess.« Creighton setzte sein belustigtes Lächeln auf. »Das Problem ist nur, wenn ich Euch absetze, weiß der Himmel, wohin Ihr verschwinden würdet, und ich habe nicht die Zeit, Euch nachzujagen.«

Wie konnte er das wissen? Sie hatte tatsächlich beschlossen, fortzulaufen, zum Louvre zu fliehen und den Schutz der Königin zu erbitten.

Sie sah zu dem Mann auf, der sie trug. Creighton war so viel größer und stärker als ihr erster Mann, er könnte sie ohne weiteres mit einem einzigen Schlag töten. Düstere Erinnerungen an Schmerzen und Hilflosigkeit ließen sie erschauern. Vielleicht sollte sie versuchen, mit diesem hünenhaften Mann zu verhandeln. »Bitte laßt mich herunter. Man lacht bereits über uns.«

»Schon besser, Bess. Ich mag es, wenn Ihr bitte sagt.« Er hob eine blonde Braue, lockerte jedoch seine eiserne Umarmung nicht. »Laßt sie lachen. Wir sehen wirklich albern aus – besonders Ihr, so blaß, ganz in Schwarz, und mit so finsterem Gesicht.« Er schielte auf ihre Stirn hinab. »Eure Brauen sehen aus wie gekochte Kutteln.«

»Kutteln?« Elizabeth ließ alle Vorsicht fahren. Sie schoß zurück: »Charmant. Macht Ihr das immer so? Gewinnt Ihr so alle Eure Weiber? Wenn ja, müssen sie noch dämlicher sein, als ich bisher gehört habe.«

Creightons Antwort kam völlig unerwartet. Ohne innezuhalten oder seinen frechen Ausdruck zu verändern, warf er sie kurz in die Höhe und fing sie dann sicher wieder auf, bevor sie wußte, wie ihr geschah.

Elizabeth wartete noch immer darauf, daß ihr Magen seinen angestammten Platz wieder einnehme, als sein Mund ihre Wange streifte und warm an ihrem Ohr flüsterte: »Überlegt Euch, was Ihr sagt, Bess, oder ich lasse Euch beim nächsten Mal auf Eurem knochigen kleinen Hinterteil landen.«

Trotz ihrer innerlichen Ermahnung zur Vorsicht wollte sie sich keinesfalls so behandeln lassen. »Hört auf, mir zu drohen, Ihr Rohling. Und hört auf, mich Bess zu nennen.« Nur an Gewalt gewöhnt, hob sie die Hand, um ihn zu schlagen. Doch bevor sie sein unverschämtes Gesicht treffen konnte, packte Creighton ihr Handgelenk.

»Wißt Ihr, Bess, ich fange allmählich an, Euch für eine sehr gewalttätige Frau zu halten, und ich bin ein entschiedener Gegner häuslicher Gewalt.«

Elizabeth riß ihr Handgelenk aus seinem Griff und rieb sich die roten Stellen, die er auf ihrer Haut hinterlassen hatte. »Ich warne Euch, Sir. Wenn Ihr mich weiterhin so grob behandelt, werde ich *gezwungen* sein, Euch zu schlagen!«

Sein Lächeln bekam etwas Bedrohliches. »Und *ich* werde *Euch* ein letztes Mal warnen: Versucht nicht noch einmal, mich zu schlagen. Wenn Ihr es tut, bringe ich Euch auf den nächsten öffentlichen Platz, stülpe Euch die züchtigen schwarzen Röcke über den Kopf und versohle Euch vor aller Augen Euren blanken Hintern. Und das werdet Ihr Euch ganz allein zuzuschreiben haben.«

Elizabeth stieß entsetzt hervor: »Das würdet Ihr nicht wagen!«

»Versucht noch einmal, mich zu schlagen, und Ihr werdet es herausfinden.« Seine riesige Handfläche glitt anzüglich über ihr Hinterteil. »Ich kann es kaum erwarten.«

Er würde es tun, der Spitzbube! Elizabeths Gesicht prickelte vor Abneigung, doch unerklärlicherweise brannte ihr Hinterteil vor unerwarteter Hitze, wo seine Hand sich befunden hatte.

Als sie aus dem Palast kamen und den mittlerweile dunklen inneren Hof betraten, blickte Creighton nach vorn und sagte: »Ah. Wie ich sehe, ist alles für unsere Abreise vorbereitet, genau wie Seine Hoheit versprochen hat.« Zwei wappenlose schwarze Reisekutschen warteten im Dämmerlicht, umgeben von über zwanzig bewaffneten Musketiers auf kräftigen Streitrössern.

Gwynneth kletterte hastig aus der vorderen Kutsche und kam auf beide zugelaufen. »Milady, seid Ihr verletzt?« Böse starrte sie den Hünen mit dem langen goldbraunen Haar an, der Elizabeth trug. »Hat ihr jemand etwas getan?«

Garrett legte den Kopf schief und sah sie abschätzend an. »Beruhige dich, gutes Mädchen.« Die rundliche kleine Frau plusterte sich auf wie eine Glucke, die ihre Küken verteidigt. »Deiner Herrin ist nichts geschehen, und das wird es auch nicht, solange sie in meiner Obhut ist.«

»Pah. Wo habe ich denn *das* schon mal gehört?« Die Zofe maß ihn mit unverhohlenem Mißtrauen von oben bis unten, dann ergriff sie die Hand ihrer Herrin. »Geht es Euch gut, Milady?«

Interessiert verfolgte Garrett die Unterhaltung der beiden Frauen. Zum ersten Mal, seit er sie im Vorzimmer des Prinzen beim Lauschen ertappt hatte, zeigte sich auf dem Gesicht der Gräfin ihre Verletzlichkeit. Er empfand beinahe Mitleid, als sie den Arm ihrer Zofe tätschelte und sagte: »Ich bin unversehrt, Gwynneth.« Dann kehrte ihre Schärfe zurück. »Wenn dieser Flegel mich absetzen würde, könnte ich es dir zeigen.«

»Flegel?« antwortete Garrett mit gespielter Betroffenheit. »Das sagt man nicht zu seinem Ehemann, Bess.« Garrett ignorierte Gwynneth, die nach Luft schnappte, und ging weiter. Er war nicht so dumm, die Gräfin abzusetzen; sie würde so schnell verschwinden, wie ihre langen Beine es gestatteten. Statt dessen ging er zu der ersten Kutsche und rief den Soldaten auf der anderen Seite zu: »Blockiert die Tür auf Eurer Seite und sorgt dafür, daß meine Gemahlin die Kutsche nicht verläßt.« Dann schob er Elizabeth vorsichtig hinein. Zwei kleine Laternen erleuchteten die damastbezogenen Polster, und in den Ecken häuften sich Kissen. »Rückt ein bißchen, Bess. Ich brauche Platz zum Einsteigen.« Er mußte sich fast um die Hälfte kleiner machen und seine Schultern verdrehen, um durch die kleine Türöffnung zu passen, doch er schaffte es, hinter ihr einzusteigen und die Tür zu schließen.

Mit weit aufgerissenen Augen rutschte die Gräfin hastig wieder zurück ans Fenster und streckte flehentlich eine Hand nach ihrer Zofe aus. »Gwynneth! Laß mich nicht allein.«

Garrett lehnte sich aus seinem Fenster und sagte bestimmt: »Die Gräfin und ich sind verheiratet, Gwynneth, also braucht sie keine Anstandsdame. Du verstehst sicher meinen Wunsch, daß du mit den anderen Bediensteten in der zweiten Kutsche fährst.«

Gwynneth blickte von ihrer Herrin zu ihrem neuen Herrn und zurück, offensichtlich hin- und hergerissen zwischen ihrer Hingabe für die Gräfin und Garretts Autorität. Dann kam einer der Musketiers auf sie zugeritten. »Du hast Seine Lordschaft gehört«, grollte er. »Also steig jetzt ein.«

Gwynneths schaute kummervoll drein. »Es tut mir leid, Milady.« Dann steig sie zu den anderen in die zweite Kutsche.

Die kleine Karawane setzte sich in Bewegung, und Elizabeth wurde tief in die Kissen gedrückt, die in der Ecke aufgehäuft lagen. Sie sah auf und bemerkte, daß Creighton sie ganz offen musterte.

»Jetzt sorgen wir für ein wenig Abgeschiedenheit.« Er löste die Kordeln, die die Kutschgardinen zurückhielten. Der schwere Damast entrollte sich, hielt die kühle Nachtluft ab und verbarg sie vor den Wachen, die neben ihnen ritten.

»Warum habt Ihr die Vorhänge geschlossen? Ich habe sie lieber offen.« Elizabeth drückte ein Kissen vor ihren Bauch. Er hatte doch gewiß nicht ernst gemeint, was er über den Vollzug der Ehe in der Kutsche gesagt hatte.

Creighton machte keine Anstalten, die Vorhänge wieder aufzuziehen. »Es ist sicherer, wenn uns niemand sieht. Zumindest, bis wir Paris ein gutes Stück hinter uns gelassen haben.«

Elizabeth rückte so weit wie möglich von der großen Gestalt ihres Mannes ab, doch in dem engen Abteil konnte sie seinen langen Beinen nicht aus dem Wege gehen. Seine muskulösen Oberschenkel flankierten ihre schwarzen Röcke, und seine Stiefel verschwanden unter ihrem Sitz. Er schüttelte seine scharlachrote kurze Schaube ab und legte den Rock neben sich auf den Sitz.

Kaum hatte sie sich ihm gegenüber möglichst tief in die Kissen vergraben, als die Kutsche in einer tiefen Bodenrille aufschlug. Beide wurden in die Höhe geschleudert, wonach Elizabeth unsanft auf ihrer Sitzbank landete und sich mit geschlossenen Augen gegen den Aufprall von Creightons Körper wappnete. Nichts geschah. Sie öffnete ein Auge und sah, daß Garrett sich mit seinen starken Armen zu ihren beiden Seiten abstützte.

»Ich bitte um Verzeihung. Ich habe Euch doch nicht weh getan?« Er schien aufrichtig besorgt.

»Nein.« Sie schüttelte den Kopf und war sich plötzlich der

männlichen Kraft bewußt, die er ausstrahlte. Himmel, was für ein großer Mann! Sie wünschte, er würde auf seinen Platz zurückkehren, aber gleichzeitig konnte sie nicht umhin, die Feinheit seines goldbraunen Haares und den männlich-würzigen Geruch wahrzunehmen, den seine Uniform verströmte.

Während sie so nah beieinander in der sanft erleuchteten Kutsche schwankten, bemerkte Elizabeth, daß er ihre Witwenhaube anstarrte.

»Ist dieses Ding befestigt? Ihr wißt, was ich meine, mit Nadeln oder etwas Ähnlichem.«

»Keine Nadeln«, antwortete sie knapp. »Warum?«

»Weil Ihr sie nicht mehr braucht. Jedenfalls nicht heute nacht.« Er hob die rechte Hand und riß ihre Witwenhaube samt Schleier herunter. Die Schnelligkeit seiner Bewegung und das Geschunkel der Kutsche ließen ihr keine Chance, ihn abzuwehren. Die Erheiterung wich aus Creightons feingeschnittem Gesicht. »Warum zuckt Ihr denn so vor mir zurück? Ich werde Euch nicht beißen.«

Elizabeth antwortete nicht. Sie spürte, wie ihr Zopf sich entrollte und die jählings befreiten Locken an ihren Schläfen herunterfielen.

»Ah. Das ist viel besser.« Ein seltsames Leuchten ließ seine blauen Augen weicher erscheinen. Er warf die Haube beiseite. »Euer Haar ist wunderschön, Bess, einer Eurer größten Vorzüge. Ihr solltet es wirklich nicht verstecken.«

Schon wieder dieser verhaßte Kosename, gerade als sie begann, ein klein wenig freundlicher von ihm zu denken. »Ich verberge mein Haar, Sir, weil ich in Trauer bin. Ich trauere nicht nur um meinen Ehemann, sondern auch um meine geliebte Schwester.«

»Euren *ersten* Ehemann«, korrigierte Creighton.

Er betrachtete sie mit schmalen Augen. »Es muß schrecklich sein, eine Schwester zu verlieren. Ihr und Lady Charlotte standet einander sehr nahe, nicht? Sie hat oft von Euch gesprochen, und immer mit glühender Zuneigung.«

»Ihr kanntet einander?« fragte sie überrascht. »Ich habe mich gewundert, als Ihr zu ihrer Beerdigung erschient.«

Creighton lehnte sich in seinem Sitz zurück und legte den Kopf auf die samtbezogene Kopfstütze. »Lady Markham und ich waren Freunde. Sie war eine so gütige Seele«, sagte er. »Einer der wenigen Menschen, denen ich je begegnet bin, der jedermann so akzeptierte, wie er war, ohne zu verurteilen oder zu kritisieren. Ich werde sie vermissen.«

Zu ihrer eigenen Überraschung spürte Elizabeth unerwartete Tränen heiß über ihre Wangen rinnen.

»Verflucht«, murmelte Creighton, »ich wollte Euch nicht traurig stimmen. Hier.« Er zog ein säuberlich gebügeltes Taschentuch aus seinem Wams und reichte es ihr. »Ist es Euch lieber, wenn ich nicht von Eurer Schwester spreche?«

»Nein.« Elizabeth nahm sein Taschentuch an, und ihre Tränen versiegten so plötzlich, wie sie geflossen waren. »Ich bin froh, daß Ihr sie kanntet, und ich will gern über sie sprechen. Es ist nur ... Dies war das erste Mal seit der Beerdigung, daß jemand sie erwähnte. Ich war darauf nicht vorbereitet.« Sie fühlte sich auf einmal leer und ausgebrannt. »Ich weiß nicht, warum ich so empfindlich bin. Vielleicht liegt es daran, daß ich müde bin. Und hungrig.« So viel war an diesem Tag geschehen, mehr, als sie verkraften konnte.

»Es war ein langer Tag.« Ohne Vorwarnung beugte Creighton sich vor und drückte ihre gebauschten Röcke seitlich gegen ihre Unterschenkel.

Elizabeth erstarrte. Was tat er da? Sie riß die Augen auf.

Doch anstatt sich ihr unziemlich zu nähern, griff er unter die Bank und zog einen Proviantkorb hervor. Dann nahm er eine Flasche Wein und zwei silberne Pokale heraus. »Ihr müßt ja halb verhungert sein. Ich hätte es bemerken sollen.« Er füllte einen der Pokale bis zur Hälfte mit der goldenen Flüssigkeit. »Hier. Trinkt dies, während ich unser Abendessen herrichte.« Er wickelte einige Fleischpasteten und andere köstliche Kleinigkeiten aus, schnitt etwas Käse und Brot auf und arrangierte alles auf einer schweren Damastserviette, die er ihr auf den Schoß legte.

Elizabeth senkte den Kopf, segnete die Mahlzeit, bekreuzigte sich und nahm einen Bissen von einer der Pasteten. Sie war eiskalt, aber köstlich. Bis sie sie aufgegessen hatte, genoß Creighton bereits sein eigenes Mahl. Sie bemerkte trocken: »Ich hatte Euch nicht als häuslich eingeschätzt, aber Ihr versteht es, eine schmackhafte Mahlzeit zu servieren.«

»Häuslich?« Er lächelte und schüttelte den Kopf. »Wohl kaum. Doch mein Leibdiener fand in der ersten Schlacht dieses Krieges den Tod.« Er seufzte tief. »Er war bei mir gewesen, seit ich ein kleiner Junge war, und ich brachte es nicht über mich, ihn einfach zu ersetzen. Und so habe ich seitdem viele Mahlzeiten selbst zusammengestellt.«

»Hmm.« Müde und hungrig wie sie war, stieg ihr der Wein sofort zu Kopf. Sie aß erst alles auf, leerte danach den Pokal und lehnte sich dann satt und schläfrig in die Kissen zurück.

Creighton streckte den Arm aus und nahm ihr den leeren Pokal aus der Hand. »Ich denke, wir können beide ein wenig Schlaf gebrauchen. Wir werden alles weitere morgen klären.«

Elizabeth konnte sich nicht an eine Antwort erinnern. Sie konnte sich an nichts erinnern, bis sie aus den Tiefen eines erschöpften, traumlosen Schlafes auftauchte.

Sie lag zusammengerollt auf der Seite, von etwas Warmem und Festem umgeben, mit einem beruhigenden Rhythmus unter ihrem Ohr. Es mußten die Zugpferde sein. Oder die Eskorte. Ihre Hufschläge waren so regelmäßig, daß sie sich anhörten wie ein einziger Herzschlag. Ohne die Augen zu öffnen, gähnte Elizabeth und schmiegte sich in die warme Höhle. Plötzlich fühlte

sie sich wie zur Beruhigung festumschlossen, doch gleich darauf lockerte der Druck sich wieder.
»Mmm.« Sie drückte ihr Gesicht tiefer hinein in den Duft; sie roch Leder und noch etwas anderes, angenehm und fast vertraut.
Nur noch ein paar Minuten. Nur noch ein paar Minuten so wohlig und sicher ruhen, dann würde sie aufstehen.
Sie öffnete die Augen, hob den Kopf und sah neben sich im schwachen Morgenlicht den Viscount liegen.
Sie atmete tief ein, und jeder Muskel in ihrem Körper spannte sich.
Sie blickte sich in dem schummerigen Coupé um und sah, daß irgendwann im Laufe der Nacht die beiden Sitze zu einer Schlaffläche verwandelt worden waren. Nun lag Creighton quer in der Reisekutsche, die langen Beine wegen der Enge angewinkelt, während sie wie ein Kätzchen in seine Arme gekuschelt lag, ihre Wange auf seiner Brust und ein Bein über seinen kräftigen Oberschenkel geschmiegt!
Scham und Verwirrung durchfuhren sie. Das durfte nicht sein. Sie richtete sich auf, zog ihr Bein weg und weckte ihn damit auf.
Garrett gähnte und räkelte sich, soweit das in dem beengten Raum möglich war, bevor er die Augen aufschlug. »Hummmm. Schaukelige Nacht. Gut geschlafen, Bess?«
»So gut es ging.« Elizabeth fiel nicht einmal auf, daß er sie Bess genannt hatte, bis es zu spät für eine Rüge war. »Könnten wir jetzt anhalten? Ich muß ...« Sie spürte, wie sie errötete. »Ich brauche einen Halt.«
Creighton schwang eines seiner langen Beine empor und trat die Dachluke des Wagens auf. »Kutscher! Ist die Luft rein? Kann man hier eine Pause einlegen?«
Gwynneths Gesicht erschien in der Öffnung. »Wenn Milady eine Pause braucht, dann werden wir eine machen.«

Creighton blickte gereizt zu ihr hinauf. »Wie kommst *du* denn da hin?«

»Ich bin umgestiegen, als sie das erste Mal die Pferde tränkten. Und ich gehe hier nicht weg, bis ich mich versichert habe, daß es meiner Herrin gutgeht.«

Elizabeth, gerührt von Gwynneths beschützerischem Eifer, setzte sich auf die Knie. »Gott segne dich, Gwynneth. Es ist alles in Ordnung.«

Creighton zwinkerte der Zofe zu, und sein finsterer Ausdruck wich einem schelmischen Grinsen. »Siehst du? Deine Besorgnis war umsonst.« Er wurde ernst. »Nun sei ein braves Mädchen, Gwynneth, und frage die Eskorte, ob es ungefährlich ist, hier anzuhalten.«

»Na schön.« Gwynneth war sofort wieder da. »Er sagt ja, wenn es schnell geht.«

Garrett nickte. »Der Kutscher soll anhalten, sobald er einen geeigneten Ort findet.« Er setzte sich auf und massierte seine Arme und Schultern.

Elizabeth wurde klar, daß sie aussehen mußte wie eine Vogelscheuche, und sie wühlte zwischen den Kissen herum, bis er fragte: »Habt Ihr etwas verloren?«

»Meine Haube und den Schleier.« Sie strich sich verschämt über die langen Locken, die ihr Gesicht einrahmten. Mit Haube oder ohne, Gwynneth mußte ihr die Haare frisieren, sobald sie anhielten.

»Mmm.«

War es Schuld, die sie über Creightons Züge huschen sah?

Er fragte vorsichtig: »Habt Ihr keine andere Haube?«

»Nein.« Sie hob das Kinn und weigerte sich, sich durch ihre Armut demütigen zu lassen. »Die, die ich hatte, war sehr gut. Wozu sollte ich eine andere brauchen?«

»Ja, wozu?« Um Geld hatte Garrett sich nie gekümmert, doch offenbar war das bei seiner frisch angetrauten Frau anders.

Eine flüchtige Erinnerung hielt ihm die zugige Baufälligkeit Ravenwolds vor Augen, und er betrachtete die Gräfin genauer. Sie trug keinen Schmuck, nicht einmal die übliche Kamee oder Perlen, die auch Trauernden gestattet waren, und die Gebetsperlen ihres Rosenkranzes waren aus Holz anstatt aus Edelsteinen. Der feine Stoff ihres Kragens war geschickt geflickt worden, und ihr Saum war ausgefranst und schmutzig. Eine ernüchternde Erkenntnis dämmerte ihm.

Er studierte aufmerksam ihr Gesicht. Ihre Augen waren matt, ihre Haut trocken, und ihrem Goldhaar fehlte der Glanz, den er vor Jahren im Feuerschein gesehen hatte.

Warum hatte er es nicht früher bemerkt?

Nun, da er den Grund für ihre Blässe erkannte, hätte er sich einen Tritt dafür verpassen mögen, daß er sie damit aufgezogen hatte. Diese Frau hatte nicht genug zu essen gehabt – wahrscheinlich seit langer Zeit.

Garrett hörte, daß sich Hufschlag näherte, und dann drang eine Stimme durch den Vorhang. »Vor uns ist ein Wäldchen, Sir, und ein Bach. Ich habe die Hälfte der Männer vorausgeschickt, um die Gegend zu sichern. Wir werden dort anhalten.«

Die Kutsche wurde langsamer und kam zum Stehen. Garrett öffnete die Tür auf einem einsamem Stückchen Weg mit Bäumen zu beiden Seiten.

Der Leutnant saß ab. »Sir.«

»Rührt Euch.« Garrett zwängte sich durch die schmale Öffnung und reichte der Gräfin seine Hand. »Beeilt Euch, Bess. Es ist gefährlich, sich lange aufzuhalten. Leutnant Brumby wird Euch begleiten.«

Seine ausgestreckte Hand ignorierend, stieg sie mit erhobenem Kopf und ohne Hilfe aus.

Gwynneth war augenblicklich an der Seite ihrer Herrin.

»Ihr seid entlassen, Sir«, sagte die Gräfin zu Leutnant Brumby. »Meine Zofe wird mir behilflich sein.«

»Ich bitte vielmals um Vergebung, Gräfin.« Brumby verbeugte sich. »Aber ich muß Milady begleiten. Befehl von Colonel Creighton.«
Die Gräfin kochte. »Bin ich eine Gefangene, daß man mich überwacht, während ich dem privatesten Bedürfnis der Natur Rechnung trage?«
Gwynneth tätschelte ihren Ellbogen. »Keine Angst, Milady. Ich werde dafür sorgen, daß niemand Milady hinterherspioniert.« Sie blitzte Brumby gefährlich an. »Niemand.«

Garrett verrichtete sein Bedürfnis in wenigen Minuten und überwachte die Entfernung der Liegefläche. Alles war für die Weiterfahrt bereit, als er die Frauen zurückkommen hörte. Doch anstatt wieder zu ihm in die Kutsche zu steigen, ging die Gräfin mit ihrer Zofe zu der zweiten Reisekutsche und verblieb dort.
Er steckte den Kopf aus dem Fenster und fragte einen der Musketiers: »Was geht da vor? Ich habe der Gräfin gesagt, sie solle sich beeilen.«
Der Soldat schaute hinter den zweiten Wagen. »Anscheinend läßt Ihre Ladyschaft Eurer Lordschafts Diener das Gepäck abladen.« Er lehnte sich im Sattel vor. »Ich glaube, Ihre Ladyschaft sagte etwas von ihren Kleidern.« Er schüttelte mitleidig den Kopf. »Frauen. Die würden sich zweimal in der Woche umziehen, wenn man sie ließe.«
»Kleider?« Garrett sprang aus der Kutsche. War sie von Sinnen? Mit langen Schritten eilte er zum zweiten Wagen.
Und tatsächlich, dahinter war die Hälfte des Gepäcks und des Proviants achtlos auf die Straße gehäuft, und seine Diener waren dabei, auf das Drängen der Gräfin hin noch mehr abzuladen. Gwynneth stand hinter ihr und steckte ihre Haare zu einem ordentlichen Knoten, während die Gräfin das Abladen beaufsichtigte.

Garretts Diener warfen einen einzigen Blick auf ihn und erstarrten.
Die Gräfin drehte sich um. »Es wird nicht mehr lange dauern. Ich habe angeordnet, daß meine Sachen auf die erste Kutsche verladen werden, damit ich sie zur Verfügung habe.«
»Packt das wieder drauf«, sagte Garrett zum nächsten sich duckenden Diener. »Und macht schnell.« Er zwang sich zur Ruhe, ergriff den Arm der Gräfin und zog sie zu der vorderen Kutsche. Er nickte den Männern zu, die hastig die verstreuten Kisten und Kästen einsammelten. »Wir haben keine Zeit, die Sachen ordentlich zu befestigen. Werft sie einfach in die Kutsche. Was nicht hineingeht, laßt ihr zurück.«
»Wartet!« Die Gräfin stemmte sich gegen ihn. Sie deutete auf die Kisten, die noch auf der Kutsche festgezurrt waren. »Da, Gwynneth. Da ist meine braune Kiste, unter der grünen da. Laß sie zum vorderen Wagen bringen.«
Garrett schüttelte den Kopf. Die Gräfin war so störrisch wie die kleine Becky zu Hause, und doppelt so stolz. Je mehr man solche Geschöpfe unter Druck setzte, um so bockbeiniger wurden sie. Er würde es anders versuchen müssen. »Also gut, dann laßt Euch schön Zeit, Bess, aber denkt daran – wenn man uns überfällt, lasten die Folgen auf Eurer Seele, nicht auf meiner.« Erfreut sah er ihren hochmütigen Ausdruck in sich zusammenfallen, bevor er sich umdrehte und zu der ersten Kutsche zurückging.
Einer der Diener des Viscount kam im Eilschritt mit einer kleinen hölzernen Truhe auf sie zu. »Ist es diese, Milady?« Er öffnete den Deckel, und zum Vorschein kam ein Schatzfund an Spitzen, Perlen, mit Stickereien verzierten Krägen und silbernen Schnallen.
Elizabeth stand wie vom Blitz getroffen. Alles war exquisit, die feinsten Dinge, die sie je gesehen hatte. Sie streckte die Hand aus und berührte die schimmernden Perlen. Eins, zwei, drei,

vier, fünf, sechs ... sieben Perlenketten in verschiedenen Längen. Und Handschuhe aus gefärbtem Leder, weich wie Butter. Sie zählte sieben Paar, manche klein, andere größer. Da waren auch sieben mit Durchbrucharbeit verzierte Krägen, säuberlich gefaltet, und sieben kleine Ballen französischer Spitze.

Was hatte Creighton mit einem solchem Vermögen an weiblichem Zierat vor? Und warum von allem sieben Stück?

Gwynneth lugte über ihre Schulter in die Truhe. »Pah. Ich habe nicht bemerkt, daß Seine Lordschaft Euch etwas davon verehrt hätte, oder, Milady?«

Elizabeth spürte eine sengende Röte in ihrem Gesicht. Natürlich waren diese Schätze nicht für sie. Sie waren für Creightons andere Frauen, die Mütter seiner Bastarde. Für seine schamlosen Geliebten, für alle sieben!

Elizabeth knallte den Deckel zu. »Packt das weg. Es ist nicht die Truhe, die ich suche. Wir können meine beim nächsten Halt ausfindig machen.« Sie drehte sich um und marschierte mit Gwynneth im Schlepptau zur ersten Kutsche zurück.

Während Gwynneth auf den Kutschbock kletterte, ließ Elizabeth sich von einem der Kutscher hineinhelfen. Creighton wartete im Wagen und hatte den übrigen Inhalt des Korbes neben sich auf dem Sitz ausgebreitet. Elizabeth setzte sich ihm gegenüber, als die Kutsche wieder anfuhr.

Sie schob den damastenen Vorhang zurück, lehnte sich aus dem Fenster und stellte erleichtert fest, daß kein Gepäck auf der Straße liegengeblieben war.

Creighton bot ihr eine Serviette voll Essen an. »Hier. Eßt das.«

Elizabeth war dankbar dafür, doch sein Ton gefiel ihr nicht. »Ihr befehlt mir zu essen? Ich bin keiner von Euren Soldaten, Sir.«

Creighton verdrehte die Augen. »Bitte tausendmal um Vergebung, liebste Bess.« Sein voller Mund verzog sich zu ei-

nem kleinen, belustigten Grinsen. »Bitte eßt, teuerste Gemahlin.«
Die liebevollen, aber leeren Koseworte dieses Mannes trafen sie schlimmer als sein Sarkasmus. Elizabeth würde niemals ein Wort von dem glauben können, was er sagte. Nichts schien ihm etwas zu bedeuten – außer vielleicht die Gesundheit seiner Soldaten.
Sie senkte den Kopf, murmelte ein Gebet, bekreuzigte sich und begann zu essen.
Mehrere Meilen hatten sie schweigend verbracht, bis Creighton sie wieder ansprach. Er legte ihr ein Pflaumentörtchen in den Schoß. »Ihr solltet das auch essen, Bess, bevor es verdirbt.«
Elizabeth tupfte sich mit der Serviette den Mund ab. »Nein, danke. Ich bin wirklich satt.«
Creighton beharrte darauf. »Ihr müßt mehr essen, Bess. Ihr seid viel zu schmal. Wart Ihr krank?«
Jetzt ging es also los. »Ich war nicht krank.« Sie rutschte ungemütlich auf ihrem Sitz herum. »Und ich werde essen oder nicht essen, wann es mir beliebt.«
Creighton schüttelte den Kopf. »Wie Ihr wollt.« Er zog den Vorhang für einen Blick in die Frühlingssonne beiseite und ließ ihn wieder zufallen. »Gestern abend sagte ich, wir würden alles weitere später besprechen. Ich meine, dieser Zeitpunkt ist so gut wie jeder andere.«
»Nun gut.« Elizabeth wappnete sich. Creighton war für sie nicht zu durchschauen, und sie hatte keine Ahnung, was er nun sagen würde.
»Dies war keine Liebesheirat, aber wo gibt es das schon?« Er lehnte sich vor und stützte die Unterarme auf die Schenkel. »Was ich sagen will, ist, daß keiner von uns diese Ehe wollte, aber sie wurde geschlossen. Das sind die Tatsachen. Wir müssen sie hinnehmen und einen Weg finden, damit zu leben.« Er studierte mit gerunzelten Brauen seinen Handrücken und

wagte dann einen Blick in ihre Augen. »Es gibt keinen Grund, weshalb wir nicht eine Einigung treffen sollten, mit der wir beide leben können. Ihr könnt Euer Leben leben und ich meines.«
Elizabeth wußte, worauf er hinauswollte. »Ihr könnt Eure Affären haben …«
Creightons Züge entspannten sich. »Genau.«
Sie beendete trotzig den Satz: »Und ich *meine*.« Sie sagte das als leere Drohung und erwartete, daß er in der typisch männlichen Weise darauf bestehen würde, daß sie treu blieb, während er jeder romantischen Neigung nachging. Genau wie Ravenwold. Doch zu ihrer Überraschung – und unerklärlichen Enttäuschung – protestierte er nicht.
»Genau.« Er lächelte erleichtert. »Solange Ihr Euch diskret verhaltet. Ich bin ein vernünftiger Mann.« Er zögerte. »Aber ich ziehe die Grenze bei Kindern.«
Kinder. Gütiger Himmel, auch das kam zur Sprache. Was sollte sie sagen? Sollte sie eine Lüge wagen, oder würde das die Dinge nur noch schlimmer machen, wenn er schließlich hinter die Wahrheit kam?
»Kinder?«
»Ja.« Creightons blaue Augen verdunkelten sich. »Wenn Ihr Kinder bekommt, will ich, daß sie von mir sind. Ich werde nicht die Brut eines anderen Mannes großziehen.«
Sie hätte ihm sagen können, daß er sich nicht zu sorgen brauchte. Statt dessen bemühte sie sich, die Furcht zu verbergen, die in ihr aufwallte.
Er lächelte breit. »Meine Mutter sagt, sie kann nicht in Frieden sterben, bevor ich dem Geschlecht der Creightons nicht einen Erben verschaffe.«
Es war schlimmer, als sie befürchtet hatte. Elizabeth lenkte das Gespräch in weniger gefährliche Bahnen. »Eure Mutter lebt?«
Irgendwie konnte sie sich nicht vorstellen, daß Creighton eine Mutter hatte. Oder eine Familie.

»O ja, sie ist springlebendig.« Er nickte. »Ihr werdet sie mögen. Alle mögen sie. Sie lebt mit meinen Schwestern auf Chestwick in Shropshire.«
Eine Mutter und Schwestern. Sie fragte sich, ob sie von seinen Bastarden wußten.
Elizabeths Gedanken wurden von Hundegebell unterbrochen. Die Kutsche wurde langsamer.
Creighton hob den Vorhang und fragte die Wache: »Was ist passiert?«
»Ein Unfall, Sir. Sieht so aus, als ob zwei Bauern mit ihren Wagen zusammengestoßen sind. Der Weg ist versperrt. Überall Schweine und Kohlköpfe.«
»Laßt die Männer das überprüfen. Versichert euch, daß es kein Hinterhalt ist. Wenn es ungefährlich ist, können wir aussteigen und uns die Beine vertreten.«
Kurz darauf kehrte Leutnant Brumby mit der beruhigenden Nachricht zurück. »Kein Anzeichen eines Hinterhalts, Sir, aber die Straße ist blockiert, nichts zu machen.«
»Stellt vier Mann ab, damit sie helfen, den Weg freizuräumen, aber laßt die übrigen Männer auf ihrem Posten.« Wenn Creighton mit seinen Leuten sprach, war von seiner legeren Art nichts mehr zu bemerken. Es war fast, als gäbe es zwei verschiedene Personen – in einem Augenblick sorglos und unbekümmert, im nächsten ganz der scharfe, disziplinierte Befehlshaber. Er wandte sich an Elizabeth: »Kommt mit, Bess. Wir gehen spazieren.«
»Ich heiße Elizabeth«, sagte sie ohne Schärfe, heiter gestimmt ob der Aussicht, die Kutsche eine Weile verlassen zu können. Sie gestattete Creighton, ihr auf die Landstraße herunterzuhelfen, die von Steinwällen und Pappeln gesäumt war.
Elizabeth trat vor die Kutsche und sah, daß zwei Karren sich bei ihrer Begegnung auf der engen Straße an den Rädern verkeilt hatten und auseinandergebrochen waren, so daß die La-

dung, Gemüse und Vieh, sich über die ganze Straße verteilt hatte. Jetzt brüllten die beiden Bauern einander auf französisch an, während vier der Musketiers Karrenteile, Körbe und Kohlköpfe über die niedrigen steinernen Mauern zu beiden Seiten warfen.

Hinter ihr ertönte Creightons Stimme: *»Vous! Messieurs! Fermez les bouches et assistez à mes hommes! Tout de suite!«*

Die beiden Bauern hörten sofort auf zu streiten und starrten ihn an.

Elizabeth drehte sich überrascht zu ihm um. »Ihr habt so schnell gesprochen, daß ich kein Wort verstehen konnte. Was habt Ihr gesagt?«

Creighton hielt dem Blick der französischen Bauern stand. »Ich habe ihnen gesagt, sie sollten den Mund halten und meinen Männern helfen.« Gestikulierend setzte er zu den Franzosen gewandt hinzu: *»Maintenant!«*

Unwirsch begannen sie den Soldaten zu helfen.

In diesem Moment flitzte ein Dutzend Ferkel aus dem Durcheinander. Alle bis auf eines, ein besonders kleines Ferkelchen, sausten an ihnen vorbei. Dieses eine quiekende, verschreckte kleine rosa Wesen jedoch flüchtete sich unter Elizabeths Röcke.

Elizabeth sah bestürzt an sich hinab, als es unter ihr verschwand und begann, wie wild an ihren Schuhen zu schnüffeln. »Kusch!« Sie hob ihre schwarzen Röcke ein wenig und machte einen Schritt zurück. »Hör auf damit! Verschwinde.«

Doch das Ferkel ließ sich nicht verscheuchen. Sie blickte auf und sah, daß Creighton sie belustigt angrinste. Elizabeth fragte: »Werdet Ihr nur herumstehen, oder werdet Ihr mir helfen?«

Er verbeugte sich. »Ich stehe Milady zu Diensten.« Er ließ sich mit einem Knie auf den weichen Boden des Weges nieder. »Hebt Eure Röcke höher, Bess, oder ich kriege es nie zu fassen.«

Verschämt wandte sie den neugierigen Bauern und Soldaten den Rücken zu und tat, worum er gebeten hatte.

Der Anblick ihrer Unterschenkel trug ihr einen bewundernden Blick von Creighton ein. »Jetzt verhaltet Euch ganz still.«
Sie kam sich lächerlich vor, wie sie da stand, die Röcke vorne bis zu den Knien gelüftet. Das Ferkel umkreiste ein paarmal ihre Knöchel und ließ sich schließlich zwischen ihren Füßen nieder.
Blitzschnell griff Creighton nach dem Tier und bekam es zu fassen. Das kleine Ding brach in ohrenbetäubendes Gequieke aus und zappelte verzweifelt. Creighton schrie, um es zu übertönen: »Seht mal, Bess. Es ist ein Mädchen.« Er zwinkerte. »Ich glaube, es mag Euch. Hier.« Er hielt ihr das kreischende Tier entgegen. »Wollst Ihr es mal halten?«
»Das ist ja absurd.« Elizabeth wich zurück. »Das da ist ein Schwein, kein Schoßtier. Man ißt es, aber man hält es nicht im Arm.«
Creightons voller Mund nahm einen entschlossenen Zug an. »Ein Schoßtier! Warum habe ich nicht früher daran gedacht! Ich bin gleich zurück.« Er drehte sich um und ging auf den Bauern zu, der gerade verzweifelt versuchte, die übrigen Ferkel einzufangen.
Elizabeth beobachtete verblüfft, wie Creighton dem Bauern mehrere Münzen in die Hand zählte und dann einen der Musketiers anwies, einen Sack Futter von dem kaputten Karren auf ihre Reisekutsche umzuladen. Auf dem Weg zurück schaufelte Creighton eine Handvoll Futter auf. Als er bei Elizabeth anlangte, steckte das Schweinchen sicher unter seinem Arm und fraß Getreide aus seiner Hand, anstatt zu quieken.
Creighton lächelte nachsichtig auf das kleine Wesen herunter. »Stellt Euch vor, es ist drei Monate alt. Wirklich außergewöhnlich, daß es so klein ist. Was meint Ihr, wie sollen wir es nennen?«
»Nennen? Seid Ihr verrückt?« Elizabeth hatte noch nie solch einen Unsinn gehört.

Creighton kratzte das Ferkel hinter einem rosa Öhrchen. »Ich weiß es. Wir nennen es Mister Cromwell.«
»*Mister* Cromwell?« Sie bemerkte trocken: »Das ergibt keinen Sinn. Ihr habt doch selbst gesagt, es ist ein Mädchen.«
»Also zunächst einmal müssen die Namen von Schoßtieren nicht sinnvoll sein. Und zweitens ist der alte Oliver ein ziemliches Schwein, doch soweit ich weiß, hat seine arme Frau niemals etwas getan, wofür sie das Pech verdient hätte, mit einem solchen Schurken verheiratet zu sein. Also wäre es nicht gerecht, sie *Mistress* Cromwell zu nennen.« Er betrachtete das Tierchen.
Elizabeth konnte ein trockenes Glucksen nicht unterdrücken. »Ich meine, Ihr entehrt das Schweinchen.«
»Ha!« Creighton grinste. »Ihr habt fast gelächelt, Bess. Schaut Euch das an. Ihr kleiner Rüssel ist wirklich sehr ausdrucksvoll. Macht alle möglichen Grimassen. Und er ist nicht feucht. Er ist weich und sauber.« Er hielt Elizabeth das Schwein wieder hin. »Wollt Ihr sie halten?«
»Nein.« Elizabeth fuhr gerade rechtzeitig zurück, um dem Strahl Urin auszuweichen, den Mister Cromwell vergoß. »Und wenn es so etwas tut, schlage ich vor, daß Ihr es auch nicht halten solltet.«
Garrett hielt das tropfende Tier auf Armeslänge von sich. »Gwynneth«, rief er in Richtung des hinteren Wagens, wo Gwynneth und die anderen Diener wieder das Gepäck der Gräfin suchten. »Komm sofort hierher. Ich habe eine Aufgabe für dich.«
Die Zofe hastete zu ihrer Herrin.
Creighton hielt ihr das Ferkel vor den Bauch. »Hier. Das ist unser neues Schoßtier, Mister Cromwell. Sorge dafür, daß das Tier richtig gefüttert und getränkt wird.« Gwynneth nahm das sofort lautstark protestierende Schweinchen vorsichtig entgegen.
Creighton löste die Seidentaftschärpe seiner Uniform. »Das

kannst du als Leine benutzen. Ich denke mir, Ferkel sind wie Welpen. Du kannst Mister Cromwell füttern und herumführen, wenn wir eine Pause einlegen.«

»Ein Schwein, Sir?« Gwynneth hielt das Ding so weit wie möglich von sich ab. »Ich bin keine Schweinehirtin, Eure Lordschaft. Ich bin eine Kammerzofe, wie meine Mutter vor mir. Was verstehe ich denn von Schweinen?«

Elizabeth stimmte ihr zu. »Ihr könnt kaum von ihr erwarten, sich um so etwas zu kümmern. Das ist zu niedere Arbeit für sie.«

Creighton legte einen Finger unter Elizabeths Kinn. »Ich wünsche, daß Gwynneth sich um das Tier kümmert.« Er wandte sich an die Zofe, schaute sie mit seinen blauen Augen scharf an und sagte entschieden: »Ich verstehe nichts von Ferkeln, aber es kann nicht allzu schwierig sein. Ich denke, du kannst dieses hier gut versorgen.«

Er wandte sich an Elizabeth: »Kommt, Bess. Die Straße ist fast freigeräumt. Wenn alles gutgeht, können wir es rechtzeitig zum Gasthaus schaffen, um heute nacht in einem richtigen Bett zu schlafen.«

Elizabeth drehte sich der Magen um. Ein Gasthaus, und ein richtiges Bett?

Das hieß, Creighton konnte … er würde erwarten … Er hatte deutlich gemacht, daß er sie als seine Ehefrau ansah und die Absicht hatte, seine Rechte als ihr Ehemann wahrzunehmen. Wenn sie erst einmal allein waren, würde er sie nehmen, und sie würde nichts dagegen tun können. Dann würde sie wirklich und wahrhaftig in dieser ketzerischen Vereinigung gefangen sein und ihre Seele der Verdammnis anheimfallen.

Zehntes Kapitel

»Les soldats, nos soldats Français, à haut.« Der Wirt des Landgasthauses ergriff eine Flasche, mimte einen Betrunkenen und zeigte dann gen Decke. »*J'ai une chambre de reste. Une.*« Er hielt einen Finger in die Höhe, um die Tatsache zu unterstreichen, daß alle seine Zimmer bis auf eines mit französischen Soldaten belegt waren, die ihren Rausch ausschliefen. Seine Frau stand schweigend und mißtrauisch hinter ihm und starrte über ihren verschränkten Armen feindselig auf Garretts englische Uniform .

Garrett konnte ihr ihre mangelnde Gastfreundlichkeit nicht zum Vorwurf machen. Wenn man zwanzig vom Reiten quer durchs Land ermüdete englische Musketiers unter ein Gasthaus voll reizbarer französischer Soldaten mischte, konnte dieses Süppchen schnell überkochen. Doch dies war das einzige Gasthaus meilenweit, und Pferde und Männer waren erschöpft. Garrett meinte, daß alle sich ohne Zwischenfall ein wenig ausruhen konnten, wenn man einige Vorsichtsmaßnahmen traf.

Er sah dem Wirt durchdringend in die Augen.

»*Une chambre.*« Der Wirt zuckte mit den Schultern und wischte sich die Hände an seiner schmierigen Schürze ab. »*Vous voulez, monsieur?*« Nimm es oder laß es bleiben.

»*Oui.*« Garrett ließ sich auf eine roh gezimmerte Holzbank an einem der Tische fallen. Er wandte sich an Brumby. »Sieht so aus, als ob Ihr mit den Dienern im Heuschober schlafen müßten.«

Brumby schien das nichts auszumachen. »Immer noch besser als auf der Straße.«

Garrett hatte gehofft, den Soldaten und Dienern eine besseres Nachtlager bieten zu können. Die Küste war immer noch zwei stramme Tagesritte entfernt. »Versucht, den Franzosen aus dem Weg zu gehen. Wir haben keine Zeit für Scherereien.«

»Sehr wohl, Sir.« Brumby streckte die Beine unter dem Tisch aus.

Garrett wandte sich wieder an den Wirt. »*Monsieur,* wir sind sechsundzwanzig Personen zur Abendmahlzeit.« Er hielt zwei Finger hoch, dann sechs. »*Vingt-six personnes manger ce soir.* Hat er verstanden?«

Der Wirt nickte.

»Alle Männer bekommen zwei Krüge Bier – *deux bières chacun* – zum Essen, aber nicht mehr. *Pas de plus. Ma marie et moi, nous mangeons en chambre.* Verstanden?«

»*Je comprends.*« Der kleine Mann scheuchte seine Frau in die Küche und schalt sie rasselnd auf französisch.

Garrett erhob sich, woraufhin Brumby ebenfalls aufstand und sagte: »Nun, Leutnant, es ist an der Zeit, der Löwin in ihrer Höhle gegenüberzutreten.« Er konnte es kaum erwarten, den Ausdruck in Elizabeths wohlanständigem, verkniffenem Gesicht zu sehen, wenn er ihr sagte, daß sie gezwungen waren, ein Zimmer zu teilen.

Auf dem Weg nach draußen wies er Brumby an: »Sorgt dafür, daß Eure Männer und die Bedienten sich im Heuschober einrichten, und teilt wechselnde Wachen ein. Postiert auch ein paar vor meinem Zimmer, nur zur Sicherheit, aber haltet die einzelnen Schichten kurz. Ich weiß, daß die Männer müde sind.«

»In Ordnung, Sir.« Brumby salutierte und ging dann geschäftig auf die hintere Kutsche zu, wobei er rief: »In den Heuschober, Männer. Die Diener auch.«
Als Garrett sich dem vorderen Wagen näherte, klappte der Gehilfe des Kutschers die kleine Leiter herunter und öffnete die Tür. Bess wartete im Wagen, aufrecht wie ein Besenstiel, die Hände in den Schoß gelegt. Garrett lehnte sich hinein und lächelte schief. »Nun, Bess, es gibt eine gute und eine schlechte Nachricht. Welche möchtet Ihr zuerst hören?«
»Zuerst möchte ich aus diesem vermaledeiten Kasten heraus.«
Garrett half ihr, als sie steif herauskletterte und sich neben ihn stellte. Sie strich ihre abgetragenen, beschmutzten Röcke glatt und verlangte dann zu wissen: »Nun, was ist die schlechte Nachricht?«
Es überraschte ihn kaum, daß sie diese zuerst hören wollte. Er holte tief Luft und sagte dann: »Es gibt nur ein freies Zimmer in diesem Gasthof. Alle übrigen sind mit französischen Soldaten belegt, die ihren Rausch ausschlafen. Ich fürchte, wir werden uns das Zimmer teilen müssen.«
Ihre blauen Augen wurden schmal, doch zu Garretts Erstaunen zeigte sie keine weitere Reaktion. Er hatte hitzigen Protest erwartet. Statt dessen fragte sie: »Und was ist die gute Nachricht?«
Garrett grinste. »Es gibt nur ein Zimmer. Ich fürchte, wir werden es uns teilen müssen.«
Bess sah ihn kühl von oben bis unten an. Ungeachtet der in Hörweite umhereilenden Diener und Musketiers erklärte sie: »Ich mag gezwungen sein, mein Zimmer mit Euch zu teilen, Sir, aber Ihr könnt versichert sein, daß das nicht für mein Bett gilt.«
»Ahaa.« Er lächelte noch breiter. »*Euer* Bett, ja? Also *so* stellt Ihr Euch das Spielchen vor.« Nun, darum würde er sich schon kümmern. Garrett legte den Arm um ihre Taille und geleitete

sie zum Gasthaus. »Vielleicht sollten wir das beim Abendessen besprechen, Bess. Unter vier Augen.«

Die Sonne war eben untergegangen, als sie ihr einfaches, aber herzhaftes Mahl aus Hühnereintopf, Roggenbrot, Apfelkuchen und herbem Wein beendeten. Wie immer nahm die Gräfin recht wenig zu sich, obwohl Garrett sie drängte, mehr zu essen.
Mit dem Weinglas in der Hand durchquerte er das kleine Schlafgemach, wobei er wegen der Balken, die aus der Decke hervorschauten, vorsichtig den Kopf einzog. Er setzte sich in einen schweren hölzernen Stuhl vor dem Kamin und blickte in die Flammen. »Wir werden vor Sonnenaufgang aufbrechen, deshalb finde ich, wir sollten gleich zu Bett gehen. Soll ich nach Gwynneth schicken, oder könnt Ihr Euch ohne Zofe bettfertig machen?«
Es herrschte einen Moment Schweigen, bis die Gräfin antwortete: »Ich brauche Gwynneth. Sie muß mir helfen, aus diesem Kleid herauszukommen.«
»Ach ja. All diese Knöpfe, Bänder und Haken.« Garrett erhob sich, öffnete die Tür und befahl einem der Wächter, die Zofe zu holen. Dann schloß er die Tür und nahm seinen Platz wieder ein. »Frauen brauchen eine Ewigkeit, nur um zu Bett zu gehen«, bemerkte er im Plauderton und starrte ins Feuer. »Machen alle weiblichen Wesen einen solchen Aufstand darum?«
»Nach dem, was ich von Euch gehört habe, Sir, meine ich, Ihr solltet das selbst am besten wissen.«
»*Touché.*« Er wandte sich um und sah Bess noch immer kerzengerade an dem kleinen Eßtisch sitzen. Nur ihre hängenden Schultern verrieten ihre Müdigkeit. Im Licht der Kerzen wirkte sie wie ein junges Mädchen, das zu lange aufgeblieben war, erschöpft und verletzlich.
Armes, müdes, tapferes Geschöpf. So alt für ihre Jahre. Und so hart. Garrett fühlte plötzlich Mitleid.

Seine Frau. Er konnte es noch immer nicht glauben, doch es stimmte, und er war entschlossen, das Beste daraus zu machen. War sie immer so gewesen? Er erinnerte sich an das, was Culpeper über ihren Vater gesagt hatte – streng, fromm, unerbittlich. Vielleicht war ihre harte Art Folge eines noch härteren Lebens. Garrett fragte sich, wie sie wohl gewesen wäre, hätte sie dieselben Annehmlichkeiten genossen wie er. Er dachte an die Wärme und das Lachen auf Creighton Manor.

Er konnte sich nicht vorstellen, daß Bess jemals lachte.

Er würde sie gern zum Lachen bringen. Noch lieber wollte er sie wieder singen hören, so wild und frei, wie sie in jener Nacht vor drei Jahren gesungen hatte. Natürlich nicht aus demselben Grund.

Vielleicht konnte er einen Weg finden, das exotische Wesen hervorzulocken, von dem er damals einen Eindruck erhascht hatte. Er glaubte, daß es noch in ihr steckte, tief vergraben und sich nach Freiheit sehnend. Diese Aussicht gefiel ihm. Es mochte eine Weile dauern, aber Garrett war ein geduldiger Mann.

Er erhob sich und stellte sich hinter sie. »Da Ihr mich für einen solchen Experten darin haltet, Damen zu Bett zu bringen, warum laßt Ihr mich nicht schon einmal damit anfangen?« Er zog eine Nadel aus ihrem Haar, und noch eine.

Wie immer erstarrte sie unter seinen Händen. Sie wehrte sich bei jeder Gelegenheit mit heftigen Worten, doch wenn er ihr nahe kam, erlahmte jeder Widerstand. Garrett konnte diese Frau nicht verstehen. Eine einzige Berührung genügte, um jeden Kampfgeist zu ersticken.

Er zog drei weitere Nadeln aus ihrem hochgesteckten Haar, und es ergoß sich über ihre Schultern. Sie sprach kein Wort. Garrett fuhr mit den Fingern durch die feinen Wellen. Obwohl stumpf und glanzlos, war ihr Haar unglaublich weich. Er sah in die offene Truhe neben ihr und entdeckte einen hölzernen

Kamm mit breiten Zinken, der ihrer Zofe eher angestanden hätte als der Gräfin selbst.
Garrett beschloß auf der Stelle, daß er, sobald sie London erreichten, ihr Kämme aus Elfenbein kaufen würde, die feinsten Seidenkleider und Saphire, die zu ihren Augen paßten. Vielleicht würde sie dann begreifen, daß das Leben voller Entbehrungen für Sie zu Ende war. Wenigstens so viel konnte er für sie tun.
Er nahm das hölzerne Ding und begann, ihr Haar zu kämmen. Bald strich er in langen, lustvollen Zügen ganz hindurch. »Wie fühlt sich das an?«
Bess stieß knapp hervor: »Gwynneth kämmt mir allabendlich das Haar. Es wäre mir lieber, wenn sie das macht.«
Er hielt inne. In ihrer Stimme schwang Angst – nicht nur eine vage Furcht, sondern Angst. Er blickte hinunter und sah, daß ihre Hände, die sich in die Armlehnen krallten, weiß waren.
Garrett legte den Kamm beiseite und setzte sich ihr gegenüber. »Wir müssen uns unterhalten, Bess.« Er lächelte sie beruhigend an. »Vielleicht geht das leichter, wenn Ihr mich Garrett nennt.«
Sie sah ihn schief an.
»Ein einfacher Name, Garrett. Verlange ich zuviel, wenn ich Euch bitte, ihn auszusprechen?«
»Garrett.« Sie spuckte den Namen aus wie ein Stück schimmeliges Brot.
»Danke. Da wir uns nun mit Vornamen anreden, möchte ich Euch etwas fragen.« Er blickte in ihre blauen Augen, die ihn mißtrauisch anschauten. »Warum habt Ihr Angst vor mir?«
Sie senkte den Blick und sprach mit fester Stimme, als könne sie die Worte dadurch wahr machen: »Ich habe keine Angst vor Euch.«
»Wirklich? Weshalb erstarrt Ihr dann zu einer Salzsäule, sobald ich in Eure Nähe komme, und zuckt bei jeder Berührung zusammen?«

»Ich habe keine Angst vor Euch«, wiederholte sie trotzig und hielt seinem Blick stand. »Ich mag Euch einfach nicht.«

Garrett schüttelte lächelnd den Kopf. »Weicht nicht aus. Wovor habt Ihr Angst?«

Sie stand auf und verschränkte die Arme auf der Brust. »Ich weiß, was Ihr in dieser Nacht vorhabt. Das habt Ihr unmißverständlich zum Ausdruck gebracht.« Sie ging hinüber zum Kamin, um so weit weg von ihm zu sein, wie das kleine Zimmer gestattete. »Ihr könnt Euch mir aufzwingen, Ihr könnt mich nicht zwingen, Euch zu mögen.« Die Gräfin starrte blicklos in die Flammen. »Ich bin keine kleine Unschuld. Sechs Jahre mit Ravenwold haben mich gelehrt, was zwischen Mann und Frau vorgeht, und alles ist nur zum Vergnügen des Mannes.« Sie starrte ihn herausfordernd an. »Ich weiß, daß die Tür bewacht wird – von Euren Männern. Niemand wird mir helfen, wenn ich schreie. Ihr seid größer und stärker als ich. Ich kann Euch nicht daran hindern, mit mir zu tun, was immer Ihr wollt. Wenn Ihr meinen Körper zu benutzen wünscht, bitte ich Euch nur darum, mir nicht weh zu tun. Und es so schnell wie möglich zu Ende zu bringen.« Sie wandte ihren Blick wieder dem Feuer zu. »Ravenwold brauchte immer nur ein paar Minuten. Wenn er nicht besonders viel getrunken hatte; dann schien es endlos zu dauern.«

Garrett legte den Kopf schief und sah die trotzige Frau auf der anderen Seite des Zimmers neugierig an. »War er der einzige Mann in Eurem Leben?«

»Selbstverständlich war er der einzige.«

»Keine Verehrer? Keine Liebhaber?«

Sie sah ihn zutiefst verächtlich an. »Vielleicht könnt Ihr Euch das nicht vorstellen, aber es gibt anständige Frauen auf dieser Welt, Frauen, die keusch in die Ehe gehen und ihrem Mann die Treue halten, die sie vor unserem Herrgott gelobt haben. Ich habe nur bei einem Mann gelegen – meinem Gemahl.«

»Ah.« Garrett schürzte die Lippen. Das erklärte einiges. Er fragte sich, ob Ravenwolds egoistische Art, sie zu bespringen, all ihre erotischen Gefühle ausgelöscht hatte. Oder war noch ein bißchen davon übrig, sicher eingefroren unter dieser selbstgerechten Kruste? »Arme Bess«, sagte er mit aufrichtigem Mitgefühl. »Ihr wißt gar nicht, was es heißt, wenn ein Mann Euch Genuß bereitet, nicht wahr?«

»Genuß?« Sie schnaubte bitter. »Von Genuß weiß ich nichts, Sir. Pflicht; das kenne ich. Und Ehre. Arbeit und Aufopferung. Dies sind die Prinzipien, die mein Leben bestimmen.« Sie reckte ihr Kinn und dozierte, als hätte sie es auswendig gelernt: »Genuß ist frivol und vergänglich. Er dient keinem höheren Zweck.«

»O doch, das tut er, Bess.« Garrett sah seine Aufgabe nun klar und deutlich. Es konnte lange dauern, Bess zum Auftauen zu bringen. Er lehnte sich in seinem Stuhl zurück und entschloß sich, absolut ehrlich zu ihr zu sein. »Keine Sorge. Ich habe noch nie eine Frau dazu gezwungen, und ich werde bei Euch nicht damit anfangen.« Er fügte schelmisch hinzu: »Warum sollte ich auch, wo es doch Frauen gibt, die meine Aufmerksamkeit schätzen – ja zu erringen suchen? Ich werde keinen Mangel an Liebe leiden, Bess.«

Schockiert über seine Offenheit, riß sie die Augen auf. »Ihr seid unmöglich.«

»Vielleicht. Aber ich bin auch sehr, sehr müde, und grün und blau von dieser verflixten Kutsche.« Er beugte sich vor, zog seine hohen Stiefel und die Strümpfe aus und streckte sich wieder, um das Wehrgehänge abzuschnallen. »Da ist noch etwas.« Er nickte in Richtung Bett. »Ich habe die feste Absicht, in diesem Bett zu schlafen. Wenn Ihr mir Gesellschaft leisten möchtet, bitte; ich verspreche Euch, das nicht auszunutzen. Aber ich werde nicht auf meine gute Nachtruhe verzichten, um Rücksicht auf Eure unangebrachten Empfindlichkeiten zu üben.« Er griff unter sein Kinn, knotete die Schleife aus dünner Schnur auf, mit

der sein Kragen zugebunden war, zog sein ledernes Kollett aus und wand sich dann mit einer einzigen Bewegung aus seinem weichen Gamslederhemd.
Bess starrte stumm auf seinen nackten Oberkörper.
Garrett rieb sich mit Bedacht über den goldblonden Flaum auf seiner Brust. Ließ sie schauen. Jahrelanges Üben mit dem schweren zweischneidigen Militärschwert, dem Pallasch, hatte seinen Körper gestählt, und seine kräftigen Muskeln wirkten wie ein Relief. Bess hatte wahrscheinlich noch nie einen durchtrainierten Mann im besten Alter gesehen, und Ravenwold war ein dunkler, stark behaarter Kerl mit einem dicken Wanst gewesen. Garrett lächelte sie warnend an. »Jetzt sind die Hosen dran, Bess. Wenn Ihr nicht sehen wollt, was darunter zum Vorschein kommt, schlage ich vor, Ihr dreht Euch um.«
Sie fuhr in dem Augenblick herum, als Gwynneth mit ihrer kleinen Truhe ins Zimmer schnaufte. Die Zofe warf einen Blick auf Garrett, kreischte und ließ die Truhe fallen, um sich die Hände vor die Augen zu halten. »Milord! Vergebt mir, ich wußte nicht, daß Ihr … unpäßlich seid.«
Garretts romantische Abenteuer hatten ihn schon längst daran gewöhnt, nackt vor Dienstboten zu erscheinen, und so war er eher amüsiert als peinlich berührt, als er Gwynneth durch ihre Finger linsen sah. Ihr Blick wanderte abwärts, und der Spalt zwischen ihren Fingern weitete sich leicht, während sie scharf Luft holte.
Bess mochte sehr prüde sein, ihre Zofe war es gewiß nicht. Garrett bemühte sich, seine Ermahnung ernst klingen zu lassen: »Vielleicht wartest du zukünftig vor unserem Schlafzimmer, bis man dich hereinruft, Gwynneth.«
»Sehr wohl, Milord.« Er konnte sehen, daß Gwynneth gegen ein Lächeln ankämpfte. »Soll ich Milords Nachtgewand holen?«
»Nachtgewand? Ich trage nie eines, wenn ich ein gutes Bett

habe.« Er ging zum Bett hinüber. »Warum soll ich mich erst entkleiden und dann wieder etwas anziehen, um darin zu schlafen?« Die nächsten Sätze richtete er an Bess' Rücken. »Das ergibt keinen Sinn. Nicht, wenn ein Mann eine Decke hat, die ihn wärmt ... oder besser noch eine Frau.« Er stieg ins Bett und zog die Decke bis über seinen Bauch. »So. Die Damen können wieder hersehen. Ich bin anständig bedeckt.«

Garrett machte es sich in dem Federbett bequem. Es war muffig und klumpig, doch nach zwei Nächten in der Kutsche fühlte es sich himmlisch an. Er rollte sich auf die Seite, so daß er zum Feuer blickte, und knuffte sich das Kissen zurecht. »Würdet Ihr die Kerzen löschen? Und versucht bitte, nicht allzuviel Lärm zu machen. Ich bin sehr müde.«

Elizabeth zog ihren pelzbesetzten Mantel enger um sich und beugte sich näher zum Feuer. Warum war ihr so kalt? Die Fensterläden waren geschlossen, der Raum war gemütlich warm von der knisternden Glut im Kamin, doch sie fror bis auf die Knochen.

Und weshalb schämte sie sich so, genau wie früher, wenn sie als kleines Mädchen eine Rüge von ihrem Vater zu erwarten hatte? Sie sollte sich glücklich schätzen. Ihre Gebete waren erhört worden: Creighton hatte versprochen, sie nicht mit Gewalt zu nehmen. Aber sie war nicht glücklich. Sie fühlte sich krank und gefangen und verloren.

Sie wünschte, Gwynneth würde rasch zurückkommen, und sah verstohlen zu dem Mann, der sich im Bett zusammengerollt hatte. Als sie sah, daß seine Augen geschlossen waren und er tief und gleichmäßig atmete, ließ sie ihren Blick auf seiner breiten Stirn und der geraden, edlen Nase ruhen, die vom Feuer beschienen wurden. Solch eine kräftige Stirn. Sie wäre zu hervorstechend, wenn sie nicht von seinem starken Kiefer ausgeglichen würde. Eigentlich sah er wirklich gut aus, doch sie hätte einen Mann mit Anstand und Moral einem Mann mit schönem Gesicht vorgezogen.

Allerdings hatte er durchaus ein paar Eigenschaften, die ihr Urteil milderten. Er schien ein sehr fähiger Offizier zu sein, voll Durchsetzungsvermögen und Selbstvertrauen. Und wenn er beschloß, den Gentleman zu spielen, waren seine Manieren tadellos. Unglücklicherweise war er aber kein Gentleman. Nicht wirklich.

Sie wandte sich wieder dem Feuer zu. Ein Gentleman hätte ihr das Bett überlassen.

Doch noch während sie dies dachte, wurde Elizabeth klar, daß sie sich wegen des Bettes nicht beklagen sollte. Creighton hatte sich aus Höflichkeit dafür entschieden, in der Kutsche zu reisen, obwohl es für ihn viel bequemer gewesen wäre, mit der Eskorte zu reiten.

»Bess?«

Sei schrak beim unerwarteten Klang seiner Stimme zusammen. Also hatte er sich nur schlafend gestellt. Sie hätte wissen müssen, daß man bei Creighton nie sicher sein konnte. »Was ist?«

»Ihr müßt wirklich nicht in dem Stuhl schlafen. Das Bett ist groß genug für uns beide, und Ihr habt mein Wort, daß ich die Situation nicht ausnutzen werde.«

Elizabeth erinnerte sich daran, wie sie am Morgen nach ihrer Eheschließung erwacht war, die Arme um ihn geschlungen, und ihr wurde heiß vor Scham. Nun war er vollkommen nackt unter dieser Decke, und sie dachte gar nicht daran, neben ihm zu schlafen. »Nein. Danke. Gwynneth holt die Kissen und Reisedecken aus den Kutschen, um mir ein Lager am Kamin zu richten. Das wird mir völlig genügen.«

»Wie Ihr wollt.« Sie konnte sein gleichgültiges Achselzucken förmlich hören.

Das Bett ächzte unter seinem Gewicht. »Aber da ist etwas, das

Ihr für mich tun könntet. Das würde mich sehr glücklich machen.«
Der feine, neckende Unterton in seiner Stimme ließ sie mißtrauisch fragen: »Und was wäre das?«
»Singt mir ein Schlaflied. Ich würde Euch so gern singen hören.« Seine Bitte klang selbstherrlich und spöttisch.
»Wie bitte?« Elizabeth fuhr hoch und zu ihm herum. Der Schuft! Er hatte nicht vergessen, was sie vor drei Jahren getan hatte, und offensichtlich wollte er es auch sie nicht vergessen lassen. Verfluchter Schurke! Ihre leise Stimme bebte vor Zorn. »Ich werde niemals für Euch singen, Sir. Niemals. Und Ihr könnt mich nicht dazu zwingen.«
Er wirkte einen Moment lang überrascht, doch dann sah er sie mit diesem amüsierten schiefen Lächeln an. »Sagt niemals nie, Bess.« Creighton gähnte laut, drehte ihr den Rücken zu und kuschelte sich in die Kissen. »Ihr braucht keinen Anfall zu bekommen. Es war nur so ein Gedanke.« Und bald war er eingeschlafen.

Drei Tage später in einem Vorort von London wartete Elizabeth in einer Droschke auf den Viscount, als Anne Murray plötzlich in die Mietkutsche sprang und die Tür hinter sich zuzog.
»Milady! Verheiratet, und ausgerechnet mit Viscount Creighton. Wie ist es nur dazu gekommen? Ich kann es gar nicht erwarten, alles bis ins letzte Detail zu erfahren.« Anne, die vor Erregung glühte, ergriff Elizabeths Hände. »Meine gütigste Lady Elizabeth und dieser wüste Creighton. Welch aufregende Neuigkeiten. Bis Sonnenuntergang wird ganz England davon sprechen.« Sie übersah den Ausdruck gequälten Entsetzens in Elizabeths Gesicht und plapperte weiter: »Ich konnte kaum etwas aus Eurem Gemahl herausbekommen. Er und Bampfield sind völlig in ihre Pläne vertieft. Ich glaube, er hätte nicht einmal erwähnt, daß Ihr verheiratet seid, wenn ich mich nicht er-

kundigt hätte, ob er Euch in Paris gesehen habe und wie es Eurer Schwester –« Anne brach mitten im Satz ab, und ihr Lächeln erlosch. »Du meine Güte, wie dumm von mir, so dahinzuplappern, wo Milady doch kürzlich ihre geliebte Schwester verloren haben.« Überschwenglich küßte sie Elizabeth die behandschuhten Handrücken. »Es tut mir so leid. Bitte vergebt mir.«

»Da ist nichts zu vergeben.« Wie immer war Elizabeth von Annes liebevoller Art gerührt, so ungeschickt sie auch sein mochte. Sie schenkte ihrer Freundin ein trauriges Lächeln. »Nun, da Charlotte von uns gegangen ist, bedeutet mir Eure Freundschaft mehr als alles andere.«

In Annes Augen standen Tränen. »Und mir die Eure, Milady.« Sie sprach ein weniger betrübliches Thema an. »Ist es nicht aufregend, was Bampfield da ausgeheckt hat? Ich kann kaum glauben, daß Ihr und der Viscount auch dabei helfen werdet. Welch ein Abenteuer.«

Elizabeth runzelte die Stirn. »Ein Abenteuer? Anne, in was hat Bampfield Euch diesmal hineingezogen?«

»Ihr meint, Ihr wißt es nicht?« Anne blickte überrascht drein.

»Ich weiß nichts von einem Abenteuer. Der Viscount ... ich meine, mein Gemahl hat ein Päckchen erwähnt, das über den Kanal verschifft werden soll, doch das stellt wohl kaum ein Abenteuer dar.«

Annes Augen sprühten vor Aufregung, als sie sich vorbeugte und so leise flüsterte, daß Elizabeth sie gerade noch hören konnte: »Das Päckchen ist ein Prinz, und Ihr könnt uns helfen.«

In einer dunklen Ecke des lebhaften Gasthauses trank Viscount Creighton ein Bier, während Joseph Bampfield ihm die Einzelheiten der Flucht des Duke of York auseinandersetzte.

Bampfield lehnte sich vor und murmelte: »Dieses Mal wird nichts schiefgehen. Man hat mir gestattet, seine Hoheit regelmäßig zu besuchen. Ich habe persönlich den Brief mit dem

Fluchtplan überbracht. Seine Hoheit hat ihn vernichtet, sobald er ihn auswendig kannte.«

»Seid Ihr da ganz sicher?« Bampfield hatte Creighton von zwei früheren Versuchen berichtet, den jungen Herzog zu befreien – beide waren durch abgefangene Nachrichten vereitelt worden, mit erwartungsgemäß katastrophalen Folgen für die Verschwörer.

»Absolut sicher.« Bampfield lächelte grimmig. »Ich habe es mit meinem eigenen Auge gesehen.« Die Anspielung auf seine Augenklappe wirkte nicht besonders humorvoll.

»Also gibt es diesmal keinerlei schriftlichen Beweis.«

»Kein einziges Wort.«

Creighton war alles andere als beruhigt. Er hätte Bampfield niemals mit einer so heiklen Aufgabe betraut. An diesem Mann stimmte einfach etwas nicht; er war zu glatt, zu überzeugt von sich und seinem Plan. Creighton hegte den Verdacht, daß Bampfield im Grunde nur seine eigenen Interessen verfolgte.

»Es ist also alles vorbereitet?«

»Jawohl. Seit einigen Wochen gestattet Northumberland, der Erzieher seiner Hoheit, dem Jungen und seinen Geschwistern, nach der Abendmahlzeit im Garten Verstecken zu spielen. Manchmal dauert es Stunden, seine Hoheit zu finden. Bis Northumberland bemerkt, daß der Prinz fort ist, sollten wir bereits in sicherer Entfernung sein.«

Während Bampfield den Rest des Komplotts erläuterte, lauschte Creighton hin- und hergerissen zwischen Bewunderung und Besorgnis. Zumindest war das Ganze gut durchdacht. Es konnte klappen. Dann beschrieb Bampfield ihm mit seiner typischen Nonchalance die Verkleidung, die er sich für den Prinzen ausgedacht hatte. Garrett wollte seinen Ohren nicht trauen. »Frauenkleider?« flüsterte er. »Und er ist damit einverstanden?«

»Der Junge ist in Ordnung.« Diesmal war Bampfields Grinsen echt. »Ich werde mit meiner Schwester reisen, Miss Andrews.«

Der vierzehnjährige James in Lockenperücke und Röcken. Garrett schüttelte erstaunt den Kopf. »Gütiger Himmel. *Das* will ich sehen.«
»Es gibt allerdings ein Problem.«
»Welches?«
»Ich habe es geschafft, seine Maße zu bekommen, so daß Anne die Garderobe anfertigen lassen konnte, aber der Schneider konnte sich gar nicht mehr beruhigen über die starke Taille und die schmalen Hüften der ›jungen Dame‹. Das hat Anne sehr nervös gemacht. Sie will nicht wieder hingehen, weil sie fürchtet, der Schneider könnte sie später wiedererkennen. Er hat sich dermaßen echauffiert.«
Creighton sagte achselzuckend: »Ich könnte die Sachen abholen.«
Bampfield schüttelte den Kopf. »Nein. Ihr seid ein Mann. Das wäre ungewöhnlich und würde noch mehr Aufsehen erregen. Eine Frau sollte das erledigen.«
Er dachte daran, Gwynneth zu schicken. »Wann sollte die Garderobe abgeholt werden?«
»So bald wie möglich. Wenn alles gutgeht, wird das Päckchen morgen verschifft.«
Garrett nickte. »Gebt mir Namen und Adresse des Schneiders. Ich kümmere mich darum.«

Garrett war nicht überrascht, Anne Murray noch immer bei Elizabeth in der Droschke vorzufinden. Er stieg ein und zwängte sich neben die Gräfin. »Ich nehme an, Ihr seid inzwischen über alle jeweiligen Neuigkeiten auf dem laufenden?«
»Oh, wir haben gerade erst angefangen«, erklärte Anne. Sie lächelte Garrett strahlend an. »Wißt Ihr was? Die Gräfin ist bereit, die Kleider für uns abzuholen. Ich habe ihr alles erzählt.«
»Ihr habt was?« Garrett starrte Anne ungläubig an. Hatte sie ihren Verstand verloren, daß sie Bess da hineinzog?

Anne nickte. »Ich traue meiner Zofe nicht genug, als daß sie mir beim Ankleiden von Miss Andrews behilflich sein könnte. Die Gräfin wird uns unschätzbare Dienste leisten.« Sie grinste. »Und danach könnt Ihr beide davonbrausen und unsere Verfolger ablenken. Ist das nicht aufregend?« Anne maß Elizabeth von oben bis unten. »Milady ist fast genauso groß wie Miss Andrews, und Ihr seid nur wenige Zentimeter größer als Joseph. Wenn es Schwierigkeiten gibt, wird niemand wissen, wer welches Paar ist. Wir könnten einen Kutscher an die Küste bestellen. Sobald Joseph sicher an Bord ist, könnt Ihr landeinwärts fahren und eine falsche Spur legen.«

Garrett zog die Brauen zusammen. Sie hatte den Plan wahrlich sehr schnell geändert, so daß Bess darin eine Rolle spielte. Und was sie sagte, klang vernünftig. Sie hatte einen wachen Verstand, und er fragte sich, ob Bampfield sich nicht vielleicht mit einem Komplott brüstete, das eigentlich Anne Murray ersonnen hatte.

Bess könnte sich tatsächlich als nützlich erweisen. Obwohl er sehr geübt darin war, Frauen *aus*zuziehen, bezweifelte Garrett, daß er oder Joseph Bampfield eine großartige Hilfe wären, wenn Anne Murray Prinz James in Miss Andrews verwandelte. Mit Bess' Hilfe konnte Anne den Jungen gewiß viel schneller zurechtmachen.

Garrett erwog Annes weitere Vorschläge. Wenn sie auf dem Weg nach Gravesend auf Schwierigkeiten stießen, konnten er und Bess womöglich für die entscheidende Ablenkung sorgen. Doch der Kronprinz hatte deutlich gemacht, daß er der Gräfin nicht traute. »Ich muß mir das gut überlegen. Ich bin nicht sicher, daß ich Bess einbeziehen möchte.«

Bess schäumte. »Ich bin bereits einbezogen worden.« Sie wandte sich an Anne. »Es wird mir ein Vergnügen sein, Euch zu helfen, Anne. Mein Gemahl wird sich einfach damit abfinden müssen.«

Garrett betrachtete die beiden Frauen. Bess hatte natürlich recht. Nun, da sie eingeweiht war, steckte sie bis zum Hals in der Sache drin. Er hoffte nur, daß diese jüngste Wendung nicht seinen eigenen Hals kosten würde. Er lehnte sich zurück und schlug ein Bein über das andere. »Können wir Euch auf dem Weg zum Schneider irgendwo absetzen, Miss Murray?«

»Nein, danke.« Anne zog sich die Kapuze ihres Umhangs über den Kopf. »Joseph und ich haben noch etwas vor.« Sie öffnete die Tür, stieg aus, drehte sich dann noch einmal um und zwinkerte Bess zu. »Er hat für den Nachmittag ein Zimmer in dem Wirtshaus hier gemietet, und ich habe versprochen, ihn zu baden.«

Zu Garretts Erstaunen lächelte Bess zurück und kicherte melodiös. »Anne. Ihr seid dermaßen schamlos.«

»Ich gebe mir Mühe«, antwortete Anne frech und schloß die Tür.

Bess war sich nicht bewußt, daß Garrett sie beobachtete, wie sie lächelnd ihrer Freundin nachblickte, bis diese im Gasthaus verschwunden war.

Garrett konnte die Verwandlung seiner Frau kaum fassen. Sie war bezaubernd, wenn sie lächelte. Sie wirkte um Jahre jünger, und ihr ganzes Gesicht strahlte. »Ihr solltet öfter lächeln, Bess. Ihr seid wirklich sehr hübsch, wenn Ihr lächelt.«

Ihr Lächeln erstarb. »Ich habe einen guten Grund, Anne anzulächeln. Sie liebt mich.«

»Also das bringt Euch zum Lächeln.« Da er Routine darin besaß, weibliche Verärgerung mittels Schmeichelei zu besänftigen, deutete er eine Verbeugung an und sagte: »Dann freue ich mich auf den Tag, an dem Ihr mich anlächelt.«

Bess brachte mit einem Stirnrunzeln ihre Verachtung für seine Floskeln zum Ausdruck. »Da werdet Ihr lange warten müssen.«

Elftes Kapitel

In einen schwarzen Umhang gehüllt, starrte Garrett aus Joseph Bampfields abgedunkelter Kutsche in den Park am St. James' Palace und fragte sich, ob der Plan fehlgeschlagen war. Bampfield und sein Lakai hätten bereits zurück sein müssen, ob sie das »Päckchen« hatten holen können oder nicht.

Garrett suchte im Zwielicht die Wege und Rabatten ab. Mit jedem Rauschen des Windes und jedem Schatten in der dämmrigen Landschaft spannten sich Garretts Nerven wie der Strick eines Galgens. Dann sah er drei in Umhänge gehüllte Gestalten aus den Königlichen Gärten kommen. Er beobachtete mit angehaltenem Atem, wie das Trio sich gemächlichen Schrittes näherte, um keine Aufmerksamkeit zu erregen. Sie waren knapp vier Meter von ihm entfernt, als er endlich unter einer breiten Hutkrempe Bampfields markantes Kinn und seine Augenklappe erkannte. Garrett atmete erleichtert auf.

Bampfields Lakai kam mit großen Schritten auf die Kutsche zu, um dem schlaksigen jungen Mann die Tür aufzuhalten. Sobald Bampfield im Wagen saß, schloß der Lakai die Tür und kletterte zum Kutscher auf den Bock.

Als die Kutsche sich in Bewegung setzte, riß Prinz James sich die Perücke vom Kopf und sagte: »Creighton! Ich wähnte Euch bei meinem Bruder in Paris.«

»Eure Hoheit.« Creighton verneigte sich höflich. »Der Prince of Wales war sehr besorgt um seines Bruders Sicherheit und schickte mich her, um bei Eurer Flucht zu helfen.« In den Jahren, seit Garrett ihn zuletzt gesehen hatte, war der Knabe fast zum Mann herangewachsen; doch seine Augen wirkten alt. Dieser Krieg hatte dem Jungen nicht nur die Eltern weggenommen, sondern ihn auch seiner Jugend beraubt.

Als die Kutsche aus dem Park fuhr, stieß Prinz James ein triumphierendes Lachen aus. Augenblicklich war er wieder ein Junge mit erhitzten Wangen und funkelnden Augen. Er schlug Bampfield mit der Perücke auf die Schulter. »Wir haben es geschafft, Bampfield. Wir haben es tatsächlich geschafft! Endlich bin ich frei!«

»Bitte, Eure Hoheit. Nicht so laut.« Bampfield legte seinen Zeigefinger an die Lippen, sprach gerade so laut, daß seine Stimme nicht im Rattern der Kutsche unterging. »Feiern könnt Ihr erst in La Hague. Bis dorthin drohen viele Gefahren.«

Bald rumpelte die Kutsche über das Kopfsteinpflaster von Charing Cross und bog in die Strand ab. Minuten später kam sie vor dem Salisbury House zum Stehen. Bampfield half dem Prinzen, Perücke und Hut wieder aufzusetzen, und stieg dann aus, wobei er, für die Ohren des Kutschers bestimmt, drängte: »Beeilung, meine Herren. Wir kommen zu spät. Man erwartet uns im Salisbury House.«

Garrett folgte Prinz James auf die spärlich beleuchtete Straße. Er wartete, bis die Kutsche in sicherer Entfernung war, bevor er seine zwei vermummten Begleiter in die enge, dunkle Gasse lenkte, die am Salisbury House vorbei zum Fluß führte. »Sagt kein Wort«, flüsterte er.

Garrett lauschte nach dem geringsten Geräusch, das einen Hinterhalt andeuten konnte, während er den Prinzen über das schwarz glänzende Kopfsteinpflaster zum Themseufer geleitete. Dort wartete auf einer schmalen Anlegestelle der Ruderer mit seinem Boot. Garretts hämmernder Herzschlag beruhigte sich bei diesem willkommenen Anblick. Er half Bampfield und dem Prinzen ins Boot, murmelte dem Ruderer ein »London Bridge« zu und stieg selbst ein.

Geschickt schob der Mann sein Boot durch das seichte Wasser, bis der Rumpf frei schwamm. Dann schwang er sich hinein und begann, flußabwärts zu rudern, vorbei an den eleganten Stadthäusern der Strand.

Garrett lauschte angestrengt, als sie an dem nun mit Lagerhäusern, Tavernen und Geschäften bestandenen Ufer vorbeifuhren. Er war froh, daß der Lärm aus den Gasthäusern den Schlag der Ruder in dem trüben Wasser übertönte. Nun war es nicht mehr weit. Er lehnte sich vor und befahl leise: »Setzt uns am nördlichen Ende der Brücke ab.«

Der Mann hielt nach links und brachte sie in den Schatten der Nordseite der Brücke. Als sie an die Ufermauer stießen, ergriff Garrett eines der Haltetaue und sprang auf den Mauervorsprung, der ihnen als Anlegestelle diente.

Er griff hinunter und packte den ausgestreckten Arm des Prinzen. Mit Schwung zog er den Jungen neben sich aufs Pflaster und überließ es Bampfield, sich selbst ans Ufer zu hieven. Als das Boot abstieß, bedeutete Garrett dem Prinzen, still zu sein, und starrte ins Dunkel. Er horchte nach dem leisesten Geräusch, das unerwünschte Gesellschaft verraten könnte.

Garrett rückte die Kleidung des Prinzen zurecht und ging dann die steile Treppe zur Straße hinauf, die selbst um diese Uhrzeit voller Menschen war. Bampfield führte sie mehrere belebte Straßen entlang und bog dann in eine dunkle Sackgasse ab. An deren Ende stieg er die Stufen eines gepflegten Backsteinhauses hinauf; ein Schild neben der Tür wies es als Praxis und Wohnung eines gewissen Dr. Low, Arzt, aus.

Anne und Bess mußten nach ihnen ausgeschaut haben. Denn kaum hatte Bampfield die Hand gehoben, um zu klopfen, als schon die Tür aufging und Bess flüsterte: »Da seid Ihr ja. Wir fürchteten schon, es sei etwas schiefgegangen. Es ist schon so spät ...« Sie führte sie in den Flur und verriegelte hastig die Tür. Dann machte sie einen tiefen Knicks vor dem Prinzen. »Königliche Hoheit.«

Der Prinz bedeutete ihr, sich zu erheben. »Schnell, schnell. Kleidet mich an.«

Anne ignorierte die Gegenwart des Prinzen und flog in Bampfields Arme. »Es ist bereits nach zehn. Du sagtest, wenn ihr bis zehn Uhr nicht –«

Bampfield umarmte sie hastig. »Nichts ist schiefgegangen; wir haben nur länger zur Kutsche gebraucht, als ich berechnet hatte.« Verärgert über Annes Bruch der Etikette, wand er sich aus ihren Armen und deutete mit dem Kopf in die Richtung des Prinzen.

Beschämt machte Anne ihren Knicks. »Vergebt mit, Euer Königliche Hoheit. Ich war so in Sorge, daß ich meine Manieren völlig vergaß.«

»Macht Euch keine Gedanken deswegen. Wir haben keine Zeit für Förmlichkeiten.« Prinz James zerrte sich die Perücke vom Kopf, sein dichtes, dunkles Haar fiel ihm wirr bis auf die Schultern. »Wie kann ich Euch je dafür danken, daß Ihr Euch meinetwegen in solche Gefahr begebt, Miss Murray?«

Anne antwortete ungewöhnlich schüchtern: »Euer Hoheit helfen zu können ist Belohnung genug.«

Garrett trat neben Bess und nahm ihren Arm. »Euer Hoheit, gestattet mir, Euch meine Gemahlin vorzustellen, Countess Ravenwold.«

»Die Gräfin und ich sind einander bereits mehrmals begegnet«, sagte Prinz James, und ein kurzer Blick aus den Augenwinkeln verriet seine Ungeduld. Er wollte die Sache endlich voranbringen.

Bess entzog ihren Ellbogen Garretts Griff. »Ich fühle mich geschmeichelt, daß Eure Hoheit sich erinnern. Es ist einige Zeit her.«

»Ich vergesse nie jemanden, der gut zu mir war, Madam«, sagte der Prinz knapp. Er wandte sich an Anne. »Liegt meine Verkleidung bereit?«

Sie nickte und lächelte schelmisch. »Jawohl, und eine kleine Erfrischung ebenfalls. Wenn Eure Hoheit der Gräfin und mir nach oben folgen wollen; Miss Andrews erwartet Euch.«

Nachdem die drei im oberen Stockwerk verschwunden waren, warf Bampfield seinen Umhang und seinen Hut auf eine Bank. »Wollen wir am Kamin warten?« Er ging ins Wohnzimmer, steuerte geradewegs auf eine Karaffe zu und goß einen kräftigen Schluck in einen Pokal. »Cognac?«

Garrett fragte sich, ob Dr. Low neben seinem Haus auch seine Getränke zur Verfügung stellen wollte. Er lehnte diplomatisch ab: »Danke, lieber nicht. Ich werde heute nacht noch alle meine Sinne brauchen.« Garrett wechselte das Thema. »Der Kahn … weiß der Kapitän, wer wir sind?«

Bampfield schüttelte den Kopf. »Ich sah keinen Grund, es ihm zu sagen. Ist sicherer.«

»Und er wird gewiß da sein?«

»O ja.« Der Spion grinste. »Ich habe ihm gerade genug bezahlt, um ihm den Mund wäßrig zu machen nach der stolzen Summe, die er erhalten wird, wenn er uns sicher zum Schiff bringt. Er erwartet uns bereits, und sein gieriges kleines Herz überschlägt sich fast bei der Aussicht auf eine so einträgliche Vergütung.«

»Und das Schiff?«

»Ein holländisches Linienschiff, ein dreimastiger Küstensegler. Hat vor drei Tagen in Hope angelegt.«

»Es ist also alles bereit. Nun brauchen wir nur noch auf Miss Andrews zu warten.« Garrett sank in einen bequemen Sessel am Kamin und wärmte sich die Hände. Bampfield ließ sich in

seiner Nähe nieder und nippte stumm an seinem Cognac, während sie auf das Erscheinen des Prinzen warteten.
Im ersten Stock zog derweil Elizabeth am Mieder des Prinzen, während Anne mit seiner Frisur kämpfte. Die Bänder des Mieders schnitten so tief in Elizabeths Finger, daß sie ihr fast das Blut abschnürten. Sie fürchtete, daß die gelb und schwarz gestreifte Seide zerreißen würde, wenn der Prinz sich nicht noch dünner machte. Er zappelte vor Unbehagen, worauf sie ihn ermahnte: »Bitte atmet tief ein, Eure Hoheit.«
Prinz James stieß einen weiteren entnervten Seufzer aus. »Bei Gott, ich begreife nicht, wie Frauen solch eine Folter Tag für Tag erdulden können. Das macht einen ja wahnsinnig.«
»Eure Hoheit sollten sich vielleicht daran erinnern, wenn Ihr das nächste Mal eine nach der neuesten Mode gekleidete Frau seht«, gab Elizabeth zurück. Sie ließ einen Moment etwas nach, um sich eine Locke aus dem Auge zu pusten. Sie hatte kein Mieder mehr geschnürt, seit sie und Charlotte Mädchen gewesen waren, bei denen es nichts einzuschnüren gab. Gwynneth hätte den Prinzen im Handumdrehen zusammengepreßt, die Schnüre angezogen und verknotet, aber Gwynneth war mit den anderen Dienstboten auf dem Heimweg nach Cornwall. Elizabeth holte so tief Luft, wie es ihr eigenes enges Schoßmieder gestattete, und verstärkte ihre Bemühungen, den Prinzen in das Oberteil zu zwängen. »Wenn Eure Hoheit sich nicht noch ein wenig dünner machen können, wird es Morgen sein, ehe ich fertig bin. Ausatmen, Sire.«
»Das habe ich«, murrte der Prinz gereizt. »Ich sehe schon Sterne.«
Anne befestigte noch ein winziges Zöpfchen in dem am Hinterkopf des Prinzen aufgesteckten Haar. »Nicht sehr lustig, hm?«
Prinz James zog einen äußerst mädchenhaften Schmollmund. »Folter, Madam, genau das ist es.«

Zum Ärger aller drei Beteiligten dauerte es eine weitere halbe Stunde, bis das letzte Band geschnürt und die letzte Wangenlocke mit der Brennschere geformt war. Als Tüpfelchen auf dem i verteilte Anne noch einen Hauch Rouge auf des Prinzen Wangen und Lippen. Sein scharlachrotes, vorn als Rock sichtbares Unterkleid vervollkomnete das Bild.
Elizabeth und Anne traten zurück und bewunderten den erstaunlichen Erfolg ihrer Bemühungen. Elizabeth sagte: »Eure Hoheit geben eine sehr hübsche junge Dame ab«, worauf der Prinz meinte, daß seine Mutter ihn in dieser Verkleidung nicht wiedererkennen würde.
Er machte einige unsichere Schritte und wurde fast von den Satinpumps zu Fall gebracht, in die sie seine riesigen Füße gesteckt hatten. »Wie zum Henker geht man in diesen Dingern? Es fühlt sich an, als wären sie mit Eis gefüllt.« Prinz James versuchte noch einmal, den eisernen Griff des Oberteils um seine Rippen zu lockern, was Elizabeth veranlaßte, ihn zu rügen: »Ihr dürft nicht an Eurem Mieder herumzerren.« Sie ging zum Bett und ergriff einen der drei identischen schwarzen Kapuzenmäntel. Sorgfältig drapierte sie ihn um die Schultern des Prinzen. »Vergeßt nicht, die Kapuze überzuziehen, bevor wir das Haus verlassen, Eure Hoheit, und haltet sie vorn zusammen, wenn wir draußen sind. Man darf auf keinen Fall Euer Gesicht sehen, bis wir das Schiff erreichen.« Sie reichte Anne den zweiten Umhang. »Das gilt auch für Euch, Anne.« Elizabeth legte selbst den dritten an. Wenn die Kapuzen erst ihre Gesichter verbargen, konnte ein eventueller Beobachter die drei verhüllten Gestalten nicht mehr unterscheiden, bis auf einen geringen Größenunterschied. »Kommt. Sie warten auf uns.«
Creighton und Bampfield erhoben sich unten, als Anne vom Treppenabsatz rief: »Mister Andrews, Eure Schwester ist reisefertig. Eine attraktive junge Dame, fürwahr.«
Creighton konnte es nicht erwarten, den Prinzen in Frauenklei-

dern zu sehen. »Das wird ein Spaß«, murmelte er und folgte Bampfield in den Flur.

Als die Männer zum Treppenabsatz hinaufblickten, schnappten beide nach Luft. Garrett war geradezu erschrocken darüber, wie überzeugend – und hübsch – Prinz James als junge Dame wirkte. Der arme Bampfield würde seine liebe Mühe haben, seine »Schwester« gegen unerwünschte Avancen zu verteidigen. »Zum Donner, Eure Hoheit geben wahrlich eine bezaubernde junge Lady ab«, stieß Garrett hervor.

»Genau das sagte Eure Gemahlin eben. Ohne das ›Zum Donner‹, versteht sich«, gab Prinz James zurück. Er begann, sich in seinen Seidenschuhen vorsichtig die Treppe herunterzutasten. Als er unten angekommen war, wollte er erleichtert aufatmen, doch das Mieder ließ es nicht zu. »Bei allem, was mir heilig ist, ich hoffe doch, daß ich nicht viel werde laufen müssen. Diese Schuhe sind gefährlich glatt.«

Garrett bot dem Prinzen seinen stützenden Arm. »Reibt die Sohlen ein wenig auf dem Pflaster draußen. Das wird sie aufrauhen und Euch einen etwas besseren Halt verleihen.«

Elizabeth blieb stehen. »Wie könnt Ihr das wissen?«

»Wie ich eben auch alles andere über Frauen erfahren habe«, sagte Garrett augenzwinkernd.

»Tatsächlich«, schäumte sie, verletzt von dieser offenen Anspielung auf seine bewegte Vergangenheit. »Ihr besitzt keinerlei Schamgefühl, Sir.«

»Nicht ein bißchen, Madam.« Er lächelte dieses unverschämte Lächeln.

»Pah.« Im Flur griff Elizabeth nach den seidenen Schnüren eines dicken samtenen Beutels.

»Was, zum Donnerwetter, ist das denn?« verlangte Garrett zu wissen.

»Meine Medizin«, antwortete sie. »Ich muß sie unbedingt mitnehmen.«

Seine blauen Augen wurden schmal. »Seid Ihr krank?«
»Nein, aber diese Kräuter und Pulver sind sehr selten und sehr kostbar.«
»Laßt sie hier«, befahl er knapp. »Ich habe Euch doch gesagt, daß Ihr keinerlei Gepäck mitführen dürft, nichts, wodurch man Euch vom Prinzen unterscheiden könnte.«
Elizabeth schlug ihren Umhang zurück, legte die Bänder des Beutels über ihre Schulter und klemmte ihn unter den Arm. Als sie den Umhang wieder schloß, war von dem Beutel nichts zu sehen. »So«, sagte sie und verhüllte ihr Gesicht mit der Kapuze. »Nun kann uns niemand auseinanderhalten.«
Bevor Garrett protestieren konnte, öffnete Bampfield die Haustür. »Gut. Laßt uns also gehen.« Er winkte Anne und Elizabeth heran. »Nun denn, meine Damen; wir gehen voran.« Er nickte Garrett zu. »Creighton, Ihr folgt uns mit dem Prinzen.«

Sie erreichten den Vierruderer in Billingsgate am Pier Lyon ohne jeden Zwischenfall, doch der Kapitän schien mißtrauisch zu sein. Sobald sie abgelegt hatten, brachte Bampfield den Prinzen in der Kabine unter und gesellte sich zu Garrett, der am Bug stand. In angespanntem Schweigen beobachteten sie das Ufer, bis nach einigen Meilen der Kapitän auf Bampfield zuging.
»Merkwürdig, muß ich schon sagen, Eure ›junge Dame‹ da.«
Garrett spannte sich, bereit zum Schlag.
»Falls Ihr von meiner Schwester sprecht, Sir«, antwortete Bampfield, »muß ich darauf bestehen, daß Ihr sie nicht mit derartigen Bemerkungen in Verlegenheit bringt, obwohl ich mir selbst über ihre … auffällige Figur im klaren bin.«
»Wer'n ja sehn«, grummelte der Kahnführer. Immerhin zog er sich zurück und ließ sie allein.
Creighton ließ sich den Wind ins Gesicht wehen. »Das war knapp.«

»Ich werde schon mit ihm fertig«, verteidigte sich Bampfield. Er stapfte hinüber zur Kabine und ging hinein.
Einige Minuten später sah Garrett, wie der Kapitän vor der Kabinentür herumlungerte. Er lugte durch eine Ritze, wobei sein Gesicht vom Lichtschein der einzigen Kerze drinnen erhellt wurde. Plötzlich fuhr er erbost zurück. »Heda! Was ham wir denn hier?« rief er.
»Verflucht.« Als der Schiffer die Tür aufriß, war Garrett mit wenigen Schritten bei ihm. Er erblickte einen überraschten Prinzen, der ein Bein höchst undamenhaft auf den Tisch gelegt hatte, während ein schuldbewußter Bampfield hastig seine Hände von den Strumpfbändern seiner »Schwester« zurückzog. Offenbar hatte sich der Prinz in dieser ungewohnten Wäsche nicht wohl gefühlt und um Hilfe bezüglich seiner Strümpfe gebeten.
Der Schiffer zeigte anklagend mit dem Finger auf die beiden. »Hab' noch keine Dame gesehn, die ihr Bein so liegen hat«, knurrte er. »Und kein' Bruder, der unter den Röcken von seiner Schwester rumfummelt, das kann ich Euch sagen!«
Bampfield sprang auf, ging dem Prinzen voran aus der Kabine und baute sich an Deck beschützend vor seiner »Schwester« auf. »Ich habe Euch gewarnt, Sir, Euch bei meiner Schwester keine Freiheiten herauszunehmen.«
Der dicke Finger des Schiffers wies nun auf Bampfield. »Hier ist was faul, jawoll.«
Garrett wußte, daß er besorgt sein sollte, doch er war es nicht. Tilbury war nicht mehr weit, und sie fuhren mit der Strömung. Falls nötig, konnten sie ihr Ziel ohne den Kapitän und seine Mannschaft erreichen. Aber er zog es vor, keine Gewalt anzuwenden. Er legte den linken Arm um die Schultern des Kahnführers und spürte dessen stählerne Muskeln unter seinen eigenen. »Ihr seid sehr aufmerksam.« Der Mann war fast einen Kopf kleiner, aber sehr kräftig. Garretts freie Hand glitt

unauffällig zu seinem Dolch. »Und wie ist Euer Name, guter Herr?«

Der Kapitän zappelte neben dem beeindruckend großen Garrett unbehaglich hin und her, doch er wich nicht zurück. »John Owen, wenn's Euch was angeht.«

»Nun, John, Ihr habt recht. Wir waren nicht ganz aufrichtig, also werde ich Euch die ganze Wahrheit sagen.« Selbst in der silbrigen Dunkelheit konnte Garrett erkennen, daß Bampfield vor Schreck die Augen aufriß.

»Sagt mir doch bitte, auf welcher Seite steht Ihr in unserem politischen Konflikt, Sir?« Creighton zog den Dolch und hielt ihn dem zitternden Schiffer unters Gesicht. »Krone oder Parlament?«

Schweißtropfen bildeten sich auf der Stirn des Mannes. »Ist das so wichtig?«

»Sehr wichtig.« Garrett sprach mit samtweicher Stimme. »Sehr wichtig für uns.«

Der Anblick des Dolches, der sich gefährlich nah an seiner Kehle befand, ließ den gedrungenen Kerl erschauern. »Nun, ich bin ein treuer Anhänger der Krone, und wenn Ihr mir dafür die Kehle durchschnei'n wollt, dann bringt's hinter Euch. Ich werd' meinen König nicht verraten.«

Garrett lachte leise und lockerte seinen Griff am Dolch. »Gut gesprochen!« Er hörte Bess und Anne erleichtert aufseufzen und drehte sich zu den beiden Frauen um, die sich auf dem dunklen Deck umklammert hielten.

Garrett klopfte dem Kahnführer freundschaftlich auf die Schulter und deutete dann auf den Prinzen. »Eure Hoheit, erlaubt mir, Euch einen getreuen Untertanen Seiner Majestät vorzustellen.« Er wandte sich wieder an den Schiffer. »John Owen, diese ›Dame‹ ist der Duke of York, und wir sind unterwegs zu einem Schiff, das ihn zu seiner Schwester, Königin Mary, in die Republik der Vereinigten Niederlande bringen wird. Wenn seine Ho-

heit unter dem Schutz seiner Schwester steht, ist die Thronfolge der Stuarts gesichert.«
Der Kapitän gaffte vom Prinzen zu den anderen prächtig gekleideten Passagieren, dann wieder zum Prinzen. »Er *ist* es, oder?« Sein Gesicht nahm einen störrischen Ausdruck an, als ihm der Ernst der Lage dämmerte. »Ich wünsch' Euch 'ne gute Reise, Eure Hoheit, aber ich wag' es nicht, Euch zu dem Schiff zu bringen. Ich werd' in Tilbury anlegen, aber von da aus müßt Ihr Euch was anderes suchen.« Sein Blick huschte nervös das Ufer entlang. »Ich hab' Familie. Was soll aus mein' Kindern wer'n, wenn die Roundheads rausfinden, daß ich ...«
»Mitgefangen, mitgehangen«, unterbrach Garrett sanft den Schwall und legte dem Mann wieder einen Arm um die Schultern. »Ihr steckt bereits bis zum Hals in dieser Sache drin, John Owen, ob es Euch gefällt oder nicht. Überlegt es Euch. Es ist viel wahrscheinlicher, daß man uns alle faßt, wenn wir in Tilbury anlegen. Doch wenn Ihr uns bis zum Schiff bringt, wird niemand davon erfahren. Wir werden Euch ganz gewiß nicht verraten.«
Der Mann zögerte.
Garrett drückte ihm eine Handvoll Goldmünzen in die Pranke. »Wenn Ihr um Eure Sicherheit besorgt seid, wird seine Hoheit Euch gern mitnehmen.« Bampfield und der Prinz warfen ihm finstere Blicke zu, doch Garrett sprach weiter. Schließlich stimmte John Owen widerwillig zu, sie zum Schiff zu bringen, verlangte dafür jedoch freies Geleit über den Kanal.
»Löscht die Lichter«, riet Garrett, »und haltet auf Hope zu. Unser Schiff ist eine holländische Pinke.« Während der Kapitän zu seiner Mannschaft stürzte, fügte Garrett so leise hinzu, daß nur Bampfield und Prinz James ihn hören konnten: »Und laßt uns hoffen, daß dort nicht eine Bande von Roundheads auf uns wartet.« Und während er den Blick von den links entschwindenden Lichtern von Tilbury zu jenen von Gravesend zu

seiner Rechten wandern ließ, betete er stumm für ein sicheres Durchkommen. Dann wandte er sich wieder Bampfield und dem Prinzen zu, der sichtlich verwirrt war. Der Spion ging ohne Umschweife auf Creighton los. »Was habt Ihr Euch dabei gedacht, dem Mann zu sagen, wer wir sind? Was, wenn er redet?«

Creighton lächelte. »Das wird er nicht.«

»Und woher, bitte schön, wollt Ihr das wissen?«

»Er kommt mit Euch. Und er hat selbst mit meinem Dolch an der Kehle seine Treue zum König erklärt.« Creighton legte besänftigend eine Hand auf Bampfields Schulter und drückte sie. »Manchmal muß man Menschen eben vertrauen. So einfach ist das.«

Bess' lieblicher Duft kündigte sie an, noch ehe sie neben ihn trat. »Vertrauen?« fiel sie mit scharfer Stimme ein. »Ich finde solch ein großes Wort ironisch, wenn es aus Eurem Munde kommt.« Anne erschien hinter ihr.

Garrett schenkte seiner Frau sein gewinnendstes Lächeln. »Ich habe gar nicht mir Euch gesprochen, oder doch?« Verärgert über ihre Einmischung setzte er hinzu: »Ich hatte die Lage im Griff.«

»Und was, wenn der Flußschiffer ein Roundhead gewesen wäre?« forderte Bampfield ihn heraus.

Garrett zuckte mit den Schultern. »Dann hätte ich ihm hier und jetzt die Gurgel aufgeschlitzt.«

Bampfield nickte befriedigt, aber Bess starrte Garrett empört an. »Das hättet Ihr, nicht wahr? Dem armen Mann die Kehle durchgeschnitten?«

»Ach, Weiber.« Er tauschte einen wissenden Blick mit Bampfield. »Verstehen einfach gar nichts.«

»Diese hier schon.« Bampfield packte Anne Murray und gab ihr einen schmatzenden Kuß. »Gott steh mir bei, wenn sie es sich je in den Kopf setzen sollte, *mir* die Kehle durchzuschneiden.«

Überschwenglich zog Creighton die Gräfin an sich. Wie immer wurde sie totenstill, und doch wurde ihm warm, als er ihren Körper spürte. Er hob sanft ihr Gesicht unter der Kapuze dem seinen entgegen. Selbst in der Dunkelheit konnte er die Glut in ihren Augen sehen. Wut ließ ihr Gesicht aufleben. »Und was ist mit Euch, Bess?« schnurrte er. »Ist meine Kehle sicher?«

»Gebt mir Euren Dolch, und Ihr werdet es herausfinden.«

Er ließ sich auf ihr Spielchen ein und hielt ihr den juwelenbesetzten Griff seines Dolches hin. »Hier, Liebste. Meine Kehle gehört ganz Euch.« Plötzlich aufbrandendes Begehren ließ ihn hinzufügen: »Ebenso wie der Rest von mir. Macht mit mir, was immer Ihr wollt.«

»Führt mich nicht in Versuchung, Sir.« In Bess' Stimme lag interessanterweise ein verwirrter Unterton. »Ich könnte den Dolch gebrauchen.«

»Nehmt Euch in acht, Milord.« Bampfield gluckste. »Ich glaube, sie meint es ernst.«

»Ich meine es auch ernst, Bampfield.« Garrett ließ seinen Dolch grinsend wieder in der Scheide verschwinden. »Ich auch.« Nur um sie zu ärgern, küßte er seine Frau kurz und herzhaft, um sie dann spuckend vor Wut stehen zu lassen.

Zwölftes Kapitel

Elizabeth drehte es den Magen um, als sich das unbeleuchtete Flußschiff der wartenden holländischen Pinke näherte. Eine steife Brise war über dem Kanal aufgekommen.
Anne stand dicht neben ihr. »Joseph wird einen verabredeten Gruß hinüberrufen, sobald wir das Schiff erreichen. Wenn sie mit einem einfachen Ja antworten, bedeutet das, daß sie von Roundheads gekapert wurden.«
»Und wenn es so ist?« fragte Elizabeth, und ihr Herz schlug noch schneller.
»Dann rudern wir davon, so schnell wir können.«
»Aber sie werden uns einholen, nicht wahr?«
»Wahrscheinlich«, sagte Anne nüchtern. »Aber es werden keine Roundheads an Bord sein, und das Schiff wird mit der richtigen Losung antworten: ›Die Hague grüßt Euch. Kommt an Bord.‹«
Elizabeths Blick wanderte von dem Schiff zurück auf den Kahn. Creighton hatte sich am Bug postiert, mit einer geladenen Pistole in der einen und dem Kavalleriepallasch in der anderen Hand. Bampfield und der Prinz standen achtern, beim Ruder. In dem silbrigen Dunkel konnte sie gerade noch das matte Schimmern einer Schußwaffe in Bampfields Hand erkennen. Sie fragte sich einen Moment lang, ob die anderen ebensoviel Angst hatten wie sie.

Der Bug des Kahns stieß mit einem dumpfen Geräusch gegen den Rumpf des Küstenseglers, und es roch nach Teer und Farbe. Das Schiff neben ihnen schwankte knarrend und ächzend auf der bewegten See. Auf ein Nicken Creightons hin legte Bampfield seine zum Trichter geformten Hände an den Mund und rief: »Schiff ahoi!«

Ein bleiches Gesicht erschien über der Reling. »Schiff ahoi. Wer da?«

Bampfield rief die vereinbarte Parole: »Mister Andrews und seine Schwester. Werden wir erwartet?«

Elizabeth hielt den Atem an und kreuzte abergläubisch die Finger beider Hände, während sie auf die Antwort warteten. Ein einfaches Ja, und alle auf dem Kahn, mit Ausnahme des Prinzen, würden höchstwahrscheinlich ihren Kopf verlieren.

Zu ihrer unendlichen Erleichterung antwortete der Matrose: »Die Hague grüßt Euch! Kommt an Bord.« Mehrere Seeleute tauchten an der Reling auf. Holz klapperte, und ein Tau surrte in einer Winde, als ein Holzsitz an einem Seil über die Seite heruntergelassen wurde.

Der widerwillige Flußschiffer wurde als erster an Bord gehievt; dann kam der leere Sitz wieder herunter. Bampfield ergriff ihn und hielt ihn fest, doch bevor der Prinz einstieg, wandte er sich an Elizabeth und Anne. In Gegenwart der Seeleute spielte er seine Rolle weiter und drückte seine Wangen gegen Annes verhülltes Gesicht wie eine wohlerzogene junge Dame, die sich von einer Freundin verabschiedet. »Ich danke Euch, Miss Murray. Gott schütze Euch, bis ich zurückkehre. Und Gott schütze den König.«

Anne nickte und sagte mit bebender Stimme: »Gott schütze den König.«

»Und Euch, Madam.« Prinz James wandte sich an Elizabeth. »Ich werde an Euch denken, wann immer ich ein gutgeschnürtes Mieder sehe.« Er drückte seine Wangen an beide Seiten ihrer

Kapuze. »Lebt wohl, und kehrt sicher in Eure Heimat zurück.« Er warf einen wehmütigen Blick auf das tiefschwarze Ufer. »Ich fürchte, es wird eine lange Zeit vergehen, bis ich die meine wiedersehe.«

Zu Elizabeths Überraschung drehte der Prinz sich um und machte einen passablen Knicks vor Creighton. Als er sich wieder erhob, sagte er: »Nun habt Ihr mich zum zweiten Mal gerettet, Sir. Erst in Edgefield, und nun hier. Ich werde es Euch nicht vergessen.«

»Ihr braucht mir nicht zu danken.« Creighton verbeugte sich elegant, ließ geschickt den Pallasch in die Scheide gleiten und steckte seine Pistole wieder in den Gürtel. »Ich bin Euer Hoheit ergebener Diener.«

Prinz James stieg in den Sitz und wurde an Bord der Pinke gezogen. Als der Stuhl für Bampfield herunterkam, flog Anne in seine Arme. Er küßte sie flüchtig auf die Wange und entzog sich ihrer Umarmung. »Bitte, Anne. Ich muß fort.«

»Geht nur, verlaßt mich, Ihr Schuft«, sagte sie ohne Bitterkeit. »Doch Ihr werdet mich nie vergessen können. Keine andere Frau wird je so gut zu Euch sein, wie ich es war.« Sie gab ihm einen schmatzenden Kuß, wandte sich ab und ging zum Heck, ohne zurückzublicken, während ihr Geliebter emporgezogen wurde.

Elizabeth folgte ihr, um sie zu trösten. Sie legte einen Arm um Annes Taille. »Geht es Euch gut?«

»Es ist alles in Ordnung. Wirklich.« Anne klang erstaunlich ruhig. »Ich habe mir von Anfang an keine Illusionen gemacht, was Bampfield betrifft. Er gehörte nie zu den Männern, die häuslich werden.«

»*Gibt* es die überhaupt?« fragte Elizabeth trocken. »Einer ist so treulos wie der andere, nicht wahr?«

»Sie sind nicht alle so.« Anne drehte sich um und versuchte trotz der Finsternis und der tief herabgezogenen Kapuze, ihr in die Augen zu schauen. »Ich glaube, die richtige Frau könnte Creighton zähmen. Ihr könntet diese Frau sein, Lady Elizabeth, wenn Ihr nur der Stimme Eures Herzens folgt.«

»Seid nicht albern«, wehrte Elizabeth ab. »Nach den Geschichten, die ich von Gwynneth gehört habe, hatte mein Mann seinen ... *Finger* in jedem Honigtopf am Hofe.«

»Ich bezweifle nicht, daß sie solche Geschichten gehört hat«, sagte Anne, »aber wie der meiste Dienstbotenklatsch entsprechen sie nicht ganz der Wahrheit. Meine Quellen sind verläßlicher, und diesen zufolge haben zwar viele Damen versucht, Viscount Creightons Aufmerksamkeit zu erlangen, doch nur einige wenige hatten Erfolg. Diejenigen, denen es nicht gelingt, erfinden solche Geschichten.« Sie wurde nachdenklich. »Es ist kein Geheimnis, woher der Viscount so viel über Frauen weiß. Er hat sechs jüngere Schwestern und eine verwitwete Mutter, die ihn alle vergöttern.«

»Sechs Schwestern?« Gütiger Himmel, welch erschreckend umfangreiche Schar von Schwägerinnen!

»Jawohl, sechs.« Anne kicherte. »Stellt Euch nur vor: All diese weibliche Verehrung ohne eine ernsthafte Bindung. Kaum verwunderlich, daß er bisher nicht den Wunsch hatte, eine eigene Familie zu gründen. Aber Ihr könntet ihn einfangen, Milady.«

Die beiden Frauen kehrten an den Bug des Vierruderers zurück. Unter lautem, metallischem Rasseln wurde die Ankerkette des Schiffes eingezogen.

»Legt euch in die Riemen, Jungs, na los«, brüllte der Maat, der den Kahnführer ersetzte. »Wenden, und auf nach Tilbury.«

Creighton sprach Elizabeth von hinten an. »Wir haben es geschafft, Bess.« Seine Hände schlossen sich sanft um ihre Schultern.

Elizabeth fühlte sich von seiner Berührung nicht beruhigt, sondern beengt und gefesselt. Wie leichtfertig er sie anfaßte, als sei sie sein persönlicher Besitz. Nun, das war sie nicht. Sie wollte seine Hände wegfegen, doch ihr Selbstschutzinstinkt hielt sie davon ab. Sie blickte über die Schulter und sah ihn die weite Flußmündung absuchen.

»Keinerlei Anzeichen dafür, daß wir verfolgt werden.« Er atmete zufrieden auf. »Er ist frei. Zumindest für den Augenblick.« Er drückte zärtlich ihre Schultern.

»Frei«, murmelte Elizabeth und fragte sich, ob sie jemals erfahren würde, was das bedeutete.

Lange nach Mitternacht setzte Garrett den Fuß auf den hölzernen Pier in Tilbury und half dann Bess und Anne aus dem Boot. Als sie alle sicher an Land waren, ließ er den Kahn ablegen und wandte sich wieder den beiden Frauen zu. »Zieht Eure Kapuzen tief herunter, so daß man Eure Gesichter nicht erkennen kann. Und sprecht möglichst gar nicht. Niemand soll später Eure Stimmen wiedererkennen können.« Beide nickten, während er sich die breite Krempe seines Hutes tiefer ins Gesicht zog.

Er führte Bess und Anne ins Dunkel neben einen Stapel Fässer. »Wartet hier. Ich will sichergehen, daß keine Roundheads in der Nähe sind.« Er bewegte sich geschickt von Deckung zu Deckung auf die hell erleuchtete Wirtsstube eines Gasthauses zu. Vor dem Gasthaus waren ein Dutzend Pferde angebunden. Zu seiner Erleichterung war kein einziges mit Zaumzeug oder Sätteln der Armee Cromwells versehen. Auf der anderen Seite warteten zwei schwarze Kutschen, wie Bampfield es versprochen hatte; die Kutscher saßen vornübergebeugt schlafend auf ihren Sitzen. Befriedigt kehrte Garrett zu den Frauen zurück.

»Kein Hinweis auf einen Hinterhalt«, flüsterte er. »Anne, Euch bringe ich zuerst hinüber. Bess, Ihr wartet hier. Bleibt in

Eurem Versteck, falls es Ärger gibt.« Die Frauen umarmten einander, und dann geleitete Garrett Anne zu der entfernteren Kutsche.

Er rüttelte den Fahrer wach und gab die Losung: »Ich bin Mister Andrews, und dies ist meine Schwester. Erwartest du uns?«

»Jawohl, Sir. Ich meine, seid gegrüßt, Miss Andrews«, gab der Kutscher zurück und rieb sich verschlafen die Augen. »Wohin geht's?«

»Nach Norden. Die Dame wird Euch genau sagen, wohin.« Ihrem Plan zufolge würde Anne zunächst nach Chelmsford fahren und dann nach London zurückkehren. »Aber warte, bis die andere Kutsche abfährt.« Garrett öffnete die Tür und half Anne in den Wagen.

»Ich danke Euch für alles, was Ihr getan habt, Sir«, sagte sie. »Ich werde für Eure sichere Heimkehr beten.«

»Und ich für die Eure.« Er wollte schnellstmöglich aufbrechen, also schloß er die Tür und wandte sich zum Gehen, doch Anne lehnte sich aus dem Fenster und rief ihm leise nach: »Seid gut zu Eurer lieben Frau. Sie braucht jemanden, der sich ihrer annimmt.«

Garrett konnte sich nicht vorstellen, daß Bess irgend jemanden brauchte. Er drehte sich um. »Ich werde tun, was in meiner Macht steht, damit ihr nichts geschieht.«

Im schwachen Lichtschein, der aus dem trüben Fenster der Wirtschaft drang, sah er Anne die Stirn runzeln. »Ich habe Euch nicht gebeten, sie zu beschützen; ich weiß, daß Ihr das tun werdet. Ich bat Euch, *gut* zu ihr zu sein.«

Was, zum Henker, meinte sie damit? fragte er sich. »Ich habe sie nie anders als gut behandelt.«

Anne sah ihn mit einem seltsamen Ausdruck an. »Sie weiß nicht, was es heißt, glücklich zu sein.« Ohne weitere Erklärung zog sie sich ins dunkle Innere des Wagens zurück.

Frauen! Unweigerlich brachten sie die erstaunlichsten Dinge in den ungünstigsten Momenten zur Sprache. Garrett ging zurück, um seine Frau zu holen.
Sie folgte ihm wortlos zu der anderen Kutsche. Ihr Fahrer saß nun aufrecht, die Zügel in der Hand. Garrett sah zu ihm hoch. »Ich bin Mister Andrews, und dies ist meine Schwester. Erwartest du uns?«
»Seid gegrüßt, Miss Andrews.« Der Kutscher tippte mit der Peitsche an seine Hutkrempe. »Wohin geht's?«
Garrett öffnete die Tür und drängte Bess hinein. »London, so rasch wie möglich.«
»London?« protestierte Bess und wandte sich entsetzt zu ihm um. »Seid Ihr von Sinnen?«
Garrett hatte weder Zeit noch Lust, es ihr zu erklären. Statt dessen warf er sie wie einen Mehlsack in die Kutsche, schleuderte seinen Hut hinterher und zwängte sich mit verdrehten Schultern hinein. Er ignorierte die erzürnten Laute, die Bess von sich gab, während sie ihre Kleider wieder in Ordnung brachte; er schlug die Tür zu und hämmerte an die Decke: »Fahr los, Mann.«
»Sie müssen inzwischen die Flucht des Prinzen bemerkt haben«, wisperte Bess ärgerlich gegen das Rattern und Klappern der Kutsche an. »London ist der letzte Ort, den wir aufsuchen sollten! Sie werden jede Kutsche durchsuchen, jedes –«
»Psst.« Er brachte sie zum Schweigen, indem er einen behandschuhten Finger fest auf ihre Lippen drückte. »Ich bin nicht dumm, Bess, obwohl ich Euch geheiratet habe. Ihr müßt lernen, mir zu vertrauen.« Bess schlug seine Hand beiseite und starrte ihn böse an.
Damit sie ihre Lektion gründlich lernte, wartete er mit seiner Erklärung, bis Tilbury in sicherer Entfernung war. »Ich hatte keineswegs vor, nach London zu fahren, aber man kann nie wissen, von wem man belauscht wird.« Er blickte kurz zur

Themse hinüber, die breit und still neben der Straße dahinfloß. »Wenige Meilen diese Straße entlang gibt es eine Fähre, die von einem treuen Royalisten unterhalten wird. Ich werde dem Kutscher befehlen abzubiegen, wenn wir dort sind, aber nicht eher. Wenn wir dann sicher auf der anderen Seite sind, halten wir südwestlich auf Salisbury zu. Mit etwas Glück holen wir Gwynneth und die Wagen mit dem Gepäck in ein paar Tagen ein.«

»Ihr hättet es mir sagen können«, schmollte sie.

»Das hätte ich, aber ich habe es unterlassen«, sagte er liebenswürdig, »weil ich Euch schützen wollte.«

Sie starrte gedankenverloren hinaus in die Nacht. »Ich werde mich freuen, Gwynneth wiederzuhaben.«

»Gwynneth?« Garrett lachte leise. »Und ich dachte die ganze Zeit, Ihr seid so mißgelaunt, weil Euch unsere liebe kleine Mister Cromwell fehlt.«

»Dieses Schwein?« Seine Frau kochte. »Das Tier kommt weg! Dieses Biest schnüffelt ständig an meinen Schuhen und knabbert an meinem Saum.« Ihre Augen wurden schmal. »Warum versucht es nicht, *Eure* Schuhe zu fressen?«

Garrett lächelte und war froh, daß sie seine Gedanken nicht lesen konnte. Das Schwein machte sich über ihre Schuhe her, weil er sie mit Honig eingerieben hatte, während sie schlief; es knabberte an ihrem Saum, weil Garrett feines Mehl zwischen die Nähte gestreut hatte. Er hatte großen Spaß daran, wie sehr die lauten, tapsigen Annäherungen des Schweinchens seine Frau aus der Fassung brachten. Bess mußte einfach ein wenig von ihrer rigiden Haltung verlieren. »Findet Euch damit ab, Bess«, sagte er. »Dieses kleine Schwein liebt Euch.«

»Ich vergeude meine Zuneigung nicht an Schweine, Sir.«

»Oder an Ehemänner«, neckte er sie. Trotz ihrer Beteuerungen war er sicher, daß sie anfing, Mister Cromwell zu mögen; sie konnte es nur noch nicht eingestehen.

Das war immerhin ein Anfang. Wenn sie ein Schweinchen liebgewinnen konnte, gab es vielleicht Hoffnung, daß sie eines Tages lernen würde, ihrem Ehemann zu vertrauen. Eines wußte Garrett gewiß: Er würde in ihrer Nähe erst sicher sein, wenn sie ihn nicht mehr fürchtete. Bis dahin würde er ihr nicht über den Weg trauen.

Er lehnte sich vor und zupfte die Kapuze ihres Umhangs zurecht. »Denkt daran, Euch gut zu verbergen. Wir wollen doch nicht, daß jemand Euer Gesicht sieht.«

»Denselben Rat könnte ich Euch geben.« Bess zog geschickt die Kapuze seines Mantels über seinen Kopf, um sein Haar zu verstecken. »Niemand, der dieses blonde Haar sieht, könnte Euch für Bampfield halten.«

Ihre Finger in den Handschuhen strichen eine widerspenstige Locke hinter sein Ohr. Die Geste war so vertraulich, daß sie sie beide verlegen verstummen ließ.

Dann flog die Dachluke auf, und sie fuhren auseinander. Der Kutscher beugte sich hinunter und rief: »Da kommen Reiter, Sir.«

Garretts Hand glitt an den Griff seiner Pistole. »Wie viele? Wie weit weg?«

»Über ein Dutzend, sie halten in vollem Galopp auf uns zu. Vielleicht noch eine Meile entfernt.«

»Such ein Versteck, irgendeine Deckung! Dann hilf mir, die beiden ersten Pferde auszuspannen. Das ist unsere einzige Chance.«

Elizabeth sank schwach vor Angst und mit einem metallischen Geschmack im Mund in den Sitz zurück. Wenn man sie gefangennahm, wäre sie dann stark genug, unter der Folter zu schweigen? Creighton trug keine Uniform. Man würde ihn wegen Spionage anklagen, und sie mit. Ihr Daumen rieb in nervösen Kreisen die Seite ihres Zeigefingers, als sie sich an die Hinrichtungen erinnerte, die anzusehen ihr Vater sie gezwungen

hatte. Deutliche, grauenvolle Bilder in ihrer Erinnerung ließen ihr die Haare zu Berge stehen.
Die Kutsche schwankte heftig zur Seite und wurde langsamer.
»Der Kutscher muß eine Stelle gefunden haben, wo er anhalten kann.« Creighton packte Elizabeth an den Armen. »Könnt Ihr ohne Sattel reiten?«
»Vater hat es verboten.« Was dachte sie sich nur? Dies war nicht der Augenblick für Lügen. Sie sagte hastig: »Ich bin ohne Sattel geritten, wenn niemand zusah, aber das ist Jahre her.«
»Ihr schafft es bestimmt.« Er ließ sie los, zog ein Bündel unter dem Sitz hervor und warf es ihr in die Arme. Der scharfe Geruch von Ziegenkäse verriet ihr, daß das Bündel Proviant enthielt. »Kümmert Euch um den Proviant.« Er rutschte zur Tür. Als die Kutsche langsam genug war, sprang er hinaus, dann begann er nebenherzulaufen.
Mit zitternden Händen schlug Elizabeth ihren Umhang zurück, hängte sich den Samtbeutel über die Schulter und legte dann den Umhang wieder über. Sie vergewisserte sich, daß sie ihre kostbaren Heilkräuter nicht verlieren konnte, schob den Beutel weiter auf den Rücken, ergriff das Bündel mit dem Proviant und wartete ab, bis die Kutsche stand. Dann stieg sie aus und rannte nach vorn.
Creighton und der Kutscher waren dabei, die beiden vordersten Pferde auszuspannen. Elizabeth legte den Proviantbeutel beiseite und begann, alle Geschirrteile zu lösen, deren sie an einem der Pferde habhaft werden konnte. Es schien ewig zu dauern, und die ganze Zeit über meinte sie das Trappeln vieler Hufe näher und näher kommen zu hören.
Endlich waren die beiden Pferde abgeschirrt. Creighton zog seinen Dolch und verkürzte die Leinen zu Zügeln. Er winkte ihr. »Beeilt Euch, Bess. Steigt auf.« Creighton packte sie um die Taille. »Ich nehme den Proviant.« Er schwang sie auf das riesige Pferd, als wäre sie leicht wie eine Feder. Der Wallach wich unter

der ungewohnten Last nervös zur Seite, beruhigte sich jedoch wieder, als sie seinen Hals klopfte. Elizabeth zerrte verlegen an ihren Röcken und mühte sich vergeblich, ihre entblößten Schenkel zu bedecken. »Ich fürchte, wir haben für schamhaftes Benehmen keine Zeit.« Creighton reichte ihr die Zügel. »Das Pferd heißt Soot. Wenn Ihr Schwierigkeiten habt, Euch auf ihm zu halten, krallt Euch in seine Mähne, aber haltet die Zügel fest.«

Während der Kutscher das restliche Gespann zur Seite führte, steckte Creighton seinen Unterarm unter den Knoten des Proviantbündels, saß geschickt auf und wies den Kutscher an: »Fahr nach Tilbury zurück, so schnell du kannst. Wenn wir Glück haben, werden sie dir nachjagen und nicht uns.« Dann wandte er sich an Elizabeth. »Folgt mir.« Er lenkte sein Pferd zu einem so gut wie nicht erkennbaren Pfad, der in nordwestlicher Richtung auf ein Moor zuführte. Sobald die Kutsche davonratterte, schlug er die Zügel auf den Hals seines Tieres und grub die Fersen in dessen Flanken. Das Pferd schoß vorwärts.

Elizabeth kämpfte um sicheren Halt und hoffte inständig, daß sie mit Creighton Schritt halten konnte. Es wurde jedoch bald deutlich, daß sie es nicht schaffte. Der Abstand zwischen ihnen vergrößerte sich. Sie sah Creightons Pferd in elegantem Sprung ein Hindernis nehmen. Sie versuchte, sich auf den Sprung vorzubereiten, doch als sie den schmalen Wasserlauf erreichte, scheute ihr Pferd und warf sie auf das steile Ufer gegenüber.

Elizabeth schlug mit dem Rücken auf dem matschigen Abhang mit einer solchen Wucht auf, daß ihr die Luft wegblieb. Benommen rutschte sie mit den Füßen voran in das kalte, seichte Wasser, während ihr Pferd davonstolperte. Sie war kaum wieder zu sich gekommen, als Creightons Arme sie unter den Achseln packten und sie zu ihm hochzogen.

»Seid Ihr verletzt?« Ärger und Ungeduld in seiner Stimme ließen die Frage wie einen Vorwurf klingen.

»Nein«, würgte Elizabeth hervor. »Nur naß!« Sie riß sich von ihm los und schleppte ihre durchnäßten Röcke durch das brackig riechende Wasser. »Meine Medizin!« Sie tastete panisch nach den Bändern quer über ihrer Brust. »Wo ist der Beutel?«

»Er ist noch da; Ihr seht damit aus wie ein Buckliger.« Creighton griff hinter sie und schob den Samtbeutel an seinen alten Platz. »Ein bißchen zerdrückt, aber nicht zerrissen.« Er klopfte den gröbsten Schmutz von ihrem Rücken. »Euer Pferd ist geradewegs zu meinem gelaufen. Könnt Ihr weiterreiten?«

»Ja.« Elizabeth hob ihre Röcke, um von der Flußsohle das Ufer hinaufzuklettern, doch Creighton gebot ihr Einhalt.

»Wartet!« Er hielt den Atem an und lauschte.

Sie strengte ihre Ohren an und vernahm das Geräusch von Hufschlägen, das der Wind herantrug.

»Sie kommen«, sagte er. »Bleibt hier. Ich bin gleich wieder da.« Er kletterte das Ufer hinauf, schnappte sich Zügel und Proviantbündel und führte die Pferde in das Flußbett hinunter. »Wir können ihnen nicht davonreiten, nicht mit diesen Pferden. Unsere einzige Chance ist, sie abzuschütteln. Aber wenn wir oben am Ufer aufsitzen, werden sie uns sehen.« Er reichte ihr Soots Zügel. »Also müssen wir die Pferde durchs Wasser führen. Das hinterläßt keine Spuren.« Er ging geradewegs ins Bachbett. Elizabeth blieb nichts anderes übrig, als ihm zu folgen.

Der Boden war matschig, das Wasser eisig; ihre Füße schmerzten vor Kälte, ihre Beine zitterten vor Anstrengung, und sie meinte, schon meilenweit gegangen zu sein. Der Bach wurde breiter und tiefer, während das Gelände sich abflachte und sich zu einer moorigen Ebene ausdehnte, auf der sich Sumpfgräser im Wind wiegten. Als das Wasser ihre Taille erreichte, fürchtete Elizabeth um ihre Arzneien, also blieb sie stehen, um sich den Beutel auf den Kopf zu binden.

Als Garrett sich das nächste Mal nach ihr umdrehte, lachte er leise. »Tollen Hut habt Ihr da, Bess.«
Durchgefroren, verängstigt und beleidigt schoß sie zurück: »Es könnte ein Tag kommen, an dem Ihr froh sein werdet, daß ich die Heilkräuter trocken gehalten habe«, und sie deutete auf das Proviantbündel, das von seinem Ellbogen baumelte. »Wenn das alles an Essen ist, was wir haben, schlage ich vor, daß Ihr besser darauf achtgebt. Es wird gleich getauft.«
»Ups.« Creighton hob den Arm an. »Ihr habt recht.« Er steckte seine Pistole und den Pulverbeutel unter den dicken Knoten und legte sich das Bündel über die Schulter.
Der Fluß wurde nun mit jedem Schritt tiefer. Elizabeth schnappte nach Luft, als das kalte Wasser über ihren Bauch stieg, und als die trübe Strömung ihre Achseln erreichte, sagte sie zähneklappernd: »Wenn Ihr uns in noch tieferes Wasser führt, werde ich wohl versinken. Meine Röcke zerren schwer an mir, und ich kann meine Füße kaum noch aus dem Schlamm bekommen.«
Creighton wechselte die Zügel in die Hand mit dem Bündel und beugte sich zurück. Er zog sie an sich, und sein starker Arm hob ihre Füße aus dem Schlamm. »Genau vor uns ist eine kleine Insel mit Gebüsch. Dort können wir uns ausruhen und unsere Kleider trocknen.«
Tatsächlich stieg der Boden wieder an. Als die Rinne nur noch knietief war, setzte Creighton sie ab und lauschte aufmerksam, doch der Wind brachte keinen Laut von ihren Verfolgern zu ihnen herüber.
»Kommt.« Er führte sie durch das dichte Gebüsch, das die kleine Insel bedeckte. Sie brauchten eine Weile, um sich bis zu der kleinen Lichtung in der Mitte durchzuschlagen, aber sobald sie sie erreicht hatten, setzte Elizabeth sich auf den Boden und versuchte, das Wasser aus ihren Röcken zu wringen. Creighton ließ das Proviantbündel neben sie fallen. »Wir können es nicht

riskieren, Feuer zu machen, aber vom Essen sollte uns ein wenig warm werden. Macht uns eine Mahlzeit zurecht. Ich bin gleich wieder da.« Er verschwand im Gestrüpp.

Elizabeth runzelte die Stirn ob seines überheblichen Gebarens, zog mißmutig die Pistole und den Pulverbeutel unter dem Knoten hervor und öffnete das Bündel. Darin fand sie Brot, Käse, getrocknetes Rindfleisch, Zwieback und eine halbvolle Branntweinflasche ohne Etikett.

Fast so gut wie ein Feuer, dachte sie, zog den Korken heraus und roch an der Flasche. Sie wich zurück, als ihr der vertraute rauchige Geruch von Maltwhisky in die Nase stieg – Ravenwolds Lieblingsgetränk –, aber ihr war eiskalt, und der Whisky würde sie ein bißchen wärmen. Sie hielt sich die Nase zu und nahm einen tiefen Schluck. Sofort begannen ihre Augen zu tränen, und ihre Schultern zuckten krampfhaft. Elizabeth japste nach Luft, und dann wurde sie von einem Hustenanfall geschüttelt.

Creighton kam krachend durch das Gebüsch, die Arme voller Riedgräser. »Was ist passiert? Dieses Husten hört man ja eine halbe Meile weit.«

»Nichts ist passiert«, sagte Elizabeth mit erstickter Stimme. Sie funkelte ihn an und nahm einen kleineren Schluck aus der Flasche. Er schmeckte genauso scheußlich wie der erste, aber diesmal waren die Folgen weniger zerstörerisch. Wärme breitete sich von ihrer Kehle in ihre Brust aus.

»Oh.« Er warf einen bedeutungsvollen Blick auf die Flasche, sagte aber nichts dazu. Er legte seine Last ab und begann, mit einer Handvoll Gräser die Pferde trockenzureiben. Elizabeth nippte noch mehrmals am Whisky, bevor Garrett seine Arbeit unterbrach und ihr die Flasche aus der Hand nahm. »Laßt mir auch etwas übrig.«

Zumindest war ihr jetzt wärmer, aber sie hatte kein Gefühl mehr in ihren Lippen. Sie sollte etwas essen. Sie brach ein Stück

Käse ab und steckte es in den Mund; dann riß sie einen Bissen von dem Brot ab und aß es.

Als Garrett mit dem Trockenreiben der Pferde fertig war, nahm er ihnen die Trensen ab und fütterte sie mit zarten Trieben. Dann sammelte er die schmutzigen Gräser neben Elizabeth zusammen und machte daraus ein Lager, das er mit einer Schicht frischer Gräser bedeckte. Er setzte sich auf das provisorische Bett. »Zum Donner, ich bin fast zu müde, um zu essen.«

»Puh.« Er stank nach Pferdeschweiß. Elizabeth wedelte mit der Hand vor ihrer Nase. »Ihr riecht wie ein Stallbursche.«

»Wirklich?« Er lehnte sich vor und roch an ihrem Atem. »Nun, Ihr riecht wie ein Säufer.«

Er griff nach dem Brot, und Elizabeth gab ihm einen Klaps auf die Hand. »O nein, nicht doch. Geht und wascht Euch die Hände.«

»Ihr spielt gern die Herrin, wenn Ihr betrunken seid, nicht wahr, Bess?« Er erhob sich. »Na gut. Ich werde mich waschen, wenn Ihr mir versprecht, heute abend nichts mehr zu trinken.«

Als er zurückkehrte, war er nackt bis zur Taille, hatte seine durchnäßten Kleider über den Arm gelegt, und seine nackten Schultern glänzten dunkel. »Ist es so besser?«

Elizabeth konnte nicht anders, als seinen muskulösen Körper anzustarren. Er war straff und schlank, während Ravenwold schlaff und haarig gewesen war. Sie fragte sich, wie es sich anfühlen würde, mit ihrer Hand über Creightons harte Brust zu streichen, mit den Fingern durch das gelockte Brusthaar zu fahren, das einem goldenen gefiederten Pfeil gleich an seiner Taille spitz zulief. Beschämt wandte sie den Blick ab. »Ich habe nicht gesagt, daß Ihr baden solltet, um Himmels willen. Ihr werdet Euch erkälten.«

»Ich habe nicht gebadet«, antwortete er gutgelaunt. »Ich fand nur, daß dies eine günstige Gelegenheit ist, um meine Kleidung auszuwringen.« Nacheinander drehte er Hemd, Rock und Umhang zusammen und drückte das Wasser heraus, um dann alles wieder anzuziehen.

Elizabeth gähnte gewaltig. Sie wurde allmählich sehr müde. Sie schlang die Arme um die Knie und zog ihren feuchten Umhang fester um sich. »Woher kennt Ihr diesen Ort?«

Er warf ihr dieses aufreizende Lächeln zu. »Das ist nicht das erste Mal, daß ich in diesem Moor gejagt werde, und ich bezweifle, daß es das letzte Mal war.« Er brach ein Stück Käse ab und biß hinein. Dann entkorkte er den Whisky und nahm einen Schluck.

Elizabeth erschauerte. Die Wärme des Alkohols begann allmählich zu schwinden, aber ihre Lippen konnte sie immer noch nicht spüren, und zwischen den Beinen hatte sie ein eigentümliches, taubes Gefühl. »Und nun?«

»Warten wir.«

»Worauf?«

»Darauf, daß sie uns finden.« Creighton sah zu den Pferden. Ein leichter Dampf stieg von ihrem Fell in die kühle Luft auf. »Oder bis zum nächsten Sonnenuntergang. Je nachdem. Wir werden sehen.«

»Oh.« Sie rollte sich auf der dünnen Schicht Laub zu einem zitternden Ball zusammen.

»So könnt Ihr nicht schlafen, Bess. Ihr werdet erfrieren.« Creighton klopfte auf das dicke Lager aus Riedgräsern. »Das habe ich für uns beide gemacht.« Er streckte seine Hand aus. »Wenn wir diese Nacht überstehen wollen, müssen wir uns zusammentun.«

Zu müde und verfroren, um mit ihm zu streiten, kroch sie an seine Seite.

»Ich werde Euch warm halten. Und sicher.« Creighton öffnete seinen Umhang und zog sie eng an sich, um sie beide darin ein-

zuwickeln. Er legte ihren Kopf an seine Schulter. »Warum singt Ihr uns nicht in den Schlaf? Nur ein kleines Liedchen.«
Elizabeth wurde steif. »Ich sagte Euch schon, daß ich nicht für Euch singen werde. Ihr könnt mich nicht dazu zwingen.«
»Schade.« Seine Arme drückten sie fest an ihn. »Aber ich werde nicht aufgeben und weiter darum bitten.« Sein Körper strahlte eine fast unnatürliche Hitze ab.
Erschöpft schloß sie die Augen und spürte, wie seine Wärme die Anspannung in ihrem Körper löste, doch sie schlief nicht gleich ein. Der Wind pfiff in Böen durch die hohen Gräser, und Wellen schwappten ans Ufer der kleinen Insel. Über ihr tanzten die Zweige wild mit dem Wind. Bei jedem leisen Geräusch war sie sicher, daß sie die Soldaten kommen hörte.
Bald wird die Woche vergangen sein, sagte sie sich, und ich werde sicher in meinem eigenen Bett auf Ravenwold liegen. Dann werde ich darüber lachen, wie ängstlich ich war. Zu ihrem Erstaunen merkte sie, daß sie einnickte.
Sie träumte von Pferden, die durch das Wasser platschten. Dann roch sie sie, genau vor ihrer Nase, einen Augenblick bevor Creightons Hand ihren Mund verschloß. »Keinen Laut«, flüsterte er heiß an ihrem Ohr.
Elizabeth nickte, riß die Augen auf und blickte in fahles Morgenlicht. Das platschende Geräusch der Pferde war wirklich, und es war nah.
Creighton löste sich von ihr und schlich über die winzige Lichtung, um sich zwischen die Pferde zu stellen. Mit sanftem Streicheln ihrer Nüstern hielt er sie ruhig.
Elizabeth lugte durch das dichte Blätterdach, das sie schützte. Sie konnte ein Stückchen wolkenverhangenen grauen Himmel sehen, doch sie wußte nicht, wie spät es war. Ihren steifen Gliedern zufolge hatte sie einige Stunden geschlafen. Ängstlich starrte sie Creighton an.
Sie betete stumm: Lieber Gott, laß die Pferde ruhig bleiben.

Zu ihrer Rechten, kaum mehr als zehn Meter entfernt, konnte sie das Platschen der Pferde der Roundheads im seichten Wasser hören und das Pfeifen der Schwerter, die das hohe Schilfgras zerschnitten. Dann verebbten die Geräusche allmählich.

»Sie reiten weiter«, hauchte Creighton.

Sie wagte kaum zu atmen, bis die Geräusche verstummten. Dann begann sie schrecklich zu zittern.

Creighton ließ die Pferde stehen und zog sie zu sich unter seinen Umhang, aber sie hörte nicht auf zu zittern. Er wiegte sie in seinen Armen und flüsterte: »Ist schon gut, Bess. Alles wird gut. Es ist gut.«

Wie konnte er das versprechen? Das Leben hatte sie oft genug eines Besseren belehrt.

Er strich ihr das Haar aus der Stirn. »Es wird alles gut, Bess, das verspreche ich Euch. Eines Tages werden wir uns hieran erinnern und darüber lachen.«

Sie glaubte ihm nicht, aber seine Worte beruhigten sie, und es fühlte sich gut an, so gehalten zu werden. Gegen ihren Willen entspannte sie sich langsam in seiner Umarmung.

Immer wieder murmelte er sacht in ihr Haar: »Alles wird gut, es wird alles gut.«

Wie sehr sie sich das wünschte.

Garrett hielt Wache, während Bess unruhig den Tag verschlief. Er wartete, bis das letzte Dämmerlicht verloschen war, bevor er sie weckte. »Aufwachen, Bess. Wir müssen weiter.« Als er sie schüttelte, zog sie die Brauen zusammen, drehte sich auf die Seite und murmelte unverständliches Zeug.

Er mußte lächeln. Sie schlief so tief, und das inmitten eines Moores! Garrett mußte zugeben, die Frau war stark. Sie hatte einen kühlen Kopf bewahrt unter Umständen, die die meisten Frauen, die er kannte, völlig aus der Fassung gebracht hätten.

Und sie hatte sich nicht beklagt, obwohl ihr jämmerlich zumute gewesen sein mußte.
Er schüttelte sie wieder. »Wir müssen aufbrechen.«
Sie gähnte und streckte sich ausgiebig.
Schlammbesudelt und verstrubbelt, wie sie war, durchfuhr ihn dennoch beim Anblick ihres Körpers, der sich in dem feuchten Umhang reckte, ein unerwarteter Stich der Erregung. Dies ist nicht der Zeitpunkt für solche Gedanken, schalt sich Garrett. Er stand auf und zog sie neben sich auf ihre Füße.
Unsicher hielt sie sich an seinem Mantel fest, bis sie richtig stehen konnte. Bess sah sich um. »Es ist so finster wie in einem Sarg. Wie sollen wir hier herausfinden?« fragte sie angespannt.
»Ich könnte mit verbundenen Augen zur Straße zurückfinden.« Garrett konnte ihr nicht verdenken, daß sie Angst hatte. Selbst wenn die Roundheads die Suche im Moor aufgegeben hatten, würden sie nicht aufhören, sie zu jagen, und royalistisches Gebiet war noch weit weg.
Er griff in sein Hemd und holte den Lederbeutel hervor, den er für Notfälle bei sich trug. Garrett drückte Bess die Börse in die Hand und schloß ihre Finger darum. »Hier ist genug Gold, daß Ihr jederzeit jemanden bestechen könnt und immer noch etwas für Kleidung und frische Pferde übrig habt. Falls wir getrennt werden, benutzt das Geld, um so rasch wie möglich nach Ravenwold Castle zu kommen. Wir treffen uns dort. Ihr solltet das Geld sicher verstauen.« An die Dunkelheit gewöhnt, konnte er sehen, wie sie die Börse zwischen ihre Brüste steckte, und mit merkwürdiger Befriedigung beobachtete er, wie der Beutel, noch warm von seinem Körper, nun zwischen Bess' Brüsten ruhte, Brüsten, die er noch zu erkunden hatte.
Er konzentrierte seine streunenden Gedanken wieder auf vordringlichere Angelegenheiten. »Ich habe schon gegessen,

aber Ihr solltet noch einen Bissen zu Euch nehmen, bevor wir aufbrechen.«

»Das Wichtigste zuerst. Ich bin gleich wieder da.« Anstatt etwas zu essen, verschwand Bess im Gebüsch. Nachdem sie sich erleichtert hatte, kam sie zurück und nahm etwas Brot und Käse, während er die Pferde aufzäumte.

Garrett nahm die Zügel beider Pferde in eine Hand und Bess an die andere. »Haltet Euch einfach an mir fest.« Sobald sie aus dem Gebüsch heraus waren, half er ihr aufzusteigen, saß dann selbst auf und lehnte sich zu ihr hinüber. »Gebt mir Eure Zügel.«

Wortlos gab sie ihm die Zügel und ritt steif und stumm hinter ihm her.

Als sie sich der Straße näherten, führte Garrett sie kurz davor in ein Gebüsch. »Wartet hier, bis ich überprüft habe, ob die Luft rein ist.« Sie blieb stocksteif stehen. Wenn Bess eines konnte, war es, völlig still zu sein.

Nachdem Garrett sich überzeugt hatte, daß sich weit und breit keine Roundheads befanden, holte er Bess aus ihrem Versteck. »Die Fähre ist nicht weit, und der Fährmann ist ein treuer Diener der Krone. Wir können sicher übersetzen. Drüben reiten wir dann über offenes Gelände in Richtung Kingsford. Wenn wir es vor dem Morgengrauen schaffen, weiß ich eine Höhle, in der wir uns verstecken können.«

Sie erreichten die Fähre ohne jeden Zwischenfall, setzten über und ritten stundenlang über Wiesen und Feldern. Der dunkle, wolkenverhangene Himmel begann bereits silbrig zu schimmern, als Garrett das Waldstück erblickte, das er gesucht hatte. Er lenkte sein Pferd in den dichten Eichenwald, und Bess, die sich sonst immer kerzengerade hielt, folgte ihm, vor Erschöpfung auf ihrem Pferd vornübergebeugt.

Trockenes Laub bedeckte den Waldboden, so daß sie sich nicht lautlos bewegen konnten, doch bald entdeckte Garrett die Fels-

nase an der Schlucht. Er saß ab. »In dieser Schlucht gibt es eine Höhle, in der wir uns verstecken können.«
Elizabeth starrte hinunter und fragte ungläubig: »Seid Ihr sicher, daß dies der Ort ist, den Ihr suchtet?«
»Ziemlich sicher.« Garrett betrachtete noch einmal die Umgebung. »Ich kann es selbst kaum glauben, daß ich mich nach so langer Zeit noch erinnern kann.«
»Bitte helft mir herunter. Meine Beine sind völlig taub.« Bess streckte die Arme aus.
Garrett staunte über die Art, wie sie das sagte. Sie klagte nicht, sondern stellte nur eine Tatsache fest. Er langte hinauf und half ihr abzusitzen. Sie versuchte zu stehen, aber ihre Knie gaben nach.
Garrett fing sie auf. »Legt Eure Arme um meinen Nacken. Die Schlucht ist ziemlich steil.« Er führte die Pferde am Rand entlang, bis der Abhang sich etwas abflachte, und stieg dann die Böschung hinunter. Auf halber Höhe fegte er ein Gewirr von Ranken wilden Weins beiseite, um eine Öffnung in der Felswand, größer als eine Tür, zum Vorschein zu bringen. »Jawohl! Da ist sie.«
Elizabeth klammerte sich in Angst vor Schlangen und Spinnen fest an ihn, während er sich mit den Zügeln in der Hand an den Ranken vorbeidrückte. Die Pferde wollten den beengten Raum zuerst nicht betreten, ließen sich aber schließlich doch hineinziehen. Durch den Eingang drang genug Tageslicht, um die Höhle dahinter zu erleuchten.
Als Garrett die Pferde hineingeschafft hatte, warf er die Zügel über ihre Rücken und ließ Bess langsam auf einen großen Felsbrocken sinken. »Wartet einen Moment, ich mache uns gleich ein Feuer.«
»Was ist mit dem Rauch? Werden wir nicht ersticken?« Wie immer zweifelte sie an seiner Entscheidung. Ihre Fragen waren zwar sinnvoll, aber es waren eben Fragen.

»Nein.« Er deutete auf einen tiefen Riß in der rußigen Decke der Höhle. »Der ganze Rauch verschwindet durch diesen Spalt. Es muß darüber irgendwo eine Öffnung geben, so etwas wie ein Kamin.« Garrett tastete einen schmalen Vorsprung ab, bis er mehrere Feuersteine zum Vorschein brachte. Am Höhleneingang fanden sich viele trockene Weinranken als Brennstoff. Bald loderte eine helle Flamme auf der geschwärzten Feuerstelle in der Mitte der Höhle. »So. Wie findet Ihr das?« Als sie nicht antwortete, drehte er sich um und sah, daß sie nicht mehr auf dem Felsbrocken saß. »Bess?«

Keine Antwort.

Auf dem Weg nach draußen traf er sie direkt vor der Höhle, beladen mit Zweigen und Ästen.

»Hier.« Sie ließ ihre Last fallen, humpelte zum Feuer und hielt ihre Hände darüber. »Mmmm. Das tut gut.«

»Ihr humpelt ja.«

Sie schaute ihn an, als habe er gerade verkündet, daß Menschen atmen müssen. »Ich kann mich kaum bewegen.« Sie ließ sich unter Schmerzen am Feuer nieder. »Ich sagte doch, es ist Jahre her, seit ich ohne Sattel geritten bin. Außerdem reite ich überhaupt nicht mehr viel.«

»Oh.« Garrett schichtete das Feuerholz in sicherer Entfernung von den Flammen auf und ging dann zu Bess hinüber, um sie genau anzuschauen. Seine eigenen Kleider waren fast trocken, aber ihre schienen immer noch durchweicht zu sein. »Wenn Ihr Euch um das Feuer kümmert, kann ich hinausgehen und weiteres Holz sammeln.«

»Das ist gut.« Elizabeth sah ihm ängstlich nach. Sie hatte zwar bisher noch keine Spinnen gesehen, aber sie war nicht gern allein an diesem Ort.

Ein lautes Rascheln am Höhleneingang ließ sie herumfahren. Zu ihrer Erleichterung erkannte sie Garretts große Silhouette im Durchgang, ein Bündel langer Äste hereinschleifend. Drei

davon stellte er neben dem Feuer wie Zeltstangen gegeneinander. »Gebt mir Euren Umhang, ich breite ihn zum Trocknen über diese Zweige aus.«
Sie öffnete ihren Umhang, reichte ihn Garrett und kauerte sich dann dicht ans Feuer. Ihre schlammbesudelten Kleider waren immer noch vollgesogen, und obwohl auch der Umhang feucht gewesen war, hatte er doch das bißchen Wärme festgehalten, das ihr Körper produzierte, und ohne den Mantel begann sie wieder zu zittern. Während Garrett den Umhang über die Zweige drapierte, rieb sie sich die Arme.
Garrett hörte ihr Zähneklappern und wandte sich um. »Immer noch so kalt?« Als er ihre Hand nahm, war sie so eisig wie die einer Toten. »Ihr erfriert ja«, schalt er sie. Er ging um sie herum, setzte sich hinter sie, wickelte sie beide in seinen feuchten Umhang und zog sie zu sich heran. Als sie sich wehrte, sagte er: »Es wird Euch nicht helfen, wenn Ihr Euch so steif macht, Bess. Ich werde Euch nicht loslassen, jedenfalls nicht, bis Euer Mantel trocken ist.«
Stures Weib. Sie konnte seine Nähe nicht ertragen, außer wenn sie betrunken war. Wovor hatte sie solche Angst? Er hatte ihr geschworen, sich ihr nicht aufzudrängen.
Dann erinnerte Garrett sich daran, wie sie sich in der ersten Nacht in der Kutsche wie eine Weinranke an ihn geschmiegt hatte, und ihm wurde klar, warum sie seine Nähe mied: Sie traute sich selbst nicht.
Natürlich. Das ergab einen Sinn.
Sie wollte im Arm gehalten werden, aber irgendein innerer Zwang erlaubte es nicht.
Er verschränkte die Arme auf ihrer Brust, doch sie blieb stocksteif. *Du weißt es noch nicht, aber ich werde dich so oft im Arm halten, wie ich Gelegenheit dazu bekomme, und du wirst lernen, es zu mögen. Es könnte eine Weile dauern, aber ich schwöre dir, du wirst lernen, es zu mögen.* Bis Bess sich in seiner Nähe sicher fühlte,

würde er bei ihr nicht sicher sein, und Garrett hatte nicht die Absicht, Ravenwold in sein frühes Grab zu folgen.

Elizabeth genoß die Wärme, die von Creightons Körper ausging, und stellte verblüfft fest, daß sie seine Umarmung genoß. Seine Hitze war so angenehm wie ein heißer Ziegelstein in einer kalten Nacht im Bett. Irgendwie hatte sie nicht soviel Angst, wenn er sie umarmte. Sie hatte sich an seinen Geruch gewöhnt und an seine Wärme.

Vielleicht sollte sie diese Wärme doch genießen. Das bedeutete ja nicht, daß sie ihn liebte. Sie fühlte ihre Anspannung weichen und ließ sich an ihn sinken. Dann spürte sie eine verräterische harte Schwellung an ihrem Steißbein.

Sie schnappte nach Luft und versuchte sich zu befreien, doch Creighton hielt sie nur noch fester und schloß seine großen Hände um ihre Unterarme. Seine Stimme klang fest. »O nein, Ihr werdet sitzen bleiben. Ich werde Euch warm bekommen, Bess, und dabei bleibt es.« Als sie weiter gegen ihn ankämpfte, bellte er: »Hört auf damit! Ich bin genauso müde und kaputt wie Ihr, und ich habe keine Geduld für solchen Unsinn. Haltet still, oder ich –«

Elizabeth erstarrte. »Oder Ihr tut was?« Endlich zeigte er sein wahres Gesicht.

»Nur zu. Ihr werdet was?«

»Ich hasse es, wenn Ihr Euch so benehmt«, brummte er gereizt. Er lockerte seinen Griff, doch seine muskulösen Arme drückten sie immer noch an ihn. »Wenn ich das kleinste bißchen Verärgerung zeige, werdet Ihr ganz still und seid verängstigt wie ein Kaninchen, das von Jagdhunden umzingelt ist.«

Elizabeth antwortete nicht, aber versuchte auch nicht wieder, ihm zu entkommen. Sie würde seine Wärme annehmen, und sie würde ihm erlauben, sie zu beschützen – für den Moment jedenfalls –, aber wer würde sie vor Creighton beschützen?

Sie kannte die Antwort. Sechs Jahre mit Ravenwold hatten ihr das unmißverständlich klargemacht.
Niemand würde sie vor ihrem Mann schützen. Niemand konnte das.

Dreizehntes Kapitel

Mitten in der Nacht erwachte Elizabeth zusammengerollt und an Creighton geschmiegt. Sie blinzelte in die bedrückende Dunkelheit. Zunächst schien es so finster wie in einer Gruft zu sein. Dann erkannte sie winzige bernsteinfarbene Pünktchen, die in der Asche des niedergebrannten Feuers glühten. Sie fühlte sich steif wie eine Tote, verhielt sich aber still. Creightons Arme und sein Mantel umfingen sie und schufen einen Kokon der Wärme auf dem kalten Steinboden. Sie konnte Garretts Atem heiß und regelmäßig an ihrem Hinterkopf spüren.

Elizabeth war froh, daß Creighton ihr Gesicht nicht sehen konnte. Sie schloß die Augen und genoß weiter die Wärme. Sie kuschelte sich an ihn und fühlte sich nicht nur wohl in seiner Hitze, sondern auch sicher in seiner Nähe und geborgen in seinen Armen. Dann spürte sie die gleiche harte Schwellung an ihrem Steißbein wie am Abend zuvor.

Selbst noch im Schlaf verriet Creightons Körper seine Lust.

Bemüht, ihn nicht zu wecken, wand sie sich aus seinen Armen und sagte sich, daß er auf alles so reagiert hätte, was einen Rock trug. Er begehrte nicht sie. Er wollte eine Frau – irgendeine Frau.

Unglücklich und steif tastete sie nach einem Stock, um die Glut anzufachen, und nährte dann die glühende Seele des Feuers mit kleinen Zweigen. Eine helle Flamme züngelte auf, dann eine weitere. Bess starrte in das auflodernde Feuer und wünschte, ihre eigene Seele wäre ebenso einfach wieder zum Leben zu erwecken. Doch das war nicht möglich. Charlottes Tod hatte sie zu Asche verbrannt, und die erzwungene Bindung an Creighton hatte das letzte Fünkchen erstickt.

Creighton rollte sich auf den Rücken und räkelte sich. »Ummm. Keine besonders gute Matratze.« Dann stand er auf und dehnte seinen Rücken. Goldene Bartstoppeln glänzten auf seinem Kinn, und sein goldbraunes Haar stand wie eine Löwenmähne um sein Gesicht. Selbst so verwuschelt sah er aufreizend gut aus.

Elizabeth fiel ein, daß sie selbst vermutlich aussah wie eine alte Hexe, und sie versuchte die wirren Strähnen festzustecken, die sich aus ihrem Knoten gelöst hatten.

Creighton gähnte ausgiebig. »Was haben wir noch zu essen übrig?«

Sie knüpfte das Baumwolltuch auf und betrachtete den mageren Inhalt. »Ein paar Bissen Käse und drei Stück Zwieback.« Sie teilte das verbliebene Essen und ließ sich mit ihrem Anteil auf einem niedrigen Vorsprung nieder, während Creighton auf dem Felsbrocken ganz in der Nähe Platz nahm. Ohne Wasser war das Essen nicht leicht zu schlucken, doch Elizabeths Magen drehte sich schon bei der Vorstellung um, die trockenen Bissen mit Whisky hinunterzuspülen. Creighton allerdings hatte nichts dagegen. Mit ein paar kurzen Schlucken leerte er die Flasche, ohne sich schütteln zu müssen. Als sie aufgegessen hatten, erhob er sich. »Wir sollten gehen. Sammelt Eure Sachen zusammen, Bess. Ich hole Euren Mantel.« Er nahm den Umhang von seinem Trockengestell. Mit einigen kräftigen Schlägen entfernte er einen Großteil des getrockneten Schlamms, der noch in dem dicken Wollstoff hing. »Wieder ein bißchen abgenutzter, aber trocken.«

Elizabeth stand auf und nahm den Samtbeutel mit den Heilkräutern an sich. Creighton legte ihr den Umhang über die Schultern und ließ seine Hände einen Moment dort ruhen. Sie wartete, bis er sie losgelassen hatte, und trat dann zurück. »Danke.«

Wie am Tag zuvor schüttelte sie den Mantel von einer Schulter, so daß sie sich die langen Schnüre des Beutels umlegen konnte. Während sie das Bündel auf den Rücken schob, zog Creighton ihr den Umhang zurecht und schloß ihn unter ihrem Kinn.

Er lachte auf. »Das ist eine gute Verkleidung. Wie ich schon sagte, Ihr seht aus wie eine Bucklige.«

Elizabeth zog beleidigt die Brauen zusammen. »Nun, wir dürfen die Leute nicht denken lassen, daß der hinreißende Viscount Creighton eine Bucklige geheiratet hat, nicht wahr?« Sie griff unter ihren Umhang und zerrte den Beutel nach vorne.

»Ah. Das ist sogar viel besser.« Creightons blonde Brauen schnellten in die Höhe, und seine blauen Augen richteten sich auf die Wölbung vor ihrem Bauch. »Nun seht Ihr aus, als bekämt Ihr ein Kind von mir.« Er grinste. »Sehr bald.«

Verletzt blaffte sie: »Ich gelte lieber als Bucklige.« Aber sie ließ das Bündel, wo es war. Näher würde sie der Rolle einer werdenden Mutter niemals kommen.

Er nahm die Zügel beider Pferde. »Wißt Ihr noch, was Ihr tun sollt, falls wir getrennt werden?«

»Ihr habt es mir auf der Fähre dreimal erklärt.« Elizabeth riß ihm Soots Zügel aus der Hand. »Ich bin kein kleines Kind. Ich kann es mir merken.«

»Natürlich.« Er bedeutete ihr voranzugehen und folgte ihr zum Ausgang. »Aber falls wir getrennt werden und Ihr Gwynneth und die anderen in Salisbury nicht finden könnt ...«

Offensichtlich würde er ihr keine Ruhe lassen, bis sie seine Anweisungen ein weiteres Mal wiederholte. Sie blieb stehen, drehte sich um und wiederholte: »Ich gehe zur anglikanischen

Kathedrale in Salisbury und suche Pfarrer Sneed auf, kaufe Proviant und reise so schnell wie möglich nach Ravenwold Castle.«

»Richtig.«

Elizabeth führte Soot hinaus in den dunklen Wald. Glücklicherweise war diese Nacht nicht so kalt und windig wie die letzte. Ihre Kleider waren noch immer ein wenig feucht, aber der trokkene Mantel schützte sie, und sie bemerkte kaum die klamme Feuchtigkeit in ihren schmutzigen Kleidern und Strümpfen.

Creighton führte sie geradewegs zu einem nahegelegenen Bach. Nachdem die Pferde dort getrunken hatten, half Creighton Bess aufzusitzen, um sich danach auf sein Pferd zu schwingen. »Mir nach.«

Trotz ihrer schmerzenden Muskeln folgte sie ihm mit etwas mehr Zuversicht als in der vergangenen Nacht. Sie gewöhnte sich ans Reiten ohne Sattel, hätte aber immer noch viel für einen guten Sattel gegeben.

In gleichmäßigem Tempo führte Creighton sie durch nachtschwarze Wälder, über Felder und längst vergessene Straßen, zwischen deren großen Pflastersteinen Unkraut wucherte, entlang. Sie hoffte nur, daß Garrett den Weg wirklich so genau kannte, wie er vorgab.

Sie hielten zweimal an, um die Pferde zu tränken und ihnen eine Ruhepause zu gönnen. Sie selbst hatten nichts zu essen, und Elizabeth hatte das Gefühl, als hätte sie ein Loch im Bauch. Als Creighton ihr nach ihrer zweiten Rast wieder auf den Wallach half, hörte er ihren Magen knurren. »Wenn es hell wird, besorge ich uns etwas zu essen. Es ist ein Risiko, aber wir werden es eingehen müssen.« Er schwang sich auf sein Pferd; ihm schien sein üblicher Wagemut zu fehlen. »Aber wenn wir in Schwierigkeiten geraten, müßt Ihr tun, was ich Euch sage. Wenn ich sage lauft, dann lauft. Stellt keine Fragen, tut es. Wenn ich sage, bleibt ruhig und bewegt Euch nicht, dann seid

Ihr ruhig und bewegt Euch nicht. Andernfalls bringt Ihr uns vielleicht beiden den Tod. Habt Ihr das verstanden?«

Elizabeth richtete sich auf. »Ja.« Das war die Art von Mann, die sie verstand – der Diktator, der absoluten, blinden Gehorsam verlangte. Sie verdankte ihrem Vater und Ravenwold reichlich Erfahrung mit solchen Männern. Und diese Art gefiel ihr bei Creighton ebensowenig wie bei den beiden anderen.

Als sich der Himmel im Osten zu einem blassen Grau aufgehellt hatte und ihr bestätigte, daß sie tatsächlich nach Südwesten geritten waren, zügelte Creighton sein Pferd am Rande eines Dickichts, von dem aus er einen kleinen verschlafenen Marktflecken überblicken konnte. Er schaute stirnrunzelnd zu dem Ort hinunter.

Elizabeth ritt an seine Seite. »Wie heißt dieser Ort?«

»Ich bin nicht sicher. In dieser Gegend war ich noch nie.«

»Ihr? Nicht sicher? Das ist ja eine völlig neue Wendung.«

Er ließ sich nicht triezen und holte tief Atem, die Stirn vor Konzentration gefurcht. »Könnte Alton sein. Aber es könnte auch Farnham sein, oder sogar Guildford.« Er zeigte auf ein Fachwerkhaus mit einem Schild über der Tür. »Aber ich erkenne eine Wirtschaft, wenn ich eine sehe.« Er betrachtete den östlichen Horizont. »Es könnte verdächtig erscheinen, wenn ich zu dieser Stunde da unten ankomme. Ich warte lieber, bis die Sonne aufgegangen ist.« Er trieb sein Pferd in ein nahes Eichenwäldchen. »Kommt. Wir können den Pferden ein paar Stunden Rast gönnen. Dann reite ich allein in den Ort und kaufe uns Proviant.«

»Allein?« Bess folgte ihm. »Ihr würdet mich hier völlig schutzlos zurücklassen?«

Creighton brachte sein Pferd zum Stehen und saß ab. »Wenn sich dort unten eine Garnison der Roundheads befindet, seid Ihr viel sicherer, wenn Ihr hier auf mich wartet. Und ich werde es leichter haben, wenn ich mich nicht noch um Euch kümmern muß.«

»Ach, wirklich?« Müde und gereizt rutschte sie vom Pferd und band Soot bei einem Fleckchen saftigen Grases an. Dann setzte sie sich neben einen Baum und lehnte ihre schmerzenden, erschöpften Glieder in die Nische zwischen zwei Wurzeln.

Creighton band sein Pferd bei ihrem an und postierte sich neben einem wilden Fliederbusch, um zu beobachten, wie der Ort zum Leben erwachte. Die Sonne stand bereits hoch am Himmel, als er aufstand und sich den Schmutz von den Hosen klopfte. »Haltet die Augen offen, Bess. Ich gehe jetzt ins Dorf.« Den Hut in der Hand, band er sein Pferd los und führte es zur Straße.

Elizabeth eilte ihm nach, entsetzt darüber, daß er sie allein zurückließ. »Wartet. Ihr könnt mich nicht einfach hierlassen. Wenn mich jemand sähe! Ich sehe ja aus wie eine Bettlerin.«

Er zeigte wieder sein spöttisches Lächeln. »Eine hochschwangere Bettlerin. Wenn Ihr Euren Mantel geschlossen haltet, glaube ich kaum, daß Euch jemand etwas tun wird.«

Schwanger? Elizabeth schüttelte sich. Ein wohlerzogener Mann würde niemals ein solches Wort aussprechen; besonders nicht mit Blick auf seine Ehefrau. »Keine anständige Frau reist allein über Land. Was ist mit Wegelagerern? Und Räubern? Um die Roundheads gar nicht zu erwähnen. Gütiger Himmel, Mann. Wißt Ihr, was die Roundheads machen, wenn sie eine Frau allein finden? Ich habe gehört, daß sie –«

»Reißt Euch zusammen, Weib!« Er blieb abrupt stehen, so daß sie plötzlich anhalten mußte, um nicht in ihn hineinzulaufen. »Manchmal muß man das kleinere von zwei Übeln wählen. Es gefällt mir nicht, Euch allein zu lassen, aber es muß sein.« Er hob ihr Gesicht zu seinem empor. »Wenn irgend etwas schiefgeht, wartet nicht auf mich. Die Straße nach Winchester kreuzt diese hier ein paar Meilen hinter uns. Folgt ihr, aber seid vorsichtig. Wenn auf der Straße viel Verkehr herrscht, reitet so schnell wie möglich querfeldein nach Westen.« Er zeigte in die der aufgehenden Sonne entgegengesetzte Richtung. »Da ist Westen.«

Elizabeth befreite ihr Kinn mit einem Ruck aus seiner Hand. »Ich kann Osten und Westen unterscheiden, Sir.«

Er lächelte gequält. »Man kann etwas durcheinanderkommen, wenn man gejagt wird. Glaubt mir, ich weiß das.« Er fuhr sich mit den Fingern durch die dicken Locken an seinen Schläfen. »Die Straße nach Winchester bringt Euch nach einem Tagesritt auf königstreues Gebiet. Haltet nicht an, bis Ihr die Stadt erreicht habt. Dort könnt Ihr eine Kutsche mit Gespann und Fahrer mieten, die Euch nach Salisbury bringt.«

Mit besorgter Miene beugte er sich vor, als wolle er ihren Duft riechen. »Wenn Ihr Euch in Salisbury an Pfarrer Sneed wenden wollt, vergeßt nicht, meinen Namen zu erwähnen. Ich war sein Schüler. Er wird Euch helfen.«

»Das sagtet Ihr bereits. *Viermal.*« Ihr Ärger verrauchte. Machte er sich wirklich Sorgen um sie? Merkwürdig, wie es sie im Innersten schmerzte, ihn in die Gefahr reiten zu sehen. Sie hatte sich daran gewöhnt, ihn um sich zu haben. Der Geruch seiner Haut, seine Arme, die sie nachts umschlangen. Bis zu diesem Augenblick war Elizabeth nicht klargeworden, wieviel Kraft sie aus seiner körperlichen Nähe schöpfte.

Creighton blickte zum Ort hinunter. »Wenn sich herausstellt, daß dieser Flecken ein Stützpunkt der Roundheads ist, werden wir beide um unser Leben reiten müssen.« Unvermittelt zog er sie unsanft an sich und küßte sie heftig. Sein hungriger Mund preßte sich fordernd auf den ihren.

Elizabeth zögerte im ersten Moment, und dann wurde sie von einem schwindelerregenden Gefühlsstrudel erfaßt. Der starke, vertraute Druck seiner Arme, der unverwechselbare Geruch seiner Haut, der Geschmack seiner Lippen auf ihren, die über-

raschende Seidigkeit seiner Haare, in die sie mit beiden Händen fuhr, raubten ihr fast die Sinne.
Ihr Gesicht glühte, doch ihre Füße waren eiskalt. Ihr Herz pochte wild, und sie vibrierte bis in die Fingerspitzen. Zum ersten Mal in ihrem Leben erfuhr sie, was es heißt, den Kuß eines Mannes zu genießen. Und dann, so plötzlich wie er begonnen hatte, war der Kuß vorbei. Creighton stellte sie behutsam wieder auf den Boden und wandte sich ab.
Er band sein Pferd los und sah sich dann mit ernster Miene nach ihr um. »Ihr müßt mir etwas versprechen, Bess.«
Sie versuchte, ihre Fassung wiederzugewinnen, und hauchte: »Was?«
Creighton saß auf, und seine Augen sprühten schelmisch. »Wenn sie mich töten, versucht bitte, mich wenigstens ein bißchen zu betrauern.« Während sie um eine passende Antwort rang, lenkte er sein Pferd auf die Ortschaft zu und trabte davon.
Warum hatte er das gesagt? War diese Bitte eine versteckte Anspielung auf jene Nacht vor drei Jahren auf Ravenwold Castle?
Sie war nicht sicher. Und sie wußte auch nicht, ob sie Creightons Tod betrauern würde. Sie sah ihm nach und bedachte diese Aussicht, und das Herz drehte sich ihr im Leibe um.
Nein. Sein Tod würde ihr keine Freude bringen.
Aber er würde ihr die Freiheit bringen.
Sie bekreuzigte sich und sprach drei Vaterunser als Buße für diesen Gedanken. Dann eilte sie zu dem Fliedergebüsch auf dem Hügel zurück. Sie suchte sich einen Platz, von dem aus sie den Ort überblicken konnte, ohne selbst gesehen zu werden, und setzte sich, um Creighton zu beobachten.
Er ließ sich Zeit, zügelte am Ortseingang sein Pferd zum Schritt und ritt bis zum Gasthaus. Sie sah ihn absitzen und hineingehen. Sie starrte auf das Gebäude, während ihr Daumen in nervösen Kreisen die Kuppe ihres Zeigefingers rieb.
Einige endlose Minuten verstrichen, bevor ein kleiner Junge

um die Ecke der Wirtschaft gelaufen kam. Er sauste über eine Wiese und in ein Haus, das aussah wie ein Gildenhaus.

Wahrscheinlich nichts, worum man sich Sorgen machen mußte, sagte sich Elizabeth. Dann sah sie ein halbes Dutzend schwarz gekleideter Männer aus dem Gebäude kommen und zum Gasthaus rennen. Angst schnürte ihre Brust zusammen. Roundheads! Zwei der schwarzgekleideten Männer gingen zur Hintertür, während der Rest den Vordereingang nahm.

Creighton war den Roundheads direkt in die Arme geritten.

Elizabeth schlug sich voller Verzweiflung die Fäuste vor den Mund und stöhnte.

Unten flog einer der schwarzgekleideten Männer aus einem seitlichen Fenster des Wirtshauses und landete wie ein Mehlsack vor Creightons Pferd. Creighton kam ihm nachgesprungen, rollte sich aber gelenkig wie ein Akrobat wieder auf die Füße.

Der Soldat wollte sich erheben, doch Creighton verpaßte ihm einen gutgezielten Tritt unters Kinn, schwang sich auf sein Pferd und ritt im gestreckten Galopp nach Norden.

Elizabeth beobachtete mit Schrecken, wie zwei der Soldaten aus dem Gasthaus wankten und Alarm gaben. Innerhalb von Minuten donnerten über ein Dutzend berittener Männer hinter dem Rathaus hervor und nahmen die Jagd auf Creighton auf.

Sie mußte weg.

Nach Westen. Ein paar Meilen hinter ihr, auf die Straße nach Winchester.

Mit klopfendem Herzen führte sie ihr Pferd zu einem Baumstumpf, von dem aus sie sich auf Soots Rücken schwang. Sie ritt den Weg zurück, den sie gekommen waren, schlug dem Tier mit ganzer Kraft mit der flachen Hand auf die Kruppe und rammte ihm die Fersen in die Flanken. »Los, Soot! Lauf!«

Zugpferde züchtet man auf Kraft und Ausdauer hin, nicht auf Schnelligkeit. Selbst im Galopp konnte Soot sich nicht mit Ka-

valleriepferden messen. Elizabeth betete, daß die Roundheads sie nicht verfolgen würden.
Ihr Ehemann hatte sie fortgelockt, hatte sein Leben aufs Spiel gesetzt, um sie zu schützen, doch sie durfte sich jetzt nicht erlauben, darüber nachzudenken. Sie mußte sich konzentrieren. Sich auf dem Pferd halten. Die Straße nach Winchester finden.
Es schien ihr eine Ewigkeit, bis sie die Kreuzung erreichte, von der Creighton gesprochen hatte. Als sie dort ankam, brachte sie Soot zum Stehen und suchte nach einem Anzeichen dafür, daß dies der richtige Weg war. Dann entdeckte sie einen hölzernen Wegweiser an einem Baum an der Straße nach Westen, der ihr in verwitterter Schrift die Richtung wies. Mit fliegendem Umhang jagte sie die gefurchte Straße entlang, so schnell ihr Pferd sie trug.

Soot schnaubte; er atmete schwer. »Armes Tier.« Elizabeth klopfte seinen Hals und ließ ihn langsamer gehen. »Wenn ich es wollte, würdest du laufen, bis dein großes Herz birst, nicht wahr?« Sie würde ihn nicht dazu treiben, selbst wenn die Soldaten ihr auf den Fersen wären. Ein totes Pferd würde ihr wenig nutzen. »Geh nur noch ein bißchen weiter, bis wir Wasser finden. Für uns beide.«
Sie kam recht bald an einen Bach, aber in seinem Umkreis war kein Wald. Selbst durstig und erschöpft, entschied sie, hier dennoch eine Pause zu riskieren. Sie ließ sich vom Pferd gleiten und führte Soot über die Wiese zum Wasser. Es war klar und so kalt, daß ihre Hände schmerzten, als sie sie wieder und wieder zum Mund führte. Nachdem sie sich den Straßenstaub vom Gesicht gewaschen hatte, ließ sie Soot seinen Durst löschen.
Ihr Magen knurrte laut, übertönte das geräuschvolle Schlürfen des Pferdes.
Elizabeth drückte die Hand auf ihren leeren Magen und schalt sich selbst. Dies war nicht das erste Mal, daß sie Hunger litt.

Und es war auch ganz gewiß nicht das erste Mal, daß sie steif, wund und ausgelaugt war.
Ihre Oberschenkel fühlten sich an, als habe man jeden Muskel darin in Fetzen gerissen. Ihr graute bei dem Gedanken, sich wieder auf den Rücken des Pferdes zu setzen. Vielleicht, wenn sie sich nur einen Moment ausruhen könnte ... Die Sonne schien ihr warm auf die Schultern, und die Luft war erfüllt vom süßen Duft des Frühlings. Die Zügel in der Hand, legte sie sich in das weiche Gras am Ufer des Flüßchens, um ihrem schmerzenden Körper ein wenig Ruhe zu gönnen.
Heilige Jungfrau, ich flehe dich an, bitte für meinen Ehemann. Laß ihn nicht von den Soldaten gefangen werden. Ich habe es nicht so gemeint, als ich diese Gedanken über seinen Tod hatte. Ich will nicht, daß er stirbt. Ich will nur nicht mit ihm verheiratet sein, das ist alles. Im Namen des Vaters, des Sohnes und des Heiligen Geistes, amen. Sie bekreuzigte sich und stand mühsam auf. »Komm, Soot. Wir werden ein bißchen zusammen gehen. Dann werde ich wieder auf deinen Rücken müssen, und glaub mir, *darauf* freue ich mich genausowenig wie du.« Sie führte ihn zurück zur Straße. Bei jedem Schritt zitterten ihre Muskeln schmerzhaft.
Sie klopfte Soots Hals. »Bring mich vor Mitternacht nach Winchester, und du wirst nie wieder eine Kutsche ziehen müssen. Das verspreche ich dir.«

Zwei Tage darauf, am späten Nachmittag, rollte Elizabeths eben erst erstandene Kutsche durch das Bogentor in den zweiten Bezirk der Domfreiheit, der Close von Salisbury. Ihr Fahrer hatte sich in der Stadt nach den Wagen mit dem Gepäck umgehört, doch niemand hatte etwas von ihnen gesehen oder gehört. Elizabeth, die sich bereits um Creighton sorgte, bangte nun auch um Gwynneth und die anderen Bediensteten. Es blieb ihr nichts anderes übrig, als Pfarrer Sneed aufzusuchen.
Sie blickte aus dem Fenster und besah sich die anglikanische

Kathedrale. Generationen frommer Katholiken hatten viel geopfert, um dieses wundervolle Bauwerk zu errichten, doch die Anglikanische Kirche hatte es an sich gerissen, und nun erschien es in Elizabeths Augen als Denkmal der Ketzerei und Spaltung.

Einen solchen Bau hatte Bess noch nie gesehen. Die gewaltige Kathedrale ragte hoch über die umstehenden Häuser empor. Die enorme Länge und die außergewöhnlich hohen und filigranen Türme ließen selbst Notre Dame klein erscheinen.

Pfarrer Sneed mußte ein sehr wichtiger Mann sein, daß er einen solchen Posten bekam.

Elizabeth blickte auf den zerschlissenen, schmutzigen Kleidersaum hinunter, der unter ihrem neuen Samtmantel hervorblitzte, und wünschte, sie hätte sich die Zeit genommen, sich ein neues Kleid machen zu lassen. Doch das hätte einen weiteren Tag Aufenthalt in Winchester bedeutet.

Sie hatte Winchester ohnehin erst in der Nacht erreicht. Allein und schutzlos war sie stundenlang in der fremden Stadt herumgelaufen, und hatte sich im Dunkel versteckt, wenn sie auf Menschen traf, bis sie endlich ein ordentliches Gasthaus gefunden hatte. Der Wirt hatte erst versucht sie abzuweisen, hatte die Nase gerümpft über ihren heruntergekommenen Zustand, doch ein goldener Sovereign hatte ihn schließlich überzeugt. Dann hatte er ihr sein bestes Zimmer gegeben, wo sie eine Schüssel Eintopf hinunterschlang, bevor sie vollständig bekleidet auf das Bett sank und bis zehn Uhr am nächsten Morgen schlief.

Den Rest des folgenden Tages hatte sie gebraucht, um eine Kutsche zu kaufen, einen Kutscher und einen Diener anzuwerben und ein Gespann zu mieten. Den Mantel hatte sie spontan gekauft, nachdem sie ihn im Fenster einer Schneiderei gegenüber den Mietställen gesehen hatte. Aber der Schneider hatte keine fertigen Kleider.

Nun schlug sie beschämt den feinen Stoff ihres Umhangs übereinander, um ihre ruinierten Röcke zu verbergen, froh, daß sie sie sich die Zeit genommen hatte, zu baden und sich das Haar zu kämmen, bevor sie das Gasthaus verließ.

Was würde Pfarrer Sneed von ihr denken?

Würde er ihr überhaupt glauben, wenn sie ihm sagte, wer sie war? Sie hatte keinerlei Beweis, und unter dem feinen Mantel sah sie eher aus wie eine Vagabundin denn wie eine Gräfin.

Die Kutsche kam vor dem Portal der eindrucksvollen Kathedrale zum Stehen. Während sie darauf wartete, daß der Diener die Tür öffnete, nahm sie zusammen, was von ihrer Würde geblieben war. Als sie ausstieg, begrüßte Soot, der hinten an der Kutsche angebunden war, sie mit einem Schnauben. Sie machte einen kleinen Umweg, um seine Nase zu streicheln, während der Diener die Stufen hinaufeilte und eine kleine Tür neben dem riesigen Bogenportal aufhielt.

Elizabeth schritt langsam die Stufen hinauf und in das dämmrige Innere der Kathedrale. Sie war das Mittelschiff schon halb hinuntergegangen, als der Küster sie abfing.

»Guten Tag, Milady.«

Elizabeth nickte. »Guten Tag. Ich suche Pfarrer Sneed.«

»Ah. Reverend Sneed.« Die Hände des Küsters falteten sich vor seiner Taille. »Und erwartet er Milady?«

»Ich bin Countess Ravenwold.« Sie hielt inne, da sie etwas aussprechen mußte, was sie nicht sagen wollte. Sie kämpfte mit sich und sagte dann gezwungen: »Die Ehefrau des Viscount Creighton. Mein … Gemahl bat mich, Pfarrer Sneed aufzusuchen, wenn ich in Salisbury bin. Es ist von größter Bedeutung, daß ich unverzüglich mit ihm spreche. Nun geht und holt ihn.«

Während sie wartete, bemerkte Elizabeth die leeren Nischen und kaputten Steine, wo protestantischer Glaubenseifer die Kathedrale ihrer Statuen beraubt hatte.

»Also hat Viscount Creighton endlich geheiratet. Ich habe dafür gebetet.«

Sie fuhr herum und blickte geradewegs in ein Paar dunkle Augen, glänzend wie Knöpfe, in einem freundlichen Gesicht, das von schneeweißem Haar umrahmt wurde. »Pfarrer Sneed?«

»Zu Euren Diensten.« Er verbeugte sich, wobei sein schwarzes Birett ein wenig verrutschte.

»Ihr habt mich erschreckt.« Elizabeth drückte ihre Hand auf ihr klopfendes Herz.

Er legte den Kopf schief. »Laßt mich Euch ansehen, mein Kind.«

Elizabeth schob ihre Kapuze ein wenig zurück, so daß er ihr Gesicht besser sehen konnte.

»Ihr seht mir gerade ins Gesicht. Ich mag das. Keine falsche Bescheidenheit. Ich hasse falsche Bescheidenheit.« Er studierte ihre Züge und nickte zustimmend. »Ein kräftiges Kinn und ein resoluter Mund. Weist auf Entschlossenheit hin.« Ein breites Lächeln ließ seine Backen rund wie Pflaumen erscheinen. »Ihr werdet einen eisernen Willen brauchen, wenn Ihr mit Creighton verheiratet seid. Es bedarf einer festen Hand, bis so ein Mann häuslich wird.« Seine dunklen Augen leuchteten voller Zuneigung. »Aber, bei Gott, man kann nicht anders, als den Halunken zu lieben, nicht wahr?«

»Ich habe mich bisher gut gehalten«, sagte Elizabeth mit flacher Stimme, nicht im geringsten von der liebenswerten Erscheinung dieses ketzerischen Priesters eingenommen. Sie erkannte die sprühende Intelligenz, die unter seinen buschigen weißen Brauen hervorblitzte.

»Ummm.« Er schürzte die Lippen, und seine Augen wurden schmal. »Der Küster sagte, Ihr hättet etwas Dringendes mit mir zu besprechen. Darf ich fragen, weshalb Milady mich aufsuchen?«

Elizabeth blickte sich nervös nach den vielen Nischen und

dunklen Alkoven um, in denen sie jemand heimlich belauschen könnte. »Vielleicht wäre es besser, wenn wir uns draußen unterhielten.«

»Ein ausgezeichneter Gedanke.« Er nahm ihren Arm und führte sie den Mittelgang hinauf.

Als sie auf dem großen Rasen hinter der Kathedrale ankamen, verschränkte er die Hände auf dem Rücken und ging neben ihr her. »Ich spüre eine schwere Last auf Euren Schultern, mein Kind.« Er blickte sie kurz von der Seite an und sah dann wieder zu Boden. Seine Schritte waren langsam und gleichmäßig. »In was für Schwierigkeiten hat Viscount Creighton Euch gebracht?«

Elizabeth zögerte und fragte sich, wieviel sie ihm enthüllen durfte. Sie entschied sich, so nahe an der Wahrheit zu bleiben, wie ihr klug erschien. »Creighton und ich haben in Frankreich geheiratet. Wir waren unterwegs zu meinem Heim in Cornwall, als eine eilige Angelegenheit uns in London aufhielt. Wir schickten die Dienstboten und das Gepäck voraus und sollten sie hier treffen, doch unterwegs gerieten wir in … Schwierigkeiten.«

Der Geistliche nickte. »Wir leben in gefährlichen Zeiten. Bis dieser Krieg beendet ist, ist ein ehrlicher Mann nicht einmal auf seinem eigenen Grund und Boden sicher, geschweige denn auf den Straßen.« Er blickte erwartungsvoll auf. »Was ist geschehen? Geht es Viscount Creighton gut?«

»Ich weiß es nicht.« Das Bedauern in ihrer Stimme war echt. Creighton hatte seine Gefangennahme riskiert, um die Soldaten von ihr abzulenken. In diesem Augenblick konnte er im Gefängnis sitzen, vielleicht sogar gefoltert werden. Oder tot sein. »Wir wurden getrennt, und ich war gezwungen, allein weiterzureisen, unter sehr schwierigen Umständen.«

Reverend Sneeds Züge wurden ernst. »Ich werde für seine sichere Rückkehr beten.«

Elizabeth fuhr fort. »Sobald ich hier ankam, suchte ich eine Unterkunft, doch das einzige freie Zimmer befindet sich in einem sehr schlechten Viertel. Ich fühle mich dort nicht sicher, selbst mit meinem Kutscher und seinem Gehilfen vor der Tür.« Sie deutete in Richtung Stadtmitte. »Mein Kutscher hat sich überall in der Stadt erkundigt, doch niemand hat von Creighton oder den Dienern mit dem Gepäck etwas gesehen oder gehört.«

Mit nachdenklicher Miene wiederholte der Geistliche: »Creighton.«

Trotz seiner freundlichen Erscheinung gefiel ihr nicht, wie seine dunklen Augen sie scharf beobachteten, als versuchte er jedes ihrer Worte zu ergründen.

Elizabeth wollte gehen. Sie haßte es, irgend jemanden um etwas zu bitten, und sie verabscheute es ganz besonders, sich zu diesem Zweck einer alten Freundschaft zwischen Creighton und einem seiner Lehrer zu bedienen. Doch sie hatte kaum eine Wahl. Sie reckte das Kinn und sah Sneed direkt in die Augen. »Als unsere Schwierigkeiten abzusehen waren, sagte mir Creighton ... mein Gemahl, ich solle Euch aufsuchen, falls ich die Diener nicht finden kann. Er sagte, Ihr könntet mir helfen, eine sichere Unterkunft und Reiseproviant zu besorgen. Ich habe Geld« – sie senkte den Blick, peinlich berührt davon, solche Dinge mit einem völlig Fremden besprechen zu müssen –, »aber niemanden sonst, an den ich mich wenden könnte. Wie ich sagte, ich bin ganz und gar auf mich selbst gestellt.«

»Keine schöne Lage für eine Dame, besonders während dieser verfluchten Rebellion.« Pfarrer Sneed betrachtete sie mitfühlend. »Habt keine Angst. Meine Frau und ich leben zwar sehr bescheiden, aber es wäre uns eine Ehre, wenn Eure Ladyschaft unsere Gastfreundschaft annehmen würden.«

»Ich danke Euch, Sir«, flüsterte Elizabeth. »Ich wäre Euch sehr verbunden.« Ihr war gar nicht bewußt gewesen, wie erschöpft sie tatsächlich war, bis ihr die Aussicht auf eine Nacht in Ruhe und Sicherheit geboten wurde.

»Ein außergewöhnlicher Mann, Euer Gemahl. Ich kenne keinen besseren.«

Keinen besseren? Elizabeth versuchte, ihr Erstaunen zu verbergen. Konnte der Mann, von dem Pfarrer Sneed mit solcher Zuneigung sprach, tatsächlich in derselben Haut stecken wie der gerissene, selbstherrliche Intrigant, den sie geheiratet hatte? Creighton war schamlos, ein selbsterklärter Hurenbock! Legten alle protestantischen Pfarrer ihre Maßstäbe so niedrig an oder nur dieser hier?

Reverend Sneed deutete über die breite Rasenfläche. »Unser Haus ist ganz am Rand des Domhofs. Laßt uns sehen, was meine liebe Hausfrau für Euer Kleid tun kann.«

Vierzehntes Kapitel

Am nächsten Morgen hatte Elizabeth eben ihr Frühstück im Bett beendet, als jemand an der Tür klopfte. »Mistress Sneed hier, Gräfin. Darf ich eintreten? Ich habe Miladys Kleid.«
»Bitte, kommt herein.«
Mistress Sneed erschien, Elizabeths schwarzes Kleid sorgfältig über einen Arm gelegt. Nachdem sie die Tür hinter sich geschlossen hatte, drehte sie sich mit einem erwartungsvollen Ausdruck auf ihrem breiten, einfachen Gesicht um. »Oh, gut. Wie ich sehe, habt Ihr bereits gegessen.« Sie betrachtete das leere Tablett. »Aber vielleicht habt Ihr noch Hunger. Soll das Mädchen Euch noch etwas bringen?«
»O nein. Vielen Dank.« Elizabeth warf einen schuldbewußten Blick auf ihren leeren Teller. Sie hatte sich benommen wie ein Nimmersatt. Von den drei großen süßen Brötchen, die man ihr serviert hatte, waren nur ein paar Krümel geblieben, und sie hatte den Steinkrug mit dem würzigen heißen Apfelmost bis auf den letzten Tropfen geleert. »Ich bin wirklich satt.«
Sie wußte, daß sie früher hätte aufstehen sollen, doch sie konnte sich nicht überwinden, die gemütliche, sichere Wärme des Federbettes aufzugeben. Sonnenstrahlen spähten zwischen den schweren braunen Damastvorhängen hindurch zu ihr herein. »Wie spät ist es? Das Bett war so bequem, daß ich geschlafen habe wie eine Tote.«

»Es ist neun Uhr.« Mistress Sneed lächelte nachsichtig. »Milady mußten sich doch ausruhen, nach allem, was Milady durchgemacht haben.« Sie legte Elizabeths Kleid vorsichtig über die Lehne des Tudor-Stuhles am Kamin und zog dann die Vorhänge zurück, so daß der Raum von der Frühlingssonne durchflutet wurde. »Ist das nicht ein herrlicher Tag, Gräfin?«
»Bitte nennt mich Lady Elizabeth.«
»Gerne, Lady Elizabeth.« Mistress Sneeds Gesicht spiegelte ihre Freude über eine solche Vertraulichkeit mit einer Dame von Elizabeths Rang. »Mein Name ist Charity.«
»Charity.« Elizabeth nickte. »Ein schöner Name. Er paßt zu Euch.«
Mistress Sneed nahm das ruinierte schwarze Kleid vom Stuhl und hielt es ihr ins Licht. »Ich fürchte, mehr kann ich nicht tun«, sagte sie schüchtern. »Wenn Ihr es so nicht tragen wollt, könntet Ihr ein neues machen lassen. Aber selbst mit mehreren Näherinnen würde es mindestens einen Tag dauern.«
Elizabeth starrte ihr Gewand verwundert an. »Also, wenn ich es nicht besser wüßte, würde ich schwören, Ihr *hättet* ein neues genäht.« Die feinen Stiche, mit denen der Saum geflickt war, verschwanden praktisch in den Falten des Rockes, und der kostbare schwarze Stoff wirkte wie neu. »Ich dachte, es sei nicht mehr zu retten, aber nun könnte niemand vermuten, es sei schmutzig oder zerrissen gewesen. Ihr habt ein Wunder vollbracht.«
»Gott allein kann Wunder vollbringen, Gräfin«, tadelte Mistress Sneed sanft. Sie betrachtete befriedigt ihre Leistung. »Es liegt eigentlich alles am Stoff. Guter, fester Stoff wie dieser übersteht ein paar Risse und Wäschen.«
Als sie Mistress Sneed im hellen Sonnenschein sah, bemerkte Elizabeth dunkle Ringe unter ihren Augen. Und sie trug dasselbe graue Kleid wie am vorigen Abend. »Ihr müßt die ganze Nacht gearbeitet haben.«
Mistress Sneed tat dies mit einer Geste ab. »Ich werde reichlich

Zeit zum Ausschlafen haben, wenn Ihr erst wohlbehütet unterwegs seid.« Sie legte das Kleid über das Fußende des Bettes. Mistress Sneeds silbrige Brauen hoben sich besorgt. »Unglücklicherweise war Miladys Bluse nicht mehr zu flicken.« Sie zögerte und brachte dann heraus: »Eine meiner Töchter war so groß wie Milady. Ich habe alle ihre Kleider aufgehoben. Ihre Hemden sind sehr schlicht, fürchte ich – nicht so fein wie Miladys – aber vielleicht –«

Elizabeth schnitt ihre Entschuldigungen ab: »Es wäre mir eine Ehre, eine der Blusen Eurer Tochter zu tragen. Wie großzügig von Euch.« Was mochte der Tochter geschehen sein, fragte sie sich. So viele starben zu jung. Wie Charlotte.

Der Gedanke an Charlotte erweckte eine überwältigende Trauer, wie der dumpfe Schmerz einer alten Wunde, die an der Oberfläche verheilt war, aber tief darunter schwärte. Sie blickte zu Mistress Sneed hoch. »Ich werde mich ankleiden, sobald die Bluse fertig ist.«

»Gut.« Mistress Sneed ergriff das Frühstückstablett. »Mein Mädchen ist gerade dabei, sie zu bügeln. Sie wird sie heraufbringen und Milady beim Ankleiden helfen.« Sie sah sich im Zimmer um. »Kann ich sonst noch etwas für Euch tun?«

»Nicht, daß ich wüßte.« Elizabeth lächelte, so herzlich sie konnte, und hoffte, daß es nicht so gezwungen aussah, wie es sich anfühlte. Lächeln war ihr noch nie leichtgefallen. »Ihr habt schon so viel für mich getan, mich bei Euch aufgenommen, mir zu essen gegeben, die ganze Nacht lang mein Kleid ausgebessert. Liebste Charity, wie kann ich Euch je dafür danken?«

»Das habt Ihr bereits«, sagte Mistress Sneed. *»Lady Elizabeth.«*

Die geliehene Bluse hatte keine Spitzenborte an ihrem gestärkten Kragen und den Manschetten, doch Elizabeth war damit zufrieden, daß die Ärmel lang genug waren und der Stoff nicht über ihren Schultern spannte. Als sie die Treppe hinunterging, um mit Reverend Sneed einkaufen zu gehen – ihr Selbstvertrauen war mit ihrem Erscheinungsbild wiederhergestellt –, nickte der Priester anerkennend. Er half ihr in den Samtmantel, und dann machten sie sich auf den Weg, um Reiseproviant zu kaufen.

Dank seiner Verbindungen in Salisbury hatte Elizabeth in wenigen Stunden alles aufgetrieben, was sie brauchte. Sie erledigte ihre Einkäufe, kehrte zu einem herzhaften Mittagsmahl zu den Sneeds zurück und war um zwei Uhr reisefertig. Aber als sie mit ihrem Medizinbeutel über der Schulter herunterkam, erfuhren ihre Pläne eine unerwartete Wendung.

Reverend Sneed wartete im Vorraum, den Hut in der Hand und eine Reisetasche vor den Füßen. Mistress Sneed machte sich am Verschluß seines Umhangs zu schaffen. »Und vergiß ja nicht, Cousine Mary meinen Brief zu geben. Und den Holunderbeerwein.« Sie drehte sich um und begegnete Elizabeths bestürztem Stirnrunzeln mit einem gelassenen Lächeln. »Alles bereit, Lady Elizabeth?«

»Ja, aber –«

Mit ruhigem, aber entschlossenem Gesicht legte Reverend Sneed einen Arm um die Schultern seiner Frau und erklärte: »Mistress Sneed und ich haben entschieden, daß Ihr nicht allein nach Hause fahren solltet. Ich komme mit Euch.«

»Aber es ist sehr gefährlich. Und Eure Verpflichtungen …« Elizabeth sah dem Priester in die dunklen Augen. »Ihr könnt doch gewiß nicht so kurzfristig Euren Posten verlassen.«

»Der Bischof hat bereits sein Einverständnis gegeben. Ich habe ihn gleich heute morgen aufgesucht.«

»Ich bin Euch zutiefst dankbar für Euer Angebot, mich zu begleiten, doch ich kann Euch nicht gestatten, ein solches Risiko auf Euch zu nehmen.« Sie hatte bereits Creightons Schicksal auf dem Gewissen, und möglicherweise Annes und Gwynneths. Sie konnte es nicht ertragen, daß dieser freundliche, großzügige Mann sich ihretwegen ähnlichen Gefahren aussetzte. »Ich habe Euch nicht alles erzählt.« Ihr rechter Daumen rieb in nervösen Kreisen die Kuppe ihres Zeigefingers. »Die Rebellen suchen mich vielleicht. Sie senden dauernd Suchtrupps aus, von Lyme Regis nach Somerset und von Plymouth nach Devon. Wenn Cromwells Leute mich gefangennehmen und herausfinden, wer ich bin, wird jeder gefoltert werden, der an meiner Seite ist.«

Der Geistliche und seine Frau betrachteten sie neugierig, doch sie sah keine Furcht auf ihren Gesichtern. Reverend Sneed fragte: »Habt Ihr denn ein Verbrechen begangen?«

Elizabeth schüttelte den Kopf. »Nicht in den Augen Gottes, aber ein schweres Verbrechen in den Augen der Rebellen.«

»Ah.« Er biß sich auf die Lippen und lächelte dann. »Nun, soweit es mich betrifft, zählt nur Gott. Denkt nicht weiter darüber nach.«

»Aber ich *muß* mir Gedanken darüber machen, und Ihr ebenfalls.« Wie konnte sie ihn nur überzeugen? »Falls ich den Rebellen in die Hände falle, und Ihr mit mir, fürchte ich, daß Euch nicht einmal Euer geistliches Amt schützen wird.«

Reverend Sneed und seine Frau sagten wie aus einem Munde: »Gott beschützt uns.« Sie mußten über ihre gleichlautende Antwort lachen.

Wie konnten sie lachen, fragte sich Elizabeth. Glaubten sie ihr nicht?

Mistress Sneed legte ihre Hand auf die ihres Mannes. »Jeder von uns hat im Gebet um Führung ersucht, Lady Elizabeth, und wir sind beide zu demselben Schluß gekommen. Mein Mann muß Euch begleiten.« Sie sah die Besorgnis in Elizabeths Gesicht und legte mitfühlend den Kopf schief. »Er geht aus freier Entscheidung und auf Gottes Befehl. Was auch immer geschieht, wird Gottes Wille sein. Wir können nur gehorchen.«

»Nun denn, los geht's.« Reverend Sneed setzte sein Birett auf und griff nach seiner abgenutzten Reisetasche.

Elizabeth seufzte. Sie wußte, daß sie bis in die Nacht mit den Sneeds streiten könnte und sie dennoch nicht von ihrer Überzeugung abbringen würde, daß Reverend Sneed Gottes Wunsch folgte, indem er sie begleitete.

Sie fügte sich drein und ging widerstrebend zur Tür. Als sie die Schwelle erreichte, drückte sie ihre Wangen an Mistress Sneeds. »Ich danke Euch für alles. Ich verspreche Euch, mein möglichstes zu tun, damit Reverend Sneed nichts geschieht.«

»Macht Euch keine Sorgen. Gott wird Euch beide beschützen. Das weiß ich.« Mistress Sneed brachte sie hinaus und rief ihnen dann winkend nach: »Oh, und Lady Elizabeth, wenn Ihr bei Cousine Mary in Exeter haltmacht, erinnert bitte den Reverend daran, ihr meinen Brief zu geben. Und den Holunderbeerwein.« Sie sah ihnen zu, wie sie in die Kutsche stiegen, ging dann hinein und schloß die Tür. Elizabeth konnte sie an keinem der Fenster stehen sehen, als sie abfuhren.

Am fünften Tag ihrer Reise schickte Cousine Mary sie mit einer Antwort auf Mistress Sneeds Brief und einem Topf Honig als Dank für den Holunderbeerwein aus Exeter fort. Gegen neun Uhr rumpelte die Kutsche am nördlichen Ende des Dartmoor entlang, und die größte Spannung fiel von Elizabeth ab.

Fast zu Hause. In Cornwall. Nur noch zwei Tage, und sie konnte auf der Brustwehr von Ravenwold Castle stehen, über den endlosen Atlantik blicken und die salzige Seeluft kalt und rein in ihrem Gesicht spüren. Das Land war, wie Ravenwold Castle selbst, uralt und doch immer noch herrlich, und es war ihr Zuhause.

Sie hoffte inständig, daß Gwynneth sie dort erwartete, in Sicherheit. Und Creighton natürlich, obwohl ihr vor dem graute, was sich als nächstes zwischen ihnen abspielen mußte.

Elizabeths Gedanken wurden von einem groben Rempler unterbrochen, als die Kutsche auf der holperigen Straße beschleunigte.
Der Reverend runzelte die Stirn. »Was meint Ihr, warum er plötzlich so schnell fährt? Ich hatte ihm doch gesagt, er solle uns nicht unnötig durchschütteln.« Er stand auf, öffnete die Dachluke und steckte den Kopf hindurch, wobei er in der schlingernden Kutsche hart um sein Gleichgewicht kämpfen mußte.
Elizabeth konnte ob des Rumpelns der Kutsche nicht verstehen, was er brüllte, aber sie hatte ein schreckliches Gefühl von *déjà vu*. Sie hielt sich am Fensterrahmen fest und zog sich hinüber, um hinauszuschauen. Bis zum südlichen Horizont, so weit das Auge reichte, breitete sich das hügelige Dartmoor aus, weder Wälder noch Ackerflächen durchbrachen die Moorlandschaft. Dies war das Gebiet der Gubbings, der Ausgestoßenen, Wilden und Gesetzlosen, so daß seit mehr als hundert Jahren Mütter von Taunton bis Land's End ihren stromernden Kindern gedroht hatten: »Die Gubbings werden euch noch kriegen!«
Bitte, lieber Gott, nicht die Gubbings! Elizabeth hatte grauenvolle Geschichten über das Schicksal der Frauen gehört, die ihnen in die Hände fielen. Diesen Bestien war nichts heilig.
Reverend Sneed ließ sich wieder herunter und schloß mit ernster Miene die Dachluke.
»Sind es die Gubbings?« fragte sie.
Er schüttelte den Kopf. »Rebellen, oder Straßenräuber, die sich als Rebellen verkleiden. In jedem Fall stecken wir in furchtbaren Schwierigkeiten. Ich konnte kaum etwas erkennen, weil die Kutsche so rast, aber ich habe über zwanzig Mann gezählt, und sie schienen schwer bewaffnet zu sein.«
Rebellen! Ihre schlimmste Befürchtung wurde Wirklichkeit. Elizabeths Gedanken überschlugen sich. Berittene Soldaten

konnten die Kutsche leicht einholen, wenn ihre Pferde nicht erschöpft waren. »Wie schnell sind sie?«
»Reiten im gestreckten Galopp und kommen ziemlich schnell immer näher.«
Sie mußte etwas tun. Sie durfte *nicht* zulassen, daß Reverend Sneed ihretwegen ein Leid geschah. Elizabeth stand plötzlich auf und drückte die Dachluke auf. Unmittelbar vor ihr schlug der Kutscher erbarmungslos auf die Pferde ein, während der Diener die nahenden schwarz uniformierten Soldaten beobachtete. Keiner von beiden nahm sie zur Kenntnis.
Elizabeth schrie: »Kutscher! Wenn wir über den nächsten Hügel sind, bremst Ihr die Kutsche ab! Ich muß am Fuß des Hügels herausspringen! Hört Ihr mich? Kutscher!« Er sah sich kurz nach ihr um, und sie wiederholte: »Bremst die Kutsche ab, sobald wir hinter dem nächsten Hügel sind! Ich muß abspringen!«
Die Rebellen würden sie nicht sehen können. Wenn sie erst einmal aus der Kutsche heraus war, konnte sie im Moor verschwinden. Die Kutsche konnte ohne sie weiterfahren, und Reverend Sneed würde schlimmstenfalls festgehalten werden, damit man ihn gegen gefangengesetzte Anhänger Cromwells austauschen konnte. Er würde sicherer sein, wenn sie nicht bei ihm war.
Der Kutscher wandte sich zu ihr um, das Gesicht vor Anstrengung und Angst verzogen. »Abbremsen? Aber Milady, sie werden uns um so schneller einholen, wenn wir –«
Elizabeth fiel ihm ins Wort und schrie aus voller Kehle: »Tut, was ich befehle! Wenn die Rebellen herausfinden, wer ich bin, werden wir *alle* gefoltert!« Als sie sah, daß dem Kutscher die Bedeutung ihrer Worte dämmerte, fügte sie hinzu: »Sobald ich abgesprungen bin, könnt Ihr Euer Tempo wieder aufnehmen. Bis sie Euch erreichen, bin ich im Moor verschwunden. Sagt ihnen, der Reverend hätte die Kutsche gemietet, um ihn nach …«

Elizabeth steckte den Kopf wieder ins Innere. »Reverend, kennt Ihr jemanden in der Nähe von Bude?«
Er nickte überrascht. »Ja. Willem Broderick, Cousin zweiten Grades –«
Elizabeth verzichtete auf den Rest, steckte den Kopf wieder hinaus und schrie: »Wenn die Rebellen Euch anhalten, sagt ihnen, Ihr brächtet den Reverend nach Bude. Bude! Wenn Euch Euer Leben lieb ist, erwähnt Ihr mich nicht!«
Der Kutscher nickte grimmig. »Nach Bude, jawoll. Und ich hab' Euch nie gesehen.«
Der Diener aber protestierte. »Milady können hier nicht herausspringen! Was ist mit den Gubbings?«
»Ich werde es wagen müssen. Es ist die einzige Möglichkeit!« Elizabeth blickte sich um und sah, daß die Soldaten bereits gefährlich nahe waren – weniger als eine Meile hinter ihnen, und sie holten auf. Glücklicherweise stieg die Straße direkt vor ihnen an und fiel dann steil ab. Sie rief dem Kutscher zu: »Bremst hinter dem Kamm ab. Ich springe, sobald die Kutsche langsam genug ist. Dann treibt Eure Pferde an.«
Sie ließ sich wieder in die Kutsche fallen, packte hastig ihren Beutel mit den Heilkräutern und hängte ihn wieder über ihre Schulter. »Reverend, ich muß aus dieser Kutsche aussteigen. Um unser aller Leben willen.«
Anstatt es ihr ausreden zu wollen, was sie erwartet hatte, reichte er ihr ein fest verknotetes Taschentuch voller Essen. »Dann nehmt dies. Es ist aus dem Korb. Wenn die Luft rein ist, komme ich zurück und suche Euch.«
»Nein.« Die Kutsche wurde langsamer, und die eisenbeschlagenen Räder kreischten wie eine arme Seele in der Hölle, als die hölzernen Bremsen sich gegen sie preßten. Elizabeth vergewisserte sich, daß ihr Mantel geschlossen und ihre Medizin sicher verstaut war. »Geht nach Ravenwold Castle, sobald Ihr könnt, oder schickt eine Nachricht. Meine Leute kennen das Moor.

Stellt einen Suchtrupp zusammen und schickt sie nach mir aus. Dann kehrt zu Eurer lieben Frau zurück.«
»Nicht, bevor wir Euch gefunden haben. Ich könnte –«
»Bitte tut, worum ich Euch bitte«, unterbrach Elizabeth ihn mit bebender Stimme. »Ich habe Charity versprochen, auf Euch achtzugeben.«
Sie hörte über dem Kreischen der Bremsen und dem Geklirr der Geschirre, wie der Kutscher immer wieder »Ho« brüllte. Elizabeth packte den Türgriff. »Ich danke Euch, Reverend. Gott schütze Euch.«
»Und Euch, mein Kind.« Er bekreuzigte sich, als sie aus der Kutsche sprang.

»Ihr wißt nicht, wo sie ist?« Ungläubig starrte Garrett seinen alten Lehrer aus Eaton an.
Gwynneth hatte ihn jubelnd geholt, als man die Kutsche kommen sah, doch nun stand sie hinter dem Pfarrer im Burghof und brach in Tränen aus. »O weh! Meine liebste Herrin! Erst dieses Untier von Ravenwold, und nun dies!«
Garrett fuhr herum. »Ravenwold? Wovon sprichst du?«
»Der Kerl war ein Monster, jawohl«, heulte Gwynneth. »Hat meine arme Herrin halbtot geschlagen, das hat er, und mehr als einmal, das kann ich Euch sagen. Hat ihr die Rippen gebrochen. Das ganze Gesicht hat er ihr zerschlagen, blaue Augen hatte sie. Sie hat genug Leid für ein ganzes Leben ertragen! Warum läßt unser Herrgott sie verlorengehen?«
»Ravenwold hat sie geschlagen?« Bestürzt verstand Garrett allmählich mehr, als ihm lieb war. »Aber warum?«
»Weil sie keine Kinder bekommen konnte. Als hätte sie das absichtlich getan.« Gwynneth spuckte auf den Boden und weinte bitterlich. »Möge seine Seele dafür in der Hölle braten.«
Garrett war erschüttert, als er begriff, warum seine Kraft und

sein Körper Bess so geänstigt hatten. Und weshalb sie sich davor gefürchtet hatte, mit ihm zu schlafen ... und den Folgen. Plötzlich ergab alles einen Sinn. Kein Wunder, daß Bess auf Ravenwolds Grab getanzt hatte! »Du lieber Himmel«, keuchte er. »Wenn ich das nur gewußt hätte.«

Er trat zurück und legte seinen beruhigenden Arm um sie. »Ist ja gut, Gwynneth. Beruhige dich.« Später würde genug Zeit sein, diese erschütternde Enthüllung genauer zu verfolgen. Zunächst mußte er herausfinden, wo seine Ehefrau war. »Wie soll ich hören, was mit Bess passiert ist, wenn du ein solches Gezeter machst?« Gwynneths Schluchzen verebbte. Garrett sah die beunruhigte Miene des Reverend, und sein Innerstes zog sich zusammen. Es mußte schon etwas wirklich Schlimmes geschehen sein, wenn der Reverend die Fassung verlor. »Reverend Sneed ist unser Gast«, sagte er beruhigend. »Ich bin sicher, deine Herrin würde nicht wollen, daß wir unsere guten Manieren vergessen.« Er schob Gwynneth sanft in Richtung Küche. »Bitte laß gleich ein paar Decken und Glühwein in die Große Halle bringen.«

Gwynneth knickste mit verweinten Augen. »Ja, Milord. Sofort.«

»Kommt«, sagte er zu dem Geistlichen. »Wir können uns am Feuer unterhalten.« Der alte Mann wirkte körperlich und seelisch völlig erschöpft. »Ihr seht aus, als könntet Ihr einen guten Schluck gebrauchen.« Er wartete, bis Reverend Sneed auf einem bequemen Stuhl beim Feuer Platz genommen und einen Becher Glühwein bekommen hatte, bevor er fragte: »Wie schlimm ist es?«

»Ich wünschte, ich wüßte es.« Reverend Sneeds durchdringende Augen waren auf Garrett gerichtet. »Es geschah am nördlichen Rand des Dartmoors. Wir wurden von einer Bande Roundheads verfolgt, wahrscheinlich ein Stoßtrupp.« Er legte beide Hände um den Becher. »Lady Elizabeth fürchtete, sie würden uns foltern, wenn sie herausfänden, wer sie ist, also wartete sie, bis wir außer Sicht der Rebellen waren, und sprang aus der Kutsche.«

»Sprang aus der Kutsche? Hat die Frau den Verstand verloren?« Garrett fuhr sich mit den Fingern durch das schöne Haar an seinen Schläfen. »Wie, zum Teufel, kommt sie bloß auf so eine Idee …« Er hielt inne und erinnerte sich daran, wie er bei Tilbury aus der Kutsche gesprungen war. »Mmm. Sie ist also aus der Kutsche gesprungen. Wie schnell war die Kutsche? Hat sie sich verletzt?«

Sneed schüttelte den Kopf. »Die Kutsche war nicht sehr schnell. Ihre Ladyschaft hatte dem Kutscher befohlen, abzubremsen, sobald wir hinter einem Hügel waren. Sehr klug, ihre Ladyschaft. Ich sah, wie sie über den Straßenrand kugelte und dann auf das Moor zukroch. Ich glaube nicht, daß sie sich verletzt hat.« Sein gütiges Gesicht verzog sich vor Reue. »Ich habe nur einen Moment weggeschaut, um nach den Soldaten zu sehen, und als ich wieder zurückschaute, war sie verschwunden.«

»Also haben die Soldaten sie nicht gesehen?«

»Nein. Sie sind uns gefolgt, genau wie die Gräfin angenommen hatte. Wir sind noch mehrere Meilen gefahren, bevor sie uns einholten. Sie haben uns nichts getan, nur die Kutsche durchsucht und gedroht, und gefangenzunehmen.«

»Aber Ihr seid hier.« Garrett lief in seiner Ungeduld, alles zu erfahren, vor dem Kamin auf und ab. »Wie habt Ihr sie dazu gebracht, Euch gehen zu lassen?«

»Das habe ich nicht. Königliche Soldaten der Kavallerie erschienen von Nordosten und jagten sie in die Flucht. Die Kavalleristen begleiteten einen Waffentransport von Taunton nach Cornwall, nach Lostwithiel. Als ich ihnen berichtete, was geschehen war, ordnete der Kommandant so viele Männer ab, wie er erübrigen konnte, um mit mir zurückzukehren und bei der Suche nach Lady Elizabeth zu helfen. Zu zehnt haben wir stundenlang gesucht, zu Fuß und zu Pferde, aber es war keine Spur von ihr zu finden.«

»Verdammt.« Garrett legte seine Hände auf den massiven steinernen Kaminsims und starrte blicklos in die Flammen. »Ausgerechnet im Dartmoor.« Wenn die Roundheads Bess nicht gefunden hatten, würden es wohl die Gubbings schaffen. Er wußte nicht, was schlimmer für sie wäre – von den Rebellen »verhört« oder von den Gubbings mißbraucht zu werden. Ein leiser Schauer überlief ihn bei diesem Gedanken.

Er hatte einmal eine Hofdame gesehen, die gegen Lösegeld von den Gubbings freigelassen worden war. Das arme Wesen war als Wahnsinnige zurückgekommen, die nie einen Laut von sich gab, außer daß sie bei jedem lauten Geräusch kreischte und sich zu verkriechen versuchte. Jeder am Hof hatte hinter vorgehaltener Hand über sie geredet; Garrett hatte sich damals gefragt, ob es nicht gnädiger gewesen wäre, wenn man sie von den Gesetzlosen hätte töten lassen.

»Ist es wahr?« fragte Reverend Sneed. »Hätten die Rebellen uns alle gefoltert, wenn sie entdeckt hätten, wer Lady Elizabeth ist?«

»Wahrscheinlich.«

»Aber warum? Könnt Ihr mir das sagen?«

»Nur wenn ich es unter Wahrung des seelsorgerischen Stillschweigens tun kann.«

»Dann höre ich Euch als Euer Pastor.«

Garrett zog sich einen Stuhl von der anderen Seite des Kamins heran und setzte sich, die Arme auf die Schenkel gestützt. Er senkte seine Stimme zu einem Flüstern. »Ich bin nach England zurückgekehrt, um Prinz James zur Flucht zu verhelfen. Ich hatte nicht die Absicht, meine Frau da hineinzuziehen, aber es ist trotzdem passiert. Wir schafften es, den Prinzen außer Landes zu bekommen, und waren auf dem Heimweg nach Cornwall, als wir getrennt wurden. Ich bin sicher, daß Cromwell mittlerweile unsere Beteiligung an der Flucht entdeckt hat. Er würde liebend gern mich, meine Frau oder jeden, der uns geholfen hat, auf seiner Streckbank sehen.« Er rieb langsam seine Hände aneinander. »Arme Bess. Ich hätte sie nicht allein lassen dürfen. Nichts von alledem wäre geschehen, wenn wir zusammengeblieben wären. Wir hätten –«

»Ich bin sicher, daß Ihr gute Gründe hattet, sie allein zu lassen«, unterbrach Reverend Sneed. »Wer kann sagen, was passiert wäre, wenn Ihr Euch nicht getrennt hättet?« Er nahm Garrett bei den Schultern und schüttelte ihn, um ihn zu trösten, dann lehnte er sich zurück. »Wenn die Rebellen sie haben, werdet Ihr alles tun, was in Eurer Macht steht, um sie zu befreien, das weiß ich. Aber wenn die Gesetzlosen sie gefangenhalten, müßt Ihr das Lösegeld bezahlen und sie zurückholen. Sie ist Eure Frau. Ihr schuldet es ihr.«

»Ja.« Garrett holte tief Luft. »Nun, strenggenommen ist sie nicht meine Ehefrau.«

»Was meint Ihr, mein Junge? Ihr wurdet getraut, oder nicht?«

»O ja. Wir wurden getraut, von einem anglikanischen Bischof und mit Prinz Charles als Brautführer und Zeugen.« Garrett blickte zu dem Mann auf, der seit seines Vaters Tod für ihn wie ein Vater gewesen war. Er sah die geduldige Erwartung in diesem gütigen Gesicht und ließ die Maske fallen, sagte die Wahrheit. »Doch die Ehe wurde nie vollzogen.«

»Warum?« Reverend Sneeds Frage war typisch direkt, aber freundlich.

»Sie ist Katholikin und wollte diese Heirat nicht, doch keiner von uns hatte eine Wahl. Prinz Charles bestand darauf, drohte ihr mit Gefängnis und Schlimmerem, falls sie nicht einwilligte.« Er blickte hinunter auf den goldenen Siegelring mit dem Einhorn und den drei Sternen, dem Wappen derer von Creighton. »Sie hat noch nicht einmal einen Ring von mir bekommen.« Er hielt Sneeds finsterem Blick stand. »Prinz

Charles hat statt dessen einen seiner Ringe zur Verfügung gestellt.«

»Ich habe Euch eine Frage gestellt, aber Ihr beantwortet eine andere.«« Wie immer kam Sneed geradewegs zum Kern der Sache. »Ihr habt mir erzählt, wie und warum Ihr verheiratet wurdet, aber nicht, weshalb die Ehe nicht vollzogen worden ist.«

»Sie fürchtet sich vor mir, obwohl ich ihr nie einen Grund dazu gab.« Er blickte auf. »Bei Gott, sie hatte einen guten Grund dafür, doch das hatte nichts mit mir zu tun. Ihr habt gehört, was ihr verstorbener Ehemann ihr angetan hat.« Garrett versagte die Stimme. »Ich habe mich bemüht, geduldig zu sein und ihr Zeit zu lassen. Doch jedesmal, wenn ich sie berührte, schrak sie zurück wie ein gefangenes Tier. Jetzt weiß ich, warum.«

»Sie hätte es Euch sagen sollen.«

»Ich denke, das wagte sie nicht.« Garrett schüttelte den Kopf. »Wir waren zwei Fremde. Woher sollte sie wissen, daß ich nicht genauso furchtbar bin?« Wenn er nur davon gewußt hätte …

»Nun, da Ihr die Wahrheit kennt, könnt Ihr alles in Ordnung bringen.« Reverend Sneed lehnte sich zurück. »Offen gesagt bin ich überrascht, daß Ihr Euch so lange habt abweisen lassen. Ein weniger gütiger Mann hätte sich trotz allem einfach genommen, was ihm zusteht. Ich kann Eure Geduld nur loben.«

»Ehrlich gestanden hatte ich keine Ahnung, daß es so lange dauern würde, ihr Eis zu brechen.« Garrett streckte seine Finger. »Ich war wohl töricht?«

Reverend Sneed sagte nichts.

»Geduld hatte damit wenig zu tun«, gestand Garrett. »Zuerst hatten wir keine Gelegenheit, allein zu sein. Und als wir endlich in meinem Haus in London waren, schloß Bess sich immer ein. Und dann gibt es das Problem mit ihrem Glauben.«

»O ja. Sie erzählte mir, daß sie Katholikin sei. Sie scheint sehr gläubig zu sein.« Reverend Sneed legte den Kopf schief. »Sie würde nicht konvertieren?«

»Ebensowenig wie ich. Versteht mich nicht falsch: Ich kann die Verderbtheiten Roms nicht billigen. Aber die Ungeheuerlichkeiten, die England im Namen der Reformation geschehen ließ ...« Er fröstelte bei der Erinnerung an jenen kalten Tag im Januar vor sechs Jahren in Tyburn. »Bartholomew Roe war ein Freund von mir, und ich habe keinen besseren Mann gekannt. Ich sah ihn sterben – sie haben ihn gehenkt, ihm den Bauch aufgeschlitzt und ihn dann in Stücke gehackt, und weshalb? Weil er ein *katholischer* Priester war, der armen Menschen beistand, ob sie nun Katholiken oder Protestanten waren!« Garretts Ausdruck wurde hart. »Ihr werdet mir verzeihen, wenn ich mit einer solchen Reformation nichts zu tun haben will.«

Gwynneths Stimme hallte durch die weitgehend leere Halle. »Herr?«

Froh über die Unterbrechung wandte Garrett sich um. »Ja. Komm her.«

Die Zofe näherte sich mit einem besorgten Ausdruck auf ihrem tränenverschwollenen Gesicht. »Da ist ein Blinder an der Tür – ein Bettler, den ich hier noch nie gesehen habe.«

»Was will er?«

»Er sagt, er bringt Nachricht von meiner Herrin.«

Reverend Sneed lehnte sich aufmerksam vor.

»Bring ihn zu mir«, wies Garrett an.

Gwynneth nickte und eilte hinaus. Gleich darauf kehrte sie mit einem in Lumpen gehüllten, vor Schmutz starrenden, verkrüppelten alten Mann wieder. Seine Augen waren milchig weiß, was ihm einen fast überirdischen Ausdruck verlieh. Auf Gwynneths Drängen hin humpelte der Bettler bis kurz vor den Kamin.

»Laß uns allein«, befahl Garrett. Er besah sich den übelriechenden, zahnlosen alten Mann. »Sprich.«

Sein Kopf bewegte sich hin und her wie der eines witternden Hundes, als der alte Mann krächzte: »Ich bringe Nachricht von der Lady. Die Gubbings haben sie.« Er hielt inne und wühlte in seinem Hemd. »Hier. Das gaben sie mir als Beweis.« Er zog Bess' kostbaren Samtbeutel hervor, leer. »Das gehört ihr doch, *aye?*«

Rasende Wut und Qual durchfuhren Garrett wie ein Blitz.

Der Bettler hielt den Beutel auf Armeslänge von sich. »Sie haben mich geschickt, um Milord zu sagen, daß sie sie für hundert Pfund freigeben werden. Für zweihundert werden sie sie töten.«

»Gütiger Gott.« Reverend Sneed schloß die Augen und bekreuzigte sich.

Mit übermenschlicher Kraft packte Garrett die Lumpen vor des Bettlers Brust und riß den Mann von den Füßen. Er hielt sich das ekelerregende Geschöpf Nase an Nase vors Gesicht und donnerte: »Wenn sie ihr ein Leid zugefügt haben, schwöre ich, werde ich jeden einzelnen von ihnen jagen und hängen lassen, und dich mit ihnen.«

»Gnade, mein Herr!« Der Bettler wackelte aufgeregt mit dem Kopf und strampelte mit den Beinen in der Luft. Der Samtbeutel fiel zu Boden. »Sie haben meinen Sohn mitgenommen und mich hierher geschickt! Wenn ich diese Nachricht nicht überbringe, haben sie gesagt, werden sie ihn umbringen. Gnade.«

Garrett rauschte das Blut in den Ohren, doch er stellte den Mann wieder auf seine Füße. »Wie sehen die Bedingungen aus?«

Der alte Mann wich einige Schritte zurück und stieß gegen Garretts Stuhl. Seine Hände huschten über das Hindernis, dann trat er beiseite. »Gebt mir das Lösegeld. Sie beobachten mich. Sie haben gesagt, sie geben mir meinen Sohn zurück, wenn ich ihnen das Lösegeld bringe, ohne daß mir jemand folgt.«

Garrett dankte dem Himmel, daß er in London ein kleines Vermögen von seiner Bank geholt und mit den Gepäckwagen hergeschickt hatte. Er wandte sich in Richtung Küche und befahl: »Gwynneth! Hol den Gutsverwalter!« Das unerwartete Gebrüll ließ sowohl Reverend Sneed als auch den Bettler zusammenzucken. Er wandte sich wieder dem Boten zu, jetzt mit gefährlich ruhiger Stimme. »Also schön. Wenn du das Geld überbracht hast, was dann?«

»Wenn Milord seine Herrin wiederhaben wollen, soll er zu dem alten Knorren auf dem Hügel im Dartmoor gehen, in drei Tagen. Dort wird er die Herrin finden.«

Gwynneth erschien mit Will Goodshire, dem Verwalter. »Will, zur Stelle, Sir.«

Garrett wußte, daß sie beide im Dunkel gelauscht hatten. Er nickte der Zofe zu. »Bring den Bettler in die Küche und laß ihm etwas zu essen geben. Und besorge ihm anständige Kleidung. Aber nicht ein einziges Wort zu den anderen Dienstboten über die Gubbings oder das Lösegeld. Das Blut deiner Herrin wird an deinen Händen kleben, wenn sich über diese Sache Klatsch verbreitet.«

Gwynneth wurde aschfahl. »Milord wissen, daß ich meiner Herrin niemals schaden würde.« Sie packte den Bettler am Arm und zerrte ihn unsanft zur Küche. »Ich werde den anderen nur sagen, daß er ein Bettler ist, dem Milord seine Mildtätigkeit zukommen läßt.«

Garrett hob den Samtbeutel auf und sprach den Gutsverwalter an. Erst an diesem Morgen hatte er, nervös und ruhelos wegen Bess' Ausbleiben, Will gebeten, ihm die Bücher zu bringen. Beim Durchsehen war er abwechselnd entsetzt über Bess' Armut und beeindruckt von der rechtschaffenen Arbeit des Verwalters gewesen. In Bess' Abwesenheit hatte Will Goodshires geschickter Umgang mit Elizabeths geringen Mitteln und den bedürftigen Pächtern seine Treue zweifelsfrei bewiesen. Garrett wußte, daß er dem Mann die Frage des Lösegeldes getrost anvertrauen konnte. Er gab ihm den leeren Beutel und wies ihn leise an: »Nehmt hundert Pfund aus der Geldkassette, die mit den Gepäckwagen gekommen ist, und füllt sie in diese Tasche. Wenn der Mann das äußere Tor erreicht, steckt Ihr ihm den

Beutel zu. Seht zu, daß er sicher seines Weges geht, aber erzählt niemandem von dem Lösegeld. Countess Ravenwolds Leben könnte von Eurer Verschwiegenheit abhängen.«

Will nickte ernst. »Sehr wohl, mein Herr.« Er machte sich hastig auf den Weg zur Schatzkammer.

Garrett ging zum Kamin zurück. Immer wieder lief er davor auf und ab, bis er innehielt und sich mit geschlossenen Augen an den Kaminsims lehnte. »Lieber Gott. Wenn sie sie mißbrauchen, sie vergewaltigen …« Wie konnte eine Frau jemals über so etwas hinwegkommen, und besonders Bess, nach allem, was sie unter Ravenwold erlitten hatte? Sie wäre nie wieder fähig, irgend jemandem zu vertrauen.

Fünfzehntes Kapitel

In dieser Nacht rauschte der Regen vom Himmel, und der Wind seufzte gleich Stimmen verlorener Seelen um die Burg, drang durch Mauerritzen in Garretts Gemach und ließ die Flammen einen Tanz aufführen, dennoch zog er sich nicht in sein warmes Bett zurück. Er hatte den Nachmittag damit verbracht, verschiedene Feuerwaffen einsatzbereit zu machen, die Will in der Kutsche verstecken sollte; nun blieb er bis spät in die Nacht auf, um seine eigene Pistole und seinen Karabiner zu reinigen. Er fühlte sich besser, wenn er am Lauf der Waffen entlangblickte und sich diejenigen am anderen Ende vorstellte, die seine Frau gefangenhielten. Und nachdem er seinen Pallasch gewetzt hatte, daß er ein Haar hätte spalten können, kroch er ins Bett. Dort lag er in der Dunkelheit, lauschte Wind und Regen und versuchte, nicht an das zu denken, was mit Bess geschehen mochte. Doch so sehr er sich bemühte, er konnte die Bilder nicht verscheuchen: Brutale Hände, die ihr die Kleider vom Leib rissen, sabbernde Mäuler, die ihren Körper schändeten.

Er schlief sehr unruhig.

Es war noch dunkel, als er erwachte. Wenigstens regnete es nicht mehr. Er stand auf, und da er niemanden um sich haben wollte, legte er sich seine Uniform selbst an. Er begann mit den Kniehosen und endete mit der scharlachroten Schärpe um die

Taille. Dann rüstete er sich mit seinen Waffen aus. Schließlich warf er sich die kurze Schaube über seine Schultern, schnappte sich Hut und Handschuhe und ging zu der bröckelnden Steintreppe, die an einer Wand der großen Halle hinunterlief. In der Burg war es still, bis auf das beruhigende Geschirrklappern, das aus der Küche kam. Auf dem Weg hinunter zum Frühstück sah er zu seinem Erstaunen Licht durch die Tür der Kapelle fallen. Er ging hinein und fand Reverend Sneed kniend unter dem katholischen Kruzifix vor. Alle Kerzen im Raum waren angezündet, die meisten fast heruntergebrannt. »Reverend?«

Der Geistliche bekreuzigte sich und blickte über die Schulter. »Ah. Creighton.« Er sah hinauf zu dem fahlen Licht, das durch die farbigen Glasfenster mit den mittelalterlichen Heiligenbildern fiel. »Schon Morgen?«

Garrett half dem alten Mann auf die Beine. »Wie lange seid Ihr schon hier?«

»Die ganze Nacht. Ich habe für Countess Ravenwold gebetet. Und für Euch.« Reverend Sneed stützte sich schwer auf Garretts Arm und streckte seine steifen Beine. »Kommt. Ich werde Euch beim Frühstück Gesellschaft leisten und Euch noch einige Ratschläge geben. Ihr tut gut daran, früh aufzubrechen. Ihr könntet reichlich drei Tage brauchen, um an diese Stelle mit dem alten Baumstumpf zu kommen.«

Als sie die Küche betraten, waren die Dienstboten dabei, ihren Tagespflichten nachzugehen.

Garrett bestand zum Entsetzen des Personals darauf, daß er und Reverend Sneed ihr Frühstück an einem Arbeitstisch an der riesigen Feuerstelle serviert bekamen. Die Küche war die einzige Insel von Leben und Wärme in diesem kalten, zugigen Bau.

Der Geistliche und er hatten eben knusprigen Speck und Schüsseln voll Porridge mit viel Sahne verzehrt, als einer der Stallburschen an ihren Tisch trat. Der Junge verbeugte sich vor

Garrett. »Ich habe das stärkste Streitroß gesattelt, Milord, wie Ihr befohlen habt.«

»Ist die kleine Kutsche angespannt?«

»Jawohl, Sir, und Will wartet auf dem Kutschbock.« Der Junge zögerte, offensichtlich verwirrt darüber, daß Garrett sich den Verwalter zum Kutscher gewählt hatte, wenn es doch andere von geringerer Stellung gab, die das zudem um einiges besser konnten.

Garrett erhob sich. »Dann hol mein Pferd.« Er wandte sich an Reverend Sneed und reichte ihm die Hand, um ihm ein herzliches Lebewohl zu sagen. »Ich danke Euch für alles. Die Kutsche, in der Ihr gekommen seid, gehört Euch. Bitte nehmt sie mit meinem aufrichtigen Dank. Ich habe den Kutscher und seinen Gehilfen bereits dafür bezahlt, daß sie Euch nach Salisbury zurückbringen, sobald Ihr reisefertig seid.« Er nahm seinen Hut. »Ich hoffe, Ihr werdet geradewegs nach Hause fahren.«

Reverend Sneed nickte. »Das werde ich, obwohl ich lieber mit Euch kommen würde.« Er sah Garrett in die Augen. »Lady Elizabeth ist eine außergewöhnliche Frau, Creighton – intelligent, einfallsreich, tapfer und bereit, jedes Opfer zu bringen ... Selbst, wenn man die ungewöhnlichen Umstände Eurer Eheschließung bedenkt, seid Ihr mit dieser Ehefrau gesegnet.«

»Gesegnet?« Garrett lächelte über die Ironie. Erleichtert, daß keine Bedienten in Hörweite waren, gestand er: »Vielleicht werde ich Euch beipflichten, wenn ich sie als meine Frau *gehabt* habe, wie Ihr es so treffend formuliert habt. Bis dahin werde ich mich eines Urteils enthalten. Und nun, mein Freund, muß ich aufbrechen, um meine tapfere, intelligente, einfallsreiche Frau zu retten.«

Der Geistliche bekreuzigte sich. »Gott sei mit Euch.«

Garrett verließ die Küche und bemerkte, daß anscheinend alle Dienstboten verschwunden waren. Er fragte sich, wohin, doch als er den Burghof betrat, sah er es.

Sie warteten auf ihn; schweigend und in ihre Mäntel gehüllt standen sie hinter dem Stallburschen, der Creightons riesigen kastanienbraunen Hengst am Zügel hielt. Einige der Diener trugen Heugabeln, manche Knüppel, andere nur ihre magere Wegzehrung, doch jeder einzelne Bediente stand reisefertig vor ihm. Und bei ihnen waren mindestens siebzig weitere Leute, offensichtlich Bess' Pächter und ihre Familien, sämtlich von Hunger gezeichnet.

Keiner sagte ein Wort. Alle sahen ihn nur an und erklärten stumm ihre Treue zu Bess durch ihre Haltung und die Entschlossenheit, die in ihren eingesunkenen Augen stand. Garrett konnte in ihren Gesichtern lesen, daß jedem von ihnen das Wohlergehen ihrer Herrin am Herzen lag.

Garrett bezweifelte, daß seine eigenen Bauern ihm so bereitwillig zu Hilfe eilen würden; er war zu lange von Chestwick fortgewesen. Plötzlich befiel ihn Heimweh.

Eine ausgemergelte Frau trat vor, gefolgt von einer Schar dürrer, schmutziger Kinder; ihre Hand ruhte auf der Schulter eines Jungen, der nicht älter sein konnte als zehn. Die Frau blieb vor Garrett stehen und knickste. »Guten Morgen, Eure Lordschaft. Ich bin die Witwe Edmunson. Wir ha'm gehört, daß unsere Herrin vermißt wird, und wir sind alle hier, um suchen zu helfen.« Sie schob den Jungen nach vorne. »Das ist Tannie, mein Ältester. Er ist ein starker Bursche und kann sehr schnell laufen.« Sie zog ihren fadenscheinigen Schal gegen den Morgennebel enger um sich. »Ich würd' ja selber gehen, aber ich war sehr krank. Wär' längst tot und begraben, wenn die Herrin nicht wär'. Ein Engel, das ist sie, ein Engel Gottes, hat geputzt und gekocht und mich gepflegt, Monate lang, damit diese Kleinen nicht ihre Mutter verlier'n.«

Bess hatte für ihre Bauern geputzt und gekocht?

Garretts Unbekümmertheit verließ ihn vollends. Nun verstand er, warum Bess selten lächelte. Jahrelang hatte sie gekämpft, um ihre Leute vor dem Verhungern zu bewahren, während ihr Mann sein Vermögen durchbrachte. Es sah Bess mit den Augen ihrer Bauern und erkannte eine neue Seite an seiner Frau – einer Frau, die verzichtete, damit andere essen konnten; adlig geboren und dennoch demütig genug, niedere Arbeiten zu verrichten, um den Geringsten unter denen zu helfen, die in ihrem Schutz standen.

Ein unerwarteter Sturm von Gefühlen verschlug ihm fast die Sprache. Garrett räusperte sich und sagte: »Als Herr von Ravenwold bin ich tief gerührt von eurer Treue zur Gräfin.« Wieviel durfte er ihnen sagen? »Eure Herrin wird sehr glücklich sein zu hören, wie schnell ihr bereit wart, ihr zu Hilfe zu kommen, aber glücklicherweise ist das nicht mehr nötig. Ich weiß, wo sie ist, und habe Vorbereitungen für ihre Rückkehr getroffen.«

Ein Raunen ging durch die Menge.

»Ich werde nicht eher ruhen, bis eure Herrin in Sicherheit ist«, schwor er.

Während die Bauern über die Bedeutung dieser letzten Worte diskutierten, wandte Garrett sich an Gwynneth. »Frage Will, wo er die Geldkassette aufbewahrt, und hol sie her, dann sage dem Koch, er soll für alle eine Mahlzeit bereiten. Während sie essen, nimm für jeden Mann, jede Frau und jedes Kind zehn Pence als Geschenk aus der Truhe. Teile das Geld aus, wenn sie gehen, und sage ihnen, daß die schweren Zeiten für sie vorüber sind.«

»Ihr seid sehr großzügig, Eure Lordschaft«, murmelte Gwynneth stirnrunzelnd, »aber wenn wir diese Leute durchfüttern, was sollen wir dann essen? Die Vorratshäuser sind fast leer. Es reicht auf keinen Fall bis zur Ernte, und –«

»Gwynneth, ich habe viel Geld, selbst in Kriegszeiten. Niemand wird hier je wieder hungern müssen, nicht, solange ich die Mittel habe, es zu verhindern. Nun lauf los und tu, was ich

dir gesagt habe. Will und ich müssen uns auf den Weg machen.«
Er blickte zum wolkenverhangenen Himmel empor, dann wieder zu den Pächtern. »Bitte, geht hinein und wärmt Euch am Feuer.« Während die raunenden Bauern in die Küche zogen, saß Garrett auf den großen kastanienbraunen Hengst auf und lenkte ihn zum Tor. Er gab Will auf dem Kutschbock das Zeichen, ihm zu folgen, und trieb sein Pferd vorwärts, dem Dartmoor zu.

Der Weg ins Moor erwies sich als schwierig. Der Regen der vergangenen Nacht hatte die Straße dorthin in einen Morast verwandelt. Als sie die nordwestliche Grenze des riesigen Hochmoores erreichten, waren zwei Tage vergangen und die erschöpften Männer schlammbesudelt.
Garrett brachte sein Pferd am Rande des Moores zum Stehen und versuchte angestrengt, im Nebel etwas zu erkennen. Als die Kutsche neben ihm hielt, zeigte er auf eine kaum erkennbare Erhebung in der Ferne und fragte Will: »Was ist das?«
»High Willhays, Eure Lordschaft! Bei klarer Sicht kann man von dort aus das ganze Moor überblicken. Wollen hoffen, daß es bald regnet und der Nebel verschwindet. Im Nebel können Eure Lordschaft nicht reiten«, erklärte Will. Und als ob der Himmel ein Einsehen hätte, brachte der Atlantikwind die ersten Regentropfen mit. Garrett sagte zu Will: »Wartet hier. Und haltet die Pistolen, die ich Euch gegeben habe, schußbereit. So Gott will, werde ich morgen um diese Zeit mit Countess Ravenwold hier sein.« Er lenkte sein Pferd ins Moor.
Nach drei Stunden wachsamen Ritts erreichte er den Kamm des High Willhays. Garrett richtete seinen Blick nach Südwesten, zur Mitte des Moores.
Dann entdeckte er ihn, eine einsame Silhouette auf einem Hügel am Horizont.

Der Knorren. Er mußte es sein.
Er trieb sein Pferd den Hügel hinunter, langsamer als er wollte, aber das fremde Gelände ließ ein schnelleres Tempo nicht zu. Nebel begann sich wieder in den Senken zu sammeln und nahm ihm manchmal die Sicht, doch bei Sonnenuntergang erreichte Garrett den verwitterten, hohlen alten Baumstamm.
Bess war nicht da.
Er hatte nicht wirklich erwartet, daß sie hier sein würde – jedenfalls noch nicht –, aber er fühlte einen tiefen Stich der Enttäuschung.
Er wickelte sich gegen die abendliche Kälte eng in seinen Umhang, ließ sich bei einem Gebüsch nieder und wartete. Er versuchte, wach zu bleiben, nickte aber immer wieder ein, um dann von der unnatürlichen Stille geweckt zu werden, die sich in der Wildnis nach einer Störung ausbreitet. Jedesmal kroch er zu dem Baumstumpf, doch gab es kein Zeichen von Bess oder den Gubbings.
Das letzte Mal nickte er kurz vor Sonnenaufgang ein. Im ersten fahlen Morgenlicht wurde er von gedämpften Geräuschen geweckt, die sich wie Schritte anhörten. Nebel war aufgekommen, so dicht, daß Garrett kaum einen Meter weit sehen konnte. Er stand auf und näherte sich vorsichtig dem Knorren.
Bess war da, an den Stumpf gebunden, ihr Kopf auf die Brust gesunken, das Gesicht mit wirren blonden Strähnen verhängt. Der Samtbeutel hing schwer um ihren Hals.
Mit klopfendem Herzen ging Garrett auf sie zu und wappnete sich für das Schlimmste. Behutsam hob er Bess' Kinn an und strich ihre blonden Locken zurück. Was er sah, ließ ihn aufstöhnen.
Ihre einst so schön geformten Lippen waren aufgeplatzt und geschwollen, ihre zarte Elfenbeinhaut von blauen Flecken übersät. Das Vorderteil der Bluse war über dem Mieder auseinandergerissen, und dunkle Blutergüsse zeigten sich über ihren

Brüsten. Aber Bess lebte. Ihre Schlagader am Hals pulste kräftig, und sie atmete langsam und gleichmäßig. »Gott sei Dank.« Garrett schlang seine Arme um sie und drückte sie an sich, roch ihren unverwechselbaren süßen Duft, den sie trotz Schmutz und Tortur verströmte. Seine Schultern fielen herunter, und eine so unsägliche Spannung löste sich, daß er sich kaum aufrecht halten konnte. Dann straffte er sich. Sie waren noch nicht außer Gefahr.

Zuerst mußte er ihr den verdammten Beutel vom Hals nehmen. Er hob vorsichtig die seidenen Bänder an. Das Gewicht des Beutels überraschte ihn, und als er ihn Bess abnahm, hörte er das unverkennbare Klingeln von Münzen. Er öffnete ihn und fand das meiste, wenn nicht alles Lösegeld darin.

Eine harte weibliche Stimme ertönte aus dem Nebel: »Für unsere Kinder!«

Eine zweite Stimme, diesmal männlich, bellte: »Nimm sie und packt euch!« Dann entfernte sich gedämpfter Hufschlag.

Sofort kampfbereit, schützte Garrett Bess mit seinem Körper, doch als der Hufschlag verklungen war, war es totenstill um sie. Sie waren allein.

Er hängte den Beutel mit dem Gold an den Gurt unter seine Schärpe. Warum hatten die Gubbings das Lösegeld zurückgegeben? Sie waren berüchtigt für ihre Habgier und ließen sich keinen Viertelpenny durch die Lappen gehen.

Er zog seinen Dolch, wollte weg von diesem unheimlichen Ort. Er stützte seine bewußtlose Ehefrau mit seinem Körper und zertrennte die Seile, die sie aufrecht hielten. Bess fiel in seine Arme wie ein Stück Holz.

Garrett legte seine kratzige Wange an ihre und flüsterte heiser: »Es ist alles gut, Liebste. Du bist in Sicherheit.« Ihre Haut an seinem warmen Körper fühlte sich kalt und leblos an. Er versuchte, nicht daran zu denken, was sie ihr angetan haben mochten.

Ein dunkles Pünktchen sprang aus ihrem Haar auf seinen Man-

tel, und noch eines. Garrett spürte etwas an seinem Nacken. Flöhe! Sie war wahrscheinlich voll von Flöhen – und weiß der Himmel, wovon sonst noch – nach mehreren Tagen bei den Gubbings. Darum würde er sich später kümmern. Erst einmal mußte er sie sicher nach Hause bringen. Garrett trug Bess zu seinem Pferd und legte sie so sanft wie möglich quer über den Sattel, bevor er aufstieg und sie an sich drückte.
Wie lange würde sie in diesem Zustand bleiben, fragte er sich, und welche grauenhaften Erinnerungen erwarteten sie, wenn sie erwachte?

Die Morgensonne hatte den Nebel aufgelöst, als der Hengst ihn und die noch immer ohnmächtige Bess über den High Willhays trug. Garrett konnte dank der hellen Sonne schneller reiten und erreichte die Straße in einem Bruchteil der Zeit, die er am Abend zuvor gebraucht hatte, um sich den Weg durch das Moor zu suchen.
Er sah Rauch aufsteigen und betete, es möge Wills Lagerfeuer sein. Garrett trieb sein Pferd den Hügel hinunter.
Will war trostlos zumute, als er seine Herrin erblickte. »Ihr habt sie also gefunden.« Er sah Garrett fragend an. »Ist sie tot?«
»Sie lebt, aber sie ist bewußtlos.« Garrett brachte sein Streitroß neben dem Feuer zum Stehen. »Ich weiß nicht, was ihr fehlt. Sie hat sich nicht gerührt, seit ich sie gefunden habe. Nehmt sie, aber vorsichtig.« Er ließ sie in Wills wartende Arme sinken und stieg ab. »Hier. Gebt sie mir.« Er wollte sie nicht einmal für einen kurzen Moment aus seinen Armen lassen. »Holt ein paar Decken. Lady Elizabeth ist kalt wie Stein.«
Es war nicht einfach, aber mit viel Geschiebe und Gezerre schaffte Garrett es, sich und Bess in den Wagen zu manövrieren. Er hielt sie fest an sich gedrückt und sank auf die Bank. Ein Dutzend Flohbisse quälten ihn, doch er hielt Bess umfangen. Flöhe waren seine geringste Sorge.

Will erschien mit zwei dicken Wolldecken. Während der Verwalter sie um seine bewußtlose Herrin wickelte, fragte Garrett: »Ist irgend etwas vorgefallen, während ich weg war?«
»*Aye,* Milord.« Will setzte sich ihm gegenüber. »Schlechte Neuigkeiten, fürchte ich. Eine Kompanie Kavallerie ist vorbeigekommen.«
»Was wollten sie hier draußen?«
»Roundheads jagen. Anscheinend treibt sich ein Stoßtrupp aus Plymouth irgendwo zwischen hier und Bude herum. Die Soldaten haben gesagt, daß wir nicht diesen Weg nach Hause nehmen sollten.«
»Es gibt keinen anderen Weg«, sagte Garrett niedergeschlagen. Wie, zur Hölle, sollte er Bess nach Ravenwold zurückbringen?
Dann kam ihm der Gedanke, daß er das gar nicht wollte. In dem zugigen Bau war es so kalt wie in einem Grab, und es gab keinen Arzt, von der düsteren Atmosphäre ganz zu schweigen, die über dem alten Gemäuer hing. Warum sollten sie überhaupt nach Ravenwold zurückfahren? Exeter war näher. Mit dem Lösegeld konnte Garrett einen Arzt bezahlen, eine ordentliche Unterkunft mieten und Kleider nähen lassen. Und sobald Bess reisen konnte, würde er sie nach Hause bringen, nach Chestwick.
Er hätte sie gleich dorthin bringen sollen, aber seine Familie sollte nicht sehen, wie seine Frau ihn verhöhnte und verachtete. Jetzt war er über solche Eitelkeit erhaben. Wenn die Gubbings sie mißbraucht hatten, würde Bess Hilfe brauchen, um darüber hinwegzukommen – Hilfe, die kein Mann ihr geben konnte; doch seine Mutter und seine Schwestern konnten es.
Garrett blickte hinunter auf das zerschundene Geschöpf in seinen Armen. Die dunklen Blutergüsse auf ihrer hellen Haut standen in krassem Gegensatz zu ihren goldenen Wimpern und wirren Locken, was ihr das Aussehen eines zerbrochenen

Engels verlieh. Hatte sie so ausgesehen, nachdem Ravenwold sie verprügelt hatte? »Wach auf, Bess«, drängte er mit von Mitleid erstickter Stimme. »Mach die Augen auf. Ich bin's, Garrett.« Er schüttelte sie sanft und betete um ein Fünkchen Leben, das ihm zeigte, daß sie Seele und Verstand nicht verloren hatte. Doch sie gab kein Zeichen von sich. Sie lag teilnahmslos in seinen Armen.

»Oh, Bess«, sagte er leise, »es tut mir so leid. Aber es ist vorbei. Du bist in Sicherheit.« Er wiegte sie in seinen Armen und empfand zum ersten Mal seit ihrer Hochzeit männlichen Besitzerstolz. Sie war die Seine, in guten und in schlechten Zeiten.

Eine Annullierung der Ehe kam für ihn nicht in Betracht, nicht nach dieser Erniedrigung und Schändung, die Bess hatte erleiden müssen, weil er sie nicht beschützt hatte. Was auch immer die Gubbings ihr angetan haben mochten, er würde sie als seine Ehefrau anerkennen und ihr beistehen. Chestwick würde nun auch ihr Zuhause sein.

Er lehnte sich aus dem Fenster und rief Will zu: »Lady Elizabeth braucht einen Arzt. Ich habe beschlossen, sie nach Exeter zu bringen. Kennt Ihr den Weg?«

»Ja, Sir. Es sind nur ein paar Stunden diese Straße hinunter.«

»Gut. Bringt uns so schnell wie möglich hin.«

Die Kutsche kam langsam, aber stetig vorwärts, und nach drei Stunden Fahrt regte Bess sich zum ersten Mal. Sie seufzte leise in Garretts Armen und fuhr sich mit der Zunge über die geschwollenen Lippen.

»Hast du Durst, mein Schatz?« Garrett hatte einen Becher Apfelwein in der Hand. Er hatte schon einmal versucht, ihr etwas einzuflößen, doch der Wein war ihr aus den Mundwinkeln gelaufen. Als er diesmal den Becher an ihre Lippen setzte, schluckte sie.

Bess verzog das Gesicht und runzelte die Stirn. Ihre blonden

Wimpern flatterten kurz, bevor sie die Augen wieder schloß und Tränen über ihre Wangen liefen.
»Hast du Schmerzen?« fragte Garrett, in Erinnerung an die Qual, die er in jenem kurzen Moment ihres Erwachens in ihren Augen gelesen hatte.
»Die Babys«, flüsterte sie. Ihr ganzer Körper begann zu zittern, und sie schluchzte auf.
Garrett hielt sie noch fester. »Schsch. Es ist vorbei, Bess. Du bist in Sicherheit. Niemand wird dir etwas tun.«
»Lieber Himmel, die Babys. Das Fieber. So viele. So hilflos.« Sie wand sich und versuchte sich aus seinen Armen zu befreien. Sie riß die Augen auf und starrte ihn verständnislos an. Ihre Pupillen waren so geweitet, daß um ihre großen schwarzen Scheiben nur ein schmaler blauer Ring verblieb. Garrett meinte in ihre Seele zu schauen, als sie ihn voll Verzweiflung anstarrte und ihren Tränen freien Lauf ließ. »Ich habe es versucht. Ich habe es wirklich versucht«, murmelte sie. Ihre Stimme klang unnatürlich belegt, und sie sprach undeutlich. »Aber ich konnte nichts tun. Nichts.« Sie drückte ihr Gesicht an seine Brust, krallte ihre Finger in seinen Mantel und begann wieder zu schluchzen.
Schmerz wühlte in ihm wie eine rostige Klinge. »Bess, alles ist gut. Es ist vorbei, und du lebst.« Er streichelte die Decken über ihrem Rücken. Das arme Geschöpf. Nichts von alledem hätte jemals geschehen dürfen. Wenn er sie nur nicht allein gelassen hätte … »Schsch. Schlaf wieder ein. Du bist in Sicherheit. Ich bringe dich nach Hause, Bess. Nach Hause.« Er wiegte sie sanft und war froh, daß sich ihr Körper entspannte.
Was auch immer mit ihr geschehen war, würde auf Chestwick heilen.

Sechzehntes Kapitel

Es war dunkel, als Elizabeth schreiend aufwachte. Einen verwirrten Moment lang wußte sie nicht, wo sie war, nur, daß etwas Gewichtiges und Grauenhaftes geschehen war. Es war so dunkel, und um sie war soviel Lärm. Alles bewegte sich.

Warum konnte sie nicht richtig denken? Jemand mußte sie betäubt haben. Sie hatte solche Schmerzen schon einmal erlitten; ihr Kopf schien zu bersten, und ihr ganzer Körper schmerzte. Durstig. So durstig. Ravenwold ... hatte er sie wieder geschlagen? Nein. Er war tot.

Starke Arme hielten sie umschlungen und wiegten sie in der klappernden, rüttelnden Dunkelheit hin und her. »Schsch. Es ist alles gut, mein Schatz. Du bist in Sicherheit. Wir fahren nach Hause.« Die männliche Stimme war beruhigend und vertraut, aber die Enge in seinen Armen weckte schreckliche Bilder der Erinnerung – brutale Hände, die sie zu Boden zerrten; ein stinkender Mund mit verfaulten Zähnen, der sich auf ihren drückte, bis sie in die drängende, ekelhafte Zunge biß und Blut schmeckte; dann brutale Schläge mit der offenen Handfläche in ihr Gesicht, so heftig, daß sie glaubte, sie würden ihr das Genick brechen. Die Gubbings hatten sie niedergeworfen und gefesselt. Sie erinnerte sich an die Fesseln, die in ihre Handgelenke schnitten, als sie kämpfte, um sich zu befreien; doch je hefti-

ger sie sich gegen die Arme wehrte, die sie festhielten, desto enger schlossen sie sich.
Dann erinnerte sie sich, sah alles vor sich ausgebreitet wie ein lebendiges Gemälde. Sie hörte auf, sich zu wehren. Die Bilder waren so real, daß sie den Gestank im Lager der Gubbings und den Rauch, der über ihren feuchten, armseligen Hütten hing, fast riechen konnte. Derbe, schmutzige Frauen hatten sie aus den Türen angestarrt, in ihren harten Gesichtern standen Mißtrauen, Haß und Neid.
Elizabeth hatte versucht, erhobenen Hauptes zu gehen, doch der Morast war so tief, daß sie bei jedem Schritt bis zu den Knöcheln versank. Ungeduldig warf einer der Männer sie sich grob über die Schulter und schleppte sie wie einen Sack Getreide in die Hütte des Anführers, wo er sie auf den gestampften Boden fallen ließ.
Sie hatte sich auf die Füße gekämpft, halb erstickt vom Qualm des Torffeuers, der sich mit dem Gestank von Urin und Kot in der Hütte aus Grassoden mischte.
Der Anführer – ein dicker, sommersprossiger Mann in dreckstarrenden Lumpen – sah sie mit einem unnatürlichen Leuchten in den Augen an. Sein Weib hatte tatsächlich geknurrt, als seine fleischige Pratze Elizabeths Bluse zerriß und grob ihre Brüste befingerte.
Wenn ihre Medizin nicht gewesen wäre, hätte er sie auf der Stelle genommen. Nun hörte Elizabeth ihre eigene Stimme in der Dunkelheit flüstern: »Die Heilkräuter.«
Die beruhigende Stimme fragte: »Was ist mit den Heilkräutern, Bess?«
Bess? Niemand nannte sie Bess. Niemand außer – »Wo bin ich?« fragte sie überraschend deutlich.
»Sicher in den Armen Eures Mannes, Bess. Es ist vorbei. Sie werden Euch nichts mehr tun.«
»Creighton«, sagte sie mit dünner Stimme und verstummte. Sie

blieb eine Gefangene. Der Viscount mußte den Roundheads entkommen sein und sie ausgelöst haben.
»Ah, Bess.« Er seufzte. » Meint Ihr nicht, nach allem, was wir gemeinsam durchgemacht haben, daß Ihr mich Garrett nennen könntet?«
Elizabeth antwortete nicht. Warum hatte Creighton sich die Mühe gemacht, sie zu retten? Er hatte diese Ehe ebensowenig gewollt wie sie. Wäre es für ihn nicht einfacher gewesen, sie von den Gubbings töten zu lassen? Sie hatte mit angehört, wie sie ihren Tod planten, ungeachtet des Lösegeldes.
Aber das war, bevor sie von dem Fieber erfuhr, bevor sie ihr eigenes Leben rettete, indem sie versuchte, die Kinder der Gesetzlosen zu retten. Als sie nun an diese schrecklichen Tage und Nächte zurückdachte, entrang sich ein qualvoller Seufzer den Tiefen ihrer Seele.
Sie kuschelte sich in Creightons Arme und krallte die Finger in sein Velourswams. »Guter Gott, die Babys, und die Kinder … sie starben in meinen Armen. Ich habe alles versucht, um sie zu retten. Ich habe meine Arzneien verwendet, den Frauen alles beigebracht, was ich weiß, aber nichts hat geholfen.« Ihre Totenklagen hallten in ihrer Erinnerung wider. »Das Zigeunerfieber. Die Babys hatten keine Chance. Nur acht von dreißig haben schließlich überlebt.« Ihre eigenen Abwehrkräfte hatten sie geschützt, aber die Kinder – in Lumpen gehüllt, vor Dreck starrend und unterernährt – waren der tödlichen Krankheit ausgeliefert gewesen. »So hilflos. So vertrauensvoll. Ihre Augen, wenn sie zu mir aufblickten. Und dann waren sie tot.« Jeder einzelne Todesfall hatte ihr einen Stich versetzt, ihren sorgfältig errichteten Panzer durchbrochen, lebenslang unterdrückten Schmerz und Verlust freigesetzt. Nun klammerte sich Elizabeth in der Dunkelheit an Creighton, als sei er ihr einziger Anker in einem unendlichen, alles verschlingenden Strudel der Pein.
Sie weinte um die hilflosen Kinder, die in ihren Armen gestor-

ben waren. Um ihre Schwester Charlotte. Um ihre Mutter. Um das Kind, das sie nie gewesen war. Um das Kind, das sie nie haben würde. Sie weinte, bis sie keine Tränen mehr hatte.

Garrett machte in Exeter einen Arzt ausfindig, der ihm versicherte, daß Bess' Verletzungen nur oberflächlich seien. Obwohl sie unter starken Drogen stand, erklärte er sie für reisefähig. Leider sei in ganz Exeter kein einziges Zimmer zu bekommen, meinte der Arzt; Gasthäuser, Scheunen und Privathäuser würden gleichermaßen überquellen, nicht nur weil Königliche Truppen Quartier bezogen hatten, sondern weil auch die Landbevölkerung in der Stadt Schutz vor den Überfällen von Cromwells Soldaten suchte. Garrett wurde bald klar, daß im Krieg selbst Gold und Stand nicht ausreichten, um ein Bett zu bekommen. Sie waren gezwungen, nach Bristol weiterzureisen.

Er fand schließlich am äußersten Rand der Hafenstadt ein Zimmer für sie, und es war auch höchste Zeit. Nach Bess' schmerzhaftem Zusammenbruch fürchtete er um ihren Verstand. Sie hatte seither kein Wort gesprochen, nur dumpf ins Leere gestarrt oder sich in einer Ecke zusammengerollt und möglichst weit entfernt von ihm unruhig geschlafen. Zumindest war sie nun sauber und lag in einem ordentlichen Bett.

Er streckte die Arme zur Decke und dehnte sich gähnend in seinem Stuhl am Bett. Als er wieder nach Bess sah, schaute sie ihn an – mit dem ersehnten Funken Lebendigkeit in ihren blauen Augen. Garrett zog eine Braue in die Höhe. »Nun, es war allmählich Zeit, daß Ihr aufwacht. Wie fühlt Ihr Euch?«

Zu seiner Überraschung antwortete sie: »Ich habe Durst. Und alles tut mir weh.« Bess schnüffelte. »Puh. Stinkt wie faule Eier.« Sie blinzelte und blickte sich dann stirnrunzelnd im Zimmer um. »Wo sind wir?«

»In Bristol.« Er sagte ihr nichts von dem Schwefelpulver, das er in ihr Haar gestreut hatte. Das Wichtigste zuerst. Er stand auf und goß einen großzügigen Schluck Rotwein in einen Pokal.

»Hier. Probiert das mal.« Er stützte sie und neigte den Pokal an ihre Lippen.
Sie nippte daran, verzog das Gesicht und drehte sich weg. »Wein? Gibt es denn keine Suppe«, brummte sie, »oder Apfelsaft? Alles, bloß keinen Wein.«
»Suppe? Ich lasse Euch sofort etwas Suppe bringen, Eure Hoheit«, sagte er, um seine Erleichterung hinter Sarkasmus zu verstecken. Sie erholte sich offenbar. Reizbarkeit war auf jeden Fall besser als das qualvolle, unzusammenhängende Gebrabbel der letzten zwei Tage.
Bess runzelte die Stirn. »Bristol?«
»Immer noch ein wenig begriffsstutzig, nicht wahr, mein Mädchen?« Er setzte sich neben sie. »Ja, Bristol. Ich habe beschlossen, Euch nach Hause zu bringen.«
»Aber Bristol liegt über dreißig Meilen in der entgegengesetzten Richtung von Ravenwold. Warum –«
»Ravenwold?« Er schüttelte den Kopf. »Nicht an diesen zugigen, deprimierenden Ort. In *mein* Zuhause. Nach Chestwick, in Shropshire.«
»Shropshire!« Sie fuhr hoch und starrte ihn mit zusammengekniffenen Augen an. »Shropshire liegt auf halbem Wege nach Schottland! Muß ich Euch daran erinnern, Sir, daß wir Bürgerkrieg haben? Warum, um Himmels willen, reist Ihr quer durch sechs Counties, wenn Ravenwold Castle nur einen Tagesritt –«
Garrett freute sich zwar, daß sie wieder Leben zeigte, doch es wurde ihm rasch zuviel. Er schnitt ihr das Wort ab: »Ich habe meine Gründe, Bess, und es sind gute Gründe.« *Und ich will verdammt sein, wenn ich Euch alle meine Handlungen erklären muß.* Er hatte fast vergessen, wie sie ihm manchmal auf die Nerven ging. »Chestwick ist jetzt auch Euer Zuhause. Außerdem ist es höchste Zeit, daß Ihr meine Familie kennenlernt.«
»Eure Familie?« Elizabeth konnte sich nicht vorstellen, was für

eine Familie einen Mann wie Creighton hervorbrachte. Aber es war merkwürdig, daß sie bisher nie daran gedacht hatte, ihre Schwiegerfamilie kennenzulernen. Was würden sie von ihr denken, und sie von ihnen?

Sie blickte sich um. »Wo ist Gwynneth?«

»Sie wird nach Chestwick kommen. Ich habe Will gestern nach Ravenwold zurückgeschickt, mit Order an Gwynneth, sofort nach Chestwick aufzubrechen. Sie wird Eure Sachen mitbringen. Und Mister Cromwell natürlich. Ich würde nicht im Traum daran denken, Euer Schoßtier zurückzulassen.«

»Dieses Schwein?« Ihre Blutergüsse schmerzten von der Hitze der Feindseligkeit, die sie beim Gedanken an diese lästige Kreatur durchströmte – und ob Creightons offensichtlichem Vergnügen über ihren Ärger.

»Überlegt doch mal«, sagte er. »Wenn Mister Cromwell in Chestwick ankommt, ist sie das meistgereiste Schwein Englands.«

»Ihr seid unmöglich, Sir.« Elizabeth zog sich die Decke höher über ihre Brust. Zum ersten Mal bemerkte sie die fremden Spitzenmanschetten. »Woher kommt dieses Nachtgewand?«

»Ich habe es gekauft, während Ihr schlieft.«

»Und wieso, bitte sehr, habe ich es an?«

»Ich habe es Euch angezogen. Nachdem ich Euch ausgezogen und gebadet habe. *Und* Euch mit Schwefel –«

»Mich gebadet?« unterbrach ihn Elizabeth. Sie rutschte tiefer unter die Bettdecke. »Das kann nicht sein. Ich würde mich daran erinnern.«

Creighton wurde ernst. »Ihr wart betäubt, als ich Euch gefunden habe, mit einer gefährlich hohen Dosis, sagte der Arzt in Exeter. Er meinte, es sei ein Wunder, daß Ihr noch atmet. Ihr wart tagelang nicht bei vollem Bewußtsein.« Er lenkte das Gespräch wieder auf ihr Bad. »Ich konnte nicht warten, bis Ihr aufwacht, um Euch zu baden, Bess. Ihr wart voller Flöhe, und ich auch. Wir haben beide ein gründliches Bad gebraucht.«

»Flöhe?« Ihr blieb der Mund offenstehen. »Ich hatte in meinem ganzen Leben noch keine Flöhe.«

»Nun, Ihr hattet sie, als ich Euch fand, und die Hälfte dieser kleinen Teufel ist zu mir umgezogen.« Er kratzte sich am Kopf bei der bloßen Erwähnung der Flöhe. »Ich bin die meisten wieder losgeworden.«

Elizabeth griff schnell nach dem Kragen ihres Nachtgewandes, schaute an sich hinunter. Als sie die bösen dunkelblauen Flekken auf ihren Brüsten sah, ließ sie das Gewand los. Ihre Hand flog an ihre geschwollenen Lippen; sie schob einen Ärmel hoch und sah weitere Blutergüsse und die roten Striemen um ihr Handgelenk. Sie brauchte keinen Spiegel, um zu wissen, daß auch ihr Gesicht gezeichnet und angeschwollen war. »Ich kann niemandem vorgestellt werden, so wie ich aussehe.« Sie drehte sich zu ihm um, Tränen standen ihr in den Augen. »Eure Familie … sie dürfen mich so nicht sehen.«

Er schaute sie mitleidsvoll an. »Seid nicht töricht. Da ist nichts, dessen Ihr Euch schämen müßtet, Bess. Meine Mutter und meine Schwestern sind sehr fürsorglich. Sie werden ihr Bestes tun, um Euch dabei zu helfen, Euch von dieser Schändung zu erholen.« Dies eine Mal schien er ihr aufrichtig zu sein. »Die Vergangenheit ist vergangen. Ihr lebt. Das allein ist wichtig. Und Ihr habt die Chance, das Leben an einem neuen Ort ganz von vorn zu beginnen. Wir fahren nach Hause, Bess.«

Trotz klaren Wetters und einem warmen Wind, der die Straßen trocknete, brauchten sie eine Woche nach Shropshire. Als sie die County-Grenze passierten, war Elizabeth zu dem Schluß gekommen, daß die Gubbings sie doch getötet hatten und dies die Hölle war, auf ewig gefangen in einer Kutsche mit Garrett Creighton und einer unbesiegbaren Population Flöhe. Ihre Blutergüsse hatten sich allmählich aufgehellt, aber nun war sie von juckenden roten Flohbissen bedeckt, und Creighton ebenfalls.

Er kratzte sich am Arm und deutete aus dem Fenster. »Seht, Bess. Da ist der Teich, in dem ich als kleiner Nackedei immer schwimmen war. Und da, der Obstgarten. Ich habe immer Ärger bekommen, weil ich in die Apfelbäume stieg.«

Elizabeth betrachtete die heitere, hügelige Landschaft. Hier also war Creighton aufgewachsen. Nach dem Klang seiner Stimme und dem Ausdruck zärtlicher Erinnerung in seinen Augen zu urteilen, mußte er eine sorglose Kindheit gehabt haben. »Wie lange ist es her, seit Ihr zuletzt zu Hause wart?«

»Fünf Jahre.« Er starrte ernst aus dem Fenster. »Viel zu lange.«

Garrett hatte ihr von seiner Familie erzählt, doch sie betrachtete das strahlende Bild, das er gemalt hatte, mit einiger Skepsis. Wenn die Creightons eine so glückliche Familie waren, warum war er so lange fortgeblieben? Dennoch ergaben Annes Worte einen Sinn. Angesichts der Liebe, mit der er aufgewachsen war, war es durchaus möglich, daß der reiche Erbe nicht das Bedürfnis hatte, anderswo Zuneigung zu suchen. Elizabeth konnte das nur vermuten, denn sie hatte keine Vorstellung davon, wie es war, Teil einer glücklichen Familie zu sein.

Creighton zeigte nach vorn auf ein Paar wundervoller Sandsteinpfeiler, die einen kunstvollen schmiedeeisernen Bogen trugen. »Da sind wir.«

Elizabeth war fasziniert von dem Wappen über dem Tor – ein Einhorn im Sprung auf einem Schild mit drei Sternen. Wie passend, daß ein Mann wie Creighton ein solch wunderliches Wappen hatte.

Der Torwächter öffnete eiligst beim Anblick seines endlich heimgekehrten Herrn.

Als sie das Tor von Chestwick passiert hatten, versuchte Elizabeth zu verbergen, wie beeindruckt sie von dem weitläufigen, sehr gepflegten Gelände war. Sie hatte noch nie eine schönere Landschaft gesehen. Fröhliche Bäche wanden sich durch die Idylle. Schwäne glitten über ruhige Teiche, in deren Wassern sich blühende Rhododendren und Wasserlilien spiegelten. Dann beschrieb die kiesbedeckte Auffahrt eine Kurve, und Bess hätte fast laut nach Luft geschnappt. Eine Allee, ein von uralten Eichen in vollkommener, majestätischer Symmetrie dicht gesäumter Parkweg, führte zu einem eleganten dreistökkigen Herrenhaus in braunem Backstein hinauf.

Sie strich sich unsicher über ihr Haar. Sie hatte gewußt, daß Creighton reich war, aber dies hier … solche Vollkommenheit konnte nur mit einem unermeßlichen Vermögen unterhalten werden. Und sie hatte sich wegen der kostspieligen Kleider und anderer Ausstattung, die er ihr in London gekauft hatte, Gedanken gemacht! Elizabeth wünschte nun, sie hätte nicht auf der schlichten schwarzen Wolle für das Kleid bestanden, das sie in Bristol hatte machen lassen. Sie hätte die Moiréseide wählen sollen, was sie auch kostete. Sie wand sich innerlich, als ihr klar wurde, wie lächerlich ihr Bemühen, ein paar Pfund zu sparen, ihrem Ehemann erschienen sein mußte. Sie strich den soliden schwarzen Stoff glatt und war sich plötzlich bewußt, wie einfach sie aussah.

»Nur keine Sorge«, sagte er. »Ihr seht gut aus.«

»Ich war nicht besorgt«, schnappte Elizabeth. Es verstörte sie, wie leicht er ihre Gedanken erriet.

Sechs Lakaien in makelloser Livree warteten am Rande des mit Ziegelsteinen gepflasterten Innenhofs, als die Kutsche zum Stehen kam.

»Willkommen in Eurem neuen Heim, Bess.« Creighton stieg aus und sagte etwas zu einem der Lakaien, der daraufhin ins Haus eilte. Mit völliger Selbstverständlichkeit, wie ein privilegiertes Leben sie hervorbringt, wartete er, während zwei Lakaien Elizabeth aus der Kutsche halfen. Er betrachtete mit schief-

gelegtem Kopf das Haus. »Seid Ihr bereit, mit meiner Familie bekannt gemacht zu werden?«
Elizabeth bekam keine Gelegenheit zu antworten. Eine Flut schnatternder Mädchen ergoß sich aus der Eingangstür, würdigeren Schrittes gefolgt von einer fülligen, attraktiven grauhaarigen Frau mittleren Alters. Elizabeth zählte sechs Mädchen in leuchtenden Frühlingskleidern, die über den mit dem Wappen und einem sich darum windenden Drachen geschmückten Ziegelboden des Hofes rannten und sich auf Creighton stürzten; ihre farbenfrohen Röcke flatterten im Wind.
»Garrett! Warum hast du uns nicht gesagt, daß du kommst?« fragte die größte, eine Brünette, und umarmte ihn.
Er drückte sie an sich. »Ich wußte es selbst nicht.«
»So ein Schuft, sich heimlich heranzuschleichen«, schalt die Rothaarige in einem smaragdgrünen Kleid. Sie stellte sich auf die Zehenspitzen und küßte ihn auf die Wange.
Die beiden jüngsten, Zwillinge von etwa zehn Jahren, sahen Garrett am ähnlichsten. Sie hatten sein welliges goldbraunes Haar, die helle Haut und hellblauen Augen. Die beiden Mädchen drängelten sich an dem Rotschopf vorbei, schlangen die Arme um seine Taille und schauten bewundernd zu ihm auf, während zwei weniger stürmische Schwestern abwarteten und zusahen.
Creighton beugte sich hinunter, um die Zwillinge hochzuheben. In jeden Arm ein Mädchen haltend, stöhnte er, als er sich wieder aufrichtete. »Puh! Entweder seid ihr beide sehr gewachsen, oder ich bin zu alt hierfür geworden.«
Elizabeth war erstaunt, daß er soviel Kraft hatte, die beiden Mädchen gleichzeitig hochzuheben. Jede von ihnen mußte um die siebzig Pfund wiegen!
Eine der Zwillinge lächelte schüchtern und zeigte ein entzückendes Grübchen. Sie legte ihre Hand liebevoll auf Creightons Wange. »Natürlich sind wir gewachsen. Wir sind elf.«

»Also, dann habt Erbarmen mit einem alten Mann und laßt mich los, bevor ich mir etwas breche.« Er stellte beide vorsichtig wieder auf den Boden.

Elizabeth trat ungemütlich von einem Fuß auf den anderen und wußte nicht, ob sie erleichtert oder verärgert darüber sein sollte, daß sie bisher niemand beachtet hatte.

Bevor die beiden anderen Schwestern etwas sagen konnten, schwebte die grauhaarige Dame an Creighton vorbei und blieb vor Elizabeth stehen. Sie lächelte herzlich, und ihre dunklen Augen leuchteten fröhlich. Dann fuhr sie herum und erwischte eines der herumlaufenden Mädchen mit ihrem gefalteten Fächer. »Mädchen! Mädchen! Habt ihr eure guten Manieren denn völlig vergessen? Seht ihr nicht, daß wir einen Gast haben?« Sie drehte sich um und sah Elizabeth mit einem Ausdruck gütigen Willkommens an. Ohne die Augen abzuwenden, sagte sie zu Creighton: »Garrett, du Flegel, stell uns deine junge Dame vor.«

»Natürlich.« Alles andere als betroffen verbeugte sich Creighton und ergriff Elizabeths Arm. »Mutter, erlaubt mir, Euch meine Ehefrau vorzustellen, Countess Ravenwold. Ich nenne sie Bess.« In der Stille, die darauf folgte, lächelte er schief und sagte: »Bess, dies ist meine Mutter, nun Viscountessmutter von Chestwick.« Er zwinkerte seine Mutter frech an, um die Mutter zu betonen.

Vierzehn weibliche Augenbrauen schossen gen Himmel und hielten sich ein paar Herzschläge lang. Dann begannen alle auf einmal zu sprechen. Die Mädchen umringten Elizabeth, und ihre Fragen mischten sich zu einem unverständlichen Durcheinander.

Creighton warf die Hände in die Höhe. »Es tut mir leid, Bess. Das sind wilde Weiber, alle zusammen.«

Die Viscountess nahm Elizabeths Hände und beugte sich vor, um sie auf beide Wangen zu küssen. »Willkommen, meine

Liebe. Bitte nennt mich Catherine. Oder wäre Euch Mutter lieber?«
Elizabeth wußte nicht, was sie sagen sollte. »Ich … Lady Catherine wäre mir recht.« Sie versuchte ein Lächeln, aber ihre Mundwinkel zitterten derart, daß sie es aufgab. »Mein Name ist Elizabeth.«
»Elizabeth, willkommen in unserer Familie.« Sie drückte herzlich Elizabeths Hände und ließ sie dann los. »Meine Damen! Wenn ihr euch nicht benehmen könnt, werde ich euch auf eure Zimmer schicken müssen, ohne daß ihr Elizabeth vorgestellt werdet!«
Augenblicklich herrschte Ruhe. »So ist es besser.« Während ihre sechs Töchter sich in einer Reihe aufstellten, nickte Lady Catherine ihrem Sohn zu. »Stelle deine Schwestern vor, Garrett.«
Creighton trat hinter die größte, die Brünette, die ihn zuerst begrüßt hatte. »Bess, dies ist meine Schwester Mary. Sie ist siebzehn, und sie hat als kleines Mädchen immer Würmer verbrannt.«
Mary fuhr erbost zu ihm herum. »Garrett! Ich kann es nicht fassen, daß du ihr das erzählt hast!«
»Es stimmt.« Er grinste. »Sie sagte, ihr gefiele es, wie sie knackten –« Der Rest wurde von Marys Hand auf seinem Mund gedämpft.
»Wartet nur, Lady Elizabeth«, konterte Mary, »ich kann Euch ein paar Geschichten über Garrett erzählen –«
Creighton befreite sich und schnitt ihre Drohung ab: »Schon gut, schon gut. Schließen wir Waffenstillstand.«
Elizabeth lauschte erstaunt. Aus Lady Catherines fehlender Ermahnung zu schließen, war dieser Umgangston auf Creighton Manor gang und gäbe. Unwillkürlich drängte sich ihr der Vergleich mit ihrer eigenen freudlosen Kindheit auf.
Creighton trat hinter den Rotschopf. »Das ist Edith. Sie ist fünfzehn –«

»Sechzehn«, berichtigte Edith beleidigt.
»O ja, natürlich.« Er nickte Elizabeth zu. »Sie ist am achtundzwanzigsten April sechzehn geworden. Sie liebt das Reiten, haßt aber das Lesen.«
Er ging weiter zum nächsten Mädchen, einem trübselig aussehenden Geschöpf mit haselnußbraunen Augen und honigfarbenem Haar. »Und das ist Becky. Sie ist vierzehn.«
»Mein Name ist Rebecca«, sagte sie mit einem Anflug von Verdrossenheit und knickste.
»Rebecca«, wiederholte Elizabeth.
Creighton legte seine Hände auf die Schultern eines schlanken, brünetten Mädchens mit riesigen braunen Augen und einem herzförmigen Gesicht. »Dies ist Amy. Sie ist zwölf.« Er beugte sich vor und fragte in lautem Flüsterton: »Magst du immer noch keine Jungen?«
Errötend drehte sie sich zu ihm um und murmelte: »Hängt von dem Jungen ab.«
Creighton wich zurück und sagte in überzeugend gespielter Überraschung: »Donnerwetter, du wirst *wirklich* erwachsen.«
Er trat zwischen die Zwillinge und neigte sich nach unten; seine Augen strahlten vor besonderer Zuneigung. »Und dies sind die Zwillinge.« Elizabeth konnte sehen, daß sie seine Lieblinge waren. Ohne zu zögern, schaute er nach links. »Hope.« Dann nach rechts. »Und Honor.«
Er hatte sie seit fünf Jahren nicht gesehen und konnte sie dennoch ohne weiteres auseinanderhalten. Für Elizabeth waren sie nicht zu unterscheiden.
»Nun gut, Kinder«, rief Lady Catherine. »Hinein mit euch. Ihr werdet alle braun wie die Zigeuner, wenn ihr den ganzen Nachmittag in der Sonne steht.« Sie legte einen Arm um Elizabeths Taille. »Kommt, mein Kind. Ihr müßt erschöpft von der Reise sein. Würdet Ihr lieber zuerst ruhen, essen oder ein schönes, heißes Bad nehmen?«

»Ein Bad klingt himmlisch«, brachte Elizabeth hervor, die sich plötzlich der Blutergüsse in ihrem Gesicht und auf ihrem Hals bewußt wurde. Und der Flöhe! Sie würde Lady Catherine niemals wieder ins Gesicht sehen können, wenn sie Flöhe von ihr bekam. Sie versuchte abzurücken, doch Lady Elizabeths rundlicher Arm hielt sie nur noch fester.

»Dann sollt Ihr ein Bad bekommen.« Creightons Mutter führte Elizabeth auf das Haus zu, doch kurz vor dem Eingang blieb sie stehen. »Gütiger Himmel. Nun seht, was ich fast getan hätte.« Sie lächelte Elizabeth an, und ihre dunklen Augen glänzten von zurückgehaltenen Tränen. »Garretts Vater hat mich vor fast dreißig Jahren über diese Schwelle getragen. Nun seid Ihr an der Reihe.« Sie streckte die Hand nach ihrem Sohn aus. »Komm. Trage deine Braut über die Schwelle.«

Mit unergründlicher Miene trat Garrett vor und nahm Elizabeth auf seine Arme – Arme, die sie gewärmt und beschützt hatten und die Kraft besaßen, sie zu erdrücken. »Willkommen zu Hause, Bess.« Er machte einen übertriebenen Schritt ins Haus, unter erfreutem Kichern und Applaus von seinen Schwestern.

In ihrem ganzen Leben hatte Elizabeth von einem so wunderbaren Haus nicht einmal geträumt. Die großen Räume erschienen warm und einladend mit ihren auf Hochglanz polierten Holzfußböden und Wandtäfelungen. Dutzende von rautenförmig unterteilten Bleiglasscheiben ließen die Nachmittagssonne herein, und farbenfrohe Orientteppiche zierten jedes Zimmer. Und überall standen frische Blumen.

»Gefällt es Euch?« fragte Garrett.

»Es ist wunderschön.«

Er lächelte. »Es ist Euer.«

Lady Catherine strahlte vor Stolz. »Die Dienstboten werden die herrschaftlichen Gemächer im Nu für euch gerichtet haben.«

Creighton sah unbehaglich auf. »Mutter, das sind Eure Räume.« Elizabeth wand sich aus seinen Armen heraus. »Bitte, Lady Catherine«, flehte sie, »gebt Eure Räume nicht auf. Ich könnte es nicht ertragen, Euch zur Last zu fallen.«
»Unsinn, meine Liebe. Das ist keine Last.« Lady Catherine wandte sich an ihre Töchter. »Edith, sag Bridget und Mavis, sie sollen mir oben im Ostflügel ein Zimmer richten. Mary und Becky, kommt mit. Amy, du bittest Wynton, den Kessel anzuheizen und die Badewanne in die herrschaftlichen Gemächer zu bringen.« Sie legte die Arme um die Zwillinge. »Ihr zwei bekommt eine ganz besondere Aufgabe. Sucht die schönsten Blumen im Garten zusammen für das Zimmer Eurer neuen Schwester.«
Die Schwestern stoben überraschend widerspruchslos zu ihren verschiedenen Aufgaben.
Lady Catherine sah ihnen nach. »Sie sind gute Mädchen, wirklich. Ich wünschte nur, sie würden sich wie richtige Damen benehmen.« Sie begann die Treppe hinaufzusteigen und blieb noch einmal stehen. »Es dauert nur ein paar Minuten. Dann könnt ihr zwei euch ein wenig zurückziehen.« Ein wissendes Lächeln spielte um ihre Lippen. »Und ihr braucht nicht zum Abendessen herunterzukommen. Ich lasse es hinaufbringen.« Sie ließ sie in der Eingangshalle allein.
Elizabeth sah Creighton verzweifelt an. Wie konnte sie um ein eigenes Zimmer bitten, ohne ihre Ehe als Farce zu entlarven und ihn vor seiner Familie zu demütigen?
Er zuckte mit den Schultern und lächelte dieses verfluchte Lächeln – wie die Katze, die das Küken gefressen hat. »Irgendwelche Vorschläge, Bess?«
»Ich weiß nicht.« Ihr rechter Daumen rieb in hektischen Kreisen das Endglied ihres Zeigefingers. »Eure Mutter war so gütig. Ich möchte sie nicht brüskieren. Und ich möchte Euch nicht bloßstellen. Aber alle denken, daß wir … wir werden …«

»Wir *sind* verheiratet, Bess.« Ein entschlossener Blick ließ seine hellblauen Augen dunkler erscheinen. »Wann werdet Ihr es einsehen und zugeben?«

»Was zugeben? Daß man mich gezwungen hat, ein ketzerisches Ritual mitzumachen, das mein Glauben nicht anerkennt?«

Creighton packte ihr Handgelenk. »Ihr habt den Vertrag unterschrieben. Ihr habt an der Zeremonie teilgenommen. In den Augen des Gesetzes sind wir verheiratet. In den Augen Gottes sind wir verheiratet. Und wir sind in den Augen meiner Familie verheiratet.« Er zog sie auf die Treppe zu. »Ich habe viel Geduld aufgebracht und darauf gewartet, daß Ihr die Wahrheit akzeptiert, doch meine Geduld ist am Ende. Wir sind verheiratet, Madam.« Er riß sie geschickt wieder auf seine Arme, um sie die Treppe hinaufzutragen. »Bevor diese Nacht vorüber ist, werde ich wahrhaftig Euer Ehemann sein, Bess. Gewöhnt Euch an den Gedanken.« Er beugte sich zu ihr hinunter und flüsterte ihr heiß ins Ohr: »Wer weiß? Vielleicht gefällt es Euch ja. Bisher hat sich noch keine der Damen beschwert.«

Siebzehntes Kapitel

Garrett hielt eines der Hemden hoch, die er bei seinem letzten Besuch zurückgelassen hatte. Er hörte, daß sich die Tür seines alten Zimmers öffnete, drehte sich um und sah seine Mutter eintreten.

Sie schloß die Tür hinter sich und kam mit ernster Miene, aber gelassen auf ihn zu. »Nun, mein Sohn. Wirst du mir sagen, was geschehen ist?«

»Was? Ihr meint die Heirat?« Er wandte seine Aufmerksamkeit wieder der Truhe mit der muffig riechenden Kleidung zu.

»Auch das. Aber vor allem will ich wissen, was mit Elizabeth passiert ist. Sie ist geschlagen worden.« Keine Verurteilung war in ihrer Stimme zu hören. Im Gegensatz zu Garrett zog seine Mutter niemals voreilige Schlüsse. Sie beobachtete und hörte zu, betrachtete sich die Tatsachen und beschloß dann stets, die Dinge im bestmöglichen Licht zu sehen.

Ihre dunklen Augen bohrten sich in seine. Er hatte ihr nie etwas vorspielen können wie so vielen anderen. Diese Augen – Augen, die jede Lüge durchschauten, selbst die gutgemeinten. Seine Mutter verkörperte die Wahrhaftigkeit wie er die Leichtlebigkeit. Sobald er mit ihr sprach, konnte er nicht einmal mehr sich selbst belügen.

Nun erzählte er ihr also soviel von der Wahrheit, wie er konnte. »Ich hatte einen Auftrag in London, einen sehr gefährlichen.

Ich kann Euch keine Einzelheiten erzählen, aber Bess und ich mußten durch von Rebellen besetztes Gebiet fliehen. Bevor wir königstreues Gebiet erreichten, ließ ich sie allein, um Proviant zu besorgen, und geriet in ein Nest von Roundheads. Ich konnte sie gerade noch abschütteln.« Er wandte sich ab und hielt sich an der Truhe fest, weil er seiner Mutter nicht in die Augen sehen konnte, als er sagte: »Ich hätte Bess nicht im Stich lassen dürfen. Auf dem Weg von Salisbury nach Cornwall haben die Gubbings sie entführt. Sie haben … sie geschlagen.« Er blickte auf und sah seine eigene Qual sich in den Zügen seiner Mutter spiegeln. »Ich kann den Gedanken nicht ertragen, was sie ihr vielleicht sonst noch angetan haben.«

»Oh, mein Sohn.« Lady Catherine zog ihn tröstend an sich, nahm ihn in ihre Arme so wie damals, als er ein kleiner Junge war, und drückte seinen Kopf an ihre Schulter. »Ich fühle mit euch beiden.« Sie drückte ihn einen Moment ganz fest an sich und trat dann zurück. »Aber du hast sie wieder. Das ist das Wichtigste.«

»Ja. Und aus irgendeinem Grund, den ich immer noch nicht verstehe, haben die Gubbings das Lösegeld zurückgegeben.« Garrett setzte sich auf einen Stuhl am kalten, leeren Kamin und starrte hinein. »Als ich sie fand, war sie so … verletzt – schlimmer in ihrer Seele als am Körper –, daß ich nicht viel gefragt habe. Sie war erst in den letzten Tagen wieder richtig bei sich.«

Lady Catherine ging zu ihm hinüber, stellte sich neben ihn und legte eine Hand auf seine Schulter. »Sie hat dir nicht erzählt, was geschehen ist?«

Er schüttelte den Kopf. »Nein. Und wie kann ich das von ihr erwarten? Es wäre, als würde ich sie zwingen, alles noch einmal zu erleben.« Plötzlich niedergeschlagen, lehnte er sich vor und stützte die Arme auf die Schenkel. »Lieber Gott, Mutter, die Gubbings.« Er blickte auf. »Es reißt mich in Stücke, wenn ich mir vorstelle, wie sie sie schlugen, sie fesselten, über sie *herfielen* wie brünftige Tiere. Schmutzige, widerwärtige –«

»Nicht.« Seine Mutter ging vor ihm in die Knie. »Nichts wird durch solch finstere Vorstellungen besser.« Sie hob sein Kinn an, und ihre Augen blickten entschlossen. »Was geschehen ist, ist geschehen. Weder du noch ich, noch Elizabeth können das ändern. Aber du kannst ihr helfen, alles in Ordnung zu bringen. Elizabeth ist deine Frau. Nur du kannst ihre Ehre wiederherstellen. Sie braucht dich, Garrett.«

»Braucht mich?« Garrett erhob sich, ging zum Fenster und starrte hinaus in die friedliche Landschaft. »Ich wünschte, es wäre so einfach.«

Sie folgte ihm und blieb einen Schritt hinter ihm stehen. »Warum ist es das nicht?«

Er drehte sich um, um ihre Reaktion auf seine Worte zu sehen. »Nun, zum einen wurde sie zu dieser Heirat gezwungen, ebenso wie ich. Und außerdem ist sie katholisch.«

»Ah.« Eine Ausdruck nachdenklicher Besorgnis verbreitete sich auf Lady Catherines Gesicht, doch sie war beileibe nicht so schockiert, wie Garrett es von einer so gläubigen Protestantin erwartet hätte. »Das kompliziert die Sache in der Tat.«

»Es gibt weitere, weniger schwerwiegende Komplikationen, doch darüber möchte ich nicht sprechen.«

Sie seufzte tief. »Oje! Probleme im Schlafzimmer.« Sie sah ihn durchdringend an. »Ist die Ehe vollzogen worden?«

Garrett fuhr herum. »Mutter, was in drei Teufels Namen bringt Euch dazu, eine solche Frage zu stellen?«

»Frauen sehen vieles, mein Lieber.« Sie blickte ihm gerade in die Augen und zählte auf: »Ihr seid auf der Hut voreinander wie zwei Igel. Sie hat dich nie bei deinem Vornamen genannt. Und ich habe die Panik in ihren Augen gesehen, als ich sagte, ich ließe ein Zimmer für euch beide richten.«

Garrett betrachtete seine Mutter mit neuem Respekt. »Euch

entgeht auch gar nichts, was? Ihr wäret ein ausgezeichneter Spion.«

»Man hält eben die Augen offen.« Ein heimliches kleines Lächeln spielte um ihren Mund. »Ich nehme an, es erscheint dir eigenartig, solche Dinge mit mir zu besprechen, mein Sohn, aber vielleicht hilft es dir, wenn ich dir ein paar Dinge über deinen Vater und mich erzähle.« Sie faltete züchtig die Hände vor der Taille. »Hast du dich nie gefragt, warum zwischen deiner Geburt und den Geburten deiner Schwestern soviel Zeit vergangen ist?«

»Nein. Ich habe eigentlich nie darüber nachgedacht.«

So gefaßt, als erkläre sie ihm, was es zum Abendessen geben würde, verkündete sie: »Ich hatte deinen Vater bis zu unserer Hochzeit noch nie gesehen. Ich war erst vierzehn, und er war ein alter Mann von fünfundzwanzig Jahren und so groß wie du. Ich habe mich so vor ihm gefürchtet. Und nach unserer Hochzeitsnacht hatte ich Todesangst.«

»Mutter!« Garrett sah sie erstaunt an. Ihre Enthüllungen machten ihn zwar neugierig, waren ihm aber auch peinlich. »Aber Ihr und Vater schient immer so glücklich gewesen zu sein, einander so zugetan.«

»Nicht am Anfang. Nach dieser ersten Nacht wollte ich nicht mehr, daß er mich berührte. Der arme Mann, er meinte es gut, aber bei diesem ersten Mal war er mehr als nur ein wenig betrunken und furchtbar ungeschickt. Ich war so naiv, daß ich dachte, es würde immer so schmerzhaft sein. Danach ließ ich ihn nicht mehr in mein Bett.« Ein liebevoller Blick trat in ihre Augen. »Wir konnten nicht darüber sprechen. Du weißt, wie schüchtern dein Vater war, wenn es um intime Dinge ging.«

»Ich erinnere mich.« Garrett gluckste. »Wenn die Stallburschen nicht gewesen wären, wäre ich nie dahintergekommen, was Vater mir zu erklären versuchte, als ich zwölf war und wir dieses Vater-Sohn-Gespräch führten.«

»Unsere Hochzeitsnacht war kein völliger Fehlschlag; wir haben es geschafft, dich zu empfangen. Mein Zustand war eine wunderbare Ausrede, meinen ehelichen Pflichten aus dem Weg zu gehen.« Sie kicherte. »Es war keine leichte Geburt. Danach … nun, der Gedanke, deinen Vater wieder in mein Bett zu lassen, ängstigte mich mehr denn je. Jedesmal, wenn der Arme es versuchte, benahm ich mich wie ein verzogenes Kind, heulte und raufte mir die Haare, bis er mich in Ruhe ließ. So haben wir drei Jahre verbracht.«

»Drei Jahre?« staunte Garrett.

»Ja.« Lady Catherine schüttelte verwundert den Kopf. »Kannst du dir das vorstellen? Ein geduldiger Mann, dein Vater.« Sie blickte hinunter in den Garten. »Dann mußte dein Vater in den Krieg. Er war sieben lange Monate fort.« Ein wehmütiges Lächeln verzog ihren Mund. »Und etwas sehr Merkwürdiges geschah; das Haus schien so leer ohne ihn. Erst als er fort war, merkte ich, wie sehr ich gelernt hatte, seine Gegenwart zu schätzen.« Sie tätschelte Garretts Arm. »Ich hatte natürlich dich, aber jedesmal, wenn du etwas Komisches, Neues oder Kluges machtest, merkte ich, daß ich es deinem Vater zeigen wollte.« Ihre Stimme klang warm. »Wie ich diesen Mann vermißt habe.«

Sie lächelte über das ganze Gesicht. »Er war etwa einen Monat weg, bis ich merkte, daß ich ihn liebte.« Das Glück dieser Entdeckung ließ sie noch nach all den Jahren strahlen. »Danach war alles anders. Von dem Augenblick seiner Rückkehr an konnten wir nicht mehr voneinander lassen.«

Das Strahlen verschwand, und mit ihm ihr Lächeln. »In den folgenden sieben Jahren gebar ich drei Söhne, doch keiner von ihnen lebte länger als ein paar Tage. Ich habe mich manchmal gefragt, ob das meine Strafe dafür war, daß ich deinen Vater so lange zurückgewiesen hatte.« Als käme sie aus einem Traum, wandte sie sich Garrett zu und wurde wieder heiter. »Doch

Gott erbarmte sich unser. Er schenkte uns deine Schwestern. Und nun hat Er uns Elizabeth geschickt.« Sie wurde energisch. »Wo ist sie jetzt?«
»In den herrschaftlichen Gemächern. Wynton und die Mägde bereiten ihr Bad.« Garretts Lippen wurden schmal. »Unter den gegebenen Umständen dachte ich, daß es ein guter Zeitpunkt sei, mir etwas zum Anziehen zu suchen.«
»Eine kluge Idee. Gib ihr Zeit, Garrett.«
»Ich hoffe nicht, daß Ihr von mir erwartet, ihr drei Jahre Zeit zu lassen.«
»Wenn es so lange dauert.«
Garrett sah seine Mutter ärgerlich an. »Ich bin nicht mein Vater, Madam.«
Ihr Lachen klang wie das seiner Schwester, hell und jung. »Nein, das bist du nicht, du lüsterner Schlawiner. Ich habe den Klatsch über deine romantischen Abenteuer durchaus vernommen.« Sie wurde ernst. »Gott sei seiner Seele gnädig, dein Vater war so treu wie die Sonne, und er war weder so ungeduldig noch so impulsiv wie du. Doch du hast sein gutes Herz geerbt.« Sie griff nach seiner Hand, und die Mutterliebe in ihren Augen strafte ihre Aufzählung seiner Verfehlungen Lügen. Ihre Hand drückte beruhigend seine. »In Zeiten wie diesen ist es nicht leicht, ein Mann zu sein. Ein guter Mann zu sein ist sogar noch schwerer, aber ich weiß, daß du das sein kannst. Du hattest noch nie einen Grund, häuslich zu werden, Garrett, aber jetzt hast du einen.« Sie ließ seine Hand los und ging zur Tür, an der sie sich noch einmal umdrehte. »Das hier kann nur ein gutes Ende nehmen, wenn du dafür Sorge trägst.«
Sie ließ ihn allein, mit reichlich Stoff zum Nachdenken.

Das einzige, worum Elizabeth die Bewohner dieses feudalen Haushaltes nicht beneidete, war der Mangel an Gelegenheit, allein zu sein. Das Ankleidezimmer wimmelte von Leuten.

Drei Wäscherinnen halfen dem ersten Diener, den man Wynton rief, eine riesige, mit Musselin verhängte gußeiserne Badewanne mit warmem Wasser zu füllen, während zwei Küchenmägde ein knisterndes Feuer schürten. Inzwischen wich Lady Catherines persönliche Zofe Luella Elizabeth nicht von der Seite und arbeitete sich langsam mit einem breitzinkigen Kamm durch das Durcheinander, das Elizabeth angerichtet hatte, als sie versuchte, auf der wochenlangen Reise von Bristol nach Chestwick ihr Haar selbst zu frisieren.

Ein Klopfen erklang von der Schlafzimmertür, gefolgt von: »Lady Elizabeth, wir sind's. Dürfen wir eintreten?«

Elizabeth gab der Zofe durch ein Nicken zu verstehen, ›uns‹ hereinzulassen, wer immer es auch sein mochte.

In dem Augenblick, als Luella die Tür öffnete, stürmten die Zwillinge durchs Schlafzimmer ins Ankleidezimmer, jede mit einer Kristallvase voll duftenden Flieders, blühendem Rhododendron, frühen Rosen und Lilien. Die Mädchen sahen vollkommen gleich aus, bis hin zur Spitze auf ihren himmelblauen Kleidern und ihrer Frisur. »Wo sollen wir die Blumen hinstellen?« fragte die eine.

Elizabeth blinzelte und suchte in den Gesichtern der Zwillinge nach einer Möglichkeit, sie zu unterscheiden. Eine war der anderen Spiegelbild, nicht auseinanderzuhalten bis auf die Tatsache, daß eine das Grübchen rechts hatte, die andere links. Elizabeth hatte keine Ahnung, wer wer war, aber das Lächeln der Zwillinge wirkte ansteckend. »Ich danke euch vielmals, allen beiden.« Sie hatte eine geniale Idee. »Honor, warum stellst du deine Blumen nicht hierher auf die Frisiertoilette? Und Hope, deine würden sich sehr schön auf der Kommode neben dem Bett machen.«

Honor strahlte, Grübchen links, und stellte die Vase auf eine Ecke der Frisierkommode.

Honor, links, prägte sich Elizabeth ein. Und Honor hatte zuerst

gesprochen. Sie nahm sich vor, aufzupassen, wer von beiden als erste sprach. Das war wahrscheinlich ein besseres Kennzeichen als die Grübchen.
Hope trug ihre Blumen ins Schlafzimmer und kam zurück. Sie sagte nichts, streckte aber die Hand aus und streichelte völlig unbefangen Elizabeths langes, goldblondes Haar.
Honor lächelte und gab sich durch das tiefe Grübchen in ihrer linken Backe zu erkennen. »Ihr habt wunderschönes Haar, Lady Elizabeth. Es ist heller als unseres. Eures glänzt wie das Sonnenlicht.«
»Und eures wie Honig«, antwortete Elizabeth. »So hübsch.« Sie merkte, daß Hope eher berührte und Honor eher sprach.
Ein weiteres, aber kräftigeres Klopfen kam von der Schlafzimmertür.
»Ich werde nachsehen, wer da ist, Milady.« Luella eilte zur Tür und war sofort wieder da. »Es ist Lady Mary, Gräfin.«
Noch eine Schwester. Elizabeth fragte sich, ob die ganze Familie sich versammeln würde, um ihrem Bad beizuwohnen. Nach den vergangenen Wochen mit Creighton sehnte sie sich sehr danach, ein wenig allein sein zu können, aber sie wollte niemanden vor den Kopf stoßen. »Bitte sie herein.«
Eine tapsige Dienstmagd stolperte hinter Mary her, die Arme so hoch mit Kleidern beladen, daß Elizabeth das Gesicht des armen Mädchens nicht sehen konnte.
»Guten Tag, Gräfin.« Lady Mary rauschte in das übervölkerte Ankleidezimmer. »Da Ihr und ich etwa gleich groß sind, dachte Mama, daß Ihr vielleicht einige meiner Kleider haben möchtet, bis Euer Gepäck eintrifft.«
»Ich danke Euch. In Bristol hatten wir nur Zeit, ein einziges Kleid machen zu lassen.« Elizabeth blickte sich in dem von Menschen wimmelnden Zimmer um. »Vielleicht hätten wir im Schlafzimmer mehr Platz, uns die Sachen anzusehen.«
Mary lächelte, und ihre Maske des Erwachsenseins fiel von ihr

ab. »Eine gute Idee.« Offensichtlich konnte sie sich nicht lange beherrschen. Sie wandte sich an die hinter dem Kleiderberg fast verschwindende Dienstmagd. »Patsy, breite alles auf dem Bett aus.«

Ein gedämpftes »Jawohl, Mistress« brachte alle drei Schwestern zum Kichern.

Elizabeth erhob sich und führte ihre Besucher in das angenehm große Schlafzimmer. Wie lange würde es dauern, fragte sie sich, bis sie sich daran gewöhnt hatte, ständig jemanden um sich zu haben? Und trotz der freundlichen Aufnahme in Garretts herzliche, fest verbundene Familie fühlte sie sich als Außenseiterin.

Wieder klopfte es an der Tür. »Elizabeth, Catherine hier. Darf ich eintreten?«

»Bitte.« Sie schickte mit einem Nicken Luella zur Tür. Als Lady Catherine eintrat, hoben sich ihre silbrigen Brauen, als sie Mary, die Zwillinge und Patsy antraf. Sie schaute an ihnen vorbei ins Ankleidezimmer und zählte laut: »Eins, zwei, drei, vier, fünf. Lieber Himmel. Solch ein Gewusel.« Sie sah Elizabeth an. »Armes Kind. Ich kümmere mich darum.« Sie schritt zur Tür des Ankleidezimmers, murmelte ruhig einige Anweisungen, und die Dienstboten, die das Bad bereitet hatten, entfernten sich über die Hintertreppe. Dann wandte sie sich an ihre Töchter. »Geht jetzt endlich, Mädchen. Wie kann Elizabeth denn ein Bad nehmen, wenn sie von Besuchern umringt ist? Verabschiedet euch.«

Die Zwillinge umarmten Elizabeth ausgiebig. »Wir bringen Euch morgen noch mehr Blumen, Gräfin.«

Elizabeth fühlte sich unwohl in ihrer Umarmung und stammelte: »Danke. Ich … ich freue mich schon darauf.«

Mary machte einen Knicks. »Guten Abend, Gräfin. Ich hoffe, die Kleider gefallen Euch. Wenn Ihr nichts nach Eurem Geschmack findet, ich habe noch mehr. Schickt Luella.« Sie dräng-

te Patsy und die Zwillinge vor sich her in den Flur. Nur Lady Catherine und Luella blieben zurück.
Garretts Mutter wandte sich an ihre Zofe. »Patsy wird deine Pflichten bei mir übernehmen, während du der Gräfin zur Verfügung stehst, Luella. Countess Ravenwold ist von nun an die Herrin auf Creighton Manor. Bemühe dich, ihr gut zu dienen. Du kannst gleich damit beginnen und hinüber ins Ankleidezimmer gehen und nachsehen, ob alles für das Bad der Gräfin bereit ist. Und schließe die Tür hinter dir. Ich wäre gern einen Moment allein mit meiner Schwiegertochter.«
Elizabeth sah der Zofe nicht ohne Bedenken nach. Sie war sicher, daß die Viscountess ihr Fragen stellen würde, die sie nicht beantworten wollte.
»Was für herrliches Haar Ihr habt, und so wunderbare Wangenknochen. Wie eine Königin. Kommt. Laßt uns am Feuer sitzen, wo es warm ist.«
Elizabeth gehorchte schweigend. Als sie Platz genommen hatte, setzte Lady Catherine sich in den Stuhl ihr gegenüber und sagte: »Ich verbinde viele schöne Erinnerungen mit diesem Zimmer. Und nun gehört es Euch und Garrett. Der nächsten Generation.«
Elizabeth rutschte ungemütlich herum. »Lady Catherine, ich fühle mich gar nicht wohl dabei, Euch aus Euren Räumen zu vertreiben.«
»Unsinn. Leben ist Veränderung. Es sind über zehn Jahre vergangen, seit mein Mann verstarb; ich habe viel zu lange allein hier gelebt.« Ihr Gesicht hellte sich auf, und sie lächelte überzeugend. »Ich freue mich auf intimere Räume, bei meinen Töchtern im Ostflügel. Ihr seht also, Ihr vertreibt mich keineswegs.«
Sie lehnte sich vor und wechselte das Thema. »Mein Sohn sagte mir, daß Ihr eine gläubige Katholikin seid.«
Elizabeth spannte sich an. »Ja, das bin ich.« Wieviel konnte sie

dieser Protestantin sagen? »Mein Glaube ist mir sehr wichtig. Er war oft mein einziger Trost.«
Lady Catherine lehnte sich in ihrem Stuhl zurück. »Mein Glaube war mir auch eine Stütze. Es freut mich, daß wir das gemeinsam haben.«
»Gemeinsam?« Elizabeth blickte auf. »Aber Ihr seid Protestantin.«
»Allerdings, aber der Herr hat viele Weingärten, Elizabeth. Ihr wurdet geboren, in dem einen zu dienen, und ich in einem anderen. Dennoch dienen wir beide demselben Herrn. Das genügt mir.« Sie wärmte sich die Hände am Feuer. »Ich hoffe, Ihr haltet mich nicht für voreilig, doch ich habe für Euch Lateinstunden arrangiert, jeden Morgen bei Sonnenaufgang.« Sie sah Elizabeth bedeutungsvoll an. »Ich nehme an, Ihr steht früh auf?«
Verwirrt antwortete Elizabeth: »Ja, Lady Catherine, ich stehe jeden Morgen vor Sonnenaufgang zur Andacht auf, aber –«
»Sehr schön. Der Name Eures Lehrers ist Stephen Wolcox, ein faszinierender Mann. Er ist Hufschmied, hat aber eine fabelhafte Ausbildung genossen.« Sie lächelte wissend. »Es wird das beste sein, wenn Ihr Euren Unterricht in der Kapelle abhaltet.«
Lateinstunden von einem Hufschmied? Bei Sonnenaufgang in der Kapelle! Es ergab überhaupt keinen Sinn, doch Elizabeth wollte nicht undankbar erscheinen, also nahm sie an. »Wie Ihr wünscht, Lady Catherine.«
»Ihr könnt morgen beginnen.« Als sie Elizabeths Verwirrung bemerkte, beugte Lady Catherine sich vor und flüsterte: »Ich habe Gerüchte gehört, er sei ein katholischer Priester, aber davon will ich natürlich nichts wissen, weil es seit sieben Jahren ein schweres Verbrechen ist, einen Priester zu kennen.« Sie zwinkerte Elizabeth zu. »Ein guter Hufschmied ist schwer zu bekommen. Ich sähe es sehr ungern, wenn Stephen etwas zustieße.«

Elizabeth wollte ihren Ohren nicht trauen. Lady Catherine hatte einen katholischen Priester in ihrem Haushalt! Und die Lateinstunden …? Die Wahrheit dämmerte ihr. Wolcox würde sie nicht Latein lehren; er würde die Messe lesen! Garretts Mutter hatte alles so diskret arrangiert, daß niemand sonst im Hause davon wissen mußte. Wenn jemand die Messe mit anhörte, konnte Elizabeth einfach erklären, daß ihr Lehrer etwas rezitierte.

Seit über hundert Jahren befanden sich Englands Anglikaner und Katholiken in einem ständigen und oft blutigen Konflikt. Sie hatte erwartet, daß ihr katholischer Glaube in dieser anglikanischen Familie Mißtrauen und Abneigung erregen würde, und so war sie auf die großzügige Haltung der Viscountess völlig unvorbereitet. »Ich … ich weiß nicht, was ich sagen soll. Wie unendlich gütig von Euch.« Sie kämpfte plötzlich mit den Tränen. »Ich danke Euch, Lady Catherine.«

»Ich tue das sehr gerne, mein Kind. Nun werde ich Euch Eurem Bad und etwas wohlverdienter Ruhe überlassen.« Sie stand gleichzeitig mit Elizabeth auf und ging zur Tür. Auf halbem Wege hielt Lady Catherine inne. »Du meine Güte, nun hätte ich fast das Wichtigste vergessen, den Grund für meinen Besuch.« Sie hob die langen, doppelten Schnüre von wunderbar harmonisierenden Perlen, die sie trug, über ihren Kopf. »Beugt Euch etwas vor, Liebes. Diese gehören jetzt Euch, als der Herrin dieses Guts.«

Elizabeth beugte den Kopf und fühlte die Perlen hinabgleiten und dann auf dem Haar ruhen, das ihren Nacken bedeckte. Sie richtete sich wieder auf, konnte keine Worte finden.

»So.« Ganz selbstverständlich, so wie ihre eigene Mutter, als Elizabeth noch klein war, trat Lady Catherine hinter sie und zog ihr Haar unter den Perlen hervor. »Nun laßt mal sehen, wie sie Euch stehen.« Sie ging um Elizabeth herum und betrachtete sie zufrieden. »Perfekt – Ihr *und* die Perlen.«

Lady Catherines dunkle Augen bekamen einen nostalgischen Glanz. »Meine Schwiegermutter gab mir diese Perlen, als ich Garretts Vater heiratete. Garretts Urgroßvater war Kapitän, der sein Glück im Orient machte und so nach Hause kommen und Garretts Urgroßmutter heiraten konnte. Diese Perlen brachte er mit.« Sie kicherte. »Der alte Mann behauptete, für jede einzelne dieser Perlen selbst auf den Grund der Südsee hinabgetaucht zu sein, doch niemand glaubte ihm das. Wie auch immer …« Ihre Finger arrangierten die Schnüre. »Es war ein Geschenk der Liebe, und nun gebe ich es an Euch weiter, als Garretts Frau.«

»Bitte, Lady Catherine«, bemühte sich Elizabeth zu erklären. »Euer Geschenk ist äußerst großzügig, aber ich kann es nicht annehmen. Noch kann ich Euren Platz nicht einnehmen. Es wäre nicht richtig.«

»Meine Liebe, Ihr habt mir nichts weggenommen.« Lady Catherines Züge spiegelten einen Seelenfrieden, um den Elizabeth sie beneiden mußte. »Ich *übergebe* Euch meine Stellung als Herrin dieses Hauses, und das mit Freuden. Creighton Manor zu verwalten ist keine leichte Aufgabe. Es ist eine Erleichterung, sie in solch fähige Hände zu legen.«

Offensichtlich erwartete Garretts Mutter, daß Elizabeth hierblieb – auf Dauer. Elizabeth versuchte die Verzweiflung in ihrer Stimme zu verbergen und wollte sich herausreden: »Aber ich weiß nicht einmal, wie lange ich … wir bleiben werden.«

»Dies ist jetzt Euer Heim. Wohin Ihr auch geht, es wird immer hier auf Euch warten, genau wie ich.«

»Aber Ihr versteht nicht.« Wie konnte Elizabeth dieser gütigen, großzügigen, *protestantischen* Frau erklären, daß sie ihre Eheschließung mit Creighton als nicht bindend betrachtete, weil sie von einem protestantischen Geistlichen getraut worden waren? Daß sie vorhatte, so bald wie möglich um eine Annullierung nachzusuchen? Elizabeth konnte es nicht. Statt dessen stammelte sie: »Ich … ich verdiene solche Güte nicht.«

Lady Catherine blickte sie durchdringend an. »Darf ich offen sprechen, meine Liebe?«
»Aber natürlich.«
»Ich mache mir keine Illusionen über meinen Sohn, Elizabeth, er hat seine Fehler. Aber Garrett hat auch viele sehr gute Seiten. Ich hoffe, daß Ihr sie eines Tages schätzen lernt. Vor allem hat er einen guten und edlen Charakter. Als seine Mutter bitte ich Euch, ihm eine gute Frau zu sein. Eine gute Ehe kann aus einem Mann sein Bestes herausholen. Eine schlechte kann den besten Mann zerstören.« Ihre Züge spiegelten Mitgefühl. »Ich liebe meinen Sohn. Wenn Ihr ihm eine Chance gebt, denke ich, werdet Ihr das auch tun.«
Abrupt legte sie wieder einen freundschaftlichen Abstand zwischen sich und Elizabeth. »Nun, ich habe Euch zu lange von Eurem Bad abgehalten. Ich muß gehen.« Sie küßte Elizabeth auf beide Wangen. »Ich sorge dafür, daß Ihr nicht gestört werdet.« Sie ließ Elizabeth in der ersehnten Stille zurück.

Eine halbe Stunde später öffnete Garrett leise die Tür zum herrschaftlichen Schlafzimmer, trat ein und ging auf nackten Füßen lautlos über den Teppich. Was er beim Feuer sah, ließ ihm das Blut in den Adern schwellen. Nur mit einem dünnen Hemd bekleidet, lehnte Bess sich in einen Stuhl am Kamin zurück, groß und sinnlich, die Augen geschlossen und der Körper in völliger Entspannung zerfließend. Ihr Haar fiel wie ein goldener Wasserfall bis auf den Boden, während Luella mit einem Kamm hindurchfuhr. Er konnte den rosigen Kreis, der jede ihrer Brüste krönte, deutlich erkennen, und den angedeuteten, rauchigen Schatten ihres Schoßes. Im weichen Feuerschein waren die verblassenden Blutergüsse kaum zu sehen, die erst vor einer Woche ihr Gesicht und ihre Brüste so entstellt hatten.
Sie war herrlich, fühlte sich unbeobachtet. Wunderschön. Dies war das aufregende Geschöpf, auf das er in jener Nacht vor drei

Jahren nur einen Blick erhascht hatte. Sein Körper antwortete mit einem so heftigen Begehren, daß seine Männlichkeit sich bewegte, als führe sie ein Eigenleben.

Luella sah ihn und erstarrte.

»Warum hast du aufgehört?« murmelte Bess. Immer noch zurückgelehnt öffnete sie die Augen und sah den besorgten Ausdruck auf Luellas Gesicht. Sie schnellte hoch.

Zum Donner, mit offenem Haar war Bess eine wunderschöne Frau. Garrett nippte an dem starken Getränk in seinem Glas und kam gemächlich näher.

Seine Frau stand steif da, der verkörperte Trotz, ließ ihn keinen Moment aus den Augen. »Meinen Morgenmantel, bitte, Luella.«

»Jawohl, Milady.« Luella eilte zu dem Mantel auf dem Bett.

Garrett wartete und fing sie dann auf halbem Weg zu ihrer Herrin ab. »Ich nehme das.« Er riß Luella das Kleidungsstück förmlich aus den Händen. »Geh jetzt.«

Luella zögerte, offensichtlich hin- und hergerissen zwischen ihrer Pflicht gegenüber ihrem Herrn und der neuen Herrin von Chestwick. Aber ein weiterer Blick in Garretts eiserne Miene, und die Klugheit siegte. »Wie Ihr wünscht, Herr.« Sie zog sich über das Ankleidezimmer und die Hintertreppe zurück.

Endlich allein.

Garrett warf den Umhang in das Ankleidezimmer und schloß entschieden die Tür.

»Ich bitte um Verzeihung, Sir«, sagte Bess gequält, »aber ich würde gern mein Nachtgewand anziehen und schlafen gehen.«

»Nur zu. Ich halte Euch nicht auf.« Er trat so dicht an sie heran, daß er ihre Wärme spüren konnte, doch er rührte sie nicht an. Statt dessen lehnte er sich vor und atmete tief den Fliederduft, den ihr Haar verströmte. »Mmmm. Ihr riecht so köstlich, wie Ihr ausseht, Bess.«

Elizabeth wußte, daß sie keine schöne Frau war, und doch hätte sie ihm fast glauben mögen, so wie seine hellblauen Augen sie verschlangen. Sie mußte der Hitze seines großen Körpers entkommen und ging hinüber zum Bett, wo Marys Wäsche und Kleider, Blusen, Unterröcke, Röcke und Mieder fein säuberlich gestapelt lagen. Sie wählte ein langärmliges Nachthemd aus gebleichtem Musselin mit hochgeschlossenem Rüschenkragen und hielt es vor sich, um zu verbergen, was ihr Hemd enthüllte. Sie war fest entschlossen, sich von Garrett nicht einschüchtern zu lassen. »Wenn Ihr darauf besteht, in meine Privatsphäre einzudringen, könntet Ihr Euch wenigstens umdrehen, während ich mich umziehe.«

Creighton lächelte dieses herausfordernde Lächeln. »Nur, wenn Ihr mich Garrett nennt.«

»Bitte dreht Euch um, *Garrett*.«

»Na, das war doch gar nicht so schwer, oder?« Er wandte ihr seinen breiten Rücken zu, und seine kräftige, muskulöse Silhouette zeichnete sich gegen den Feuerschein ab.

Elizabeth zog hastig den schweren Musselin über ihr Hemdchen und knöpfte sich zu wie eine Nonne. Sie wandte sich zu ihrem Ehemann um. »Ich möchte nicht unhöflich sein, aber ich bin sehr müde und würde gern zu Bett gehen.«

»Laßt Euch von mir nicht stören.« Garrett stellte einen zweiten Stuhl an den Kamin, setzte sich und sah sie an.

Wütend verschränkte sie die Arme auf der Brust. »Bitte geht jetzt.«

»Garrett«, sagte er vor.

»Bitte geht jetzt, *Garrett*.«

»Ich möchte nicht gehen, Bess.« Seine blauen Augen funkelten gefährlich. »Nicht, bevor wir uns unterhalten haben.«

»Unterhalten?« Elizabeth runzelte die Stirn. Sie kannte diesen Blick, und er hatte wenig mit Unterhaltung zu tun. »Über was?«

»Über uns.« Er klopfte auf den leeren Stuhl neben seinem. »Kommt. Es wird nicht lange dauern, ich verspreche es.«
Sie wußte, weshalb er sie nah haben wollte. Ebensogut konnte sie sich in den Schoß eines Lumpensammlers setzen.
»Ich will nur reden, Bess.«
»Also schön.« Sie stürmte hinüber und ließ sich auf den Stuhl fallen. »Dann redet.«
Creighton sah sie mit undurchdringlicher Miene an. Er sagte einige Augenblicke lang gar nichts, doch als er sprach, war seine Stimme weich eine Sommerbrise. »Ich habe gesagt, daß ich Euch nie dazu zwingen würde, und ich habe es auch so gemeint, aber ich will Euch lieben. Jetzt. Heute nacht.« Er strich mit der Rückseite seiner Finger über ihre Wange. »Laßt mich Euch glücklich machen, Bess.«
Elizabeth entzog sich seinen Fingern. »Ihr wißt, daß ich das nicht zulassen kann, und Ihr wißt auch, warum.«
»Nein, das weiß ich nicht.« Die Flammen betonten die klaren, starken Umrisse seines Gesichtes und schlugen bernsteinfarbene Funken in seinen Augen. Im Feuerschein sah er wahrhaftig aus wie ein großer, goldener Löwe. »Seid ehrlich, Elizabeth. Wünscht Ihr wirklich eine Annullierung?«
Sie richtete sich auf, bestürzt darüber, daß er ihre Gedanken kannte. Aber woher? »Ich habe nie etwas von einer Annullierung gesagt.«
»Das brauchtet Ihr auch nicht.« Er streckte seine langen, muskulösen Beine zum Kamin und überkreuzte die Füße. Seine großen Hände schlossen sich um die Enden der Armlehnen. Es waren außergewöhnliche Hände, stark und feinsinnig, mit feinen goldenen Haaren auf den Rücken. »Was wird dann aus Euren Leuten werden, Elizabeth?« fragte er. »Ihr wißt, daß ich über die nötigen Mittel verfüge, um ihr Wohlergehen zu sichern. Würdet Ihr sie lieber hungern lassen, als mich als Euren Ehemann zu akzeptieren?«

»Ich ... ich hatte es so noch nicht betrachtet«, sagte sie aufrichtig.

»Und was ist mit Euch?« Garrett wurde ernst. »Ist es dermaßen unerträglich, mit mir verheiratet zu sein, daß Ihr alles aufgeben würdet, was ich Euch zu bieten habe, was meine Familie Euch zu bieten hat, nur um Euch von mir zu befreien?« Als sie nicht antwortete, schüttelte er den Kopf. »Selbst wenn man Euch eine Annullierung gewährt, würde der König Euch nicht lange gestatten, unverheiratet zu bleiben, und das wißt Ihr auch. Ihr könnt das Strafgeld nicht bezahlen.«

Elizabeth erhob sich und wärmte ihre Hände am Feuer. So ungern sie es zugab, er hatte recht. Der König würde eine andere Verbindung erzwingen, und selbst wenn ihr nächster Mann ein Katholik wäre, gab es keine Garantie dafür, daß er nicht so schlimm war wie Ravenwold.

Zumindest hatte Creighton ihr niemals etwas getan, auch wenn sie ihn verärgert hatte. Und er hatte sein Wort gehalten, sich ihr nicht aufzuzwingen. Bisher.

Welches war das geringere Übel? Sollte sie ihre unsterbliche Seele für ihre Leute opfern und Creighton erlauben, sich ihren Körper zu nehmen? Oder sollte sie standhaft bleiben, diese Ehe ableugnen und ihre Leute verhungern lassen?

Ihr Glaube lehrte sie, daß Aufopferung die reinste Form der Liebe darstellt, und doch würde derselbe Glaube sie dafür verdammen, daß sie einen Ungläubigen als Ehemann akzeptierte. Sie war so durcheinander.

Creightons Stimme klang durch ihre Verwirrung. »Ich lasse Euch die Wahl, Elizabeth. Nehmt mich in jeder Hinsicht als Euren Ehemann an, und ich werde für Eure Pächter sorgen und alles tun, um Euch glücklich zu machen. Lehnt Ihr es ab, werde ich Euch morgen nach Ravenwold zurückschicken und selbst um eine Annullierung ersuchen.«

»Ihr würdet mich freigeben?«

»Ich weiß nicht, für was für eine Art Untier Ihr mich haltet, aber ich habe nicht den Wunsch, an eine Frau gebunden zu sein, die mich nicht will – obwohl ich Euch keinen Grund gegeben habe, mich so zu hassen, wie Ihr es tut. Ja, ich würde Euch freigeben.«

»Ich hasse Euch nicht«, murmelte sie, und ihre Gedanken überschlugen sich. Wenn sie die Ehe akzeptierte, konnte sie immer noch hoffen, daß er konvertieren würde und sie nach ihrem Glauben ordentlich getraut wurden. »Würdet Ihr konvertieren und Euch von einem katholischen Priester trauen lassen?«

Er holte langsam und tief Luft. »Ich könnte es mir überlegen, aber ich verspreche nichts.« Garrett blickte zu ihr hoch. »Ich bin völlig aufrichtig zu Euch, Bess. Ich will keine Lügen zwischen uns.«

»Das schätze ich sehr. Aber Ihr verlangt von mir, meinen Glauben aufzugeben ...«

»Niemand hat Euch gebeten, Euren Glauben aufzugeben. Ich bin sicher, daß sich irgendwo in Shropshire ein Priester versteckt, der für Euch die Messe lesen wird.«

Sollte das heißen, daß er von Wolcox wußte? Elizabeth war nicht sicher, und sie traute Creighton nicht genug, um ihn zu fragen. Statt dessen sagte sie: »Kein Priester wird für mich die Messe lesen. Wenn ich mit einem Ungläubigen verheiratet bin, kann ich die heiligen Sakramente nicht empfangen.«

»Ich bin kein Ungläubiger«, stellte er ruhig fest, mit einer Stimme wie Stahl, der in Samt gehüllt ist.

»Ihr wißt, was ich meine.« Sie sank unglücklich wieder auf ihren Stuhl. »Und es gibt andere Gründe, warum wir nicht verheiratet sein sollten, Gründe, die Ihr nicht kennt.«

»Was für Gründe?« Seine Augen wurden schmal. »Weil Ihr mit Ravenwold keine Kinder hattet?«

Elizabeth reckte ihr Kinn. Sie schuldete ihm die Wahrheit. »Ja. Ich bin unfruchtbar.« Die Worte klangen wie rostige Klingen.

»Jeder Mann will Kinder. Eure Mutter will Enkel. Ich kann sie Euch nicht geben.«

»Woher wißt Ihr das?« fragte er.

»Ihr habt es selbst gesagt.« Sie kämpfte gegen die Tränen, die ihr in die Augen stiegen. »Ravenwold und ich hatten keine Kinder, und es lag gewiß nicht an mangelnder Gelegenheit.«

»Bess, Bess, Bess.« Creighton kicherte doch tatsächlich. »Das ist kein Beweis. Hat Euch ein Arzt gesagt, daß Ihr keine Kinder bekommen könnt?«

»Nein. Ich habe mehrere aufgesucht, und sie konnten nichts Ungewöhnliches feststellen, aber –«

Er lehnte sich vor. »Ich hasse es, schlecht über die Toten zu sprechen, aber in den vielen Jahren, in denen ich ihn kannte, hat Euer verstorbener Mann seinen Samen in jeder Dirne ausgesät, die er in die Hände bekommen konnte, von Gravesend bis Land's End, und er hat nie einen einzigen Bastard gezeugt. Ich vermute, daß er unfruchtbar war und nicht Ihr.«

Elizabeth zog die Brauen zusammen, tief beschämt, daß ihre intime Schmach so unverblümt zur Sprache gebracht wurde. Aber wenn Creighton die Wahrheit sagte, wenn sie empfangen konnte … ihr finsterer Ausdruck wich der Bestürzung.

»Was?« Creighton sah sie besorgt an. Dann verhärteten sich seine Züge. »Oh. Die Gubbings.« Er stand auf und starrte in die Flammen. Im Zimmer hinter ihnen wurde es allmählich dunkel, und seine Gestalt zeichnete sich als goldgerahmte Silhouette ab. »Ihr macht Euch Sorgen wegen eventueller … Folgen dessen, was sie Euch während Eurer Entführung angetan haben.«

»Folgen?« Verblüfft fragte Elizabeth: »Was meint Ihr damit?«

»Ein Kind.« Er wandte sich mit Pein in den Augen zu ihr um. »Ich könnte ihm ein gutes Heim bei einem meiner Pächter suchen. Unter welchen Umständen auch immer es empfangen wurde, das Kind wäre vollkommen unschuldig. Ich werde zu Euch halten.«

»Ihr werdet zu mir halten?« Elizabeth fühlte ein unerwartetes – und absolut unangebrachtes – Kichern in sich aufsteigen. Sie versuchte es zu unterdrücken, doch sie konnte das bizarre Lachen nicht zurückhalten, das emporstieg und ihrem Mund entschlüpfte. Bald schrie sie vor Lachen, krümmte sich und schlang die Arme um ihre schmerzenden Rippen, während ihr Tränen über die Wangen liefen.

»Was ist so verdammt lustig daran?« fragte Creighton.

»Ihr ... ha ... Ihr dachtet ...« Elizabeth bekam die Worte nicht heraus. Es war nicht lustig. Sie wußte das, aber aus irgendeinem Grund mußte sie noch heftiger lachen.

Creighton packte sie an den Oberarmen und zerrte sie auf die Füße. »Wollt Ihr damit sagen, sie haben Euch nicht vergewaltigt?«

»Ja. Nein.« Bei seinem verwirrten Blick kämpfte sie vergeblich darum, eine würdevolle Haltung einzunehmen. Sie wollte es ihm erklären, vor allem, weil sie die aufrichtige Erleichterung in seinen Augen gesehen hatte. Sein Angebot war zwar unnötig, aber gütig, sogar ritterlich – alles andere als lächerlich. Doch sie hatte ihre Gefühle so lange unter Verschluß gehalten, daß sie sich nicht beherrschen konnte. Ihr Lachen wurde leicht hysterisch. »Sie haben mich nicht vergewaltigt«, japste sie schließlich.

Creighton warf die Arme um sie und drückte sie fest an sich. »Gott sei Dank. Gott sei Dank.«

Unerklärlicherweise wandelte sich ihr Lachen in Weinen. Zitternd lag sie in seinen Armen.

Er murmelte leise: »Laßt es heraus, mein Schatz. Laßt es heraus.« Er küßte ihre Stirn, ihre Schläfen, ihre Wangen.

Allmählich versiegten ihre Tränen. Er war so warm, so stark, so sanft. Sie fühlte sich in seinen Armen beschützt. Sicher. Ohne daß sie wußte, wie oder warum, küßte sie ihn auf den Mund und schmeckte das Salz ihrer Tränen.

Creightons Mund war erst zart, dann hungrig. Plötzlich zog er sich zurück. »Es tut mir leid. Ich will Euren Zustand nicht ausnutzen –«

»Es braucht Euch nicht leid zu tun.« Elizabeth hob den Blick in seine himmelblauen Augen, und ihre Hände glitten über seinen breiten, muskulösen Rücken. »Seid mein Mann, Garrett. Gott sei meiner Seele gnädig, aber ich möchte meinen Leuten helfen. Ich möchte zu einer Familie gehören.« Sie gestand sich ebenso wie ihm: »Ich möchte wissen, wie es ist, in einem Haus voll Liebe zu leben.«

»Ihr werdet es nicht bereuen, Bess.« Garrett riß sie in seine Arme und trug sie durch das Zimmer zum Bett. Er schleuderte Marys Kleider auf den Boden und legte Bess auf die Überdecke. »Wir lassen uns viel Zeit. Sag mir, was du willst, und du sollst es haben.«

»Ich will dich«, flüsterte sie.

Achzehntes Kapitel

Warte.« Garrett trat zurück. »Ich bin gleich wieder da.« Elizabeth sah ihn durch das Zimmer gehen. Als er die Tür öffnete, fragte sie indigniert: »Wo gehst du hin?«

»Ich verlasse dich nicht«, antwortete er besänftigend. »Ich will nur sichergehen, daß alles vollkommen ist.« Sein stilles Lächeln war ein beredtes Versprechen. »Glaube mir, ich werde keine Minute länger wegbleiben als unbedingt nötig.«

Eine Ewigkeit schien zu vergehen, bis sie Schritte im Gang vor dem Zimmer hörte. Garrett trat ein, gefolgt von zwei Dienern mit Silbertabletts, beladen mit diversen Flaschen Wein, verschiedenen gläsernen Pokalen und mehreren Platten, auf denen sich verlockende Köstlichkeiten türmten. Nachdem die Diener den Tisch gedeckt und das Feuer zu einer prasselnden Lohe geschürt hatten, gingen sie wieder hinaus.

Garrett schloß die Tür hinter ihnen ab und verschwand im Ankleidezimmer. Sie hörte, wie der Schlüssel mit metallischem Klirren in das Schloß des Dienstboteneingangs fuhr und auch diese Tür sich knirschend schloß. Einen kurzen, beängstigenden Moment lang fragte sie sich, ob Garrett alle anderen aus- oder sie einsperrte.

Ihre Ängste verflogen, als er zurückkehrte und ihr den Schlüssel gab. »Nur damit du keine Angst hast, es könnte plötzlich jemand hereinkommen.«

Er ging zu dem gedeckten Tisch. »Was trinkst du am liebsten, Elizabeth?«
Ihre Vorlieben waren so einfach, daß sie zögerte, es ihm zu sagen. »Süßen Sherry.«
Sein Lächeln wurde breiter. »Gut. Ich habe richtig geraten.« Er füllte ein Gläschen mit der bernsteinfarbenen Flüssigkeit und nahm dann eine andere Flasche, um sich selbst drei Fingerbreit eines dunkleren Getränks einzuschenken. Er brachte die Gläser zum Bett und balancierte dabei eine gefährlich hoch beladene Platte Pasteten auf einem Arm. »Schnell, nimm den Teller, bevor er herunterfällt.«
Elizabeth rettete das Essen und nahm ihr Glas. Sie beobachtete aus den Augenwinkeln, wie Garrett um das Bett herumging und sich neben ihr niederließ. Mit dem Glas in der Hand legte er sich auf die Seite und sah ihr unter halb geschlossenen Lidern in die Augen. Sein Blick machte sie unruhig. Elizabeth schaute weg und betrachtete nun seine nackten Unterschenkel. Goldene Haare ringelten sich auf seinen muskulösen Waden, und seine Füße waren lang und wohlgeformt. Sie hätte wissen sollen, daß selbst seine Füße gut aussahen.
Als sie ihm wieder ins Gesicht sah, erschütterte sein durchtriebenes schiefes Lächeln sie so sehr, daß ihr erster Schluck Sherry wesentlich größer ausfiel, als sie beabsichtigt hatte. Er brannte in ihrer Kehle und brachte sie zum Husten. Sie nahm einen weiteren, kleineren Schluck und mied seinen Blick, indem sie sich den Pasteten zuwandte. Der salzige Geschmack der Fleischpastete, die sie sich aussuchte, bildete einen köstlichen Kontrast zu dem süßen Sherry.
Garrett schwenkte die dunkle Flüssigkeit in seinem Glas, von dem der unverwechselbare Duft von Apfelschnaps aufstieg. Irgendwie hatte Elizabeth ihr erstes Glas Sherry geleert, bevor er auch nur ein Viertel von seinem Calvados getrunken hatte.
Er nahm ihr das Glas aus der Hand. »Ich hole dir noch eines.«

Sie nickte, immer noch so nervös, daß sie die Wirkung des Alkohols nicht spürte. Als sie ihr zweites Glas geleert hatte, war Garretts Schnapsglas immer noch mehr als halb voll. Mit ernstem Gesicht und lachenden Augen fragte er: »Noch eines?«
Sie wollte sich unbedingt ein wenig beruhigen und nickte. »Bitte.«
Ihr drittes Glas erschien ihr bei weitem nicht so stark wie das erste. Sie leerte es in wenigen, tiefen, genüßlichen Zügen, dann gähnte sie ausgiebig und lehnte sich in die Kissen zurück.
»Elizabeth, ich wollte dir nur helfen, dich ein wenig zu entspannen, aber dich nicht betrunken machen«, sagte Garrett. »Geht es dir gut?«
»Mmmm.« Sie gähnte wieder und sah an den Bettpfosten vorbei. Die mittlerweile dunklen Fenster spiegelten das vom Feuer erleuchtete Zimmer, und die Luft war heiß von den lodernden Flammen. Sie mochte dieses Zimmer, seinen warmen Dielenboden, die heimelige Größe und die niedrige Decke. Kuschelig. Ihr Blick wanderte zu Creighton zurück. Er hatte seinen Morgenmantel über der Schärpe geöffnet und bot ihr wieder seine muskulöse, behaarte Brust dar.
Er zupfte an dem dicken Musselin ihres Nachthemdes. »Ist dir nicht warm in diesem Ding?«
»Is' warm. Ja. Sssehr warm.« Ihre Zunge wollte ihr nicht gehorchen. Garrett sah ihr unverhohlen belustigt zu, wie sie sich im Bett aufrichtete und schwankend auf die Knie begab, um dann mit ihrem züchtig geschlossenen Nachtgewand zu kämpfen. Es dauerte eine Weile, aber schließlich hatte sie genug Knöpfe geöffnet, um sich das Kleidungsstück über den Kopf zu ziehen. »Puh. Das ist besser.« Nicht bedenkend, daß sie nur noch ihr dünnes Unterhemd trug, warf sie das Nachthemd beiseite. »Ich war schon halb gar.« Elizabeth plumpste wenig elegant auf ihr Hinterteil. Nach einem weiteren Schluck Sherry leckte sie sich die Lippen. »Hick.«

»Was ist?« fragte Garrett, ohne seine Augen jemals von ihr abzuwenden.

Sie fing an zu kichern. »Ich glaube, ich habe genug getrunken. Meine Lippen sind taub.« Plötzlich schwindelig, ließ sie sich in die Kissen fallen und schloß die Augen. Elizabeth spürte Garrett näherrutschen, roch seinen sauberen, männlichen Duft, der sich mit dem muffigen Geruch seiner Kleider verband.

Seine Fingerspitze fuhr zärtlich über ihre Unterlippe. »Fühlst du das?«

»Ein bißchen.« Sie ließ ihre Augen geschlossen. Irgendwie fühlte sie sich im Dunkeln sicherer.

»Und das?« Stoff raschelte, und seine Wärme kam näher, hing über ihr, und dann waren seine Lippen auf ihren. Zuerst war sein Kuß zart, fast unschuldig, dann wurde er leidenschaftlich, forschend, und entzündete zu ihrer Überraschung einen Funken des Verlangens in ihr.

So war es mit Ravenwold nie gewesen. Seine Küsse waren brutal und fordernd gewesen, doch Garrett küßte sie, als sei der Kuß bereits das eigentliche Ziel. Sie stellte fest, daß sie es tatsächlich genoß.

Sie hörte, wie sein Atem schneller wurde, und ihr Herz antwortete mit einem wilden Pochen. Garrett streichelte ihre Wange, fuhr dann mit seiner Hand durch ihr Haar und umfaßte ihren Hinterkopf. Sie entspannte sich und genoß die Wärme seiner Hände und die Glut seiner Lippen.

Dann rückte er ein wenig von ihr ab, und sie fühlte sich plötzlich verlassen. »Nun?«

Sie öffnete die Augen und fand ihn neben sich auf einen Ellbogen gestützt. Der Schein des Kaminfeuers hinter ihm ließ seine Haare wie einen Heiligenschein leuchten. »Nun, was?« fragte sie atemlos.

»Hast du das gefühlt?«

Sie nickte.
»Und?«
»Und ich hätte gern, daß du das noch mal machst.«
Wortlos zog er sie an sich und küßte sie wieder, diesmal so leidenschaftlich, daß sie kaum bemerkte, wie seine Hände durch ihr Haar fuhren, seine Feinheit erforschten und es über ihre Schultern legten. Als sie schließlich schwindelig und atemlos von ihm abrückte, studierte er begehrlich ihr Gesicht, um sich dann wieder über sie zu beugen.
Dann war er es, der um Atem ringend den Kopf hob. Er schaute auf sie hinunter, mit einem Blick voller Verlangen. Langsam lösten seine Finger die Bänder ihres Hemdes. Elizabeth ließ ihn gewähren, doch sie fühlte sich unbeteiligt, so als sei sie nur ein Zuschauer in einer Ecke. Aber sie hatte keine Angst.
Seine Berührung war forschend wie die eines Blinden, der einen Gegenstand ertastete. Garretts Hand wanderte über Elizabeths Knie zu ihrem Oberschenkel. »Das Hemd stört«, sagte er heiser. »Ich will es dir ausziehen. Ich will dich sehen.«
Plötzlich störte auch sie das Kleidungsstück, und sie nickte. Was würde er sagen, wenn er sie sah? Würde er nicht enttäuscht sein? Sie setzte sich auf und wollte sich das Hemd über den Kopf ziehen, doch Garrett umfaßte ihre Hände.
»Nein. Laß mich.« Das unverhüllte Verlangen in seiner Stimme löste ein wohlig schmerzendes Ziehen in ihrem Unterleib aus. Langsam, ganz langsam hob er den hauchdünnen Stoff an und enthüllte ihren Körper Zentimeter für Zentimeter. Ihre Haut prickelte unter dem Saum, der sich höher und höher schob. Als sie vollkommen nackt vor ihm lag, setzte er sich auf die Fersen und verschlang sie mit den Augen. »Du bist wunderschön, Elizabeth. Genauso, wie ich es mir vorgestellt habe.«
Sie glaubte ihm nicht, war aber froh, daß er das gesagt hatte.
»Und was ist mit dir?« Elizabeth lehnte sich in die Kissen zurück. »Darf ich dich nicht sehen?«

Ihre Kühnheit ließ seine Augen vor Erregung blitzen. »Selbstverständlich.« Er band die Schärpe auf, schwang sich aus dem Bett, ließ den Mantel von seinen Schultern fallen und bot ihr seinen festen, wohlgeformten Rücken dar. Dann drehte er sich langsam um, kaum einen Schritt von ihr entfernt, und der Schein des Feuers spielte über seinen sehnigen, kraftvollen Körper. Elizabeth starrte auf seine breiten Schultern und die muskulöse, harte Bauchdecke, dann wanderte ihr Blick hinunter auf seine stolze, aufgerichtete Männlichkeit. Sie riß die Augen auf. Er war riesig.

Magisch angezogen, streckte sie die Hand aus und berührte ihn.

Garrett schloß die Augen und stöhnte, mit einem Ausdruck süßer Qual auf seinem Gesicht. »Hab Erbarmen, Bess. Wenn du das tust, wird es nicht länger als fünf Minuten dauern.«

Entsetzt über ihre eigene Unverfrorenheit stammelte sie: »Es tut mir leid. Ich wollte nicht … ich meine, ich habe nicht …«

Er glitt auf dem Bauch ins Bett und brachte sie mit einem Kuß zum Schweigen. Dann löste er sich von ihr und lächelte auf sie hinunter. »Du steckst eben voller Überraschungen.« Seine Lippen streiften über ihre Wange, und er flüsterte ihr ins Ohr: »Es hat mir gefallen, wie du mich berührt hast, Bess. So gut gefallen, daß ich fast die Beherrschung verloren hätte, und ich will nichts überstürzen. Nicht dieses erste Mal.«

Sein Mund glitt über ihre Kehle abwärts und streifte verführerisch eine rosige Knospe. Erregung durchfuhr sie wie ein glühender Pfeil. Sanft schlossen sich seine Zähne um das zarte Fleisch, und seine Zunge begann zärtlich mit der steil aufgerichteten Knospe zu spielen. Elizabeth zog scharf die Luft durch die Zähne.

Als er ihre andere Brust mit derselben süßen Qual verwöhnte, stieß sie kleine lustvolle Laute aus, die seine Glut anfachten, doch er hielt sich noch zurück. Seine Lippen glitten federleicht abwärts und hinterließen eine Feuerspur über ihren Bauch. Aber als sein Mund durch das Tal ihr Becken entlang streifte, schrie Elizabeth auf: »Ah! Tu das nicht.«

Er sah mit vor Erregung gespanntem Gesicht zu ihr auf. »Magst du das nicht?«

Sie spürte sich erröten. »Es kitzelt.« Seine Berührung stärkte jede Empfindung, auch die unangebrachten Gefühle.

»Aha. Ich weiß, was man da machen kann.« Er strich mit seiner Hand fest über die betroffene Stelle und wischte das Kitzeln weg. Doch seine Finger blieben dort nicht stehen. Sie wanderten tiefer, forschend, drängend, bis sie das Zentrum ihrer Lust erreichten. Elizabeth bog sich seiner Hand entgegen und schloß die Augen, überwältigt von dem Sturm der Erregung, den sein Streicheln in ihr auslöste.

Garrett eröffnete ihr eine Welt von Gefühlen, von der sie nie auch nur geträumt hatte. In all den Jahren ihrer ersten Ehe hatte Ravenwold ihr nie Lust bereitet. Selbst am Anfang hatte er sie nur benutzt, roh und schnell, um sich dann umzudrehen und einzuschlafen. Doch nun, unter Garretts erfahrenen Händen, fühlte sie ihren Körper zum Leben erwachen. Wie ein armes, halb erfrorenes Geschöpf, das aus der Kälte gerettet und an ein warmes Feuer gelegt wurde, begann sie sich zu erwärmen und lebendig zu werden. »Du hattest recht«, hauchte sie.

Garrett hob den Kopf und blickte sie mit vor Leidenschaft glasigen Augen an. »Womit?«

»Ich hatte noch nie einen richtigen Liebhaber. Bis jetzt.« Sie packte ihn bei den Schultern und zog sich hoch, um seine Brust zu küssen. Sie genoß seinen besonderen Geruch, genoß, wie seine Brusthaare ihre Haut streiften, genoß seinen Geschmack auf ihren Lippen. Elizabeth preßte ihre Wange an seinen kraftvollen Körper. »Ich will dich in mir. Jetzt.« Ihre Fingernägel gruben sich in seinen sehnigen Rücken. »Erfülle mich, Garrett.«

Sie legte sich zurück, das Gesicht von offenkundigem Verlangen gezeichnet.

Garrett fühlte seine Selbstbeherrschung schwinden. Erhitzt vom Feuer der Leidenschaft senkte er sich auf sie herab, spreizte ihre Beine und stieß in sie, heiß und tief, und brachte sie jenseits des Denkens, jenseits der Wirklichkeit, fort von allem außer dem unbändigen Drang, eins zu werden. Sie wußte, so sollte es zwischen Mann und Frau sein. Sie verlor sich selbst und warf sich ihm Stoß für Stoß entgegen.

Garrett umfaßte ihre Hüften, kam auf die Knie hoch und zog sie mit einem Ruck an sich. Elizabeths Körper bog sich wie im Krampf. Sie schloß die Augen und drückte sich gegen die Kissen über ihrem Kopf. Seine Stöße wurden hart und schnell, und jeder berührte einen unbekannten, geheimnisvollen Ort in ihrem Innern, entfesselte Woge auf Woge reiner Ekstase. Sie schlang die Beine um seine Taille, um ihn noch tiefer zu spüren. Garretts Hände spielten mit ihren Brüsten, streichelten, massierten, steigerten den Ansturm der Lust. Ihre Leidenschaft wuchs und wuchs, bis sie in ihr erblühte wie eine riesige, exotische Blume, die sich im Mondlicht berstend öffnet.

In diesem Moment warf Garrett den Kopf zurück und stieß einen kehligen Schrei der Befriedigung aus. Dann, noch immer in ihr, beugte er sich vor und küßte sie zärtlich.

Elizabeth zog ihn auf sich hinab, wollte sein Herz so wild schlagen spüren wie ihr eigenes, wollte den Schweiß, der auf seiner hellen Haut glitzerte, mit ihrem vermischen. Er versuchte sich abzustützen, um sie nicht zu erdrücken, doch sie drängte ihn, loszulassen. »Nein. Ich will dich auf mir spüren. Ganz und gar.« Er entspannte sich, und sie genoß die süße Lust.

Ihr Inneres zog sich um ihn zusammen. Sein Fleisch antwortete mit einem leisen Zucken, das eine neue Woge der Lust durch ihren Körper sandte. Sie nahm seinen Kopf in ihre Hände und küßte seine Lider, seine Wangen, seine Lippen, seinen Hals.

Ein zufriedenes Knurren entfuhr Garrett, als er sich auf den Rücken rollte und sie an sich zog. Dann legte er ihren Kopf an seine Brust und streichelte stumm ihr Haar.
Elizabeth schloß die Augen, kuschelte sich an ihn und lauschte dem Rhythmus seines Herzens, das jetzt kraftvoll und langsam unter ihrem Ohr schlug. Sie fühlte sich, als könnte sie auch unter Wasser atmen und treibe friedlich durch ein warmes, salziges Meer.
Merkwürdig, daß er auf einmal so still war. Sie fragte sich, ob sie etwas falsch gemacht habe, doch die Erinnerung an seinen triumphalen Schrei gab ihr wieder Sicherheit. Verträumt fuhr sie mit den Fingern durch die blonden Löckchen auf seiner Brust und strich mit ihrer Handfläche spielerisch über seine Brustwarzen. Er erzitterte unter ihrer Berührung. Sie stützte das Kinn auf seine Brust und sah zu ihm auf. »Ich fand es wunderschön, Garrett. Meinst du, wir könnten es noch einmal tun?«
Er hob den Kopf. »Jetzt?«
Sie nickte. »O ja. Das heißt, wenn du willst.«
»Nichts täte ich lieber.« Lachend rollte er sich mit ihr im Arm bis zur anderen Bettkante. Er küßte sie zärtlich. »Jetzt berühre mich, Bess. Wo und solange du willst.«

Die Sonne war längst aufgegangen, als sie von einem Klopfen an der Tür geweckt wurden, gefolgt von einem gedämpften »Frühstück, Herr« hinter dem Dienstboteneingang zum Ankleidezimmer.
Garrett griff an Elizabeth vorbei nach dem Schlüssel, erhob sich und ging nackt zur Tür, um aufzuschließen. Sie hatte gerade noch Zeit, ihr Hemd und Nachtgewand überzustreifen und die Bettdecke hochzuziehen, bevor er neben ihr zurück ins Bett schlüpfte und rief: »Herein!«
Eine ganze Parade von Dienern trat ein, so daß Elizabeth die

Arme unbehaglich auf der Brust verschränkte. Es war ihr peinlich, im Bett neben dem nackten Oberkörper ihres Mannes gesehen zu werden, doch Garrett schien das überhaupt nichts auszumachen.

Keiner der Dienstboten sah sie direkt an. Der Lakai schien ganz darauf konzentriert, das mitgebrachte Holz vor dem Kamin zu stapeln, und das Mädchen schürte eifrig das Feuer. Wynton, der Diener, legte wortlos Garretts Morgenmantel über den Fuß des Bettes und verschwand dann durch das Ankleidezimmer.

Elizabeth bemühte sich, ihre Scham zu verbergen, und sagte zu dem Mädchen, das die Vorhänge öffnete: »Bitte sammle Lady Marys Kleider vom Fußboden auf und sorge dafür, daß sie ordentlich gebügelt werden.« Brennende Röte stieg ihr ins Gesicht. »Und erzähle niemandem, in welchem Zustand du sie gefunden hast – besonders nicht Lady Mary. Ich möchte sie nicht verletzen.«

»Wie Milady wünschen«, antwortete das Mädchen. Sie hob die Kleider auf und verließ den Raum mit dem Lakai und der Kammerzofe. Die beiden übrigen Mädchen stellten vorsichtig Teebretter mit einem Frühstück für jeden neben Elizabeth und Garrett auf das breite Bett und zogen sich dann zurück.

Elizabeth sah ihnen nach und flüsterte Garrett zu: »Ich würde vor Scham sterben, wenn Mary erführe, daß ich ihre schönen Kleider über den ganzen Fußboden verstreut habe.«

»Wegen Mary brauchst du dich nicht zu sorgen. Sie macht sich nicht viel aus Kleidern.« Garrett goß Elizabeth aus der Keramikkanne auf seinem Tablett eine Tasse Kaffee ein, von der ein köstlicher, herber Duft aufstieg. »Mary spielt die feine Dame, aber in Wirklichkeit ist sie noch ein kleiner Racker. Mutter versucht ihr seit Jahren das Reiten im Herrensitz und das Bäumeklettern abzugewöhnen, aber Mary tut, was ihr gefällt. Sie ist mindestens starrköpfig wie wir alle.«

Elizabeth betrachtete ihn mißtrauisch, während er eine Serviet-

te lüftete, die einen Korb voll duftenden Gebäcks bedeckte. »Rosinenplunder und Himbeermarmelade.« Er schüttelte lachend den Kopf.
»Magst du kein Plundergebäck?«
»Früher schon. Als ich zehn war, da aß ich es am liebsten.« Er schenkte sich selbst Kaffee ein und nahm einen Schluck. »Heute ist mir Buttergebäck lieber, aber wenn meine Mutter sich einmal in den Kopf gesetzt hat, daß du etwas magst, wird sie dich bis zum Jüngsten Tag damit füttern.«
»Ich mag deine Mutter sehr.« Elizabeth nahm sich ein Plunderstück. »Und die Zwillinge. Ich verstehe, warum sie deine Lieblinge sind.« Sie biß in den köstlichen, luftigen Leckerbissen.
»Ich liebe *alle* meine Schwestern«, protestierte Garrett, doch sein empörtes Stirnrunzeln spiegelte sich nicht in seinen Augen. »Wer hat dir erzählt, daß die Zwillinge mir am liebsten sind?«
»Niemand. Es war dir ins Gesicht geschrieben. Du schmilzt dahin, wenn du sie siehst.«
»Das zählt nicht. Sie sind eben die Nesthäkchen, das ist alles.«
»Deine Schwestern sind sehr hübsch.« Elizabeth nippte an ihrer Tasse und genoß den exotischen, bitteren Geschmack. Es war viele Jahre her, seit sie sich so teuren Luxus wie Kaffee hatte leisten können. »Erzähl mir etwas von ihnen.«
»Nun, ich habe dir schon von unserer scheinheiligen Mary erzählt.« Er wärmte sich die Hände an der dampfenden Tasse. »Edith ist die nächste. Sie will immer alles verändern, die Möbel umräumen, die Gärten neu gestalten. Ich glaube, sie könnte nicht stillsitzen, wenn ihr Leben davon abhinge.«
»Ich bewundere ihre Energie. Sie erscheint so lebendig.«
»Sie ist ein kleines Energiebündel, allerdings. Der arme Mann, der sie mal heiratet, wird keine ruhige Minute mehr haben.«
»Dann wirst du einen Mann für sie finden müssen, der eine fleißige Frau will.« Sie nahm noch einen Schluck Kaffee und schiel-

te zu ihm hoch. »Das sollte nicht allzu schwierig sein, oder? Vielleicht einen Schotten ...«
»Einen Schotten! Bess, das kann nicht dein Ernst sein! Mutter würde –« Er hielt inne, und seine Empörung verrauchte. »Bei Gott, du hast ja tatsächlich Sinn für Humor. Ich bin eben wirklich darauf hereingefallen.«
Elizabeth fühlte, wie ein Lächeln um ihren Mund spielte. Vielleicht wäre es bei Garrett, in diesem Haus, gar nicht so schwer zu lächeln. »Was ist mit Amy?«
»Du hast Becky ausgelassen. Sie kommt als nächste«, berichtigte er.
»Ah. Also, Becky.«
»Becky ist sehr still. Ich weiß nie, was in ihr vorgeht. Aber eines ist sicher: Sie ist die starrköpfigste von allen. Wenn man sie drängt, stellt sie sich einfach auf die Hinterbeine und brüllt.« Er schüttelte den Kopf. »Becky liebt Katzen, vielleicht, weil sie so still sind und über den Dingen stehen – ein bißchen wie sie selbst. Aber sei vorsichtig mit Becky. Sie vergißt nie eine Kränkung.«
»Ich werde es mir merken«, sagte Elizabeth. »Nun zu Amy.«
Garretts Züge erhellten sich. »Amy ist ein sehr liebes Ding, freundlich und schon fast zu großmütig, aber sehr impulsiv. Sie rennt ständig überall herum und stürzt sich in bester Absicht auf alles mögliche, nur um sich bis zum Hals in Schwierigkeiten wiederzufinden.« Er lachte. »Ein bißchen wie ein großer, lieber Hund, der aus Versehen die Kinder mit seinem Schwanzwedeln umwirft.« Elizabeth staunte über die Liebe in seiner Stimme. »Amy ist sehr dramatisch, eine wahre Romantikerin.« Er schüttelte den Kopf. »Ich hoffe, daß sie da noch herauswächst, bevor es Zeit wird, ihr einen Mann zu suchen.«
»Du hältst nichts von Romantik?«
»Doch.« Er wurde ernst. »Aber eine realistische Einstellung wird ihr besser bekommen, vor allem in der Ehe.«

Elizabeth fragte sich, ob Garretts spitze Bemerkung eine versteckte Warnung an sie sein sollte. Er konnte sich die Mühe sparen. Sie machte sich keine Illusionen über die Leidenschaft, die sie geteilt hatten. Die vergangene Nacht war wundervoll gewesen, und sie freute sich auf weitere amouröse Entdeckungen, doch sie erwartete nicht, daß diese Erregung anhielt. Garrett war ein Mann, der neue Dinge genoß, neue Eroberungen, neue Erfahrungen. Wenn Elizabeth ihm nicht mehr neu war, würde er sich eine andere Geliebte suchen.

Als ob er ihre Gedanken gelesen hätte, runzelte Garrett die Stirn und wandte sich wieder seinem Frühstück zu.

Sie steckte sich den Rest ihres Rosinenplunders in den Mund und schimpfte mit sich. Es sollte ihr nichts ausmachen, daß er sich eines Tages eine neue Geliebte nehmen würde, doch tief in ihrem Inneren wußte Elizabeth, daß es ihr etwas ausmachte. Sie sollte realistisch sein und nehmen, was er ihr gegeben hatte: Schutz, finanzielle Sicherheit, Schwestern und eine Mutter, ein wunderbares Heim. Die erotische Erweckung der vergangenen Nacht nicht zu vergessen. Das sollte ihr genügen.

Sie mußte sich den Tatsachen stellen. Garrett hatte ihr nicht mehr versprochen, als er ihr geben konnte, hatte ihr niemals etwas vorgegaukelt. Es wäre nicht gerecht, von ihm die Liebe zu erwarten, nach der sie sich verzehrte. Solche Vorstellungen waren etwas für naive Zwölfjährige wie Amy.

Es klopfte an der Tür. »Garrett, wir sind's. Bist du wach?«

Elizabeth erkannte die Stimmen der Zwillinge, doch bevor sie protestieren konnte, daß sie kaum in einem Aufzug waren, in dem man irgend jemanden empfing, donnerte Garrett: »Kommt herein! Kommt herein!«

Die Mädchen öffneten die Tür und rannten ins Zimmer, die Arme voll frisch geschnittener Fliederzweige, blühender Apfelzweige, Lilien und Glockenblumen. Keine von beiden schien sich an ihrem Aufzug zu stören, doch Elizabeth errötete und zog sich die Decke bis unters Kinn. Zumindest war Garrett von der Taille abwärts anständig bedeckt.

Er breitete die Arme aus und sagte: »Kommt her, ihr zwei. Gebt uns einen Kuß.«

Elizabeth sah die Zwillinge auf das Bett krabbeln und ihren Bruder umarmen und dann um das Bett herumlaufen, um sie zu umarmen. Sie war beklommen, als die beiden ihre Arme um sie legten und sie auf die Wange küßten, aber ihre Herzlichkeit war ansteckend, und sie lächelte, als die Mädchen zurücktraten.

Honor kratzte sich am Handgelenk. »Aua! Mich hat etwas gebissen.«

»Mich auch«, fiel Hope ein und kratzte sich heftig an der Taille.

»Komm her, mein Häschen«, sagte Garrett zu Honor. Als sie gehorchte, schob er ihren Ärmel hoch, um sich die Stelle anzusehen, wo sie sich gekratzt hatte. »Ach du lieber Himmel!« Er schaute Elizabeth an. »Sieh dir das an, und sag mir, was du davon hältst.«

Elizabeth beugte sich hinüber. Der Fleck auf Honors Arm sah genauso aus wie die Bisse, die vor kurzem noch ihren Körper bedeckt hatten. »Herr im Himmel, wir haben ihnen die Flöhe mitgebracht.«

»Sieht so aus, aber ich kann mir nicht vorstellen, wie. Wir waren nur ein paar Minuten zusammen, als wir ankamen, und dann haben wir beide gebadet«, überlegte Garrett. Er blickte Honor ernst ins Gesicht. »Juckt es dich sonst noch wo?«

»Ja«, antwortete sie schuldbewußt. »Und Hope auch. Aber da, wo wir es dir nicht zeigen können.«

»Hmm.« Er kniff die Augen zusammen. »Laß mich raten. Ihr habt in der Kutsche gespielt, mit der ich Elizabeth nach Hause gebracht habe, nicht wahr?«

Honor riß die Augen auf. Sie fuhr zu ihrer Schwester herum. »Ich hab doch gewußt, daß Mary uns verpetzt!«

»Na, na. Niemand hat mir etwas gesagt. Mein Wort als Ehrenmann«, versicherte ihr Garrett.
Beide Schwestern runzelten die Stirn, doch es war Honor, die fragte: »Und woher hast du dann gewußt, daß wir in der Kutsche gespielt haben?«
Er lehnte seine Stirn an ihre. »Ich kann Gedanken lesen.« Garrett zog ein nicht wirklich böses Gesicht. »Ich denke, ihr solltet euch von den anderen fernhalten, bis Mutter euch ordentlich mit Schwefelpulver behandelt hat.«
»Schwefelpulver?« rief Honor. »Aber das stinkt doch nach faulen Eiern. *Wir* werden meilenweit nach faulen Eiern stinken!« Hope ereiferte sich mit ebenso entrüsteter Miene wie ihre Schwester.
»Es tut mir leid, kleine Prinzessin, aber das ist der beste Weg, Flöhe loszuwerden.« Er scheuchte sie zur Tür. »Lauft los, ihr zwei, und sofort zu Mutter. Sagt ihr, was ich euch gesagt habe, und laßt ja nicht den Schwefel aus.«
Als sie fort waren, erhob er sich aus dem Bett, herrlich nackt und völlig ungeniert. Er kratzte heftig seine Rippen. »Mich juckt es schon, wenn ich nur an Flöhe denke.«
»Flöhe.« Elizabeth versuchte Nonchalance zu zeigen, als er da so völlig unbekleidet am hellichten Tag herumspazierte. »O Garrett, das ist alles meine Schuld. Erst habe ich sie an dich weitergegeben, und nun –«
Garrett fiel ihr ins Wort. »Ich will nichts davon hören. Ich kann Märtyrer nicht ausstehen, Bess.« Er zuckte mit den Schultern. »Flöhe gehören nun mal zum Leben. Die Mädchen hätten ohnehin nicht in der Kutsche spielen dürfen. Vielleicht lehrt ein bißchen Juckerei sie Gehorsam.« Er trat in den Sonnenschein, der durch die großen Fenster fiel. »Ich hatte vergessen, wie schön der Mai hier ist.« Er öffnete einen Fensterflügel und ließ eine überraschend warme Brise herein. »Wie wär's mit einem Picknick, Bess?«

»Ein Picknick? Meinst du denn nicht, daß ich deiner Mutter zur Hand gehen sollte? Schließlich bin ich –«
»Unsinn. Du hast alle Zeit der Welt, die Führung dieses Haushalts zu übernehmen.« Er grinste sie lüstern an. »Ich verspreche dir ein unvergeßliches Picknick.« Als sie zögerte, redete er ihr zu: »Wir sind schließlich in den Flitterwochen.«
Da es ihm so viel zu bedeuten schien, überging sie ihre eher praktischen Instinkte und willigte ein. »Also schön, aber nur, wenn deine Mutter mich nicht braucht.«
»Sie wäre die erste, die dich fortschickte«, sagte er und zog seinen Morgenmantel an. »Wir treffen uns um eins auf dem Rasen vor dem Haus, und zieh dir etwas Bequemes an.« Er wurde ernst. »Solange wir hier sind, Bess, wäre es mir lieber, wenn du kein Schwarz trägst.« Als sie protestieren wollte, schüttelte er den Kopf. »Ich will nicht respektlos gegenüber Charlottes Andenken sein. Ich bitte dich nur darum, weil ich dich einfach gern in etwas anderem als dieser Trauerkleidung sehen möchte.«
Elizabeth sah ein, daß Widerspruch nicht viel nützen würde. Mary hatte ihr ein Dutzend farbenfroher Kleider geliehen, doch nicht eines davon war schwarz. Ihre beiden eigenen schwarzen Kleider wurden zweifellos noch gereinigt. In Wahrheit hätte sie nach einer Woche in ihrem alten Kleid dieses lieber verbrannt, als es noch einmal zu tragen, und das Kleid, das sie in Bristol hatte machen lassen, war viel zu schlicht für diesen prächtigen Haushalt. »Also gut. Solange die Familie unter sich ist, werde ich auf das Schwarz verzichten.«
Ein befriedigtes Lächeln glättete Garretts Züge. »Und nun erlaubt mir, liebes Weib, mich entfernen zu dürfen.« Er ging hinaus auf den Flur und rief zurück: »Wir sehen uns um eins.«

Neunzehntes Kapitel

»Ausatmen, Milady.« Luella zerrte im Rücken an Elizabeths geliehenem Mieder. »Himmel, dieses Mieder ist winzig. Ein Glück, daß es so gut gearbeitet ist.« Es war noch einigermaßen leicht, es an der Taille zu schließen, doch auf halbem Wege den Rücken hinauf bekam sie ernsthafte Schwierigkeiten. Mit vor Anstrengung gepreßter Stimme sagte sie: »Ich weiß nicht, ob ich das zubekomme.«

»Du mußt«, japste Elizabeth. Wenn sie nur nicht versprochen hätte, auf Schwarz zu verzichten ... »Lady Mary hat noch am ehesten meine Größe. Ich werde dies hier tragen müssen.« Sie machte ein paar flache, stoßartige Atemzüge und atmete dann tief aus, wobei sie vorn so kräftig wie möglich gegen das Mieder drückte, um ihre fülligen Brüste flacher zu machen. »Jetzt. Schnell.«

Luella verstärkte ihren Kampf mit der saphirblauen Seide. Nach viel Stöhnen, Quetschen und Zerren hatten sie es endlich geschafft. »So!« Die Zofe ging um Elizabeth herum, um das Ergebnis zu betrachten. »Mmmm.« Die Augenbrauen der Zofe hoben sich.

Elizabeth sah an sich hinunter und runzelte die Stirn. Ihr hochgedrückter Busen wölbte sich provozierend unter dem hauchdünnen weißen Batist von Marys Bluse. »Verflixt! Ich bin halb nackt.«

»Nein, nein, Milady. Es sieht sehr modisch aus.« Luellas zweifelnder Ausdruck wich einem wissenden Lächeln. »Ich denke, Milord wird es mögen, so wie es sitzt.«
»Nun, aber ich nicht; ich kann kaum atmen.« Elizabeth zwängte ihre Füße in die zum Kleid passenden Schuhe. »Gott sei Dank sind die Schuhe nicht ganz so eng wie das Kleid. Darüber sollte ich wohl wirklich froh sein.« Beim Geräusch der aufspringenden Schlafzimmertür hinter ihrem Rücken drehte Elizabeth sich um und sah Amy auf sich zu hüpfen.
Auf halbem Wege durchs Zimmer blieb die Zwölfjährige zerknirscht stehen und rief: »O je! Ich habe vergessen zu klopfen.« Sie wirbelte herum und eilte zurück zur Tür.
»Amy«, rief Elizabeth ihr nach, »komm zurück. Es ist schon in Ordnung.« Als das Mädchen gehorchte, fügte sie hinzu: »Aber nur dieses eine Mal. Ich weiß, daß du von jetzt an nicht mehr vergessen wirst anzuklopfen.«
»Ich werde es versuchen«, schlug Amy ungeniert vor. »Ich konnte es einfach nicht erwarten, Euch zu sagen, wie fröhlich Garrett heute morgen war. Er ist pfeifend durch das ganze Haus gelaufen.«
Die Uhr in der Eingangshalle ließ einen tiefen, würdevollen Schlag hören, worauf Elizabeth sagte: »Ich fürchte, wir werden unsere Unterhaltung später fortsetzen müssen. Ich soll Garrett in dieser Minute draußen treffen.« Sie wandte sich an Luella. »Den Hut bitte. Seine Lordschaft warten.«
»*Aye*, Milady.« Luella strich eine kleine Falte auf der breiten Krempe des weichen weißen Strohhuts glatt und setzte ihn Elizabeth auf. Sie zog die beiden breiten Bänder nach hinten und verknotete sie in Elizabeths Nacken. »Wenn Milady bitte den Kopf neigen würden, habe ich die Schleife im Nu gebunden.«
Während Luella arbeitete, konnte Amy nicht umhin, von den weißen Seidenblumen zu schwärmen, die Garrett aus Paris ge-

schickt hatte und die nun diesen Hut schmückten. »Ist alles zu Eurer Zufriedenheit, Milady?«

Elizabeth erkannte sich in dem hohen freistehenden Spiegel kaum wieder. Sie sah wirklich sehr elegant aus. Marys Kleid betonte ihre schmale Taille, und das enge Mieder hob ihr Dekolleté hervor. Das Saphirblau paßte wirklich gut zu ihren Augen.

Einen flüchtigen Augenblick lang glaubte sie fast, mit Garretts hübschen Schwestern mithalten zu können. Dann hätte sie fast laut gelacht über ihre alberne Einbildung. Sie war nicht hübsch – dürr wie eine Bettlerin und doppelt so blaß. Es war nur das Kleid, das schön aussah. »Komm, Amy. Begleite mich nach draußen.«

Amy nahm ihre Hand. »Ich kann Garretts Gesicht gar nicht erwarten, wenn er sieht, wie wunderschön Ihr ausseht.«

Lady Catherine fing sie am Fuße der Treppe ab. »O Elizabeth, Ihr seht bezaubernd aus!« Sie sagte dies mit solcher Überzeugung, daß Elizabeth ihr fast geglaubt hätte.

»Das macht das Kleid. Und der Hut«, antwortete sie. »Wenn Ihr Mary seht, bitte sagt Ihr doch, daß ich ihre Großzügigkeit sehr zu schätzen weiß.«

»Das werde ich.« Lady Catherine lächelte Amy liebevoll an. »Und du, mein Fräulein? Hast du dich Elizabeth aufgedrängt?«

»Nein, Mama. Ehrlich, das habe ich nicht.«

»Sie ist entzückend«, warf Elizabeth ein.

Lady Catherine lachte. »Nun, ich weiß, daß ein kleines bißchen Amy einem eine ganze Weile reicht.« Sie zog ihre Tochter an sich und kitzelte sie unterm Kinn. »Komm mit, mein kleiner Schmetterling. Zeit für deine Cembalostunde.«

Draußen, unter dem strahlend blauen Himmel, blinzelte Elizabeth im grellen Sonnenlicht. Eine warme Brise blähte ihre Röcke.

Garrett wartete in der Mitte des gepflasterten Innenhofes und hatte ihr den Rücken zugekehrt, während er das Geschirr eines Hengstes zurechtrückte, der vor einen merkwürdig kleinen, zweisitzigen Wagen gespannt war. Eigenartig, daß keine Lakaien oder Stallburschen da waren, um ihm zu helfen.
Elizabeth überquerte den mit Wappen und Drachen verzierten Platz. Mit dem Kummetgeschirr beschäftigt, ließ Garrett nicht erkennen, ob er sie kommen hörte. Ihr Mann gab ein prächtiges Bild ab, selbst in einem einfachen weißen Hemd, dunklen Hosen, schlichten schwarzen Stiefeln und schmucklosen Reithandschuhen. Niemand würde ihn je mit einem Stallburschen verwechseln.
Wie würde er sie in ihrer geborgten Pracht finden, fragte sie sich. Sie blieb unmittelbar hinter ihm stehen und machte sich bemerkbar: »Das ist ein furchtbar großes Pferd für so einen kleinen Wagen.«
Garrett drehte sich um, das übliche schiefe Lächeln auf den Lippen, doch mit einem Blick auf sie fiel es zu einem verdutzten Starren zusammen. »Ich habe den Wagen in Irland gekauft«, murmelte er geistesabwesend. »Er ist leicht, aber sehr solide. Schnell.«
»Oh.« Elizabeth versuchte ihre Enttäuschung zu verbergen. Garrett war sonst so schnell mit Komplimenten bei der Hand. Er hätte wenigstens so tun können, als sei er von ihrer Verwandlung beeindruckt. Sie wünschte, sie hätte doch ihr bequemes schwarzes Kleid angezogen.
Garrett fand seine übliche Unbeschwertheit wieder. »Perfektes Wetter für ein Picknick, nicht wahr, Bess?«
»Wie können wir ein Picknick machen?« sagte sie angriffslustig und schaute in den Wagen. »Ich sehe nichts zu Essen.«
»Keine Sorge. Ich habe mich um alles gekümmert.« Er half ihr auf den gepolsterten Korbsitz und ging um den Einspänner herum, um sich auf die andere Seite zu setzen. Garrett nahm

die Zügel an. »Halte dich fest.« Er trieb den Hengst zum Trab an.

Elizabeth hielt ihren Hut fest. »Wohin fahren wir?«

»Das ist eine Überraschung.« Er schenkte ihr ein gewinnendes Lächeln. »Aber wir werden eine Weile unterwegs sein. Lehn dich einfach zurück und genieße die Ausfahrt.« Er wandte seine Aufmerksamkeit wieder dem Weg zu.

Der Wagen schien einigermaßen bequem zu sein, doch mit Blick auf ihr Mieder fragte sich Elizabeth, wie lang genau »eine Weile« war. Sie lehnte sich zurück und versuchte, den ungewöhnlich warmen Tag und die idyllische Parklandschaft mit ihren ausgedehnten Weideflächen und Obstgärten zu genießen.

Elizabeth machte einige verlegene Versuche, ein Gespräch in Gang zu bringen, doch als das schiefging, verfiel sie in ungemütliches Schweigen, während das Land rauher, welliger und einsamer wurde. Die Landschaft war unglaublich schön, doch sie mußte ständig daran denken, wie ungeschützt sie auf den meilenlangen, einsamen Landstraßen zwischen den Dörfern und Gehöften waren.

Ihre Angst vergrößerte sich, als sie auf einem besonders einsamen Wegstück einen Lastkarren die Steigung vor ihnen hinauffahren sah. Sie rückte näher an Garrett heran.

»Keine Angst, Bess«, beruhigte er sie. »Das ist einer meiner Leute.«

Und tatsächlich, als sie an dem Wagen vorbeifuhren, grüßte der Fuhrmann Garrett mit einer Verbeugung. Elizabeth ließ sich erleichtert zurücksinken.

Nach einer Stunde Fahrt waren sie mitten im Bergland, und Marys Kleid fühlte sich an, als sei es um zwei Größen geschrumpft. Das Korsett pikste Elizabeth fürchterlich, wenn der Dogcart über eine Unebenheit fuhr, doch Unbequemlichkeit war ihre geringste Sorge. Sie waren seit Meilen an keinem einzigen Haus oder Bauernhof vorbeigekommen. »Meinst du wirklich, daß wir hier sicher sind?« Sie suchte nervös die Berge um sie herum ab.

Garrett nahm keinen Blick von der Straße. »Ja.«

Sie rutschte in ihrem Sitz herum, gar nicht überzeugt. »Was ist mit Wegelagerern? Sie könnten sich überall verstecken.«

Garrett zog fest an den Zügeln und brachte den Hengst zum Stehen. Er wandte sich mit ernstem Gesicht zu ihr um. »Ich kann verstehen, warum du dir Sorgen machst, Bess, nach all dem, was du durchgemacht hast, aber ich würde deine Sicherheit nie wieder aufs Spiel setzen. Paß auf.« Er stieß einen schrillen, durchdringenden Pfiff aus. Augenblicke später erschienen aus dem Nichts bewaffnete Reiter auf den Hügeln ringsum.

Elizabeth krallte sich in seinen Arm.

»Das sind meine Männer, Elizabeth. Ich wollte dich zu einem Lieblingsplatz von mir bringen, also habe ich sie vorausgeschickt, um Wache zu halten. Sie werden hier auf uns aufpassen und uns nach Hause begleiten.« Er lächelte. »In diskretem Abstand, versteht sich.« Er ließ seine Hand einen großen Kreis in der Luft beschreiben, und die Reiter entschwanden.

Elizabeth war beeindruckt. »Du bist nicht das, was du zu sein vorgibst, oder?«

»Ich weiß nicht, was du damit meinst.« Garrett trieb den Hengst vorwärts.

»Du spielst nur den Sorglosen, Unbeschwerten. In Wirklichkeit bist du ein sehr umsichtiger Mann.« Ihre Augen wurden schmal. »Oder wäre berechnend das treffendere Wort?«

»Du hast mich durchschaut, Bess.«

Hinter der nächsten Erhebung bog er auf einen kaum erkennbaren Pfad ab, der sich hinunter in ein tiefes Tal wand. In der tiefen Senke sah Elizabeth einen Bach neben der moosbewachsenen Ruine einer gotischen Kirche glitzern. Gleich hinter der

Ruine stand dichter Laubwald, und jenseits am Talschluß donnerte ein Wasserfall über die jähen Kalkfelsen.
»Ich liebe diesen Ort«, murmelte Garrett.
Elizabeth nickte. Das Tal wirkte wie verwunschen – irgendwie abgetrennt vom Lauf der Welt. An diesem einsamen, geheimnisvollen Ort konnte sie fast glauben, sie seien die einzigen Menschen auf der Welt.
Als sie sich der Ruine näherten, deutete Garrett auf den Wasserfall. »Da gehen wir hin, aber wir müssen den Wagen stehenlassen und ein wenig zu Fuß gehen.«
»Gehen?« Ihr enges Mieder ließ ihr nicht genug Luft für einen verzweifelten Seufzer.
»Keine Sorge. Es ist nicht weit.« Er brachte den Dogcort zum Stehen und zog seine Handschuhe aus.
Elizabeth wartete nicht darauf, daß er ihr hinaushalf. Sie sprang hinunter und dehnte ihren Rücken. Verflixtes Mieder! Ihre Rippen schmerzten beinahe so sehr wie damals, als Ravenwold sie ihr gebrochen hatte.
Garrett stieg auf ihrer Seite aus. Er lüpfte die breite Krempe ihres Hutes und schaute darunter. »Ist alles in Ordnung?«
»Ja«, log sie.
»Gut.« Er grinste wie ein kleiner Junge. »Ich kann es kaum erwarten, daß du das siehst.« Er führte sie durch ein gähnendes Bogenportal in die Ruine. Moos dämpfte ihre Schritte. Garrett blieb in der Mitte des Kirchenraumes stehen. »Schließ die Augen und hör genau hin, Bess«, sagte er schwärmerisch.
Schon jetzt außer Atem, war Elizabeth dankbar für den Halt. Sie schloß ihre Augen und lauschte. Kein Wind. Kein Vogelgezwitscher. Kein Summen von Insekten. Nur das Rauschen des Wasserfalls. Es war beinahe unheimlich.
Gab es hier Gespenster? Ihr schauderte bei dem Gedanken, und sie riß die Augen auf.

Garretts Stimme brach den Bann. »Herrliche Stille.« Er wurde plötzlich fröhlich und zog sie hinaus in den Wald. »Komm mit.«

Elizabeth bemühte sich, mit ihm Schritt zu halten, doch selbst im Schatten der riesigen Eichen war sie bald atemlos und erhitzt. Aber sie hatten nicht weit zu gehen, bis der Wald in ein üppiges Rhododendrongehölz überging.

»Wir sind da«, verkündete Garrett stolz. Er drückte die Zweige beiseite, damit Elizabeth hindurchgehen konnte, und folgte ihr dann in ein sonnenbeschienenes Ambiente, wie sie schöner noch keines gesehen hatte.

Ihr blieb vor Erstaunen der Mund offenstehen.

Garrett lachte leise. »Ich dachte mir, daß es dir gefällt.«

Vor ihnen lag eine unberührte Lichtung. Am Ende eines kleinen, glitzernden Sees stürzte Wasser schaumigweiß und glänzend die Kreidefelsen herab. Auf dem zum See sanft abfallenden Hang breitete sich halbmondgleich eine Wiese aus. Im satten Gras am Ufer war ein üppiges Picknick auf einem großen persischen Teppich angerichtet. In ihrem Rücken kletterten Rhododendren und Pinien bis zum Fuß der Felsen hinauf.

»Es ist vollkommen«, flüsterte Elizabeth. »Vollkommen.« Sie schritt über die im Sonnenschein liegende Wiese ans Ufer zu dem Teppich. Noch nie in ihrem Leben hatte sie etwas so Schönes und Üppiges gesehen. Große Kissen in jeder nur denkbaren Farbe waren um eine niedrige, mit Damast, Silber und Kristall gedeckte Tafel für zwei verteilt, Körbe voll Obst und verschiedenste Kisten und Kästen mit Speisen griffbereit darum herum arrangiert. Sie wandte sich an Garrett. »Du hast an alles gedacht.«

»Ich habe mich bemüht.« Er ließ sich auf den Teppich fallen und zog einen seiner Stiefel aus. »Na los, Bess. Zieh deine Schuhe aus.« Nachdem er sich von dem anderen Stiefel befreit hatte, zog er auch die Seidenstrümpfe aus und hielt seine Füße in die Sonne. »Das fühlt sich herrlich an.«

Marys Schuhe *waren* eng. Wenn sie schon in diesem knappen Kleid gefangen war, konnte sie wenigstens ihre Schuhe ausziehen. »Warum nicht?« Sie schlüpfte aus den Schuhen, behielt aber ihre Strümpfe an. Ihre Füße sanken in den sonnenwarmen, weichen Teppich. »Mmm. Du hast recht. Es fühlt sich himmlisch an.« Vorsichtig, um Marys Kleid nicht zu beschädigen, ließ sie sich auf ein dickes Kissen an der Tafel nieder. Das Daunenkissen war so weich, wie es aussah.

Garrett rieb sich die Hände. »Bevor wir irgend etwas anderes machen, laß uns essen. Ich verhungere.«

»Essen?« Das wagte sie nicht; sie würde unverzüglich die Nähte sprengen.

»Ja, essen«, wiederholte Garrett fröhlich. »Das ist ein Picknick.« Er durchforstete Kisten und Truhen und brachte Wein, Schmalzgebäck, eine große Schüssel Salat, eine gigantische Fleischpastete, eine Olivenpastete, mehrere Sorten Käse, Grillente und Wild, Blätterteiggebäck, einen Kohlauflauf, eingelegte Zwiebeln und eine Platte Quittentörtchen zum Vorschein.

»Mmmm. Sieht gut aus.« Garrett legte ein bißchen von allem auf zwei silberne Teller und setzte sich ihr gegenüber. Er senkte den Kopf und rasselte: »Für das reichliche Mahl fülle der Herr unsere Herzen mit Dankbarkeit amen«, bevor er mit großem Appetit ans Essen ging. Nach mehreren herzhaften Bissen blieb sein Löffel auf halbem Wege zu seinem Mund in der Luft hängen. »Du ißt ja gar nichts.«

Elizabeth stocherte mit dem Löffel in dem Berg Essen auf ihrem Teller herum. »Doch.«

»Nein, tust du nicht. Du schiebst es nur herum. Du hast noch keinen Bissen gegessen.« Verblüfft fragte er: »Schmeckt es dir nicht?« Er wedelte mit dem Messer herum. »Gwynneth hat mir gesagt, das seien deine Lieblingsspeisen.«

»Das Essen ist köstlich.« Elizabeth rutschte unbehaglich herum. Eine Stange ihres Korsetts bohrte sich in ihre Hüfte.
»Bist du krank?« Garretts Gesicht spiegelte ehrliche Sorge.
»Nein. Es geht mir gut, wirklich.«
»Was ist es dann, Bess?« Als sie nicht antwortete, warf er die Hände in die Höhe und schrie: »Um Himmels willen, Weib, ich sehe doch, daß etwas nicht stimmt. Warum, zum Kuckuck, *sagst* du's mir nicht? Mach einfach deinen Mund auf und –«
»Mein Kleid ist zu eng!« platzte Elizabeth heraus. Sie blickte wütend in sein überraschtes Gesicht. »Ich kann kaum atmen, geschweige denn essen!«
Garrett brach in Lachen aus. »Von allen ...« Er schüttelte den Kopf. »Warum hast du es dann angezogen?«
»Weil du mich gebeten hast, kein Schwarz zu tragen!« schoß sie zurück. »Ich habe nur zwei Kleider, und beide sind schwarz!« Sie versuchte, ihr Temperament zu zügeln. »Mary war so freundlich, mir ihre Kleider zu leihen, aber sie und ich haben *nicht* dieselbe Größe.« Sie war sich kaum bewußt, was sie tat, als sie am oberen Ende ihres Mieders zerrte, das sich in ihre zusammengedrückten Brüste bohrte. »Meine ... *Knochen* sind viel stärker als Marys.«
Garrett folgte ihrer Bewegung mit bewunderndem Blick. »Du hast recht, Bess. Ich stelle mit Freude fest, daß deine *Knochen* wirklich viel stärker sind als Marys.«
Elizabeth konnte es im Sitzen nicht mehr aushalten. Sie stand auf. »Verflixt! Ich ersticke in diesem Ding.«
Garrett stand auf und kam um die Tafel, um sich den Übeltäter aus der Nähe anzusehen. »Hmmm.« Seine besorgte Miene wich einem glücklichen Lächeln. »Es gibt eine ganz einfache Lösung, weißt du.«
»Wirklich?« Elizabeth blickte ihn aus dem Schatten ihres Hutes feindselig an. »Und was, bitte sehr, wäre diese einfache Lösung?«

»Es überrascht mich, daß du nicht daran gedacht hast.« Er trat hinter sie und packte sie um die Taille; seine langen Finger krümmten sich um ihre Mitte. »Zieh das Oberteil des Kleides aus.« Er drückte die Daumen zusammen und öffnete den untersten Haken des Mieders.

»Garrett! Laß das!« Bevor sie ihm entkommen konnte, hatte er es geschafft, noch mehrere weitere Häkchen zu öffnen. Elizabeth angelte hinter ihrem Rücken nach dem klaffenden Kleidungsstück. »Schau, was du angerichtet hast. Wie soll ich die wieder zubekommen? Luella hat es kaum geschafft –«

Er unterbrach ihren Schwall. »Beruhige dich, Bess.« Garrett hielt ihr seine großen, wohlgeformten Hände hin. »Die sind viel größer und stärker als Luellas. Ich kann das im Nu aufmachen und es hinterher genauso einfach schließen.«

Das konnte er wahrscheinlich. Zu ihrer eigenen Überraschung zog Elizabeth seinen Vorschlag in Erwägung.

»Zieh das alberne Ding aus«, drängte Garrett. »Außer, du leidest lieber.« Er hob eine Braue. »Ich hoffe, das ist nicht der Fall. Ich habe dir gesagt, daß ich Leute nicht ertrage, die sich in ihrem Elend wälzen.«

»Ich, Sir, wälze mich in überhaupt nichts«, schnappte sie. Aber ihr *war* elend. Und sie genoß die Aussicht ganz und gar nicht, den Rest des Nachmittags eingeschnürt zu verbringen. Es war schlimm genug, daß sie den Heimweg so würde überstehen müssen. Elizabeth schwankte. »Was, wenn uns hier jemand überrascht?« fragte sie lahm.

»Niemand wird uns überraschen.« Garrett machte ein unschuldiges Gesicht. »Du hast mein Wort darauf.«

»Und wie kannst du da so sicher sein?«

»Weil dieses Land mir gehört, im Umkreis von vielen Meilen. Meine Männer sind an den Grenzen postiert und haben Order, niemanden durchzulassen.«

Dieses Land gehörte ihm? Elizabeth betrachtete die üppige Natur um sie herum und begann zu verstehen, wie reich ihr Mann wirklich war. »Deine Männer«, platzte sie heraus, »wie willst du wissen, daß *sie* uns nicht beobachten?«

»Das würden sie nicht wagen.« Er nahm ihren Hut ab und zog sie mit gefährlich blitzenden Augen zu sich heran. »Wenn irgendein Mann meine Frau so sähe«, knurrte er, »würde ich ihm die Augen ausstechen und ihm die Zunge abschneiden.« Zweifellos meinte er es, wie er es sagte.

Elizabeth verstummte vor dem gewalttätigen Ton dieser Drohung.

Garrett drehte sie herum und legte wieder seine Hände um ihre Taille. »Also wehr dich nicht.« Er nahm ihren mangelnden Widerspruch als Zustimmung und löste rasch jeden einzelnen verdammten Haken des Mieders. Dann drehte er sie gewandt herum und öffnete einige Knöpfe an Marys sich spannender Bluse. »So. Ist das nicht besser?«

Sie fühlte sich so wohl, als sie endlich dem eisernen Griff des Mieders entkommen war, daß sie ihm fast dankbar war. Elizabeth lehnte sich vor und holte tief und keuchend Atem. Das Oberteil glitt ihre Arme hinunter und fiel zu Boden.

Als sie sich aufrichtete und ihre schmerzenden Rippen rieb, starrte Garrett unverhohlen auf ihre offene Bluse. Ihre Brüste waren unter dem dünnen Stoff deutlich zu sehen.

»Warum ziehst du nicht auch den Rest aus?«

Nun, da sie wieder Luft bekam, wurde sie energisch. »Das glaube ich kaum«, schnappte sie. Sie bemühte sich, die Bluse wieder zuzuknöpfen.

»Wie du willst.« Garrett ließ sich in die Kissen fallen und streckte sich aus. Er gähnte ausgiebig und schloß die Augen. »Zeit für ein Nickerchen.«

Der Schuft, schäumte Elizabeth. Wie konnte er es wagen, sie so stehenzulassen, als sei sie eine Dienstmagd? Sie plumpste auf ein Kissen und stülpte sich Marys Hut ziemlich schief wieder auf den Kopf. Sie starrte ihn böse an, aber Garrett döste in süßer Vergessenheit vor sich hin.

Nach einigen Minuten wurde Elizabeths Wut von wachsendem Hunger abgelöst. Nun, da sie vom Oberteil ihres Kleides befreit war, sagte sie sich, gab es keinen Grund zu hungern. Sie lehnte sich vor und nahm ihren hoch beladenen Teller. Vielleicht nur ein paar Bissen.

Eine Viertelstunde später unterdrückte sie ein Rülpsen und legte den leeren Teller beiseite. Sie sah zu ihrem Ehemann hinüber. Er schlief wie ein Kind – so sah es jedenfalls aus. Sein Atem ging tief und gleichmäßig, sein schönes Gesicht war vollkommen entspannt. Vielleicht schlief er ja wirklich. Selbst satt und schläfrig, zog sich Elizabeth zwei der großen Kissen heran und kuschelte sich hinein, den Hut gegen die stechende Sonne übers Gesicht gelegt.

Es war so friedlich hier. Bevor sie es gewahrte, hatte der tosende Wasserfall sie in den Schlaf gewiegt.

Sie erwachte, als Garrett ihre Wange streichelte. Er saß neben ihr und hielt den Hut schützend vor ihr Gesicht. Er betrachtete sie so gründlich wie sie vorher ihn. »Aufwachen, Schlafmütze«, sagte er lockend.

Elizabeth gähnte und streckte sich. Selbst ohne das Mieder war sie verschwitzt. Sie fragte schlaftrunken: »Müssen wir schon gehen?«

»Noch nicht, aber du mußt aufstehen.« Er warf den Hut beiseite, stand auf und zog sie auf die Füße. »Komm. Ich habe noch eine Überraschung für dich.«

»Genau das, was ich brauche«, nuschelte sie, »noch eine von deinen Überraschungen.«

»Muffig bist du, wenn du nicht ausgeschlafen bist, wie?« fragte er gutmütig. Garrett legte seine Finger unter ihr Kinn und hob es an. »Meine erste Überraschung hat dir gefallen, oder nicht?«

»Sehr gut sogar«, gestand sie.

»Nun, diese wird dir auch gefallen.« Und er ging über die Wiese. »Folge mir.«
Elizabeth hob einen entschuldigenden Finger. »Die Schuhe.«
»Keine Schuhe.«
»Aber meine Strümpfe –«
»Zieh sie aus«, befahl er fröhlich. Dann nahm er sie beim Handgelenk. »Aber paß auf, wo du hintrittst.« Garrett zog sie zu den Rhododendrongehölzen in der Nähe der Felsen.
»Nicht so schnell!« Elizabeth suchte sich hinter ihm mit ihren zarten Füßen auf dem unebenen Boden vorsichtig ihren Weg. »Laß mir wenigstens Zeit, zu schauen, wo ich hintrete.« Sie folgte ihm durch die Rhododendren und traf auf eine Wand dicht beieinanderstehender Pinien.
Er drückte die duftenden Zweige auseinander. »Es ist gleich dahinter.«
Als Elizabeth zwischen den harzigen Ästen hervortrat, fand sie sich in einem sonnengesprenkelten Wäldchen direkt am Fuß der jäh aufragenden Felsen wieder. Ihr Blick wurde magisch von einem schweren, rechteckigen Tisch aus weißem Stein angezogen, der auf einem Moosteppich unter den hoch aufragenden Bäumen stand. Keine umgestürzten Bäume oder gebrochenen Äste beeinträchtigten das perfekte Bild des laubbedeckten Waldbodens.
Garrett stand hinter Elizabeth und legte seine Arme um sie. »Wie findest du es?«
»Es ist zauberhaft.«
»Das bist du auch.« Garrett beugte sich vor und küßte sie. Seine Lippen waren erst zart und dann verlangend.
Elizabeth drehte sich in seinen Armen um und erwiderte seinen Kuß mit einer Leidenschaft, die sie beide überraschte. Eine heiße Woge durchströmte sie.
Garrett nahm den Kopf zurück, um sie anzusehen. »Du meine Güte. Du bist ja ganz erhitzt, Bess. Ist es dir zu warm in diesen

Kleidern?« Seine Hände glitten über ihre Schultern, beschäftigten sich mit den feinen Knöpfchen. »Du würdest aussehen wie eine Waldnymphe, nackt an diesem Ort.«
Elizabeth schloß die Augen und spürte seinen Mund, heiß und zart, dort wo ihr Puls schlug. Sie bemerkte es kaum, als er ihre Bluse abstreifte. Schwindlig murmelte sie einen halbherzigen Protest. »Würdest du mich einfach hier nehmen, auf dem Boden wie ein brünftiges Tier?«
»Ich muß zugeben, die Vorstellung ist verlockend«, sagte er und löste geübt die Bänder ihrer Wäsche. »Aber wenn du das nicht möchtest, gibt es immer noch den Tisch.«
Elizabeth sah schief zu ihm hoch. »Den Tisch?«
»Wir sind hier völlig ungestört«, versicherte er ihr. Langsam zog er sie zu dem Steintisch. »Überleg es dir, der kühle, glatte Marmor unter deiner nackten Haut ...«
»Hmmm.« Sie hungerte nach dem Genuß, den ihr Ehemann ihr bereiten konnte, und strich mit der Hand über den glattgeschliffenen Stein. »Er ist kühl. Ich muß gestehen, er führt mich in Versuchung.«
»Ich sagte doch, daß es dir gefallen würde.« Garrett öffnete geschickt die Verschlüsse ihrer Röcke und Unterröcke. Die Kleider fielen mit einem seidigen Flüstern um ihre Knöchel. Nun stand sie mit nichts als ihrem langem Unterkleid im warmen, lichtgesprenkelten Schatten. Sie war feucht, verschwitzt, der dünne Stoff klebte an ihrem Körper. Er löste die Bänder und streifte es über ihre Schultern herab.
Ein Teil von ihr wollte protestieren, doch der größere Teil war gefangen vom Verlangen in seinen Augen. Er wollte sie. Und sie wollte ihn, gleich hier, draußen im Wald.
Seine Hände glitten über ihre Brüste. »Noch schöner als in meiner Erinnerung.« Er küßte sie lange und zärtlich. Dann zog er sie zum Ende des Tisches. Er vergrub sein Gesicht zwischen ihren Brüsten und drückte sie gegen den kalten Stein.

Elizabeth schloß die Augen und atmete tief den würzigen Duft von Moos und Erde und Garretts herben männlichen Geruch ein. Sie wußte, daß er sie nicht liebte, doch es machte ihr nichts aus. Dies war immer noch besser als das, was sie mit Ravenwold erlebt hatte. Sie wollte sich geliebt fühlen, auch wenn sie nicht geliebt wurde.

Die Lust zumindest war echt.

Seine Lippen zogen eine Feuerspur über ihre Brüste. Dann schlossen sich seine Zähne vorsichtig um ihre aufgerichtete Brustspitze, und ein Pfeil des Verlangens durchfuhr sie. »Ah.« Sie griff mit den Händen in seine Haare und genoß die Begehrlichkeit seines Mundes.

Sie hörte, wie sein Atem schneller wurde. Garrett richtete sich auf, senkte seine Lippen auf die ihren, seine Zunge erforschte gierig das Innere ihres Mundes.

Elizabeths Blut floß wie Feuer durch ihre Adern.

Garretts starke Arme umfaßten sie und pressten sie an seine aufgerichtete Männlichkeit. Instinktiv schlang sie die Beine um seine Hüften, um ihm noch näher zu sein. Sie sah ihn an, und seine blauen Augen bohrten sich tief in ihre. Aus Angst, er könne zuviel darin lesen, schloß sie sie wieder und küßte ihn mit unverhohlenem Verlangen.

Garrett setzte sie auf die Tischkante. Die Kühle des glatten Steins bildete einen köstlichen Kontrast zu dem Glühen ihres Körpers.

Er entledigte sich in fliegender Hast seiner Beinkleider. Seine Hände und seine vor Verlangen dunklen Augen glitten über ihren nackten Leib. »Wie schön«, murmelte er.

Elizabeth gestattete sich, diese Lüge zu glauben, und sei es nur für diesen Augenblick. Hier, so fernab der Wirklichkeit, könnte sie schön sein.

Sie streichelte seine muskulöse Brust. »*Du* bist schön. Ich schaue dich gerne an.« Sie fühlte sein Glied zucken. »Liebe

mich, Garrett«, forderte sie. »Liebe mich jenseits von Sinn und Verstand, bis ich nicht mehr denken kann, nur noch fühlen.«
»Geduld, Bess.« Er sprach leiser, aber seine Stimme klang heiser. »Alles zu seiner Zeit.« Nacheinander zog er die Nadeln aus ihrem Knoten, und ihre Haare ergossen sich in blonden Kaskaden über ihre Schultern auf den Marmor. Er fuhr mit seinen Fingern durch ihre Locken. »Wie der Sonnenschein an einem Wintermorgen. Und weich. So weich.« Er wühlte seine Nase in ihre Haare und sog ihren Duft ein. Er drückte sie nach hinten auf die Tischplatte, doch er drang nicht in sie ein.
Der Tisch hatte genau die richtige Höhe, als sei er hierfür geschaffen worden.
Garretts Hand erforschte ihren Körper mit einer Langsamkeit, die im Widerspruch zu seinem schnellen Atem stand. Seine Berührung entfachte einen Sturm der Erregung in ihr. Sie drängte sich an ihn, und jede neue Bewegung sandte Wellen der Lust durch ihren Körper. Die Sehnsucht in ihr steigerte sich bis zur Unerträglichkeit. Sie setzte sich abrupt auf, packte ihn bei den Schultern, und hob sich ihm entgegen. »Jetzt«, forderte sie erstickt und nahm ihn gierig in sich auf.
Mit vor Lust entrücktem Blick drückte Garrett sie, tief in ihr, auf den Marmortisch zurück. Er stieß langsam tiefer und tiefer. Jeder Stoß entzündete eine Explosion der Verzückung in ihr.
Welche geheimnisvolle Stelle berührte er da? Wußte er, was er da mit ihr machte?
Sie öffnete die Augen und sah sein Glück in den seinen leuchten.
Er wußte ganz genau, was er tat. »Das gefällt dir, Bess, nicht wahr?«
Sie antwortete mit einem heiseren Ja. Sie umklammerte die Tischkante und warf sich ihm Stoß für Stoß entgegen.
Er brachte sie bis an den Rand der Ekstase, zügelte sich dann und machte sie atemlos vor Verlangen. In dem sehnlichen

Wunsch nach Erfüllung löste sie ihre Beine von seinen Hüften und streckte sie über seine Schultern. Garrett umfaßte ihre Knöchel. Sie beugte die Knie, hob sich ihm entgegen, senkte ihre Hüften und spürte sein Glied an etwas tief in ihrem Innern rühren.
Garrett keuchte lustvoll. »Mach das noch mal, Bess.«
Sie tat es und raubte ihm den Rest Beherrschung.
Er stieß im jagenden Rhythmus seines keuchenden Atems in sie. Elizabeth beantwortete jeden seiner Stöße mit leidenschaftlicher Kraft, bis sein letzter Stoß sie in die schwindelnden Höhen der Erfüllung hinaufkatapulierte. Ein gutturaler Schrei entrang sich seiner Kehle.
Elizabeth zog sich hoch, vergrub ihr Gesicht in den Löckchen, die sich auf seiner Brust kringelten. Wenn sie doch immer hierbleiben könnte! Zu ihrer Bestürzung riß er sich abrupt von ihr los und taumelte rückwärts, gewann jedoch sein Gleichgewicht wieder. Hochgewachsen und blond stand er unter den Bäumen wie ein Sonnengott. Auf seinem Gesicht spiegelte sich Verwirrung wider.
»Was ist?« fragte Elizabeth.
»Nichts. Gar nichts.«
Plötzlich fühlte sie sich sehr verletzlich. »Irgend etwas stimmt doch nicht«, sagte sie zärtlich. »Ich sehe es in deinen Augen.« Sie zog die Beine auf dem Tisch an und bedeckte sich so gut es ging mit ihrem langen Haar.
»Nichts ist.« Ein geübtes Lächeln glitt über sein Gesicht. Er nahm ihre Hand. »Komm mit«, sagte er mit gezwungener Fröhlichkeit. »Gehen wir schwimmen.«
»Schwimmen?«
»Ja, schwimmen. Im See. Nackt.«
»Das kann nicht dein Ernst sein«, sagte sie spöttisch.
Er hob sie von dem kalten Marmortisch und stellte sie auf die Füße. »Sammle du deine Haarnadeln ein. Ich hebe unsere Klei-

der auf.« Während er ihre Sachen gleichgültig unter einen Arm klemmte, begab sie sich hastig auf die Suche nach ihren Haarnadeln. Als sie die meisten gefunden hatte, nahm sie sie in eine Hand und streckte die andere Garrett entgegen. »Meine Kleider, bitte.« Anstatt ihr ihre Sachen zu geben, nahm Garrett ihre Hand und zog sie auf den See zu. »Keine Kleider. Nicht, bevor wir schwimmen waren.« Er lächelte über die Schulter. »Vertrau mir, Bess. Es wird dir gefallen.«

Elizabeth würde ihm nicht mehr vertrauen als einem Zigeuner, aber bisher hatte ihr alles gefallen, was er angekündigt hatte. Trotzdem fühlte sie sich verpflichtet, ein bißchen zu protestieren. »Das ist das Verrückteste, was du mir je vorgeschlagen hast.« Als sie die Rhododendren erreichten, widersetzte sie sich ihm, indem sie die Fersen in den weichen Boden grub. »Halt! Ich kann doch so nicht auf die Lichtung gehen.«

»Das Problem mit dir, Bess«, sagte er, »ist, daß du nicht weißt, wie man sich amüsiert.« Ohne Kleider und Wäsche fallen zu lassen, die er unter seine Ellbogen geklemmt hatte, nahm er Bess auf den anderen Arm. »Nackt schwimmen macht *Spaß*.«

Garrett trug sie durch die Rhododendren und hinaus auf die Wiese, direkt zum See. Kurz vor dem Ufer ließ er ihre Sachen zu Boden fallen, und Elizabeth warf hastig ihre Haarnadeln auf den Haufen aus Samt und Seide.

Garrett trug sie, bis das Wasser seine Hüften umspülte. »Du *kannst* doch schwimmen, oder?«

»Natürlich kann ich das.« Sie ließ seinen Nacken los. »Du kannst mich jetzt runterlassen.«

»Sehr wohl, Milady.« Er stellte sie vorsichtig auf die Füße.

»Nein, das ist ja warm wie ein Teich«, bemerkte sie erstaunt, als ihre Beine in das laue Wasser glitten.

»Ich weiß.« Garrett watete rückwärts weiter, bis das Wasser seine Brust erreichte. »Es muß irgendwo eine heiße Quelle unter der Oberfläche geben, aber ich habe sie noch nicht gefunden.«

Elizabeth folgte ihm und blieb ein paar Schritte entfernt von ihm stehen, als das Wasser an ihre Schultern schwappte. Sie schloß die Augen, drehte sich langsam um sich selbst und genoß das Gefühl des Wassers auf ihrer nackten Haut. »Du hast recht. Es *macht* Spaß, nackt zu schwimmen.«

Ein kräftiger Spritzer ließ sie zusammenzucken. »Garrett!« Sie hustete und wischte sich das Wasser aus dem Gesicht. »Laß das!«

»Was? Das?« Er lächelte unverschämt und bespritzte sie noch kräftiger.

»Ja, das!« Sie drehte sich ärgerlich um. »Ich mag es nicht, naßgespritzt zu werden.«

»Oh, ich glaube, du brauchst ein paar ordentliche Spritzer, Bess.« Er fegte eine Handvoll Wasser in ihr wütendes Gesicht.

»Oh, du Schuft!« Sie sprang ihm nach. »Bleib stehen! Laß mal sehen, wie es *dir* unter Wasser gefällt!«

Er watete rückwärts und spottete: »Da mußt du mich erst mal erwischen!« Garrett rollte sich herum und kraulte in geschmeidigen, kraftvollen Zügen auf den Wasserfall zu.

Elizabeth wollte es ihm heimzahlen und setzte ihm nach. Sie war eine gute Schwimmerin, aber Garrett kraulte ihr leicht davon. Sie tauchte das Gesicht ins Wasser, stieß mit aller Kraft die Arme nach vorn. Als sie auf der anderen Seite des Sees Luft holte, war Garrett nirgends zu sehen.

Sie peitschte frustriert das Wasser mit ihrer flachen Hand. »Verflixt!« Wo war er? Sie drehte sich um und suchte das Ufer ab, und ein zweites Mal, um ganz sicherzugehen, aber er war nirgends zu sehen. »Garrett!« Über dem Tosen des Wassers echote ihr ängstlicher Ruf von den Felsen.

Er mußte irgendwo sein. Elizabeth schwamm zum Wasserfall und rief dort wieder: »Garrett!«

Noch immer keine Antwort.

»Das ist wirklich nicht lustig«, brummte sie und kletterte die glitschigen Felsbrocken hinauf. Sie waren gefährlich, und sie wäre fast ausgerutscht, als sie sich aufrichtete, um ihn von dieser Höhe aus zu suchen.

Was, wenn Garrett gestürzt war, als er hier heraufkletterte? Er konnte sich den Kopf gestoßen haben und …

Unsinn, sagte sie sich. Der Mann konnte klettern wie eine Ziege. Sie legte die Hände um den Mund und rief: »Also gut, du hast gewonnen. Zeig dich!«

Kaum vier Meter entfernt tauchte hinter dem Vorhang aus Wasser eine Gestalt auf. Garrett hatte sich die ganze Zeit hinter dem herabstürzenden Wasser versteckt. Er stieg auf einen glatten Felsblock, der die Kaskade teilte. Im Sprühnebel blitzten Tausende glitzernder Tröpfchen auf seiner Haut, und seine dicken goldbraunen Locken klebten ihm am Kopf. Er grinste Elizabeth an. »Wer als erster drüben ist!« Bevor sie ihn dafür tadeln konnte, daß er ihr angst gemacht hatte, sprang er kopfüber ins Wasser und schwamm davon.

Elizabeth wußte, daß sie ihm im Wasser nicht gewachsen war – besonders mit diesem unfairen Vorsprung. Statt dessen hüpfte sie halsbrecherisch von Stein zu Stein, bis sie bei einer breiten Felsnase anlangte, die bis zur Mitte des kleinen Sees hinausragte. Von der Spitze des langgestreckten Felsvorsprungs sprang sie ins Wasser und schwamm mit kräftigen Stößen ans Ufer zu ihrem Picknickplatz. Als Garrett aus dem Wasser kam, saß sie tropfend und keuchend auf dem Teppich. »Ha! Ich habe dich geschlagen!« Sie nahm ein Baumwolltuch aus einer der Truhen und wickelte sich darin ein. »Ich habe zwar gemogelt, aber ich habe dich geschlagen.«

Garrett ragte über ihr auf und lachte zwischen keuchenden Atemzügen. »Das hast du, Bess. Das hast du.« Er schüttelte heftig den Kopf, so daß alles – Elizabeth eingeschlossen – von einem Schauer kalter Tropfen berieselt wurde. Sie rollte sich in die Kissen, um dem Gröbsten zu entkommen. Sie lag da in der Wärme und sah zu, wie Garrett ein Handtuch aus der Truhe nahm und begann, sich das Wasser aus dem Haar zu rubbeln. Wie immer staunte Elizabeth darüber, wie unbefangen er mit seiner Nacktheit umging. Seine festen Muskeln spielten in der bernsteinfarbenen Nachmittagssonne, während er Arme, Beine und Oberkörper abtrocknete. Sie empfand ein wohlig-schmerzhaftes Ziehen im Innern, als sie ihm nur zusah, wie er sich bewegte, und dann unzweifelhafte Enttäuschung, als er seine Hosen anzog.

Ihr Ehemann war so goldblond wie Apollo und genauso prachtvoll.

Wie eine Gewitterwolke am blauen Himmel tauchte ein düsterer Gedanke auf: *Er ist schön – so schön, daß er jede Frau haben kann, die er will, und er weiß es auch.*

Wie lange würde es dauern, bis es ihn langweilte, den liebenden Ehemann zu spielen? Garrett würde irgendwann zu seinem alten Leben zurückkehren. Nur eine Närrin würde das nicht glauben.

Elizabeth wandte den Blick ab und wünschte, sie könnte mit dem zufrieden sein, was sie hatte. Garrett hatte ihr so viel gegeben: eine liebevolle Mutter, Schwestern, ein wunderschönes Zuhause, Leidenschaft, Reichtum – selbst die Hoffnung, daß er konvertieren würde. Warum konnte sie nicht damit zufrieden sein?

In einem seltenen Augenblick der Einsicht fragte sie sich, ob sie sich je gestatten würde, über irgend etwas glücklich zu sein.

Er ließ sich neben ihr in die Kissen fallen. »Bei Gott, du siehst hinreißend aus«, flüsterte er zärtlich, »so glatt und glänzend, wie ein Wassergeist.« Er legte seinen Kopf gegen das feuchte Handtuch, das ihre Hüfte bedeckte. »Mmmm. Ich wünschte so sehr, wir könnten den ganzen Nachmittag hierbleiben und uns amüsieren. Aber das geht nicht.« Plötzlich wurde aus dem sorglosen Spielkameraden ein energischer Kommandeur. »Es wird spät.« Er stand auf und betrachtete den enger werdenden Abstand zwischen Sonne und westlichem Horizont. »Wir haben so viel Spaß gehabt, daß ich es gar nicht bemerkt habe. Wir müssen nach Hause, Bess.« Er ergriff ihre Hände und zog sie auf die Füße. »Wir haben Glück, wenn wir es noch vor der Dunkelheit schaffen. Komm, Liebste.«

Elizabeth erstarrte wie tot.

Liebste. Das abgegriffene Wort hallte in ihrem Innern wider.

Er sagte es so leicht, doch sie wußte, daß es nichts bedeutete. Gar nichts.

Plötzlich ernüchtert, entzog sie ihm ihre Hände.

»Warum siehst du mich so an, Bess?« fragte Garrett. »Was ist?«

»Nichts.« Elizabeth sprach in demselben Ton wie zuvor Garrett. »Gar nichts.«

Zwanzigstes Kapitel

Die folgende Woche auf Chestwick war himmlisch. Am Tage spielte Garrett ganz den aufmerksamen, hingebungsvollen Ehemann. In der Nacht, allein in ihrem Zimmer, liebte er Elizabeth, als sei sie die einzige Frau auf der Welt.

Seine Methoden wandelten sich mit ihrer Stimmung. Wenn sie nachdenklich war, liebte er sie ausdauernd und langsam, bis ihr Blut ebenso kochte wie seines. Wenn sie sich zurückzog, wurde er gebieterisch, seine Leidenschaft beherrscht, aber unnachgiebig. Wenn sie in verträumter Stimmung war, wurde er verspielt und liebte sie abenteuerlich, lockte sie mit heißen, erregenden Berührungen, die ihre Vorstellungskraft überstiegen. Doch wie auch immer ihr Liebesspiel begann, es endete immer mit einer ekstatischen Befriedigung ihrer Lust.

Mit jeder Nacht schien sein Verlangen begehrlicher zu werden, und Elizabeth wollte ihn so sehr, wie er sie zu begehren schien. Anfänglich beichtete sie diese Schwäche Pfarrer Ignatius, doch der Priester schüttelte nur den Kopf und machte Kronprinz Charles und den König dafür verantwortlich. Bald gab sie es ganz auf, ihr fleischliches Vergnügen zu erwähnen, denn ihre stockenden Beichten schienen dem Geistlichen peinlich zu sein, und er erlegte ihr nie eine Buße auf.

Elizabeth wußte nicht, ob es Pfarrer Ignatius' mangelnde Verurteilung oder der Trost der täglichen Messe war, aber etwas tat sich in ihr. Langsam, aber sicher lockerten die Ängste und Verfehlungen ihrer Vergangenheit ihren tödlichen Griff um ihr Herz und ließen ihr endlich Raum zum Atmen. Wie eine pralle Knospe, die sich im Sonnenlicht öffnet, blühte sie auf.

Sie veränderte sich.

Ihre Meinung von Garrett veränderte sich auch. Seine Familie verehrte ihn, und es war nicht schwer zu sehen, warum. Garrett behandelte sie und seine Mutter und Schwestern als Gleichgestellte, schätzte offensichtlich ihre Gedanken wie ihre Gesellschaft. Er war niemals überheblich oder herablassend, selbst gegenüber den elfjährigen Zwillingen. Obwohl es allen ihren bisherigen Erfahrungen mit Männern widersprach, mußte Elizabeth feststellen, daß ihr Mann die Frauen der Familie wirklich mochte und ihre Meinungen respektierte.

Mochte er sie auch?

Er sagte, er möge sie. Er gab ständig glatte Liebenswürdigkeiten von sich. Doch ihre starken Selbstschutzinstinkte warnten sie, daß solche Schmeicheleien nichts bedeuteten. Sie ertappte ihn oft dabei, daß er sie mit einem merkwürdigen, beunruhigten Ausdruck ansah, den sie nicht verstand. Dennoch war sie auf Chestwick glücklicher als je zuvor in ihrem Leben.

Garrett war nicht der einzige Grund: Die Wärme und Herzlichkeit seiner Familie ließen ihre Schutzwälle ebenfalls erzittern. Bei jedem Wetter hallten die Wände Chestwicks wider von fröhlicher Betriebsamkeit und Lachen. Lady Catherine überschüttete Elizabeth mit derselben Liebe, die sie ihren eigenen Töchtern entgegenbrachte. Und mit Ausnahme der gelegentlich mißmutigen Becky rangen die Mädchen ständig um Elizabeths Aufmerksamkeit und brachten ihr kleine handgearbeitete Geschenke. Sie wußte, daß sie nur nett sein wollten, aber ihre Freundlichkeit zeigte Wirkung.

Nun, anstatt in Angst vor neuen Widrigkeiten oder Mißhandlungen wie auf Ravenwold, erwachte Elizabeth jeden Morgen zufrieden, ihren Mann an ihrer Seite. Sie genoß jeden friedvollen Augenblick hier, doch sie erlaubte sich nie zu vergessen, daß diese herrlichen Zeiten eines Tages vorbei sein würden. So war es immer gewesen, bisher.

Am Samstag beim Abendessen bemerkte sie, daß Garrett ungewöhnlich still wirkte. Er aß kaum etwas, und die Zwillinge auch nicht. Besorgt beobachtete Elizabeth ihn und seine beiden jüngsten Schwestern, die lustlos im Essen herumstocherten. Als alle anderen zu Ende gegessen hatten, schoben die Zwillinge ihre Teller von sich und sanken in ihren Stühlen zurück.

Elizabeth sah sich ihren Mann genau an. Seine Augen waren gerötet, und die Falten an seinem Mund wirkten tiefer als sonst. »Geht es dir gut?« fragte sie leise.

Garrett zog eine Braue hoch. »Es ist nichts, wirklich. Nur Kopfschmerzen. Schon den ganzen Tag.« Er preßte die Fingerspitzen an die Schläfen. »Einmal ordentlich ausschlafen, und es ist weg. Vielleicht gehe ich heute früher zu Bett. Aber zuerst ...« Er klopfte mit dem Messer an sein Weinglas und beendete damit das leise Murmeln der Tischgesellschaft. »Nun, da alle aufgegessen haben, habe ich eine kleine Überraschung.« Er erhob sich. »Wer zuletzt im Arbeitszimmer ist, hat verloren!«

Seine Aufforderung zum Wettlauf ließ sogar die Zwillinge munter werden. Aufgeregt redeten sie durcheinander auf ihre Mutter ein. »Dürfen wir gehen, Mama?« »Bitte, Mama!« »Wir sind fertig.«

»Mädchen, eure Manieren.« Lady Catherine sah Elizabeth an. »Entschuldigt Ihr uns, Lady Elizabeth?«

»Bitte.« Elizabeth stand auf, wie immer mit unbehaglichem Gefühl ob der Tatsache, daß Garretts Mutter, der Etikette gemäß, sich ihr zu fügen hatte.

»Wir danken.« Lady Catherine erhob sich. Auf dieses Zeichen hin sprangen die Mädchen auf. »Dann ins Arbeitszimmer.« Als

die Zwillinge an ihr vorbeisausten, fing Lady Catherine mit jeder Hand eine ab. »Habt ihr zwei wieder vor dem Essen Honigkuchen genascht? Ihr habt euer Essen kaum angerührt.«
»Nein, Mama.« Honor umarmte ihre Mutter ungeduldig. »Ich hatte einfach keinen Hunger.«
»Ich auch nicht«, fügte Hope hinzu.
»Hmmm. Ich hoffe, ihr habt euch nichts eingefangen.« Lady Catherine legte den Handrücken an Honors bleiche Wange, dann an Hopes. »Nicht heiß.« Sie schickte sie mit einer Handbewegung hinter den anderen her. »Also, dann lauft.« Elizabeth entging ihr leicht besorgtes Stirnrunzeln nicht.
»Meine Damen.« Garrett geleitete Elizabeth und Lady Catherine aus dem Speisezimmer. Er sagte zu Elizabeth: »Ich muß dich um Verzeihung bitten, Bess, daß ich für dich keine Überraschung habe. Als ich meine Einkäufe in Paris tätigte, wußte ich noch nicht, daß ich heiraten würde.« Er lächelte sie reumütig an. »Verzeihst du mir? Ich verspreche, es bei nächster Gelegenheit wiedergutzumachen.«
»Garrett, du hast mir schon in London viel zu viele Geschenke gekauft«, erinnerte sie ihn. »Sie müssen jetzt jederzeit mit Gwynneth hier eintreffen.« Elizabeth grämte sich nicht, weil sie ausgeschlossen wurde, doch aus irgendeinem Grunde löste der Gedanke ein kleines, nagendes Gefühl der Unruhe bei ihr aus.
Als sie das Arbeitszimmer betraten, wußte sie, warum. Auf dem Schreibtisch stand eine hölzerne Truhe, die sie sofort erkannte. Das war die Truhe, die sie auf der Straße gesehen hatte: diese Kiste voller Kostbarkeiten, von denen sie angenommen hatte, Garrett habe sie für seine Geliebten gekauft. Nun wurde ihr klar, warum alles siebenmal vorhanden war.
Sie sank wie betäubt auf einen Schemel am Feuer.
»Setzt euch.« Garrett zog einen Stuhl für seine Mutter heran. Die Zwillinge hockten Seite an Seite auf der gepolsterten Bank

am Fenster, und die anderen Schwestern setzten sich eilig auf die übrigen Stühle.

Garrett rieb sich die Hände. »Also, alle außer Elizabeth schließen jetzt die Augen, und keine macht sie auf, bevor ich sie antippe.« Er lächelte Elizabeth an und formte mit den Lippen: »Paß auf.« Der Deckel der Truhe quietschte beim Öffnen. »Nicht linsen«, schalt er. »Nicht einmal Ihr, Mutter.« Garrett nahm vorsichtig alle Perlenketten heraus und legte sie, der Länge nach sortiert, über seine Hand. Obwohl die Perlen jeder einzelnen Schnur perfekt aneinander paßten, waren die Ketten von leicht unterschiedlicher Färbung. Zwei identische, kürzere Perlenschnüre hatten einen rosigen Schimmer. Von den vier Ketten mittlerer Länge waren zwei elfenbeinfarben, zwei von reinstem Weiß. Die siebte und längste Kette schimmerte fast silbern. »Denkt daran, laßt eure Augen zu, bis ihr euer Geschenk bekommen habt.«

Er ging zu den Zwillingen, die sich mit zugekniffenen Augen aufgeregt vor und zurück wiegten. Garrett zog eine der kurzen Ketten über Hopes glänzenden Blondschopf und die andere über Honors.

Die Zwillinge öffnete die Augen genau im selben Augenblick, mit demselben freudigen Ausdruck auf dem Gesicht. Mit der Präzision von Spiegelbildern streckte jede die Hand aus, um die Perlen der Schwester zu bewundern. »O Garrett, sie sind wunderschön«, sagten sie wie aus einem Munde. »Danke schön!« Sie drückten ihn stürmisch, von rechts, von links, und fielen sich dann in die Arme; ihr Lachen war das Lieblichste, was Elizabeth jemals gehört hatte.

Sie starrte ins Feuer und schämte sich, daß sie so schnell das Schlechteste von Garrett gedacht hatte. Ihre Verdächtigungen hatten aus Garretts Großzügigkeit etwas Schmutziges gemacht. Zumindest in dieser Sache war er unschuldig und seine Beweggründe uneigennützig. Garrett hatte diese Schätze nicht gekauft, um sich die Zuwendung seiner Geliebten zu sichern; er hatte jedes Geschenk im Gedanken an seine Mutter und seine Schwestern sorgfältig ausgewählt.

Wie grausam hatte sie ihn verurteilt. Elizabeth kam nicht umhin, sich zu fragen, wieviel an ihrem Mann sie noch falsch beurteilt hatte.

»Lady Elizabeth«, rief Honor durch den Raum. Sie zeigte auf Hopes Perlen. »Sind sie nicht wunderschön?!

»Fast so schön wie die, die sie tragen.« Elizabeth bemühte sich um ein Lächeln, doch das Ergebnis war nicht überzeugend. Geläutert sah sie zu, wie Garrett die übrigen Perlen verteilte. Bis er die letzte Halskette Lady Catherine anlegte, war der Raum vom fröhlichen Geschnatter der Schwestern, die sich gegenseitig bewunderten, erfüllt.

Elizabeth beobachtete die heitere Szene wie ein Reisender, der in der Kälte steht und einer fröhlich-warmen Feier durch ein Fenster zusieht. Je enger verbunden ihr Garretts Familie erschien, desto mehr fühlte sie sich fehl am Platze. Dies war seine Familie, sein Haus, nicht ihres. Sie täte gut daran, das nicht zu vergessen. Dennoch gestattete sie sich, die Wärme aufzunehmen, und sei es nur für kurze Zeit.

Garretts Mutter prüfte anerkennend ihre neue Perlenschnur. »Die Perlen sind sehr schön, mein Sohn.« Sie erhob sich und küßte ihn auf beide Wangen. »Du verwöhnst uns über alle Maßen.«

Er drängte seine Mutter, wieder Platz zu nehmen. »Setzt Euch, Mutter. Ich bin noch nicht fertig mit Verwöhnen.« Unter zunehmendem freudigem Quietschen von Amy und den Zwillingen verteilte er die Handschuhe, Krägen, Gürtelschnallen und Spitzen.

Erst als das letzte Geschenk verteilt worden war, bemerkte Elizabeth, daß die Zwillinge miteinander flüsterten. Sie warfen ihr besorgte und heimlichtuerische Blicke zu. Nach weiterem Geflüster lächelten sie plötzlich und nahmen ihre Perlen ab. Hand in Hand kamen Hope und Honor schüchtern auf sie zu.

Wie immer war es Honor, die zuerst sprach. »Wir möchten, daß Ihr diese bekommt.«

Hope legte ihre Perlenschnur in Elizabeths Hände.

Honor nickte. »Wir wollten nicht, daß Ihr ausgeschlossen seid.«

Sie und Hope tauschten ein zufriedenes Lächeln. »Wir brauchen ohnehin nur eine Halskette. Wir teilen alles.«

Verblüfft starrte Elizabeth auf die Perlen in ihrer Hand. »Ich ... danke euch. Das ist das liebste, großzügigste Geschenk, das ich je bekommen habe.« Sie lächelte, und Tränen schossen ihr in die Augen. »Aber wißt ihr, es stimmt gar nicht, daß ich kein Geschenk bekommen habe.« Sie blickte zu Garretts Mutter. »Lady Catherine hat mir doch schon die Familienperlen geschenkt.« Errötend log sie: »Ich habe nur vergessen, sie anzulegen. Wie dumm von mir.«

Sie legte unbeholfen die Arme um die kleinen Mädchen. »Also haben wir alle Perlen bekommen.« Sie drückte Hope die Halskette wieder in die Hand. »Aber ich werde eure Freundlichkeit nie vergessen. Niemals.«

Die Zwillinge zogen skeptisch die Brauen zusammen. »Seid Ihr sicher?«

»Ganz sicher.« Elizabeth stand auf. »Wartet. Ich zeig' es euch.« Sie machte einen kleinen Knicks. »Bitte entschuldigt mich, ich bin sofort zurück.« Sie rannte fast ins Schlafzimmer zu der Schublade, in der sie das kostbare Erbstück eingeschlossen hatte. Sie würde sie nie wieder fortschließen, denn nun – dank der herzerweichenden Großzügigkeit der Zwillinge – würden diese Perlen sie daran erinnern, daß sie zumindest teilweise eine Erbin der Liebe war, die die Creightons so eng verband wie ihr gemeinsames Blut. Sie legte die strahlenden Perlen um ihren Hals und schwor, sie immer zu tragen.

Elizabeth sauste wieder hinunter ins Arbeitszimmer und sank atemlos neben die Zwillinge auf die Fensterbank. »Seht ihr?« keuchte sie und hob die Perlen an, damit sie sie betrachten konnten. »Da sind sie. Und ich werde nie wieder ohne sie sein.«

»Schön. Nun, da das erledigt ist ...« Garrett erhob sich. »Ich denke, ich werde mich jetzt zurückziehen.«

Ein Lakai öffnete die Tür. Während die Mädchen sich um Garrett drängten, um ihm zu danken und ihn zu küssen, wartete Wynton mit einem Kerzenleuchter in der Hand auf seinen Herrn, um ihn nach oben zu geleiten. Garrett wankte ein wenig und sagte mit glänzenden Augen zu Elizabeth: »Du brauchst nicht mitzukommen, wenn du noch aufbleiben willst, Bess.«

Elizabeth runzelte die Stirn. Es gefiel ihr gar nicht, wie er aussah. »Nein. Ich bin auch müde.« War er krank? »Warte auf mich. Wir gehen zusammen.«

Sie wünschte der Familie eine gute Nacht und nahm Garretts Arm. Zu ihrem Entsetzen konnte sie seine heiße Haut selbst durch sein Hemd spüren. Er glühte ja! Besorgt verlangsamte sie ihren Schritt, während sie hinter Wynton die Treppe hinaufstiegen, doch Garrett ließ keine Schwäche erkennen.

Als sie in ihrem Schlafzimmer anlangten, sank Garrett auf das Bänkchen am Fußende des Bettes und murmelte: »Wynton, du kannst gehen. Ich werde mich später ausziehen.«

»Sehr wohl, Eure Lordschaft.« Der Kammerdiener verbeugte sich und ließ sie allein.

»Garrett, du bist krank.« Elizabeth griff unter die aufgedeckten Laken und nahm den Bettwärmer heraus. Dann drängte sie Garrett auf die Füße. »Ins Bett mit dir.« Er sank auf die Matratze und legte den Kopf auf die Kissen, ohne auch nur seine Füße vom Boden zu heben.

»Ich verstehe nicht, warum du Wynton fortgeschickt hast«,

brummte Elizabeth, die unter ihrem brüsken Ton wachsende Furcht verbarg. »Nun werde ich dich selbst ausziehen müssen.«

Garrett lächelte sie matt an. »Vielleicht habe ich ihn genau deshalb weggeschickt.«

»Du kannst mir wenigstens helfen. Streck die Füße aus.« Sie zog ihm die Stiefel und Strümpfe aus, bevor sie seine eiskalten Füße aufs Bett hob. Elizabeth rieb sie, aber das nutzte nichts. »Setz dich auf, damit ich dir dein Wams und Hemd ausziehen kann.«

Elizabeth verließ der Mut, als sie den Ausschlag auf seiner Brust sah, doch es gelang ihr, äußerlich ruhig zu bleiben. Garrett lehnte sich an sie und begrub sein Gesicht in ihrem Busen. »Mmmm.«

»Laß den Unsinn.« Sie drückte ihn in die Kissen zurück. Nachdem sie hastig seine Hose aufgeknöpft hatte, entdeckte sie zu ihrem Entsetzen noch mehr rote, erhabene Flecken an seiner Taille. »Hilf mir, diese Hosen herunterzubekommen.« Sie zerrte an seinen seidenen Kniehosen.

Garrett hob die Hüften an, so daß sie ihn ganz ausziehen konnte. Er zitterte und zog die schweren Decken hoch. »Kalt hier drin.«

»Ich weiß, daß dir kalt ist, aber du darfst nicht unter die Decke schlüpfen. Das wird dein Fieber hochtreiben.« Elizabeth zog ihm alle Decken bis auf ein dünnes Laken weg.

Sie hatte diese Symptome schon früher gesehen, das letzte Mal im Lager der Gubbings. Sie kämpfte gegen ihre Panik an und sagte sich, es sei wahrscheinlich nur eine zufällige Übereinstimmung. Sicher gab es andere, weniger tödliche Krankheiten mit ähnlichen Symptomen. Sie betete darum.

Ein heftiges Zittern ließ Garretts Zähne klappern. »Gib mir ein paar Decken, Weib! Ich erfriere.«

»O Garrett.« Elizabeth streichelte seine Stirn. »Du darfst dich nicht zudecken. Nicht, bis das Fieber sinkt.« Sie betete, daß

Lady Catherine eine gut gefüllte Apotheke besitzen möge. Die Gubbings hatten die wenige Medizin, die sie nicht darauf verwandt hatte, ihre Kinder zu retten, gestohlen.
»Verdammte Grippe«, murmelte er. »Sie ist immer schlimmer, wenn man sie im Sommer erwischt.«
Wenn es nur die Grippe wäre! »Versuch zu schlafen.« Elizabeth klingelte nach Luella. »Ich bereite dir etwas Medizin.«
Sie traf die Zofe an der Hintertreppe. »Der Graf hat Fieber bekommen. Bitte frage Lady Catherine, ob sie Espen- oder Weidenrinde in ihrer Apotheke hat. Ich brauche beides.« Ihre Stimme klang scharf.
Luellas sonst so fröhliches Gesicht wurde lang. »Ich komme sofort, Milady.«
Elizabeth fügte hinzu: »Nur um sicherzugehen, sollten wir niemanden in die Nähe seiner Lordschaft lassen, bis wir wissen, was dem Grafen fehlt. Ich kann mich selbst um den Grafen kümmern.«
Luella wurde bleich. »Ihr meint doch nicht –«
Elizabeth unterbrach sie. »Ich meine gar nichts.« Um Luellas willen behielt sie ihren Verdacht für sich. »Der Graf sagt, er habe die Grippe.« Sie versuchte zu lächeln. »Du weißt, wie schnell sich die Grippe in einer Familie ausbreiten kann. Die Erfahrung hat mich gelehrt, die Kranken von den Gesunden fernzuhalten. Nun geh und bitte Lady Catherine um die Espenrinde. Und um Tücher.«
»Jawohl, Milady.« Luella machte sich eilig auf den Weg und überließ Elizabeth ihren Sorgen. Sie sank in einen Stuhl am Feuer und schlang die Arme fest um ihre Brust.
Zigeunerfieber. Wenn Garrett das Fleckfieber hatte, konnte er sterben. Die anderen auch. Wo immer die Krankheit zuschlug, griff sie um sich wie ein Waldbrand.
Elizabeth fröstelte bei dem Gedanken, ihn zu verlieren.
Sie überlegte fieberhaft. Garrett war in die schädlichen Dünste

des Dartmoors geritten, um sie zu befreien, doch er war nicht in die Nähe der Gubbings gekommen. Nur sie war der Krankheit unter den Vogelfreien direkt ausgesetzt gewesen. Nun, da sie in Chestwick war, war auch das Fieber hierher gelangt. Hatte sie die Krankheit irgendwie eingeschleppt?

Das schien die einzige Erklärung zu sein. Lieber Gott, hatte er sie gerettet, damit sie ihm und seiner Familie diese Pestilenz ins Haus brachte?

Ein energisches Klopfen an der Tür unterbrach ihre Selbstvorwürfe. »Elizabeth, ich bin's, Catherine. Darf ich eintreten?«

Elizabeth trocknete ein paar Tränen. »Einen Moment.« Sie eilte zur Tür und öffnete sie einen Spaltweit.

Lady Catherine hielt ihr einen Korb voll Medizin, Kräutern und Brei für Umschläge entgegen. »Ich habe noch einige Sachen dazugetan: etwas Mohnsirup und Kampfer, falls er Husten bekommt.« Sie reckte den Hals, um einen Blick auf ihren kranken Sohn zu erhaschen.

»Danke. Luella bringt mir noch einen Wasserkessel, damit ich einen Aufguß bereiten kann.« Elizabeth verstellte ihr bewußt den Eingang. »Ich glaube, es wäre besser, wenn Ihr nicht hereinkommt. Garrett hat sehr hohes Fieber und einen Ausschlag.«

Lady Catherines Blick bohrte sich in ihre Augen. »Wo ist der Ausschlag? Ist er glatt oder erhaben?«

»Auf seinem Oberkörper. Die kleinen Flecken sehen ein wenig wie Knötchen aus.«

Lady Catherine schloß entsetzt die Augen. »Fleckfieber.«

»Ich bete, daß es das nicht ist, aber er zeigt alle Symptome.« Elizabeths Herz tat ihr so weh, daß sie kaum atmen konnte. »Aber wenn es das ist, kann ich mich um ihn kümmern. Ich hatte das Zigeunerfieber als Kind und habe es überlebt.«

»Dann seid Ihr davor sicher. Dem Himmel sei Dank.« Lady Catherine packte Elizabeths Arme. »Die Zwillinge. Sie haben beim Essen gar nicht gut ausgesehen. Meint Ihr, sie könnten –«

»Haben sie Fieber?« Elizabeths Magen krampfte sich zusammen. »Wo sind sie?«
Lady Catherine hielt sie zurück. »Ihr kümmert Euch um Garrett. Ich sehe nach den Zwillingen.« Sie wandte sich um und eilte davon.
Elizabeth warf die Tür zu und lehnte sich dagegen. Lieber Gott, betete sie, bitte nicht auch die Zwillinge. Dann richtete sie sich auf und konzentrierte sich auf Garretts Behandlung. Zumindest war er stark, ein erwachsener Mann. Das Zigeunerfieber traf die Jungen oder Schwachen am schlimmsten. Die Krankheit schritt rasch fort und führte binnen Tagen, manchmal sogar Stunden zum Tode. Wenn Garrett es überstand, bis das Fieber sank, würde er gesund werden.
Luellas Klopfen sagte ihr, daß sie das Gewünschte gebracht hatte. Elizabeth nahm die Sachen wortlos entgegen. Sie versuchte, die Angst zu ignorieren, die ihr Denken zu vernebeln drohte, und machte sich daran, den Tee aus Espenrinde zu bereiten. Während sie darauf wartete, daß er wieder etwas abkühlte, rieb sie Garretts Glieder mit kalten Tüchern ab, obwohl es ihn vor Kälte schüttelte und er darüber grummelte.
»Siehst du denn nicht, daß ich erfriere, Weib!« schimpfte er. »Hör auf, mich mit kaltem Wasser zu waschen, und bring mir eine Decke!«
Trotz seiner Krankheit war er immer noch stärker als sie. Sie fürchtete, er würde sie beiseite stoßen und sich selbst die Dekken holen. Elizabeth sah sich gezwungen, ihn mit Mohnsirup zu beruhigen. Endlich schlief er ein.
Tief in der Nacht klopfte es wieder an der Schlafzimmertür. Als Elizabeth öffnete, wartete draußen Lady Catherine, noch in dem Kleid, das sie beim Abendessen getragen hatte. »Elizabeth, die Zwillinge sind krank, sie haben dieselben Symptome wie Garrett.«

Elizabeth lehnte verzweifelt die Stirn an den Türpfosten. »O nein!«
»Mit Eurer Erlaubnis«, fuhr Lady Catherine fort, »würde ich sie gern hierher bringen. So können wir uns abwechselnd um sie kümmern.«
»Natürlich.« Elizabeth richtete sich auf. »Unbedingt, bringt sie her. Aber ich kann mich allein um alle kümmern. Ich will nicht, daß Ihr auch –«
Lady Catherine schüttelte den Kopf. »Es sind meine Kinder, Elizabeth. So sehr ich Euer Angebot, sie zu pflegen, schätze, aber ich muß auch bei ihnen bleiben.«
»Habt Ihr das Zigeunerfieber gehabt?« fragte Elizabeth herausfordernd.
»Nein«, erklärte Lady Catherine ruhig. »Und ich weiß um die Gefahren.« Sie sah Elizabeth mitfühlend an. »Es ist nicht so, daß ich Euch nicht traue, meine Liebe, aber ich bin ihre Mutter. Wie alt sie auch sein mögen, Kinder brauchen ihre Mutter, wenn sie krank sind. Ich weiß, daß Ihr das verstehen werdet.«
Elizabeth verstand es so gut, daß sie vor lauter Traurigkeit kaum sprechen konnte. Sie nickte.
»Wynton hat das Zigeunerfieber schon gehabt. Er kann die Mädchen hierher bringen und uns helfen, sie zu pflegen.« Ein trauriges Lächeln spielte um Lady Catherines Mund. »Wir legen die Zwillinge in ein Bett. Ich habe es schon vor langer Zeit aufgegeben, sie trennen zu wollen, wenn sie krank sind. Sie machen einen solchen Aufstand …« Sie verstummte, als Luella den Korridor entlanggerannt kam.
»Ihr habt nach mir geschickt, Milady?«
»Ja.« Garretts Mutter wandte ihre Aufmerksamkeit näherliegenden Dingen zu. »Suche Wynton. Er soll ein großes Bett aus einem der Gästezimmer heraufbringen lassen. Wynton kann es hier im herrschaftlichen Schlafgemach wieder zusammenbau-

en. Wenn das erledigt ist, kann er mir die Zwillinge herübertragen. Niemand sonst darf in die Nähe meines Sohnes oder der Zwillinge kommen außer Wynton, Lady Elizabeth und mir. Hast du verstanden?«

Luellas Augen wurden rund. »Jawohl, Milady.«

»Wenn du meine Anweisungen an Wynton weitergegeben hast, weckst du die Mägde. Wir brauchen einige Liegen, die, die wir im Sommer im Garten stehen haben, und viel frische Bettwäsche. Laß alles schnell und leise hierher bringen, in den Korridor, aber nicht weiter. Denk daran, das Krankenzimmer darf niemand betreten. Nur Wynton. Elizabeth«, fragte Lady Catherine, »fällt Euch noch etwas ein, das wir brauchen könnten?«

»Mehr Mohnsirup und Espenrinde. Tassen. Löffel. Einen Topf kräftige Brühe. Viel Wasser. Einige größere Kessel und Becken. Saubere Tücher.« Elizabeth hielt in ihrer heruntergerasselten Aufzählung inne und überlegte, was sie während ihrer Krankenpflege bei den Gubbings noch gebraucht hatte. »Holz für den Kamin. Starken Weinbrand. Brot.«

Lady Catherine lauschte anerkennend. »Sehr gut.« Sie wandte sich an Luella. »Hole Wynton, und dann kümmere dich um diese Sachen. Ich gehe zu den Zwillingen.« Sie machte sich auf den Weg. »In einer halben Stunde haben wir alles beisammen, was Ihr braucht, Elizabeth.«

Elizabeth schlich zurück ins herrschaftliche Schlafzimmer, schloß die Tür und sank auf die Knie. *Heilige Mutter, stehe Garrett und den Zwillingen bei. Laß es nicht das Zigeunerfieber sein.*

Es war das Zigeunerfieber.

In weniger als vierundzwanzig Stunden wurde das herrschaftliche Schlafgemach zum Krankensaal nicht nur für die Zwillinge, sondern auch für die zwei Stallknechte, die die Kutsche ausgeladen hatten, mit der Garrett und Elizabeth gekommen waren. Dann wurde die Wäscherin krank, die Elizabeths Kleider gewaschen hatte. Innerhalb von Stunden kamen noch die drei Mägde dazu, die Elizabeth beim Baden aufgewartet hatten. Jeder der Kranken war entweder mit Elizabeth oder der vor Flöhen wimmelnden Kutsche in Berührung gekommen.

Elizabeth wußte, daß es da einen Zusammenhang gab, aber sie war zu müde, um herauszubekommen, welcher das sein mochte. Wie die Dinge lagen, fühlte sie sich einfach nur verantwortlich.

Bei Sonnenuntergang des zweiten Tages sah sie, daß Wynton die junge Wäscherin auf die Arme nahm und hinaus ins Ankleidezimmer trug. »Wynton?« fragte sie voll Grauen beim Anblick der schlaff herunterhängenden Arme und des baumelnden Kopfes der Wäscherin.

Wynton blieb stehen, drehte sich aber nicht um. Seine Schultern hoben sich in einem tiefen Seufzer. »Sie ist tot, Milady«, sagte er leise. Er richtete sich auf. »Laßt es gut sein, Herrin. Der Pfarrer ist in der Kapelle. Wir werden sie ordentlich beerdigen.« Er verschwand ins Ankleidezimmer und stieß die Tür mit dem Fuß hinter sich zu.

Die Wäscherin war kaum vierzehn Jahre alt gewesen. Elizabeth hatte bis gestern nicht einmal ihren Namen gekannt. Lily, hatte sie schüchtern gemurmelt. Nun war sie tot.

Selbst mit Wyntons Hilfe konnten sie und Lady Catherine kaum allen ihren Patienten Medizin und Wasser einflößen, geschweige denn sich ausruhen. Die drei machten nur hin und wieder ein kleines Nickerchen und kämpften bereits seit drei vollen Tagen gegen das Fieber, als sie ein erstes ermutigendes Zeichen der Besserung bekamen.

Die Sonne war gerade zum dritten Male untergegangen, als Elizabeth sich über ihren Mann beugte und eine Hand an seine stoppelige Wange legte. Zum ersten Mal fühlte sie Schweiß auf seiner Haut, und Garrett war nicht mehr so heiß. Ein Gefühl der Erleichterung durchflutete sie. »Lady Catherine!«

Garretts Mutter hielt Honor in den Armen und versuchte, dem fiebernden Kind Kampfertee einzuflößen, während Hope unruhig neben ihnen schlief. Lady Catherine erstarrte. »Was ist? Er ist doch nicht …«
»Sein Fieber sinkt.« Plötzlich so erschöpft, daß sie kaum sprechen konnte, sank Elizabeth auf die Bettkante. »Es ist gesunken, und er atmet viel leichter.« Wie aufs Stichwort ertönte ein gelöstes, grollendes Husten aus Garretts Kehle. Elizabeth spürte, daß ihr Tränen die Wange hinunterliefen, doch sie war zu müde, um sich darum zu sorgen, wer sie sehen konnte. »Ich denke, er wird wieder gesund.«
»Gott sei es gedankt!« Lady Catherine schloß kurz die Augen und sah dann auf Hope hinunter. »Hope scheint es auch besser zu gehen, aber ich mache mir Sorgen um Honor.« Sie neigte die Tasse wieder, doch die duftende Flüssigkeit lief aus Honors Mundwinkel. »Sie kann kaum atmen. Ihr Körper reagiert auf nichts, nicht einmal auf das kalte Wasser, das Wynton aus dem Quellhaus geholt hat. Ich habe sie damit abgewaschen und es ihr stundenlang eingeflößt, aber es hat nichts geholfen.« Sie stellte die Tasse in das Durcheinander von Flaschen, Schüsseln, Kräutern und Tees auf dem Nachttischchen. »Ich habe es mit Ulmenaufguß, Espenrinde, Weidenrinde und Kampfer versucht. Nichts hilft. Ich bin so erschöpft. Ich weiß nicht, was ich noch tun soll.«
Elizabeth hörte die Verzweiflung in Lady Catherines Stimme und stand auf. »Ihr haltet sie schon seit Stunden. Laßt mich sie eine Zeitlang halten.« Sie nahm Honor aus den Armen ihrer erschöpften Mutter. »Versucht Euch ein wenig auszuruhen, Lady Catherine. Garrett hat die Krise überstanden, und den Dienstboten geht es besser«, beharrte Elizabeth. »Bitte legt Euch nieder, Lady Catherine, bevor Ihr zusammenbrecht.« Sie schob Honor ein wenig höher, damit das kleine Mädchen leichter atmen konnte. »Bitte schlaft ein wenig. Ihr werdet niemandem

nützen, wenn Ihr Euch völlig verausgabt. Ich verspreche, Euch sofort zu wecken, wenn Ihr gebraucht werdet.«

Lady Catherine sank steif in den hochlehnigen Stuhl neben dem Bett. Sie war eingeschlafen, bevor ihr Kopf die damastbezogenen Polster berührte.

Honor erwachte in dem Moment, als die Dämmerung den Kampf gegen die Dunkelheit aufgab. Ihre blauen Augen glänzten fiebrig, als sie zu Elizabeth hinaufschaute und keuchte: »'lizabeth. Ich bin froh, daß Ihr da seid.«

Elizabeth versuchte ihre Angst nicht zu zeigen. »Deine Mutter ist auch hier.« Sie drehte Honor ein wenig, damit sie ihre Mutter in dem Stuhl am Bett dösen sehen konnte. »Soll ich sie wekken?«

»Nein«, japste Honor. Ihre Hand tastete schwach nach Hopes. »Hope?«

»Sie schläft. Und Garrett hat es überstanden. Nun mußt du auch gesund werden.«

Ein heftiger Schauer durchlief das Kind. »Mein Kopf tut weh. Und mein Rücken.« Honor wand sich unbehaglich. »Bitte laßt mich herunter. Auf die Kissen.«

»Gut.« Elizabeth schüttelte die Kissen mit einer Hand auf, so gut es ging, und bettete Honor darauf. Bess selbst legte sich flach neben sie, den Arm um ihre Schultern gelegt. »Ist es so besser?«

Das arme Kind hatte kaum Luft für eine Antwort. »Viel ... besser.«

Elizabeth schaute zu Hope hinunter, die ruhig schlief. Das kleine Mädchen atmete frei, und der feuchte Schimmer auf ihrer Stirn bedeutete, daß das Fieber sank. Elizabeth betete stumm zur Mutter Gottes. Wenn nur Honors Fieber sänke. Aber Honors Schüttelfrost ließ nichts Gutes ahnen.

Honor rührte sich. Ihre Hand winkte schwach. »Hope ... Hand halten.« Elizabeth griff hinüber und legte die Hand des

schlafenden Mädchens in ihre. Als ihre Finger sich ineinander schlangen, lächelte Honor. »Jetzt ist es besser.«
»Träum süß, mein Schatz.« Elizabeth strich ihr über die Schläfe.

Mitten in der Nacht wurde Elizabeth von Schreien geweckt und merkte, daß Honor nicht mehr neben ihr lag. Sie schoß hoch und öffnete die Augen. Hope wiegte den leblosen Körper ihrer Zwillingsschwester in ihren Armen.
Lady Catherine sprang auf die Füße, und alle anderen im Raum setzten sich auf.
Hopes Weinen zerriß die Luft, die Augen ihrer toten Schwester starrten ins Leere.
Garretts Mutter kroch auf das Bett und drückte ihre Töchter – eine tot, eine lebendig – heftig an sich. Ihr eigener herzzerreißender Schrei mischte sich mit Hopes Schmerz.
Elizabeth wich in stummer Fassungslosigkeit zurück.
»Was ist?« fragte Garrett. Er kämpfte sich aus dem Bett und wickelte ein Laken um sich, während er zu seinen Schwestern wankte. »Was ist passiert? Hope?« Als er sah, was geschehen war, sank er neben ihrem Bett auf die Knie. »O Gott! Nein!« So lange sie lebte, würde Elizabeth niemals die Qual in seinen Augen vergessen, sowenig wie sie die Erinnerung an Hopes wilden, unmenschlichen Schmerzensschrei auslöschen konnte.
Garrett sank gegen das Bett. Erschrocken eilte Elizabeth zu ihm, um ihn zu stützen. Sie packte ihn unter den Armen und versuchte, ihn auf die Beine zu ziehen. »Du kannst nichts tun, Garrett«, hörte sie sich sagen. »Du mußt zurück ins Bett. Wenn du aufbleibst, könnten wir auch dich verlieren.«
»Nein!« Er starrte sie in wütendem Unverständnis an. Garrett erhob sich mit übermenschlicher Kraft, und seine Faust krallte sich in das Tuch um seine Hüften. »Du verstehst nicht, wie das mit Zwillingen ist! Hope und Honor sind wie eine einzige Person! Sie teilen dieselben Gedanken, dieselben Gefühle! Sie kön-

nen nicht allein existieren! Eine ist ohne die andere nur halb lebendig.«

Lady Catherine weinte leise und streichelte die beiden Mädchen.

Elizabeth wußte nicht, was sie tun sollte. »Garrett, bitte«, flehte sie. Wie konnte sie ihn zur Vernunft bringen? »Hab Mitleid mit uns. Deine Mutter hat bereits ein Kind verloren. Das letzte, was jetzt geschehen darf, ist, daß du einen Rückfall erleidest. Laß mich dir ins Bett helfen.«

Garrett streckte die Hand aus und streichelte das Haar seiner toten Schwester. »Sei still, Elizabeth«, sagte er matt.

»Oh, Garrett, es tut mir so leid.« Heiße Tränen rannen über Elizabeths Wangen. Sie versuchte noch einmal, ihn fortzuziehen, doch er schüttelte sie ab.

»Laß mich in Ruhe.« Er setzte sich auf die Bettkante und starrte Honor an.

Elizabeth konnte sich nicht vorstellen, daß die Dinge noch schlimmer werden könnten, doch sie wurden schlimmer. Wynton schaffte es endlich, Garrett zurück ins Bett zu bringen und ihm einen starken Schlaftrunk einzuflößen, doch Lady Catherine konnte Honors Leichnam nicht aus den Händen ihrer Schwester befreien. Obwohl Hope krank war, bewies das Kind eine unheimliche Kraft, wenn irgend jemand – einschließlich ihrer Mutter – versuchte, ihr Honor wegzunehmen.

Als der Morgen graute, war Lady Catherine gezwungen, Hope die Hand ihrer toten Schwester halten zu lassen, während ihre Mutter den Leichnam wusch und Honor das Totenkleid anzog. Schlimmer noch, Hope bestand darauf, gleich gekleidet zu werden. Die Hand um Honors Hand geschlossen, wehrte sie einen neuen Trennungsversuch ihrer Mutter ab: »Nein! Mama, du darfst sie nicht ohne mich begraben! Schwöre es mir!«

Niemand konnte sie davon abbringen. Lady Catherine flehte: »Mein Liebstes, Honor ist gar nicht hier. Sie ist jetzt bei den Engeln. Dieser Körper ist nichts wert ohne ihre Seele. Ihre Seele ist im Himmel. Sie braucht diesen Körper nicht mehr. Sie ist fort. Du mußt sie loslassen.«

»Nein! Du verstehst das nicht!« Hope brach in Tränen aus. »Sie hat es nie jemandem erzählt, weißt du, aber sie fürchtet sich im Dunkeln. Ich muß immer ihre Hand halten.« Ihr Griff um die kalten Finger ihrer Schwester wurde kräftiger, und sie schrie fast hysterisch: »Versprich es mir, Mama! Begrabt mich mit ihr! Ihr könnt sie nicht ohne mich ins Dunkle legen!«

Das war mehr, als Lady Catherine ertragen konnte. Sie brach in Elizabeths Armen weinend und völlig von Sinnen zusammen.

»Wynton, komm und hilf Lady Catherine«, rief Elizabeth. Sie übergab ihre Schwiegermutter seiner Fürsorge. »Bring Lady Catherine in ihr Zimmer und hole Luella, damit sie sich um sie kümmert.« Sie wandte sich wieder an Hope. »Oh, mein Kind. Mein süßes Kind.«

Die beiden kleinen Mädchen lagen Seite an Seite auf dem Bett; sie unterschieden sich nur durch die bläuliche Blässe, die sich auf Honors Haut ausbreitete. Einen erschrockenen Augenblick lang war sich Elizabeth nicht sicher, ob eine von beiden noch atmete. Dann sah sie das rasche, flache Auf und Ab unter Hopes besticktem Mieder.

Sie setzte sich neben sie auf die Matratze. »Hope, wir können Honor nicht bei uns behalten, aber wir müssen sie ja nicht ins Dunkel legen.« Sie strich Hope die feuchten Strähnen aus der Stirn. »Wie wäre es, wenn wir sie über der Erde zur Ruhe betten, in einem besonderen kleinen Haus mit einer schmiedeeisernen Tür, die das Licht hereinläßt?« Elizabeth hatte eine solche Grabstätte in London gesehen. »Dann wäre Honor nicht im Dunkeln, und du könntest ihr jeden Tag Blumen bringen.«

»Nein.« Hopes Mund wurde zu einem verbissenen Strich. »Ihr müßt sie mit mir beerdigen. Anders geht es nicht.« Sie kniff die

Augen zusammen. »Lieber Gott, bitte bring mich auch zu den Engeln. Ich will bei meiner Schwester sein.«
»Hope, so etwas darfst du nicht sagen.« Elizabeth rückte näher. »Lady Catherine liebt dich so sehr, und Garrett auch – so sehr, wie sie Honor geliebt haben. Stell dir vor, wie schrecklich es für sie wäre, dich auch zu verlieren.« Ihre Stimme wurde hart. »Schau mich an, Hope!« Als Elizabeth den Schmerz in Hopes Augen sah, wußte sie, daß es dem Kind ernst damit war, ihrer Schwester in den Tod folgen zu wollen.
Elizabeth mußte etwas tun. »Hope, du darfst nicht nur an dich denken. Ich weiß, daß du nicht von Honor getrennt sein willst, aber deine Mutter braucht dich hier, bei uns. Und Garrett. Und Mary. Und Edith und Amy und Becky. Wir lieben dich alle viel zu sehr, um dich verlieren zu können.«
Ein unentschlossener Ausdruck huschte über Hopes Gesicht. Verzweifelt fuhr Elizabeth fort: »Wie können wir uns ohne dich richtig an Honor erinnern? Ihr Gesicht ist deines. Wie können wir uns ohne dich an sie erinnern?«
»Geht weg.« Hopes Lider fielen zu. »Laßt uns in Ruhe.« Mit all ihrer Kraft versuchte sie, sich vom Leben zu lösen.
Elizabeth wußte nicht mehr, was sie tun sollte, und schlug trostlos die Hände vors Gesicht. Vielleicht sollte sie fortgehen. Sie hatte diese Pestilenz nach Chestwick gebracht. »Lieber Gott«, entfuhr es ihr, »ich wünschte, Garrett hätte mich nie aus den Händen der Gubbings befreit. Wenn er mich nicht hierher gebracht hätte, wäre dies alles nicht geschehen. Ich hätte es sein müssen, die stirbt, nicht Honor! Wenn ich nur an ihrer Stelle hätte sterben können.« Sie konnte nicht mehr stark bleiben und brach zusammen. »Es tut mir so leid. So leid.« Heftiges Schluchzen schüttelte sie.
Sie bemerkte nicht, daß Hope die Tote losgelassen hatte, um die Lebende zu trösten, bis sie die Arme des Kindes um sich spürte. »Es ist nicht deine Schuld, Elizabeth. Weine nicht.«

Einundzwanzigstes Kapitel

Elizabeth erkannte das Bett nicht, in dem sie erwachte, doch das fremde Zimmer war kühl und ruhig. Sie zog sich das gestärkte Linnen über die Schultern und kuschelte sich noch tiefer in das Federbett.

Sie war so müde. Wenn sie nur wieder einschlafen könnte. Ihre Augen fielen zu und wollten die schreckliche Wirklichkeit nicht sehen, die das Aufwachen bringen würde, doch ihre Gedanken ließen ihr keine Ruhe. Ein grausames inneres Flüstern weckte sie endgültig. Sie zwinkerte, um den Schlaf aus ihren Augen zu vertreiben, und betrachtete die unbekannte Umgebung. Das Zimmer war schön ausgestattet, zeigte aber keinerlei persönliche Gegenstände. Wahrscheinlich eines der Gästezimmer.

Wie war sie hierher gekommen?

Das letzte, woran sie sich erinnerte, war, daß sie sich um Hope kümmerte, nachdem man Honor fortgebracht hatte …

Honor.

Elizabeth legte sich auf die Seite und zog die Knie an, als die Tragödie der vergangenen Nacht sich bruchstückhaft und schmerzvoll vor ihrem inneren Auge darbot. Sie konnte die Qual des Erinnerns nicht ertragen, doch es gab kein Entrinnen. Dieses Mal nicht. Sie war der Trauer nur ausgewichen, als Charlotte starb; sie hatte ihren Schmerz in eine tiefe Grube irgendwo in ihrem Innern versenkt und zugeschüttet. Im Lager der Gubbings aber war dieser See der Trauer übergeflossen und hatte die Dämme gebrochen, die ihr erlaubt hatten, ihren Schmerz einzuschließen. Nun war ihr, als müsse sie in dieser neuen, überwältigenden Flut des Kummers ertrinken.

Sie hörte, wie die Tür geöffnet und leise geschlossen wurde, und dann vorsichtige Schritte. Elizabeth drehte sich um und sah Garretts älteste Schwester, ganz in Schwarz gekleidet, hereingekommen. Obwohl Marys braune Augen vom Weinen verquollen waren, wirkte sie gefaßt.

»Lady Elizabeth.« Mary setzte sich auf die Bettkante. »Ihr habt zwölf Stunden geschlafen. Wie fühlt Ihr Euch?«

»Garrett ...« Elizabeth blickte fragend in Marys ernstes Gesicht. »Wie geht es ihm? Und Hope?«

»Die Krankheit ist fast überstanden«, antwortete Mary, »aber ich fürchte, ihre Herzen sind gebrochen, genauso wie unsere.« Sie tupfte mit ihrem nassen Taschentuch die Tränen fort, die aus ihren müden Augen liefen. »Hope schläft, und Garrett ...« Sie senkte kurz den Blick. »Der arme Garrett. Ich habe ihn noch nie etwas so zu Herzen nehmen sehen. Auf einmal sieht er aus wie ein alter Mann. Er hat kaum ein Wort gesagt, seit ...« Mary konnte nicht vom Tod ihrer Schwester sprechen, ihr versagte die Stimme.

Elizabeth vergrub ihr Gesicht in die Hände.

»Vergebt mir, Lady Elizabeth«, bat Mary reuevoll. »Wie konnte ich so gedankenlos sein? Ich hätte wissen müssen, daß Euch das weh tun würde.«

»Nein. Es war richtig, mir das zu sagen.« Elizabeth atmete zittrig ein und ließ die Hände sinken. »Ich muß wissen, wie es ihm geht«, gestand sie mit brechender Stimme. »Ich *muß* es wissen.«

Mary sah ihr scharf in die Augen und entdeckte etwas, das Elizabeth selbst sich noch nicht eingestanden hatte. »Ihr liebt ihn.«

Die Enthüllung zauberte ein kleines, trauriges Lächeln hervor. »Das freut mich.«

»Er ist mein Ehemann«, schwächte Elizabeth ab. »Natürlich mache ich mir Sorgen.«

Mary stand auf und zeigte Elizabeth ihr scharfes Profil. »Die ... Beerdigung wird morgen stattfinden, in unserer eigenen Kapelle. Wegen dem Fieber meinte Mama, es sollte nur die Familie anwesend sein.« Mary machte einen Knicks vor Elizabeth. »Ich habe Euch mit meinem Gerede ermüdet. Ich lasse Euch allein, damit Ihr Euch ausruhen könnt.« Sie ging zur Tür und öffnete sie, blieb dann stehen, wandte ihren Kopf in die Richtung der kristallenen Glocke, die neben dem Bett auf dem Tisch stand. »Wenn Ihr etwas wünscht, braucht Ihr nur zu läuten.«

»Danke, Mary.« Elizabeth sah ihr nach, zog die Knie an und legte sich wieder auf die Seite. Wie konnte sie Lady Catherine je wieder gegenübertreten? Oder Garrett? Wie sollte sie die Beerdigung überstehen?

Schlafen. Das Wort flatterte flüsternd durch ihren Kopf und versprach süßes Vergessen. Später würde sie tun, was getan werden mußte, doch jetzt würde sie schlafen. Elizabeth schloß die Augen und betete, nicht träumen zu müssen.

Sie wachte auf, als jemand die Vorhänge zurückzog und die Läden mit Schwung öffnete, um das Licht eines grauen, wolkigen Tages hereinzulassen. Elizabeth drückte das Gesicht in die Kissen. »Mach die Vorhänge zu«, befahl sie gereizt. »Ich will noch nicht aufstehen.«

Die einzige Antwort des Eindringlings war »Hm«.

Elizabeth wandte den Kopf und lugte durch zusammengekniffene Lider auf eine reichlich füllige Silhouette vor dem Fenster.

»Milady haben lange genug geschlafen«, schalt eine energi-

sche, vertraute Stimme. »Alle werden denken, daß Milady krank sind, und das geht doch nicht.«
»Gwynneth!« Sie setzte sich auf. Noch nie war sie so froh gewesen, ihre treue Zofe zu sehen. »Du bist hier.«
»Jawohl, Milady.« Gwynneth rauschte zu ihr hinüber und küßte Elizabeths Hände. »Hier geht es ja schlimm zu.« Die Zofe machte sich über die verknäulte Bettdecke her. »Erzählt Gwynneth, was geschehen ist, Milady.«
Elizabeth sagte es ihr, und ihre stockende Erzählung wurde von stummen Tränen begleitet.
Als sie ausgeredet hatte, waren Gwynneths eigene Wangen naß. »Meine arme Lady.« Sie schrieb alle Standesschranken in den Wind, warf die Arme um Elizabeth und drückte sie an sich.
»Oh, Gwynneth.« Elizabeth legte den Kopf an Gwynneths Schulter und klammerte sich an sie wie eine Ertrinkende. »Ich fürchte, daß nichts jemals wieder gut sein wird.«

Es wurde Nachmittag, bis Elizabeth sich auf Drängen Gwynneths ankleidete und den Mut aufbrachte, ihren Ehemann zu besuchen. Seite an Seite machten sich die beiden Frauen auf den Weg ins herrschaftliche Schlafgemach. Als sie sich der unbewachten Tür näherten, ermunterte Gwynneth sie: »Sprecht mit ihm, Milady. Geteiltes Leid ist halbes Leid. Ihr könnt einander helfen.« Sie griff nach der Klinke, doch Elizabeth hielt sie zurück.
»Warte.« Ihr graute davor, Garrett zu sehen. Was sollte sie sagen? Was konnte sie sagen?
Gwynneths Gesicht verzog sich vor Mitleid. »Vielleicht wäre dies ein günstiger Zeitpunkt für mich, nach Lady Hope zu sehen.« Sie machte einen Knicks vor Elizabeth. »Bitte entschuldigt mich, Milady.« Sie überließ es Elizabeth, Garrett allein gegenüberzutreten.

Elizabeth klopfte leise an die Tür. Als niemand antwortete, klopfte sie noch einmal lauter. »Lady Elizabeth hier. Darf ich eintreten?«

»Einen Moment, Milady.« Sie hörte Schritte, und dann öffnete Wynton die Tür, verbeugte sich und trat zurück. »Milady.« Der Kummer hatte sich tief in sein Gesicht gegraben.

Elizabeth schaute an ihm vorbei und sah, daß das Zimmer wieder in seinen ursprünglichen Zustand versetzt worden und das Himmelbett leer war. Sie trat ein. »Wo sind sie alle?«

»Man hat alle in ihre eigenen Betten zurückgebracht, Milady.« Wynton schloß die Tür hinter ihr. »Als niemand mehr Fieber hatte, sagte Lord Ravenwold, es sei sicher. Es ist seit drei Tagen niemand mehr krank geworden.«

Lord Ravenwold ... wie seltsam es klang, wenn Garrett bei diesem Namen genannt wurde, der überhaupt nicht zu ihm paßte. Garrett war das Licht in Ravenwolds Dunkelheit. »Wo ist seine Lordschaft?«

Garretts Stimme erklang aus einem großen Polstersessel am Fenster. »Hier.« Er erhob sich, blieb aber mit dem Rücken zu ihr stehen. Die Krankheit hatte seine kräftige Statur kaum angegriffen. »Laß uns allein, Wynton.«

Als sie ihren Mann sah, wäre Elizabeth am liebsten in seine Arme geflogen, um zu trösten und Trost zu empfangen, doch sie tat es nicht. Statt dessen ging sie durch das Zimmer und setzte sich ihm gegenüber auf die Bank am Fenster.

Einen kurzen Augenblick lang ließ Garrett sie seinen Schmerz sehen, doch er kam nicht zu ihr. »Bess«, flüsterte er, legte in den Namen alles, was er nicht sagen konnte. Dann verhärteten sich seine Züge zu einer Maske grimmiger Entschlossenheit. Er ging in einigem Abstand an ihr vorbei, als er zum Fenster schritt, um hinunter in den Kapellenhof zu schauen.

Elizabeth fühlte, wie die Stille zwischen ihnen sich wie ein riesiger, bodenloser Graben auftat. Plötzlich waren sie sich fremd.

Als sie das Schweigen nicht mehr ertragen konnte, fragte sie leise: »Meinst du wirklich, du solltest schon aufstehen?«
Garrett stand da wie ein Felsen und preßte hinter seinem Rükken die Hände zusammen, doch er sah sie nicht an. »Es muß vieles arrangiert werden. Mutter ...« Die Muskeln in seinem Nacken zogen sich zusammen. »Mutter wollte alles selbst machen, aber sie stand kurz vor einem Zusammenbruch. Ich habe sie zu Bett geschickt.« Er machte eine Pause. »Jemand muß sich um alles kümmern. Ich fühle mich kräftig genug.«
»Kräftig?« fragte Elizabeth ungläubig. »Garrett, das Fieber ist gerade erst überstanden. Ich bin überrascht, daß du überhaupt stehen kannst.«
Er schoß ihr einen warnenden Blick zu. »Es geht mir gut.«
Sie wollte ihm sagen, was sie wirklich fühlte: daß ihre Seele schrie vor Reue, weil sie das tödliche Fieber in dieses einst so glückliche Haus gebracht hatte; daß sie alles dafür geben würde, die letzten Wochen noch einmal durchleben zu dürfen. Wenn sie gewußt hätte, daß sie den Tod in ihren Taschen trug, hätte sie Garrett niemals erlaubt, sie hierher zu bringen. Lieber wäre sie, von den Gubbings ermordet, im Moor verrottet. Sie wollte es ihm so gerne sagen, doch sie konnte es nicht, ebensowenig wie er über die Trauer und die Wut sprechen konnte, die in seinem Schweigen widerhallten.
Elizabeth stellte sich neben ihn ans Fenster. Sie folgte Garretts Blick in den Kapellenhof, wo fünf Steinmetze Stein für Stein ein kleines Mausoleum im Stil eines griechischen Tempels errichteten.
Garrett sprach mit toter Stimme. »Hope sagte, du hättest ihr versprochen, Honors Leichnam nicht in die Erde zu betten.« Sein Blick blieb starr auf das Grabmal gerichtet. »Wie bist du dazu gekommen, ein solches Versprechen zu geben?«
»Sie ließ uns den Leichnam nicht fortbringen. Je mehr wir es versuchten, um so verzweifelter wurde sie. Nachdem Lady Ca-

therine zusammengebrochen war, gestand Hope, daß Honor Angst vor der Dunkelheit hat.« Elizabeths Stimme brach, doch sie fuhr fort: »Sie sagte, sie müßte im Dunkeln immer Honors Hand halten, damit sie sich nicht fürchtet.« Sie sah Garretts Schultern herabfallen, doch sie schuldete ihm die Wahrheit, wie schmerzlich sie auch für sie beide sein mochte. »Hope wurde wahnsinnig bei dem Gedanken, ihre Schwester auf ewig im Dunkeln allein zu lassen. Sie … sie hat Gott angefleht, sie auch zu holen, damit sie bei ihrer Schwester bleiben könne. Es war ein so selbstloses Gebet, daß ich fürchtete, Gott könnte sie erhören. Also habe ich versprochen, Honor nicht in der Erde zu bestatten. Es schien der einzige Weg zu sein.«

»Sie werden die ganze Nacht arbeiten müssen, um es bis zur Beerdigung morgen fertigzustellen«, murmelte Garrett. Endlich wandte er ihr seinen verschleierten Blick zu. »Um Mutters willen, denke ich, sollten wir zusammen zur Trauerfeier gehen.« Er sagte das völlig gleichgültig, eine bloße Formalität zur Wahrung des äußeren Eindrucks.

Elizabeth erschauerte ob der Düsternis in seinen Augen. Jegliches Licht war aus ihnen gewichen. Vielleicht paßte der Name Ravenwold nun doch zu ihm. »Wie du wünschst«, murmelte sie und ließ ihn allein.

Als sie am nächsten Nachmittag an Garretts Arm in die Kapelle trat, teilte sich die Menge der hinten stehenden Dienstboten, um sie vorbeizulassen.

Schwarz. Alles um sie war schwarz, selbst das leere protestantische Kreuz war in Schwarz gehüllt. Das schlichte weiße Chorhemd des Pfarrers und die Farbigkeit des blumenübersäten Sarges bildeten einen augenfälligen Kontrast.

Die Familie saß vor dem Altar, nah genug, um den Sarg zu berühren, wenn man die Hand ausstreckte. Neben dem leeren Stuhl zu Lady Catherines rechter Seite saßen Mary, Edith und Amy, die sich an den Händen hielten, doch Becky saß steif und einsam da und hatte ihren Stuhl ein Stück von den anderen weggerückt.

Lady Catherine, die ermattete Hope auf dem Schoß, nickte mit dem Kopf zu den zwei leeren Stühlen zu ihrer Linken. »Setzt Euch neben mich, Elizabeth«, flüsterte sie. Als Elizabeth saß, sah Garretts Mutter zu ihrem Sohn auf. Sie klopfte auf den leeren Sitz zu ihrer Rechten. »Ich brauche dich in meiner Nähe, mein Sohn.«

Der Pfarrer begann mit der Feier. Während seine Stimme durch die kleine Kapelle hallte, bemerkte Elizabeth, wie ähnlich der anglikanische Ritus dem vertrauten römisch-katholischen Sakrament war. Sie erhob sich, kniete nieder und setzte sich wieder zu Worten, die fast identische Glaubensgrundsätze verkündeten. Und sie suchte Trost in denselben Versprechungen von Auferstehung und Zusammenführung im Himmel.

Mitten in der Zeremonie, als sie gerade saßen, zog Garrett seine kleine Schwester aus den Armen seiner Mutter und murmelte: »Komm zu Garrett, mein süßer Schatz. Ich will umarmt werden.« Hope klammerte sich mit Armen und Beinen an ihn, doch sie weinte nicht. Elizabeth wünschte fast, sie täte es. Alles wäre besser als das unermeßliche, stumme Leid in den blauen Augen des kleinen Mädchens.

Elizabeth hatte gesehen, daß Lady Catherine ihre süße Last Garrett nur widerstrebend überlassen hatte, und legte ihr tröstend einen Arm um die Schulter. Lady Catherine warf ihr einen dankbaren Blick zu und konzentrierte sich wieder auf die Totenmesse.

Garrett hatte nicht geglaubt, daß er überhaupt etwas fühlen konnte, doch er empfand ein Gefühl der Dankbarkeit, als Bess mit der Familie niederkniete, um das heilige Abendmahl zu empfangen. Die Geste würde seiner Mutter viel bedeuten.

Er versuchte zu beten, während er auf das Ende der Predigt wartete, doch er konnte es nicht. Er konnte sich nicht einmal an den Namen des Pfarrers erinnern. Er konnte nur auf das dunkle, glänzende Holz starren, in dem der Leichnam seiner kleinen Schwester lag.

Tot.

Garrett hatte seinen Vater beerdigt, viele seiner Freunde, Dutzende seiner Kameraden, Hunderte seiner Soldaten. Er war über Schlachtfelder gegangen, auf denen sich die Toten in einem brutalen, erschütternden Ausmaß häuften. Er sollte sich an den Tod gewöhnt haben.

Aber dieser Tod – dieser unzeitgemäße Verlust – traf ihn so tief, daß er kaum atmen konnte.

Garrett bemerkte mehrere Sekunden lang nicht, daß der Pfarrer zu Ende gesprochen hatte. Dann blickte er auf und sah, daß der Geistliche ihm zunickte.

Es war Zeit. Zeit, das Schrecklichste zu tun, das er je hatte tun müssen.

Garrett zwang sich aufzustehen. Er trat vor und ergriff das Kopfende des Sarges, während Wynton, dem die Tränen über die Wangen liefen, das andere Ende packte.

Lady Catherine bebte sichtlich, als die Männer den Sarg von der Bahre hoben. Garrett zögerte aus Angst, sie könnte ohnmächtig werden, doch Elizabeth stützte seine Mutter, bis sie allein stehen konnte. Als er sicher war, daß es seiner Mutter gutging, folgte er dem Pfarrer an Amy und Edith vorbei, die sich umschlungen hielten, und Mary, die eine unwillige Rebecca an sich gezogen hatte.

Arme Becky. Sie würde ewig hierüber brüten. Mary und Edith und Amy würden sich im Laufe der Zeit davon erholen, doch Garrett war sich nicht sicher, was Hope und Becky betraf. Oder ihn selbst.

Garrett näherte sich der geöffneten schmiedeeisernen Tür. Das kleine Mausoleum umschloß einen steinernen, kinderbettgroßen Sockel, nur wenig länger und breiter als der Sarg selbst. Als er am Eingang anlangte, blieb er stehen, verlagerte seinen Griff und stellte das Kopfende des Sarges auf den Stein. So sanft, als könnte er das Kind darin stören, schob er den Sarg an seinen Platz. Seine Hand verweilte einen Moment, dann stellte er sich im hellen Sonnenschein neben seine Mutter und seine Schwestern.

Der Pfarrer räusperte sich und sprach laut, um den Wind, der um die Grabsteine des Friedhofs und die kleine Kirche pfiff, zu übertönen: »Dem Menschen, von einer Frau geboren, bleibt nur eine kurze Zeit, und er leidet viele Schmerzen. Er wächst heran und wird geschnitten wie eine Blume –« Er hielt inne, als Hope sich von ihrer Mutter losriß.

»Wartet«, befahl Garrett ruhig und hielt seine Mutter zurück. Er wußte, was Hope vorhatte. »Laßt sie gehen.«

Sich der vielen Augen, die es beobachteten, gar nicht bewußt, ging das kleine Mädchen entschlossen über den aufgeweichten Boden zu dem Grabmal. Dann legte Hope ihren Kopf auf den Sarg und streichelte die glatte Oberfläche in einer so herzergreifenden Abschiedsgeste, daß Garrett ob des Schmerzes, der ihn durchfuhr, taumelte.

Hinter ihm schwoll das Schluchzen der Dienstboten zu einem lauten Klagen an.

Er starrte wie gebannt auf Hope und sah, wie sie eine Schwertlilie aus dem Schmuck auf dem Sarg zog. Sie schloß einen Flügel der schweren schmiedeeisernen Tür, dann den anderen. Sie rührte das schwere Vorhängeschloß nicht an, das vor dem Grabmal lag, sondern fädelte den Stiel der Blume durch die Eisenringe. Ihre Aufgabe war erfüllt; sie wandte sich um und trottete zu ihrer Mutter zurück.

Garrett erinnerte sich kaum an die kurze Zeremonie. Er wußte nur, daß er jedes Quentchen seiner Kraft brauchte, sie durchzustehen. Und als es vorüber war, fragte er sich, ob er jemals wieder lächeln würde.

Elizabeth konnte nicht schlafen. Obwohl ein frischer Wind die Wolken vertrieben hatte, war mit der Dunkelheit eine bedrückende Stille auf Chestwick eingekehrt. Nachdem sie sich stundenlang im Bett des Gästezimmers hin- und hergeworfen hatte, war ihr, als ob das Haus selbst sie erdrücke.

Sie vermißte Garretts Kraft und Sicherheit an ihrer Seite, doch er hatte sie nicht gebeten, in sein Bett zurückzukehren, und aus Rücksicht auf seinen großen Schmerz und die eben erst überstandene Krankheit hatte sie ihn auch darum gebeten.

Leise, um Gwynneth nicht zu wecken, legte sie den eleganten Morgenrock an, den Garrett ihr in London gekauft hatte. Dann nahm sie ihren Rosenkranz und schlich sich barfuß auf den Korridor hinaus.

Das schwache Licht des Halbmondes erhellte kaum den in tiefer Dunkelheit liegenden Gang. Chestwick schlief in unnatürlicher Stille. Elizabeth konnte den Kummer förmlich schmecken, während sie die Treppe hinunter und durch die dunklen Gänge zur Kapelle huschte. Dort kniete sie nieder und begann, den Rosenkranz für Honors Seele zu beten.

Mitten in ihrem Gebet hörte sie das unverwechselbare Klirren von Metall auf Metall vom Friedhof herüberdringen. Elizabeth erstarrte. Jemand öffnete das Grabmal. Es würde doch kein Spitzbube, wie niederträchtig auch immer, es wagen …

Den Rosenkranz in der Hand, sprang sie auf. Die Seitentür der Apsis war verschlossen, und die Fenster der Kirche lagen so hoch, daß sie nicht hinausschauen konnte. Sie eilte in den Korridor und suchte nach einem Fenster, das auf den Friedhof hinausging.

Als sie die im Mondlicht vor der Tür des kleinen Grabmales kniende Gestalt sah, brach Elizabeth das Herz.

Mit bebenden Schultern klammerte Garrett sich an das schwere Vorhängeschloß, das er durch die Eisenringe gezogen und versiegelt hatte.
Sie konnte sein ersticktes Schluchzen selbst durch das Glas hindurch hören.

Zweiundzwanzigstes Kapitel

Jeden Morgen wanderte Elizabeth durch stille, leere Gänge zu Pater Ignatius in die Kirche, um die Messe zu hören, und kehrte dann in das Gästezimmer zurück, um lange, öde Stunden mit Gwynneth als einziger Gesellschaft zu verbringen. Einen einsam-stillen Tag nach dem anderen fragte sie sich, ob die im Kummer gefangene Familie versuchen würde, wieder in die Realität zurückzukehren. Nicht, daß sie das so bald von ihnen erwartete. Sie verstand nur zu gut, warum eine Mahlzeit nach der anderen verstrich, ohne daß die Familie im Speisezimmer zusammenkam.

Wer konnte es ihnen verdenken, daß sie dem leeren Stuhl, diesem grausamen, unleugbaren Zeugnis nicht gegenübertreten wollten?

Sie erinnerte sich an ihres Vaters emotionslose Stimme, als er nach dem Tod ihrer Mutter feststellte: *Wir müssen alle sterben, früher oder später.*

In diesem Augenblick hätte Elizabeth nichts dagegen gehabt, früher zu sterben. Sie wollte nicht ihr ganzes Leben hier verbringen – als Verkörperung des Schmerzes, wie ein Dorn im Körper von Garretts Familie. Niemand hatte sie seit der Beerdigung besucht. Es war beinahe, als sei sie durch Honors Tod unsichtbar geworden.

Elizabeth war hier nicht einmal von Nutzen. Jegliche Aktivität auf Chestwick beschränkte sich auf das Notwendigste. Es gab nichts, was sie *tun* konnte.

Sie hatte seit der Beerdigung nichts von Garrett gehört. Ihr einziger Kontakt war ein gelegentlicher Blick auf ihn, den sie erhaschte, wenn er mit großen Schritten aus dem Haus ging oder mit schwerem Schritt und hängenden Schultern wiederkehrte.

Dann, acht Tage nach Honors Beisetzung, erwachte sie vor Sonnenaufgang durch das dumpfe Geräusch sich entfernenden Hufschlags.

Tief im Inneren wußte sie, daß Garrett sie verlassen hatte, noch bevor Lady Catherine leise an ihre Tür klopfte. Elizabeth hatte es gespürt – ein eigenartiges Gefühl des Verlustes, als habe sie einen wichtigen Teil von sich verloren.

»Elizabeth, hier ist Catherine. Ich weiß, daß es sehr früh ist, aber – darf ich hereinkommen?«

Das in dem dunklen Korridor flackernde Licht von Lady Catherines Kerze zeigte, daß auch sie aus dem Bett geworfen worden war. Ihr langes silberweißes Haar war noch für die Nacht geflochten, und der Zopf fiel lang über ihren Morgenmantel,

»Es tut mir leid, daß ich Euch wecke, aber ich habe eben mit Garrett gesprochen, und ich hielt es für vernünftig, sofort zu Euch zu kommen, damit wir uns völlig ungestört unterhalten können.«

»Er ist fort, nicht wahr?«

»Ich befürchte es«, bestätigte Lady Catherine. »Darf ich hereinkommen?«

»Natürlich.« Mit gesenktem Blick ließ Elizabeth ihre Schwiegermutter eintreten. Warum schmerzte es sie so sehr zu hören, daß er gegangen war? Sie hatte gewußt, daß es so kommen würde, früher oder später.

Früher oder später ... flüsterte ihres Vaters Stimme immer wieder wie ein Fluch.

Lady Catherine setzte sich auf die gepolsterte Bank am Fenster. »Kommt, Kind. Setzt Euch neben mich.«

Nachdem sie die Tür geschlossen hatte, nahm Elizabeth in angemessener Entfernung Platz.

Lady Catherine rückte sofort zu ihr heran. »Zuerst«, begann sie, »muß ich Euch um Vergebung bitten, daß ich Euch erst heute besuche.« Sie seufzte. »Die Mädchen hatten eine so schwere Zeit, besonders Hope und Becky. Alle meine Mädchen haben mich gebraucht. Ich habe so viele endlose, traurige Stunden mit ihnen verbracht. Aber seltsamerweise sind die Tage nur so verflogen. Bevor ich es merkte, war eine Woche vergangen.« Sie schien es sich selbst ebenso erklären zu wollen wie Elizabeth. »Ich habe einfach nicht daran gedacht, daß Ihr auch jemanden brauchtet, mit dem Ihr sprechen könnt. Ich hatte gehofft, daß Garrett ...« Sie hielt mit einem Ausdruck des Bedauerns auf ihrem freundlichen Gesicht inne. »Ich hoffte, daß ihr beide einander trösten würdet.«

»Wir haben es versucht«, gestand Elizabeth, »doch wir konnten es nicht. Es gab keine Worte, um ...« Ihre Stimme erstarb, und eine verlegene Stille entstand.

»Ich weiß das nur zu gut. Ich habe versucht, Garrett zu trösten, doch er nahm meine Worte nicht auf.« Lady Catherine starrte in den leeren Kamin. Nach einer kleinen Pause sagte sie: »Männer sind so anders. Sein Vater hätte die richtigen Worte für ihn gefunden.« Garretts Mutter verschränkte die Arme auf der Brust. »Männer errichten mehrfache Festungsmauern um ihre Gefühle. Sie wollen uns glauben machen, sie seien sehr stark, aber das sind sie nicht immer. Nicht im Innern. Wenn einmal etwas ihre Verteidigungsanlagen durchdringt, zerbrechen sie viel leichter als wir. Und dann erschweren sie ihr Leid noch durch Schweigen.«

Sie senkte den Blick. »Bevor Garretts Schwestern kamen, gebar ich drei Söhne, die alle das Säuglingsalter nicht überlebt haben.

Vielleicht hat seine Seele davon Schaden genommen. Ich weiß es nicht.« Sie erschauerte bei der Erinnerung. »Selbst als Kind war Garrett völlig furchtlos, lachte der Gefahr ins Gesicht, aber er hat niemals Gefühle riskiert, nie außerhalb der Familie.« Sie blickte mitfühlend zu Elizabeth auf. »Mein Sohn liebt seine Schwestern und mich bedingungslos, doch von uns abgesehen, hat er sich sehr bemüht, sein Herz nicht ernsthaft an irgend jemanden zu hängen. Viele Jahren waren wir die einzige Konstante in seinem Leben.« Sie stockte. »Nun ist eine von uns nicht mehr. Versteht Ihr, weshalb er fort mußte, Elizabeth? Er konnte es nicht ertragen, uns anzuschauen und nur sechs zu sehen anstatt sieben.«

Sechs anstatt sieben ...

Wenn man Elizabeth mitzählte, *waren* es sieben, doch ihr war bewußt, daß weder Garrett noch seine Familie jemals *sie* an der Stelle derer sehen konnten, die fehlte. Indem Lady Catherine versuchte, ihren Sohn zu entschuldigen, hatte sie nur bestätigt, was Elizabeth bereits vermutet hatte: Es gab keinen Platz für sie in Garretts Haus und in seiner Familie.

»Ach, Kind. Er hat nicht *Euch* verlassen.« Garretts Mutter legte einen Arm um Elizabeths steife Schultern. »Er hat den Schmerz verlassen.«

Wie auch immer, er war fort.

Elizabeth fühlte sich noch einsamer, zurückgelassen in der Mitte dieser gütigen, liebevollen Familie, als sie sich auf Ravenwold je gefühlt hatte. Aber das Lady Catherine zu sagen, hätte eine Frau noch mehr verletzt, von der sie nichts als Güte erfahren hatte. Also schwieg sie.

Ein leises Klopfen ertönte von der Tür, gefolgt von einem Flüstern: »Guten Morgen, Gräfin. Ich bin's, Gwynneth, mit Miladys Kleidern.«

»Einen Moment, Gwynneth.« Elizabeth erhob sich und löste sich aus Lady Catherines Umarmung. »Ich danke Euch für Eu-

ren Besuch, Lady Catherine«, sagte sie steif. »Ich weiß Eure Freundlichkeit zu schätzen, doch nun bitte ich Euch, mich zu entschuldigen. Ich muß mich ankleiden für die ...« Sie hätte fast Messe gesagt. »Für meine Lateinstunde.«
»Natürlich.« Lady Catherine wirkte immer noch besorgt. Sie öffnete der überraschten Gwynneth die Tür und drehte sich noch einmal um. »Wir sprechen später weiter.«

Elizabeth hatte die Kapelle fast erreicht, als Becky mit rotgeweinten Augen aus dem Dunkel trat, um ihr den Weg abzuschneiden. Becky blickte sich nach allen Seiten um, um sicherzugehen, daß niemand in der Nähe war, bevor sie Elizabeth anfauchte: »Es ist alles Eure Schuld, wißt Ihr. Alles war in bester Ordnung, bis er Euch hierher gebracht hat. Jetzt ist Honor tot, und Garrett ist fortgegangen. Ich hasse Euch.« Sie verzog das Gesicht. »Ich hasse Euch!« Sie brach in Tränen aus und lief davon.
Einige pochende Herzschläge lang konnte Elizabeth sich nicht rühren. Dann zwang sie sich, einen Fuß vor den anderen zu setzen, bis sie die kleine Kirche erreichte.
Wie immer traf sie Pater Ignatius vor dem Altar kniend an. Doch als er sich diesmal erhob, um sie mit einem erwartungsvollen Lächeln zu begrüßen, wünschte sie ihm nicht wie sonst einen guten Morgen. Statt dessen ließ sie sein Lächeln gefrieren: »Bitte geht gleich an Eure Arbeit zurück, Pater Ignatius, und sprecht mit niemandem hierüber. Es wird heute keine Messe geben. Es wird in diesem Haus überhaupt keine Messe mehr geben.«
Ohne seine Reaktion abzuwarten, wandte sie sich um und ging zurück, um zu packen.

Was hielt Gwynneth so lange auf? Und was hatte sie vergessen, das so wichtig war? Als Elizabeth geglaubt hatte, sie seien endlich so weit, Chestwick zu verlassen, hatte Gwynneth ausgerufen: »Oh, du meine Güte, das hätte ich fast vergessen!« und war aus der Kutsche geklettert.

Elizabeth war erleichtert, als die Eingangstür sich endlich öffnete, doch ihre Erleichterung währte nur kurz. Es war nicht Gwynneth, die aus der Tür eilte, sondern Lady Catherine, einen Mantel über dem Arm. Vier stämmige Burschen, bis an die Zähne bewaffnet, folgten ihr auf dem Fuße. Elizabeth erkannte zwei der Männer als die Wachen, die Garrett und sie auf dem Heimweg von ihrem Picknick begleitet hatten.

Lady Catherine marschierte entschlossenen Schrittes auf die Kutsche zu. »Gott sei Dank. Ich fürchtete, Ihr wäret mir doch entkommen.« Sie winkte dem Lakai. »Mach auf, Martin.«

Garretts Mutter wollte doch wohl nicht mitkommen! Lady Catherine hatte ihr Bestes getan, Elizabeth zum Bleiben zu überreden, aber …

Unter dem Rascheln ihrer schwarzen Seidenröcke stieg Garretts Mutter in die Kutsche und setzte sich Elizabeth gegenüber. »Schließ die Tür, Martin.« Als sie vor neugierigen Ohren sicher waren, sagte sie: »Ich schicke Euch vier unserer besten Männer mit. Sie sind ausgezeichnete Schützen und sehr loyal.« Sie drückte Elizabeth einen kleinen, weichen Lederbeutel in die Hand. »Hier, Liebes. Versteckt das gut.« Sie senkte die Stimme. »In Zeiten wie diesen sollte eine Dame niemals ohne eine kleine Versicherung reisen.«

Elizabeth löste die Bänder und blickte in das Glitzern von Smaragden, Diamanten und Rubinen darin. Juwelen! Sie hielt ein Vermögen in der Hand! Sie schaute verblüfft auf. »Aber … ich kann nicht … ich meine, ich …«

Lady Catherine hob die Hand, bedeutete ihr zu schweigen und flüsterte: »Keine Sorge, mein Kind. Garretts Urgroßvater hat eine ganze Truhe voll aus Damaskus mitgebracht. Wir haben genug. Natürlich werdet Ihr auch Geld brauchen.« Sie legte

Elizabeth den Mantel über die Knie. »Als mir klar wurde, daß Ihr entschlossen seid, uns zu verlassen, haben Luella und ich den ganzen Morgen lang Goldmünzen in den Saum eingenäht.«

Sie lehnte sich vor, ergriff Elizabeths Arme und küßte sie auf beide Wangen. Dann drehte sie sich zum Fenster. »Mach auf, Martin!« So flink, wie sie gekommen war, eilte Lady Catherine ins Haus zurück.

Elizabeth saß verwirrt und schweigend da, dann stopfte sie die kleine Börse zwischen ihre Brüste. Dies war nur ein weiterer Beweis für den Reichtum ihres Mannes. Weshalb überraschte es sie so, daß sie ein Anrecht darauf hatte? War dieser Reichtum nicht der Grund, weshalb sie dem Vollzug der Ehe zugestimmt hatte? Die Edelsteine würden diesen Winter auf Ravenwold gebraucht, wenn das Essen knapp wurde.

Sie wartete noch ein paar Minuten, bis sich endlich die Haustür wieder öffnete. Elizabeth blickte aus dem Fenster und sah Gwynneth auf der Schwelle zögern, als hielte sie etwas zurück.

Gwynneth runzelte die Stirn, drehte sich um und zerrte an irgend etwas. »Nun komm schon. Niemand wird dich essen.« Sie bückte sich und bemühte sich hochzuheben, was auch immer das war. »Uff! Himmel, du wiegst bestimmt über dreißig Pfund!« Als die Zofe sich aufrichtete und wieder umdrehte, hatte sie ein dickes, glänzendes Schwein auf dem Arm, das halb so groß war wie sie selbst. Ein dickes Lederband baumelte an seinem Hals.

»Das darf doch nicht wahr sein«, rief Elizabeth. Es war Mister Cromwell – so groß wie ein Jagdhund und dreimal so schwer! Die Kutschentür ging auf, und Gwynneth hievte das Tier hinein. »Es tut mir leid, Milady. Als ich ankam, herrschte ein solches Durcheinander, daß ich sie ganz vergessen habe.«

Wie immer stürzte sich Mister Cromwell auf Elizabeths Füße.

Nun zu groß, um unter ihre Röcke zu schlüpfen, räumte das Tier mit seiner Schnauze einfach alles aus dem Weg. Im Nu hatte Elizabeth ihre Unterröcke im Schoß liegen, und ihre schwarzbestrumpften Unterschenkel und Knöchel waren Mister Cromwells rüden Attacken ausgesetzt. »Hinaus«, befahl Elizabeth. Das letzte, um das sie sich kümmern konnte, war ein Schwein.

»O bitte, Milady«, flehte Gwynneth. »Ich will sie nicht hierlassen.«

Elizabeth runzelte die Stirn. In all den Jahren, seit Gwynneth ihr diente, hatte sie noch nie um einen persönlichen Gefallen gebeten, und nun dies? »Bedeutet dir dieses … Tier denn so viel?«

»Nein, Milady,« verteidigte sich Gwynneth. »Es ist nur, daß, nun, sie wird sehr schön fett.« Sie zuckte mit den Schultern. »Wer weiß? Vielleicht kommen harte Zeiten? Ein weiteres Schwein in der Räucherkammer kann uns diesen Winter auf Ravenwold sicher nicht schaden.«

Elizabeth schloß aus der Art, wie Gwynneth das Tier hielt, daß sie am Ende viel wahrscheinlicher ein dreihundert Pfund schweres Haustier haben würden. »Na schön. Du kannst sie behalten. Aber nur, wenn sie sich anständig aufführt. Wenn sie noch einmal auf meine Beine losgeht, kommt sie noch am selben Abend in den Kochtopf!«

Gwynneth erbleichte, was Elizabeths Vermutung bestätigte, und klopfte dem Schwein die Schulter. »Sei brav, hörst du. Sei brav.«

Elizabeth, die die Entscheidung, das Tier mitzunehmen, schon bereute, lehnte sich zum Fenster hinaus und befahl: »Kutscher! Es geht los!«

Und so machte sie sich endgültig auf den Weg nach Cornwall, mit einem Schwein, einer Börse voll Edelsteinen und einem goldgesäumten Mantel.

Acht Wochen später kam sie in die Große Halle auf Ravenwold und fand Mister Cromwell zufrieden schlafend auf dem fadenscheinigen türkischen Teppich vor. Schon wieder.

»Gwynneth!« Mister Cromwell rührte sich nicht. Wie, um Himmels willen, hatte sich die Sau *diesmal* losgerissen? fragte sich Elizabeth.

»Was gibt es, Milady?« Gwynneth eilte in die Halle und blieb bei dem vertrauten Anblick stocksteif stehen. »O nein.«

»Es geht nicht, daß ein Schwein in den Wohnräumen herumliegt«, sagte Elizabeth zum zwanzigsten Mal. Sie war in dieser Sache viel zu nachsichtig mit Gwynneth gewesen. Sie mußte allmählich energisch werden.

Mister Cromwell war so groß geworden, daß sie leicht die Möbel umwerfen konnte. Nicht, daß sie das je tat. Sie war erstaunlich leichtfüßig für ihr Gewicht und sehr reinlich. Die Sau verabscheute die anderen Schweine und benutzte den Teich zum Waschen, nicht zum Wälzen.

Elizabeth sagte sich, daß sie das Tier wegen der Jungen tolerierte, die es trug, doch die Wahrheit war, daß sie das riesige, schwerfällige Ding nicht ansehen konnte, ohne sich an Creighton zu erinnern, der grinsend mit dem Ferkel auf dem Arm vor ihr stand.

Sie hatte herzlich wenig schöne Erinnerungen. Vielleicht war es all den Ärger wert, an jenes längst verlorene Lächeln erinnert zu werden.

»Gräfin?« Will stand im Durchgang zur Küche.

»Komm herein, Will.« Sie sah, daß er besorgt war. »Was gibt es?«

»Ein Reiter kam gerade im gestreckten Galopp vom Pächter Wilson unten an der Straße nach Launceston.« Er blieb in respektvoller Entfernung stehen. »Es kommen Kutschen. Drei. Und Karren, über ein Dutzend. Sieht aus, als könnte man damit eine ganze Armee versorgen.«

Bei dem Wort *Armee* lief Elizabeth ein eisiger Schauer über den Rücken, trotz der Augusthitze. Also kamen die Roundheads schließlich doch, um ihren Besitz zu beschlagnahmen.
»Auf den Burgfried. Vielleicht können wir sie vom Turm aus sehen.« Während Will ihr hinaus unter den bedeckten Himmel folgte, fragte sie: » Wie weit sind sie?«
»Weniger als eine Stunde«, antwortete er mit grimmigem Gesicht. »Sie sind schnell.«
»Sind Soldaten dabei?« Sie stieg zuerst die schmale Wendeltreppe hinauf.
»Man sagt, es reiten nur bewaffnete Wachen mit, aber sie sind nicht in Uniform.«
Elizabeth wußte nicht, ob sie erleichtert oder zu Tode erschrokken sein sollte. Die fehlenden Uniformen gaben keine Entwarnung, denn Cromwells bankrottes Marionetten-Parlament hatte kein Geld, seine Truppen zu bezahlen, geschweige denn sie mit Uniformen auszustatten.
Sie erreichte die Brüstung so außer Atem, daß sie kaum stehen konnte.
»Geht es Euch gut, Milady?« fragte Will und stützte sie.
»Ja. Es ist nur die Hitze. Ich bin ein wenig schwindlig von all den Stufen.« Elizabeth lehnte sich an den warmen Stein der Zinnen und suchte den östlichen Horizont ab. Die Eindringlinge schlängelten sich auf sie zu, jeder Wagen ihres Zuges hob sich deutlich als schwarzer Punkt von der grünen Landschaft ab.
Ausnahmsweise war sie froh darüber, in einer Festung zu wohnen. »Will, ich nehme nicht an, daß die Zugbrücke noch funktioniert …«
»Stimmt, Milady. Wir haben den Mechanismus schon vor Jahren verschrotten müssen.«
»Was ist mit dem Fallgitter?« Sie mochten ihr ihr Zuhause wegnehmen, doch sie hatte nicht vor, es ihnen leichtzumachen. »Wann wurde das Fallgitter das letzte Mal heruntergelassen?«

»Ich kann mich nicht erinnern, das jemals gemacht zu haben, Milady.« Will runzelte die Stirn. »Aber keine Angst. Die Burschen und ich werden unser Bestes tun. Wir haben eine Menge Taue und Ketten. Vielleicht können wir es herunterlassen, bevor die Wagen ankommen.«

»Versucht es.« Elizabeth folgte ihm zur Wendeltreppe. »Während ihr euch darum kümmert, werde ich unsere Vorräte verstauen und mit den Frauen in die Hügel schicken.«

Eine halbe Stunde später war sie mit dem Koch und der Küchenmagd in der Vorratskammer dabei, Rüben aus großen Fässern in Körbe zu füllen, als Will auftauchte.

»Milady!« Schwarz und schwitzend von seinem Versuch, das Fallgitter zu reparieren, blieb Will außer Atem in der Tür stehen. Die drei erstarrten, bis er genug Luft bekam, um zu sagen: »Ich glaube nicht, daß es Soldaten sind. Sie haben einen Boten geschickt. Er bat mich, Euch dies zu übergeben.« Er reichte ihr einen gefalteten Brief.

Elizabeth stieg aus dem Faß und nahm die Botschaft mit zitternden Händen entgegen. Sie riß das Papier am Falz auf und überflog die weibliche Handschrift.

»Ach, du grüne Neune!« Sie konnte es nicht glauben!

Elizabeth blickte bestürzt auf ihre erdigen Hände und ihr schmutziges Kleid, bevor sie zu Will sagte: »Es ist meine Schwiegermutter! Sie ist gekommen, um hier zu leben.«

Sie hatte kaum Zeit, ihre Dienstboten anzuweisen und sich umzuziehen, bis die Familie kam. Lady Catherine stieg als erste aus der Kutsche, gefolgt von einem lärmenden Strom schwarzgekleideter Töchter und Dienstmädchen. Mit offenen Armen kam Lady Catherine sofort auf Elizabeth zu. »Oh, meine Liebe. Könnt Ihr uns verzeihen, daß wir Euch so plötzlich überfallen?«

»Eine unerwartete Ehre, Lady Catherine«, brachte Elizabeth

heraus, verlegen ob der überschwenglichen Umarmung. Kaum hatte Lady Catherine sie losgelassen, da spürte sie Hopes Arme sich kurz und still um ihre Taille schlingen, beobachtete, wie das Kind sich wieder in Marys Arme zurückzog.

Die Schwestern schienen bei guter Gesundheit zu sein, obwohl sie verknittert und staubig von der Reise waren. Alle fünf machten einen Knicks vor Elizabeth und murmelten: »Gräfin.«

Elizabeth nickte. »Ihr alle seid mir herzlich willkommen.« Sie zählte hastig die Dienstboten durch, die um die Kutschen und Karren schwirrten. Fast dreißig. Auf Ravenwold war genug Platz, doch die Vorratskammern waren nur halbvoll. Wenn nicht die meisten der schwerbeladenen Karren Lebensmittel enthielten, würden sie alle innerhalb von Wochen hungern müssen.

»Wir sind Flüchtlinge«, erklärte Lady Catherine. Sie senkte die Stimme. »Garrett ging von Chestwick direkt nach Schottland zur Delegation des Königs. Er benachrichtigte uns davon, daß es Kämpfe in Südwales gebe und die Schotten bereits durch Lancashire nach Süden marschierten. Cromwell und seine schrecklichen Puritaner marschierten nach Norden, ihnen entgegen, und wir sahen uns in der ungemütlichen Lage genau zwischen ihnen. Also habe ich alles eingepackt und uns hierher in Sicherheit gebracht. Ich wußte, daß Ihr uns aufnehmen würdet.«

»Natürlich«, versicherte ihr Elizabeth. »Aber wie Ihr seht, ist Ravenwold wesentlich weniger geräumig als Chestwick. Ich hoffe, Ihr findet es nicht allzu ungemütlich.«

Lady Catherine würdigte die rauhe, verfallende Festung mit einem langen Blick. »Wenn ich in Zeiten wie diesen die Wahl zwischen Luxus und Sicherheit habe, bin ich froh, die Sicherheit wählen zu können.« Als ein weiterer Karren durchs Tor gerumpelt kam, lächelte und winkte sie, und Elizabeth sah sich um.

Pfarrer Ignatius! Sie konnte gerade noch verhindern, daß ihr der Name über die Lippen schlüpfte.
»Ich hoffe, es macht Euch nichts aus, daß ich Stephen mitgebracht habe«, sagte Lady Catherine betont unschuldig. »Ich dachte, Ihr könntet einen guten Hufschmied gebrauchen. Und ein paar Lateinstunden.«
»Ich weiß nicht, was ich lieber hätte, als wieder Lateinstunden zu nehmen«, antwortete Elizabeth, die die Maskerade zu Lady Catherines Sicherheit aufrechterhielt. »Stephen wird hier, unter meinem Schutz, viel sicherer sein als in Shropshire.«
»Was für schlimme, gefährliche Zeiten.« Garretts Mutter richtete einen besorgten Blick auf ihre Töchter. »Wenn es Cromwell gelingt, diese neue Offensive zurückzuschlagen, weiß ich nicht, was aus uns allen werden soll.«
»Wir werden es ertragen, Lady Catherine.« Elizabeth betrachtete das geschäftige Treiben im übervölkerten Burghof. »Das ist unser Schicksal als Frauen, nicht wahr? Zu ertragen.« Nun, da sie einen Priester und eine Familie zu beschützen hatte, entschloß sie sich, die Wehranlagen sofort reparieren zu lassen.
Sie nahm Lady Catherines Arm. »Kommt. Erst einmal wollen wir Euch alle unterbringen. Gwynneth richtet Eure Zimmer her.«
Sie waren erst ein paar Schritte gegangen, als eine unterwürfige Rebecca, mit einer langhaarigen weißen Katze im Arm, vor sie hintrat. »Hallo«, murmelte sie.
»Hallo«, antwortete Elizabeth angespannt.
»Was ist, Liebes?« fragte ihre Mutter sanft.
»Ich muß Lady Elizabeth sprechen«, flüsterte Becky. »Es ist sehr wichtig.«
»Na schön.« Lady Catherine wandte sich an die anderen. »Kommt, meine Töchter, machen wir uns nützlich.« Sie trieb sie zu den Karren und rief über die Schulter zu Elizabeth: »Wenn

alles ausgepackt ist, werde ich eine Woche schlafen, aber nicht vorher.«
Elizabeth wappnete sich und sah die Vierzehnjährige vor sich an. »Du wolltest mich sprechen, Becky?«
»Ja.« In Beckys großen braunen Augen schimmerten Tränen der Reue. »Es tut mir so leid, was ich zu Hause zu Euch gesagt habe, Lady Elizabeth. Es war nicht richtig, und ich wußte das. Ich wollte Euch nicht fortjagen.« Ihre Finger kraulten zwanghaft das Fell ihrer Katze. »Ich weiß nicht, warum ich das gesagt habe. Könnt Ihr mir je verzeihen?«
»O Becky, natürlich verzeihe ich dir.« Elizabeth seufzte. »Und ich verstehe, warum du das gesagt hast. Es *war* alles in Ordnung, bis Garrett mich nach Chestwick brachte.« Sie spürte Tränen in ihre eigenen Augen treten. »Ich wollte deiner Familie nie etwas Böses antun. Glaubst du mir?«
»Ja«, sagte Becky mit ehrlicher Überzeugung und senkte den Blick. »Mama sagt immer, daß es nichts nützt, einen Schuldigen zu suchen, wenn Dinge geschehen, die keiner von uns in der Hand hat.« Sie hörte auf, die Katze zu streicheln. »Hope hat gesagt, Ihr wart so gut zu ihr, habt das Grabmal versprochen und alles.« Betroffen murmelte Becky: »Mama hat uns erzählt, wie hart Ihr gekämpft habt, um Honor zu retten, und wie gut Ihr zu Hope und Garrett wart.« Sie schwieg verlegen. »Danke, daß ihr uns aufnehmt, Lady Elizabeth.«
»Ich bin froh, daß ihr gekommen seid, Becky«, sagte Elizabeth und meinte es auch so.

Die Anwesenheit der Creightons veränderte Ravenwold in vielerlei Hinsicht. Über Nacht bedeckten farbenprächtige Wandbehänge und dicke persische Teppiche die kahlen Wände und Fußböden der Burg. Zwei Wagenladungen massiver, bequemer Möbel zierten nun die einst so spartanischen Räume. Und die Vorratskammern waren bis zum Rand mit Nahrungsmitteln gefüllt, mehr als der ganze Haushalt im Winter brauchen würde. Aber vor allem war wieder Leben in dem alten Gemäuer. Dank Chestwicks Armee von Dienern hatte Elizabeth Zeit, morgens beim Unterricht der Mädchen zu helfen und sich nachmittags um ihre Pachtbauern zu kümmern. An einem besonders schönen Nachmittag im September hielt Lady Catherine sie und Gwynneth auf dem Weg zu den Ställen auf.

»Geht Ihr aus, Elizabeth?«

»Ich bringe nur ein wenig Essen zu den Edmunsons. Mistress Edmunson ist noch immer geschwächt von ihrer Krankheit.«

»Könnte ich mit Euch kommen?« fragte Lady Catherine fast entschuldigend.

»Natürlich, ich würde mich sehr über Eure Gesellschaft freuen. Der einzige Grund, warum ich Euch bisher nicht gefragt habe, war das schlechte Wetter. Ich habe nicht im Traum daran gedacht, daß Ihr auf so schlechten Straßen ausfahren möchtet.«

»Ich bin Matsch gewöhnt, Elizabeth«, gestand Lady Catherine. »Nichts zu tun zu haben, das ist ungewohnt.«

Elizabeth blieb auf der Stelle stehen. Ohne es zu merken, war sie mit Garretts Mutter genauso umgegangen, wie man mit ihr in Chestwick verfahren war. »Ich könnte Eure Hilfe brauchen. Die Ernte war dieses Jahr sehr schlecht, und viele meiner Pächter leiden Not.«

»Ich danke Euch, meine Liebe«, antwortete Lady Catherine sichtlich dankbar. »Laßt mich nur schnell meine Stiefel anziehen. Ich bin sofort wieder da.« Sie eilte davon, lebhafter, als Elizabeth sie seit ihrer Ankunft gesehen hatte.

»Das habt Ihr gut gemacht, Milady.« Gwynneth sah an Elizabeth vorbei, und ihr Lächeln erstarb.

»Was ist los?« Elizabeth fuhr herum und sah Hope über den Burghof zu den Wohnräumen gehen, die folgsame Mister Cromwell im Schlepptau. Das Schwein trug eines von Hopes Hütchen und trottete an einem Haarband hinter dem Mädchen

her. Hope erreichte den Haupteingang in dem Augenblick, als Lady Catherine herauskam. Das kleine Mädchen zeigte ihr die neue Spielkameradin und wollte das Schwein mit hineinnehmen, doch Lady Catherine verbot es ihr auf der Stelle.
»Oje«, murmelte Gwynneth schuldbewußt. »Ich hatte dem süßen Kind gesagt, es solle den *Hintereingang* nehmen.«
»Den Hintereingang?« fragte Elizabeth bestürzt. »Gwynneth, warum, in Gottes Namen, hast du ihr überhaupt gesagt, sie könne das Schwein mit in die Wohnräume nehmen? Nicht einmal die Bauern lassen ihre Schweine in ihre Hütten. Was soll Lady Catherine von uns denken?«
»Aber Lady Hope war so begeistert von Mister Cromwell, und das Schwein von ihr, daß ich es nicht über mich brachte, sie zu trennen. Und als die liebe Kleine hörte, daß es bald Junge geben wird, hat sie tatsächlich gelächelt.«
»Sie hat gelächelt?« Elizabeth drehte sich wieder zu Hope um und erinnerte sich daran, wie sie die Hoffnung aufgegeben hatte, jemals wieder ein Lächeln auf diesem schmalen, ernsten Gesichtchen zu sehen. Ihr entging auch nicht der Arm, den Hope beschützend um Mister Cromwells Nacken gelegt hatte. »Warte hier, Gwynneth. Ich bin gleich wieder da.«
Sie ging über den Burghof und wartete eine Pause in Lady Catherines Erklärungen ab. »Verzeiht, Lady Catherine, aber ich fürchte, hier liegt ein Mißverständnis vor.« Elizabeth klopfte Mister Cromwells Rücken, das Tier reichte ihr inzwischen bis zu den Hüften. »Wißt Ihr, Mister Cromwell war Garretts Hochzeitsgeschenk an mich. Dank Garrett und Gwynneth weiß das Geschöpf gar nicht, daß es ein Schwein ist; es hält sich für einen Menschen. Sie ist sehr zahm und sehr reinlich. Macht nie Ärger im Haus.« Elizabeth zwinkerte, daß nur Hope es sehen konnte. »Wenn Ihr nichts dagegen habt, sehe ich keinen Grund, warum Hope nicht mit dem Tier spielen sollte, wo immer sie möchte.«
»Bitte, Mummy«, bettelte Hope, zum ersten Mal seit dem Tod

ihrer Schwester wieder fröhlich. »Wir werden niemanden stören, das verspreche ich. Wir werden nur in meinem Zimmer Verkleiden spielen.«

»Na schön, Liebes. Wenn Elizabeth es erlaubt.« Lady Catherines Antwort klang merkwürdig heiser. »Aber paß auf, daß das Tier nichts kaputtmacht.«

»Hurra!« Hope grinste und führte ihre schweinische Spielgefährtin ins Haus.

Lady Catherine sah sie die Tür schließen, bedeckte dann ihr Gesicht mit den Händen, beugte sich nach vorn und weinte.

»Lady Catherine!« Elizabeth ergriff ihre bebenden Schultern. »Ich wollte Euch nicht aufregen. Bitte verzeiht. Ich dachte nur ... Hope sah so fröhlich aus, da dachte ich, es würde nicht schaden, wenn sie das Schwein mit hineinnimmt.«

»Meine liebste Elizabeth.« Lady Catherine umarmte sie stürmisch. »Ich bin nicht traurig, ich bin dankbar. So dankbar.« Sie richtete sich auf und trocknete ihre Tränen mit einer seltsamen Mischung aus Glück und Schmerz. »Gott segne Euch. Wißt Ihr, was es mir bedeutet, sie wieder vom Spielen sprechen zu hören?« Sie ergriff Elizabeths Hände und küßte sie. »Erst habt Ihr ihr das Leben gerettet, und nun habt Ihr sie wieder zum Lächeln gebracht. Wie kann ich Euch jemals danken, Elizabeth?«

»Das habt Ihr bereits, Lady Catherine«, sagte Elizabeth ruhig. »Ihr seid zu mir gekommen, als Ihr in Schwierigkeiten wart.«

Auf Lady Catherines Gesicht breitete sich Verstehen aus. »Oh.« Sie streichelte Elizabeths Wange. »Wußtet Ihr, meine Liebe, daß Gott Euch zu uns geschickt hat? Wenn man mich mitzählt, sind wir nun wieder sieben.« Garretts Mutter nahm ihren Arm und ging auf die Kutsche zu. »Komm, Tochter. Wir haben viel zu tun.«

Dreiundzwanzigstes Kapitel

Gwynneth öffnete die Läden, um die kühle, frische Seeluft in Elizabeths Schlafzimmer zu lassen. »Oh, was für ein schöner Tag, Milady. Frisch und sonnig.«

Nach dem furchtbar heißen August und dem verregneten September freute sich Elizabeth über den schönen Oktoberanfang. »Dieses Jahr freue ich mich sogar auf die Kälte.« Sie rieb sich ihren schwellenden Bauch und entschied, daß das herrliche Wetter ein gutes Omen war. Vielleicht sollte sie Catherine heute von dem Baby erzählen.

Gwynneth legte ihr einen leichten Mantel um die Schultern. »Trotzdem, wir wollen ja nicht, daß Milady sich erkälten.« Sie knotete die Bänder unter Elizabeths Kinn zu. »Das Essen und die Medizin sind schon in der Kutsche. Mit Miladys Erlaubnis gehe ich jetzt Luella und die Viscountess holen, und wir treffen uns an der Kutsche.«

»Gut. Aber, Gwynneth, würde es dir etwas ausmachen, heute mit Luella auf dem Kutschbock zu sitzen? Ich würde gern allein mit Lady Catherine sprechen.«

Gwynneth grinste, und ihr Blick fiel auf Elizabeths sich rundenden Bauch. »Das macht mir gar nichts, Milady, es ist so schönes Wetter.« Sie machte einen Knicks und ging.

Elizabeth lehnte sich ans Fensterbrett und sah hinunter auf den geschäftigen Betrieb in dem früher menschenleeren Burghof.

Alles war jetzt so anders. Die Creightons erhellten die einst so düsteren Gänge Ravenwolds mit ihrer lebendigen Gegenwart und ihrer farbenfrohen, eleganten Einrichtung. Das Land mochte in Aufruhr sein, doch innerhalb dieser Mauern verlief das Leben geordnet und sicher.

Das klingende Geräusch von Pater Ignatius' Hammer lenkte ihre Aufmerksamkeit zu den Stallungen, wo Mary, Edith und ihre Gouvernante aufsaßen, um auszureiten. Auf der anderen Seite schwatzten ein Dutzend Hofleute vor dem Torhaus, während sie im Sonnenschein Kerzen gossen und Holzfässer fertigten. Direkt unter Elizabeths Fenster lockten Becky und Hope die schwerfällige Mister Cromwell, die jeden Moment werfen würde, zu einem Heuhaufen, den die Mädchen an einer geschützten, sonnigen Stelle an der westlichen Burgmauer aufgetürmt hatten.

Endlich hatte Elizabeth eine Liebe gefunden, auf die sie vertrauen konnte, eine Liebe, die nichts mit den Launen des Schicksals oder des Fleisches zu tun hatte. Die einzige dunkle Wolke, die noch über Ravenwold hing, war die Ungewißheit über Garretts Verbleib.

Elizabeth ging hinüber zu ihrem Schreibtisch und nahm seinen letzten Brief aus der Schublade. Er war vom August datiert, am Vorabend der katastrophalen Niederlage der schottischen Armee bei Preston. Bis dahin hatte er häufig geschrieben, unterhaltsame Briefe mit witzigen Bemerkungen über den schottischen Hof, komischen Geschichten und persönlichen Grüßen an alle Mitglieder der Familie. Zwar wirkte der fröhliche Ton manchmal gezwungen, doch Elizabeth und die anderen hatten immer Trost in seinen Worten gefunden, wie oberflächlich sie auch sein mochten. Dieser letzte Brief jedoch war anders. Hätte sie seine Handschrift nicht so gut gekannt, hätte sie geschworen, daß er nicht von Garrett stammte. Nun las sie ihn noch einmal, wie schon so oft in den letzten zwei Monaten.

An meine Familie.
In Kürze werden wir Cromwells Armee vielleicht zum letzten Male gegenüberstehen. Wir sind zahlenmäßig stark unterlegen. Da der König schon gefangengesetzt ist, mag diese Offensive ein sinnloses Unternehmen sein, aber die Dienstpflicht verlangt, daß ich meinen König ehrenhaft verteidige. Ich sage Euch allen Lebewohl.
Garrett, Viscount Creighton, Earl of Ravenwold

Solch eine kurz angebundene, förmliche Botschaft von einem Mann, der dem Tod in die Augen sieht – sie paßte gar nicht zu Garrett. Elizabeth faltete den Brief zusammen und legte ihn wieder in die Schublade. Nach der Schlacht hatten Lady Catherine und sie einen Brief nach dem anderen geschickt, um sich nach Garrett zu erkundigen, doch das Kommando der vernichteten Königlichen Armee wußte kaum etwas über die wenigen verbliebenen Soldaten, geschweige denn über die Vermißten. Sie fragte sich wieder, ob er verwundet, getötet oder gefangengenommen worden war; ihr Daumen zog kleine Kreise auf der Kuppe ihres Zeigefingers. Und wieder einmal betete sie stumm, Garrett möge in Sicherheit sein.
»Elizabeth!«
Sie blickte hinunter und sah Lady Catherine neben der Kutsche stehen und winken. Du meine Güte! Sie hatte wegen ihrer Tagträumerei alle warten lassen. Elizabeth eilte hinunter.
Erst als die Kutsche schon eine Weile unterwegs war, wagte sie zu sagen: »Lady Catherine, ich möchte Euch eine wunderbare Neuigkeit mitteilen.«
Garretts Mutter setzte sich aufmerksam auf. »Habt Ihr Nachricht von Garrett?«
»Nein.« Die besorgte Frage schob eine kleine Wolke über Elizabeths aufgeregtes Glück. »Es ist etwas Persönliches.« Sie sah sehnsüchtig in Catherines Augen; fast fürchtete sie, indem sie

ihr wundersames Geschenk enthüllte, ein unbekanntes Übel hervorzurufen, das ihr Glück vernichten würde. Doch sie konnte ihre Freude nicht länger geheimhalten. »Ich … nun, ich werde ein Kind bekommen. Im späten Winter.«

»Dem Herrgott sei gedankt! Ich wußte es ! Ich wußte es!« Lady Catherine fiel ihr um den Hals, küßte sie auf die Wangen und strahlte. »Selbst inmitten der Finsternis läßt unser Herrgott ein Licht leuchten. Oh, mein Kind, ich freue mich ja so für Euch und Garrett!« Sie ließ Elizabeth los und setzte sich wieder. »Ein Enkelkind. Man stelle sich das vor.« Mit blitzenden Augen rief sie: »Endlich, endlich werde ich Großmutter! Und die Mädchen Tanten, alle zusammen! Sie werden so aufgeregt sein. Ich kann kaum erwarten, es ihnen zu sagen.« Plötzlich zügelte sie ihren Überschwang und sagte fast schüchtern: »Nun hör sich das einer an, ich plappere wie eine alberne alte Frau. Natürlich wollt Ihr es ihnen selbst sagen, und wann es Euch recht ist.«

Elizabeth lächelte. »Es würde mich freuen, wenn Ihr es ihnen erzählt. Und Luella.«

»Seit wann wißt Ihr es?«

»Durch die schrecklichen Ereignisse auf Chestwick und die schwierige Heimreise habe ich es zwei Monate lang gar nicht bemerkt.« Elizabeth genoß die Freude in Lady Catherines Gesicht. »Im August begann ich zu hoffen, kurz nach Eurer Ankunft, aber ich wollte nichts sagen, bevor ich nicht sicher war. Das Baby sollte Mitte Februar zur Welt kommen, nach meiner Berechnung.«

Lady Catherine nickte. »Ist Euch morgens übel? Mir ging es bei dreien meiner Schwangerschaften so, aber nicht bei den übrigen.« Die nächste halbe Stunde lang hatte sie Dutzende Fragen über Elizabeths Zustand und viele eigene Geschichten und Erfahrungen mitzuteilen – manche lustig, manche lehrreich, aber alle ermutigend.

Elizabeth unterhielt sich so gut, daß sie gar nicht bemerkte, daß die Kutsche stand, bis sie Luella und Gwynneth vom Kutschbock herunterklettern hörte. Sie drückte Lady Catherines Hände. »Wir können uns später weiter unterhalten. Nun möchten die Edmunsons Euch persönlich dafür danken, daß Ihr Chestwicks Reichtum mit ihnen teilt.«

»Unsinn.« Wie immer wehrte Garretts Mutter Elizabeths Versuche ab, ihr wegen der Rettung ihrer hungernden Pächter zu danken. »Sie sollten Gott danken, nicht mir. Er war es, der uns eine reiche Ernte bescherte und die Mittel, sie zu transportieren, und Seine Vorsehung hat uns hierhergebracht.«

»Trotzdem«, beharrte Elizabeth, »Ada und die Kinder freuen sich darauf, Euch vorgestellt zu werden. Sie sind so stolz, daß die Mutter ihres neuen Herrn ihren Glauben teilt.«

»Ihr beschämt mich, Elizabeth«, sagte Lady Catherine, während sie hinter Elizabeth aus der Kutsche stieg. »Ihr sorgt so rührend für Eure Leute, für Protestanten wie für Katholiken. Ich wußte nicht einmal, daß auf Chestwicks Grund Katholiken leben, bis die göttliche Vorsehung uns Stephen ins Haus brachte. Unsere bedürftigen katholischen Leute hatten ihr Bestes getan, um unbemerkt zu bleiben, trotz ihrer Not. Wenn Gott mir jemals gestattet, dorthin zurückzukehren, werde ich diese Vernachlässigung wiedergutmachen.« Sie nahm einen der schwer mit Essen beladenen Körbe aus Luellas Armen.

Weniger als eine Woche später erhielten sie eine Nachricht über Garrett. Der Bote war zuerst nach Chestwick geritten und dann von den wenigen treuen Dienern, die zurückgeblieben waren, um das Herrenhaus zu beschützen, nach Cornwall geschickt worden. Als der arme Mann Ravenwold erreichte, war er völlig erschöpft und halb verhungert.

Elizabeth bemerkte die fremde Handschrift auf dem Brief, als sie ihn entgegennahm. Sie befragte kurz den Boten und dankte ihm dann. »Gott segne Euch, Sir. Für Euren Eifer und Mut werde ich Euch sehr reichlich belohnen.« Sie wandte sich an Gwynneth, die in diskretem Abstand wartete. »Gwynneth, sorge dafür, daß dieser Mann sich waschen kann, Essen und saubere Kleidung bekommt, und gib dann Will Anweisung, ihn großzügig zu bezahlen.« Während die Zofe den Mann hinausgeleitete, zog sich Elizabeth in ihr Arbeitszimmer zurück und schloß die Tür.

Sie setzte sich an ihren Schreibtisch, und ihr Herz krampfte sich beim Lesen zusammen. Sie hatte in ihrer Verzweiflung gerade den Kopf auf den Tisch sinken lassen, als Lady Catherine hereinplatzte.

»Verzeiht mein Eindringen, aber ich hörte, Ihr hättet Nachricht von ...« Sie sah den gequälten Ausdruck in Elizabeths Gesicht und erstarrte. »O nein. Er ist doch nicht –«

»Nein.« Elizabeth erhob sich. »Aber er wurde bei Preston schwer verletzt, für tot gehalten und auf dem Schlachtfeld liegengelassen. Ein anglikanischer Priester hat ihn stöhnen hören und vor Cromwells Soldaten verstecken können. Bei Einbruch der Dunkelheit bastelte sich der Priester eine Art Schlitten und zerrte Garrett bis nach Ormskirk, wo ein Sympathisant der Königstreuen ihn aufnahm.« Sie versuchte, die Dinge weniger schrecklich klingen zu lassen, als sie waren. »Sein Pferd muß im Gefecht auf ihn gestürzt sein. Er hat keine Schußverletzung, aber sein Becken ist auf einer Seite gebrochen, und auf der anderen ist die Hüfte ausgekugelt. Der Geistliche hat sich bemüht, die Knochen zu richten, aber Garrett kann seine Beine nur unter schrecklichen Schmerzen bewegen.«

Seine Mutter wurde blaß. »Von wann ist dieser Brief?«

Elizabeth suchte nach dem Datum. »Vom achtzehnten September.«

»Einige Wochen alt.« Lady Catherine sank in einen Stuhl und schlug die Hände vors Gesicht. »Mein Sohn. Mein Sohn.«

Elizabeth überlegte rasch, was zu tun war, und ging dann vor

Lady Catherine in die Knie. »Ihr dürft nicht verzweifeln. Er lebt, und wenn wir ihn erst wieder auf Chestwick haben, werden wir ihn gesundpflegen.«

»Chestwick?« Lady Catherine ließ die Hände sinken und wischte sich energisch die Tränen fort.

»Ja. Der Bote sagte, Chestwick sei sicher; die Kämpfe hätten sich auf das Gebiet um Preston beschränkt. Wir können alle zurück. Ich schicke sofort Will und Wynton auf den Streitrössern voraus, um Garrett zu holen. Inzwischen werden wir das Notwendigste zusammenpacken und mit den Mädchen geradewegs Chestwick fahren. Die Dienstboten können die Karren beladen und uns folgen, sobald sie fertig sind. Wenn wir Glück haben, ist das Haus wieder eingerichtet und alles an Ort und Stelle, bis Will und Wynton ihn nach Hause bringen.« Sie zögerte und hoffte, daß die Antwort auf ihre nächste Frage nein sein würde. »Sollten wir die Nahrungsmittel mitnehmen?«

»Nein.« Lady Catherines Gesicht drückte Entschlossenheit aus. »Bevor wir gingen, haben wie viel mehr versteckt, als wir mitgebracht haben. Es gibt auf Chestwick genug für den ganzen Winter.«

»Gott sei's gedankt. Ich könnte es nicht ertragen, meine Leute hungern zu lassen.« Elizabeth zog ihre Schwiegermutter auf die Füße. »Kommt. Wenn die Mädchen uns helfen, können wir bei Sonnenaufgang abreisen.« Sie lächelte Lady Catherine tröstend an. »Wir nehmen sogar Mister Cromwell mit, damit Hope Gesellschaft hat.«

Lady Catherine, nun sehr resolut, drückte sie kurz an sich. »Ihr macht alles immer genauso, wie ich es selbst machen würde. Wir sind aus demselben Holz geschnitzt, Elizabeth. Meine eigenen Kinder könnten mir nicht ähnlicher sein. Ich danke Gott, daß Garrett Euch geheiratet hat.«

Elizabeth schluckte schwer, um ihre aufwallende Rührung

unter Kontrolle zu bekommen. »Das tue ich auch«, flüsterte sie. Dann widmete sie sich der Aufgabe, ihren Mann zu retten.

Mit Gottes Hilfe kamen die Kutschen in nur zwei Wochen in Chestwick an. Sie hatten kaum vor dem Herrenhaus angehalten, als Hope auch schon heraussprang und geradewegs zum Grabmal ihrer Schwester lief; doch nun schien sie dort Ermutigung zu erfahren und nicht Schmerz.

Die Familie fiel rasch in eine nervöse Routine und bereitete alles für Garretts Heimkehr vor, wobei sie immer mit einem Ohr nach Hufschlag in der Auffahrt lauschten. Zehn lange Tage vergingen, bis sie das Rumpeln hörten, das die Ankunft der Karren und der restlichen Dienerschaft verkündete. Nachdem das kurze Chaos des Ausladens überstanden war, wartete der ganze Haushalt ungeduldig auf eine Nachricht von Garrett.

Bis zum neunten November war Elizabeth krank vor Sorge um ihren Mann. Sie brauchte unbedingt etwas, um sich von ihrer wachsenden Angst abzulenken, und versetzte das Personal in Aufruhr, indem sie darauf bestand, daß sie selbst die letzten Karotten des Jahres ernten würde. Sie hatte einen halben Scheffel süßer, zarter Karotten ausgegraben, als sie von Gwynneths Stimme aus einem der oberen Fenster unterbrochen wurde.

»Kommt schnell, Milady! Will und Wynton sind da, mit dem Herrn! Sie sind fast zu Hause!« Gwynneth schloß das Fenster und verschwand, um das ganze Haus zusammenzutrommeln.

Elizabeth ließ ihren Spatel fallen und sprang auf die Füße. Sie nahm sich nicht einmal Zeit, sich den Schmutz von Händen und Kleidern zu klopfen, und rannte vors Haus. Bis sie den Innenhof erreicht hatte, war ein Großteil des Haushaltes dort versammelt. Erleichtert sah sie zwei Lakaien mit einer gut gepolsterten Trage warten, und einige der Dienstmägde hielten Dekken bereit.

Sie wandte sich an das nächststehende Stubenmädchen. »Bring mir etwas Wasser und Seife und ein Handtuch, Jane. Schnell.«
Während das Mädchen davoneilte, zog Elizabeth die Schürze aus und suchte Lady Catherine. Mary, Edith und Amy standen dicht hinter ihrer Mutter. »Hat jemand Hope und Becky Bescheid gesagt?« fragte Elizabeth.
»Ja«, antwortete Catherine, »aber ich habe ihnen erlaubt, fortzubleiben. Anscheinend hat Mister Cromwell sich ausgerechnet diesen Moment ausgesucht, um zu werfen. Ohne jede Warnung legte sich die Sau mitten in ihrer Naturkundestunde hin und warf ein Ferkel auf die Füße der Gouvernante. Einfach so, als ob man einen Kirschkern ausspuckt, waren Patsys Worte.«
»Wie lehrreich«, fiel Amy ein. Die Mädchen lachten nervös, als sie hinzufügte: »Hope und Becky haben wie verzaubert zugeschaut, aber die Gouvernante ist in Ohnmacht gefallen.«
»Vielleicht ist es besser, daß sie nicht hier sind«, sagte Elizabeth. Zu aufgeregt, um stillzustehen, versuchte sie von der anderen Seite einen besseren Blick auf die Auffahrt zu bekommen, und kehrte dann an Catherines Seite zurück. »Wo bleibt denn nur der Wagen?«
Garretts Mutter folgte ihrem Blick die kahle Allee hinunter. »Wynton hat einen der Pächterburschen vorausgeschickt. Der Junge sagte, sie müßten wegen Garretts Zustand sehr langsam fahren.«
Garretts Zustand ... die Worte hallten als entsetztes Flüstern in Elizabeth wider.
Einige angstvolle Minuten später unterbrach das Stubenmädchen ihre angespannte Wache, um Elizabeth eine Schüssel mit dampfendem Wasser, ein Stück duftende Seife und ein Handtuch anzureichen. Elizabeth spritzte sich hastig Wasser ins Gesicht, fuhr mit dem Handtuch darüber und schrubbte dann ihre Hände, so gut sie konnte, ohne die Augen vom Horizont zu lassen.

»Ich sehe sie!« rief einer der Lakaien aus einem Fenster im zweiten Stock.

Alle Augen richteten sich auf den Wagen, der über den letzten Hügelkamm gekrochen kam. Sogar aus dieser Entfernung erkannte Elizabeth Wills erschöpfte, gebeugte Gestalt auf dem Bock.

Lady Catherine runzelte die Stirn und kniff die Augen zusammen. »Wynton muß drinnen bei Garrett sein.« Sie ergriff Elizabeths Arm. »Ich sollte Gott für ihre sichere Heimkehr danken, doch mag ich mir kaum vorstellen, was wir in diesem Wagen vorfinden könnten.«

Elizabeth teilte diese Angst; ihr Herz pochte wild in ihrer Brust. »Er lebt«, sagte sie bestimmt. »Er muß leben.«

»Es gibt Schlimmeres als den Tod, Elizabeth«, sagte ihre Schwiegermutter düster.

Elizabeth konnte die Spannung nicht mehr ertragen. Sie vergaß die Umstehenden, raffte ihre Röcke und rannte, so schnell sie konnte, auf das sich langsam nähernde Gefährt zu. Sie spürte nicht, daß die Steine auf der Auffahrt sich in ihre Schuhe bohrten. Sie achtete nicht auf die kalte Luft, die bei jedem Atemzug in ihren Lungen brannte. Alles, was sie wußte, war, daß Garrett in diesem Wagen lag und sie ihn sehen mußte. Im Laufschritt näherte sie sich dem Wagen. Als sie an Will vorbeisauste, zügelte er die Pferde. Elizabeth kam keuchend hinter dem Wagen zum Stehen und schlug heftig gegen die hölzernen Türen.

Wynton öffnete mit ernstem Gesicht und streckte ihr die Hände entgegen. »Kommt schnell, Milady, damit er nicht friert.« Er zog sie herein und schloß die Tür.

Drinnen war es düster, und die Luft getränkt vom bitteren Geruch des Leidens. Als der Wagen wieder anfuhr, kämpfte Elizabeth auf der klumpigen Matratze unter sich um ihr Gleichgewicht und wäre beinahe auf die leblose Gestalt gefallen, die, auf dem provisorischen Lager ausgestreckt, die ganze Länge des Wagens einnahm. Sie hielt sich fest und ließ sich vorsichtig neben Garrett sinken. Nach einem tiefen Atemzug hob sie die schmierigen Tücher von seinem Kopf. Sie erkannte das ausgemergelte Gesicht kaum, das ihr entgegenstarrte. »Garrett?«

»Nicht mehr«, murmelte er schwerfällig.

Eine Welle eiskalter Furcht breitete sich von Elizabeths Herz durch ihren ganzen Körper aus. Ihr blonder Krieger war dürr wie eine Vogelscheuche, sein Haar so farblos wie brackiges Wasser und seine aufgesprungenen Lippen vor Schmerz zusammengekniffen. »O Garrett, was haben sie dir angetan?« Sie streichelte seine Stirn und stellte erleichtert fest, daß sie sich kühl anfühlte. »Du bist jetzt zu Hause«, flüsterte sie ihm ins Ohr. »Alles wird gut, du wirst schon sehen.« Sie schloß kurz die Augen. »Wir bekommen ein Kind, Garrett. Hast du gehört? Du wirst Vater.«

Seine Lider flatterten, und er sah verständnislos durch sie hindurch.

Elizabeth runzelte die Stirn.

»Wir mußten ihm Mohnsirup geben – jeden Tag mehr«, erklärte Wynton. »Es war die einzige Möglichkeit, um ihn transportieren zu können, Milady.« Er wartete, bis Garrett wieder das Bewußtsein verlor, beugte sich dann zu Elizabeth und murmelte: »Als Will und ich in Ormskirk ankamen, hatte er solche Schmerzen, daß wir es nicht wagten, ihn zu bewegen. Jeden Tag hofften wir auf ein Zeichen der Besserung. Dann, nachdem sich eine Woche nichts verändert hatte, mußten wir ihn aus der Stadt bringen, weil die Puritaner dort herumschnüffelten und wir alle in Gefahr gerieten, vor allem die gute Seele, die uns versteckte. Wir brachen im Schutze der Dunkelheit nach Chester auf. Es war eine langsame Reise, und furchtbar hart für seine Lordschaft.«

Elizabeth zog sanft Garretts Hand unter den Decken hervor. »Er ist zu Hause. Wir werden ihn gesundpflegen.«

Wynton blickte zweifelnd. »Will und ich haben ihn in Chester zu einem Arzt gebracht, Milady. Er war sehr offen mit seiner Lordschaft. Er sagte, daß er wahrscheinlich nie wieder stehen kann, geschweige denn gehen.«
»Nein.« Elizabeth bekam plötzlich keine Luft mehr.
»Doch«, bestätigte Wynton traurig. »Danach, als ich dem Herrn Mohnsirup gab, packte er die Flasche und wollte sie ganz austrinken, aber schwach, wie er ist, konnte ich sie ihm abnehmen, bevor er sich damit umbrachte. Seitdem hat er mich jedesmal, wenn er zu Bewußtsein kam, gebeten, ihn zu töten. Ich kann es ihm nicht verdenken; die kleinste Bewegung unterhalb der Schultern, und er leidet Höllenqualen.«
Elizabeths Beschützerinstinkt gewann plötzlich die Überhand, und der ganze Schmerz und die ganze Verzweiflung des letzten Jahres ballten sich in einem Wutausbruch. »Ich werde meinen Ehemann nicht dem Teufel überlassen«, erklärte sie. »Zur Hölle mit dem Arzt und seiner ganzen Sippe! Was, zum Donner, wissen Ärzte schon?« Sie richtete ihren glühenden Blick auf Wynton. »Wenn Gott, der Herr, Lazarus von den Toten erwecken konnte, hat er auch die Macht, meinen Mann zu heilen. Gott wird seinen Teil beitragen. Nun müssen wir das Unsrige tun.« Sie drückte Garretts schlaffe Hand. »Garrett, du mußt gesund werden, wenn nicht um deiner selbst willen, dann für das Kind, das ich trage. Du wirst wieder laufen, aber nur, wenn du kämpfst. Gib nicht auf. Du *wirst* wieder gehen.«
Wyntons Gesicht erhellte sich kurz, als sie das Kind erwähnte, doch als er Elizabeths leidenschaftliches Flehen hörte, wurde sein Ausdruck skeptisch, aber mitfühlend. »Wenn irgend jemand seine Lordschaft wieder auf die Beine bringen kann, seid Ihr es, Milady. Aber es wird nicht leicht.«
»Nichts in meinem Leben war leicht.« Elizabeth hielt ihre Wange an die weichen blonden Härchen auf Garretts Handrücken. »Er wird wieder gehen. Du wirst schon sehen.«

Die nächsten Wochen bewiesen ihr, wie schwer es wirklich war, einen Mann wieder aufzurichten, der in ständigem Schmerz lebte.
Das Baden war das Schlimmste. Obwohl seine Hüfte wieder eingerenkt war und sein gebrochenes Becken keinerlei Schwellung oder schlecht gerichtete Knochen zeigte, biß Garrett bei der geringsten Bewegung seiner Beine totenbleich die Zähne zusammen. Er verlor nicht weiter an Gewicht, doch trotz Elizabeths gutem Zureden und der geduldigen Aufheiterung seitens seiner Familie wurde bald deutlich, daß er nur noch Schmerz und Apathie fühlen konnte. Wenn er nicht grimmig war oder vor Schmerz das Gesicht verzerrte, starrte er geistesabwesend ins Nichts, aß kaum etwas und verlangte ständig nach dem Mohnsirup.
Er wußte nicht, daß Elizabeth nach und nach das Opium, nach dem ihn verlangte, durch Kräuter, Farbe und Honig ersetzt hatte. Je schwächer der Sirup, desto reizbarer wurde Garrett, gequält von Schlaflosigkeit, Zittern und heftigen Muskelkrämpfen. Doch sie war fest entschlossen, ihm nicht zu erlauben, sein Leben lang dahinzudämmern, wie anstrengend seine Heilung auch sein mochte. Eines Tages würde er ihr dafür dankbar sein, sagte sie sich, doch für den Augenblick mußten sie und seine Familie seine zunehmenden Schmerzen und die wachsende Reizbarkeit aushalten.
Eines Morgens Anfang Dezember, als sie sich Garretts Zimmer näherte, ging die Tür auf, und Hope kam weinend herausgelaufen. Das Kind hielt ein Ferkelchen an sich gedrückt, das genauso aussah wie einst Mister Cromwell.
»Hope, was ist geschehen?« Elizabeth zog sie an sich und blickte über Hopes blonde Locken zu Garrett, der sie vom Bett aus anstarrte, sein Gesicht eine Maske aus Wut und Scham. »Müssen alle so unglücklich sein wie du, Garrett?« warf sie ihm vor. »Ist es das, was du willst?« Sie schlug die Tür zu und kümmerte

sich um Hope. »Komm, mein kleiner Schatz, erzähl Elizabeth, was passiert ist.«

Hope hielt das kleine Schweinchen in die Höhe. »Schau, er sieht genau aus wie Mister Cromwell. Becky und ich dachten, ein Haustier würde Garrett vielleicht aufheitern«, erklärte Hope. »Gwynneth sagte, er hatte Mister Cromwell so gern, als sie noch klein war. Also haben wir dieses hier aus Mister Cromwells Wurf ausgesucht, weil er seiner Mutter so ähnlich sieht. Wir haben ihn Hamlet getauft. Ich dachte, Garrett würde sich freuen, aber als ich ihm Hamlet gezeigt habe ...« Neue Tränen kullerten ihr über die Wangen. »O Lizbeth, warum ist Garrett immer so grausam? Ich glaube, er haßt uns, weil er krank ist und wir nicht.«

»Nein, Liebes, er haßt uns nicht.« Sie streichelte Hopes Haar. »Garrett ist nur gereizt, weil ich seine Medizin ändern mußte. Er wird nicht immer so übellaunig bleiben.« Elizabeth wünschte, sie wäre so überzeugt, wie sie sich anhörte. Sie lehnte sich zurück und sah Hope an. »Eigentlich solltest du sogar froh darüber sein, daß er in letzter Zeit so mürrisch ist. Das ist ein deutliches Zeichen dafür, daß es ihm bessergeht.« Als Hope die Stirn runzelte, fügte Elizabeth hinzu: »Überleg doch mal. Weißt du noch, wie dünn und still er war, als er hier ankam? Ich glaube, da ging es ihm viel schlechter, meinst du nicht?«

Hope sah ihr forschend in die Augen. »Wird Garrett sterben, Lizbeth?« fragte sie leise. »Will er bei Honor sein?«

»Nein!« Elizabeth legte die Arme um das Kind. »Er wird nicht sterben. Wir lassen ihn nicht sterben.«

»Wir konnten nicht verhindern, daß Honor stirbt«, flüsterte Hope.

Elizabeth sagte stockend: »Nein, das konnten wir nicht.« Sie konnte der stummen Bestätigung in Garretts Augen nicht gegenübertreten und hielt Hope in dem leeren Korridor lange in ihren Armen.

»Ich weiß nicht, was ich tun soll, Pfarrer Ignatius«, gestand sie am nächsten Morgen in der Kirche. »Der Körper meines Mannes heilt allmählich, doch die Schmerzen und die Hilflosigkeit haben seine Seele schrecklich zugerichtet.«

»Es ist sehr schwer für einen Mann, besonders für einen so starken Mann wie seine Lordschaft, die Aussicht zu ertragen, daß er den Rest seines Lebens im Liegen verbringen wird, völlig abhängig von der Hilfe anderer.« Der Priester seufzte. »Aber erst wenn wir vor Gott unsere Hilflosigkeit eingestehen, kann er uns am besten führen. Obwohl ich verstehe, weshalb seine Lordschaft so verbittert ist, würde ich ihn nicht darin unterstützen. Bitterkeit vergiftet alles, was sie berührt. Er würde gewiß nicht seine Familie auf diese Weise vergiften wollen.«

»Nicht absichtlich. Ich weiß, daß er seine Familie liebt, aber in letzter Zeit scheint er sogar sie von sich zu stoßen. Es macht mir angst.« Sie konnte dem Priester nicht von Garretts Versuch erzählen, sich das Leben zu nehmen. »Würdet Ihr mit ihm sprechen? Ich kann nicht gut mit Worten umgehen; ich kann ihn füttern und baden und seine Medizin zubereiten, aber ich habe nicht die richtigen Worte, um seine Seele zu heilen.«

»Weiß er, daß ich ein Priester bin?«

»Ich bin nicht sicher.« Sie war auch nicht sicher, was Garrett tun würde, falls er es herausfand. »Wenn er es nicht weiß, könnte es sehr gefährlich sein, ihm beizustehen.« Sie wußten beide, was die Enthüllung bedeutete: Man würde den Geistlichen hängen, ihm den Leib aufschlitzen und ihn in Stücke hacken, doch Elizabeth konnte sich nicht vorstellen, daß Garrett dazu fähig war, solch unvorstellbare Strafen über irgend jemanden kommen zu lassen, besonders nicht über einen so gütigen und selbstlosen Menschen wie Stephen Wolcox. »Wie verbittert er auch sein mag, ich glaube nicht, daß er Euch verraten würde.«

»Ich würde dennoch mit ihm sprechen«, sagte er ruhig. »Es ist meine Berufung, den Trostlosen Trost zu spenden.« Er dachte einen Moment nach und fragte dann: »Da mir die Klugheit verbietet, ihn als Priester zu besuchen, welchen Grund könnte ich dann für meinen Besuch bei seiner Lordschaft angeben? Ich brauche irgend etwas, das den Hufschmied und den Grafen zusammenbringt – vielleicht etwas, das ihn von seinen Schmerzen ablenkt. Den meisten Männern, adlig oder gemein, fällt das Gespräch leichter, wenn sie nebenher Zerstreuung haben.«

»Den Gerüchten zufolge«, bemerkte Elizabeth trocken, »findet mein Mann nur in Gesellschaft von Frauen Zerstreuung.«

Ein gurgelnder Laut irgendwo zwischen Japsen und Kichern entfuhr dem Priester. Er versuchte, ihn mit einem Hüsteln zu tarnen. »Ich dachte eher an Schach oder ein Kartenspiel«, tadelte er milde.

»Hmmm. Schach.« Elizabeth versuchte sich zu erinnern. »Nun, da Ihr es erwähnt, entsinne ich mich, daß Lady Catherine mir erzählte, seine Lordschaft habe als Junge Schach gespielt, das Spiel aber aufgegeben, als er alle Spieler im gesamten Lehn geschlagen hatte.«

»Wie herrlich, auch ich habe aufgehört zu spielen, weil ich keinen angemessenen Gegner mehr finden konnte«, erklärte Pfarrer Ignatius überrascht. »Dem Herrn sei Dank! Wie wunderbar sind die Wege des Herrn. Es wird mir ein Vergnügen sein, seiner Lordschaft eine heiße Schlacht am Schachbrett zu liefern, während ich um seine Seele kämpfe.«

»Das ist gut.« Zum ersten Mal, seit Garrett nach Hause gekommen war, heizte ein Strahl der Hoffnung Elizabeths eiserne Entschlossenheit an, ihren Mann zu heilen. »Am Nachmittag wird er besonders ruhelos. Wäre zwei Uhr Euch angenehm? Ich werde alles vorbereiten und ihm dann davon erzählen.«

»Zwei Uhr also.« Pfarrer Ignatius lächelte. »Ich bete, daß dies der Beginn einer langen und fruchtbaren Beziehung sein wird.«

»Das hoffe ich«, sagte Elizabeth. »Das hoffe ich sehr.«

Elizabeth mußte sehr darauf achten, von Pfarrer Ignatius als Stephen zu sprechen, doch während seine Besuche bei Garrett zur Routine wurden, erkannte sie langsam kleine Anzeichen der Besserung. So neugierig sie auch auf ihre Treffen war, sie sorgte doch dafür, daß die beiden Männer jeden Nachmittag außer sonntags drei Stunden allein und ungestört verbrachten. Um sich abzulenken und der Versuchung zu widerstehen, an der Tür zu lauschen, nahmen sie und Lady Catherine ihre Gewohnheit wieder auf, die sich auf Ravenwold entwickelt hatte: An sechs Tagen in der Woche, sofern das Wetter es zuließ, machten sie und Lady Catherine sich auf, um Essen, Kleidung und Medizin zu ihren bedürftigen Leuten zu bringen, Katholiken wie Protestanten.

Sie konnte aber nicht widerstehen, Pfarrer Ignatius nach den weniger vertraulichen Aspekten seiner Besuche bei Garrett zu fragen.

Obwohl der Priester nie ihre Gespräche erwähnte, konnte er doch berichten, daß das anfängliche Widerstreben seiner Lordschaft sich rasch zu mürrischer Hinnahme gewandelt hatte. Und daß, nach viel Gebrummel und gespielter Teilnahmslosigkeit von seiten seiner Lordschaft, sein Schachspiel ständig besser geworden sei, und mit ihm Lord Ravenwolds Gedächtnis und Konzentration.

Während die kalten, grauen Tage verstrichen, sah Elizabeth Aussehen und Laune ihres Mannes sich ständig verbessern und die Kraft in seinen Armen zurückkehren. Doch er konnte es immer noch nicht aushalten, seine Beine zu bewegen.

Mitte Dezember erzählten die Dienstboten, daß sie Gespräche und sogar Lachen hörten, wenn sie nachmittags am herrschaftlichen Schlafgemach vorbeigingen. Alle in der Familie waren sich einig, daß die Besuche des Priesters Garrett sehr guttaten.

Dann begann das Stöhnen.

Elizabeth hörte es zum ersten Mal in der Woche vor Weihnachten. Sie wollte sich gerade einen wärmeren Schal holen, als das gepreßte Stöhnen aus Garretts Tür durch den Gang hallte. Erschrocken versuchte sie, die Tür zu öffnen, doch sie war verschlossen. Als kein Laut mehr zu vernehmen war, kam sie zu dem Schluß, es müsse eine ruhelose Seele gewesen sein. Sie bekreuzigte sich und murmelte ein kurzes Gebet um Schutz vor dem Geist, dann vergaß sie die Sache.

Aber bald machten finstere Geschichten über die schrecklichen Geräusche, die aus dem herrschaftlichen Schlafgemach drangen, wenn der Hufschmied die Zimmertüren von innen absperrte, flüsternd die Runde unter den Dienstboten. Warum schloß Stephen plötzlich die Türen ab und verhängte die Schlüssellöcher? Was hatten die beiden Männer zu verbergen? Gwynneth gab getreulich alle zunehmend wilder werdenden Spekulationen der Dienerschaft an Elizabeth weiter, die sich nun noch mehr Sorgen um Pfarrer Ignatius' Sicherheit machte.

Sie hatte ihre eigene Vorstellung von dem, was sich da abspielte. Sie nahm an, daß der Priester endlich an Garrett herangekommen war, vielleicht an den Schmerz begangener Sünden und augenblicklicher Enttäuschungen gerührt hatte. Das würde das Bedürfnis nach Abgeschiedenheit und die erstickten Schreie ihres Mannes erklären. Doch sie wagte nicht, jemandem von diesen möglichen Erklärungen zu erzählen, nicht einmal Garretts Mutter.

Als Anhänger der Krone waren die Creightons bereits in großer Gefahr, auch ohne das zusätzliche Verbrechen, einen katholischen Priester zu verstecken. Elizabeth sorgte sich mit gutem Grund, daß die Verdächtigungen der Bediensteten dazu führen könnten, daß sie Pfarrer Ignatius' wahre Identität aufspürten und ihn verrieten.

Als Elizabeth mit dem Priester über ihre Sorgen sprach, lächelte er nur und versicherte ihr, daß es keinen Grund zur Beunruhigung gebe. Er weigerte sich standhaft, ihr das Stöhnen oder die verschlossenen Türen und verhängten Schlösser zu erklären. Um Garretts willen wollte sie, daß der Priester blieb, doch sie wußte, daß sie ihn zu seiner eigenen Sicherheit und der der Familie fortschicken sollte. Am Silvesterabend bat sie ihn zu gehen.

Zu ihrer Bestürzung lehnte er dies höflich, aber bestimmt ab, ohne eine Erklärung dafür zu geben.

Als in dieser Nacht die Uhr Mitternacht verkündete, lag Elizabeth allein in ihrem Bett und begrüßte das Jahr unseres Herrn 1649 mit einem schwellenden Bauch; einem Haus voll flüsternder Diener; einem verkrüppelten Ehemann, der die Tatsache, daß sie sein Kind trug, offenbar noch nicht zur Kenntnis genommen hatte; und mit einem gefährlichen Geheimnis, das ihnen allen den Ruin, möglicherweise sogar den Tod bringen konnte.

Vierundzwanzigstes Kapitel

Chestwick – 12. Januar 1649

»Wenn das so weitergeht, werde ich zum Ankleiden länger brauchen als meine Schwestern!« Garretts Klage fehlte die nagende Wut, die er noch vor einem Monat gezeigt hatte. Es hatte zwei Stunden gedauert, ihn zu baden und zu rasieren und ihm ein ordentliches Hemd und einen Strumpf anzuziehen, doch er war fest entschlossen, dem gesamten Haushalt nicht im Nachtgewand gegenüberzutreten.

»Ich wage es nicht, das schneller zu machen, Milord«, gab Wynton zurück. Er rollte vorsichtig den anderen Strumpf über Garretts nackten Fuß und zog langsam den weichen Wollstrumpf über seine Ferse und seine Wade hinauf. Garrett konnte nicht verhindern, daß seine Muskeln sich bei jeder Bewegung vor Schmerz anspannten. Wynton hielt inne. »Ich tue Euer Lordschaft weh, nicht wahr?«

»Es tut weh«, gab Garrett zu, »aber längst nicht so wie früher.« Er konzentrierte sich darauf, langsam sein Knie anzuwinkeln, und wappnete sich gegen den scharfen Schmerz, der durch seinen Oberschenkel fuhr und an einer genau vorhersehbaren Stelle in seiner Hüfte explodierte. Es ist besser, seinen Schmerz zu beherrschen, als sein hilfloses Opfer zu sein, sagte er sich. Dieses bißchen Kontrolle hatte ihm zumindest ein wenig von dem Mann zurückgebracht, den der Schmerz ihm entführt hatte.

»Ich erkenne eine wesentliche Verbesserung, Herr.« Wie Stephen es ihm vorgemacht hatte, knetete Wynton sanft Garretts verkrampfte Muskeln. Jede Berührung sandte bittere, reißende Schmerzen durch das verspannte Gewebe. »Die Übungen bewirken etwas. Bald werden die Beine Eurer Lordschaft wieder so kräftig wie früher sein.«

»Das sagst du seit Wochen«, brummte Garrett. Er drückte sich mit den Armen in eine sitzende Haltung, um selbst einen Blick auf seine verkrüppelten Beine zu werfen, und ignorierte den Schmerz in seinem Kreuz. Einst waren seine Beine so kräftig und straff gewesen wie gedrechselte Geländerpfosten, aber das war nicht mehr. Doch Garrett mußte zugeben, daß seine verkümmerten Muskeln kräftiger wurden und die Steifheit in seinen Gelenken nachließ, dank Stephens gutgemeinter, unerbittlicher Folterung. Endlich ein Fortschritt, nach all diesen heimlichen Stunden des Dehnens und Beugens, tagein, tagaus. Garrett ließ sich wieder zurücksinken. »Ich werde die dunkelblauen Kniehosen tragen.«

»Sehr wohl, Euer Lordschaft.«

Es war nicht so schlimm, als Wynton ihm die Hosen überstreifte, doch alles Weitere war eine reine Qual. Garrett konnte sein Becken nur wenige Sekunden anheben und mußte sich dann ausruhen. So eine einfache Sache, Hosen über die Hüften zu ziehen, aber wie so viele einfache Verrichtungen, die Garrett früher selbstverständlich waren, erschöpfte ihn auch diese Prozedur.

Er hielt durch, bis er zum ersten Mal seit fünf Monaten wieder seine seidenen Kniehosen anhatte.

Als er sich wieder kräftig genug fühlte, sagte er: »Das goldbestickte Wams. Und meine schwarzen Stiefel.«

»Stiefel, Herr?«

Garrett begegnete Wyntons besorgtem Stirnrunzeln, indem er mit dem Fuß wackelte. »Ja, Stiefel.«
»Sehr wohl, Herr.«
Als Wynton sie brachte, richtete Garrett sich auf und hob vorsichtig seine Beine über die Bettkante. Die Schmerzen waren grausam, aber er zog eine perverse Freude daraus, seine Füße auf den Boden zu stellen, was er seit August nicht mehr getan hatte. »Kleine Siege, Wynton. Heutzutage muß ich mich mit kleinen Siegen begnügen.«
Wynton stützte ihn. »Genug kleine Siege, Sir, und jeder Krieg kann gewonnen werden.« Er kniete sich hin, um Garrett die Stiefel anzuziehen.
»Ich habe nur in einem Krieg gekämpft«, sagte Garrett verbittert. »Wir haben ihn verloren.« Und alles andere damit auch. Er sah sich in dem vertrauten Zimmer um und erinnerte sich an seine glückliche, behütete Kindheit in diesem Haus. »Ich weiß nicht, wie lange sie uns noch hier wohnen lassen werden, Wynton«, gestand er.
Rachsüchtig, wie Cromwell war, würde er ihm Chestwick niemals lassen, trotz der gigantischen Strafen und Bestechungsgelder, die die Londoner Bank der Creightons bereits bezahlt hatte. Garrett hatte dem König und seinen Söhnen zu nahegestanden. Cromwell würde ihn dafür bestrafen. Das verzweifelte, völlig bankrotte Marionetten-Parlament würde Chestwicks Truhen plündern. Selbst Garretts unermeßliche Rücklagen waren nicht genug, um seine und Bess' umfangreiche Ländereien in bar auszulösen. Es war nur noch eine Frage der Zeit, bis all sein Land und seine Titel ebenso wie Bess' als Kriegsbeute kassiert würden, um verkauft oder an Cromwells Leute verteilt zu werden.
Die Dinge könnten besser stehen, wenn er nicht zu Beginn des Bürgerkrieges große Summen in Virginia investiert hätte, doch er zog eine gewisse Befriedigung aus der Tatsache, daß es

Cromwell sehr schwerfallen dürfte, den Beteiligungen nachzuspüren oder sie gar einzuziehen. Die Creightons würden vielleicht auswandern müssen, aber zumindest würden sie keine Not leiden.
Seines Stolzes, seiner Kraft, seines Heims beraubt ... Garrett konnte es kaum ertragen, Elizabeths schwellenden Bauch zu sehen und zu wissen, daß ihr Baby ohne Titel und heimatlos als Kind eines Krüppels auf die Welt kommen könnte.
Wynton schloß den letzten Knopf an dem eleganten Schoßwams, das einmal wie angegossen gesessen hatte. »So. Endlich ist es geschafft.« Er zog Garretts Lieblingssessel heran und stellte ihn seitlich neben das Bett. »Soll ich Will rufen, damit wir Eure Lordschaft in den Sessel heben können?«
»Gib mir meinen Stock.« Garrett zeigte auf den überlangen, polierten Gehstock, den Stephen aus einem kräftigen Schößling geschnitzt hatte. Mit ihm könnte er es schaffen, aufzustehen und sich in den Stuhl fallen zu lassen. Garrett nahm Wynton den Stock ab, packte ihn am oberen Ende und setzte ihn neben seine Füße. Unter höllischen Schmerzen zog er sich langsam auf die Beine.
»Gütiger Himmel, Eure Lordschaft«, protestierte Wynton. »Ihr seid ja bleich wie ein Knochen.« Er packte Garrett unter den Achseln und ließ ihn wieder auf die Bettkante herabsinken.
»In Ordnung, Will.« Frustriert und verschwitzt legte Garrett seine Stirn an den Stock. »Ihr beide könnt mich in dem Stuhl ans Fenster tragen.«
Stolz auf die Fortschritte seines Herrn, antwortete Wynton: »Nun, da der Graf wieder bei Kräften sind, wird es mehr als zwei starke Männer brauchen, um diesen schweren Stuhl mit Eurer Lordschaft darin zu tragen.«
»Du sagst das nur, um mich zu trösten.« Um sich selbst zu überzeugen, schielte Garrett in den Spiegel, und er fühlte Hoffnung

in sich aufsteigen, als er sich wiedererkannte, als habe er einen lange vermißten Freund in der Menge erblickt. Er sah zwar blaß und abgespannt aus, doch fast schon wieder wie sein altes Selbst. Bis auf das Haar, das ihm unordentlich herunterhing.

Er richtete sich auf. »Schick nach Will und Stephen, und dann bring mir meinen Kamm und ein Band und binde mein Haar zurück.«

Bis alle eintrafen, war sein Äußeres untadelig, und er saß in seinem Stuhl, so weit wie möglich vom Bett entfernt. Sein unbewegliches Gesicht zeigte nicht, was es ihn kostete, diese Illusion der Stärke aufrechtzuerhalten.

Sieben Stühle für die Familie standen zu seiner Rechten und Linken. Als die Dienstboten eintraten, schienen die meisten sich zu freuen, daß er endlich das Lager hatte verlassen können, doch als sein stählerner Blick sie traf, zogen sie sich eingeschüchtert in Grüppchen auf die andere Seite des Zimmers zurück.

Lady Catherine betrat zusammen mit Hope und Becky den Raum, und alle drei eilten freudig auf Garrett zu. Er fürchtete sich vor den Schmerzen, die auch nur die leiseste Berührung hervorrief, und hielt sie auf Distanz: »Bitte setzt euch. Ich möchte diese Sache so schnell wie möglich erledigen.«

Garretts Mutter runzelte verletzt und besorgt die Stirn. Sie schob Becky zur Tür. »Schnell, Liebes. Lauf und hol die anderen. Wir dürfen deinen Bruder nicht warten lassen.«

Wenige Minuten später waren alle bis auf Elizabeth versammelt und saßen schweigend um Garrett herum.

Sie kam als letzte – er war nicht sicher, ob absichtlich oder zufällig –, doch als sie kam, blieb sie, den Blick auf Garrett gerichtet und mit undurchdringlicher Miene, in der Tür stehen. Ihre Hand glitt unwillkürlich zu der Wölbung, die ihr ungeborenes Kind schützte.

»Wir warten, Elizabeth. Bitte setze dich«, sagte er mit wesentlich mehr Kraft, als er verspürte. Als sie den leeren Platz zu seiner Linken eingenommen hatte, sagte er in strengem Ton zu den Dienstboten: »Es ist mir zu Ohren gekommen, daß einige von euch über meine persönlichen Angelegenheiten klatschen und traschen.« Tatsächlich schlugen die meisten von ihnen schuldbewußt die Augen nieder. »Hört gut zu«, warnte Garrett. »Solange Gott und der König es gestatten, bin ich Herr in diesem Haus, und ich werde ein solches Verhalten nicht dulden. Ich werde jeden auf der Stelle entlassen, der den Frieden und die Sicherheit meines Haushalts gefährdet, indem er sich in Angelegenheiten mischt, von denen er nichts versteht.«

Die Familie und die Dienstboten schraken zusammen, überzeugt, daß er jedes Wort ernst meinte.

Er sah Stephen scharf an, und seine Züge entspannten sich. »Aber jene, dir mir treu und verschwiegen dienen, sollen belohnt werden. Deshalb habe ich euch heute hier zusammengerufen, um euch zur Kenntnis zu bringen, daß ich Stephen zu meinem Kammerdiener ernannt habe. Er hat diesen Posten dankbar angenommen.« Er hielt inne, um die Neuigkeit wirken zu lassen. Dann zerstreute er jeden eventuellen Anflug von Neid. »Als Anerkennung für seinen Eifer wollte ich Stephen eine recht üppige Summe schenken, doch er bat mich, die Summe statt dessen gleichmäßig unter euch allen aufzuteilen.« Die Dienstboten sahen überrascht erst einander und dann Stephen an. »Aus Respekt vor Stephen habe ich beschlossen, seine Bitte zu erfüllen. Das bedeutet fünf Pfund für jeden von euch.« Aufgeregtes Murmeln erhob sich unter der Dienerschaft.

Zweihundertfünfzig Pfund, die Cromwell nicht in seine gierigen Finger bekommen wird, dachte Garrett zufrieden. Er hatte Vorbereitungen dafür getroffen, noch wesentlich mehr als diese Summe mit Will nach Ravenwold zu schicken, sobald er ihn nicht mehr brauchte. Garrett brachte die Dienstboten zum Schweigen: »Was ihr mit dem Geld anfangt, ist natürlich eure

Sache. Aber in Anbetracht des momentanen Aufruhrs würde ich euch raten, diese großzügige Gabe nicht zu verschleudern. Meine Bevollmächtigten in London haben mir bestätigt, daß unserem König die Hinrichtung droht.« Ein angespanntes, ängstliches Raunen erhob sich. Es hatte seit Wochen Gerüchte gegeben, doch nun war es offiziell. »Da ein solcher Schatten auf unserem Land liegt, täten wir alle gut daran, uns für eine ungewisse Zukunft zu wappnen.«

Plötzlich war Garrett so erschöpft, daß er kaum noch die Lippen bewegen konnte. Er brauchte seine ganze Kraft für den Befehl: »Alle außer Stephen und Wynton können gehen. Sofort.«

Während die Dienstboten sich verbeugten oder knicksten, scheuchte Lady Catherine seine Schwestern hinaus und überhörte ihre gemurmelten Fragen.

Elizabeth blieb sitzen und flüsterte Gwynneth etwas zu, woraufhin die Zofe nickte und der übrigen Familie folgte. Erst als Wynton und Stephen hinter den letzten Dienern die Tür schlossen, erhob sich Elizabeth und kam auf ihn zu. Er mußte schnell zurück ins Bett und wünschte, sie würde gehen, doch ihr heimliches Lächeln verblüffte ihn. Er hatte ihre Züge noch nie so weich gesehen.

Zu seinem Erstaunen kniete seine hochschwangere Frau vor ihm nieder und nahm seine klammen Hände in ihre. Sie küßte seine Handrücken und sah dann in unschuldiger Dankbarkeit zu ihm auf. »Ich danke Euch«, sagte sie ruhig. »Für Stephen.« Langsam und bedächtig fuhr sie fort: »Und für unser ungeborenes Kind. Und die Mutter und die Schwestern, die Ihr mir geschenkt habt, um sie zu lieben.« In ihren Augen glitzerten Tränen. »Aber vor allem danke ich Euch dafür, daß Ihr den Mut habt, Euch Euer Leben wieder zu erkämpfen. Ich weiß, daß es leichter gewesen wäre, das Gesicht zur Wand zu drehen und aufzugeben. Ihr habt mir gefehlt, Garrett.«

Garretts Herz zog sich zusammen. Wie konnte er es ihr begreiflich machen, wenn er selbst sich über nichts mehr im klaren war? Seine ruhigen Gespräche mit Stephen hatten alles auf den Kopf gestellt und ihn gezwungen, sich Fragen zu stellen, die er niemals hatte ansprechen wollen. »Elizabeth, ich bin nicht mehr der Mann, den Ihr geheiratet habt, und das werde ich nie wieder sein.« Er versuchte, ihr seine Hände zu entziehen, doch sie packte sie nur noch fester.

Eindeutig nicht nur auf seine Finger bezogen, sagte sie fest: »Ich werde Euch nicht loslassen, Garrett.«

»Ihr versteht einfach nicht, Bess«, sagte er matt. »Das Parlament blutet mich aus. Bald wird fast nichts mehr übrig sein. Ich werde Eure und meine Leute nicht vor Cromwells Irrsinn beschützen können. Wie könnte ich sie schützen, oder Euch und meine Familie? Ich kann nicht einmal gehen.«

»Ihr werdet wieder gehen«, sagte sie, immer noch lächelnd. »Und reiten und arbeiten und Euer Kind auf den Knien halten. Ich habe es in meinen Träumen gesehen.«

»Träume«, sagte er bitter. »Träume sind nur Illusionen, und nach dem vergangenen Jahr mache ich mir keine Illusionen mehr.«

Sie hob eine Braue, und der weiche Ausdruck schwand. »Herr im Himmel, Ihr tut Euch wohl sehr leid, nicht?« Mit einem spitzbübischen Funkeln in den Augen hielt sie ihm seine eigenen Worte vor: »Ihr wißt, daß ich Leute nicht ertragen kann, die sich in ihrem Elend wälzen, Garrett.« Sie winkte Stephen. »Bitte helft mir auf die Füße. Ich habe seine Lordschaft aufgehalten, es ist längst Schlafenszeit für ihn, und ich fürchte, er wird unleidlich.«

Von ihrem anmaßenden Sarkasmus getroffen, gab Garrett zurück: »Madam, Ihr geht jetzt, sofort.«

»Oh, ich werde nicht gehen.«

»Was?« Garrett war nicht als einziger überrascht. Stephen und Wynton warfen sich Blicke aus den Augenwinkeln zu.

Bess ging zum Ankleidezimmer. »Da es Euch so viel bessergeht, habe ich beschlossen, wieder hier einzuziehen. Gwynneth holt gerade meine Sachen.« Sie öffnete die Tür zum Ankleidezimmer und lächelte ihn an. »Ich mag nicht mehr allein schlafen, Garrett.« Sie warf einen vielsagenden Blick auf die breite Matratze. »Ich mag zwar gewaltig dick sein, aber das Bett ist groß genug für uns beide.« Sie grinste – grinste tatsächlich! »So wie ich die Dinge sehe, sind wir beide in einem Zustand, der uns unbequem ist, also können wir es ebensogut gemeinsam unbequem haben.« Sie fügte ernst hinzu: »Ich verspreche, Euch nachts nicht anzustoßen, wenn Ihr versprecht, mich nicht anzustoßen.«

Garrett sah, wie sie die Tür schloß, und konnte kaum glauben, was er eben gesehen und gehört hatte. Bess sprach von solchen Dingen vor Wynton und Stephen und kehrte völlig unverfroren in sein Bett zurück ...

Zum ersten Mal in seinem Leben wollte er keine Frau in seinem Bett! Jedenfalls nicht, bis er stark genug war, das zu genießen. Allerdings, in ihrem Zustand ...

»Um Gottes willen«, fuhr er die beiden Männer an, die sich bemühten, so zu tun, als sei nichts geschehen, »bringt mich wieder ins Bett, bevor sie zurückkommt!«

In den nächsten drei Wochen zerlegte Bess systematisch Garretts störrische Verteidigung. Wenn sie nicht selbst bei ihm war, mit entschlossener, ruhiger Zuversicht, dann schickte sie ständig Pächter zu ihm, damit er ihren Streit schlichtete.

Garrett erhob sich aus seinem Stuhl, nachdem er einen weiteren der unvermeidlichen Konflikte zwischen seinen protestantischen und katholischen Bauern geregelt hatte. Er brauchte noch immer einen Moment, um sich mit Hilfe seines Stocks sicher auf den Füßen zu fühlen, doch mit jedem Tag wurden seine Beine kräftiger, obwohl jede Bewegung ihm weiterhin große

Schmerzen bereitete. Er hatte es fast zur Tür geschafft, als Stephen zurückkam, der die Bauern hinausgebracht hatte.

»Erlaubt mir, Eurer Lordschaft meine Bewunderung auszusprechen. Salomon selbst hätte es nicht besser machen können.«

»Ich habe das unmittelbare Problem gelöst«, sagte Garrett, »aber ich fürchte, daß niemand den Haß bezwingen kann, der zwischen den Protestanten und Katholiken dieses Landes schwelt.«

»In den vergangenen Monaten haben die Gräfin und die Viscountess auf ihren Runden viel bewirkt«, vertraute Stephen ihm an. »Kleine Gesten der Güte und Toleranz meist, aber so etwas summiert sich. Und meine Leute sind äußerst dankbar für das Essen.«

»Deine Leute.« Garrett sprach aus, was er schon seit Wochen wußte. »Du meinst deine Gemeinde.«

Stephen lächelte, ohne zu zögern. »Wie lange wissen Milord schon davon?«

»Ich bin nicht sicher. Ich habe sofort Verdacht geschöpft. Die Lateinstunden ... in der Kirche, bei Sonnenaufgang? Das war ziemlich offensichtlich.« Ein schiefes Lächeln verzog seinen Mund. »Sollte ich Euch jetzt mit Pfarrer anreden?«

»Stephen ist mir sehr recht, Milord, und weit weniger gefährlich für uns beide.«

»Dein Geheimnis ist bei mir sicher, Stephen, aber nun, da ich deine wahre Berufung kenne, habe ich ein paar Fragen an dich.«

Der Hufschmied-Diener-Priester strahlte. »Das dachte ich mir, Milord.«

Die beiden Männer gingen leise lachend den Korridor entlang.

Bis der ungewöhnlich freundliche Februar kam, hatte Garrett ständig Fortschritte im Gehen mit seinem Stock gemacht. Endlich konnte er aufrecht stehen, auf Beinen, die fast so kräftig waren wie früher, doch er ging immer noch langsam und humpelte leicht. Dennoch schaffte er es fast jeden Tag, die Treppe herunter ins Erdgeschoß zu kommen und sich um seine Familie und seine Geschäfte zu kümmern. Sein einziges Zugeständnis an seine Verletzungen war eine Liege in seinem Arbeitszimmer, auf der er sich nach dem Mittagessen ausruhte.

An einem ungewöhnlich warmen, sonnigen Samstag am Ende der ersten Februarwoche war das Haus leer bis auf Garrett, Stephen, Gwynneth und Bess. Da das Baby erst in zwei Wochen kommen sollte, hatte Garretts Mutter einen großen Ausflug für den gesamten Haushalt arrangiert. Sie hatte behauptet, Bess und Garrett ein wenig Ruhe gönnen zu wollen, doch Garrett hatte den Verdacht, daß der Ausbruch seiner Frau am Morgen der wahre Grund war.

Arme Bess. Als eine der Dienstmägde einen schiefen Blick auf ihren dicken Bauch geworfen hatte, war Elizabeth in Tränen ausgebrochen und hatte geschrien, daß sie wahnsinnig werden würde, wenn alle nicht sofort damit aufhörten, sie anzusehen, als würde sie jeden Moment explodieren. Lady Catherine hatte sie beruhigt und dann den Einfall gehabt, das Haus zu räumen. Eine sehr scharfsinnige Person, seine Mutter.

Garrett mußte zugeben, daß er für die Ruhe und den Frieden dankbar war, obwohl er meinte, daß die Besucher dieses Picknicks es nicht eben warm hatten, trotz des Sonnenscheins. »Ich glaube, meine Gemahlin ist oben und ruht«, sagte er zu Stephen. »Ein ganz schöner Aufruhr war das heute morgen.« Er blickte von den Geschäftsbüchern auf, die vor ihm auf dem Schreibtisch ausgebreitet waren. »Ich frage mich, wie es ihr geht.«

»Soll ich nach ihr sehen, Milord?«

»Das ist eine gute Idee.« Garrett erhob sich und ging hinüber zur Liege. »Bestell ihr meine Grüße, und laß dir ruhig Zeit. Ich denke, ich werde mich eine Weile hinlegen.«

»Sehr wohl, Milord. Ich lasse die Tür offen, falls Milord irgend etwas brauchen sollten. Ruft mich einfach.«

»Gut.« Garrett war kaum eingenickt, als er hörte, daß die Eingangstür sich ächzend öffnete. Ein Windstoß fuhr durch das Arbeitszimmer und wirbelte seine Papiere durcheinander. Vielleicht hatte jemand die Tür nicht richtig geschlossen. Bevor er aufstehen konnte, fegte ein noch stärkerer Zug seine Papiere auf das offene Fenster zu.

»Verflixt.« Er stand langsam auf und hinkte hinüber, um die restlichen Quittungen auf seinem Tisch festzuhalten. Das Geräusch des Windes war schuld daran, daß er den Mann nicht hörte, der sich von hinten heranschlich. Bevor er wußte, wie ihm geschah, spürte er ein Messer an seiner Kehle, und ein Arm drückte seine Schultern an einen glühenden Körper.

»Kein Laut, wenn Euch Euer Leben lieb ist«, knurrte eine rauhe Stimme in sein Ohr. Der Atem des Mannes hätte eine Kerze zum Verlöschen gebracht.

Ein, nein zwei Paar leise Füße betraten das Arbeitszimmer. Ein Schauder lief Garrett über den Rücken, als eine heisere Stimme sagte: »Ich habe Graves nach oben geschickt und Ponson zur Scheune.«

»Mach die Tür zu«, befahl der erste Mann und drehte Garrett den rechten Arm grob auf den Rücken. »Und verbinde ihm die Augen.«

Waren es Deserteure der königlichen Truppen oder Cromwells Männer, die sich als Deserteure ausgaben? Bei ersteren mochte er durch Verhandeln etwas ausrichten, doch wenn diese Schurken auf Cromwells Befehl hier waren, war er ein toter Mann.

Einer von ihnen band ihm einen schmutzigen Stoffetzen vor die Augen und verknotete ihn so fest, daß kaum ein Lichtstrahl an Garretts Augen drang. Er hörte, wie die Türen geschlossen wurden und der Schlüssel sich im Schloß drehte.

Er mußte sich etwas einfallen lassen, und zwar rasch. Er durfte nicht zulassen, daß Bess etwas geschah. Ein gedämpfter Schrei ertönte von oben, gefolgt von den Geräuschen eines Kampfes. Garrett reagierte instinktiv und spürte die Klinge kaum an seiner Kehle, als er mit seinem Bewacher rang. »Laßt sie in Ruhe! Wenn ihr auf Geld aus seid, werde ich es euch geben, aber ihr werdet es ohne mich nicht finden. Tut meiner Familie nichts!«
Zwei weitere starke Arme beendeten seine Versuche, sich zu befreien. »Tut meiner Familie nichts«, äffte ihn jemand in singendem Tonfall nach.
Sein Wächter, schwer atmend von dem Zweikampf, packte Garrett fester und drehte ihm den linken Arm auf dem Rücken nach oben. »Vorwärts!« Der Mann stieß ihn um den Schreibtisch herum und schleuderte ihn in seinen Stuhl.
Nach dieser Behandlung um Atem ringend, konnte Garrett einen Schmerzensschrei gerade noch unterdrücken. Weitere Hände zerrten gewaltsam seine Arme hinter den Stuhl und banden seine Handgelenke zusammen. Dann fesselten sie ihn an die Lehne.
»Knebelt ihn.«
Ein stinkender Lumpen wurde ihm in den Mund gestopft. Garrett wehrte sich nicht und hoffte, daß sie ihn lang genug allein lassen würden, damit er sich von seinen Fesseln befreien könnte. Die Tatsache, daß sie ihn nicht sofort umgebracht hatten, war ein gutes Zeichen. Vielleicht waren es doch keine von Cromwells Männern. Oder vielleicht waren sie das und warteten einfach darauf, daß er ihnen zeigte, wo sein Geld war, bevor sie ihn töteten.
Glücklicherweise entfernten sich die heiseren Stimmen. Er hörte, wie die Tür aufgeschlossen wurde und zumindest einer der Männer hinaus in die Halle trat. Er wartete darauf, daß die Tür sich wieder schloß, doch er hörte nichts.
Garrett versuchte, nicht an das zu denken, was vielleicht mit

seiner Frau oben geschah, doch er sah in seiner Vorstellung lebhafte, entsetzliche Bilder. Er hatte geschworen, nie wieder zuzulassen, daß ihr etwas geschah, und hier saß er nun, verkrüppelt und hilflos, während sie mißhandelt wurde.

Er wand verzweifelt seine Hände unter dem rauhen Strick um seine Handgelenke. Innerhalb von Sekunden war das Seil blutgetränkt, lockerte sich aber nicht. Dann meinte er hinter sich ein Wispern zu hören. Er hielt inne und hörte Geräusche von der anderen Seite des Zimmers und das Klirren von Glas – wahrscheinlich einer der Eindringlinge, der Garretts Hausbar plünderte. Gut, dachte Garrett, trink aus.

Ein weiterer Windstoß wehte lose herumliegende Dokumente zum offenen Fenster hinter ihm. Diesmal hörte Garrett wirklich etwas.

»Rutsch rückwärts zum Fenster, damit ich den Strick durchschneiden kann.«

Bess! Gott sei Dank, sie hatten sie nicht in ihrer Gewalt.

Er drückte seine Füße fest auf den Boden und wartete auf den nächsten Windstoß, um den Stuhl ein paar Zentimeter zurückzuschieben. Glücklicherweise übertönten die herumwirbelnden Papiere das Geräusch. Er mußte noch mehrmals ansetzen, traf aber dann auf willkommenen Widerstand.

»Deine Hände ... du blutest.«

Garrett hielt ihr seine blutverschmierten Handgelenke entgegen. Er fühlte, wie ein Dolch unter das Seil glitt und mit fast übermenschlicher Kraft sägend auf und ab bewegt wurde. Um die Sache zu beschleunigen, hielt er so fest er konnte dagegen. Es schien ewig zu dauern, doch als der Strick nachgab, preßte er die Hände mit einem Ruck gegeneinander, um sie auf dem Rücken zu halten. Er zeigte auf die Seile, die ihn an den Stuhl fesselten.

Bess zerschnitt klugerweise zuerst den Knoten und legte dann die losen Enden umeinander. Sie schnitt jede Windung durch, und bald wurde er nur noch von den umeinandergewundenen Enden der Schnur auf seinem Rücken gehalten, obwohl es von vorn so aussah, als sei er immer noch fest angebunden.

»Pistolen, geladen und schußbereit.«

Gott segne diese Frau! Er fühlte, wie sie die vertrauten Griffe in seine Hände drückte.

»Ein Mann steht an der Tür und trinkt deinen Whisky. Ich weiß nicht, wo die andern sind. Ich habe nur vier Pferde bei den Ställen gesehen.«

Nach kurzer Überlegung steckte Garrett ihr die rechte Pistole wieder zu. Sie zögerte einen Moment, doch als er eine sägende Bewegung machte, verstand sie und gab ihm statt dessen den Dolch. Es war besser, den Aufpasser lautlos aus dem Weg zu räumen, wenn es möglich war.

Er hörte Bess tief Luft holen. *»Nicke, wenn du bereit bist, dann reiße ich dir die Augenbinde herunter.«*

Er holte tief Atem und nickte dann. Sie riß ihm die Binde vom Kopf.

Garrett fuhr plötzlich in tierischer Wut aus seinen Fesseln, spuckte den Knebel aus und zielte auf den Schurken am anderen Ende des Raumes. Der Mann drehte sich, einen Whisky in der Hand, in dem Moment um, als Garrett mit tödlicher Präzision den Dolch nach seiner Kehle warf. Der Eindringling öffnete entsetzt den Mund, gab aber nur ein kurzes, gurgelndes Geräusch von sich, bevor er auf den Teppich sank.

Garrett hinkte durch den Raum, schloß die Tür auf und blickte vorsichtig hinaus. Er sah niemanden in der Eingangshalle, aber er hörte, wie oben Möbel umgeworfen wurden, und hoffte, daß die Schurken lange genug mit ihren Plünderungen beschäftigt sein würden, damit er sie zur Strecke bringen konnte. Er schloß die Türen wieder ab, zog den Dolch aus der Kehle des Toten und humpelte zum Fenster.

Er lehnte sich hinaus und sah Bess unter sich stehen. Sie drückte sich mit zugekniffenen Augen an die Wand und betete, den Griff seines Karabiners mit beiden Fäusten umschlossen, sein Schwert umgeschnallt und seinen Beutel mit Schießpulver am Arm.

»Um Himmels willen, Weib«, flüsterte er, »mach die Augen auf. Du bist mir vielleicht ein Wachposten.« Er verzog das Gesicht, als er sein Bein über das Fensterbrett schwang und hinaus auf die Terrasse kletterte.

Als er sich neben ihr aufrichtete, lehnte Bess den Karabiner an ihren Bauch, packte seine Schultern und starrte mit aufgerissenen Augen auf seinen Hals. »Heilige Mutter Gottes, sie haben dich am Hals verletzt.«

Er wischte mit dem linken Handrücken über die feuchte Wärme. »Ist nicht tief.« Ohne darüber nachzudenken, küßte er sie schnell und heftig, hinkte dann in den Schutz eines riesigen Pflanztroges und zog sie mit sich. »Hast du die anderen gesehen?«

Sie nickte. »Nur ganz kurz. Ich glaube, es waren zwei von ihnen oben. Sie haben Gwynneth und Stephen in unserem Schlafzimmer überrumpelt. Glücklicherweise war ich in dein altes Zimmer gegangen, um deine Kleidung durchzusehen. Gott sei Dank waren bei deiner Uniform deine Waffen.« Ihre Augen huschten von Schatten zu Schatten im sonnenbeschienenen Garten.

Garrett verstaute Pistole und Dolch, nahm ihr Karabiner und Munition ab und bat sie, ihm das Schwert umzuschnallen, während er den Karabiner lud.

»Hier.« Er tauschte seinen geladenen Karabiner gegen ihre Pistole. »Nimm ihn; er ist genauer. Hast du schon mal mit einem Kavalleriekarabiner geschossen?«

Sie antwortete mit einem einfachen, aber hochmütigen »Ja.«

»Gut. Dann weißt du ja, wie das geht.« Garrett schulterte seine Munition und blickte zu den Stallungen hinüber. »Einer der

Kerle ist in der Scheune. Ich werde mich zuerst um die beiden oben kümmern und dann um ihn.«

»Was soll ich tun?«

Er legte eine blutverschmierte Hand auf ihren Bauch und wünschte, er hätte das schon früher getan. »Entfern dich vom Haus und such dir ein Versteck im Wald.« Als sie protestieren wollte, fiel er ihr ins Wort: »Wenn sie dich als Geisel nehmen, haben sie alle Trümpfe in der Hand. Um unser beider willen darfst du dich nicht hier aufhalten, auch nicht, wenn mir etwas zustößt.« Sie forschte mit solcher Sehnsucht in seinem Gesicht, daß sich ihm das Herz in der Brust umdrehte. »Du mußt jetzt an das Baby denken, nicht an mich«, sagte er leise.

Sie nickte. »Also gut.« Sie stellte sich auf die Zehenspitzen und drückte ihm einen schnellen, zärtlichen Kuß auf die Lippen.

Garrett sah tief in ihre großen blauen Augen und streichelte ihr seidenweiches, blondes Haar. Bis zu diesem Moment war ihm nicht klar gewesen, wie teuer sie ihm geworden war. Nun konnte er sich ein Leben ohne sie nicht vorstellen. Er zeigte auf den Karabiner. »Zögere nicht, ihn zu benutzen, wenn es erforderlich ist.« Er drängte sie weiter in den Schutz des Pflanztrogs. »Warte hier, bis ich um die Ecke bin. Und sei vorsichtig.«

Er hielt sich dicht an der Hauswand und achtete auf jede Bewegung von der Scheune her, erreichte aber den Dienstboteneingang, ohne auf jemanden zu treffen. Drinnen lauschte Garrett angestrengt und schloß aus dem Lärm, den er aus der Ferne vernahm, daß die Plünderer sich in den Zimmern des Ostflügels befanden.

Die Schmerzen wurden noch immer von dem Überlebensinstinkt gedämpft, der in seinem Arbeitszimmer hervorgebrochen war, und er stieg die Hintertreppe zu den herrschaftlichen Gemächern erstaunlich behende hinauf. Er schaute durchs Schlüsselloch und sah Gwynneth, geknebelt und wie eine dicke

Wurst verschnürt, hilflos auf dem Boden des Ankleidezimmers herumrollen. Stephen lag reglos hinter der Tür auf dem Teppich im Schlafzimmer. Garrett verspürte einen Anflug des Entsetzens, als er die breite, schimmernde Blutspur sah, die das silberne Haar des Priesters durchzog.

Nervös öffnete er die Tür und schlich hinein. Gwynneth gab gepreßte Geräusche von sich, als sie ihn sah, und machte mit ihrem Kopf ein Zeichen in die Richtung von Stephen, doch Garrett bedeutete ihr, still zu sein. Er bewegte sich vorsichtig ins Schlafzimmer, um nachzusehen, ob seine Hilfe für Stephen zu spät kam. Er entdeckte schnell, daß die Kopfwunde nicht mehr blutete und der ohnmächtige Mann einen starken Puls hatte. Garrett schlich in das Ankleidezimmer zurück und befreite Gwynneth.

»Schleich dich hinaus«, flüsterte er, »so schnell du kannst, aber behalte die Scheune im Blick. Da ist irgendwo noch ein Kerl. Ich habe Bess in den Wald geschickt. Versuch sie zu finden.«

Gwynneth nickte und schenkte ihm einen dankbaren Blick, dann verschwand sie leise über die Hintertreppe.

Garrett ging zurück, um die Schlafzimmertür zum Korridor zu öffnen. Als er sie vorsichtig aufmachte, drang das Geräusch von berstendem Holz und klirrendem Glas vom anderen Ende des Gangs zu ihm. Er bewegte sich von einem schützenden Türgewände zum anderen durch den Korridor, die Pistolen schußbereit. Als er die offene Tür seines Jugendzimmers erreichte, drückte er sich gegen die Wand und wartete.

»Schaut euch seinen Kram an!« Der Klage des Mannes folgte ein Krachen. »Immer noch nichts, was sich mitzunehmen lohnt! Vielleicht hat unser hochwohlgeborener Herr mit dem Geld die Wahrheit gesagt.«

Garrett schätzte die Stelle, an der sich der Mann befand, nach der Stimme ab.

Eine weitere Stimme, etwas leiser, antwortete: »Könnte sein.

Vielleicht sollten wir runtergehen und ein bißchen an seinem feinen Gesicht herumschnitzen. Das bringt sie meistens zum Reden.«

»*Aye*«, stimmte der erste Mann zu.

Nun, da er wußte, wo sie standen, stellte Garrett sich mitten in die Tür und zielte mit seiner linken Pistole auf den ihm am nächsten stehenden Schurken. Von der Bewegung aufgeschreckt, fuhr der Mann herum und warf sein Messer, doch Garrett blieb still stehen und drückte ab, ohne mit der Wimper zu zucken. Während das Messer an ihm vorbeiflog, traf die Kugel ihr Ziel mitten zwischen die Augen. Der zweite Kerl schleuderte die Schublade, die er in der Hand hielt, nach Garrett, sprang nach vorn und zog seine Pistole aus dem Gürtel. Die Schublade fiel zu Boden, und der hastig gezielte Schuß des Mannes ging fehl. Garrett zielte sorgfältig und streckte seinen Angreifer nieder.

Er hörte jemanden hinter sich, drehte die leergeschossene Pistole in seiner Linken um, um mit dem Schaft zuzuschlagen, während er die andere fallenließ, um seinen Dolch zu ziehen. Als er sich umdrehte, stand er einem verängstigten Stephen gegenüber.

»Halt!« rief der Priester. »Ich bin es nur.«

Garrett fuhr zurück. »Himmel! Um ein Haar wärest du deinem Schöpfer gegenübergetreten, Mann.«

Stephen warf einen Blick auf die beiden Toten und sah sich dann Garrett genau an. Während er sprach, machte er mit den Händen ein reichlich schiefes Kreuzzeichen in die ungefähre Richtung jeder Leiche. »Lady Elizabeth und Gwynneth … geht es ihnen gut?«

»Das hoffe ich.« Garrett lud seine Pistole. Nachdem er sich vergewissert hatte, daß die Luft rein war, ging er Stephen voran hinaus in den Korridor. »Ich habe die Frauen in den Wald geschickt. Es ist noch ein Mann übrig. Er war unten bei der Scheune, aber er könnte die Schüsse gehört haben und neugierig geworden sein, also müssen wir vorsichtig sein.«

Draußen, in der Nähe der Stallungen, fanden sie die besten Pferde aus Chestwicks Ställen an die schäbigen Gäule des Diebsgesindels gebunden. So leise wie möglich lösten Garrett und Stephen die Stricke und versteckten Garretts Rösser, um dann die Gäule der Schurken über die Felder zu jagen. Trotz des Donnerns von Pferdehufen war nichts von dem vierten Mann zu sehen.

Ihre systematische Suche im Stall ergab nichts, doch als Stephen und Garrett sich wieder an der Heubox trafen, begann Garrett die Wirkung des körperlichen Einsatzes zu spüren. Bei jedem Schritt schmerzten seine Knie und Hüften, und seine Gelenke wurden langsam steif. Er lehnte sich an die Bretterwand und murmelte: »Ich weiß nicht, wie lange ich das noch durchhalte.«

Der Priester runzelte die Stirn. »Vielleicht sollten wir uns in den Wald schlagen, die Frauen suchen und dann losreiten, um die anderen zu warnen.«

Garrett trat in die Stalltür und kniff die Augen gegen die Sonne zusammen. »Laß uns erst die Scheune absuchen.« In diesem Moment peitschte ein Schuß über den Hof, und Garrett ging in Deckung.

Eine fremde Männerstimme ertönte aus der Scheune. »Stellt das Feuer ein! Ich hab die Frau!«

Beide Männer waren sofort hellwach.

»Verdammt.« Garrett lugte durch einen Spalt und sah, wie der vierte Mann Gwynneth aus der Scheune schubste, eine schußbereite Pistole gegen ihre Rippen gedrückt. Die völlig verängstigte Zofe hielt etwas in einer ihrer erhobenen Hände. Als Garrett genauer hinsah, entdeckte er ein vertrautes Lederband, das hinter ihr herschleifte. Seelenruhig trottete Mister Cromwell hinter dem Mann und seiner Geisel in die Sonne.

»Einen Handel!« rief Garrett durch die offene Tür. »Laß sie gehen. Ich gebe mein Wort darauf, daß ich dich nicht verfolgen werde.«

»Ich hab eine bessere Idee«, brüllte der Kerl. »Ich nehme die Frau und das Gold. Ich laß sie gehen, wenn ich weit genug weg bin.«

»Verfluchtes Gesindel«, murmelte Garrett. Nach hastiger Überlegung flüsterte er Stephen zu: »Ich glaube nicht, daß er dich gesehen hat. Geh hinten raus und versuche, die Gräfin zu finden. Ich kümmere mich um den Schurken.«

»Aber Milord, ich –«

»Los, Stephen. Lady Elizabeth ist ganz allein da draußen. Eine Frau in ihrem Zustand ...«

»Also gut«, stimmte der Priester zu, »aber wenn sie in Sicherheit ist, komme ich zurück, um Euch zu helfen.«

»Ich kann auf mich selbst aufpassen. Finde meine Gemahlin.«

»Ich komme wieder«, sagte Stephen ruhig und schlich sich dann aus der hinteren Tür des Stalles.

Garrett wandte seine Aufmerksamkeit wieder der unglaublichen Szene auf dem Wirtschaftshof zu.

Die Pistole immer noch fest in Gwynneths Seite gedrückt und Mister Cromwell im Schlepptau, ging der Mann rückwärts auf das Haus zu. »Ich sagte, ich will Gold, Sir, oder ich erschieße die Frau.«

Garrett steckte sich die Pistole am Rücken ins Lederzeug, wo sein Dolch in der Scheide eingehängt war. Dann zog er eine halbvolle Börse mit Edelsteinen aus seiner Tasche. Er hielt die Börse hoch und trat grinsend in den Sonnenschein. »Hier. Mein Gold ist in London, aber ich denke, das hier wird dir noch besser gefallen. Es ist alles, was ich noch habe«, log er und warf die Börse zwischen sich und dem Mann auf den Boden.

Er wurde nervös, ließ aber die Waffe nicht sinken. Statt dessen hob er sie an Gwynneths Schläfe und hielt noch immer ihren Arm gepackt. »Heb sie auf und zeig sie mir«, befahl er ihr, ohne die Augen von Garrett abzuwenden. »Und Ihr laßt Eure Hände oben!«

Zitternd, Mister Cromwell an der Leine haltend, beugte Gwynneth sich langsam vor, um die Börse aufzuheben. Als sie den Inhalt in ihre zitternde Hand gleiten ließ, funkelten die Juwelen im Sonnenschein.

Der Kerl schnappte nach Luft. Seine Augen weiteten sich gierig beim Anblick des glitzernden Schatzes. »Da soll mich doch ...« Er tippte mit dem Lauf an Gwynneths Schläfe. »Tu sie wieder rein und gib sie mir.« Als die Edelsteine wieder sicher in der Börse verstaut waren, ließ er Gwynneths Arm los, um sich seine Beute zu schnappen und in sein Hemd zu schieben. »Jetzt bind diese Leine um mein Handgelenk«, knurrte er. »Ich hab seit drei Tagen nichts gegessen, und ich hab Appetit auf Schweinefleisch.«

Als Gwynneth zögerte, schlug er ihr den Lauf seiner Waffe auf den Kopf. »Beeilung!« Sie ließ die Leine los und band sie um sein Handgelenk.

»Ich hab gehört, daß Ihr unsere Pferde verjagt habt«, sagte der Kerl zu Garrett. »Sehr schlau, aber das heißt nur, daß ich die Frau noch länger behalten muß.« Er zerrte sie rückwärts mit sich. »Aber ich werd' mich für den Ärger schon selbst belohnen.« Er biß ihr brutal in die Wange. »Ich hab auch schon lange keine Frau mehr gehabt.«

Garrett war sich nicht sicher, ob Gwynneths Ohnmacht echt war, doch sie sackte wie eine Stoffpuppe zusammen. Während sie zu Boden rutschte, griff er nach Pistole und Dolch. Zuerst versuchte der Mann, seinen menschlichen Schutzschild festzuhalten, aber Gwynneths beträchtliches, schlaffes Gewicht war zuviel für ihn, also ließ er sie los und hastete rückwärts davon, wobei er seine Pistole auf Garrett gerichtet hielt.

Garrett konnte einen Schuß abgeben, doch er zielte nicht mehr so genau wie vorher. Seine Kugel bohrte sich in die Schulter des

Flüchtenden und ließ dessen Schuß fehlgehen. Als sie den Schuß hörte, quiekte Mister Cromwell panisch und rannte los, wobei die Sau den Mann einfach hinter sich her zerrte. Garrett zog seinen Dolch und humpelte hinter ihnen her, doch inzwischen war er so erschöpft, daß selbst ein Schwein und ein Verwundeter zu schnell für ihn waren.

Dann sah Garrett aus den Augenwinkeln sich etwas bewegen.

»Er hat Mister Cromwell!« schrie Bess wütend und brach aus ihrem Versteck im Gesträuch hervor. Sie trat neben Garrett und stellte sich breitbeinig auf wie ein echter Schütze. Sie zielte auf den Schurken und feuerte einen perfekten Schuß ab.

Der Mann jaulte auf und ging in die Knie, wobei er sich den rechten Hosenboden hielt. Er versuchte davonzukriechen, kam aber nur ein paar Meter weit, bis er aufgab und sich auf dem Boden wand, indes Mister Cromwell, noch immer an ihrer Leine, ihn aus respektvollem Abstand verwundert anstarrte.

Bess nickte zufrieden und rammte den Kolben des Karabiners in die Erde. Mit einer hochgezogenen Braue wandte sie sich an Garrett. »Der Kerl hatte Mister Cromwell!«

Garrett schlang seine Arme um sie und brüllte, lachte, wie er gefürchtet hatte, nie wieder lachen zu können.

Bess lächelte wie ein junges Mädchen, so unschuldig und voll ungetrübter Freude, daß er sehen konnte, wie sie gewesen sein mußte, bevor das Leben seine Wunder verloren und ihre Träume zerstört hatte.

Aber Bess' praktische Natur ließ sich nicht verleugnen. »Gwynneth!« sagte sie plötzlich. »Vielleicht ist sie verletzt –«

»Gwynneth geht es gut.« Garrett wollte seine Frau nicht loslassen, nicht einmal für einen Augenblick. Er hielt sie fest und sah zu der Zofe hinunter, die auf der weichen Erde lag. »Sie ist nur ohnmächtig geworden. Siehst du? Sie atmet friedlich wie ein Baby. Sie kommt bald wieder zu sich.« Er war so glücklich, weil

Gwynneth lebte, weil Bess lebte – weil *er* lebte –, daß er seine Frau noch fester an sich drückte.

»Uff. Nicht so fest, Garrett. Da ist ein Baby zwischen uns, denkst du daran?«

»*Aye.*« Er rieb grinsend ihren Bauch. »Und es wird ein großartiges Baby, heimatlos geboren oder nicht.« Eigenartig, daß sich die Dinge so schnell verändern konnten. Weshalb hatte er sich um Rang und Reichtum gesorgt? Solange er seine Familie hatte, würde er nichts wirklich Wichtiges vermissen, was Cromwells Leute ihm auch nehmen mochten. Zum Teufel, sein Urgroßvater hatte ein riesiges Vermögen angehäuft und mit viel weniger angefangen, als Garrett außer Landes geschafft hatte.

Bess legte ihren Kopf an seine Schulter. »Es ist mir egal, ob das Kind von hoher oder niedriger Geburt ist, solange es nur gesund ist.«

Garrett legte die Finger unter ihr Kinn und hob ihr liebes Gesicht an. In diesem Moment wurde ihm bewußt, daß er sie und nur sie liebte, uneingeschränkt und unwiderruflich. Dann küßte er sie, lang und innig. Er bemerkte kaum, daß das Baby ihn zweimal trat.

Ihre zärtliche Umarmung wurde von etwas gestört, das durchs Unterholz aus dem Wald brach. Beide drehten sich um und sahen, wie Stephen sich aus dem dornigen Gesträuch kämpfte, die Kleider zerfetzt, sein blutgetränktes Haar voller Blätter, wild mit der Pistole herumfuchtelnd. »Milord! Ich habe Schüsse gehört. Ist alles in Ordnung?« Er entdeckte Gwynneth, ließ die Waffe fallen und bückte sich, um ihr zu helfen.

Gwynneth stöhnte und schlug die Augen auf. »Oh, Mister Stephen! Ich dachte, sie hätten Euch getötet!«

Der Priester half ihr auf die Beine. »Glücklicherweise haben sie mich auf diesen alten Dickschädel geschlagen, wo es am wenigsten schaden konnte.« Er betastete vorsichtig seinen Kopf.

»Arg!« Bess verkrampfte sich in Garretts Armen.

»Was ist?« fragte er, erschrocken über den aufflackernden Schmerz in ihren Augen und das Entsetzen in ihrem Gesicht.

Ihre Augen weiteten sich. »Ich glaube, es ist das Baby. Es kommt.«

Fünfundzwanzigstes Kapitel

Elizabeths Bauchmuskeln zogen sich schmerzhaft zusammen. Sie ließ den Karabiner fallen und hielt sich den steinharten Bauch. »Garrett!« Der Krampf raubte ihr den Atem. Panik erfaßte sie. Sie konnte noch keine Wehen haben. Es war zu früh! Das Baby sollte erst in zwei Wochen kommen.

Garrett umfaßte ihren Ellbogen und stützte sie. »Stephen«, rief er, »hilf mir!«

Stephen überließ sofort Gwynneth ihrem Schicksal. Gefolgt von der Zofe eilte er zu Elizabeth, doch die Wehe begann bereits nachzulassen.

»Puh.« Elizabeth richtete sich auf, rieb sich das Steißbein und spürte, wie das Kind sich in ihr Becken senkte, spürte einen Schwall warmer Nässe zwischen ihren Beinen hervorschießen, der sich rasch als dunkler Fleck über ihre Röcke ausbreitete. »O nein.« Es war ihr zwar sehr peinlich, doch sie dankte Gott dafür, daß es kein Blut war.

»Kein Grund, sich aufzuregen, Milady«, beruhigte sie Gwynneth. »Es ist nur Euer Wasser. Völlig natürlich, wenn das Kind kommt.«

Garretts Kopf schoß hoch, und er zog die Brauen zusammen. »Jetzt?«

Gwynneth sah ihren Herrn an. »Jetzt, Eure Lordschaft. Wenn das Wasser abgeht, will das Baby kommen.«

Kalte Finger der Angst schlossen sich um Elizabeths Herz. »Aber die Hebamme ist noch nicht hier. Was, wenn sie nicht rechtzeitig kommt?« Sie sah zu ihrem Ehemann. »O Garrett, ich habe solche Angst. Es ist zu früh.« Und sie war alt für ihr erstes Baby. Achtundzwanzig, fast schon ein altes Weib.

»Keine Angst, Bess.« Garrett legte beschützend den Arm um sie. »Alles wird gut. Wir müssen Euch nur ins Haus bringen. Könnt Ihr gehen?«

»Natürlich kann ich gehen«, sagte sie gereizt.

Elizabeth hatte erst ein paar Schritte gemacht, als sie ein merkwürdiges Ziehen in ihrem Bauch spürte. »Wartet.« Sie stellte sich breitbeinig auf die festgetretene Erde. »Es kommt noch eine Wehe.« Sie krümmte sich zusammen, dankbar, daß Garrett und Stephen sie rechts und links stützten. Diese Wehe war stärker als die erste und dauerte viel länger.

Als die Kontraktion nachließ, richtete Elizabeth sich auf und sah, daß ihr Mann sie mit einer eigenartigen Mischung aus Sorge und Verwirrung anblickte. Als sie sich wieder in Bewegung setzten, erhellte sich sein Gesicht.

»Heiratet mich, Bess«, sagte er, und das Zucken um seine Mundwinkel erblühte zu einem Lächeln.

»Garrett, um Himmels willen, wovon sprecht Ihr?« sagte sie ärgerlich, nicht zu Scherzen aufgelegt. »Wir *sind* verheiratet. Ihr könnt es wohl kaum vergessen haben; schließlich erinnert Ihr mich doch oft genug daran.«

»Ich habe es nicht vergessen.« Er legte den Kopf schief, als habe sie ihm gerade ein unerwartetes Geschenk gemacht. »Aber *Ihr* seid doch diejenige, die unsere Eheschließung als ketzerisch betrachtet. Soll das heißen, daß Ihr Eure Meinung geändert habt?«

Sie legte die Hand auf ihren Bauch und sagte: »Nun, jetzt würde ich in schönen Schwierigkeiten stecken, wenn ich unsere Ehe *nicht* akzeptieren würde, nicht wahr?«

Garrett verhielt den Schritt. »Dann nehmt Ihr mich endlich so, wie ich bin?« fragte er. Obwohl seine Augen fröhlich dreinschauten, konnte sie sehen, daß diese Frage ernstgemeint war. Elizabeth betrachtete ihn genau und erhaschte einen Blick auf den kleinen Jungen in ihm – so ernst und verletzlich unter seiner rauhen Schale. Merkwürdig, daß sie Garrett nie zuvor als verletzlich betrachtet hatte. In plötzlicher Einsicht erkannte sie, daß sie ihm übel mitspielen würde, vielleicht so sehr, daß es nicht wiedergutzumachen war, wenn sie ihn jetzt zurückwies. Wie sollte sie antworten? Sie wollte ihm nicht weh tun. Doch die Schatten ihrer Vergangenheit trieben sie dazu, den sicheren Weg zu wählen, sich zu schützen, indem sie ihre wahren Gefühle verbarg. Doch ein Teil von ihr – ein Teil, den Garrett zum Leben erweckt hatte – drängte sie dazu, etwas zu riskieren und nach ihrem Glück zu greifen.

Lady Catherines Stimme hallte durch ihren Kopf: »Gebt ihm eine Chance, und Ihr werdet ihn auch lieben.«

Es hatte keinen Sinn, die Wahrheit länger zu leugnen: Elizabeth liebte ihn tatsächlich. Trotz all seiner Fehler war dieser Mann immer nur gut zu ihr gewesen. Er war ihr Liebhaber gewesen, ihr Fürsprecher, ihr Beschützer, ihr Freund. Und er hatte großen Mut im Kampf um die Wiederherstellung seines alten Lebens bewiesen.

Anne Murray hatte gesagt, daß Elizabeth ihn zähmen könnte, doch das wollte sie nicht. Sie wollte ihn so, wie er war. Vor Garrett war ihr Leben wie ein dunkler, verschwommener, grauer Traum gewesen, doch seit er in ihr Leben getreten war … Sie blickte nun in sein Gesicht und sah, daß alles hell und leuchtend war – und ja, sogar gefährlich, und für all das liebte sie ihn. Mary hatte es gesehen, als sie es noch nicht konnte.

Und so öffnete Elizabeth zum ersten Mal in ihrem Leben ihr gepanzertes Herz und wählte Hoffnung statt Gewißheit, Risiko statt Sicherheit. »Ja, Garrett, ich akzeptiere Euch als meinen

Mann«, sagte sie leise. »Es mag mich mein Seelenheil kosten, doch Ihr seid mein Mann, so wahr ich hier stehe.« Als sie sah, welch heilende Wirkung ihre Worte auf ihn hatten, fand sie den Mut, auch den Rest auszusprechen. »Ich würde keinen anderen wählen.«

Garrett starrte sie verwundert an und richtete sich auf. Dann blieb er stehen und wandte sich an den Priester. »Stephen, ich habe mich endlich entschieden.« Eine neue Entschlossenheit trat in sein Gesicht. »Wirst du mich gleich jetzt taufen, im Glauben meiner Vorfahren?«

»Mit der größten Freude, Milord«, antwortete Stephen so gefaßt, als habe Garrett eben um ein anderes Paar Stiefel gebeten.

»Garrett!« Elizabeth blieb mit offenem Mund stehen. »Ihr konvertiert?«

Bis zu diesem Moment war ihr gar nicht bewußt gewesen, wie wenig Hoffnung sie gehabt hatte, daß er jemals zu ihrem Glauben übertreten würde. Welche Ironie, daß er ihr die Hoffnung auf das Himmelreich erst gewährte, als sie sich entschieden hatte, seine Frau zu sein, bedingungslos – sogar um den Preis der ewigen Verdammnis.

»*Aye*, ich konvertiere.« Garretts Augen strahlten einen Frieden aus, den sie noch nie zuvor in ihnen gesehen hatte.

»Das würdet Ihr für mich tun?« flüsterte sie.

»Ja.« Die ruhige Gewißheit in seiner Stimme bestätigte, daß dies keine leere Geste war. »Und für mich selbst.« Er lächelte Stephen dankbar an. »Stephen hat mehr getan, als mich wieder laufen zu lehren. Er hat mir auch geholfen, Antworten auf einige schwierige Fragen zu finden.«

Elizabeth fühlte sich, als schwebe sie ein paar Zentimeter über dem Boden – leicht wie eine Feder, trotz ihres Umfangs. Ihr tiefster Wunsch war erfüllt worden! Plötzlich erschienen ihr Worte unzulänglich. Sie strahlte aus jeder Pore Dankbarkeit aus und stammelte: »Garrett, ich bin so glücklich.«

Nie lange ernst, beugte Garrett steif sein Knie, und seine blauen Augen funkelten vor Vergnügen. »Dies ist das letzte Mal, daß ich Euch darum bitten werde, Madam: Heiratet mich, mit einer ordentlichen katholischen Zeremonie, *bevor* unser Kind geboren wird.« Sein Blick senkte sich in ihren, um seine Worte zu bestätigen: »Ich schwöre, ich werde jedes Wort ernst meinen.«

In der Wärme seines Versprechens fühlte Elizabeth die eisige Schale um ihr Herz schmelzen und sie in eine Zukunft voll wunderbarer Möglichkeiten entlassen. »Nun gut«, sagte sie in meisterhafter Untertreibung. »Ich werde Euch heiraten, und zwar sehr gerne.«

Elizabeths Bauchmuskeln zogen sich erneut zusammen und preßten ihr ungeborenes Kind mit solcher Gewalt gegen ihr Becken, daß sie fürchtete, die Knochen würden zersplittern. Sie zog Garrett am Ärmel. »Steht auf, mein Mann, und helft mir ins Haus … außer Ihr möchtet, daß Euer Kind vor der Scheune geboren wird.« Das Ziehen wurde stärker. Sie rang nach Luft. »Pfarrer Ignatius, lauft und holt Euer Gotteslob! Ich fürchte, die Zeit wird knapp für eine Taufe und eine Hochzeit.« Keuchend fügte sie hinzu: »Aber laßt kein einziges Wort des Gelöbnisses aus!«

»Nicht einmal gehorchen?« neckte Garrett, während der Priester davoneilte.

»Nicht einmal gehorchen.« Sie sah ihm mit neu gewonnener Selbstsicherheit in die Augen. »Oder lieben. Dieses Mal werde auch ich jedes Wort ernst meinen.«

Zwei Stunden später, nach Rückkehr des Haushaltes und einer wenig dramatischen, freudigen Geburt, trat Lady Catherine in den Korridor, wo Garrett wartete. Sie blickte sich um. »Wo sind deine Schwestern?«

Garrett erhob sich, sein Herz pochte heftig aus Angst und Erwartung. »Ich habe sie auf ihre Zimmer geschickt. Sie haben mich mit ihrem Geflüster und ihren ängstlichen Blicken ganz verrückt gemacht.« Er sah seine Mutter besorgt an. »Was ist geschehen?«

Seine Mutter schaute mit einem wehmütigen Lächeln zu ihm auf und strich ihm das Haar aus der Stirn. Es erschien ihm fast wie eine Abschiedsgeste. »Du bist Vater geworden, Garrett.« Ihre kleine Hand schmiegte sich zärtlich an seine Wange, und dann kehrte sie zu ihrem alten, praktischen Selbst zurück. »Mutter und Kind geht es hervorragend.«

»Gott sei es gedankt.« Er hauchte ein stummes Dankgebet und wandte sein Gesicht ab, um die Freudentränen zu verbergen, die ihm in die Augen schossen. Er kämpfte um seine Fassung und spürte, wie die Anspannung aus seinem verkrampften Nacken und seinen angezogenen Schultern wich. Er hatte solche Angst um Elizabeth gehabt, und um das Kind. Als er wieder sprechen konnte, wandte er sich an seine Mutter. »Kann ich sie sehen?«

»Natürlich. Elizabeth und das Baby sind schon gewaschen und warten.« Lady Catherine öffnete weit die Tür zum herrschaftlichen Gemach. »Geh nur hinein.« Sie winkte ihn voran und fügte dann mit fester Stimme hinzu: »Aber mach mir ja keinen Lärm. Du erschreckst sonst mein Enkelkind.«

Garrett trat ein und sah Bess in frischer Wäsche im Bett liegen. Ihr Gesicht strahlte, doch in ihren Augen lag Erschöpfung. Das Baby ruhte in ihrer Armbeuge, und die Decken verhüllten alles bis auf ein Stückchen rosige Stirn und flaumbedecktes Köpfchen.

Sein Kind, und Bess' Kind. Zusammen hatten sie ein neues Leben erschaffen!

Er hinkte durch den Raum zu Bess.

Er hatte sie noch nie so schön gesehen. Sie blickte mit leuchtendblauen Augen zu ihm auf, ihre bleichen Wangen waren rosig angehaucht. Bess streckte ihm ihre freie Hand entgegen. »Komm und schau dir deinen Sohn an.«

»Ein Sohn!« Plötzlich hatte Garrett weiche Knie; er sank auf die Bettkante. »Ich war so erleichtert, daß es dir und dem Baby gutgeht, daß ich gar nicht gefragt habe, ob es ein Junge oder ein Mädchen ist.« Er küßte ihre Hand und streichelte über die Locken, die sich an ihren Schläfen kringelten, weich wie Satin. Garrett grinste. »Nun, worauf wartest du? Zeig mir den Jungen.«

Bess zog die Decken zurück und enthüllte winzige Fäustchen, die ein rotes Gesichtchen rieben. Das Baby runzelte die Stirn und schlug große blaue Augen auf, die Stirn zu einem ernsten Ausdruck gekräuselt. In diesem Augenblick war die endlose Kette der Generationen nicht mehr nur eine abstrakte Vorstellung; sie hatte Gestalt angenommen in diesem kleinen, flachsköpfigen Säugling, den seine Frau im Arm hielt. »Ist er gesund?«

»Vollkommen. Zehn Finger, zehn Zehen, alles dran.«

Zufriedener, als sie je in ihrem Leben gewesen war, küßte Elizabeth den Kopf des Kindes. »So weich.« Sie fuhr mit den Lippen über den weißen Flaum. Dann sah sie zu, wie Garrett seinen Finger in die Faust des Babys steckte.

»Sieh nur, wie lang seine Finger sind«, bemerkte er ehrfürchtig. »Glaubst du, daß das bedeutet, er wird so groß wie ich?«

»*Aye*«, antwortete Bess. »Er ist mit fünfundfünfzig Zentimetern auf die Welt gekommen – über zwei Zentimeter mehr als du. Und er hat ganz sicher deine Hände. Schau dir seine Fingernägel an. Sie sind spatelförmig, wie deine.«

»Das sind sie.« Garretts Brust schwellte sich vor Stolz. »Aber er hat deinen Mund«, bemerkte er und lehnte sich vor, um besser zu sehen.

»Hier.« Noch geschwächt von den Anstrengungen der Entbin-

dung, hielt sie ihm das kostbare Bündel so weit wie möglich entgegen. »Nimm ihn. Er wird nicht zerbrechen.«
Garrett nahm seinen Sohn auf den Arm und schlug die Decken zurück. »Du meine Güte, du wirst *wirklich* ein großer Mann werden, mein Junge!« Langsam und anbetungsvoll betrachtete er jeden Zentimeter seines Sohnes. »Wie vollkommen alles ist. Schau dir diese Zehen an, und seine kleinen Füße. Und seine Ohren. Ich halte ein Wunder in den Händen.«
Elizabeth sah das freudige Staunen in Garretts Gesicht und wußte, daß er ihrem Sohn all das geben würde, was sie von ihrem Vater gebraucht hätte, aber nie bekam.
Das Baby begann zu zittern, worauf Garrett es gegen die abendliche Kälte selbst wieder einwickelte. »Entschuldige, mein Junge. Ich wollte dir keine Gänsehaut verschaffen.« Er legte das Kind in seine Armbeuge. »Wie sollen wir ihn nennen?«
»Ich dachte an Edward, nach dir und deinem Vater, und Blake nach dem Vater meiner Mutter. Was meinst du?«
»Ich meine, daß zwei Namen noch lange nicht genug sind für ein so wunderbares Kind«, sagte Garrett und wiegte den Jungen sanft. »Er sollte mindestens drei haben. Wie wäre es mit Edward *Stephen* Blake?« Er überlegte und sagte noch einmal: »Edward Stephen Blake, Viscount Creighton, Earl of Ravenwold. Das gefällt mir.«
Das Baby nach Stephen zu nennen war eine vollendete Geste der Dankbarkeit und des Respekts. »Graf oder nicht, wenn unser Sohn sich als halb so gut und ehrenhaft erweist wie die, nach denen er benannt ist, wird er keine anderen Titel brauchen.«
Sie sah zu, wie Garrett seine freie Hand hob, um das Gesicht bis auf die dunkelblauen Augen des Kindes zu bedekken. »Ich glaube wirklich, er hat die Augen seiner Tante Charlotte.«

So gerührt, daß sie kaum sprechen konnte, flüsterte Elizabeth: »Welch ein Segen, daß du es auch siehst.«
Er wurde ernst. »Bis zu diesem Augenblick habe ich keinen Gedanken an die Vergangenheit verschwendet. Erbe, Rang, Tradition, das bedeutete mir nichts. Doch nun, da ich unseren Sohn im Arm halte ...« Er sah Elizabeth an. »Er *ist* unsere Vergangenheit – alle, die vor uns kamen, und alles, was uns zu diesem Augenblick geführt hat.«
»Und unsere Zukunft«, sagte sie leise. »Ich hatte immer Angst vor der Zukunft«, gestand sie, »aber jetzt nicht mehr, und nicht nur wegen des Babys. Es ist deinetwegen, Garrett. Bevor wir geheiratet haben, habe ich die Gegenwart verschwendet und meine Tage mit endloser Arbeit angefüllt, damit ich nicht zugeben mußte, wie leer mein Leben geworden war.« Plötzlich schüchtern, senkte sie den Blick. »Aber du warst so vielfältig, so lebendig, so frei, so *glücklich* ... alles, was ich nicht war.« Sie hob den Blick und sah ihn an. »Du hast mir mein Lachen wiedergegeben, Garrett. Und meinen Zorn. Und meine Trauer. Du hast mich zum Leben erweckt.« Ein Lächeln zeigte sich auf ihrem Gesicht. »Du hast die Gegenwart zu einem wunderbaren Ort gemacht und die Zukunft zu etwas, worauf ich mich freuen kann ... solange ich dich bei mir habe.« Sie lachte leise. »Das Leben wird recht abenteuerlich, denke ich.«
»Ein Abenteuer, das wir gemeinsam bestehen werden.« Garrett küßte sie zärtlich auf die Lippen und reichte ihr das Baby, das zu strampeln und zu weinen begonnen hatte. »Ich glaube, unser Sohn will zu seiner Mama.« Er setzte sich wieder, mit einem Ausdruck absoluten Friedens auf dem Gesicht. »Ich liebe dich, Bess, aber laß dir das nicht zu Kopf steigen.«
Überfließend vor Freude schloß Bess die Augen und sang, mit einer Stimme so hell und klar wie ein Sonnenstrahl:

Schlaf wohl, mein Schatz, beruhige dein Gemüt
Denn Engel wachen, vom Himmel bist du behüt'
Du wirst bewahrt vor Kummer, Schmerz und Leid
Im Bund der Liebe auf alle Ewigkeit
Schwebe auf Wolken durch Welten so wunderbar
Wenn Liebe wahrhaftig ist, werden Träume wahr.

Als sie die Augen aufschlug, starrte Garrett sie gebannt an. Sichtlich berührt, brachte er stockend hervor: »Das war wunderschön, Bess. Mehr als wunderschön. Du singst wie ein Engel.« Er blickte in seinen Schoß, dann wieder zu ihr auf. »Ich danke dir, daß ich hören durfte, wie du für das Baby singst. Das bedeutet mir sehr viel.«

Sie nahm seine Hand und drückte sie an ihre Wange. »Ich habe nicht für das Baby gesungen, Garrett. Ich habe für dich gesungen.«

Garrett legte sich neben sie und zog sie und das Baby an sich. »Dann sing noch einmal für mich, Liebste. Heute nacht und jede Nacht, in all den schönen, langen Jahren, die Gott uns schenkt.«

Elizabeth sonnte sich in der Liebe, die sie in seinen Augen sah, und das Lächeln wurde ihr so selbstverständlich wie das Atmen. Dann schloß sie die Augen und sang für ihn.

Und so kam es, daß Elizabeth all die guten, langen Nächte, die Gott ihnen schenkte, singend begann … und lachend.

Nachbemerkung

Religiöse Intoleranz ist so alt wie die Menschheit selbst. Obwohl ich keine Katholikin bin, haben mich die Greueltaten schockiert und fasziniert, die im Namen des Glaubens von meinen britischen Vorfahren begangen wurden – von Anglikanern und Katholiken gleichermaßen. Wie in den meisten religiösen Konflikten haben beide Seiten großes Unrecht begangen und viel Gutes getan.

Nach der Enthauptung Charles' I. am 30. Januar 1649 steuerte Oliver Cromwell England in eine kurze, katastrophale Phase republikanischer Regierung. Es folgten elf Jahre zunehmender religiöser Verfolgung und Rache an den Royalisten, während deren zahlreiche Royalisten und Katholiken Schutz in Amerika suchten. Ironischerweise traten einige Katholiken, die nach Virginia ausgewandert waren, dort zur anglikanischen Kirche über, weil es an katholischen Kirchen mangelte und Gesellschaft und Geistlichkeit in den Kolonien toleranter waren.

Die junge britische Republik – durch anhaltenden religiösen Fanatismus und ständige innere Streitigkeiten zwischen Parlamentsfaktionen und Cromwells Generälen zum Scheitern verurteilt – überlebte Cromwell nur um zwei Jahre.

Nachdem er Prinz James bei der Flucht geholfen hatte, blieb Joseph Bampfield in der Umgebung des dankbaren Prinzen und

nutzte seinen Einfluß, um seine Freunde zu protegieren, besonders den ehemaligen Parlamentarier Lord Willoughby of Parnham. Bampfield überredete James, Lord Willoughby zum Admiral der Königlichen Flotte zu ernennen, obwohl der Mann keinerlei Ausbildung in der Seefahrt hatte. Prinz Charles kam gerade rechtzeitig nach La Hague, um zu verhindern, daß Willoughby die Flotte zu einem verfrühten Schlag – mit zweifellos katastrophalen Folgen – gegen England schickte. Charles verbannte Joseph Bampfield diskret, aber entschieden aus dem Gefolge seines Bruders.
Sieben Jahre später erschlich sich eine finanziell ruinierte Anne Murray eine Audienz bei Prinz Charles und ersuchte um eine Belohnung für die Rolle, die sie bei der Befreiung von Prinz James gespielt hatte. Prinz Charles drückte ihr nur seinen Dank aus und gewährte ihr lediglich ein königliches Lächeln – der Grund dafür war zweifellos sein wachsendes Mißtrauen, sein jüngerer Bruder könnte Anspruch auf den Thron erheben. Doch einer von Charles' Schlafzimmerbaronen, Henry Seymour, hatte Mitleid mit Anne und konnte den zukünftigen König überreden, Anne ein königliches Geschenk von fünfzig Goldstücken zu machen.
Am 29. Mai 1660 (seinem 30. Geburtstag) kehrte Charles II. nach London zurück, um seinem Vater auf den Thron zu folgen. Als König Charles II. gab er 1672 eine zweite Indulgenzerklärung zugunsten der Katholiken ab, die das Parlament aber für rechtswidrig erklärte und mit der Testakte (1673) beantwortete, der zufolge alle Nichtanglikaner von staatlichen und militärischen Ämtern ausgeschlossen waren. Die folgenden acht Jahre lang rang der willensstarke, geschickte Charles mit dem Parlament, das er mehrmals auflöste. Nach der Auflösung des 4. Parlaments (1681) herrschte er als absolutistischer Monarch bis zu seinem Tod 1685. Im Alter von 54 Jahren und noch immer ohne Erben verstarb Charles II. an einem »Fieber«, nach-

dem er auf dem Sterbebett zum katholischen Glauben konvertiert war.
Sein Bruder James II., ein Katholik, herrschte nur drei Jahre lang, bis die protestantische Opposition ihn aus Angst vor einer katholischen Dynastie zwang, England zu verlassen und damit der Herrschaft zu entsagen. James kehrte niemals mehr nach England zurück.